BESTSELLER

Bernard Minier (Béziers, 1960) pasó su infancia al sur de los Pirineos y en la actualidad reside en París, donde se dedica a la escritura. Es autor de diez novelas, entre las que destacan *Bajo el hielo* (Premio Polar en el Festival Polar de Cognac, Premio de l'Embouchure y adaptado a una serie de televisión emitida con gran éxito en M6 y Netflix), *El círculo* (Premio de las Bibliotecas y Mediatecas de Cognac), *No apagues la luz*, *Una maldita historia* (Premio Polar en el Festival de Cognac), *Noche*, *Hermanas* y *Lucía*. Traducido a veinticinco idiomas, Minier se ha convertido en una referencia imprescindible del thriller francés y europeo, y las ventas de su obra ascienden a más de cinco millones de ejemplares.

BERNARD MINIER

Noche

Traducción de
Dolors Gallart

DEBOLS!LLO

Papel certificado por el Forest Stewardship Council®

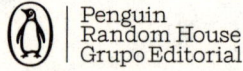

Título original: *Nuit*

Primera edición en Debolsillo: octubre de 2024

© 2017, XO Éditions
© 2018, 2024, Penguin Random House Grupo Editorial, S.A.U.
Travessera de Gràcia, 47-49. 08021 Barcelona
© 2018, Dolors Gallart, por la traducción
Diseño de la cubierta: Penguin Random House Grupo Editorial / Claudia Sánchez
Imagen de la cubierta: © Xiao Yang

Printed in Spain – Impreso en España

ISBN: 978-84-663-7787-4
Depósito legal: B-12.790-2024

Impreso en Novoprint
Sant Andreu de la Barca (Barcelona)

P 377874

Dedico a Laura Muñoz esta novela,
que también es la suya.

Y a Jo

¿Quién cabalga tan tarde
a través de la noche y el viento?
Es el padre con su hijo.

GOETHE

Otra vez.
Todavía era de noche.

YVES BONNEFOY

Preludio

Mira el reloj. Falta poco para medianoche.

Tren nocturno. Los trenes nocturnos son como fallas espacio-temporales, universos paralelos: la vida queda de repente en suspenso, reina el silencio, la quietud. Los cuerpos se entumecen, invadidos por el sopor, el sueño, los ronquidos... Y luego, el traqueteo regular de las ruedas sobre los raíles, la velocidad que traslada los cuerpos —esas existencias, esos pasados y porvenires— hacia otro lugar todavía oculto en las tinieblas.

¿Acaso alguien sabe lo que puede suceder entre el punto A y el punto B?

Un árbol caído en la vía, un viajero malintencionado, un conductor soñoliento... Piensa en todo eso, pero sin angustiarse, más por distraerse que por miedo. Viaja sola en el vagón desde que han parado en Geilo y, que ella haya visto, nadie ha subido hasta el momento. Ese tren para en todas partes. Asker. Drammen. Hønefoss. Gol. Ål. A veces incluso en estaciones que se reducen a un par de barracones simbólicos, y cuyos andenes no tardarán en desaparecer bajo la nieve, como en Ustaoset, donde se ha bajado una sola persona. Distingue luces a lo lejos, minúsculas en medio de la inmensa noche noruega. Unas cuantas casas aisladas donde dejan encendidos toda la noche los faroles de la entrada.

No hay nadie en el vagón: es miércoles. Con la llegada del invierno, de jueves a lunes el tren va bastante abarrotado, sobre todo de jóvenes y de turistas asiáticos, porque cubre la ruta de las estaciones de esquí. Y en verano, los cuatrocientos ochenta y cuatro kilómetros de la línea Oslo-Bergen tienen fama de ser uno de los tramos de ferrocarril más espectaculares del mundo, con ciento ochenta y dos túneles, viaductos, lagos y fiordos. Sin embargo, en pleno otoño nórdico, en una noche glacial como ésa, entre semana, no hay ni un alma. El silencio que reina de una punta a otra del pasillo central, entre las hileras de asientos, es sin duda un poco opresivo, como si una señal de alarma hubiera vaciado el tren sin que ella se hubiera percatado.

Bosteza. A pesar de la manta y el antifaz que le han dado, no consigue dormir, no del todo. Siempre está al acecho en cuanto sale de casa. Su profesión se lo exige. Y ese vagón vacío no la ayuda para nada a relajarse.

Aguza el oído. No detecta ninguna voz, ni siquiera el ruido de un cuerpo que cambia de postura, de una puerta que alguien empuja o de un equipaje movido de sitio.

Desplaza la mirada por los asientos vacíos, los paneles grises, el pasillo central, desierto, y los cristales oscuros. Suspira y, con esfuerzo, cierra los ojos.

El tren rojo surge del túnel negro, como la lengua de una boca en el paisaje helado. En el azul pizarra de la noche, el negro opaco del túnel, el blanco azulado de la nieve y el gris un poco más oscuro del hielo. Y luego, de repente, una franja de color rojo vivo... Como si un reguero de sangre se extendiera hasta el borde del andén.

La estación de Finse. A mil doscientos veintidós metros de altitud. El punto culminante de la línea.

Los edificios de la estación estaban atrapados bajo un caparazón de nieve y hielo, y los tejados, cubiertos por edredones blancos. Una pareja y una mujer esperaban bajo las farolas amarillas del andén, transformado en una pista provisional de esquí de fondo.

Kirsten despegó la cara del cristal y fuera todo volvió a sumirse en la oscuridad, eclipsado por la iluminación del interior del tren. Oyó el susurro de la puerta y percibió un movimiento en el límite de su campo visual, en el extremo del pasillo. Era una mujer de unos cuarenta y tantos años, como ella. Kirsten volvió a abstraerse en la lectura. Había logrado dormir cerca de una hora, pese a que hacía más de cuatro que habían salido de Oslo. Habría preferido coger el avión, o dormir en el coche cama, pero sus superiores le habían asignado un billete sencillo de tren nocturno, con una plaza de asiento. Cosas de las restricciones presupuestarias. Las notas que había tomado en el teléfono aparecían en ese momento en la pantalla de su tableta: habían encontrado un cadáver en una iglesia de Bergen. Mariakirken, la iglesia de Santa María. Una mujer había sido asesinada en el altar, rodeada por los objetos de culto. Amén.

—Perdona.

Kirsten levantó la vista. La mujer que había subido al tren estaba parada frente a ella, sonriente, con el equipaje en la mano.

—¿Te importa que me siente delante de ti? No te molestaré, es que... bueno, en un tren nocturno tan vacío... No sé, me sentiría más segura.

Sí le importaba. Correspondió sin entusiasmo a su sonrisa.

—No, no, no me importa. ¿Vas a Bergen?

—Eh... sí, sí, Bergen. ¿Tú también?

Volvió a leer las notas. El tipo de Bergen no le había contado mucho por teléfono. Kasper Strand. Se preguntaba si sería tan poco meticuloso investigando. Según él, estaba anocheciendo cuando un sin techo que pasaba cerca de Mariakirken había oído gritos en el interior de la iglesia. En lugar de ir a ver qué ocurría, había considerado más prudente salir corriendo y, en ésas, prácticamente se había dado de bruces con una patrulla que pasaba por allí. Los dos policías habían querido saber adónde iba y por qué lo hacía tan deprisa. Entonces les había hablado de los alaridos que venían de dentro de la iglesia. Según Kasper Strand, los dos agentes no habían intentado disimular su escepticismo (por el tono y determinadas alusiones, a Kirsten le había parecido captar que el sin techo era bastante conocido en la comisaría), pero esa noche hacía frío y había humedad y, además, se aburrían de mala manera; puestos a elegir, incluso la nave glacial de una iglesia era preferible a ese viento y esa lluvia «llegados de ultramar». (Ésa había sido la expresión que había utilizado Kasper Strand; «un poeta en la policía», había pensado Kirsten.)

Dudó si mirar en la tableta el breve vídeo grabado en la iglesia que le había enviado Strand. Por la mujer que tenía delante. Kirsten suspiró. Había abrigado la esperanza de que su acompañante diera una cabezada, pero, en lugar de eso, parecía más despierta que nunca. Kirsten le dirigió una mirada furtiva. La mujer la observaba, con una sonrisa sutil en los labios que Kirsten no acababa de saber si era amistosa o burlona. Y con los ojos entornados. Luego bajó la vista hasta la pantalla de la tableta, con el ceño fruncido; era evidente que intentaba descifrar lo que había escrito.

—¿Eres policía?

Kirsten reprimió una reacción malhumorada y miró en la esquina de la pantalla el símbolo del león y la corona acompañado de la palabra «POLITIET» en pequeño. Luego posó en la mujer una mirada que no era ni hostil ni afable, y esbozó con los finos labios una sonrisa lo más mesurada posible sin llegar a resultar ofensiva. En la comisaría de Oslo, Kirsten Nigaard no destacaba por su calidez.

—Sí.

—¿De qué departamento, si no es indiscreción?

«Sí lo es», pensó.

—Del Kripos, el servicio nacional de investigaciones criminales.

—Ah, ya entiendo; bueno, no, no lo entiendo... Es un oficio poco común, ¿verdad?

—Sí, según se mire.

—Y vas a Bergen por... por...

Kirsten estaba decidida a no facilitarle las cosas.

—Por... bueno, ya sabes, eh... pues por un crimen, ¿no?

—Sí.

Tono seco. Tal vez la mujer se dio cuenta de que había ido demasiado lejos, porque negó con la cabeza al tiempo que apretaba los labios.

—Perdona, no es asunto mío, la verdad.

Señaló su equipaje.

—Tengo un termo lleno de café. ¿Quieres?

Kirsten dudó.

—De acuerdo —aceptó al final.

—Va a ser una noche larga —dijo la mujer—. Me llamo Helga.

—Kirsten.

. . .

—Así que vives sola y no sales con nadie en este momento.

Kirsten le dirigió una mirada prudente. Había hablado demasiado. Sin darse cuenta, había dejado que Helga le tirara de la lengua. Esa Helga era más entrometida que una periodista. Al ser investigadora, Kirsten sabía que, incluso en las relaciones más banales, el hecho de escuchar a alguien guardaba siempre relación con la búsqueda de la verdad. Por un instante, pensó que a la tal Helga se le habrían dado de maravilla los interrogatorios de testigos y en un primer momento le había hecho gracia la idea; conocía agentes del Kripos que eran mucho menos hábiles en ese sentido. Ahora ya no le hacía ninguna. Ahora, la indiscreción de Helga empezaba a ponerla de los nervios.

—Helga, creo que voy a dormir un poco —dijo—. Mañana me espera un día largo. O más bien hoy —rectificó tras consultar el reloj—. Quedan menos de dos horas para llegar a Bergen. Tengo que dormir.

Helga la miró de un modo extraño antes de asentir.

—Claro. Si es eso lo que quieres.

La desconcertó la sequedad de su tono. Había algo en aquella mujer... pensó, algo que no había advertido al principio, pero que entonces se le hizo evidente: no le gustaba que la contrariaran, que le plantaran cara. Tenía muy poca tolerancia a la frustración, una tendencia manifiesta al arrebato, una visión maniquea del mundo: «personalidad histriónica», concluyó. Se acordó de las clases en la academia de policía, donde les enseñaban la actitud que había que adoptar ante diferentes tipos de personalidad.

Cerró los ojos con la esperanza de poner así fin a la conversación.

—Perdona —dijo de pronto Helga, desde el otro lado de sus párpados cerrados.

Los volvió a abrir.

—Perdona que te haya molestado —repitió—. Me voy a sentar en otra parte.

Helga resopló con una sonrisa condescendiente y las pupilas dilatadas.

—No debes de hacer muchas amistades —continuó.

—¿Cómo has dicho?

—Con ese carácter que tienes, con esa manera de cortar a la gente, esa arrogancia... No me extraña que estés sola.

Kirsten se puso rígida. Iba a contestar cuando Helga se levantó de repente y cogió la bolsa que había colocado en el compartimento que quedaba por encima de ella.

—Perdona que te haya molestado —insistió con aspereza mientras se alejaba.

«Perfecto —se dijo Kirsten—. Vete a buscar a otro a quien darle la lata.»

Se había adormilado. Estaba soñando. Y en el sueño, una voz insinuante y ponzoñosa le silbaba al oído «missserable, odiosssa». Se despertó con un sobresalto. Y el sobresalto fue en aumento cuando descubrió a Helga muy cerca de ella. Sentada a su lado, con la cara inclinada sobre la de Kirsten, la observaba igual que un científico examina una ameba en el microscopio.

—Pero ¿qué haces? —preguntó con sequedad.

¿Le había dedicado Helga realmente aquellos insultos? ¿La había llamado «miserable» y «odiosa»? ¿Había pronunciado aquellas palabras o la había insultado en sueños?

—Sólo quería decirte que te vayas a tomar por saco.

Kirsten sintió que la rabia se adueñaba de ella, una rabia monumental, negra como un nubarrón de tormenta.

—¿Qué has dicho?

El tren entró en la estación de Bergen a las 7.01 horas. «Diez minutos de retraso, no está mal para la NSB», pensó Kasper Strand mientras recorría de nuevo el andén. Era noche cerrada y, con un cielo tapado como aquél, así seguiría siendo hasta las nueve de la mañana. La vio bajar del estribo y apoyar la punta de un zapato en el suelo. Ella levantó la cabeza y lo localizó enseguida entre las escasas personas que había a esa hora en la estación.

«Poli», leyó en su mirada cuando la detuvo en él. Y supo lo que veía: un policía un poco palurdo, medio calvo, mal afeitado y con la barriga cervecera despuntando bajo una chaqueta de cuero pasada de moda.

Avanzó hacia ella, tratando de no mirarle demasiado las piernas. Estaba un tanto sorprendido por su atuendo. Debajo del abrigo de invierno con capucha ribeteada de piel, bastante corto por lo demás, llevaba un traje de chaqueta muy sobrio, unas medias de color carne y unos botines de tacón. Igual eso era lo que estaba de moda ese otoño en la policía de Oslo. Le parecía que iba vestida como para salir de una sala de conferencias del Radisson Plaza, cerca de la estación central, o de un edificio del DnB NOR Bank. En todo caso era guapa, sin lugar a dudas. Calculó que tendría entre cuarenta y cincuenta años.

—¿Kirsten Nigaard?

—Sí.

Le tendió la mano enfundada en un guante y él dudó si apretarla o no, de lo blanda que la notaba, como si no tuviera huesos, como si el guante estuviera lleno de aire.

—Kasper Strand, de la policía de Bergen —dijo—. Bienvenida.

—Gracias.

—¿No se te ha hecho largo el viaje?

—Sí.

—¿Has podido dormir?

—Casi nada.

—Ven, acompáñame.

Alargó una manaza colorada hacia el asa de la bolsa de Kirsten, pero ella hizo un gesto con la barbilla para darle a entender que no hacía falta, que prefería llevarla ella misma.

—Podrás tomarte un café en la comisaría. También hay pan, embutido, zumo y queso brunost. Después entraremos en materia.

—Antes querría ver el escenario del crimen. Está cerca de aquí, si no me equivoco, ¿verdad?

Strand se volvió hacia ella mientras caminaban bajo el gran techo de cristal y, al tiempo que enarcaba una ceja, se frotó la barba de seis días.

—¿Cómo? ¿Ahora mismo?

—Sí, si no te importa.

Kasper trató de disimular la irritación, pero no se le daba bien. Vio que ella sonreía. Era una sonrisa fría, que no iba dirigida a él, pero que seguramente confirmaba la idea que, de entrada, se había hecho del policía. «Mierda.»

Un andamio y una cubierta de lona inmensa ocultaban el gran reloj luminoso que se había erigido en honor del *Bergens Tidende*.

El periódico más importante de Noruega occidental consagraría sin duda la primera plana al asesinato en la iglesia. Torcieron a la derecha en el vestíbulo y, tras pasar frente a la tienda de comestibles Deli de Luca, se adentraron bajo la pequeña bóveda ventosa y húmeda delante de la cual se encontraba la parada de taxis. No había ni un solo taxi a la vista, como de costumbre, pese a la media docena de clientes que esperaban mientras se mojaban a causa de la lluvia que caía en diagonal. Había aparcado su Saab 9-3 al otro lado de la calle, sobre la calzada de adoquines. Aquellos jardines y edificios, modestos al fin y al cabo, tenían un innegable aire provinciano. En todo caso, provinciano en el sentido que debían de asignar a esa palabra en Oslo.

Kasper tenía hambre. Había permanecido toda la noche al pie del cañón, junto con el resto del equipo de investigación de Hordaland.

Cuando ella se dejó caer a su lado, se le abrió el abrigo oscuro y la falda se le subió y dejó al descubierto unas rodillas hermosas bajo la luz cenital del coche. El cabello rubio se le enredaba en rizos rebeldes sobre el cuello del abrigo, pero el resto de la melena caía bien lisa y separada por una raya hecha con pulcritud en el lado izquierdo de la cabeza.

No era rubia natural. Kasper distinguía un tono más oscuro en las raíces y las cejas, que se había depilado para hacerlas más finas. Tenía los ojos de un azul casi perturbador, la nariz recta y un poco larga y los labios delgados pero bien perfilados. Y un lunar en la punta de la barbilla, algo descentrado hacia la izquierda.

En aquella cara todo irradiaba determinación.

Parecía una mujer que se sabía controlar, tranquila, obsesiva.

Aunque la conocía tan sólo desde hacía diez minutos, se sorprendió al pensar que no le habría gustado tenerla como compañera. No creía que pudiera soportar mucho tiempo su carácter, ni tener que estar evitando constantemente la visión de sus piernas.

KIRSTEN

1

Mariakirken

Una luz tenue iluminaba la nave. A Kirsten le extrañó que hubieran dejado los cirios ardiendo justo al lado del escenario del crimen, acotado por un cordón naranja y blanco que prohibía el acceso al sagrario y al coro.

El olor de la cera caliente le produjo un cosquilleo en la nariz. Sacó del abrigo una caja metálica plana; dentro había tres cigarrillos enrollados. Sostuvo uno entre los labios.

—Aquí no se puede fumar —advirtió Kasper Strand.

Ella le dirigió una sonrisa y, sin decir ni una palabra, encendió el cilindro fino e irregular con un mechero barato. Después paseó la mirada por la nave y la detuvo en el altar. El cadáver ya no estaba allí. Tampoco la tela blanca que debía de haber cubierto el altar. Imaginó los regueros pardos y las grandes manchas que habrían impregnado el lienzo y lo habrían dejado tieso tras secarse.

Kirsten no había vuelto a ir a misa desde que era niña, pero le parecía recordar que, cuando el sacerdote entraba en el presbiterio para celebrarla, se inclinaba y besaba el altar. Al acabar el servicio, antes de abandonar la iglesia, lo besaba de nuevo.

Cerró los ojos, se frotó los párpados, maldijo a la mujer del tren, dio una calada y los volvió a abrir. Las salpicaduras arteriales no habían manchado el gran crucifijo que colgaba más arriba, pero sí habían alcanzado a la Virgen con el Niño y el tabernáculo, situados un poco más abajo. Percibía lo que parecían constelaciones de manchas diminutas de un color rojo amarronado y chorretones largos y negruzcos en los recubrimientos dorados y en el rostro indiferente de María. A poco menos de tres metros: la distancia que había recorrido el géiser.

Los vikingos quemaban a los muertos de noche en unos barcos que transformaban en ataúdes. Loki era el dios del fuego y la malicia. Jesús convivía con Odín y Thor cuando los cristianos evangelizaron a la fuerza a los pueblos paganos del norte, les cortaban manos y pies, los enucleaban y los mutilaban, mientras los príncipes vikingos se convertían al cristianismo por puro interés político. Fue el final de una civilización. Pensaba en todo eso rodeada del silencio de la iglesia.

Fuera, la ciudad dormía aún bajo la lluvia. Igual que el puerto, donde un enorme carguero erizado de antenas y grúas, pintado de gris como los navíos de guerra, permanecía anclado delante de las casas de madera del barrio de Bryggen. ¿Había que invocar al genio del lugar? El pasado de aquella iglesia se remontaba a épocas mucho más lejanas que aquellas que habían dejado huellas visibles en Oslo. Allí no había ni Teatro Nacional, ni Palacio Real, ni premio Nobel de la Paz, ni parque Vigeland. Remontaba a comienzos del siglo XII. Allí siempre había estado presente el salvajismo de los tiempos antiguos. A cada indicio de civilización le corresponde un indicio de barbarie, toda luz combate una noche, cada puerta que abre un hogar iluminado oculta una puerta que da a las tinieblas.

Tenía diez años cuando había pasado junto a su hermana las vacaciones de invierno en casa de su abuelo, en una aldea cercana a Trondheim llamada Hell. Ella adoraba a su abuelo; tenía una cara singular, les contaba un sinfín de historias divertidas y le gustaba que las dos nietas se le sentaran juntas en el regazo. Esa noche les había pedido que llevaran de comer a *Heimdall*, el pastor alemán que dormía en el granero. Hacía un frío terrible, un frío capaz de helar la sangre en las venas, cuando salió de la granja bien caldeada a la noche glacial de diciembre. Las botas forradas hacían crujir la nieve a cada paso y, precedida por su sombra, que la luna proyectaba con forma de mariposa gigante, se dirigió al granero. No las tenía todas consigo cuando entró, pues estaba completamente a oscuras. Su abuelo había sido un sádico al mandarla allí en plena noche. *Heimdall* la había recibido ladrando y tirando de la cadena. Había acogido con agradecimiento las caricias de Kristen y le había lamido afectuosamente la cara. Ella se había pegado a su cuerpo caliente y palpitante, y había hundido el rostro en su pelo oloroso; le parecía una crueldad dejarlo dormir fuera en una noche como aquélla. Después había oído los ladridos... Eran tan débiles que, si *Heimdall* no se hubiera callado un instante, no los hubiera percibido. Provenían del exterior... Se le pusieron los pelos de punta cuando, con su fértil fantasía de niña, imaginó a una criatura que, con voz lastimera, trataba de atraerla fuera con intención de saltar encima de ella. Aun así, había salido. Entonces, a la izquierda, en la esquina entre el granero y el cobertizo, había vislumbrado el débil destello que despedían en la oscuridad los barrotes de una jaula. Kirsten se acercó, con el corazón acelerado y una sensación creciente de opresión a medida que aquellos ladridos se intensificaban, tan agudos que casi parecían chillidos. Tenía un mal presentimiento. Después de dar media docena de pasos en la nieve, sus dedos alcanzaron los barrotes y fijó la mirada entre ellos. Allí, en el fondo, arrimada a la pared de cemento, había una forma. Entornó los ojos y entonces lo vio. Un perro joven, poco más que un cachorro. Un perrillo de raza indefinida, hocico alargado, orejas gachas y pelo corto y rojizo. Tenía la cabeza casi pegada al cemento del muro porque su collar estaba sujeto a una argolla. Con el trasero directamente apoyado en la hierba y la nieve, la miraba mientras lo sacudían temblores violentos. Todavía entonces recordaba la mirada dulce, afectuosa e implorante que le había dirigido aquel cachorro. Una mirada que decía: «Ayúdame, te lo suplico.» Era lo más triste que había visto en su vida. Sintió como su corazón inexperto, su corazón intacto de niña, se rompía en mil pedazos. Al cachorro ya no le quedaban fuerzas para ladrar; a duras penas podía emitir aquellos lamentos débiles y desgarradores, y abría y cerraba los ojos bajo el peso de la fatiga. Kirsten se había agarrado a aquellos barrotes helados; habría querido abrir la jaula, romperla, liberarlo y huir con él en los brazos. En aquel momento, enseguida. Había corrido, vacilante, ebria de dolor y de desesperación, hasta la granja, y había suplicado al abuelo. Sin embargo, éste se había mostrado inflexible. Por primera vez no había cedido a sus caprichos. Era un perro callejero, un chucho, que no tenía dueño y merecía un castigo: les había robado carne. Ella sabía que, si no hacía nada, el cachorro moriría antes del amanecer; imaginándose el sufrimiento del joven animal, su tristeza y soledad, lloró, gritó y vociferó delante de su hermana, que, estupefacta y asustada, también se echó a llorar. Su abuela intentó calmarla, pero el abuelo la miró con severidad y, por espacio de un segundo, se vio en el lugar del cachorro, encerrada en la jaula, con un collar en el cuello sujeto a la argolla metálica de la pared.

—¡Enciérrame en la jaula! —chilló—. ¡Enciérrame con él!

—Estás loca, pobrecita mía —soltó el abuelo con una voz dura e implacable.

Se acordó de aquel episodio cuando se enteró por los periódicos de que el Estado noruego acababa de crear un cuerpo de policía encargado de luchar contra la crueldad animal... El primero del mundo.

En el hospital, poco antes de que el abuelo muriera, había esperado a que su hermana y el resto de la familia que había acudido se encontraran a cierta distancia para inclinarse sobre el anciano y susurrarle algo al oído. Había visto su mirada afectuosa cuando se había acercado a él.

—Viejo cabrón —había murmurado—. Espero que vayas al infierno.

Había utilizado la palabra inglesa, *hell*, que coincidía con el nombre del pueblo del abuelo, pero estaba segura de que lo había comprendido.

Contemplando el púlpito, el retablo, el gran crucifijo y las pinturas murales, se acordó de que incluso Agnes Gonxha Bojaxhiu —más conocida con el nombre de Madre Teresa— había pasado la mayor parte de su vida en la noche profunda de la fe, de que en sus cartas había hablado de un «túnel», de una «oscuridad terrible dentro de uno mismo, como si todo estuviera muerto». ¿Cuántos creyentes vivirían de esa forma, en la oscuridad más completa? ¿Avanzando en medio de un desierto espiritual que mantenían en secreto?

—¿Todo bien? —preguntó Strand a su lado.

—Sí.

Tocó la pantalla de la tableta y las imágenes del breve vídeo de la policía de Bergen volvieron a aparecer.

Ecce homo.

1.º La mujer yacía tendida encima del altar, boca arriba, arqueada como si la traspasara un arco eléctrico o estuviera a punto de tener un orgasmo.

2.º La cabeza colgando fuera del altar, en el vacío, con la boca abierta y la lengua fuera como si esperara la hostia con la cabeza del revés.

3.º En un primer plano blanquecino que el técnico de Identificación Judicial debió de tomar con el zoom de la cámara HD, se apreciaba que la cara estaba roja y tumefacta, casi todos los huesos —nasal, cigomático, etmoides, maxilar superior, mandíbula— rotos y había un hundimiento rectilíneo y profundo en medio del frontal que creaba la impresión de que hubieran cavado un canalón; un hundimiento sin duda provocado por un golpe de extrema violencia descargado con un objeto contundente alargado, es probable que con una barra metálica.

4.º La ropa estaba desgarrada en parte, a excepción de la bota derecha, que estaba ausente y dejaba al descubierto un calcetín de lana blanco, con el talón sucio.

Kirsten absorbía cada detalle. «Es una escena impregnada de una profunda verdad», se dijo. La verdad de la humanidad. Doscientos mil años de barbarie y la esperanza de un hipotético más allá donde los hombres supuestamente serían mejores.

De acuerdo con las primeras comprobaciones, la mujer había recibido una paliza mortal: primero con una barra de hierro con la que le habían hundido la caja torácica y el cráneo, y después con la custodia. Los técnicos habían llegado a esa última conclusión debido a la presencia del objeto volcado y ensangrentado sobre el altar... Y sobre todo al particular trazado de las heridas: la custodia estaba rodeada de unos rayos que le conferían el aspecto de un sol, y dichos rayos habían dejado laceraciones profundas en la cara y las manos de la víctima. La degollación, que había hecho que la sangre brotara en la dirección del tabernáculo antes de que el corazón dejara de latir, debía de haberse producido justo después. Kirsten se concentró. En todos los escenarios del crimen hay un detalle que tiene más valor que los otros.

«La bota...» Una bota de senderismo North Face, negra con motivos blancos y una suela de color amarillo chillón... La habían encontrado del revés al pie de la tarima, a dos metros largos del altar. ¿Por qué?

—¿Llevaba la documentación?

—Sí. Se llamaba Inger Paulsen. No estaba fichada en el registro central de penados.

—¿Edad?

—Treinta y ocho años.

—¿Casada? ¿Hijos?

—Soltera.

Miró a Kasper. No llevaba alianza, pero quizá se la quitaba para trabajar. Se comportaba como un hombre casado. Kirsten se le acercó un poco más, pasando de la distancia personal a la distancia íntima —menos de cincuenta centímetros— y notó que se ponía rígido.

—¿Habéis averiguado a qué se dedicaba?

—Trabajaba en una plataforma petrolífera en el mar del Norte. Y... eh... los análisis de sangre han revelado un índice de alcoholemia elevado...

Kirsten se conocía de memoria todas las estadísticas. Sabía que la tasa de homicidios de Noruega era apenas inferior a la de Suecia, una vez y media más baja que en Francia, casi la mitad que en Gran Bretaña y siete veces inferior a la de Estados Unidos. Sabía que incluso en Noruega, el país con la tasa de desarrollo humano más elevada del mundo, según Naciones Unidas, la violencia guardaba una estrecha relación con el nivel educativo, que sólo un 34 % de los asesinos trabajaban, que el 89 % eran hombres y el 46 % actuaban bajo la influencia del alcohol en el momento de los hechos. Había, por consiguiente, una probabilidad nada despreciable de que el asesino fuera un hombre y una posibilidad entre dos de que hubiera consumido alcohol, al igual que su víctima. Había otra, no tan elevada, de que fuera un allegado: cónyuge, amigo, amante, compañero de trabajo... No obstante, el error que cometían todos los policías novatos era dejarse cegar por las estadísticas.

—¿En qué piensas? —preguntó, echándole el humo en la cara.

—¿Y tú?

Sonrió y reflexionó un momento.

—Una pelea —dijo—, un encuentro clandestino y una pelea que acabó mal. Mira la ropa desgarrada; casi le han arrancado el cuello de la camisa que lleva debajo del jersey y sobre todo esa bota lejos del altar... Se pelearon y el otro llevó las de ganar. Luego, enfurecido, la mató. La puesta en escena es sólo para divertir al público.

Se quitó una hebra de tabaco de los labios.

—¿Qué hacían en la iglesia, según tú? ¿No debería haber estado cerrada?

—Uno de los dos tenía una copia de las llaves, sin duda —confirmó él—, porque la iglesia está cerrada casi siempre. Y hay algo más.

Le indicó que lo siguiera. Kirsten se limpió la ceniza que le había caído en el abrigo, se lo abotonó para protegerse del frío y echó a andar tras él. Salieron por donde habían entrado: una puerta lateral. Kasper señaló las huellas de pasos en la delgada capa de nieve —la primera de la temporada había caído antes ese año— que la lluvia empezaba a borrar. Kirsten se había fijado en ellas cuando habían llegado por el camino que había delimitado la Policía Científica entre las lápidas. Dos rastros en un sentido y uno en el contrario.

—El asesino ha seguido a su víctima hasta el interior de la iglesia —dijo él, como si le leyera el pensamiento.

¿Habían llegado juntos o por separado? ¿Serían ladrones que se habían disputado el botín? ¿Dos personas que habían quedado allí? ¿Una adicta a las drogas y su camello? ¿Un sacerdote? ¿Unos amantes que encontraban excitante follar en una iglesia?

—Esa tal Paulsen, ¿era cristiana practicante?

—Ni idea.

—¿En qué plataforma trabajaba?

Kasper se lo dijo. Ella apagó el cigarrillo en la pared de la iglesia, lo que dejó un rastro negro en la piedra. Luego, con la colilla en el hueco de la mano, echó un vistazo a las ventanas iluminadas del edificio de enfrente. Eran las nueve de la mañana y todavía estaba oscuro. Las casas de madera típicas del barrio de Bryggen, que databan del siglo XVIII, relucían bajo la lluvia. Las gotas provocaban destellos a la luz de las farolas y le mojaban el pelo.

—¿Supongo que habréis interrogado a los vecinos?

—No hemos sacado nada de esos interrogatorios —confirmó Kasper—. Aparte del sin techo, nadie vio ni oyó nada.

Cerró la puerta de la iglesia con llave y volvieron al coche tras cruzar la verja, que se había quedado abierta.

—¿Y el obispo?

—Lo hemos sacado de la cama. Lo están interrogando en este momento.

Kirsten se acordó de la barra de hierro que llevaba consigo el asesino y se le ocurrió una idea.

—¿Y si fuera al revés? —dijo.

Kasper la miró de reojo mientras metía la llave en el contacto.

—¿Al revés el qué?

—¿Y si primero llegó el asesino y la víctima lo siguió?

—¿Una trampa? —preguntó Kasper, frunciendo el ceño.

Kirsten lo miró sin decir nada.

Comisaría de Hordaland. En el séptimo piso, la jefa de policía Birgit Strøm escrutaba a Kirsten con sus ojillos hundidos en medio de su cara de mero, achatada y ancha, cuya boca, fina como una ranura, se negaba con obstinación a curvar los extremos hacia arriba o hacia abajo.

—¿Una pelea? —repitió con una voz que sonó como un rallador oxidado.

«Abuso de tabaco», pensó Kirsten.

—En ese caso —continuó la jefa—, si no fue premeditado, ¿por qué habría acudido el asesino a una iglesia con una barra de hierro?

—Sí lo fue, está claro —la corrigió Kirsten—. Pero Paulsen se defendió. Tiene cortes en las palmas de las manos que le provocó la custodia y que indican que se defendió. Se pelearon y, en un momento dado, durante el forcejeo, Paulsen perdió una bota.

Kirsten advirtió un destello fugaz en los ojos del mero. La mirada de la jefa de policía se posó en Kasper antes de volver a concentrarse en Kirsten.

—Muy bien. Entonces, ¿cómo explicas que hayamos encontrado esto en uno de los bolsillos de la víctima?

Se echó hacia atrás para coger una bolsa transparente del borde del escritorio sobre el que había apoyado su voluminoso trasero, lo cual hizo sobresalir todavía más su pecho, también generoso.

Kasper y los otros agentes del equipo de investigación de la policía de Hordaland observaron el gesto como si se tratara de Serena Williams a punto de servir la bola de partido.

Kirsten cogió la bolsa de pruebas que le tendió la jefa de policía.

Ya sabía qué había dentro. Ésa era la razón por la que la habían llamado a ella para que fuera desde Oslo. La habían hecho entrar en la comisaría no por la entrada principal, la Allehelgens gate, sino por la puertecilla blindada de atrás, la Halfdan Kjerulfs gate, en la que había que marcar un código, como si les preocupara que alguien la viera.

Era un trozo de papel, con algo escrito a mano, en mayúsculas. Kasper se lo había dicho el día anterior por teléfono, cuando aún estaba en la sede del Kripos, menos de una hora después del descubrimiento del cadáver, así que no podía llevarse una sorpresa, porque ya lo sabía.

Era su nombre el que figuraba en ese trozo de papel.

KIRSTEN NIGAARD

2

83 souls

El helicóptero volaba a todo gas entre las ráfagas, propulsado por las dos potentes turbinas Turbomeca. En la penumbra, Kirsten distinguía la nuca de los dos pilotos, sus auriculares y sus cascos.

El piloto que estaba al mando iba a tener que recurrir a todas sus facultades esa noche, porque fuera la tormenta era tremenda. Eso era lo que había pensado, embutida en el traje de supervivencia, sentada detrás, mientras un único limpiaparabrisas expulsaba a duras penas las rachas de lluvia que abofeteaban el cristal, detrás del cual era ya noche cerrada. A la luz de los instrumentos de a bordo, las gruesas gotas rodaban hacia arriba con la presión del aire. Kirsten sabía que el último accidente en el que había estado implicado uno de los helicópteros que mantenían la comunicación con las plataformas marinas se había producido en 2013. Un Super Puma L2. Dieciocho personas iban a bordo. «Cuatro muertos.» Antes de eso, un Puma AS332 se había estrellado cerca de las costas escocesas en 2009. «Dieciséis muertos.» Y otros dos incidentes más, sin víctimas, habían tenido lugar en 2012.

En los días precedentes, las condiciones meteorológicas habían dejado aislados a más de dos mil trabajadores *offshore* entre Stavanger, Bergen y Florø. Esa tarde, los helicópteros habían podido despegar por fin y habían llevado a todo el mundo a casa. Con todo, las condiciones seguían siendo difíciles.

Miró de soslayo a Kasper. Sentado a su derecha, tenía los ojos vidriosos y la boca abierta. Kirsten volvió a fijar la vista al frente. Y por fin la vio. Surgida de las tinieblas, encaramada veinte metros por encima de la superficie invisible del océano, parecía flotar en la noche, como una nave espacial.

Latitud: 56,07817°.

Longitud: 4,232167°.

A doscientos cincuenta kilómetros de la costa. Un poco menos aislada de lo que hubiera estado perdida en el espacio...

Debajo, la oscuridad era total y Kirsten trató en vano de vislumbrar las altas pilonas de acero que debían de hundirse directamente en el oleaje encrespado. Sabía que tocaban el fondo ciento cuarenta y seis metros más abajo, lo que correspondía a la altura de un rascacielos de cuarenta y ocho pisos, con la diferencia de que, en lugar de un edificio sólido, allí eran sólo cuatro grúas metálicas y frágiles, rodeadas de un océano feroz y embravecido, las que sostenían aquella ciudad flotante.

Cuanto más se aproximaba el helicóptero, más le parecía que la plataforma Statoil era un desorden indescriptible, una montaña caótica y precaria. No había ni un centímetro libre entre los puentes, las pasarelas, las escaleras, las grúas, los contenedores, los kilómetros de cables, de tubos, de barreras, las torres de perforación y, para rematar, los seis pisos de zonas habitables apiladas como los barracones de las obras. El conjunto estaba muy iluminado, pero sólo en ciertas partes, algo que daba lugar a una alternancia de zonas de brillo deslumbrador y zonas invisibles, engullidas por la oscuridad.

Una ráfaga más violenta que las demás desvió la trayectoria del aparato.

«Qué mierda de noche», pensó.

Treinta nacionalidades convivían allí dentro: polacos, escoceses, noruegos, rusos, croatas, letones, franceses... Noventa y siete hombres y veintitrés mujeres, repartidos en equipos de noche y de día. Una semana trabajaban de noche, otra semana de día, hacían rotaciones de doce horas, y así durante un mes. Al cabo de cuatro semanas, ¡bingo!: el derecho a disfrutar de veintiocho días de vacaciones. Algunos se iban a hacer surf a Australia, otros a esquiar a los Alpes, otros volvían con la familia, y los divorciados —los más numerosos— se iban de marcha, disfrutaban a lo loco y dilapidaban buena parte del dinero que habían ganado, o se iban a Tailandia a buscar una compañera nueva que apenas hubiera entrado en la pubertad. Ésa era la ventaja de aquel trabajo: te ganabas bien la vida, tenías mucho tiempo libre y la posibilidad de viajar con las millas de avión que ibas acumulando. Aparte quedaban el estrés, los problemas de salud mental y los conflictos, que seguramente eran frecuentes allí dentro y acerca de los cuales los responsables debían de evitar hacer demasiadas preguntas, dedujo Kirsten. Desde luego, allí no faltaban las personas temerarias, las que padecían trastorno *borderline* y las que mostraban personalidad de tipo A. Se preguntó si Kasper la habría catalogado ya dentro de una de aquellas categorías. «En la de cargante, seguro que sí.» Él, por su parte, con su apariencia de oso de peluche, pertenecía sin duda a la personalidad de tipo B: necesidad baja de logros, ausencia de agresividad, tolerancia... Calmado, demasiado calmado. Aunque se había producido, aun así, una excepción. Esa misma noche, desde que habían abandonado tierra firme, se había despojado por fin de su aspecto bonachón para adoptar, pese a su corpulencia, la apariencia de un niño.

Ya sólo quedaban treinta metros. El área de aterrizaje —¿o había que decir «amerizaje»?— consistía en un hexágono mal iluminado con una «H» muy grande en el centro, cubierta de una red tensada a ras del suelo y suspendida en el vacío en un extremo de la plataforma. Una escalera metálica descendía en una pendiente pronunciada hacia la superestructura. Kasper tenía la vista clavada en la «H» que se balanceaba en la noche, al compás de sus oscilaciones, igual que un objetivo móvil de un videojuego, y los ojos estaban a punto de salírsele de las órbitas.

Kirsten percibió la llama que ardía en lo alto de una torre de perforación. El hexágono se aproximó. El H225 giró sobre sí mismo y la pista de aterrizaje desapareció por un instante de su campo visual. Luego, después de dar un último bandazo, los patines tocaron el helipad y a ella le pareció oír, a pesar del estruendo, que Kasper emitía un hipido. El piloto era un as, no cabía duda, pensó.

Lo que los aguardaba fuera no era menos violento: la lluvia helada los fustigó en cuanto pusieron un pie en tierra, y el viento que le tiraba del pelo soplaba con tanta fuerza que dudó si no sería capaz de hacerla caer por la borda. En cuanto Kirsten se puso en marcha notó la red bajo las suelas. La pista estaba hundida en la penumbra, que tan sólo mitigaban los fluorescentes que había dispuestos en el suelo. Un individuo provisto de un casco y unos protectores de orejas voluminosos surgió sin previo aviso y la agarró del brazo.

—¡No te pongas de cara al viento! —gritó, obligándola a que girara sobre sí misma como una peonza—. ¡No te pongas de cara al viento!

De acuerdo, pero ¿de dónde venían las ráfagas? A ella le parecía que aquel viento furibundo soplaba de todas partes a la vez. El hombre la empujó hacia el lugar donde arrancaba la escalera de acero. Entre los escalones se veía el vacío, y a Kirsten le dio vértigo cuando descubrió los treinta metros que los separaban de la superficie: un hervidero de olas desmesuradas que levantaban el océano y chocaban contra las pilonas de la plataforma antes de proseguir su carrera a través de las tinieblas del mar del Norte.

—¡Joder! —exclamó Kasper a su espalda.

Al volverse, lo vio agarrado a la barandilla.

Quiso bajar el escalón siguiente, pero no lo consiguió. Imposible. El viento, que le daba de cara, era como un muro, y la lluvia, una granizada que le acribillaba las mejillas. Tuvo la impresión de haber entrado por error en un túnel de pruebas de aerodinámica.

—¡Mierda, mierda, mierda! —gritó, avergonzada pero incapaz de avanzar.

Dos manos la empujaron por la espalda y por fin franqueó el obstáculo, escalón tras escalón.

El capitán de la plataforma —un individuo alto, con barba, de unos cuarenta y tantos años— los esperaba al pie de la escalera, en compañía de otro hombretón que agitaba ante ellos unos trajes naranjas cubiertos de bandas reflectantes.

—¿Están bien? —preguntó, bajo el casco, el barbudo.

—Buenos días, capitán. Kirsten Nigaard, agente del Kripos, y él es Kasper Strand, miembro del equipo de investigación de la policía criminal de Hordaland —se presentó, tendiéndole la mano.

—Jesper Nilsen. ¡No soy el capitán, soy el supervisor! Pónganse esto. ¡Es obligatorio!

El tono era autoritario, y su cara, inexpresiva. Kirsten cogió el pesado traje, que le resultó incómodo y excesivamente grande: sus manos desaparecieron en el interior de las mangas.

—¿Dónde está el capitán?

—¡Está ocupado! —gritó Nilsen para hacerse oír entre el estruendo, y les indicó con un gesto que lo acompañaran—. ¡Aquí siempre vamos con prisas, nunca paramos! Es un trabajo muy serio, teniendo en cuenta lo que cuesta al día el mantenimiento de una plataforma. ¡No hay tiempo que perder!

Quiso ir tras él, pero el viento la proyectó contra la barandilla y la hizo doblarse casi en dos. Lo siguió de todas formas, agarrándose a las barreras, propulsada de un lado a otro, cegada por la lluvia. Giraron a la derecha y luego a la izquierda, y de nuevo torcieron a la derecha. Después bajaron unos escalones y recorrieron una pasarela con un suelo de enrejado metálico y pasaron por detrás de un gran contenedor que, por un momento, los protegió de los embates del viento. Unos hombres con casco y gafas de protección iban y venían. Kirsten levantó la cabeza. Allí todo era vertical, vertiginoso y hostil. Un laberinto de fluorescentes y de acero cercado por las tempestades del mar del Norte. Por todas partes había prohibiciones: «PROHIBIDO FUMAR», «PROHIBIDO QUITARSE EL CASCO», «PROHIBIDO SILBAR» (quizá porque, a pesar del estrépito, cualquier ruido inhabitual podía representar un peligro y constituir, pues, una información importante), «PROHIBIDO PASAR». La estructura vibraba, gruñía y rugía... con el estruendo del entrechocar de los tubos, el escándalo de las máquinas y las embestidas del mar abajo. Derecha, izquierda, derecha... Por fin una puerta y se encontraron a resguardo de la lluvia en una especie de esclusa provista de bancos y taquillas. El supervisor abrió una. Luego se quitó el casco, los guantes y el calzado de seguridad.

—Aquí todo el mundo debe velar por la seguridad —dijo—. Los accidentes no son frecuentes, pero a menudo son graves. El peligro siempre acecha en una plataforma. Ahora estamos llevando a cabo una operación de soldadura en el *drill floor*, se trata de una reparación urgente. Es lo que llamamos el *hot work*, «el trabajo caliente». Es una fase delicada que no puede posponerse. Y como no quiero tenerles por medio mientras tanto, van a hacer exactamente lo que vamos a indicarles —añadió con un tono que no admitía objeción.

—No hay inconveniente —respondió ella—, siempre y cuando tengamos acceso a todo.

—No creo que eso vaya a ser posible —contestó él.

—Eh... Jesper, ¿no? Estamos aquí por una investigación criminal y la víctima era una de sus...

—No han entendido lo que acabo de decirles —la atajó con sequedad—. Para mí, la prioridad es la seguridad y no su investigación. ¿He hablado claro ahora?

Kirsten se secó la cara y reparó en la expresión ceñuda de Kasper. Igual que ella, había calado al supervisor y al capitán: eran como gatos, habían meado por todas partes para marcar el territorio antes de su llegada. Debían de haber acordado la estrategia que iban a seguir con los mandamases de la empresa: ellos eran los únicos dueños a bordo y, por consiguiente, la policía noruega sólo actuaría en el perímetro y las condiciones que ellos fijaran. Kirsten iba a intervenir cuando Kasper preguntó con tono plácido:

—¿El capitán consigue dormir en algún momento?

El barbudo de aire de camorrista lo miró con condescendencia.

—Por supuesto.

—Y en ese caso, ¿lo sustituye alguien?

—¿Adónde quieres ir a parar?

—Te he hecho una pregunta.

El tono no sólo sobresaltó al supervisor, sino también a Kirsten. A fin de cuentas, no era tan B como parecía, el tal Kasper Strand.

—Claro.

Kasper se aproximó entonces al hombre, que le sacaba casi un palmo, hasta situarse tan cerca que el otro se vio obligado a retroceder.

—¿Que adónde quiero ir a parar? ¿Adónde quiero ir a parar? ¿Tenéis un sitio para las reuniones?

El barbudo asintió con la cabeza, con recelo.

—Muy bien. Entonces voy a explicarte lo que vas a hacer...

—Un momento. ¿No habéis oído lo que acabo de decir? Me parece que no lo captáis, ni el uno ni el otro. Vais a tener...

—Cierra el pico.

Kirsten sonrió. Nilsen abrió los ojos como platos y empezó a ponerse rojo.

—¿Me escuchas ahora? —dijo Kasper.

Nilsen asintió, mudo, con las mandíbulas apretadas y la mirada furibunda.

—Perfecto. Vas a llevarnos a esa sala de reuniones. A continuación, quiero que tu capitán y todos los responsables de la gestión del personal de esta plataforma se unan a nosotros. Todas las personas cuyo trabajo a esta hora no sea de importancia vital, ¿me has comprendido? Me tiene sin cuidado eso del «trabajo caliente». Esta plataforma es noruega y aquí la única autoridad que rige es la del Ministerio de Justicia noruego y la Policía Nacional de Noruega. ¿Me he explicado bien o no?

El capitán Tord Christensen tenía un tic del que tal vez no era consciente: se pellizcaba las aletas de la nariz cada vez que algo lo contrariaba. Y la presencia a bordo de aquellos dos policías lo contrariaba sobremanera. Estaban reunidos él mismo, Nilsen, el médico de a bordo, varios jefes de equipo que no estaban ocupados con la operación que se estaba llevando a cabo, una mujer morena que —si Kirsten no había entendido mal— era la coordinadora de mantenimiento y una rubia que le habían presentado como la supervisora de seguridad laboral.

—Han transcurrido más de veinticuatro horas desde que Inger Paulsen, una trabajadora de esta plataforma, murió a consecuencia de una paliza en una iglesia de Bergen —empezó a explicar Kirsten—. Disponemos de la autorización pertinente de la fiscalía para proseguir con el caso aquí, y dicha autorización implica que todo el personal debe ponerse a nuestra disposición para facilitar la investigación.

—Mmm, siempre y cuando dicha investigación no ponga en peligro de una manera u otra al personal que trabaja en esta plataforma —objetó con sequedad la rubia que llevaba un chaleco azul sin mangas encima de un jersey blanco—. De lo contrario, yo, personalmente, voy a oponerme.

Sin duda, todo el mundo allí se las daba de gallito, pensó Kirsten. Incluso los ovarios de aquellas señoras segregaban suficiente testosterona como para fabricar un regimiento de participantes en Míster Universo.

—No tenemos ninguna intención de poner en peligro a nadie —contestó con diplomacia Kasper—. Todos los que no puedan abandonar sus tareas serán interrogados más tarde.

—¿Inger Paulsen dormía en una cabina individual? —preguntó Kirsten.

—No —respondió Christensen—. Las cabinas de los técnicos de producción se comparten entre dos personas: una con turno de día y otra de noche...

—¿Tiene la lista de los hombres que se encontraban en tierra ayer?

—Sí. Se la daré después.

—¿Regresaron todos?

El capitán se volvió hacia el supervisor.

—Eh, no —respondió este último—. A consecuencia del mal tiempo, todavía tiene que llegar un helicóptero, aún hay que trasladar a siete personas. En principio, no tardarán en volver.

—Doctor, ¿tiene pacientes que presenten perfiles psiquiátricos problemáticos? —preguntó Kirsten al médico de a bordo.

—Eso es secreto médico —contestó el hombre menudo, observándola desde detrás de unas gafas redondas.

—Que se puede revelar en caso de investigación criminal —replicó ella en el acto.

—De ser así, habría solicitado de inmediato que el paciente fuera relevado de sus funciones.

—Entonces, ¿hay pacientes que presenten problemas psicológicos más leves?

—Es posible.

—¿Eso significa «sí» o «no»?

—Sí.

—Necesitaré la lista.

—No sé si puedo...

—Yo asumo la responsabilidad. Si se niega, será a usted a quien declaren no apto.

Era un farol, desde luego, pero vio que el médico se estremecía.

—¿Cuántos hombres hay a bordo esta noche?

El capitán le mostró algo que al principio Kirsten había tomado por un reloj rotatorio. El número 83 aparecía destacado bien grande, en blanco sobre un fondo negro. Luego vio lo que había escrito encima, en inglés: *Souls on platform*.

—Es indispensable por motivos de seguridad —les explicó el capitán—. Es preciso conocer en todo momento el número exacto de personas que hay a bordo.

—¿Cuántas mujeres? —preguntó Kasper.

—Veintitrés en total.

—¿Y cuántas cabinas?

—Unas cincuenta dobles. Además de las cabinas individuales del capitán, los supervisores, los jefes de equipo y los ingenieros.

Kirsten se quedó pensando un momento.

—¿Y cómo hacen para saber dónde se encuentra cada persona en todo momento?

—La sala de control —respondió entonces la mujer rubia—. Todas las tareas que se realizan a bordo están sometidas a una autorización previa. Eso permite que los de la sala de control sepan dónde se encuentra cada cual y qué está haciendo.

—Comprendo. Y los que no trabajan en este momento, ¿qué hacen?

Christensen esbozó una leve sonrisa.

—Dada la hora que es, creo que duermen.

—Bien. Pues despiértenlos, sáquenlos de las cabinas y reúnanlos en alguna parte. Luego prohíban el acceso a las cabinas. Vamos a registrar la de Inger Paulsen y después todas las otras.

—¡Están de broma!

—¿Usted cree?

La cabina de Inger Paulsen medía menos de nueve metros cuadrados. La otra ocupante se llamaba Pernille Madsen. En ese preciso momento se encontraba en el puesto de pilotaje, de modo que la cabina estaba vacía. Había dos literas con sábanas azules y unos cajones blancos debajo, identificados con las letras «A» y «B». Cada una estaba provista con una cortina y un televisor minúsculo colgado en una esquina: bajo el techo en un caso y bajo la litera de arriba en el otro. Un ojo de buey pequeño que iluminaba el centro de la estancia, unos estantes, un escritorio con dos ordenadores portátiles y dos armarios detrás de la puerta.

—Puede parecer algo espartano —reconoció la rubia que los había acompañado hasta allí, detrás de Kirsten—, pero sólo están cinco meses al año a bordo y buena parte de ese tiempo lo pasan en el comedor o en la cafetería cuando no trabajan. También disponen de televisión por satélite en pantalla grande, tres billares, una sala de cine, un gimnasio, una biblioteca e incluso un lugar donde tocar música y una sauna.

Kirsten se quitó la chaqueta con las bandas reflectantes y la dejó en el respaldo de la silla. Después del frío intenso de fuera, allí reinaba un calor sofocante.

—Lo más duro es la Navidad y el Año Nuevo —añadió la mujer—, cuando se está lejos de la familia.

Su voz era monocorde, monótona. Cargada de una hostilidad apenas perceptible.

Kirsten revisó los cajones de debajo de las literas, los del escritorio y los estantes. Ropa interior femenina, camisetas, vaqueros, algunos papeles, una novela policíaca en edición de bolsillo, deteriorada, videojuegos... Nada. Allí no había nada. Una vibración ligera —máquina, fuelle, motor— atravesaba el tabique. La mujer seguía hablando a su espalda, pero Kirsten había dejado de escucharla. Advirtió que una de las camas estaba muy bien hecha mientras que la otra era un desastre. Hacía calor. Mucho calor. El sudor le resbalaba por debajo de la tira del sujetador. Empezaba a tener mig

raña.

Kasper acabó de registrar los armarios y le indicó con un gesto que no había encontrado nada. Volvieron a salir al largo pasillo.

—Enséñanos las cabinas de los hombres que estaban en tierra la noche del asesinato —dijo Kirsten.

La rubia la fulminó con la mirada. Después pestañeó. Todo su lenguaje corporal transmitía hostilidad. Dio media vuelta y empezó a caminar por el pasillo, que estaba cubierto por una gruesa moqueta azul en la que se hundían los pasos, y señaló varias puertas. Kirsten le indicó que las abriera. Al ver que Kasper desaparecía en una cabina, entró en otra. La mujer no se movió. Kirsten se percató de que la vigilaba desde el pasillo, por el hueco de la puerta. A ella... no a Kasper. Eso la incitó a registrar la cabina. Al cabo de menos de cinco minutos, tuvo que rendirse a la evidencia: allí tampoco había nada fuera de lo normal.

Y la vibración seguía, una pulsación que subía de las entrañas de la plataforma... Sentía que le penetraba directamente la cabeza. Tenía calor y una leve sensación de mareo. Y la mujer rubia continuaba plantada detrás de ella, clavándole la misma mirada acerada.

Pasó a la puerta siguiente.

Primero examinó la cabina. Idéntica a las anteriores. Abrió uno de los cajones de debajo de la litera. Las vio de inmediato. Entre otras piezas de ropa. Prendas de ropa femenina. Manchadas. Se dio la vuelta.

—¿Esta cabina está ocupada por mujeres?

La rubia negó con la cabeza.

Kirsten reanudó el registro.

Ropa de hombre. De marca. Boss, Calvin Klein, Ralph Lauren, Paul Smith... Abrió otro cajón. Frunció el ceño. Más ropa interior femenina. En una de ellas había sangre... ¿Qué significaba aquello? Notó que se le aceleraba el pulso.

Se volvió hacia la puerta. La rubia arisca la observaba. Quizá había intuido algo. Quizá el propio lenguaje corporal de Kirsten le había enviado una señal de que estaba ocurriendo algo.

Se inclinó, revisó las prendas. Todas de la misma talla o casi...

Kirsten giró la cabeza. Le pareció oír un ruido ligero a su espalda. La mujer se había movido. Ahora estaba apoyada con el hombro en el marco. Muy cerca. Sin perderla de vista ni un instante. Kirsten se estremeció. Se le aceleró la respiración. La miró de arriba abajo.

—¿A quién pertenece esta cabina?

—No lo sé.

—Pero hay forma de saberlo, ¿no?

—Por supuesto.

—Vamos, entonces. Enséñanoslo.

Kasper había acudido al oír la voz de Kirsten. Le mostró el cajón abierto, con las bragas manchadas de sangre, y después lo miró. Él asintió con la cabeza. Lo había comprendido.

—Hay algo que no cuadra —le dijo Kirsten—. Es demasiado fácil. Parece un juego de pistas.

—En ese caso, va dirigido a ti —señaló Kasper.

Lo observó. «No es tan tonto.»

—Seguidme —dijo la mujer.

—Se llaman Laszlo Szabo y Philippe Neveu.

Estaban en un despacho pequeño sin ventana, lleno de documentos.

«Neveu, un apellido francés...»

—¿Cuál de los dos estaba en tierra la otra noche?

—Neveu.

—¿Dónde está en este momento?

La mujer consultó la planificación que tenían en un gran mural con cartulinas de colores encajadas en unas ranuras.

—En este momento está en uno de los puestos de soldadura. En el *drill floor*.

—¿Es francés?

La rubia buscó en un cajón de un archivador metálico que había debajo del mural, sacó una carpeta y se la tendió. Kirsten vio la foto de un hombre de rostro chupado y cabello moreno muy corto. Calculó que tendría unos cuarenta y cinco años.

—Eso es lo que dice, sí —respondió la mujer—. ¿Qué ocurre exactamente?

Kirsten miró la bolsa que contenía las bragas ensangrentadas y alzó la vista hacia Kasper. Cuando sus miradas se cruzaron, sintió una descarga de adrenalina. Tenía la misma expresión que debía de poner ella: eran como dos perros siguiendo el rastro de una presa.

—¿Qué hacemos? —le consultó en voz baja.

—Es difícil pedir refuerzos aquí —respondió él.

Se volvió hacia la mujer.

—¿Hay armas a bordo? ¿Quién se encarga de la seguridad? Deben de tener algo previsto para casos de tentativa de piratería o de ataque terrorista.

Kirsten sabía que las empresas *offshore* mostraban una discreción extrema en ese sentido. A nadie le apetecía explayarse sobre cuestiones tan delicadas, reconocer la vulnerabilidad de aquellos objetivos de alto valor estratégico para terroristas bien preparados. Kirsten había participado en un par de ocasiones en los ejercicios anuales Gemini, en los que colaboraban la policía, las fuerzas especiales, los guardacostas y varias compañías petroleras y de gas. También había asistido a seminarios. Todos los especialistas se mostraban unánimes: Noruega estaba menos preparada que sus vecinos para afrontar un ataque terrorista. Hasta fechas recientes, su país había sido una nación ingenua, que no se interesaba por el terrorismo porque se consideraba a salvo de él. Sin embargo, esa ingenuidad se había acabado el 22 de julio de 2011 con Anders Breivik y la masacre de Utøya. Aun así, todavía entonces, cuando en Escocia la policía protegía las instalaciones petrolíferas y ponía personas armadas a bordo, Noruega seguía sin hacerse cargo del alcance del peligro, pese a que Statoil, por ejemplo, había reforzado la seguridad desde el 2013, a raíz del asalto a la refinería de In Amenas en el sur de Argelia. ¿Qué ocurriría si un comando armado con fusiles de asalto aterrizara en helicóptero en una plataforma y se apoderara de ella? ¿Si la minara de explosivos? Había más de cuatrocientas instalaciones *offshore* en el mar del Norte: ¿acaso su espacio aéreo contaba con una vigilancia permanente? Kirsten dudaba mucho de que así fuera. ¿Y los trabajadores que volvían del continente? ¿Los registraban al llegar? ¿Qué les impedía llevar un arma a bordo?

Vio que la mujer apretaba un botón y se inclinaba hacia un micro.

—Mikkel, ¿puedes venir ahora mismo, por favor?

Tres minutos después, un individuo forzudo que se movía como un *cowboy* apareció en el exiguo despacho.

—Mikkel, estos señores son de la policía —explicó la mujer—. Quieren saber si estás armado.

Mikkel los observó, ceñudo, e hizo una rotación con los hombros musculosos.

—Sí, ¿por qué?

Kirsten le preguntó de qué arma se trataba. La respuesta le provocó una mueca.

—¿Hay alguien más que vaya armado a bordo? —preguntó.

—El capitán tiene un arma en su cabina. Eso es todo.

«Mierda», pensó. Miró la tempestad que azotaba el ojo de buey negro y de nuevo intercambió una mirada con Kasper. Éste asintió con la cabeza. Su semblante expresaba a las claras lo que pensaba de la situación.

—Estamos solos —concluyó Kirsten.

—Y, a diferencia de nosotros, él está en su territorio —añadió Kasper.

—¿Podría saber qué ocurre? —preguntó el forzudo.

Kirsten abrió el estuche que llevaba en los riñones, sin sacar la pistola.

—Coge tu arma, pero no la uses a menos que yo te lo diga.

El cachas se puso muy pálido.

—¿Qué intentáis hacer?

—Vamos a detener a alguien...

Kirsten se volvió entonces hacia la mujer rubia, que en ese momento abría mucho los ojos, con sorpresa.

—Guíanos.

Esa vez se apresuró a obedecer. Cogió una chaqueta impermeable de un colgador. Había perdido todo rastro de agresividad; se notaba que tenía miedo. Salieron del despacho en fila india y recorrieron un pasillo estrecho hasta una escalera metálica igual de empinada que las demás. Una vez arriba, Kirsten percibió los fluorescentes del exterior.

Salieron a la noche y el bramido del océano encrespado les volvió a resonar en los tímpanos.

La mujer rubia los condujo a través del laberinto rayado de lluvia. Llovía a cántaros; el aguacero relucía en el fondo opaco de las tinieblas y bajo las lámparas. Kirsten se levantó el cuello del abrigo. Notó cómo la lluvia helada le mojaba la nuca y le resbalaba por la espalda. Sus pasos vibraban sobre las pasarelas, pero el ruido quedaba ahogado por el estruendo habitual de la plataforma.

Ante ellos ascendían, como los de un órgano, unos tubos enormes, alineados y suspendidos sobre la superestructura. Todos ellos eran más altos que una casa. El temporal los hacía bailar, cantar y entrechocar, igual que los tubos de un carrillón. Otra escalera... Cuando la hubieron bajado, se encontraron en un puente invadido por un lodo graso, aceitoso, abarrotado de máquinas y conductos. Kirsten percibió la forma imprecisa que había arrodillada en el fondo, iluminada de modo intermitente. La adrenalina corría por sus venas. Comprobó que podía acceder al arma si se pasaba discretamente una mano por la zona de los riñones. La visera opaca del soldador se iluminaba cada vez que el sol blanco y potente brotaba de su arco, produciendo una nube de humo cargada de chispas. Se le ocurrió que el casco evocaba el yelmo de un caballero. Concentrado en su labor, no los había oído llegar.

—¡Neveu! —chilló la mujer rubia.

El casco y la visera se levantaron, y el sol se apagó. Por espacio de un instante, Kirsten creyó vislumbrar una sonrisa a través de la visera.

—Apartaos —dijo Kirsten con calma, haciendo retroceder a la mujer—. ¿Philippe Neveu? *Norway police!* —anunció.

El hombre no reaccionó. Se quedó quieto, sin decir nada, con el soldador en la mano cubierta por un guante. Kirsten no le veía ni los ojos ni la cara. Todavía de rodillas, el tipo dejó la boquilla del aparato en el suelo de metal y se quitó despacio los recios guantes. Después se llevó las manos pálidas al casco. Kirsten vigilaba cada uno de sus gestos, con la mano derecha a la espalda, cerca de los riñones. El hombre levantó por fin las suyas por encima de la cabeza y entonces su cara apareció bajo la visera. Sin duda, era la misma persona de la foto.

En sus ojos había un brillo extraño que puso a Kirsten en alerta.

El hombre, que seguía arrodillado, se incorporó muy despacio, y ella tuvo la impresión de que iba a alzar el vuelo, de lo alto y delgado que era, pese a que realizaba cada movimiento al ralentí.

—Despacio —advirtió—. *Slowly.*

Buscó las esposas en el bolsillo derecho y no las encontró. «¡Maldita sea!» Hundió una mano en el izquierdo. Estaban allí. Dirigió una mirada a Kasper. Se lo veía tan tenso como a ella. No apartaba la vista del hombre, y bajo la piel de sus mejillas se percibía el movimiento de los músculos.

Seis metros.

Ésa era la distancia que los separaba.

Iba a tener que franquearla si quería ponerle las esposas. Miró a su alrededor. Kasper había sacado el arma. El agente de seguridad tenía una mano apoyada en la funda de la suya, a la manera de un *cowboy* del Oeste. La mujer rubia abría mucho los ojos, espantada.

—*Keep quiet!* —dijo, sacando las esposas—. *Understand me?*

El hombre no se movió. Seguía mirando con el mismo brillo en los ojos: el de un animal acorralado.

Mierda, a Kirsten no le gustaba nada esa situación. Se apartó un mechón de pelo empapado que le caía encima de los ojos. La lluvia le martilleaba el cráneo y le resbalaba hasta la punta de la nariz.

—¡Las manos detrás de la cabeza! —ordenó.

El hombre obedeció con la misma lentitud circunspecta, como si temiera que la policía cometiera un error por su culpa. Sin embargo, no dejaba de mirarla. A ella. Y a nadie más.

Era francamente alto. Iba a tener que obrar con muchísima prudencia cuando se acercara a él. Una gotera procedente de las viguetas de acero le caía justo encima de la cabeza, pero no parecía darse cuenta. Observaba a Kirsten con indiferencia.

—Ahora vas a volverte muy despacio y a ponerte otra vez de rodillas. Con las manos en la cabeza, ¿entendido?

Aunque no respondió, cumplió las instrucciones y giró despacio sobre sí mismo. Un instante después, había desaparecido. Se había esfumado de su campo visual... Con la misma facilidad que si hubiera realizado un número de magia, había desaparecido por la derecha, por detrás de una gran cisterna cilíndrica y un tablero eléctrico.

—¡Mierda!

Kirsten desenfundó el arma, hizo pasar un cartucho al cañón y se apresuró a perseguirlo. Rodeó la cisterna. El enrejado metálico del suelo vibraba bajo sus rápidos pasos. Lo vio girar a la izquierda después de una especie de tubo enorme con forma de codo, que estaba ensamblado a otro tubo idéntico, y bajar la escalera, a unos diez metros de distancia. Se lanzó tras él. Al final de la escalera, una pasarela estrecha discurría por encima del oleaje embravecido y comunicaba con otra parte de la plataforma, mucho menos iluminada.

—¡Kirsten, vuelve! —gritó Kasper a su espalda—. ¡Vuelve! ¡No podrá ir muy lejos!

Demasiado nerviosa para detenerse a pensar, bajó la escalera y empezó a correr a su vez por la larga pasarela, en dirección a la zona de la plataforma que estaba sumida en la noche.

—¡Kirsten! ¡Vuelve, por Dios!

A través del suelo enrejado, vislumbró bajo sus pies las olas gigantescas, orladas de espuma. «Pero ¿qué haces? ¿A qué estás jugando?» Corrió con todas sus fuerzas, empuñando el arma, hacia el otro lado de la plataforma, que parecía particularmente oscuro y solitario.

Un laberinto, eso es lo que era. Un laberinto de viguetas de acero, de escaleras y barreras. Sí, sabía que no debería haberse adentrado allí, pero al fin y al cabo ese tipo de sonrisa bobalicona iba embutido en un mono que debía de pesar una tonelada e imposibilitarle bastante los movimientos y, a diferencia de ella, no iba armado. Eso era lo que respondería cuando le preguntaran por qué había asumido semejante riesgo. Eso era lo que fingiría haber pensado en ese momento.

En el instante en que tomaba pie al otro lado de aquel pasadizo, que le hizo pensar en un camino de ronda que rodeara los torreones de un castillo, una ola aún más alta golpeó uno de los pilares y le roció la cara con una fría granizada. Lo buscó con la mirada. En vano. Podría haber sido, sin embargo, cualquiera de las sombras que la envolvían. Para ello le bastaba con quedarse quieto.

—¡Neveu! —gritó—. ¡No hagas tonterías! ¡No puedes escapar a ningún sitio!

Sólo le respondió el viento. Pero volvió la cabeza justo a tiempo para ver cómo se despegaba de las tinieblas y se precipitaba hacia el fondo.

—¡Eh! ¡Eh! ¡Vuelve aquí, joder!

Corrió hacia él, pero había vuelto a desaparecer. Tomó conciencia de que estaba sola. Sola con él. Ni Kasper ni el vigilante la habían seguido. Continuó avanzando, rodeada de una cohorte de reflejos y sombras. Los velos de la noche se abrían y se cerraban. Caminaba con las piernas ligeramente flexionadas, empuñando el arma con las dos manos.

Estaba tan oscuro que no veía nada. ¡Mierda, seguir era una locura! ¿Para qué? Sabía muy bien que lo estaba haciendo de cara a la galería. ¿O era para divertirse?

Tocó con el pie algo blando y, al bajar la vista, vio el bulto oscuro de una lona que había tirada en el suelo. La sorteó sin pisarla, por si acaso, sin dejar de mirar a su alrededor. Acababa de apoyar el pie en el otro lado cuando sintió que unos dedos se cerraban en torno a su tobillo. Antes de que comprendiera qué estaba ocurriendo, perdió el equilibrio a causa del tirón violento que le habían dado en la pierna.

En el argot pugilístico, a esto se le llama «caer noqueado».

La espalda y el codo chocaron contra el suelo metálico y el arma rebotó más lejos, con un tintineo. La lona se movió y dejó al descubierto una figura que se irguió con una agilidad sorprendente y que se abalanzó sobre ella. Percibió un rostro deformado por una mueca. Se disponía a darle una patada cuando el cielo nocturno estalló. Varias decenas de lámparas se encendieron al mismo tiempo e iluminaron la silueta que se inclinaba sobre ella.

—¡Atrás! ¡Atrás! —ordenó Kasper—. ¡Manos arriba! ¡Neveu! ¡No hagas una estupidez!

Kirsten volvió la cabeza hacia Kasper y después centró de nuevo la atención en el francés.

El hombre la miraba con expresión inquieta. Levantaba las manos sin apartar la vista de ella.

3

Teleobjetivo

Kirsten y Kasper llevaban más de tres horas sentados frente al francés. Ella había elegido el espacio más neutro posible, un cuarto sin decoración ni ventanas, con el fin de que su interlocutor no tuviera distracciones y se concentrara en ella y en sus preguntas.

Primero había empleado un tono halagador para resaltar el carácter tan especial de la puesta en escena en la iglesia y lo había interrogado sobre su oficio de soldador. Después había dado un giro de ciento ochenta grados y había empezado a burlarse de sus puntos débiles, mofándose de la facilidad con que se había dejado atrapar y de los numerosos indicios que había ido dejando tras él.

Durante todo ese rato, el tipo no había parado de proclamar su inocencia.

—Esa ropa interior es de mi novia —repitió, gimiendo—. Me sirve para acordarme de ella y para... bueno, ya me entienden...

Kirsten lo observó. Le dieron ganas de abofetearlo al ver su mirada suplicante, húmeda, llorosa.

—¿Y la sangre? —dijo Kasper.

—¡Es sangre de regla, joder! ¡Con tanto científico, seguro que tienen la manera de comprobarlo!

Kirsten se lo imaginó olisqueando las bragas por la noche, en la litera, y la recorrió un escalofrío.

—De acuerdo. Entonces, ¿por qué has huido?

—Ya se lo he dicho.

—Pues repítemelo.

—¡Se lo he repetido diez veces!

—Pues con ésta serán once —contestó, encogiéndose de hombros.

Permaneció callado tanto rato que le dieron ganas de espabilarlo un poco.

—Meto un poco de hachís a escondidas y lo reparto entre mis compañeros de a bordo.

—¿Traficas?

—No, se lo regalo.

—Deja de tratarme como si fuera gilipollas.

—Vale, sí. Un poco. Les hago un favor. La vida aquí dentro no siempre es fácil, pero ¡no soy un asesino, joder! ¡Nunca le he hecho daño a nadie!

De nuevo los sollozos y los ojos enrojecidos. Salieron de la habitación.

—¿Y si nos estamos equivocando? —preguntó Kirsten a su compañero.

—¿Bromeas?

—No.

Se alejó por el pasillo y subió la escalera que conducía al puesto de mando. Empezaba a orientarse en aquel laberinto. Christensen la miró al entrar.

—¿Qué tal?

—Tenemos que registrar las otras cabinas de los operarios que aún no han vuelto.

—¿Para qué?

Kirsten no respondió.

—De acuerdo —aceptó con desgana el capitán, presintiendo que aquella mujer era inflexible en cualquier circunstancia y que perdería el tiempo discutiendo con ella—. Los acompaño.

Lo encontró en la cuarta cabina.

Entre la ropa: un sobre de papel de estraza. Formato A4. Se lo acercó y lo abrió. Fotografías reveladas. La primera era un retrato de un niño rubio, de unos cuatro o cinco años. Le dio la vuelta. En el dorso había escrito «Gustav». Detrás de él se veía un lago, un pueblo y unas montañas nevadas. Examinó las otras fotos.

Se habían tomado con un teleobjetivo...

Un hombre. Siempre el mismo. En la cuarentena. Pelo moreno.

Kirsten las fue pasando. Había unas veinte. El hombre aparcaba el coche, se bajaba de él, lo cerraba. Caminaba por la calle, entre la gente. Aparecía sentado al lado de la ventana de un bar. Kirsten se fijó en la placa de una calle.

Aquellas fotos se habían tomado en Francia.

En una de las últimas, el hombre entraba en un gran edificio de ladrillo visto por una puerta semicircular de metal que daba acceso al vestíbulo. Arriba ondeaba una bandera de color azul, blanco y rojo. La francesa, en efecto. Y encima se leían las palabras «HÔTEL DE POLICE». Aunque no hablaba francés, Kirsten comprendió sin dificultad la última.

Police: «politiet».

En los primeros planos se apreciaba su rostro agradable, aunque parecía cansado, preocupado. Kirsten había advertido las ojeras bajo los ojos, el pliegue de amargura de la boca. A veces la cara era nítida, otras el cuerpo entero se veía un poco borroso... o bien se interponía un coche, unos arbustos o unos transeúntes entre él y el objetivo. Aquel individuo ignoraba por completo la existencia de la sombra que lo seguía a todas partes, que pisaba donde él había pisado.

Volvió a darle la vuelta a la foto del niño.

GUSTAV

La misma letra que la del papel que habían encontrado en el bolsillo de Inger Paulsen, en la iglesia.

El papel donde aparecía escrito su nombre.

MARTIN

4

Fulminado

En Toulouse también llovía, pero no nevaba. En aquellos primeros días de octubre, la temperatura rondaba los quince grados.

—*La casa al final de la calle* —dijo el teniente Vincent Espérandieu.

—¿Qué?

—Nada. Es el título de una película de terror.

En la penumbra del coche, el comandante Martin Servaz contempló con detenimiento la alta silueta que se elevaba cerca del muro de las vías del tren. Era lúgubre: dos pisos, techo reluciente y un árbol grande que proyectaba una sombra siniestra sobre la fachada. Había anochecido y las cortinas de lluvia que barrían el terraplén entre ellos y la casa creaban la impresión de que habían llegado al fin del mundo.

«Un sitio bien curioso para vivir», pensó mientras estacionaba entre las vías férreas y el río, a cien metros de las últimas casas de aquel barrio miserable, cuyos únicos vecinos eran unos almacenes cubiertos de grafitis. Había sido precisamente el río lo que los había conducido hasta allí: tres mujeres que hacían *footing* a orillas del Garona. Dos de ellas habían sido agredidas y violadas, y la tercera, víctima de múltiples puñaladas, acababa de fallecer a consecuencia de las heridas en la Unidad de Cuidados Intensivos del Hospital Universitario de Toulouse. Las tres agresiones habían tenido lugar en un radio de menos de dos kilómetros en torno a la casa. El hombre que vivía allí figuraba, además, en el FIJAIS, el fichero judicial que contenía una lista de delincuentes sexuales violentos. Y era multirreincidente. Había salido de la cárcel ciento cuarenta y siete días antes de lo previsto por decisión de un juez de vigilancia penitenciaria, y tras haber cumplido dos tercios de la condena.

—¿Estás seguro de que es ahí?

—Florian Jensen, Chemin du Paradis, 29 —confirmó Espérandieu, con la tableta encendida en el regazo.

Con la frente apoyada en el cristal perlado de lluvia, Servaz dirigió la mirada hacia el solar que les quedaba a la izquierda, un terreno baldío invadido por las hierbas y los brotes de acacia. Había oído decir que una gran empresa especializada en la construcción de autopistas, la distribución de energía y los parkings pagados a precio de oro tenía intención de construir allí ciento ochenta y cinco viviendas, una guardería y una residencia para ancianos. Lo malo era que se trataba de un solar industrial antiguo, con un contenido en plomo y arsénico dos veces superior al normal. Según ciertas asociaciones locales de defensa del medio ambiente, la contaminación afectaba incluso la capa freática, hecho que no impedía que los vecinos se siguieran sirviendo del agua de los pozos para regar los huertos.

—Está allí —dijo Vincent.

—¿Cómo lo sabes?

Espérandieu señaló la tableta.

—Ese idiota está conectado a Tinder.

Servaz le dirigió una mirada cargada de incomprensión.

—Es una aplicación —le explicó su ayudante, sonriendo.

Su jefe no era un friki de la informática como él, ni tampoco un ratón de biblioteca.

—Dado que este tipo es un violador —continuó Espérandieu—, he pensado que había probabilidades de que estuviera en Tinder. Es una aplicación de contactos... En un radio de varios kilómetros detecta a todas las mujeres que tienen descargada la aplicación en el teléfono. Es práctico, ¿no? Para los tipejos como él.

—¿Una aplicación de contactos? —repitió Servaz, como si le hablara de un planeta perdido en los confines del universo.

—Sí.

—¿Y?

—He creado un perfil falso para atraer al pez hasta mis redes. Acabo de hacerle *match*. Mira.

Servaz se inclinó sobre la pantalla, que despedía un brillo suave en la penumbra, y vio la fotografía de un joven. Reconoció al sospechoso. A su lado aparecía la de una rubia guapa que no tendría más veinte años.

—Aunque ahora debemos irnos, porque nos ha localizado... O, mejor dicho, ha localizado a Joanna.

—¿Joanna?

—Mi perfil falso. Rubia, de metro setenta, dieciocho años, liberada. ¡Joder, ya me han hecho más de doscientos *matches*! En menos de tres días... Este invento va a revolucionar el mundo de las citas.

Servaz no se atrevió a preguntarle de qué hablaba. Vincent tenía sólo diez años menos que él, pero eran diametralmente distintos. Mientras que, a los cuarenta y seis años, Servaz sólo sentía estupor y perplejidad frente a la vida moderna —esa alianza contra natura de tecnología, voyeurismo, publicidad y comercio de masas—, su ayudante se paseaba por foros y redes sociales y pasaba más tiempo delante del ordenador que del televisor. Servaz era consciente de que él pertenecía al pasado... Y de que el pasado ya no importaba. Se parecía al personaje que interpretaba Burt Lancaster en *Confidencias*, el viejo profesor que lleva una existencia recluida en su palacete de Roma, lleno de obras de arte, hasta el día en que, por desgracia, decide alquilar el último piso a una familia moderna, ruidosa y vulgar. Sin querer, se ve confrontado a la irrupción de un mundo que ya no comprende, pero que acaba por fascinarlo. De la misma forma, Servaz debía reconocer que no comprendía ya gran cosa de lo tocante a ese rebaño de individuos, sus aparatos infantiles y la puerilidad de su agitación.

—No para de enviarme mensajes —comentó Vincent—. Está enganchado.

Su ayudante apagó la tableta y se disponía a guardarla en la guantera cuando interrumpió el movimiento.

—Tu arma está dentro —señaló.

—Ya lo sé.

—¿No la coges?

—¿Para qué? Ese tipo siempre ha actuado de la misma manera, con arma blanca. Y cada vez que lo han detenido, no ha ofrecido resistencia. Además, tú llevas la tuya...

Servaz se bajó del coche. Espérandieu se encogió de hombros, comprobó que llevaba la suya en la funda y le quitó el seguro antes de salir. La lluvia, que caía fría y en diagonal, le mojó la frente al instante.

—Eres tozudo como una mula, ¿lo sabías? —dijo, empezando a caminar bajo el chubasco.

—*Cedant arma togae.* «Que las armas cedan paso a la toga.»

—Tendrían que enseñar latín en la academia de policía —dijo Espérandieu con tono irónico.

—La sabiduría que nos legó la Antigüedad —rectificó Servaz—. Conozco a más de uno a quien no le vendría nada mal.

Atravesaron el terraplén fangoso en dirección al minúsculo jardín que había delante de la casa y que estaba rodeado de una verja. Un grafiti gigantesco pintado con aerosol cubría casi por entero la pared orientada al sur, cuya única ventana estaba cegada con ladrillos. En la fachada delantera, frente al jardín, había dos ventanas, pero tenían los postigos cerrados.

La reja emitió un chirrido herrumbroso cuando Servaz la empujó. El sonido fue tan estridente, de una frecuencia tan alta, que se convenció al instante de que también lo habrían oído en el interior de la casa, a pesar del aguacero. Miró a Vincent, que asintió con la cabeza.

Recorrieron el corto sendero entre las verduras que crecían abandonadas e invadidas por las malas hierbas.

De repente, Servaz se detuvo. Distinguió una silueta negra a su derecha. Cerca de la casa. Un perro los observaba desde el exterior de su caseta. Quieto. En silencio.

—Es un pitbull —dijo Espérandieu en voz baja y tensa, colocándose a la altura del comisario—. En principio no debería haber ni un solo perro de primera categoría en circulación puesto que, desde 1999, la ley prohíbe su reproducción y obliga a esterilizarlos. Pero ¿sabías que, sólo en Toulouse, hay contabilizados más de ciento cincuenta? Y más de mil de segunda categoría...

Servaz observó la cadena: era lo bastante larga como para que el sabueso pudiera llegar hasta ellos. Vincent había sacado el arma. Martin se preguntó si bastaría para contener la acometida del animal si le venía en gana saltarles a la yugular.

—Con dos pistolas habríamos tenido más posibilidades de controlarlo —comentó, no sin razón, su ayudante.

Sin embargo, el perro ni rechistaba. Era tan silencioso como una sombra. Una sombra con dos ojillos relucientes. Servaz subió el único escalón en el que crepitaba la lluvia, mientras vigilaba de reojo al chucho, y apretó el botón metálico del timbre. A través del cristal esmerilado oyó cómo el sonido agudo se propagaba por la casa. Al otro lado estaba oscuro. Como el interior de un horno.

Luego oyó pasos. Y la puerta se abrió.

—¿Qué coño quieren?

El hombre era más bajo que él. Estaba muy delgado, casi esquelético. Debía de pesar sesenta kilos y medir metro setenta de estatura. También era más joven. Unos treinta y algo. Llevaba la cabeza rapada. Servaz advirtió ciertos indicios: las mejillas chupadas, los ojos hundidos en las órbitas y las pupilas contraídas, pese a que casi no había luz en el umbral.

—Buenas noches —saludó Servaz con educación, al tiempo que sacaba la placa—. Policía Judicial. ¿Podemos entrar?

Vio que el cabeza rapada vacilaba.

—Sólo queremos hacerle unas preguntas en relación con las tres mujeres que fueron agredidas cerca del río —se apresuró a añadir el comisario—. Ya lo habrá leído en los periódicos.

—Yo no leo los periódicos.

—Entonces en internet.

—Tampoco.

—Vaya. Estamos pasando por todas las casas en un radio de un kilómetro —mintió—. Para interrogar a los vecinos, lo habitual...

Los ojillos iban y venían, posando la mirada primero en Servaz, luego en Vincent. Tenía la piel blanca como un hueso y el cuello delgado se apoyaba en unos hombros huesudos. Servaz se dijo que debía de estar pensando en la rubia con la que creía haber conseguido un *match* en Tinder —un auténtico milagro, la verdad, con esa cara— y que tenía prisa por que se largaran para poder seguir ligando por vía electrónica. «¿Qué habría hecho con ella si realmente hubiera mordido el anzuelo?», se preguntó a continuación el policía. Había leído su expediente...

—¿Hay algún problema, señor? —Servaz había adoptado un tono receloso a propósito y había enarcado las cejas con expresión de perplejidad.

—¿Qué? No... no, no hay ningún problema... Entren. Pero dense prisa, ¿de acuerdo? Le tengo que dar los medicamentos a mi madre.

Jensen dio un paso atrás y Servaz cruzó el umbral. Penetró en un pasillo casi tan oscuro y estrecho como la galería de una mina, con una zona apenas iluminada en el fondo y una banda de luz gris que emanaba de una puerta situada a dos metros del recibidor, a la izquierda. Aquello le hizo pensar en una red de grutas iluminadas por las lámparas fugaces de los espeleólogos. Olía a orina de gato, a pizza, a sudor y a colillas. Y reconoció también un olor más, que identificó por haberlo aspirado en más de una ocasión en los pisos del centro de la ciudad donde encontraban los cadáveres de ancianas dejados de la mano de Dios y de los hombres: el olor dulzón a medicamentos y a vejez. Dio otro paso. A ambos lados, murallas de cajas de cartón apiladas en las paredes, casi hasta alcanzar el metro de altura, deformadas bajo el peso de lo que contenían: pantallas de lámparas viejas, pilas de revistas polvorientas, cestos de mimbre llenos de cosas inútiles. El resto del pasillo estaba ocupado por unos muebles, pesados y sin gracia, que apenas dejaban paso a una persona. Más que una casa, aquello parecía un guardamuebles.

Al llegar a la puerta de la izquierda, echó una ojeada al interior. Primero no vio más que las formas negras de un mobiliario recargado en cuyo centro lucía la exigua luz que despedía la lámpara de la mesita de noche. Después el panorama se fue perfilando y distinguió a la criatura que había instalada en la cabecera de la cama. «La madre enferma», no había duda. Servaz no estaba preparado para eso, ¿quién lo habría estado? Tragó saliva de forma involuntaria. Ni sentada ni tendida, la anciana permanecía recostada en una increíble acumulación de cojines, apoyados a su vez en un cabezal de madera de roble tallada. El camisón raído se le abría sobre un pecho huesudo y lleno de manchas. La cara, de pómulos pronunciados, ojos hundidos en las cavernas negras de las órbitas y escasos mechones de cabellos grises en las sienes, dejaba entrever la calavera en que iba a convertirse, como en las *vanitas*. Servaz percibió decenas de frascos de medicamentos encima del tapete de la mesita de noche y también un tubo que ascendía desde el brazo nudoso de la anciana hasta una bolsa de suero que había colgada de un soporte. Aquello eran las primicias de la muerte; la muerte ocupaba más espacio en aquella habitación que la vida. Sin embargo, lo más chocante eran los ojos, que observaban, llorosos, a Servaz desde las profundidades de la cama. A pesar de la fatiga, la lasitud y la enfermedad, despedían un brillo malévolo. Entonces se acordó del nombre del callejón —Chemin du Paradis— y se preguntó si aquello no sería más bien el camino del Infierno.

La momia tenía, además, una colilla amarillenta encajada entre los labios agrietados y fumaba como un carretero. Servaz vio un cenicero lleno colocado a su lado y una densa nube suspendida encima de la cama. Impresionado por aquella escena, continuó hasta el salón, iluminado por la luz palpitante de un televisor y de las pantallas de ordenador que había dispuestas encima de un tablero largo. Atisbó toda una red de habitaciones comunicadas entre sí a través de unos arcos bajos, una escalera de madera y un montón de recovecos. Algo le rozó las piernas. Entonces distinguió unas siluetas que iban y venían en la penumbra, saltando de un mueble a otro. Las había por decenas, de distintos colores y tamaños. Gatos... Aquel lugar estaba lleno de gatos. Servaz vislumbró en la penumbra, distribuidos por todas partes, los platillos claros llenos de diferentes tipos de comida que iba secándose, ennegrecida, y procuró vigilar dónde ponía los pies.

El aire estaba aún más cargado que en el pasillo y era más irrespirable; entre el tufo de la comida para gatos medio podrida le pareció percibir un olor vago, un rastro olfativo que evocaba el veneno o la lejía... Arrugó la nariz.

—¿No podría encender la luz? —dijo—. Aquí está oscuro como boca de lobo.

Su anfitrión alargó un brazo. El débil círculo que proyectaba la lámpara de flexo alumbró la parte del escritorio que estaba abarrotada de pantallas y dejó el resto de la sala en penumbra. Aun así, Servaz logró distinguir un sofá y un aparador.

—¿Qué? ¿Va a hacerme esas preguntas o no?

Jensen ceceaba un poco. El policía captó una profunda timidez detrás de aquella fachada de provocación.

—¿Va usted a pasear alguna vez por el camino de sirga que bordea el río? —preguntó Espérandieu detrás del joven, con lo que lo obligó a volverse.

—No.

—¿Nunca?

—Ya le he dicho que no —respondió Jensen, mirando de reojo a Servaz.

—¿No ha oído ningún rumor relacionado con lo que ha ocurrido allí?

—No. Pero... ¿se hacen los tontos o qué? ¿No han visto dónde vivimos mi madre y yo? ¿De quién nos iban a llegar los rumores, a ver? ¿Del cartero a lo mejor? Aquí nunca viene nadie.

—Excepto las personas que salen a correr por la orilla del río —señaló Servaz.

—Sí, ya... Algunos aparcan el coche ahí delante, en ese solar de mierda, es verdad...

—¿Hombres o mujeres?

—Pues las dos cosas. Hay algunas que van con chuchos y entonces *Fantasma* se pone a ladrar.

—Y usted las ve pasar por delante de la ventana.

—¿Y qué?

Había algo ahí, debajo del aparador, en la penumbra. Servaz había reparado en ello desde que había entrado en el salón. No se movía... o apenas se movía. Dio un paso más.

—¡Eh! ¿Adónde va? Si van a registrar la casa, tiene...

—Tres mujeres fueron agredidas en ese camino, a menos de dos kilómetros de aquí —intervino Vincent, obligando a Jensen a volverse hacia él—. Todas dieron la misma descripción...

Servaz notó que el joven se ponía tenso mientras él se desplazaba de forma imperceptible hacia el aparador.

—Describieron a un hombre que llevaba una sudadera con capucha, de un metro setenta más o menos, delgado, de unos sesenta kilos...

En realidad, las tres mujeres habían bosquejado tres retratos robot bastante diferentes, como suele ocurrir. El único punto en común: que el agresor era bajo y delgado pero tenía mucha fuerza.

—¿Qué estuvo haciendo usted las tardes del once y el veintitrés de octubre, y la del ocho de noviembre, entre las cinco y las seis?

Jensen frunció el ceño, como si se abstrajera en una reflexión profunda, con la actitud de quien se estruja el cerebro. A Servaz le recordó el estilo de interpretación de los figurantes japoneses de *Los siete samuráis*.

—El once estaba con mis amigos Angel y Roland. Estuvimos jugando a cartas en casa de Angel. El veintitrés, lo mismo. El ocho de noviembre fui al cine con Angel.

—¿A ver qué película?

—Una de unos zombies que atacan a un grupo de *boy scouts*.

—¿Zombis y *boy scouts*? —dijo Vincent—. *Zombie Camp* —confirmó—. La estrenaron el seis de noviembre. Yo también fui a verla.

Servaz miró a su ayudante como si se tratara de un marciano.

—Qué raro —dijo en voz baja, obligando de nuevo a Jensen a girar la cabeza hacia él—. Por lo general, tengo bastante buena memoria, pero así, de pronto, no sé si podría decir lo que hice la tarde del once de octubre, ni la del veintitrés, ¿sabe? Me acuerdo de la del veinticinco, porque ese día se jubiló un compañero. Digamos que fue un día especial... pero eso de ir al cine o jugar a cartas con los colegas, no sé si se puede considerar muy especial.

—Pues pregúntenles y verán que les digo la verdad —contestó Jensen, con expresión malhumorada.

—Sí, estoy seguro de que lo confirmarán —dijo Servaz, convencido de que encontrarían a aquellos dos proveedores de coartadas fichados en uno de sus archivos—. ¿Me das sus apellidos?

Tal como preveía, Jensen respondió de inmediato.

—Escuchen —añadió, como si de repente hubiera recobrado la memoria—. Les voy a decir por qué me acuerdo tan bien...

—¿Ah, sí?

—Porque cuando vi en el periódico a esa chica a la que habían violado, apunté enseguida lo que había hecho ese día...

—Creía que no leías el periódico.

—Ya, bueno, he mentido.

—¿Y por qué has mentido?

Jensen se encogió de hombros. Su cráneo rapado relucía en la penumbra. Se pasó por encima una mano llena de anillos, desde la frente hasta la nuca, donde llevaba un tatuaje.

—Porque no tenía ganas de hablar con ustedes, por eso. Sólo quería que se largaran.

—¿Igual porque estabas ocupado?

—Igual sí.

—O sea, que anotaste lo que hiciste cada uno de esos días, ¿es eso?

—Sí. Saben muy bien que todos lo hacemos.

—«Todos.» ¿Quiénes?

—Los tíos como yo... Los tíos que ya hemos estado en chirona por eso... Sabemos perfectamente que lo primero que nos va a preguntar la pasma es dónde estábamos en ese momento. Si un menda que ya ha sido condenado no puede acordarse de lo que hacía cuando han violado a una chica en los alrededores, pues... hay muchas probabilidades de que sea él el agresor, ¿me explico?

—Y tus dos amigos, Angel y Fulanito... ¿también han sido condenados?

Jensen torció el gesto.

—Sí. ¿Y qué?

Servaz echó un vistazo debajo del aparador. La sombra se había movido. Dos ojos lo observaban, temerosos.

—¿Qué edad tenías tú la primera vez? —preguntó Espérandieu de golpe.

Los truenos hicieron temblar los cristales y un relámpago iluminó por un momento el salón.

—¿La primera vez?

—La primera vez que agrediste sexualmente a una mujer...

Servaz reparó en la mirada de Jensen. Había cambiado de expresión. Ahora brillaba, de manera literal.

—Catorce —dijo con un tono de repente frío y una pronunciación muy clara.

Servaz se inclinó un poco más. El gatito blanco de debajo del aparador levantaba la cabeza hacia él y lo miraba desde la sombra, sin saber si ceder al miedo o a las ganas de ir a rozarse contra sus piernas.

—He leído tu historial. Era una compañera de clase. La violaste detrás del gimnasio.

—Ella me provocó.

—La insultaste. Después la abofeteaste, la golpeaste...

—Era una cerda que se acostaba con todo el mundo. ¿Una polla más o menos, qué más le daba?

—Varias veces... En la cabeza... Con gran violencia... «Traumatismo craneal»... Y después de eso, la violaste con una bomba del gimnasio, una bomba para inflar pelotas... No podrá tener hijos, ¿lo sabías?

—Eso fue hace mucho...

—¿Qué sentiste en ese momento? ¿Te acuerdas?

Silencio.

—Ustedes no podrían entenderlo —contestó Jensen con un tono desagradable, lleno de chulería.

Servaz se puso tenso. Aquella voz transmitía arrogancia y egoísmo en estado puro. Alargó una mano por debajo del aparador. El gatito blanco salió despacio. Se le acercó con aire temeroso, y Servaz notó una lengua minúscula y rasposa en la punta de los dedos. Otros gatos lo imitaron enseguida, pero el comisario los rechazó para concentrarse en aquella bolita blanca.

—Explícamelo —lo animó Espérandieu.

Servaz percibió, detrás del tono paciente de su ayudante, la rabia y la repugnancia subyacentes en su voz.

—¿Para qué? No saben de lo que hablan, no tienen la menor idea de lo que sienten las personas como yo... de la intensidad de nuestras emociones, de la... fuerza de nuestros actos. Las fantasías de la gente de su calaña... los que se ciñen a la ley y la moral, los que viven con miedo a la justicia y a la mirada de los demás... siempre estarán a años luz de la libertad verdadera, del poder auténtico. Nuestras vidas son muchísimo más ricas e intensas que las suyas.

»Yo estuve en la cárcel —dijo con una voz que, más que a ceceo, sonaba a silbido—, ya cumplí mi pena y no pueden hacerme nada. Hoy en día respeto la ley...

—¿Ah, sí? ¿Y cómo lo haces? Para controlar tus pulsiones, me refiero. Para no pasar a la acción. ¿Te masturbas? ¿Vas con prostitutas? ¿Te medicas?

—...Pero no me he olvidado de nada —prosiguió Jensen, sin tener en cuenta la interrupción—. No me arrepiento de nada, no reniego de nada, ni me siento culpable. No me voy a disculpar por ser como me hizo Dios...

—¿Fue eso lo que sentiste al intentar violar a esas tres mujeres a orillas del Garona? —preguntó Espérandieu, con el mismo tono paciente—. Digo «intentar», porque ni siquiera te corriste. Si apuñalaste a esa chica con tanta rabia, seguro que fue porque ni siquiera consiguió que te empalmaras, ¿no?

Servaz sabía lo que pretendía su ayudante: ofender a Jensen, hacerlo reaccionar, provocarlo para que se justificara y se diera humos. «No va a funcionar...»

—Violé a cuatro mujeres y ya pagué por eso —respondió con frialdad Jensen—. A tres de ellas las mandé al hospital —lo dijo como el futbolista que presume de haber marcado tres goles—. Tendrán que reconocer que no acostumbro a hacer las cosas a medias.

Soltó una risita áspera, que hizo que a Servaz se le erizara el vello de la nuca.

—Así que ya ven que no he podido ser yo...

Aquel desgraciado decía la verdad. Desde los primeros minutos, el comisario había llegado a la convicción de que no había sido él. No esa vez, en todo caso... Miró al gato blanco.

Y se estremeció.

Le faltaba una oreja. En torno al hueco del oído había una cicatriz rosa.

Un gatito blanco con una sola oreja... ¿dónde lo había visto antes?

—Deje en paz a mi gato —dijo Jensen.

«Deje en paz a mi gato...»

De pronto lo recordó. La mujer a la que habían asesinado en la casa de campo en el mes de junio, cerca de Montauban. Había leído el informe. Vivía sola y, después de desayunar, la habían violado y luego estrangulado: el forense había encontrado café, restos de pan con cereales, mermelada de cítricos y kiwi en el bolo alimenticio. Hacía calor. Todas las ventanas estaban abiertas de par en par para dejar entrar el fresco de la mañana. El agresor lo había tenido fácil para entrar. Las siete de la mañana y con vecinos a menos de treinta metros. Aun así, nadie había visto ni oído nada... y los gendarmes no tenían ninguna pista. Ningún indicio. Lo único de lo que se habían percatado era de que el gato de la mujer había desaparecido.

«Un gato blanco con una sola oreja...»

—No es tuyo —afirmó en voz baja Servaz, y se enderezó.

Tuvo la impresión de que el aire se volvía denso. Torció el gesto y notó que todos los músculos se le habían agarrotado por las toxinas de la tensión. Jensen se había quedado quieto, en silencio. Otro relámpago iluminó el salón; lo único que se movía en su cara lechosa eran las canicas de los ojos, que rodaban y enfocaban a uno y a otro.

—Atrás —dijo de pronto.

En la mano llena de anillos sostenía un arma. «Me está bien empleado», pensó Servaz, y lanzó una mirada a Vincent.

—Atrás.

Obedecieron.

—No hagas tonterías —le advirtió Espérandieu.

De repente, Jensen echó a correr. Con la rapidez de un ratón, rodeó varios muebles, abrió una puerta trasera y desapareció, mientras el viento y la lluvia se colaban en la habitación. Servaz se quedó paralizado un instante, antes de emprender la persecución.

—¿Adónde vas? —chilló Vincent a su espalda—. ¡Martin! ¿Adónde vas? ¡Si ni siquiera estás armado!

La puerta acristalada batía con el viento y golpeaba la pared posterior de la casa. Ésta daba al muro de la vía del tren, pero una alambrada cortaba el paso hacia ella. En lugar de treparla, Jensen la había rodeado y ahora se precipitaba por el terraplén barrido por la lluvia. Servaz salió a su vez por la parte trasera de la casa. A la luz de los relámpagos, elevó la vista hacia los cables eléctricos de las vías, en lo alto del terraplén, buscando a Jensen con la mirada. Al volver la cabeza lo vio huyendo hacia el pequeño túnel por el que habían llegado Espérandieu y él, y que pasaba por debajo de otras vías que iban a juntarse con la línea principal.

A la derecha del túnel, por debajo del punto de intersección de las vías, había una reja. A continuación, una rampa de cemento ascendía hasta una especie de caserna también de cemento, que parecía un puesto de control de agujas. Ni la reja —provista de varias placas que advertían del peligro de pasar por allí por riesgo de electrocución— ni la verja habían disuadido a los grafiteros, que habían cubierto hasta el último centímetro de cemento con grandes letras de colores. Las gotas de agua brillaban sobre el fondo negro de la noche, que los rayos, predecesores de los truenos, se encargaban de iluminar de forma intermitente: la tormenta se arremolinaba encima de Toulouse. Regueros de agua descendían por la hierba del muro, atravesaban la verja y se extendían por el terraplén enfangado, donde formaban un delta de arroyos minúsculos y charcos.

Servaz empezó a correr bajo el aguacero. Jensen escalaba ya la reja. Luego lo vio ascender la rampa de cemento y rodear el puesto de cambio de agujas, en dirección a las vías. En ese lugar se alzaban varios pilares de acero que sostenían una red compleja de entramados, de líneas eléctricas primarias y secundarias, de transformadores y de catenarias. Aquello parecía una subestación. Servaz pensó de inmediato «alta tensión». Y luego «tormenta», «rayos», «relámpagos», «lluvia», «conducción»... y en aquellos miles de voltios, amperios o lo que quisiera Dios que circulara por esas líneas, conjuntadas en una especie de trampa mortal. «Maldita sea, ¿adónde vas?», se dijo. Jensen no parecía ser consciente de la trampa en la que se encontraba. Sólo le preocupaba el tren de mercancías que circulaba a poca velocidad delante de él y le impedía el paso.

Servaz también llegó a la reja. Los calcetines se le adherían a la suela de los zapatos empapados, tenía el cuello de la camisa embebido de agua, al igual que el pelo, que se le pegaba a la frente.

Se secó la cara y emprendió la escalada de la reja. La chaqueta debió de enganchársele en algún sitio, porque oyó que algo se desgarraba cuando cayó del otro lado, en el suelo de cemento.

Arriba, Jensen dudaba.

Servaz lo vio inclinarse primero para mirar por debajo de los vagones, luego entre dos de ellos... pero, pese a que el tren circulaba con gran lentitud, debió de temer acabar aplastado bajo las ruedas, porque se agarró al vuelo a los escalones de un vagón y se puso a trepar hacia el techo.

«¡No lo hagas!»

«¡No lo hagas!»

«¡Aquí no, es una estupidez!»

—¡Jensen! —lo llamó.

El hombre se volvió y, al verlo, empezó a trepar aún más deprisa. Los raíles relucían bajo la lluvia. Servaz llegó a lo alto del terraplén. Descendió hasta el balasto y se agarró a su vez a los escalones metálicos de un vagón.

—¡Martin! Pero ¿qué haces?

La voz de Espérandieu venía de abajo. Servaz apoya un pie en un escalón, bascula el cuerpo ayudándose de la mano que tiene cerrada en torno a un barrote resbaladizo, apoya el otro pie... Entonces oye el zumbido, semejante al de un avispero, de la electricidad en las líneas que hay por encima de su cabeza. La lluvia que rebota en el techo del vagón lo salpica. Le resbala por el pelo, las cejas...

Aparece a la altura del techo. Jensen sigue ahí, dudando qué hacer, con la silueta recortada a la luz de los relámpagos; se encuentra tan sólo a unos metros de las catenarias y líneas. La sobretensión las recorre un instante: ¡Fffshhh!... A Servaz se le eriza el vello de todo el cuerpo. Se vuelve a secar la cara. Pone los pies en el techo. La lluvia tamborilea sobre el vagón. Jensen se gira, a derecha y a izquierda, como paralizado por la incertidumbre, de espaldas a Servaz, con las piernas separadas...

—Jensen —dice el comisario—. Nos vamos a achicharrar los dos si te quedas ahí...

El hombre no reacciona.

—¡Jensen!

Es inútil con todo ese ruido.

—¡Jenseeen!

A continuación...

...lo que ocurre a continuación lo percibe inmerso en una especie de neblina de sensaciones que se superponen y se contradicen, una aceleración brutal del tiempo, un bandazo brusco, insólito e inexplicable: en el momento en que Jensen se da la vuelta hacia él con el arma en la mano (y en el que de la boca negra del cañón brota una llama), un arco eléctrico de un blanco tan luminoso que le quema la retina se desprende de la catenaria y se abate sobre Jensen, golpeándolo, curiosamente, no en la parte superior del cráneo, sino en el lado izquierdo de la cara, entre la oreja y la mandíbula, para proseguir su camino a través del cuerpo y llegar desde las piernas y los pies hasta el techo mojado del vagón, no sin haber transformado antes al fugitivo en una tostadora y haberlo proyectado a varios metros de distancia... Servaz percibe la carga eléctrica residual cuando ésta sigue su curso por el techo mojado del vagón hasta las suelas de sus zapatos, y el cabello se le pone de punta... Pero en ese mismo instante se produce otro hecho de suma importancia para su futuro: en la centésima de segundo posterior, el proyectil surgido del arma entra en contacto con su chaqueta de lana y mohair impregnada de lluvia, la atraviesa a una velocidad de trescientos cincuenta metros por segundo, diez veces superior a la velocidad del sonido; atraviesa también el tejido de 42 % de poliamida, 30 % de lana y 28 % de alpaca del jersey de cuello alto, la epidermis, la dermis y la hipodermis de su piel húmeda, a escasos centímetros del pezón izquierdo, el músculo oblicuo externo y los músculos intercostales, y roza la arteria torácica y el esternón; a continuación traspasa el borde anterior del pulmón izquierdo, de textura esponjosa y elástica, y luego el pericardio para penetrar finalmente en el corazón a la altura del ventrículo izquierdo —mientras el corazón bombea y expulsa la sangre a un ritmo acelerado a causa del miedo— antes de volver a salir por el otro lado.

El impacto lo proyecta hacia atrás.

Y lo último que percibe Martin Servaz es la electricidad estática bajo los pies, las gotas de lluvia fría en las mejillas, el olor a ozono del aire y los gritos de su ayudante, que se encuentra en la parte baja del terraplén, justo en el momento en que una avispa mortífera de metal le traspasa el corazón.

5

En una región contigua a la muerte

—Herida por arma de fuego y traumatismo penetrante de tórax —dijo una voz de mujer cerca de él—. Probabilidad alta de herida penetrante en el corazón. Orificio de entrada en el área precordial. Orificio de salida dorsal. TRC superior a tres segundos. Taquicardia superior a ciento veinte pulsaciones por minuto. Ausencia de respuesta al dolor y falta de reacción pupilar a la luz. Cianosis en los labios, extremidades frías. Situación muy inestable. Prever cirugía cuanto antes.

La voz le llega a través de varias capas de gasa. Pese a su tono calmado, percibe urgencia en ella... No se dirige a él, sino a otra persona, aunque sólo la oye a ella.

—Tenemos otro herido —añade la mujer—. Quemaduras de tercer grado por electrocución en una línea de alta tensión. Está estable. Necesitamos que nos hagan un hueco en CTB. Daos prisa. Aquí estamos a tope.

—¡¿Dónde está el otro policía?! —grita una segunda voz un poco más distante—. ¡Quiero saber cuál es el calibre de esta asquerosidad de arma y la clase de munición!

Gracias a la claridad de los relámpagos, que dibujan unas franjas grandes y sincopadas en el cielo, atisba entre las pestañas el resplandor de otras pulsaciones con más color, rítmicas, situadas a su derecha. También oye ruidos: voces más lejanas, numerosas, un eco de sirenas, un tren que maniobra y chirría en un cambio de agujas...

«Ha sido una auténtica idiotez eso de ponerte a correr detrás de ese tipo sin ir armado.»

De repente, lo invade la confusión. Es su padre. Su padre lo mira, de pie cerca de él, que está tendido en la camilla. «¿Qué haces tú aquí? —piensa—. Te suicidaste cuando tenía veinte años, fui yo quien te encontró. Te suicidaste como Sócrates, como Séneca. En ese despacho donde corregías todos los días los exámenes. Con la música de Mahler de fondo. Ese día yo volvía de la facultad... Así que, dime, ¿cómo demonios puedes estar ahora aquí?»

«Ha sido una auténtica idiotez.»

«¿Papá? ¿Papá? Mierda, ¿dónde se ha metido?» Hay mucho movimiento a su alrededor. La máscara que le han puesto en la cara le molesta. Es como si tuviera una manaza encima... pero es consciente de que por allí es por donde circula la vida hacia sus pulmones. Oye otra voz familiar, impregnada de una angustia terrible.

—¿Está vivo? ¿Está vivo? ¿Va a salir de ésta?

Vincent, es Vincent. ¿Por qué está tan asustado? Él se siente bien. Es verdad: siente un bienestar extraño. Tiene ganas de decirle que todo está bien. Todo está perfecto. Pero no puede ni hablar ni moverse.

—¡Prioridad número uno, mantener la volemia! —vocifera otra voz muy cerca de él—. ¡Traed las vías! ¡Pasadme los *blood pumps*!

Esa voz también roza el pánico. A él le gustaría decirles que todo va bien. «Me encuentro muy bien, os lo aseguro. Creo incluso que nunca me he sentido tan bien en toda mi vida.» De pronto, tiene la sensación de no hallarse donde debería, de estar flotando por encima de su propio cuerpo. Descansa en el aire, suspendido en el vacío. Los ve afanarse en torno a él, metódicos, precisos y disciplinados. Experimenta un desdoblamiento de sí mismo, que está tendido ahí abajo. Se ve como ve a los demás. «¡Madre mía, qué mala cara tienes! ¡Pareces un cadáver!» No siente ningún dolor. Sólo una paz interior que no ha conocido hasta entonces. Los mira en su agitación. Quiere a todas esas personas. A todas.

También le gustaría decirles eso. Lo mucho que los quiere. Lo importantes que son para él —todos—, incluso los que no conoce. ¿Por qué nunca ha conseguido decir a las personas que quiere que las quiere? Ahora es demasiado tarde. Demasiado tarde. Le gustaría que Margot estuviera allí. Y Alexandra. Y Charlène también.

Y Marianne... Es como si lo hubieran pinchado con una aguijada. «Marianne...» ¿Dónde está? ¿Qué ha sido de ella? ¿Estará viva o muerta? ¿Acaso va a morir sin conocer la respuesta?

—¡Venga, vamos! —dice la voz—. Cuento tres: una... dos...

En la ambulancia, mientras comienza a soltar realmente las amarras, ve que el enfermero que se inclina sobre él lleva el pelo teñido. Las mechas rubias producen un contraste extraño con su rostro surcado de arrugas. Servaz lo ve desde arriba, como si tuviera la espalda pegada al techo. Su otro yo está atado a la camilla, con tubos en el brazo y la máscara de oxígeno en la cara, mientras el enfermero sigue transmitiendo su informe a Urgencias. ¿Qué edad tendrá? «Deberías dejar de preocuparte por tu imagen —piensa—. Hay cosas más importantes en la vida.» Por ejemplo, decir a las personas a las que uno quiere que las quiere. ¿Dónde está Marianne?, se pregunta de nuevo. ¿Está viva o muerta? No tardará en averiguarlo.

A veces —como en ese momento— desconecta por completo. No hay duda: está a punto de emprender el Gran Viaje. «Me encuentro bien. Me encuentro muy bien. Estoy listo, chicos, no os preocupéis.» Las puertas de la ambulancia se abren de par en par.

El hospital.

—¡Sala de operaciones número treees!

—¡Hemostasiaaa!

—¡Hay que garantizar la hemostasiaaa!

Tintineos. Voces. El desfile de los fluorescentes entre las pestañas. Pasillos... Oye el chirrido de las ruedecitas de la camilla en el suelo... el batir de las puertas... Percibe el olor del etanol en la nariz... Tiene los ojos entornados. En teoría no debería ver nada: «Coma en fase dos», ha dicho alguien en un momento dado. Tampoco debería oír nada. Igual está soñando, ¿quién sabe? Aunque ¿se pueden imaginar palabras como «hemostasia»...? ¿Palabras que no ha oído nunca y que, sin embargo, tienen un significado muy preciso? Deberá esclarecer esa cuestión en su debido momento.

Deformación profesional, se dice, irónico y sonriendo... para sus adentros, por supuesto.

No para de ir y venir entre una lucidez muy errática y la bruma absoluta. De repente, atisba a varias personas que se inclinan sobre él, con gorros y batas azules. Miradas. Todas se concentran en él como los rayos de una lente.

—Quiero un balance exhaustivo de las lesiones. ¿Dónde están los concentrados eritrocitarios, las plaquetas, el plasma?

Lo levantan y lo vuelven a dejar estirado con precaución. Y, de nuevo, se sumerge en la bruma.

—Preparad todo el instrumental para realizar una toracotomía anterolateral izquierda.

Emerge a la superficie por última vez. Una lucecilla pasa delante de sus pupilas, de un ojo a otro.

—Las pupilas no reaccionan. Tampoco reacciona al dolor.

—¿La anestesia está preparada?

De nuevo, la máscara pegada a la cara como la manaza de un grizzly. Oye una voz más fuerte que las otras.

—¡Listos!

De repente, percibe un largo túnel que sube y sube. Como en ese dichoso cuadro de Jerónimo Bosco... ¿Cómo se llama? Lo suben al túnel. ¿Qué es eso? Está volando... Hay una luz al final. «Mierda, ¿adónde voy?» Cuanto más se acerca, más brillante es la luz... Es la luz más brillante que ha visto en su vida.

«¿Dónde estoy?»

Está tendido encima de la mesa de operaciones... y, sin embargo, camina por un paisaje saturado de luz, un paisaje extraordinario. ¿Cómo es posible? Un paisaje de una belleza que lo deja sin aliento (sin aliento... «¡Qué humor, amigo mío!», se dice con la máscara de oxígeno puesta). Ve montañas azules a lo lejos, un cielo de una pureza absoluta, colinas y, sobre todo, luz. Mucha luz. Una luz brillante, tornasolada, magnífica, tangible. Sabe perfectamente dónde está —en una región contigua a la muerte, o quizá del otro lado—, pero no siente ningún temor.

Todo es hermoso, luminoso, fantástico. «Acogedor.»

Se encuentra en un punto elevado desde el que contempla las colinas y los ríos espejados que serpentean adaptándose a los caprichos del terreno. Abajo, a unos cinco metros más o menos, ve un río que avanza despacio hacia él, en medio del paisaje, desde el horizonte. Sigue el camino que desciende hacia el río y cuanto más baja, más extraño le parece su aspecto. ¡Ese río es una maravilla difícil de imaginar! Es el más hermoso que ha visto. Y, de pronto, a medida que se acerca a él, lo entiende: el río está formado por seres humanos que caminan unos junto a otros... Lo que ve es el río de la humanidad: pasado, presente y futuro...

Cientos de miles, de millones, de miles de millones de seres humanos...

Recorre los cien últimos metros y, al adentrarse en esa multitud inmensa, se siente sumergido, rodeado de un amor palpable. Rodeado de ese río enorme de personas, se pone a sollozar de alegría. Se da cuenta de que jamás, en toda su vida, ni siquiera durante un minuto, ha sido tan feliz. Tampoco se ha sentido nunca tan en paz consigo mismo ni con los demás. Jamás la vida ha tenido un perfume tan suave, jamás la gente le ha transmitido tanto amor. Un amor que lo invade hasta los cimientos del alma.

(«¿La vida? —dice una voz disonante en su interior—. ¿No ves que esa luz, ese amor, es la muerte?»)

Se pregunta de dónde proviene esa disonancia, ese acorde de repente desafinado... Tan potente como el que resuena al final del adagio de la décima sinfonía de Mahler.

Entre las pestañas, percibe a alguien a su lado, en el límite de su campo de visión. Por un instante, no sabe cómo se llama esa hermosa joven de cara afligida. Debe de tener veintidós o veintitrés años. Después la bruma se disipa y regresa la lucidez. Margot. Su hija. ¿Cuándo ha vuelto? Tendría que estar en Quebec.

Margot llora. Está sentada cerca de la cama, con las mejillas bañadas de lágrimas. Es capaz de «sentir» los pensamientos de su hija, de percibir lo profunda que es su pena... y, entonces, se avergüenza.

Se da cuenta de que ya no está en la sala de operaciones, sino en una habitación de hospital.

«En la sala de reanimación», deduce.

A continuación, la puerta se abre y entra un hombre con bata blanca acompañado de una enfermera. Durante un momento, cuando el individuo de la bata blanca se vuelve con expresión grave hacia Margot, lo invade el pánico. Va a anunciarle que su padre está muerto.

«¡No, no, no estoy muerto! ¡No le hagas caso!»

—En coma —dice el hombre.

Oye que Margot hace algunas preguntas. Está fuera de su campo visual, y Servaz no puede moverse. No alcanza a oír todo lo que dicen, pero empieza a percibir unas señales en el tono de voz de su hija que reconoce: Margot está enfadándose por el vocabulario voluntariamente técnico y abstruso que utiliza el médico. Le pide que le explique las cosas de manera sencilla y que le dé respuestas concretas. El doctor le contesta con esa mezcla de compasión profesional, altivez y condescendencia que Servaz conoce muy bien por haberse codeado a menudo con médicos en sus años como policía... Y Margot, su querida Margot, da rienda suelta a su enojo.

«Venga —piensa—. ¡Haz que se trague su superioridad!»

Al final, el médico cambia de actitud y retoma las explicaciones con un tono diferente, con palabras normales. «¡Eh, estoy aquí! —querría gritarles—. ¡Eh! ¡Aquí! ¡Estáis hablando de mí!» Pero es incapaz de emitir ningún sonido; de todas maneras, tiene ese armatoste metido en la boca.

—¿Me oyes?

No recuerda muy bien adónde ha ido ni durante cuánto tiempo. Tiene la vaga impresión de haber vuelto a encontrar la luz y el río humano, pero tampoco está seguro. En cualquier caso, está de nuevo en la habitación del hospital. Reconoce el techo, con esa mancha pardusca que tiene una forma que recuerda a la del continente africano.

—¿Me oyes?

«Sí, sí, te oigo.»

—¿Me oyes, papá?

«¡Sí, sí, te oigo!»

—¡Papá, ¿me oyes?!

Le gustaría cogerle la mano, transmitirle una señal, una sola, cualquiera —un pestañeo, el estremecimiento de un dedo, un sonido—, para que ella lo entendiera, pero está prisionero de ese sarcófago que es su cuerpo sin vida.

No consigue recordar adónde ha ido hace un momento. Y eso le preocupa. Esa luz, esa gente, ese paisaje... ¿eran reales? De hecho, parecían muy, pero que muy reales. Margot habla, le habla, y él hace esfuerzos por escucharla.

«¡Qué guapa eres, hija mía!», piensa cuando se inclina hacia él.

Empieza a orientarse. Hay otras habitaciones, otros pacientes en «reanimación»: a veces los oye, cuando llaman a las enfermeras o aprietan las perillas y accionan unos timbres estridentes.

Oye los pasos presurosos del personal sanitario delante de la puerta abierta y los murmullos incómodos de las visitas. Esos sonidos que atraviesan la bruma. Durante sus momentos de lucidez, sin embargo, toma conciencia de un hecho importante: está en el centro de una telaraña de tubos, vendas, cables eléctricos, electrodos, bombas, y el ruido de la máquina que tiene a la derecha —a la que pronto bautizará como «máquina araña»— se le antoja como el emblema de una brujería moderna, un maleficio que lo mantiene cautivo y cuya máxima perversión es el tubo de silicona que le entra por la boca. No tiene autonomía, no puede moverse, está indefenso, a merced de la máquina... Tan inerte como un muerto.

Pero es que tal vez esté... muerto, ¿no?

Ya que, por la noche, cuando ya no queda nadie en su habitación, los muertos ocupan el lugar de los vivos...

El silencio reina en la noche, tanto en «reanimación» como en su cuarto, y, de repente, aparecen. Y su padre, que dice: «¿Te acuerdas de tu tío Ferenc?»

«Ferenc era el hermano de mamá. Era un poeta. Papá decía que si mamá y el tío Ferenc amaban tanto la lengua francesa era porque habían nacido en Hungría.»

«Vas a morir —le anuncia con tono bondadoso su padre—. Te reunirás con nosotros. No es tan terrible, ya verás. Estarás bien con nosotros.»

Los mira. Porque de noche, en esas visiones, puede volver la cabeza. Están por toda la habitación: de pie junto a las paredes, cerca de la puerta, de la ventana, sentados en las sillas o en el borde de la cama. Los conoce a todos. Como la tía Cezarina, una mujer hermosa, morena, de pecho opulento, de la que estaba enamorado a los quince años.

«Ven», le dice a su vez la tía Cezarina.

Y Matthias, su primo, fallecido a los doce años a causa de una leucemia. La señora Garson, la profesora de francés, que, en secundaria, leía sus redacciones delante del resto de la clase. Y también Éric Lombard, el millonario que murió en un alud —el hombre que amaba los caballos—, y Mila, la astronauta, que se cortó las venas en la bañera; seguramente había alguien más a su lado esa noche, pero él ha renunciado a demostrarlo. E incluso el propio Mahler... el gran Mahler, el genio de cara cansada, con los quevedos en la nariz y un sombrero extraño en la cabeza, que le habla de la maldición del número 9: «Beethoven, Bruckner, Schubert... Todos fallecieron después de componer su novena sinfonía... Por eso yo pasé directamente de la octava a la décima... Quise engañar a Dios (¡qué arrogancia por mi parte!), pero no fue suficiente...»

Cada vez que aparecen lo envuelve el mismo amor. No habría creído que fuera posible un amor así. De todas formas, empieza a parecerle un poco sospechoso. Sabe qué es lo que esperan de él: que se vaya con ellos. Sin embargo, él no está preparado. No es su hora. Intenta explicárselo, pero ellos no quieren escucharlo y se quedan ahí, con sus sonrisas, su ternura envolvente y su dulzura desgarradora. Es cierto que la hierba es más verde en el lugar de donde ellos vienen, el cielo, más azul, y la luz, mil veces más intensa... Aun así, no tiene ninguna intención de quedarse ahí desde que vio a Margot junto a su cama.

Samira se presenta una hermosa mañana vestida con ropa estrafalaria, como suele ser habitual en ella.

Cuando se inclina hacia Servaz y entra en su campo visual, éste percibe por un instante una gran calavera estampada en una sudadera y un rostro al amparo de la sombra de una capucha. Después se la quita, y Servaz tarda medio segundo en identificar la cara espantosamente fea... Aunque se trata de una fealdad bastante difícil de definir, en realidad, porque se debe a los pequeños detalles: una nariz demasiado corta por aquí, unos ojos saltones, una boca demasiado grande por allá, cierta falta de simetría de las facciones... Samira Cheung es la mejor integrante de su equipo de investigación junto con Vincent.

—Joder, jefe, si viera la pinta que tiene...

Querría sonreír, y lo hace para sus adentros. No podía ser otra persona más que Samira... Insiste en llamarlo «jefe», pese a que él le ha repetido mil veces que ese tratamiento le parece ridículo. Cuando rodea la cama y sale de su campo visual para ir a subir la persiana, advierte que sigue teniendo el «mejor culo» de la brigada.

Eso es lo paradójico en Samira. Un cuerpo perfecto y una de las caras más feas que Servaz ha visto en su vida. ¿Es una observación sexista? Puede. Por otra parte, la propia Samira tampoco tiene reparos en dar su opinión sobre las particularidades anatómicas de los hombres que se cruzan en su camino.

—...¿Qué tal son las enfermeras?... ¿La fantasía de la enfermera que va desnuda debajo de la bata es de su estilo... jefe?... Volveré mañana... jefe... Lo prometo...

Los días se suceden, con sus noches. Con sus altibajos. Quietud por la mañana en «reanimación» e inquietud por la noche. ¿Cuántos días lleva ahí? ¿Cuántas noches? No sabría decirlo.

Y es que el tiempo ahí no existe. Su único punto de referencia son las enfermeras. Son ellas las que le marcan el ritmo al turnarse en la cabecera de su cama.

Es perfectamente consciente del poder ilimitado que tienen sobre su persona: son todopoderosas, más importantes para él en ese momento que el mismo Dios y —aunque en su conjunto son competentes, abnegadas y meticulosas, pese a estar desbordadas— no dejan de hacérselo notar, a través de los gestos, el tono de voz y las palabras, que siempre le transmiten lo mismo: «Estás grave y dependes de manera entera y exclusiva de nosotras.»

Otra mañana, otra visita. Dos caras borrosas cerca de la cama. Una de ellas es la de Margot, la otra... de Alexandra, su madre. Su exmujer se ha desplazado hasta ahí. Tiene los ojos enrojecidos. ¿Siente pena? Recuerda que tuvieron sus diferencias tras el divorcio; después, la complicidad regresó en parte; sin duda gracias a los recuerdos comunes, los de los días felices, los momentos compartidos, esas horas en las que Margot crecía y en las que formaban un equipo unido, en armonía... Alexandra ha aumentado bastante de peso desde entonces, constata, y piensa —con bastante perfidia, es cierto— que, por lo general, los hombres envejecen mejor que las mujeres. Le parece que esa vez sí se ha reído (con una carcajada interior, por supuesto). ¡Y habría pagado por poder ver la cara que ha puesto!

—... dicen que no oyes nada —le suelta Vincent desde la silla.

Están solos en la habitación, aunque la puerta del pasillo permanece abierta, como siempre.

Su ayudante se levanta. Se acerca a la cama y le pone los cascos en las orejas.

«... ¡Señor! ¡Esa música! Esa pieza... ¡Es la más hermosa de todas las que compuso! ¡Ay, ese tumulto, ese desgarro, esas palabras de amor!»

Mahler... Su querido Mahler... ¿Por qué no se le ha ocurrido antes a nadie? Tiene la impresión de que las lágrimas afloran a sus ojos y le ruedan por las mejillas. No obstante, al ver la cara de su ayudante —que se ha inclinado hacia él, atento al menor signo, al menor síntoma emocional—, sólo advierte decepción en sus ojos cuando le quita los auriculares y se vuelve a sentar.

Le gustaría gritar: «¡Más! ¡Más! ¡He llorado!»

Pero sólo grita en su mente.

Otra noche. Su padre de nuevo, en la habitación. Sentado en la silla. Lee un libro en voz alta. Como cuando Servaz era niño. Reconoce el fragmento:

«El *squire* Trelawney, el doctor Livesey y los demás caballeros me han pedido que ponga por escrito todos los detalles referentes a la Isla del Tesoro, de principio a fin, sin omitir nada salvo la situación de la isla, y eso únicamente porque allí todavía sigue enterrado parte del tesoro. Tomo, pues, la pluma en el año de gracia de 17... y me remonto a la época en que mi padre regentaba la posada del

Almirante Benbow, y el viejo marino, cuyo curtido rostro estaba cruzado por un sablazo, vino por primera vez a hospedarse bajo nuestro techo.»

«¿Qué te parece, chaval? Es un poco distinto de lo que sueles leer, ¿no?»

Su padre debe de hacer referencia a sus numerosos libros de ciencia ficción. O quizá a sus lecturas actuales. De repente le viene a la memoria otra lectura... terrorífica en ese caso; él debía de tener doce o trece años:

«Para el desaparecido Herbert West y para mí, la repugnancia y el horror fueron indescriptibles. Aún me estremezco ahora cuando pienso en todo ello, me estremezco aún más que aquella mañana en la que West murmuró por entre sus vendajes:

»—¡Maldición, no estaba *lo bastante* fresco!»

¿Por qué aflora ese recuerdo ahora? Sin duda porque esa noche, más que las otras, se estremece sintiéndola presente en los rincones en sombra: la misma que sintió en aquella casa lúgubre, cerca de las vías del tren —Chemin du Paradis—, la que está pegada a sus pasos desde entonces, la que lo siguió hasta ahí, como una de esas maldiciones que, en las películas, pasan de una víctima a otra.

«Maldita sea —debe de pensar—, aún no está del todo listo...»

6

Despertar

Abrió los ojos.

Parpadeó.

Sí, parpadeó... Y no fueron imaginaciones suyas esa vez. Había abierto y cerrado los párpados de verdad. La enfermera de turno estaba de espaldas. Le veía los hombros y las caderas, que tensaban la bata mientras examinaba las notas del médico.

—Le voy a sacar una muestra de sangre —anunció sin volverse... y sin aguardar respuesta.

—Mmm.

Pero entonces sí que se volvió. Lo examinó. Él pestañeó. Ella frunció el ceño. Y él volvió a pestañear.

—Ay, joder —dijo—. ¿Me oye?

—Mmm.

—Joder...

Salió a toda prisa. Oyó el roce de la bata en las medias de nailon mientras abandonaba precipitadamente la habitación. Al cabo de unos segundos, regresó con un joven interno. Un rostro desconocido. Gafas con montura metálica. Unos cuantos pelos en la barbilla. Se aproximó a él. Se inclinó. Muy cerca. La cara invadió su campo visual. Servaz percibió el olor a café y a tabaco en su aliento.

—¿Me oye?

Asintió con la cabeza y notó un dolor en las cervicales.

—Mmm.

—Soy el doctor Cavalli —dijo el interno, y le tomó la mano izquierda—. Si comprende lo que le digo, apriéteme la mano.

Servaz se la apretó. Sin fuerza. Aun así, vio que el médico sonreía. Luego intercambió una mirada con la enfermera.

—Vaya a avisar al doctor Cauchois —le pidió el joven—. Dígale que venga enseguida.

A continuación se volvió hacia Servaz y ante sus ojos alzó un bolígrafo, que desplazó lentamente de izquierda a derecha y de derecha a izquierda.

—¿Puede seguir este bolígrafo con la vista, por favor? No se mueva. Sólo sígalo con la mirada.

Servaz obedeció.

—Genial. Le vamos a quitar ese tubo y le traeremos agua. Sobre todo, no se mueva. Ahora vuelvo. Si comprende lo que le digo, apriéteme la mano dos veces.

Así lo hizo Servaz.

Se volvió a despertar. Abrió los ojos. Vio la cara de Margot muy cerca de él. Su hija tenía la mirada anegada, pero dedujo que esa vez sus lágrimas eran de alegría.

—Ay, papá —dijo—. ¿Estás despierto? ¿Me oyes?

—Claro.

Cogió la mano de Margot. Estaba caliente y seca, mientras que la suya estaba fría y húmeda.

—¡Ay, papá, que contenta estoy!

—Yo también, eh... —Carraspeó, con la sensación de tener papel de lija en lugar de faringe—... Eh... estoy... contento de que hayas venido...

Había conseguido pronunciar aquella frase casi de corrido. Alargó una mano hacia el vaso de agua que había en la mesita. Margot lo cogió y se lo acercó a los labios resecos. Miró a su hija.

—¿Hace... mucho que estás aquí?

—¿En esta habitación o en Toulouse?... Unos cuantos días, papá.

—¿Y tu trabajo en Quebec? —preguntó.

Margot había desempeñado varios trabajos durante los años que llevaba en Quebec y había acabado asentándose en una editorial canadiense, donde se ocupaba del área internacional. Servaz había ido a verla dos veces y, en ambas ocasiones, el viaje en avión había supuesto una dura prueba para él.

—He pedido un permiso no retribuido. No te preocupes. Está todo solucionado. Papá —añadió—, es genial que estés... despierto.

«Genial.» La misma palabra que había utilizado el joven interno. «Mi vida es genial.» «Esta película es genial.» «Este libro es literalmente genial.» Todo es «genial», en todas partes, continuamente.

—Te quiero —dijo—. Tú sí que eres genial.

¿Por qué había dicho eso? Ella lo miró, sorprendida, y se ruborizó.

—Yo también... ¿Te acuerdas de lo que te dije esa vez que acabaste en el hospital después del alud?

—No.

—«No me vuelvas a hacer algo así.»

De repente le vino a la memoria. Ocurrió en el invierno de 2008-2009. La persecución en moto de nieve por la montaña y el alud. Margot estaba junto a su cama cuando despertó. Le sonrió. Como si quisiera disculparse.

—Joder, jefe. ¡Menudo susto nos ha dado!

Estaba desayunando un café horrendo y unas tostadas con mermelada de fresa —además de los medicamentos— mientras leía el periódico, arrellanado en la almohada, cuando Samira entró como un vendaval, seguida de Vincent. Apartó la mirada del artículo, que explicaba que Toulouse acogía diecinueve mil habitantes nuevos cada año y podría llegar a superar a Lyon en cuestión de diez años, y tenía 95.789 estudiantes, doce mil investigadores, estaba comunicada con cuarenta y tres ciudades europeas a través de su aeropuerto, con París por medio de treinta vuelos diarios, pero —el veneno para el final— después señalaba que, entre 2005 y 2011, los efectivos de la policía tolosana, al igual que los del conjunto de la policía estatal, no habían dejado de disminuir por motivos estrictamente presupuestarios y que dicho descenso dramático no se había visto bien compensado en los años posteriores. También por una cuestión de presupuesto, en 2014 había sido necesario retirar la formación técnica a ciertos agentes de la Policía Judicial. No obstante, los sucesos acaecidos el 13 de noviembre de 2015 en París habían acarreado un cambio radical. De pronto, la policía y la justicia habían vuelto a cobrar importancia y volvían a tener prioridad, se habían autorizado de nuevo los registros nocturnos (Servaz siempre se había preguntado por qué demonios no era posible arrestar a un individuo peligroso antes de las seis de la mañana... era como si, durante una guerra, se estableciera una tregua por las noches y sólo la respetara uno de los dos bandos) y los procedimientos judiciales se habían simplificado. No obstante, el debate sobre la restricción de las libertades públicas y la conveniencia o no de prorrogar dichas medidas no había tardado en reavivarse, lo cual, reconoció, era algo saludable y normal en una democracia.

Cerró el periódico haciendo bastante ruido. Samira daba vueltas como un león enjaulado alrededor de la cama, vestida con una cazadora negra llena de cremalleras y argollas. Vincent llevaba una chaqueta de lana gris con una camiseta marinera de rayas y unos vaqueros. Como de costumbre, nadie habría sospechado por su atuendo que eran policías. Vincent sacó el móvil y lo encaró hacia él.

—Na... da... de... fo... tos... —balbució Servaz, mirando los medicamentos que tenía delante, en la mesita del desayuno: dos analgésicos y un antiinflamatorio. Las pastillas pequeñas eran las peores, pensó.

—¿Ni siquiera como recuerdo?

—Mmm...

—¿Cuándo le dan el alta, jefe? —quiso saber Samira.

—Deja de llamarme «jefe», es ridículo.

—De acuerdo.

—No lo sé... Dependerá de los análisis.

—Y, después, ¿van a mandarle reposo?

—Pues tampoco lo sé.

—En la brigada lo necesitamos, jefe.

Servaz suspiró. Después se le iluminó la cara.

—¿Samira?

—¿Sí?

—Lo vais a hacer muy bien sin mí.

Volvió a abrir el periódico y se puso a leer.

—Sí... puede... De todas formas... —dijo, antes de dar media vuelta y añadir—: Me voy a buscar una Coca-Cola.

Oyó cómo se alejaba por el pasillo con sus tacones de quince centímetros.

—No le gustan los hospitales —dijo Vincent a modo de explicación—. ¿Cómo te encuentras?

—Bien.

—¿Bien regular... o bien de verdad?

—Estoy en forma.

—¿Para trabajar, te refieres?

—¿Para qué si no?

Espérandieu lanzó un suspiro. Con esa expresión malhumorada y el mechón en la frente, parecía un colegial.

—Sólo hace unos días que estabas en coma, joder, Martin. No puede ser que ya estés tan en forma como dices. ¡Si ni siquiera has salido de la cama, maldita sea! Y acaban de operarte del corazón...

Un dedo golpeó con suavidad en la puerta, y Servaz giró la cabeza. Al instante se le formó un nudo en el estómago.

Charlène, la bellísima mujer de su adjunto, esperaba en el umbral. Charlène, cuya larga cabellera pelirroja como las llamas de un fuego de otoño se entremezclaba con el pelaje denso, rojizo y blanco del cuello del abrigo, y cuya piel lechosa e inmensos ojos verdes prometían el paraíso a todo el mundo.

Cuando se inclinó hacia él, sintió el deseo primitivo que siempre experimentaba en su presencia.

Servaz sabía que ella lo sabía. Charlène no ignoraba en absoluto el deseo intenso que le inspiraba. Que inspiraba en todos los hombres. Le recorrió la mejilla con una uña, hundiéndosela casi en la piel, y le sonrió.

—Me alegro mucho, Martin.

Eso fue todo. «Me alegro mucho.» Nada más. Servaz estaba convencido de que había sido totalmente sincera.

Durante los días siguientes, todos los miembros del equipo de investigación y buena parte de la Brigada Criminal, pero también de Estupefacientes, Antidelincuencia y del resto del Departamento de Investigación Criminal, e incluso de Identificación Judicial, fueron desfilando por su habitación. Había pasado de ser un apestado a convertirse en un milagro viviente. Había recibido una bala y había salido con vida. Todos los policías de Toulouse debían de esperar que un día les ocurriera lo mismo; su paso por la habitación constituía una especie de peregrinaje, un acto de devoción casi religiosa. Querían ver, tocar, aprender del que había regresado de entre los muertos. Querían que los contagiara de su *baraka*.

Incluso Stehlin, el director de la Policía Judicial tolosana, se desplazó hasta el hospital una tarde.

—Qué barbaridad, Martin, has recibido una bala en el corazón y te has salvado. Es un milagro, ¿no?

—Más del sesenta por ciento de los que presentan una herida en el corazón fallecen en el acto —respondió tranquilamente Servaz—, pero el ochenta por ciento de los que llegan vivos al hospital sobreviven. Es verdad que cuando se trata de una herida en el corazón causada por un arma de fuego la mortalidad es cuatro veces superior a la de las heridas causadas por un arma blanca... Las complicaciones cardíacas provocadas por un traumatismo penetrante del tórax afectan por orden de frecuencia al ventrículo derecho, el ventrículo izquierdo, las aurículas... Las municiones ligeras son más inestables y, después de seguir una primera trayectoria de penetración, tienden a oscilar; las balas expansivas, en cambio, tienen un túnel de cavitación mayor, que hace que su diámetro se ensanche en el impacto; los perdigones, por su parte, tienen un efecto diferente según la distancia, con perforaciones a menos de tres metros y escoriaciones múltiples a más de diez.

Stehlin lo observó, atónito, y luego sonrió. Tal como hacía siempre en sus investigaciones, Martin había estudiado el tema a fondo; eso o bien había estado sonsacando información a los médicos.

—Ese tipo, Jensen, ¿ha muerto? —preguntó a continuación Servaz.

—No —respondió el director, colocando su chaqueta gris en el respaldo de la silla—. Lo curaron en una unidad para quemaduras graves. Creo que está asistiendo a una terapia de reinserción en un centro especializado.

—¿En serio? ¿Ese tipo está en la calle, entonces?

—Martin, lo declararon inocente de las violaciones y el asesinato de esa mujer...

Por la ventana, Servaz vio unas nubes que componían una mueca por encima de los tejados planos del hospital.

—Es un asesino —declaró.

—Martin, han detenido al culpable y ha confesado. Encontraron pruebas inculpatorias en su casa. Jensen es inocente.

—No tan inocente. —Se inclinó para tragarse el corticoide de sabor amargo que había disuelto en el vaso—. Ese tipo mató a otra persona...

—¿Cómo?

—La mujer que apareció asesinada en Montauban, fue él.

Vio que Stehlin fruncía el ceño. En el transcurso de los años, su superior había aprendido a tener en cuenta sus opiniones.

—¿Por qué dices eso?

—¿Qué habéis hecho con la madre y el montón de gatos?

—La madre está en el hospital y a los gatos los llevaron a la protectora de animales.

—Llamadlos inmediatamente. Que comprueben si todavía tienen uno blanco al que le falta una oreja, o si se lo han dado a alguien. Averiguad qué estaba haciendo Jensen en el momento de la agresión. Y si su teléfono se conectó a alguna antena en esa zona en ese mismo período.

Servaz informó a Stehlin sobre su visita a casa de Jensen. Le habló del gatito que se escondía debajo del mueble y de cómo Jensen había emprendido la fuga en cuanto le había dicho —demasiado bajo para que Vincent pudiera oírlo— que no era su gato.

—Un gatito blanco —repitió Stehlin, con un escepticismo patente en la voz.

—Eso es.

—Pero, Martin, ¿estás seguro de lo que viste? Es que... Joder, ¡un gato! ¿No querrás que detengamos a alguien porque viste un gato en su casa?

—¿Y por qué no?

—¡Ningún juez se tragaría eso, demonios!

Stehlin decía «demonios» en momentos en que otros habrían dicho «joder».

—Quizá lo podríamos poner en prisión preventiva, ¿no?

—¿Basándote en qué? El abogado de ese tipo nos va a llevar a juicio.

—¿Cómo?

Stehlin iba y venía por la exigua habitación, tal como acostumbraba a hacer en su espacioso despacho, con la diferencia de que en el hospital le faltaba sitio y chocaba contra las paredes.

—Dice que lo amenazaste con un arma y lo obligaste a subir a ese tren, que sabías perfectamente que corría el riesgo de electrocutarse y que hiciste todo lo posible para que así fuera.

—«Electrificarse» —lo corrigió Servaz—. Y, de todas maneras, salió con vida.

Se llevó una mano al pecho. Era como si sintiera el tirón del hilo de sutura en la herida. Le habían cortado el esternón con una sierra y harían falta semanas para que el hueso se volviera a soldar por completo... Semanas durante las cuales no podría hacer esfuerzos con los brazos ni levantar el más mínimo peso.

—Da lo mismo. Según su abogado, hubo una «intención delictiva» y un «inicio de infracción constituida por actos que tendían directamente a la consumación de la infracción».

—¿Qué infracción?

—Tentativa de asesinato...

—¿Cómo?

—Su abogado dice que intentaste matarlo electrocutándolo. Que estaba lloviendo, y tú por fuerza tuviste que ver las advertencias de la reja y, aun así, lo perseguiste y lo obligaste a subir a ese tren amenazándolo con tu arma... —Stehlin agitó las manos—. Ya lo sé, ya sé que no tiene ni pies ni cabeza, que ni siquiera llevabas la pistola encima, pero él afirma lo contrario. Lo único que pretende es intimidarnos. No podemos permitirnos añadir más leña al fuego en este momento.

—Ese tipo es un asesino.

—¿Y qué pruebas tienes, aparte de un gato?

7

Sefar

—En la actualidad ya no se suelen cuestionar los casos de muerte inminente —explicó el doctor Xavier—. En cambio, la realidad de una vida después de la vida sí suscita una franca oposición, desde luego. Las personas que, como tú, han estado al borde de la muerte no están muertas por definición. La prueba es que estás aquí.

El psiquiatra le ofreció una cálida sonrisa, que estiró sus labios enmarcados por una barba canosa, como si dijera: «Y todos nos alegramos de ello.» Servaz pensó que los acontecimientos ocurridos en el invierno de 2008-2009 lo habían transformado, tanto desde un punto de vista psicológico como físico. Cuando él lo conoció, Xavier dirigía el Instituto Wargnier. Era un hombrecillo pedante y estirado que se teñía el pelo y llevaba unas gafas rojas ostentosas.

—Todos los casos de muerte inminente se pueden explicar por una disfunción del cerebro, un correlato neurológico.

«Correlato.» Servaz paladeó la palabra. Un poco de pedantería nunca venía mal para asentar la autoridad de uno mismo: así había sido siempre desde que Molière había parodiado a los médicos. En ese sentido, Xavier no había cambiado tanto. Pero, aun así, era otro hombre. Ahora tenía arrugas en la frente y alrededor de los ojos, que se le habían empañado, como dos círculos de metal deslustrado. Xavier conservaba su afición a usar palabras cultas, pero las manejaba con más prudencia. Servaz había entablado con él una relación que casi podía considerarse una verdadera amistad. Después del incendio del Instituto Wargnier, Xavier había abierto un consultorio en Saint-Martin-de-Comminges, en los Pirineos, a escasos kilómetros de las ruinas del establecimiento que había dirigido. Servaz iba a verlo unas dos o tres veces al año. Los dos hombres daban largas caminatas por la montaña, tratando con cuidado de no remover el pasado. Éste planeaba, no obstante, sobre todas sus conversaciones, como la sombra de la montaña que se derrama sobre la ciudad a partir de las cuatro de la tarde.

—Estabas en coma. En cuanto a esa experiencia extracorpórea de la que hablas, unos investigadores en neurociencia de la Universidad de Lausana consiguieron provocarla en personas con buena salud estimulando diferentes regiones del cerebro antes de una operación. De la misma forma, ese famoso «túnel» podría deberse en realidad a una falta de irrigación del cerebro, que provocaría una hiperactividad en las áreas visuales del córtex. Dicha hiperactividad produciría esa luz frontal intensa y, por consiguiente, la pérdida de la visión periférica, que originaría a su vez la impresión de una visión en forma de túnel.

—¿Y el sentimiento de plenitud, de amor incondicional? —preguntó Servaz, con la certeza de que el psiquiatra iba a sacarse otra explicación de la chistera.

«Pero ¿qué hay de tu racionalidad? —se planteó—. Eres agnóstico, maldita sea, y nunca has creído en hombrecillos verdes ni en la transmisión del pensamiento.»

—Secreción de hormonas —respondió Xavier—. Aflujo de endorfinas. En los años noventa, unos investigadores alemanes que estudiaban el fenómeno del síncope se dieron cuenta de que después de las pérdidas de conocimiento, muchos pacientes afirmaban que se habían sentido maravillosamente bien, que habían vuelto a ver escenas de su pasado y que habían incluso visto su cuerpo, como si estuvieran por encima de él.

Servaz paseó la vista por la habitación; los muebles eran elegantes y las lámparas estaban colocadas de manera estratégica. Las ventanas daban a una calle pavimentada en la que había una peluquería. El consultorio privado, instalado en la planta baja de la casa que el médico había comprado en la ciudad, iba muy bien. Las tarifas superaban con creces las remuneraciones de los ciento sesenta y dos psicólogos y psiquiatras oficiales de la Policía Nacional, las cuales, estancadas entre 1982 y 2011, habían sido sometidas a una magra reevaluación hacía poco. Con todo, había sido él quien había optado por ir allí.

Él, que había huido de los psicólogos como de la peste durante las semanas en que creyó que Marianne había muerto y en las que había estado ingresado en un centro para policías con depresión...

—¿Y todos los muertos que vi? ¿La multitud?

—Por un lado, no hay que olvidar los efectos secundarios de los medicamentos que te administraron, no sólo durante la anestesia, sino también en reanimación. Por otra parte, no tienes más que pensar en los sueños. Cuando uno sueña, vive cosas increíbles. Vuela, se cae de un acantilado y no muere, puede transportarse de un sitio a otro, ve personas fallecidas o a las que no conoce en la vida real.

—No era un sueño.

El psiquiatra no hizo caso de la interrupción.

—¿Nunca has tenido la impresión de ser, en determinados sueños, más brillante, más inteligente? —Realizó un leve ademán—. ¿Nunca has tenido la sensación de saber más en los sueños, de comprender cosas que no comprenderías en una situación normal, de ser más fuerte, más hábil, más talentoso, de tener más poder? Y cuando uno se despierta, mientras el recuerdo del sueño es todavía muy intenso, se queda asombrado de la fuerza de ese sueño, que parecía... tan real.

Sí, pensó Servaz. Por supuesto. Como todo el mundo. Cuando era estudiante y hacía sus pinitos en la escritura, por la noche soñaba que redactaba con una facilidad desconcertante las páginas más hermosas que jamás hubiera escrito nadie... y al despertar, tenía la sensación turbadora de que aquellas palabras, aquellas frases magníficas habían existido de verdad, por espacio de unos segundos, en su mente; le desesperaba no poder recuperarlas.

—Entonces, ¿cómo explicas —planteó— que todos los que han vivido esas experiencias, incluso los más racionales, los ateos más recalcitrantes, salgan transformados de ellas?

El psiquiatra cruzó las finas manos sobre las rodillas.

—¿Eran tan ateos en el fondo? Que yo sepa, no se ha llevado a cabo ningún estudio científico serio sobre los presupuestos filosóficos y religiosos de esa gente antes de que experimentaran una muerte inminente. Sin embargo, reconozco que ese cambio que se ha observado en casi todos es algo innegable. Exceptuando al porcentaje habitual de individuos mitómanos y estrafalarios... los mismos que llaman a la policía para acusarse de crímenes, supongo, o tal vez los que ven en esa experiencia la ocasión para dar algunas conferencias remuneradas, si me permites mi mala fe... disponemos de testimonios muy serios por parte de personalidades eminentes, de cuya sinceridad no puede dudarse sobre esos... cambios radicales de personalidad y de sistema de valores que han experimentado después de sufrir un coma o una ECM...

«Soy yo el que debería hablar de esa forma —se dijo Servaz—. Soy yo el que habría hablado así antes. ¿Qué me ocurre?»

—Por eso debemos escuchar esos testimonios —prosiguió el psiquiatra con tono apaciguador, casi un ronroneo, lo cual hizo que Servaz pensara en *Micifuz* enroscado en su sillón—. No hay que descartarlos a la ligera. Intuyo por lo que estás pasando, Martin. Da igual que existan o no explicaciones para lo que has vivido. Lo que cuenta son los cambios que eso ha provocado en ti.

Un rayo otoñal pálido atravesó el cristal y acarició un ramo que había en un jarrón chino. Servaz lo miró, fascinado. De repente le entraron ganas de llorar ante tanta belleza. Al otro lado de la ventana veía a la gente pasar, con gorros en la cabeza, esquís al hombro y descansos en los pies.

—Desde que «has vuelto», todo ha cambiado. Es un momento difícil, porque uno se encuentra de regreso a una vida que ya no coincide con la que ha descubierto, con lo que ha visto allí. Vas a tener que encontrar un nuevo camino. ¿Has hablado de esto con algún amigo o pariente?

—Todavía no.

—¿Hay alguien con quién puedas hablar de ello?

—Mi hija.

—Inténtalo. Y si lo consideras necesario, envíamela.

—No soy el primero ni el único que ha pasado por esta situación. No tiene nada de excepcional.

—Pero sí tiene una incidencia personal y es importante para ti, puesto que has venido.

Servaz evitó hacer algún comentario.

—Has sido objeto de una gran confusión. Has vivido una experiencia devastadora, que va a generar cambios profundos en tu personalidad. Tienes la impresión de haber adquirido un saber que no habías solicitado, que te ha caído encima por así decirlo. Eso va a tener unas consecuencias, pero yo puedo ayudarte a afrontarlas... Sé por lo que vas a pasar, porque ya he tratado a pacientes como tú. Te va a dar la impresión de que estás más vivo, más lúcido, más atento con respecto a los demás; volverás a adoptar tus rutinas de antes, pero te van a parecer carentes de sentido. Todo lo que es material perderá importancia. Experimentarás sin duda la necesidad de decirle a la gente que la quieres... pero ellos no entenderán lo que te ocurre ni lo que haces. Eso es lo que sucede a menudo... Atravesarás fases de euforia y de ansias de vivir, pero también padecerás momentos de fragilidad y te acechará la depresión.

El hombrecillo se ajustó el nudo de la corbata Ermenegildo Zegna, se colocó bien la americana y se levantó mientras se la abotonaba. No mostraba ni una pizca de fragilidad, ni de euforia, ni de depresión.

—En cualquier caso, estás aquí, entre nosotros y en plena forma. Supongo que los médicos te habrán recomendado reposo...

—Me gustaría volver al trabajo.

—¿Cómo? ¿Ahora mismo? Creía que habían cambiado tus... prioridades.

—Creo que cada uno de nosotros tenemos una misión en esta tierra... y que la mía es «atrapar a los malos» —respondió, con una sonrisa, Servaz.

Vio que el psiquiatra fruncía el ceño.

—¿Una misión? ¿Hablas en serio?

El policía le dedicó una sonrisa de grado 3, la que significaba: «Te he pillado.»

—Es lo que se supone que diría, ¿no? Si estuviera convencido de que he vuelto de entre los muertos... No te preocupes, doctor, que sigo sin creer en los ovnis.

El psiquiatra esbozó una media sonrisa, pero su mirada se agudizó de repente, como si le hubiera venido a la memoria algo importante.

—¿Conoces el Tassili n'Ajjer, en el Sahara argelino? —preguntó.

—Sefar —respondió Servaz, a modo de confirmación.

—Sí, Sefar. Tuve ocasión de visitar ese lugar extraordinario, único en el mundo, hace más de treinta años. Entonces tenía veintidós. Pude admirar las quince mil pinturas rupestres, el gran y maravilloso libro del desierto que traza para los próximos milenios el relato de las guerras y las civilizaciones que existieron en los confines del Neolítico. Allí se encuentra esa obra de tres metros de altura a la que algunos bautizaron con nombres como «Gran hombre marciano» o «Gran Dios de Sefar». Todavía hoy no sé qué fue lo que vi. Y fíjate que es un científico quien te lo dice.

Eran las cinco de la tarde. Había empezado a anochecer cuando salió del consultorio a las calles de Saint-Martin. Aquellas calles ya no le inspiraban el terror que le habían infundido durante tantos años en el recuerdo. Por aquel entonces, le bastaba con volver a pensar en ellas para que se le acelerara el pulso.

Esa tarde todo era distinto. A sus ojos, la ciudad había recobrado ese encanto un poco rancio de pequeña ciudad termal y centro de vacaciones, con las estaciones de esquí en las montañas de los alrededores y el recuerdo de su antiguo esplendor, todavía visible en los hoteles, paseos y jardines. Aunque el discurso de Xavier no lo había acabado de convencer, le había servido para retrotraerlo a realidades más terrenas.

Caminó hacia el coche. Los médicos lo habían autorizado a volver a conducir hacía poco y sólo para distancias cortas, y él había considerado que las cuatro horas de ida y vuelta se englobaban dentro de dicha categoría. Cuando se puso en marcha y abandonó el encajonado valle de Saint-Martin para salir a otro, más amplio, que desembocaba veinte kilómetros más abajo —y que se prolongaba luego entre montañas cada vez más bajas hasta alcanzar la llanura que se extendía entre Montréjeau y Toulouse—, lo embargó una fascinación infantil. Se quedó maravillado con las montañas que se difuminaban en la noche azulada, con su presencia benefactora, con las lucecillas débiles de los pueblos de ese «confín de mundo» que la carretera rodeaba, sin llegar a atravesarlo, con los caballos que se entreveían en la penumbra brumosa, antes de que los entraran de nuevo a las cuadras, e incluso con aquella sencilla área de descanso donde brillaban las ventanas de un puesto de venta de comida.

Al cabo de una hora y media, entraba en Toulouse por el puerto de la Embouchure y proseguía, bordeando el canal de Brienne, entre las fachadas de ladrillo rosado, hasta aparcar el Volvo en una de las plantas del parking Victor-Hugo, situado encima del mercado que llevaba el mismo nombre. Mientras marcaba el código del portal de su escalera, tuvo la impresión repentina de que el mundo real se parecía a un sueño, y de que aquel que había abandonado en aquella habitación de hospital se asemejaba a la realidad.

«¿Tendrían algo que ver la "realidad" y la "reanimación"?», se planteó.

Sabía que lo que había visto durante el coma se podía achacar a las sustancias químicas que le habían administrado y a una alteración del funcionamiento cerebral. Pero, entonces, ¿por qué experimentaba un sentimiento tan agudo de pérdida? ¿Por qué añoraba con tanta intensidad el estado de dicha en el que se había encontrado «allí»? Había leído varias obras sobre el asunto desde que había despertado. Tal como había destacado el psiquiatra, la realidad y la sinceridad de aquellos testimonios quedaban al margen de cualquier asomo de duda. Aun así, Servaz no estaba dispuesto a admitir que lo que había visto fuera algo más que un producto de su imaginación. Era demasiado racional para ello. Además, qué narices, eso de un río de gente feliz... era absurdo.

Subió las escaleras y entró. Margot iba vestida con una chaqueta de lana marrón y un pantalón claro. Al advertir en su mirada esa dulzura impregnada de superioridad que ofrecen los sanos a los enfermos, le dieron ganas de recalcar que él volvía a gozar de buena salud, pero se abstuvo.

Advirtió que la mesa estaba puesta y decorada con velas. De la cocina llegaba un olor a especias. Servaz reconoció al instante la música que brotaba del equipo de sonido. Mahler... Aquel detalle lo emocionó hasta el punto de que afloraron lágrimas a sus ojos. Intentó disimularlas, pero aun así Margot se percató.

—¿Qué te pasa, papá?

—Nada. Huele bien.

—Pollo *tandoori*. Te advierto que no soy una cocinera de primera.

Una vez más, se contuvo para no dar rienda suelta a las ansias que tenía de decirle lo importante que había sido siempre para él, que lamentaba las veces en que, de una manera u otra, había metido la pata en su relación. «Tranqui», se dijo.

—Margot, querría pedirte disculpas por...

—Chist. No hace falta, papá. Ya lo sé.

—No, no lo sabes.

—¿Qué es lo que no sé?

—Lo que vi allí.

—¿Allí? ¿Dónde?

—Allí... en el coma...

—¿De qué estás hablando, papá?

—Vi cosas... allí... durante el coma.

—No necesito saberlo —dijo ella.

—¿No quieres oírlo?

—No.

—¿Por qué? ¿No te interesa lo que pasó?

—No, no, no es eso, es que no me apetece saberlo, papá... Ese tipo de cosas hacen sentirme incómoda.

De repente, le entraron ganas de estar solo. Su hija le había dicho que se había cogido un permiso sin sueldo y que se quedaría el tiempo que fuera necesario. ¿Qué significaba eso? ¿Cuánto tiempo? ¿Dos semanas? ¿Un mes? ¿Más? La primera vez que había entrado en su despacho al volver del hospital, le había irritado ver que lo había ordenado sin consultarle. Había hecho lo mismo en la cocina, el comedor, el cuarto de baño... lo cual le había producido la misma contrariedad. Sin embargo, ésta había durado poco... Así le ocurría con todo desde que salió del hospital: en determinados momentos tenía ganas de besar a la gente, de abrazarla, de entablar conversaciones interminables y, al cabo de un momento, en cambio, lo asaltaba el deseo de refugiarse en el silencio y la soledad, de aislarse, de quedarse solo consigo mismo. Una vez más, se le encogió el corazón al pensar en aquel paisaje de luz, en todas aquellas personas... y en su amor incondicional.

Miró las pastillas que tenía en la mano, las cápsulas grandes y los comprimidos pequeños. Desde que las tomaba tenía náuseas, diarrea y sudores fríos. ¿O acaso eran consecuencias del coma? Sabía que debería haber hablado de ello con los médicos... pero estaba hasta la coronilla de matasanos y hospitales. Durante más de dos meses, había visto a cardiólogos, dietistas, psicólogos, fisioterapeutas y enfermeras dos veces por semana. Al fin y al cabo, tampoco era como si le hubieran hecho un trasplante de corazón. O como si le hubieran practicado un doble *bypass*. No había ningún riesgo de recaída, ni de rechazo del implante, ni ningún factor de riesgo cardiovascular. Había seguido sin percances un programa de reentrenamiento físico, realizado sesiones de fisioterapia respiratoria y, en la segunda prueba de esfuerzo, se había manifestado una clara mejora de sus capacidades.

Abrió la mano y las pastillas rodaron hasta el fondo del lavabo. Luego abrió el grifo del agua fría y observó cómo desaparecían por el desagüe. No las necesitaba. Había superado el coma, había estado a punto de irse al otro barrio; no tenía ganas de atiborrarse de medicamentos. Ahora ya no. Quería estar en posesión de todas sus facultades para retomar el trabajo. Ya no sentía ninguna molestia en el pecho y —de no haber sido por la fea cicatriz que se hacía visible cuando se desnudaba— casi sentía que todo aquello le había ocurrido a otro.

No tenía sueño. Al cabo de unas horas estaría de vuelta en la comisaría y era consciente de la curiosidad que iba a suscitar su regreso. ¿Lo dejarían al mando del equipo? ¿A quién habían confiado las funciones mientras tanto? Hasta ese momento, ni siquiera se había molestado en averiguarlo. No estaba seguro del todo de si eso era lo que realmente quería: regresar a su vida de antes.

8

Visita nocturna

Era noche cerrada y la casa estaba sumida en la oscuridad cuando aparcó delante. Parecía abandonada y vacía, no se veía ningún resquicio de luz detrás de los postigos cerrados. Allí arriba, en lo alto del terraplén de la vía férrea, los trenes seguían circulando con la misma lentitud en los cambios de agujas, chirriando, traqueteando... y cada vez que pasaba uno, a Servaz se le ponía el vello de punta.

Sentado al volante, observó el muro, los almacenes cubiertos de pintadas y la gran construcción aislada, como la primera vez que estuvo allí.

Nada había cambiado. Y, sin embargo, había cambiado todo. En su interior. Tal como decía la célebre frase de Heráclito, él ya no era el hombre que había ido allí dos meses atrás. Se preguntó si sus compañeros percibirían esos cambios al día siguiente, cuando se reincorporase al trabajo después de más de dos meses de ausencia.

Empujó la puerta y bajó.

El cielo estaba despejado y la luna iluminaba el terraplén. Los charcos se habían secado y habían desaparecido. Reinaba el silencio, excepto por el rumor lejano de la ciudad y el tránsito de los trenes. Miró a su alrededor. Estaba solo. El gran árbol seguía proyectando la misma sombra inquietante sobre la fachada. Con creciente nerviosismo, se dirigió al jardincillo de delante y empujó la reja, que se abrió con un chirrido. ¿Dónde estaba el pitbull? La caseta seguía allí, pero la cadena estaba tirada en el suelo, inerte, como la muda de una serpiente, sin nada atado en el extremo. Al animal probablemente lo habrían sacrificado.

Caminó por el sendero entre las plantas secas, subió los escalones hasta la puerta y llamó. El sonido agudo del timbre resonó a través de las habitaciones vacías, al otro lado, pero no hubo ningún movimiento. Ninguna respuesta... Apoyó la mano en el picaporte y lo hizo girar. Estaba cerrada con llave. ¿Dónde se había metido Jensen? Stehlin había hablado de una cura, de un balneario. Lo que faltaba. ¿Ese tipo, que había violado y matado, estaba disfrutando de unos masajes impartidos por unas manos suaves, y de chorros y baños calientes en un centro termal? Servaz miró a su alrededor. No había nadie a la vista. Del bolsillo de la chaqueta sacó una decena de llaves envueltas en un trapo sucio. Eran las denominadas «ganzúas», las llaves que utilizaban los ladrones para forzar las cerraduras de pasador. Y eso era un registro ilegal. Ya había practicado ese deporte en casa de Léonard Fontaine, el astronauta, en el curso de otra investigación. «Aún no he vuelto al tajo y ya estoy quebrantando la ley.»

La cerradura oxidada se le resistió un poco. Dentro seguía reinando el mismo olor a orina de gato, tabaco y vejez, que hizo que se tapara la nariz. La bombilla del pasillo seguía fundida, de modo que tuvo que buscar otro interruptor para iluminar vagamente aquella caverna oscura. Localizó uno palpando la pared de detrás de la puerta de la izquierda. En la habitación de la vieja no había cambiado nada; incluso la montaña de cojines seguía encima de la cama deshecha y la bolsa de suero también permanecía colgada en su sitio... como si fuera a regresar al día siguiente. Pese a haber quedado reducido casi a la condición de esqueleto, la cama conservaba la marca de su cuerpo raquítico.

Se estremeció.

Tal vez regresara ahora que el canalla de su hijo volvía a estar en libertad...

Pasó al salón. ¿Qué buscaba? ¿Qué clase de prueba esperaba encontrar allí? Empezó registrando los cajones del escritorio. Nada aparte de documentos y un poco de hachís envuelto en papel de aluminio. Miró las pantallas dispuestas encima del espacioso escritorio. Quizá la respuesta se hallara allí dentro, pero él no era un especialista. No era un friki de los ordenadores como Vincent.

Y tampoco era cuestión de recurrir al Departamento de Informática y de Delitos Tecnológicos para recuperar los datos del disco duro. Por si acaso, encendió uno de los aparatos, que al momento le pidió que introdujera una contraseña. «Mierda...»

Oyó el ruido de un motor en la calle.

Se acercaba un coche. Luego se detuvo y, cuando el motor enmudeció, se oyeron las portezuelas. «Ha aparcado en el terraplén.» Los postigos estaban cerrados y no tenía forma de ver lo que ocurría en el exterior. Voces masculinas. Creyó reconocer una de ellas y se tensó como un resorte. Un agente de la Policía Judicial. Por lo visto, alguien había decidido reabrir la investigación.

Apagó todas las luces y se precipitó hacia la puerta trasera en medio de la oscuridad más absoluta. Se golpeó la rodilla contra un mueble. Contuvo una exclamación de dolor. Estaba cerrada con llave. «¡Mierda!» No tenía tiempo de abrirla con la ganzúa. En el sendero resonaban unos pasos. Servaz se alejó por el pasillo, entró en una habitación, encendió la luz y abrió la ventana y luego el postigo. Iba a salir por allí, pero en el último segundo cambió de opinión. Seguramente habían anotado el número de matrícula de su coche.

Cerró la ventana y regresó al salón. Oyó que llamaban al timbre. Procuró acallar los latidos de su corazón, dispuesto a saludarlos con un «Hola, chicos», con la mayor naturalidad posible. Los pasos bajaron los escalones de la puerta y se alejaron. Al parecer, no disponían de una orden de registro. Escuchó el ruido del motor, cada vez más distante. Y aguardó un momento a oscuras, con el corazón desbocado en el pecho, antes de volver a salir.

KIRSTEN Y MARTIN

9

Todavía era de noche

El lunes por la mañana, cuando salió del metro en Canal-du-Midi, aún era de noche. Atravesó la explanada y pasó entre los guardias con chalecos antibalas que, desde los acontecimientos del 13 de noviembre de 2015 en París, controlaban el acceso al edificio. Franqueó las puertas de cristal y se dirigió a los ascensores de la izquierda. Delante de la recepción no se había formado todavía la cola de demandantes y de víctimas... pero era sólo una cuestión de tiempo.

Toulouse era una ciudad que segregaba delincuencia igual que las glándulas liberan hormonas. Si la universidad era el cerebro, el ayuntamiento el corazón y las avenidas las arterias, la policía era el hígado, los pulmones y los riñones, todo a la vez. Y, al igual que éstos, garantizaba el equilibrio del organismo mediante el filtrado de impurezas, la eliminación ocasional de sustancias tóxicas y el almacenamiento provisional de determinados residuos. Los desechos irrecuperables acababan en chirona o volvían a salir a la calle... es decir, a los intestinos de la ciudad. Lógicamente, como todo órgano, algunas veces funcionaba mal.

No muy convencido con aquella analogía, Servaz salió al segundo piso y se dirigió al despacho del director. Stehlin lo había llamado el día anterior y le había preguntado si se sentía en forma. En domingo. Servaz se había quedado sorprendido. Estaba listo para volver al trabajo, aunque sabía que para ello tendría que disimular los cambios que se habían producido en su interior, que no debía hablar con nadie de lo que había visto durante el coma. Ni de los extraños cambios de humor que lo hacían pasar de repente de la euforia a la tristeza y viceversa. Y menos aún de lo que le había dicho el cardiólogo: «Olvídese de volver a la calle. Vaya a sentarse detrás de un escritorio si le apetece, pero le prohíbo, ¿me entiende?, le prohíbo que haga cualquier actividad que suponga un esfuerzo. Aún está débil. Hace apenas dos meses que lo operaron, ¿se acuerda?»

No obstante, la impaciencia de Stehlin por verlo de regreso lo tenía un poco extrañado.

El olor del café flotaba en los pasillos desiertos; la actitud silenciosa de los escasos funcionarios que ya habían llegado —o que aún no se habían acostado—, como si obedeciera a un pacto tácito que prohibía las voces ruidosas, los excesos y las barbaridades a una hora tan temprana; las lámparas apagadas que amortiguaban aquí y allá la penumbra hermética de la oficina y el rumor de la lluvia, que llegaba hasta los pasillos a través de alguna ventana abierta. De repente lo recordaba todo y eso lo retrotraía a dos meses y medio antes, como si aquel paréntesis apenas hubiera durado un día. Todo le resultaba familiar, como las papeleras que había colgadas de las paredes a intervalos regulares. En realidad, eran cajas balísticas forradas de espuma y de Kevlar, donde los policías debían, en teoría, depositar la recámara de su arma y comprobar que la cámara estaba vacía cuando volvían de una operación, para evitar posibles accidentes. Sí, «en teoría», porque la mayoría de los agentes de la Policía Judicial desarrollan algunos anticuerpos resistentes a la autoridad y no era inusual oír el roce de una culata en algún que otro despacho.

Servaz giró a la derecha y, tras cruzar el umbral de la puerta cortafuegos, que permanecía abierta tanto en invierno como en verano, y la zona de sofás de cuero, llamó a la puerta de doble hoja del director.

—Adelante.

Empujó el batiente. Se cruzó con dos miradas. La primera era la del comisario de división Stehlin; la segunda pertenecía a una mujer rubia a la que no conocía. Sentada en uno de los asientos encarados hacia el espacioso escritorio de Stehlin, se había vuelto para observarlo por encima del hombro. Tenía una mirada fría, analítica, profesional. Y a Servaz le dio la desagradable impresión de que lo estaba diseccionando. «Policía», concluyó. No sonreía, ni hacía ningún esfuerzo por parecer simpática, con la mitad de la cara alumbrada por la lámpara del escritorio y la otra en la sombra.

Tal vez esa marcada determinación de su semblante obedecía a un intento de disimular precisamente la falta de ésta, se dijo Servaz. ¿Pertenecía a otro departamento? ¿A otra administración? ¿Aduanas? ¿Fiscalía? ¿Era una nueva compañera? Stehlin se levantó y ella lo imitó y se alisó la falda. Llevaba un traje de chaqueta de color azul oscuro con una falda un poco ajustada en las caderas, una bufanda gris claro, una blusa blanca con botones de nácar y unos zapatos negros y brillantes de tacón. En el respaldo del asiento de al lado había un abrigo negro con unos botones voluminosos.

—¿Cómo te encuentras? —preguntó Stehlin.

Había rodeado el escritorio para acudir a su encuentro, pasando delante del gran armario donde guardaba bajo llave los expedientes delicados, sin poder evitar posar la mirada en el torso de Servaz.

—¿Te notas en forma? ¿Qué te han dicho los médicos?

—Estoy bien. ¿Qué ocurre?

—Es un poco precipitado, ya lo sé. No se trata de enviarte enseguida a la calle, Martin, como ya supondrás. Vamos a dejar que retomes el ritmo con tranquilidad, pero era absolutamente necesario que vinieras esta mañana...

Detuvo la mirada en Servaz y después la posó, de manera teatral, en la mujer. Estaba hablándole en voz baja, como si siguiera en el hospital y no quisiera fatigarlo, o bien como si la hora matinal impusiera también allí los susurros y la discreción.

—Martin, te presento a Kirsten Nigaard, de la policía noruega. Del Kripos, el servicio nacional de investigaciones criminales. Kirsten Nigaard, éste es el comandante Martin Servaz, de la Brigada Criminal de Toulouse.

Había terminado la frase en inglés. Entonces, ¿era ella el asunto delicado?, se preguntó. Una policía noruega en Toulouse. ¿Qué había ido a hacer allí, tan lejos de casa? Advirtió que tenía un lunar grande en la barbilla.

—*Bonjour* —dijo ella con un ligero acento extranjero.

Servaz le devolvió el saludo y le estrechó la mano que le tendía. Ella aprovechó para clavarle su mirada de hielo y de nuevo se sintió calibrado, juzgado, evaluado. Teniendo en cuenta lo que le había sucedido y los cambios que había experimentado, sentía curiosidad por saber qué era lo que veía aquella mujer.

—Siéntate, Martin. Voy a hablar en inglés, si no te importa —le advirtió Stehlin, y volvió a ocupar su puesto detrás del escritorio.

El director parecía muy preocupado. Era extraño. Quizá se tratara sólo de una pose que adoptaba en presencia de la policía noruega (¿qué grado tenía, por cierto?, Stehlin no lo había dicho) para no dar la imagen de que la policía francesa se tomaba las cosas a la ligera.

—En primer lugar, recibimos una solicitud de información por parte del departamento de Kirsten, vía la Scopol, a la cual respondimos.

(La Scopol es el servicio de cooperación técnica internacional de la policía, con base en Nanterre, y se ocupa de poner en contacto a la Europol, las policías europeas y los servicios franceses.)

—Después nos llegó una solicitud de colaboración judicial procedente de la justicia noruega. El superior de Kirsten en el Kripos me llamó también y acordamos la manera de proceder tras varias conversaciones telefónicas y comunicaciones por mail.

Servaz ladeó la cabeza: ése era el procedimiento habitual en las investigaciones de alcance internacional.

—No sé por dónde empezar... —prosiguió Stehlin, mirándolos alternativamente a él y a la mujer rubia—. Lo que ocurre es bastante... increíble. La agente Nigaard pertenece a la policía de Oslo, pero en este caso intervino en Bergen.

A Servaz el acento de Stehlin cuando hablaba inglés le parecía aún más ridículo que el suyo.

—Bergen está en la costa occidental de Noruega —consideró pertinente explicar su jefe—. Es la segunda ciudad del país...

Lanzó una mirada a la policía noruega buscando su aprobación, pero ésta no confirmó ni negó nada.

—Allí se cometió un asesinato... La víctima era una joven que trabajaba en una plataforma petrolífera del mar del Norte...

Stehlin tosió, como si tuviera carraspera. Buscó con los ojos los de Martin, y eso lo puso en alerta. Lo entendió de inmediato: por eso el director le había pedido que fuera a su despacho, no porque se tratara de un caso delicado, sino porque de alguna manera estaba relacionado con él.

—La agente Nigaard fue hasta allí porque en el bolsillo de la víctima encontraron un... eh... papel con su nombre escrito —prosiguió Stehlin, y dirigió la mirada hacia la noruega—. Uno de los obreros que estaban en tierra nunca volvió, pero, en su cabina, la agente Nigaard encontró unas fotos tomadas con un teleobjetivo —añadió, centrándose ahora por completo en Servaz.

Éste tuvo la sensación de que entre bambalinas había un demiurgo que los manipulaba como marionetas a los tres, tirando de unos hilos invisibles... Una sombra cuya identidad adivinó, antes de que se pronunciara su nombre, con el convencimiento de que iba a agrandarse y a envolverlos en sus tinieblas.

—En esas fotos apareces tú, Martin —lo informó Stehlin, y le tendió las imágenes—. Está claro que fueron tomadas durante un período de tiempo bastante largo, a juzgar por los cambios de estación que sugieren los árboles y la luz. —Stehlin hizo una pausa—. También hay una foto de un niño de cuatro o cinco años. Detrás aparece escrito «Gustav». Suponemos que se llama así.

Gustav.

El nombre estalló en sus oídos como una granada activada. ¿Cómo podía ser posible?

—Encontramos las fotos entre sus cosas —explicó Kirsten en inglés, con una voz melodiosa, tomada y ronca al mismo tiempo—. Gracias a ellas remontamos la pista hasta aquí. Primero identificamos las palabras «*hôtel de police*». Después, en el Ministerio del Interior nos dijeron de qué... *politistasjonen*... eh, comisaría, se trataba... Y fue su... jefe, aquí presente, quien le... eh... identificó.

Eso explicaba la llamada del domingo, dedujo Servaz, con el pulso acelerado.

Contuvo la respiración mientras observaba las fotos. El cerebro es un ordenador extraordinario; jamás se había visto desde esa perspectiva, ni siquiera en un espejo, pero no tardó más de una fracción de segundo en reconocerse.

Fotografiado de lejos, con un teleobjetivo. Por la mañana, la tarde, la noche... Saliendo de casa o de la comisaría... Subiendo al coche... Entrando en una librería... Caminando por la calle... Comiendo en una terraza de la plaza del Capitole... E incluso en el metro y en un parking del centro. Fotografiado desde lejos, entre los coches...

¿Desde cuándo? ¿Durante cuánto tiempo?

Las preguntas se le acumulaban en la cabeza.

Le bastaba con mirar las fotografías para comprender que alguien lo había seguido como una sombra, pegado a él, lo había observado, espiado. A cada hora del día y de la noche.

Por un instante, tuvo la impresión de que unos dedos helados le acariciaban la nuca. El despacho de Stehlin era grande, pero de repente le pareció pequeño y agobiante. ¿Por qué no encendían los fluorescentes? Estaba muy oscuro.

Desvió la mirada hacia las ventanas, donde empezaba a asomar una luz gris. De forma instintiva, se puso la mano en el pectoral izquierdo, con un ademán que no pasó inadvertido para Stehlin.

—¿Estás bien, Martin?

—Sí, continúa.

Le costaba respirar. Aquella sombra tenía un nombre. Un nombre que había tratado de olvidar durante cinco años.

—Llevaron a cabo análisis de ADN en la cabina y las salas comunes —prosiguió, incómodo, Stehlin.

Servaz adivinó lo que iba a añadir.

—Al parecer, el ocupante de la cabina la limpiaba con asiduidad, pero no fue suficiente. Consiguieron la información gracias a unos segmentos de ADN. La ciencia ha hecho enormes progresos en ese sentido, como ya sabes.

El director volvió a carraspear y, de nuevo, hundió la mirada en los ojos de Servaz.

—Bueno, en fin, Martin, parece ser que la policía noruega ha encontrado el rastro de... Julian Hirtmann.

10

Equipo

¿Alucinaba otra vez? ¿Había regresado a «reanimación»? ¿Estaba de nuevo a merced de la máquina araña, viendo y oyendo cosas que no existían?

La última vez que había tenido noticias del suizo había sido cinco años atrás, cuando Hirtmann le había enviado aquel corazón que él había tomado por el de Marianne. «Cinco años...» Y luego, nada. Ni la menor señal. Ni el más mínimo indicio. El antiguo fiscal del tribunal de Ginebra, el supuesto verdugo de más de cuarenta mujeres que actuaba en un radio de cinco países como mínimo, había desaparecido de sus radares y —hasta donde él sabía— de los de todas las policías.

Había huido. Se había esfumado.

Y, de repente, ¿una agente noruega se presenta afirmando que habían encontrado su rastro por casualidad? No podía ser.

Siguió escuchando a Stehlin con un desasosiego cada vez mayor mientras éste le resumía el crimen que se había cometido en Mariakirken. En realidad, el modo de proceder se correspondía con el Hirtmann que él conocía. Y el perfil de la víctima, sin duda también. Por lo demás, a excepción de las huellas que habían encontrado en una granja de Polonia, nunca habían dado con los cadáveres de las víctimas de Suiza. ¿Por qué iba entonces a dejar tantos indicios ahora? Si no había comprendido mal, aquella mujer trabajaba en la misma plataforma que Hirtmann. Tal vez había descubierto algo sobre él... y entonces él habría querido silenciarla y después habría pensado que era hora de irse a otra parte. Quizá sentía el impulso de asesinarla desde hacía tiempo, al tenerla cerca cada día y, una vez llegado el momento de desaparecer, había aprovechado para pasar a la acción. No. Había algo que no encajaba... ¿Y el papel que habían encontrado en el bolsillo de la víctima? ¿Qué sentido tenía?

—No parece su manera de actuar —concluyó al fin.

Se percató de la mirada acerada que le dirigió la policía noruega.

—¿Qué quiere decir?

—Hirtmann no tiene por costumbre dejar tantos indicios tras de sí.

La mujer asintió con la cabeza en señal de aprobación.

—Estoy de acuerdo. Eh... yo no lo conozco tan bien como usted, desde luego —reconoció con un gesto sin duda destinado a jerarquizar sus posiciones—, pero he investigado y estudiado su historial. De todas formas... —Aguardó, expectante, antes de proseguir—: Teniendo en cuenta el escenario del crimen y las huellas de los pasos en la nieve, así como el uso más que probable de una barra de hierro, me planteé si no se trataba de una trampa...

—¿Cómo?

—Imaginemos que Hirtmann hubiera descubierto que ella lo había desenmascarado... o que hubiera querido hacerle chantaje y que, de un modo u otro, se hubieran dado cita en la iglesia...

Permanecieron unos instantes en silencio.

—La mata y después desaparece —concluyó, sin apartar la mirada de él.

—Hay algo que no encaja —insistió Servaz—. Si había decidido irse, no tenía necesidad de matarla.

—Quizá quiso castigarla. O «darse el gusto». O ambas cosas.

—En ese caso, ¿por qué iba a guardar todas esas fotos? Y, además, ¿a qué viene eso de dejar un papel en el bolsillo de la víctima? Con su nombre escrito, ¿verdad?

Ella confirmó con un ademán y siguió observándolo en silencio. Luego apoyó una mano en su muñeca, con un gesto que le sorprendió por su intimidad. Tenía las uñas largas, de color rosa coral, anacaradas, advirtió Servaz con un escalofrío.

—No sé qué significa —admitió—. No tengo la menor idea de por qué escribió mi nombre. Sí me pareció comprender, en cambio, que ustedes dos tenían una larga historia en común —susurró, observándolo—. Quizá lo que quería precisamente era que encontraran las fotos. Quizá quería enviarle... —Hizo una pausa para buscar las palabras—: Un saludo amistoso.

—¿Quién es ese niño? —preguntó Servaz, señalando la foto de Gustav—. ¿Alguien lo sabe?

—No —respondió ella—. ¿Tal vez su hijo?

Se quedó mirándola.

—¿Su hijo?

—¿Por qué no?

—Hirtmann no tiene hijos...

—Quizá haya tenido uno durante el tiempo que ha estado desaparecido. Si la foto es reciente, ese niño tendría cuatro o cinco años. Hace seis que se perdió la pista de Julian Hirtmann, ¿no es así?

Servaz asintió con la cabeza. De repente, se le secó la garganta. «Seis años...» Lo mismo hacía del secuestro de Marianne...

—Tal vez dejó a alguna mujer embarazada —prosiguió la noruega—. Empezó en la plataforma hace dos años. No se sabe qué hizo antes. Y los trabajadores de las plataformas tienen muchas vacaciones.

Servaz miró a Kirsten con los ojos enrojecidos y el semblante azorado y ella le devolvió la mirada. Como si comprendiera lo que le sucedía. Dejó los dedos sobre su muñeca mientras lo invitaba a sincerarse.

—Dígame lo que siente. No podremos trabajar juntos si nos ocultamos cosas. Dígame todo lo que se le viene a la cabeza.

La observó durante una fracción de segundo, dubitativo. Luego asintió con la cabeza.

—Conocí a Hirtmann en un manicomio situado en el corazón de los Pirineos —explicó en inglés.

—*Py-re-nees?*

Servaz señaló con un gesto las ventanas.

—*Mountains... close...*

Ella asintió a su vez.

—Un sitio muy extraño, perdido en la montaña... Un lugar para locos criminales... Hirtmann estaba encerrado en una unidad especial, con los más peligrosos... Habían encontrado su ADN en el escenario de un crimen situado a varios kilómetros de allí. Por eso fui a verlo.

Kirsten enarcó una ceja.

—¿Podía salir?

—No. Imposible. Las medidas de seguridad eran muy estrictas.

—Entonces, ¿cómo...? *How?*

—Es una historia larga —respondió, y pensó en la extraña y apocalíptica investigación en la que trabajó durante el invierno de 2008-2009, en la que había estado a punto de perder la vida, recordó el caballo decapitado y la planta hidroeléctrica enclavada a dos mil metros de altitud y a setenta de profundidad en la roca.

Sentía como si los dedos de la mujer noruega, posados aún en su muñeca, lo quemaran. Se movió un poco y entonces ella los retiró.

—Cuando entré en su celda, estaba escuchando música. De su compositor preferido... que también es el mío. Nos gusta la misma música. *Same music.* El mismo compositor: Mahler. «Gustav» Mahler...

—¡Ah! —exclamó ella—. En su cabina había música. Cedés...

Sacó el móvil y tras buscar en la galería de imágenes, abrió una con el dedo y encaró la pantalla hacia él.

—Gustav Mahler —confirmó.

Servaz señaló el lago, las montañas altas y el campanario esbelto que aparecían en el fondo de la foto.

—¿Han podido identificar ese pueblo y ese lago?

—Sí. Fue fácil: se trata de Hallstatt, es uno de los pueblos más bonitos de Austria. Un lugar magnífico, declarado Patrimonio de la Humanidad por la Unesco. La policía federal austríaca y la policía de Estiria están investigando por su lado, pero no se sabe si ese niño vive allí o si sólo estuvo durante una temporada... Es un sitio al que acuden muchos turistas.

Servaz trató de imaginarse a Hirtmann haciendo turismo con un niño de cinco años. Stehlin consultó el reloj.

—Es la hora de la reunión —anunció.

Servaz le dirigió una mirada interrogativa.

—Me he tomado la libertad de reunir a tu equipo, Martin. ¿Estás listo?

Servaz volvió a asentir con la cabeza, pero no era verdad. Notó que Kirsten lo traspasaba con la mirada.

Eran las diez de la mañana. Y allí estaban presentes Vincent Espérandieu, Samira Cheung, Pujol y tres miembros más del equipo de investigación número 1, además de Malleval, que estaba al frente de la Dirección de Investigación Criminal, el propio Stehlin, Escande, uno de los cinco agentes de la sección financiera encargada de los cibercrímenes, y Roxane Varin, que había bajado de la planta de Seguridad Pública para representar a la Brigada de Menores.

Kirsten observaba a todos los congregados, así como a Servaz, que, sentado a su derecha, parecía distraído. Le había hecho un resumen de la relación que había tenido con Hirtmann. Le había contado que el asesino suizo se había escapado del hospital psiquiátrico de los Pirineos. Que había secuestrado a una mujer que Servaz conocía (y, a raíz de ciertos titubeos, ella había intuido que los lazos que lo vinculaban con aquella «conocida» eran en realidad más fuertes que los de una simple amistad). Que ambos habían desaparecido sin dejar ningún rastro, aparte de una caja isotérmica que Hirtmann le había enviado desde Polonia cinco años atrás, una caja que contenía un corazón... un corazón que, al principio, Servaz había creído que era el de su amiga Marianne, aunque los análisis de ADN finalmente lo desmintieron.

Era una historia increíble y, sin embargo, el policía francés se la había contado con un desapego que resultaba curioso... como si hablara de otra persona, como si no fuera a él a quien habían ocurrido todas aquellas cosas tan horribles, como si no le concernieran. En su actitud había algo que no lograba entender.

—Les presento a Kirsten Nigaard, de la policía de Oslo —dijo en primer lugar—. Noruega —consideró conveniente precisar.

Ella observaba los rostros mientras Servaz los hacía partícipes de la información que él mismo acababa de recibir. Kirsten se percató de que todos lo miraban con suma atención. No sólo lo escuchaban, sino que lo escrutaban. No estaban sólo atentos a sus palabras... era él lo que de verdad les interesaba.

Después, cuando anunció que habían encontrado las huellas de Julian Hirtmann en Noruega, la actitud de los presentes cambió de manera considerable. Dejaron de observarlo para cruzar miradas entre ellos. La tranquilidad de los primeros minutos se había esfumado; notó cómo se instalaba un ambiente más cargado, no exento de morbo, mientras las miradas iban y venían de Servaz a ella.

—Kirsten —dijo por fin, volviéndose hacia la policía noruega.

Guardó silencio durante medio segundo, en el cual se oyó el sonido de la lluvia que llegaba desde fuera, como una pulsación. Se volvió hacia los asistentes y empezó a hablar, con voz clara.

—Hemos contactado con Eurojust —anunció—. Y, poco a poco, estamos poniendo en marcha una investigación internacional en cinco países iniciales: Noruega, Francia, Polonia, Suiza y Austria.

Eurojust era un órgano de cooperación judicial de ámbito europeo que se encargaba de luchar contra la criminalidad que se extiende entre diferentes Estados miembro. Los magistrados, procedentes de toda Europa, emprendían investigaciones internacionales y solicitaban la colaboración de la justicia y la policía de sus respectivos países.

Kirsten había hecho una pausa y eso la convirtió en el blanco de todas las miradas. Adivinó lo que estaban pensando. ¿Noruega no era uno de esos países escandinavos donde las cárceles parecían versiones boreales del Club Med y donde los policías nunca hacían preguntas delicadas? Los agentes presentes en aquella sala ignoraban sin duda que Noruega había sido criticada durante décadas por recluir de manera abusiva a los detenidos en prisión preventiva y por practicar en exceso el aislamiento en las cárceles. Tampoco debían de saber que el extremista noruego Kristian Vikernes, detenido —y después puesto en libertad— en Francia, se había alegrado del comportamiento ejemplar de los policías franceses en comparación con el de «la panda de golfos que era la policía noruega».

Personalmente, Kirsten le habría metido a aquel metalero la guitarra por uno de los orificios del cuerpo reservados para otros usos. Además, había oído decir que en las comisarías francesas pasaban toda clase de cosas.

Apretó un botón del mando para encender la pantalla del televisor que había al fondo de la sala. Todo el mundo se volvió hacia el aparato. Kirsten esperó. Después de unos segundos de efecto nieve, aparecieron las primeras imágenes. Vigas de metal, una pasarela con el suelo de enrejado de acero, el mar embravecido alrededor: eran las imágenes de las cámaras de vigilancia de la plataforma.

Una figura apareció en el extremo de la pasarela y se acercó a la cámara. Kirsten detuvo la imagen. Servaz miró a aquel fantasma surgido del pasado, inmovilizado en la pantalla. No cabía duda, era él. Llevaba el pelo más largo, y el viento marino lo agitaba alrededor de su cara. Por lo demás, estaba igual que en el recuerdo que guardaba Servaz de él.

—Hirtmann trabajó en esa plataforma durante dos años. La dirección que dio a la empresa era falsa, al igual que su currículum y los documentos de identidad. Los papeles que encontramos en su cabina apenas han aportado información, excepto la que vamos a detallaros. Las indagaciones que hemos hecho en el banco donde tenía la cuenta en la que le ingresaban el sueldo nos han permitido reconstruir al menos una parte de sus desplazamientos... una parte tan sólo, porque Hirtmann transfirió gran cantidad del dinero a otras cuentas radicadas en paraísos fiscales. Actualmente, estamos tratando de reconstruir el recorrido completo. La policía noruega sospecha que no sólo fue el autor del asesinato de esa mujer, sino el causante de la desaparición de algunas otras en la región de Oslo. Ésa es una de las razones de mi presencia aquí.

Omitiendo el motivo principal por el momento, paseó la mirada por la sala.

—Sin duda, Hirtmann abandonó Noruega hace mucho. Se escapó del instituto... eh... —Consultó las notas—. Wargnier en diciembre de 2008. Volvió a dar señales de vida aquí, en vuestra región, en junio de 2010. Luego en Polonia en 2011. En Polonia encontraron los restos de varias de sus víctimas en una casa apartada, cercana al bosque de Bialowieza. Todas eran mujeres jóvenes. Han transcurrido cinco años desde entonces. Cinco años de los que no sabemos nada. Cinco años que se resumen en un agujero negro, con la salvedad de que, en el curso de estos últimos dos años, trabajó en esa plataforma del mar del Norte. No debemos hacernos muchas ilusiones: un hombre como Julian Hirtmann es capaz de desaparecer durante mucho tiempo y es posible que pasen meses o años antes de que volvamos a localizar su pista. —Dirigió una mirada hacia Servaz, pero éste parecía aún absorto en sus pensamientos, con la mirada fija en la pantalla donde el fantasma permanecía en la posición en la que Kirsten lo había detenido, al igual que una gaviota que había en segundo plano, congelada en pleno vuelo—. Por otra parte, un hombre como él no puede haber estado cinco años sin matar. Es impensable. Esta investigación tiene como propósito reconstruir su trayectoria criminal, aprovechando que por fin disponemos de datos recientes relacionados con él para tratar de reavivar la pista. Partiremos del principio de que ha permanecido durante todo este tiempo en territorio europeo, aunque tampoco tenemos ninguna garantía al respecto, dado que su trabajo le permitía acumular millas de avión y viajar, por consiguiente, a un menor coste por todo el mundo. Ese trabajo era, dicho sea de paso, ideal para un hombre como él: más días de vacaciones que laborables, una paga sustanciosa y un radio de acción casi ilimitado gracias a los descuentos en las líneas aéreas. Vamos a difundir su retrato. Conocemos su modus operandi a través de sus escritos y también el perfil de sus anteriores víctimas. Todas mujeres jóvenes que vivían en zonas fronterizas con Suiza: Dolomitas, Baviera, Alpes austríacos... y algunas en Polonia... En la clandestinidad, pudo haber vivido y asesinado en cualquier lugar. Los intentos anteriores para recuperar su rastro no dieron resultado. No es preciso que os diga que las posibilidades que tenemos de lograr nuestro propósito son muy escasas...

Calló un momento y miró a Servaz, que tradujo como pudo sus palabras para los que no hablaban inglés. Después tendió la foto de Gustav a la mujer que tenía a la derecha.

—Hacedla circular —dijo.

»El segundo elemento de la investigación gira en torno a este niño. Encontramos esta foto entre los efectos personales de Hirtmann, a bordo de la plataforma. No sabemos quién es, ni dónde se encuentra, ni si está vivo todavía... No sabemos nada de él.

—Hirtmann nunca agredió a ningún niño —intervino la joven fea, la que se llamaba Samira y que hablaba un inglés impecable—. No es un pedófilo. Sus víctimas siempre han sido mujeres adultas, jóvenes y atractivas, tal como ha destacado.

Kirsten advirtió que había apoyado unas botas de imitación de piel de pitón en el borde de la mesa, haciendo bascular la silla sobre las patas de atrás, y que lucía una pequeña calavera en el pecho bajo la cazadora de cuero.

—Exacto. Creemos que ese niño podría ser su hijo. O bien el hijo de una de sus víctimas...

—¿Qué más se sabe de él? —preguntó un individuo alto y medio calvo, sin parar de dibujar en un cuaderno un bosquejo que, sin duda, debía de ser un retrato de ella.

—Nada en absoluto, aparte del nombre. Ni siquiera conocemos su nacionalidad. Sólo sabemos dónde se tomó la foto: en Hallstatt, Austria. La policía federal austríaca está al corriente, pero como es un lugar muy turístico, es posible que el niño sólo estuviera de paso.

—¿Hirtmann está haciéndose pasar por turista? —preguntó la tal Samira, con un escepticismo evidente.

—En medio de una multitud de otros turistas —comentó el que se llamaba Vincent—. No es tan tonto... No hay mejor sitio para esconder un árbol que un bosque.

—Bueno, ¿y nosotros qué pintamos en esto? —preguntó el tipo alto y medio calvo—. No estamos para perder el tiempo, ¿no? No sé los demás, pero yo tengo otras cosas que hacer.

El hombre había hablado en francés y Kirsten no lo había entendido, pero, por el tono que había empleado y el malestar que había mostrado el resto, dedujo que había hecho algún comentario desagradable de alguien... quizá de ella o de la policía de Noruega.

—Interrogamos, claro está, a su compañero de cabina y a sus compañeros de la plataforma —añadió—. Y llegamos a la conclusión de que era bastante solitario y extremadamente discreto en lo relacionado con sus actividades en tierra. A bordo, pasaba el tiempo libre leyendo y escuchando música. Clásica.

Kirsten desvió la mirada por un instante hacia Servaz.

—Pero lo más importante son las fotos en las que aparece vuestro comandante. Indican que Hirtmann pasó una larga temporada en esta ciudad... y que hay algo que lo atrae de manera inexplicable hacia esta región y, em... hacia ti, Martin. Las indagaciones hechas en su banco y el análisis de sus gastos confirman esta intuición: Hirtmann pasó a menudo por aquí durante los dos últimos años.

Volvió a mirarlo.

—No se descarta que el suizo pretenda volver —prosiguió, dirigiéndose a todos los asistentes—. Ya lo ha hecho en numerosas ocasiones. Repito: conocemos su modus operandi y el perfil de sus víctimas. Hay que buscar, en toda la región e incluso en zonas próximas, crímenes similares y desapariciones de mujeres que se hayan producido en el curso de los últimos meses.

—Esas búsquedas ya se llevaron a cabo y no sacamos nada —señaló la tal Samira.

Vio que varias personas asentían con la cabeza, a modo de confirmación.

—Eso fue hace varios años —intervino Servaz—. Hace ya tiempo que no nos ocupamos del asunto.

Kirsten vio que Vincent y Samira intercambiaban una mirada en el fondo de la sala y supo qué pensaban: «Demasiado fácil, demasiado simple.»

—Me consta que efectuasteis una labor extraordinaria —los elogió con diplomacia—, pese a que no diera frutos. Tengo previsto quedarme aquí un tiempo. El comisario Stehlin me ha autorizado a colaborar con el comandante Servaz. Ya sé que tenéis otras cosas que hacer y que esto no es una prioridad, pero pensad que si Hirtmann está aquí, quizá valga la pena mantenerse alerta e indagar un poco, ¿no?

«Si Hirtmann está aquí.» Qué hábil, pensó Servaz. Muy hábil. Advirtió cómo la frase se posaba en cada conciencia como una capa de hielo. Era un farol, pero había funcionado: lo leyó en sus ojos. El fantasma del suizo iba a infectar el pensamiento de su equipo tal como infectaba ya el suyo... y no los iba a dejar en paz.

Y eso era lo que quería la noruega.

11

Noche

En la Karlplatz de Viena, la fachada neoclásica del Musikverein —su nombre completo era *Haus des Wiener Musikvereins*, «casa de los amigos de la música de Viena»— se recortaba sobre la noche austríaca, donde revoloteaban algunos copos de nieve. Con sus columnas dóricas, sus altas ventanas ojivales y su frontón triangular, todos ellos bañados de luz, parecía un templo... y en realidad lo era: un templo de la música, con una de las mejores acústicas del mundo, que ofrecía una experiencia sonora única a los amantes de la música. Al menos ésa era la versión oficial, porque, entre ellos, los especialistas vieneses se quejaban a veces de su programación insulsa, de los conciertos de Mozart y Beethoven, que se repetían *ad nauseam*, y de toda la ñoñería pensada para turistas de oído perezoso.

Aquella noche, no obstante, bajo los elementos dorados del Musikverein, la Orquesta Filarmónica de Viena tocaba los *Kindertotenlieder*, las «Canciones a los niños muertos», bajo la dirección de Bernhard Zehetmayer. A los ochenta y tres años, el «Emperador», como lo llamaban, mantenía la misma vitalidad de siempre. También conservaba su pasión exigente por la precisión de las notas, que a veces lo llevaba a sermonear sin piedad a cualquier músico que, a su juicio, no tocara con suficiente profesionalidad durante los ensayos. Corría el rumor de que en una ocasión se bajó de la tarima y empezó a caminar entre los miembros de la orquesta hasta plantarse delante de un segundo violín mediocre que hablaba con su compañero, y que le propinó tal bofetada que lo hizo caer de la silla.

—¿Te has dado cuenta de lo bien que ha sonado la bofetada? —le espetó, al parecer, antes de volver a su estrado.

Era un rumor, naturalmente, como los muchos que corrían sobre ese director de orquesta de Viena, el más «mahleriano» desde Bernstein. Habida cuenta del carácter íntimo de aquellos *Lieder*, el concierto no se celebraba en la prestigiosa Sala Dorada, sino en la Brahms, más pequeña. Así lo había decidido el Emperador, a pesar de las protestas del administrador, puesto que la Sala Dorada tenía una capacidad de mil setecientas personas sentadas, mientras que la Brahms sólo podía acoger seiscientas. En eso, Zehetmayer no hacía más que seguir el ejemplo asentado por el propio maestro cuando presentó la obra, en enero de 1905. De igual manera, mientras que en la actualidad la mayoría de esos cantos se confían a voces femeninas, él había recurrido, igual que Mahler en su momento, a un tenor y dos barítonos.

En los techos de la Sala Brahms resonaron los últimos compases de la coda, elegíacos y apacibles, después del furor desatado del principio de la pieza; la voz brumosa de la trompa se sumó en una última agonía al trémolo moribundo de los violonchelos. El silencio reinó varios segundos antes del estallido de los aplausos. El público se levantó como una sola persona para aclamar al Emperador y a su orquesta. Zehetmayer acogió las ovaciones sin disimular su satisfacción, porque el anciano siempre había sido vanidoso. Hizo una reverencia, curvándose hasta donde se lo permitían la espalda desgastada, los dolores en las lumbares y el orgullo. Entonces advirtió el rostro en la sala y, tras dirigirle una señal discreta, regresó al camerino.

Al cabo de dos minutos llamaron a la puerta.

—¡Pasa!

El hombre que entró tenía casi la misma edad que Zehetmayer —ochenta y dos años—, una hermosa cabellera blanca a diferencia de éste, que estaba casi calvo, y las cejas enmarañadas; era bajito y achaparrado, mientras que el músico era alto y flaco. A él jamás se le habría ocurrido referirse al director de la Orquesta Filarmónica de Viena con el apodo de «Emperador». Si en aquel camerino había un *imperator*, ése era él, Josef Wieser, el constructor de uno de los imperios industriales más poderosos de Austria. Había llegado a encumbrarse en el sector de la petroquímica, la celulosa y el papel gracias a los generosos bosques austríacos en primer lugar, y en segundo, a una alianza matrimonial excelente que le había aportado el capital y los contactos necesarios dentro del mundillo de los negocios y la política de la ciudad (después había vuelto a casarse dos veces y, a los ochenta y dos años, estaba planteándose volver a hacerlo con una periodista especializada en economía que tenía cuarenta años menos que él).

—¿Qué ocurre? —preguntó el recién llegado.

—Hay novedades —dijo el director de orquesta mientras se ponía una camisa blanca, limpia y almidonada, encima de una camiseta interior.

—¿Novedades?

Zehetmayer posó en él una mirada chispeante y febril, una mirada digna del cine expresionista alemán.

—Han dado con su pista.

El empresario permaneció un momento estupefacto.

—¿Cómo? —La voz del millonario temblaba de emoción—. ¿Dónde?

—En Noruega. En una plataforma petrolífera. Uno de nuestros informantes me ha puesto al corriente.

En vista de que su amigo no hacía ningún comentario, Zehetmayer prosiguió:

—Al parecer, ese desgraciado trabajaba allí. Mató a una mujer en una iglesia de Bergen y después se esfumó.

—¿Consiguió escapar?

—Sí.

—Mierda...

—Será más fácil ir a por él fuera que en una cárcel —opinó el director de orquesta.

—Yo no estoy tan seguro.

—Hay algo más...

—¿Qué?

—Un niño.

Wieser observó con una expresión curiosa al director.

—¿Cómo que un niño?

—Tenía la foto de un niño de cinco años entre sus cosas. ¿Y adivina cómo se llama?

El millonario negó con la cabeza, reconociendo su ignorancia.

—Gustav.

Wieser miraba al músico con los ojos muy abiertos, sin duda presa de una reflexión profunda en la que se entremezclaban emociones contradictorias, como la perplejidad, la esperanza y la incomprensión.

—¿Crees que podría ser...?

—¿Su hijo? Es posible.

El director de orquesta dejó vagar la mirada en el espejo que había frente a él, donde contempló su propio semblante, severo y triste, y se sumergió en sus propios ojillos malévolos, coronados por unas cejas de anciano tan tupidas como las de su visitante.

—Eso abre algunas vías, ¿no?

—¿Qué más se sabe de ese chiquillo?

—Muy poco por ahora. —El Emperador titubeó—. Aparte de que parece tenerle apego al crío para llevar encima su foto —añadió, tendiéndole la fotografía en la que se veía a Gustav y, en un segundo plano, la montaña, el lago y el campanario de Hallstatt.

Los dos hombres se miraron. Se habían «encontrado» —por decreto de la Providencia o por azar— al final de otra representación triunfal de los *Kindertotenlieder* bajo la batuta de Bernhard Zehetmayer. Sentado en la sala, Josef Wieser se había quedado profundamente conmovido por aquella versión de las «Canciones a los niños muertos». Al cesar el eco de la música, el millonario había llorado a lágrima viva, algo que no le había ocurrido desde hacía mucho. Aquellos *Lieder* le habían llegado al corazón, afligido por la pérdida de su hija. La interpretación de la orquesta había demostrado que quien la dirigía poseía una comprensión profunda e íntima de aquella obra premonitoria... Y es que el propio Mahler presenció cómo su primera hija sucumbía a la escarlatina poco tiempo después de haberla compuesto e interpretado.

A la salida del concierto, Wieser había solicitado el honor de saludar al prestigioso director vienés. Lo habían conducido a su camerino. Todavía afectado por la emoción, había felicitado al maestro y le había preguntado cuál era el secreto para conseguir transmitir una verdad tan profunda con su interpretación.

—Hay que haber perdido a un hijo —había respondido Zehetmayer.

—¿Se le murió un hijo? —preguntó Wieser, conmocionado y con voz temblorosa.

El director de orquesta lo observó con frialdad.

—Una hija. La más dulce y la más bella de las criaturas. Estudiaba música en Salzburgo.

—¿Cómo fue? —se había atrevido a preguntar Wieser.

—La mató un monstruo...

El millonario había tenido la impresión de que el suelo se abría bajo sus pies.

—¿Un monstruo?

—Julian Hirtmann, un fiscal del tribunal de Ginebra. Mató a más de...

—Sé quién es Julian Hirtmann —lo interrumpió Wieser.

—Ah. Lo leyó en la prensa...

A Wieser le daba vueltas la cabeza.

—No. Yo también tengo... una hija que fue... asesinada por ese monstruo. Al menos eso creemos... Nunca encontraron su cadáver... Pero Hirtmann estaba por la zona cuando desapareció. La policía está casi segura...

Había hablado tan bajo que no estaba seguro de que su interlocutor lo hubiera oído, pero el Emperador lo había mirado fijamente y después había indicado con un ademán a las otras personas presentes que salieran del camerino.

—¿Y qué siente usted? —le había preguntado cuando se quedaron solos.

Wieser bajó la cabeza y fijó la vista en el suelo.

—Desesperación, rabia, una nostalgia inmensa, el amor desgarrado de un padre...

—¿Deseo de venganza? ¿Odio?

Wieser había levantado la cabeza y clavado la mirada en los ojos del director de orquesta, que era mucho más alto que él. En ellos percibió un odio enorme, feroz... y un destello de locura.

—Lo odio desde el primer día que supe lo que le había ocurrido a mi hija —le confesó Zehetmayer—. Y eso fue hace quince años. Desde entonces, me despierto cada mañana sintiendo ese odio, puro, intacto, inalterado. Creía que iría a menos con el tiempo, pero en realidad ha sucedido lo contrario. ¿No se ha parado a pensar que la policía no lo encontrará nunca si no la ayudamos un poco?

. . .

Se habían hecho amigos. La suya era una amistad extraña, basada en el odio y no en el amor. Eran dos viejos que comulgaban en el duelo y el culto de la venganza, dos monomaníacos que compartían en secreto la misma locura. Al igual que otros invierten todos sus ahorros en una pasión y no viven más que para ella, ellos tampoco habían escatimado en medios. Al principio, sólo se trataba de seguir pistas y de discutir sin orden ni concierto en los cafés de Viena. Trazaban hipótesis e intercambiaban información. Ésta llegaba en un sentido sobre todo: Zehetmayer había leído y visionado casi todo lo que se había publicado y difundido en alemán, en inglés y en francés sobre el suizo: libros, artículos, programas de televisión, documentales... Sin embargo, la locura es contagiosa, y Wieser no tardó en sumergirse con creciente interés en la gran cantidad de documentos que le había proporcionado el director de orquesta. Habían seguido hablando durante semanas y meses. A lo largo de esas conversaciones, se había ido fraguando el proyecto. Al principio sólo se plantearon utilizar su dinero y sus contactos —los de Wieser sobre todo— para tratar de encontrar una pista del suizo. Habían recurrido a detectives privados, sin apenas resultados. Wieser se había puesto en contacto con algunos conocidos que tenía en la policía austríaca. También en vano. Entonces habían decidido utilizar las redes sociales. Habían conseguido recaudar más de diez millones de euros. Y los diez millones se habían convertido en una recompensa para todo aquel que encontrara el rastro de Hirtmann; un millón por cualquier información de valor. Habían creado una página web para que los candidatos pudieran contactar con ellos. Y aunque habían recibido cientos de mensajes estrambóticos, también los había procedentes de personas mucho más serias. Profesionales. Detectives, periodistas e incluso policías de varios países.

—Es Hallstatt, ¿no? —dijo Wieser, señalando la foto.

—Claro que es Hallstatt —respondió Zehetmayer, con cierta aspereza, como si el millonario le hubiera dicho «Es la torre Eiffel, ¿no?»—. Un poco demasiado evidente, ¿no te parece?

—¿Qué quieres decir?

—¡Hombre! Pues que es como si nos hubiera enviado un mapa de Austria en el que hubiera escrito «Estoy aquí».

—Esa foto no tenía por qué llegar a nuestras manos, ni a las de la policía.

—Hirtmann la dejó en su cabina antes de irse. Supongamos que se trate de su hijo. —Vaciló un instante. Todavía le costaba hacerse a la idea de que el suizo pudiera tener un hijo—. ¿Por qué no llevaba esa foto encima?

—Quizá tenía otras...

El músico soltó un bufido de irritación.

—O tal vez quería que alguien la encontrara. Para enviar a todos los cuerpos de policía del mundo en la dirección equivocada. Porque en realidad ese niño se encuentra lejos de allí.

El director de orquesta cogió el pequeño vaporizador de perilla que había encima de la consola y que contenía un agua de colonia que había mandado preparar a un gran perfumista francés.

—¿Qué vamos a hacer? —preguntó Wieser, tapándose la nariz cuando el músico apretó la perilla y la nube odorífera se expandió por el camerino.

Zehetmayer lo observó con desdén. ¿Cómo se las había arreglado aquel imbécil para hacerse millonario cuando parecía incapaz de tomar la más mínima decisión?

—Localizar al chaval —dijo—. Lo primero que vamos a hacer es colgar su foto en la página web. Después, destinaremos todos nuestros recursos a la búsqueda.

12

Noche 2

—Martin —dijo Stehlin—, he estado pensando. Y voy a poner a otra persona al mando del caso.

Servaz dudó si había oído bien.

—¿Qué?

—Si Hirtmann está detrás de todo esto, tú no te encuentras en condiciones de...

—No lo entiendo —intervino de pronto la agente noruega—. Nadie conoce mejor a ese hombre que el comandante Servaz, y es él el que aparece en las fotos. ¿Por qué?

—Bueno... eh... es porque el comandante Servaz está convaleciente.

—Pero ya se ha recuperado, ¿no? Si ha vuelto al trabajo es porque...

—Sí, sí, claro, pero...

—Preferiría trabajar con el comandante Servaz, si no te importa —anunció ella con firmeza—. Me parece que es el más competente para ocuparse de este asunto.

Servaz sonrió al ver la cara de contrariedad de Stehlin.

—De acuerdo —dijo de mala gana.

—¿Cuántos días te han dado tus superiores?

—Cinco. Después tengo que volver, a no ser que descubramos algo, claro está.

Servaz se preguntó qué iba a hacer con esa policía noruega pegada a los talones. No le apetecía ser su guía, ni tener que estar chapurreando inglés todo el rato para hacerse entender. Ya era bastante complicado volver a asumir sus funciones y tener que demostrar a todos que estaba en forma. Si encima tenía que llevar pegada a esa agente extranjera sería como estar maniatado, la verdad. Aun así, era él el que aparecía en las fotos que le había enseñado. Y la mera idea de que fuera el propio Hirtmann quien las había tomado hacía que le hirviera la sangre.

—Ni que decir tiene que si, por casualidad, descubrís cualquier cosa significativa, quiero que me informéis con la mayor brevedad posible —advirtió Stehlin.

«Por casualidad»... Servaz se quedó pensando en aquellas palabras.

—¿Y si, «por casualidad», la foto del niño tuviera el objetivo de despistarnos?

Kirsten y Stehlin lo miraron fijamente.

—¿Quieres decir que el objetivo de la foto sería llevarnos en la dirección equivocada? —preguntó ella.

Servaz confirmó con un gesto.

—¿Que habría dejado allí la foto a propósito? —prosiguió—. Hemos pensado en esa posibilidad, claro —añadió, y entornó los ojos—. Parece demasiado evidente, ¿no? Un poco demasiado fácil...

—¿Y qué más habéis pensado?

—¿Cómo?

—A propósito de la foto.

—¿Adónde quieres ir a parar?

—Quizá hay algo más que deducir de ella, ¿no?

Los dos clavaron la mirada en él. Kirsten con una mezcla de curiosidad y asombro; Stehlin con la actitud de quien espera terminar para poder pasar a otra cosa: a todas luces, la policía de Toulouse debía atender otros asuntos. Ésa era la sensación que había tenido en la sala de reuniones, cuando todos se habían levantado. Incluso Vincent y Samira habían demostrado un interés moderado por el caso y se habían apresurado a ir a ocuparse de sus quehaceres actuales, no sin antes haberle preguntado por su salud.

—¿Por qué querría llevarnos Hirtmann en una dirección errónea cuando puede esconderse... sólo o con el niño... en cualquier lugar del mundo? ¿Qué sentido tendría? No tiene necesidad de hacer eso.

—Te escucho —lo animó a proseguir Kirsten, sin apartar la vista de él.

—Lo conozco demasiado bien como para saber que no utilizaría una treta tan transparente. Hay otra cosa, en cambio, que me parece obvia: por mis fotos y su... tu nombre escrito en el papel, quería que nos conociéramos. Falta saber por qué.

Después de echar la cadena de seguridad, caminó hasta la cama, puso la maleta encima y la abrió.

Sacó blusas, faldas y pantalones. Dos jerséis, un neceser, un estuche con el maquillaje, y el pijama, compuesto de un pantalón de felpa con un estampado de flores y una camiseta. Los extendió encima de la cama. Después sacó la ropa interior de encaje que había comprado en Steen & Strøm. Y la lencería de Agent Provocateur y Victoria's Secret. Sabía que nadie vería el delicado nudo de satén que llevaba aquel culote diminuto justo en la parte inferior de la espalda, pero le daba igual. Lo que la excitaba era disimular aquellas prendas provocadoras bajo la austeridad de su apariencia exterior, como un tesoro reservado a quien tuviera la audacia de ir a indagar más allá. Mientras guardaba la ropa en el armario, se preguntó si durante su estancia en Francia conocería a alguien dotado de semejante atrevimiento.

Enseguida había reparado en la mirada de Vincent Espérandieu. Y lo había catalogado en el acto. «Bisexual.» Kirsten tenía un sexto sentido para eso. Colocó la crema de día, el perfume, el champú (no le gustaban los de los hoteles) y el cepillo de dientes en la repisa del cuarto de baño y asintió con la cabeza cuando se miró al espejo. Vio una cara hermosa que, con todo, dejaba traslucir un exceso de control y una tendencia a la rigidez psicológica. En resumidas cuentas, una mujer de cuarenta y tantos años, seria y un poco reprimida. Perfecto. Lo que vio era lo que quería que vieran...

«Con dos hombres a la vez»: aquello podía resultar una experiencia interesante, pensó mientras se desmaquillaba. En Oslo era algo impensable. De una manera o de otra, habría llegado a oídos de sus colegas y se habría propagado por todo el departamento en un santiamén. Allí en cambio... lejos de casa...

También sacó el «juguetito». Lo había encontrado en Kondomeriet, en la Karl Johans Gate, delante de las arcadas del bazar, en el fondo de la tienda, en medio de un grupo de jovencitas que reían y se daban codazos, de mujeres de su edad y de parejas. La mujer de una de las parejas había recorrido lentamente con la mano un *sextoy* impresionante, como si fuera a masturbarlo. En el aeropuerto de Oslo-Gardermoen había estado atenta a la reacción del tipo que había escaneado su equipaje de cabina, sentado delante de la pantalla. Lo había sorprendido cuando volvía la cabeza para mirarla mientras recogía la maleta de la cinta transportadora a la salida del escáner de seguridad.

De repente la asaltó un deseo apremiante. Al entrar en el cuarto de baño, pensó en Servaz. Era muchísimo más difícil de encasillar. Heterosexual, sin ninguna duda. Sin embargo, había algo en él que no acababa de comprender. Fragilidad, y también fuerza. Y luego estaba la tal Samira, tan fea y tan sexy a la vez. También le costaba encasillarla.

Se bajó las bragas y las medias hasta los tobillos.

Se sentó y cogió el móvil.

Después marcó un número que no debería haber conocido.

El niño observaba cómo la luna iluminaba la capa de nieve reciente, la primera de la temporada, y las profundas huellas que un animal había dejado alrededor del pajar y que se alejaban hacia el bosque.

La nieve relucía, parecía oro en polvo. Las montañas del otro lado del valle constituían una barrera casi infranqueable que el niño percibía de manera confusa como una muralla, la garantía de que su seguridad y el universo acogedor de su infancia quedarían para siempre a buen recaudo. El niño no veía las noticias en la televisión, pero el «abuelo» sí y, de vez en cuando, el pequeño percibía imágenes de la pantalla. También imaginaba, a pesar de su corta edad, que más allá de aquellas montañas apacibles y protectoras tenían lugar guerras y batallas. Sólo tenía cinco años y todo aquello era bastante confuso, pero, igual que un animal joven, era capaz de presentir el peligro.

El niño sabía que el peligro podía venir de fuera del valle, de los desconocidos que vivían allí abajo, a lo lejos, más allá de las montañas. El abuelo se lo había dicho: nunca debía hablar con desconocidos, nunca debía dejar que los desconocidos se dirigieran a él, ni siquiera los turistas que visitaban las estaciones de esquí. Por otra parte, excepto cuando iba a la escuela, el niño no veía a casi nadie además del médico y sus abuelos. Tenía pocos amigos y los que iban a la casa debían contar con el visto bueno previo del abuelo.

A un centenar de metros, las telecabinas, detenidas durante la noche, aguardaban la llegada del día suspendidas de los cables; una luna pálida como un farolillo de papel las alumbraba. Cada vez que el niño las miraba, imaginaba a alguien atrapado en su interior y amenazado por el frío, que gritaba y golpeaba los cristales empañados y le hacía señales. El niño era el único que lo oía. Lo miraba, le sonreía para darle a entender que lo había visto y después daba media vuelta y lo dejaba allí, solo en la noche glacial, mientras pensaba en el cadáver casi congelado que encontrarían al día siguiente. Y también en la imagen que el hombre conservaría antes de morir: la de un niño que le había hecho un gesto y que había regresado a su casa. Sin duda, el hombre esperaría largo rato, hasta exhalar el último aliento, a que el niño volviera con refuerzos.

El niño entró en la granja y el calor lo acogió y lo envolvió al instante. Primero se sacudió la nieve de los zapatos en el felpudo, con lo que dejó unas pequeñas costras blancas tras de sí, y luego se descalzó, se quitó el gorro, el anorak y la bufanda húmeda de saliva y de nieve fundida, que dejó en uno de los colgadores de la pared. Desde el pasillo, oía crepitar el fuego en la chimenea y, cuando se acercó, las olas de calor le acariciaron la cara colorada.

—¿Qué hacías todavía fuera a estas horas, Gustave? —preguntó su abuelo, sentado en el sillón.

—Miraba las huellas de un lobo —respondió, al tiempo que se acercaba al abuelo y dejaba que éste lo cogiera con las voluminosas manos para sentarlo en el regazo.

El abuelo no olía muy bien. No se lavaba lo suficiente ni se cambiaba de ropa con asiduidad, pero a Gustav le daba igual. Le gustaba acariciarle la barba y también cuando le leía un cuento.

—Aquí no hay lobos —aseguró el abuelo.

—Sí hay. Están en el bosque. Salen por la noche.

—¿Los has visto?

—No. Sólo las huellas.

—¿No te da miedo que te coman?

—No son malos. Y les caigo bien.

—¿Cómo lo sabes?

—Protegen la casa...

—Ah, ya entiendo. ¿Quieres que te lea algo?

—Me duele la barriga —dijo el niño.

El abuelo guardó silencio un segundo.

—¿Mucho?

—Un poco. ¿Cuándo vendrá papá? —preguntó de repente.

—No lo sé, hijo.

—Quiero ver a papá.

—Pronto lo verás.

—¿Cuándo es pronto?

—Ya sabes que papá no hace lo que quiere.

—¿Y mamá?

—Con mamá pasa lo mismo.

De pronto al niño le entraron ganas de llorar.

—Nunca vienen.

—No es verdad. Papá vendrá pronto. O si no, iremos a verlos a los dos.

—¿A los dos? —dijo, esperanzado, el niño.

Hacía tanto que no veía juntos a su padre y a su madre...

—A los dos, te lo prometo.

—No prometas cosas que no puedes cumplir —lo amonestó una voz severa desde el umbral de la cocina.

—Déjame en paz —contestó el abuelo con irritación.

—No haces más que calentarle la cabeza al pobre niño.

La abuela se secaba con el delantal las manos en las que se le notaban unas venas gruesas como raíces. Gustav desvió la mirada y la detuvo en las llamas que lamían los troncos de la chimenea, fascinado. ¿Acaso no se enrollaban como serpientes, o más bien como dragones, bailando, retirándose y volviendo a enrollarse? Trató de no hacer caso de las palabras de la abuela. No le gustaba la abuela. No paraba de quejarse y de criticar al abuelo. Sabía que no era su verdadera abuela. Él tampoco era su verdadero abuelo... pero el abuelo se esforzaba mucho a la hora de representar su papel y quería a Gustav, mientras que la abuela a duras penas fingía. El niño no era del todo consciente de aquello, porque era demasiado pequeño. Tenía más bien una sensación difusa, la percepción de cierta diferencia en sus actitudes. El pequeño sentía muchas cosas sin comprenderlas realmente, con ese instinto de lobezno que había desarrollado.

—No debes tener miedo de lo que eres, Gustav —le había dicho un día papá.

Gustav tampoco había entendido muy bien aquello y, aun así, sabía lo que papá había querido decirle.

Vaya si lo sabía.

13

Sueño

Eran las nueve y media de la mañana cuando lo despertó el sol que se colaba por las persianas. No se había dormido hasta las cuatro y luego había soñado con ese niño, con Gustav. En el sueño, se encontraba en lo alto de una enorme presa en el corazón de los Pirineos. Una presa de bóveda. Era invierno y de noche. El niño había saltado la barandilla y se mantenía al borde del precipicio. Bajo la punta de sus zapatos se abría un abismo vertiginoso de más de cien metros, cuya única materia era el aire.

Servaz, por su parte, se hallaba a unos cinco metros de distancia, del otro lado de la barrera.

—Gustav —decía.

—No te acerques o salto.

En la noche glacial revoloteaban algunos copos, y la presa, así como las montañas, estaba cubierta por una capa blanca de nieve y hielo. Los carámbanos se adherían a las barras horizontales de la valla. Servaz estaba petrificado. El borde de cemento donde se encontraba el niño estaba recubierto de una placa de hielo gruesa. Si se soltaba de la barandilla, podía resbalar y caer al vacío. Entonces se estrellaría contra las rocas, en medio de los abetos, cien metros más abajo.

—Gustav...

—Quiero a mi papá.

—Tu padre es un monstruo —respondía él en el sueño.

—¡Eso es mentira!

—Si no me crees, no tienes más que leer el periódico.

Servaz tenía en la mano derecha un ejemplar de *La Dépêche du Midi* que el viento, cada vez más fuerte, trataba de arrancarle. Los copos de nieve mojaban el papel y la tinta se empezaba a correr.

—Lo pone aquí.

—Quiero a mi papá —repetía el niño—. Si no, salto. O a mi mamá...

—¿Cómo se llama tu madre?

—Marianne.

A su alrededor, las montañas, casi fosforescentes bajo la luna, parecían esperar algo. Un desenlace. A Servaz le latía muy rápido el corazón.

«Marianne...»

Un paso más.

Otro.

El niño le daba la espalda y miraba el abismo. Servaz le veía la nuca menuda y sus finos cabellos rubios y rebeldes, que le danzaban al compás de las ráfagas de viento en torno a las orejas. Y el vacío que se extendía más allá.

Otro paso.

Alargó un brazo. El niño se volvió en ese momento preciso. No era él. No era el rostro inocente de Gustav, sino el de una mujer. Con unos grandes ojos verdes, cargados de espanto. Marianne...

—Martin, ¿eres tú? —dijo.

¿Cómo podía haberlos confundido? Estaba seguro de haber visto a Gustav. ¿Qué maleficio era ése? Ella soltaba la barandilla para volverse y tender una mano hacia él, resbalaba en el hielo del borde, se le desorbitaban los ojos verdes a causa del terror y la boca se abría para exhalar un grito mudo mientras basculaba hacia atrás.

Fue en ese momento cuando despertó.

Miró la habitación cubierta de franjas de luz, con el corazón desbocado a ciento setenta pulsaciones por minuto y el pecho cubierto de sudor. ¿Qué había dicho Xavier de los sueños? «Cuando uno se despierta, mientras el recuerdo del sueño es todavía muy intenso, se queda asombrado de la fuerza de ese sueño, que parecía... tan real.»

Sí, eso era. Tan real. Él había visto a ese niño. No sólo había soñado con él.

Había estado pensando en él toda la noche. Por eso le había costado tanto dormirse. Se estremeció. De frío: el sudor se le había helado en el pecho. Y de miedo y tristeza también. Apartó la sábana y se levantó. ¿Quién era ese niño? ¿Era realmente el hijo del suizo? Aquella idea ya era de por sí terrorífica, pero en su mente había germinado otra, mucho más desesperante todavía, que había surgido en el sueño: «¿Y si Marianne fuera la madre?» Sólo de pensarlo, había sentido que lo abandonaban las fuerzas.

Se trasladó a la cocina. Margot había dejado una nota en la encimera. *«Running.»* ¿De dónde había salido esa moda de usar palabras inglesas, que invadían sin cesar nuestra vida? Por una que salía de los diccionarios, entraban diez nuevas. A continuación, volvió a experimentar aquel desasosiego persistente que se había instalado en él tras el descubrimiento de las fotos y que le impedía respirar. «Un niño...» ¿A partir de entonces qué iba a buscar? ¿A un asesino monstruoso o a un niño? ¿O a ambos? ¿Y dónde debía buscarlos? ¿Por los alrededores o un poco más lejos? Con la taza de café en la mano, se dirigió a las hileras de libros de la estantería y dejó vagar el pensamiento y la vista. Ésta se detuvo en un título. Una antigua edición de las *Historias extraordinarias* de Poe, traducida por Charles Baudelaire. Se volvió a sentar a la mesa de la cocina y se bebió el café.

Entonces se oyó el ruido de la puerta. Y apareció Margot, con la cara roja por el esfuerzo. Le sonrió, se acercó al fregadero, se llenó un gran vaso de agua y se lo bebió casi de un trago.

Después se sentó a la mesa de la cocina, delante de su padre. Servaz se sintió un tanto contrariado. Le gustaba desayunar solo y, desde que Margot estaba allí, ésa era la primera vez que tenía ocasión de hacerlo.

—¿Qué haces durante el día? —preguntó él de repente.

Parecía como si Margot hubiera comprendido de inmediato adónde quería ir a parar, porque se puso a la defensiva.

—¿Te molesta que esté aquí? ¿Te estorbo?

Margot siempre había sido muy directa... y a veces injusta. Consideraba que debía decir la verdad en todo momento, pero muchas veces había más de una verdad, y su hija era incapaz de darse cuenta de eso. Uno debía ser siempre coherente con su postura. No obstante, le dio vergüenza y respondió con una negativa categórica.

—¡Para nada! ¿Por qué dices eso?

Ella lo escrutó sin sonreír. Parecía que Servaz fuera transparente a sus ojos.

—No lo sé... Es una impresión que tengo desde hace un tiempo... Me voy a duchar.

Se levantó y salió de la cocina.

14

Saint-Martin

Servaz examinaba la 440 cuando Kirsten entró en su despacho. La «440» era una circular que recogía cada día los telegramas emitidos en relación con cada caso a escala nacional. En ella se incluían las desapariciones de menores, los asesinatos, los incendios intencionados y las órdenes de búsqueda y captura, y la mayoría de los agentes de la Policía Judicial la consultaba cada mañana. Servaz ignoraba quién la había bautizado así, pero sí sabía que el nombre provenía de la nota La —y de su frecuencia de 440 Hz—, que servía de referencia para afinar los instrumentos de una orquesta (aunque las cosas habían cambiado un poco, y hoy en día la mayoría de las orquestas afinaban los instrumentos a 442 Hz). La 440 ejercía, pues, la misma función: sintonizar los servicios y hacer circular la información.

No había encontrado nada de particular en ella. Tampoco esperaba hallar ahí un rastro del suizo, desde luego. Se trataba sólo de recuperar los viejos hábitos. Lo recorrió un escalofrío. No conseguía desprenderse de la sensación de desasosiego que le había dejado el sueño. La sensación de que, de una manera u otra, el pasado estaba a punto de resurgir. El presentimiento de una catástrofe inminente. Durante meses, después de haber descubierto que el corazón que había en la caja isotérmica no pertenecía a Marianne, había tratado de encontrar su rastro y el de Hirtmann. Había enviado cientos de correos electrónicos a decenas de policías de toda Europa, perfeccionado el inglés, efectuado un número similar de llamadas, pasado noches en blanco leyendo los informes que éstos le enviaban, indagando en un montón de archivos nacionales e internacionales y revisando en las páginas de información en línea todos los sucesos que pudieran tener la marca del asesino helvético. En vano. No había obtenido el menor resultado.

Había contado incluso con la colaboración de Irène Ziegler, la gendarme que lo había ayudado a seguir la pista del suizo con anterioridad. Igual que él, había llegado a un punto muerto. No obstante, había hecho muestra de un gran ingenio para buscarlo. Le había explicado, por ejemplo, que había cruzado los archivos de las jóvenes desaparecidas en toda Europa con los auditorios donde se había interpretado música de Mahler. Aunque tampoco había dado resultados. Julian Hirtmann había desaparecido de la faz de la tierra. Y Marianne con él. Por consiguiente, después de meses de frustración, había acabado por concluir que, seguramente, estaba muerta; quizá lo estaban los dos incluso... Podían haber muerto en un accidente, un incendio, ¿quién sabe? Se había propuesto borrarlos de la memoria, se había esforzado por ahuyentar de la mente todo pensamiento relacionado con ellos. Lo había logrado, más o menos, porque el tiempo deja notar sus efectos, como siempre. Dos años, tres, cuatro, cinco... Marianne y Hirtmann se habían adentrado en la niebla, habían sido relegados a la lejanía, donde la memoria se reduce a un paisaje vago en un segundo plano. Sombras, el rastro de una sonrisa, de una voz, de un gesto... poco más.

Y, de pronto, todo lo que tanto le había costado borrar afloraba de nuevo. El corazón negro, que aguardaba desde el pasado para volver a latir en el presente. E infectar cada uno de sus pensamientos.

—*Bonjour* —saludó Kirsten.

—Hola.

—¿Has dormido bien?

—No mucho.

—¿Qué haces?

—Nada. Consulto un archivo.

—¿Qué archivo?

Le explicó qué era la 440. Ella le dijo que en Noruega disponían de un tipo de circular casi igual.

Cerró la 440 e hizo una búsqueda en el ordenador. Después examinó el resultado en la pantalla.

—En Toulouse hay ciento dieciséis guarderías —anunció después de echar un vistazo a la información haciendo descender la barra lateral de la pantalla—. Y el mismo número de escuelas primarias. Las he contado.

—¿Crees que está escolarizado? —preguntó ella, con cara de extrañeza.

—No lo sé.

—¿Y piensas enseñar la foto en todos los centros?

—A un ritmo de dos centros por hora, calculando el tiempo que lleve desplazarse entre uno y otro, localizar a alguien que pueda informarnos y enseñar la foto al personal, nos llevará semanas. Además, necesitaríamos una orden de búsqueda.

—¿Una qué?

Servaz le hizo un guiño y descolgó el teléfono.

—Roxane, ¿puedes venir? Gracias. No podemos ir investigando por ahí sin autorización —explicó, y se volvió hacia Kirsten—. Puesto que se trata de un niño y que no ha habido ningún crimen, el asunto es más bien cosa de la Brigada de Menores de Seguridad Departamental.

Durante un instante se preguntó si sería igual de complicado en su país. Roxane Varin apareció al cabo de dos minutos. Era una mujer bajita, bastante guapa, morena, con flequillo y mejillas carnosas: Kirsten la había visto en la reunión. Y al igual que el día anterior, le hizo pensar en la actriz francesa Juliette Binoche. Llevaba unos vaqueros de pitillo grises y una camisa también vaquera.

—Hola —saludó, y le dio un beso a Servaz.

Estrechó la mano de Kirsten con cierta timidez. Ésta dedujo que quizá se encontraba más a gusto entre niños que entre adultos. Con la foto de Gustav en la mano, Roxane se dejó caer en la silla que quedaba libre.

—He pedido una búsqueda de escolarización al Departamento de Enseñanza —anunció—. Son ellos los que se ocupan de estos asuntos. Por desgracia, en la Base de Alumnos no hay fotos. Sólo nos queda indagar a partir del nombre de pila, que no es de los más corrientes —añadió, sin disimular su pesimismo.

—¿Qué es la Base de Alumnos? —preguntó Servaz.

—Una aplicación informática que permite gestionar y hacer seguimiento del historial escolar de los alumnos de primer ciclo, es decir, desde preescolar hasta el final de la primaria.

—¿Para todas las escuelas, tanto públicas como privadas?

—Sí.

—¿Y cómo funciona?

—El Departamento de Enseñanza archiva los datos que les proporcionan los directores de las escuelas y los ayuntamientos, que se ocupan de inscribir a los alumnos en los centros y asignarles una escuela. Allí constan los datos civiles del niño: nombre, apellidos, lugar y fecha de nacimiento y dirección. Y los del o los responsables de éste, su trayectoria escolar y su INE.

—¿INE?

—En Francia cada niño tiene un identificador nacional. Gracias a esta aplicación, son los departamentos de enseñanza los que se encargan de realizar las búsquedas de escolarización. Antes, en función de la zona en que se encontraban, algunos centros recibían hasta una decena de peticiones por semana. Desde que funciona la Base de Alumnos, el número de solicitudes en esos centros ha disminuido y localizar a los alumnos es mucho más fácil, por ejemplo, cuando la petición la hace un padre divorciado que ostenta la custodia. En ese sentido, la aplicación es muy útil. Evidentemente, al principio, algunos sindicatos y padres de alumnos denunciaron una maniobra de control, hubo un gran revuelo mediático y el ministerio se apresuró a retirar determinados campos como la nacionalidad, el absentismo, el año de llegada a Francia, la cultura de origen, la profesión de los padres... Los que se oponían a la aplicación argumentaban que está pensada con intenciones políticas de carácter controlador y policial, que tenía como objetivo vigilar los flujos migratorios. En 2010, el Ministerio Fiscal archivó más de dos mil denuncias presentadas por padres de alumnos. Dos mil... Dejando eso al margen, la Base de Alumnos es muy práctica para organizar las clases y hacer seguimiento de los alumnos.

—¿Y tú tienes acceso a ella?

Kirsten vio como sonreía. Tenía una sonrisa bonita, que le iluminó la mirada.

—No. Ninguna administración ajena al Ministerio de Educación tiene acceso a ella, aparte de los ayuntamientos, que, como ya he dicho, son quienes inscriben a los alumnos. Y, de hecho, los ayuntamientos no ven determinados datos, como por ejemplo si el niño necesita apoyo psicológico. El problema es que los nombres y los apellidos son sólo visibles para ciertos niveles de la administración académica, no para todos; se hizo así como medida para garantizar la confidencialidad.

Roxane se volvió hacia Kirsten y le resumió en inglés lo que acababa de decir... con bastantes titubeos y rectificaciones, y muchas expresiones de incomprensión por parte de la noruega.

—El segundo problema es que los datos no se conservan más allá del período de escolarización del niño en el primer ciclo. Si éste sale del circuito, se borra todo...

De nuevo, tradujo mal que bien para la noruega, que asintió con la cabeza.

—Por otra parte, he solicitado una búsqueda clásica con la foto que va a facilitarse, espero, a los centros, una vez que la Base de Alumnos haya dado cero resultados. Lo de cuánto tiempo va a llevar eso es otro cantar.

Se levantó.

—¿De veras crees que ese niño está aquí, Martin?

Su tono expresaba el mismo escepticismo que habían demostrado sus colegas en la reunión. Servaz no respondió, se limitó a coger la foto que le tendía Roxane para ponerla bien a la vista encima de su escritorio. Parecía absorto. Roxane dedicó un guiño y una sonrisa a Kirsten y se fue tras encoger los hombros. Se notaba que tenía otras tareas más urgentes que atender. Kirsten le devolvió la sonrisa y volvió a fijarse a Servaz, que en ese momento miraba por la ventana, de espaldas a ella.

—¿Te apetecería dar un paseo? —preguntó él de repente.

Ella siguió observando su espalda.

—¿Conoces *The Purloined Letter*, de Edgar Alan Poe?

La carta robada. Había dicho el título en inglés. Lo había buscado la noche anterior en internet.

—Explícate —dijo ella, mientras él se volvía.

—*Nil sapientiae odiosius acumine nimio*: «No hay nada más odioso para la sabiduría que la excesiva agudeza.» Es una frase de Séneca que sirve de epígrafe al relato. *La carta robada* nos enseña que a menudo tenemos delante de las narices lo que buscamos más lejos.

—¿Crees de verdad que Gustav puede estar aquí?

—En esa historia, la policía no consigue encontrar una carta en un piso porque supone que está bien escondida —prosiguió, haciendo caso omiso de la interrupción—. Dupin, el personaje de Poe, el antecesor de Sherlock y de todos los investigadores con una capacidad de análisis superior a la media, comprende que la mejor manera de esconderla es dejándola bien a la vista, encima del escritorio. Sólo la habían plegado del revés y marcado con otro sello y otra letra.

—Ja, ja. Estás chalado, ¿lo sabías? —dijo en inglés—. Lo comprendo perfectamente. ¿Adónde quieres ir a parar?

—Sustituye el escritorio del relato por Saint-Martin-de-Comminges, el sitio donde empezó todo. Tú misma lo has dicho: Hirtmann ha regresado a la zona varias veces. ¿Por qué?

—Por ti. Porque está obsesionado contigo.

—¿Y si hubiera otro motivo? Más poderoso que la obsesión por un simple policía. Un hijo, por ejemplo...

Kirsten guardó silencio, a la espera.

—Un hijo oculto pero bien a la vista, igual que la carta robada «escondida» encima del escritorio en el relato. Un simple cambio de nombre. Va a la escuela, lo cría alguien que se ocupa de él cuando Hirtmann no está, es decir, casi todo el tiempo.

—¿Y nadie se habría dado cuenta de nada?

—¿Darse cuenta de qué? Es un niño más entre otros, que va a la escuela...

—Precisamente. ¿Nadie se habría preocupado de saber quién es ese niño?

—Supongo que hay alguien que lo acompaña cada día. En el Ministerio de Educación ni siquiera se tomaron la molestia de elaborar una lista de su propio personal condenado por pedofilia. Además, es posible que quienes lo acompañan se presenten como sus padres adoptivos, no sé.

—¿Saint-Martin, dices?

—Saint-Martin.

—¿Por qué allí en concreto?

Eso, ¿por qué? En el supuesto de que el suizo volviera a la zona para ver a su hijo, ¿por qué tendría que encontrarse Gustav en Saint-Martin? ¿Por qué allí y no en cualquier otro lugar de la región?

—Porque Hirtmann pasó varios años en Saint-Martin...

—Encerrado en un manicomio.

—Sí. Pero tenía cómplices en el exterior, personas como Lisa Ferney.

—¿La enfermera jefe del Instituto Wargnier? Trabajaba allí. No es que simplemente viviera en Saint-Martin.

Se quedó pensando. ¿Por qué había creído siempre que Hirtmann tuvo que contar con otros cómplices? ¿Que en su momento no habían descubierto a todos los que lo habían ayudado? Era consciente de que su razonamiento no se sostenía por ningún sitio, que no tenía ninguna lógica. O, por lo menos, que tenía una lógica sesgada, retorcida, y que él veía señales, coincidencias, allí donde no las había... como los paranoicos. De todas formas, su pensamiento regresaba siempre a Saint-Martin, magnetizado como la aguja de una brújula.

—Fue en Saint-Martin donde casi te matan, ¿verdad?

Se había informado bien.

—Sí. Siempre he pensado que allí tuvo quien lo ayudara —explicó—, por la manera como escapó esa noche. A pie, por las montañas, con el coche averiado, en medio de una tempestad de nieve... No habría podido llegar muy lejos sin ayuda.

—Entonces, ¿sería ese cómplice el que cuidaría de Gustav? —Su tono de voz no era menos escéptico que el de Roxane.

—¿Quién, si no?

—¿Te das cuenta de que no tiene mucho sentido?

—Sí.

Salieron de la autopista a la altura de Montréjeau y, después de dejar atrás la monotonía de la llanura, se adentraron entre las montañas, que al principio no eran más que cerros redondeados cubiertos de bosques densos enterrados bajo la nieve. El paisaje era blanco, puro. La carretera tan pronto atravesaba zonas boscosas como serpenteaba entre prados nevados, bordeaba pueblos sumidos en el letargo invernal o el curso turbulento de un río. Poco a poco, las montañas fueron aproximándose y ganaron altura, pero la auténtica barrera infranqueable se atisbaba al fondo: el perfil dentado y adusto de las cumbres más altas de los Pirineos.

En una rotonda, abandonaron la autovía y, después de cruzar el río, torcieron a la izquierda en el siguiente stop. Las montañas se acercaron aún más. Ahora la carretera discurría por lo alto de un valle encajonado y rocoso, dominando un caudal tumultuoso. Vieron una pequeña presa y la boca negra de una central hidroeléctrica excavada en la otra orilla, en la pared, antes de adentrarse en un angosto túnel. Cuando salieron al otro lado, allí estaba, desparramado bajo el parapeto de piedra: Saint-Martin-de-Comminges, 20.863 habitantes. La carretera volvió a bajar en dirección a la ciudad.

La nieve acumulada en las calles no impresionó en absoluto a Kirsten, quien se había criado en Nesna, una localidad situada al noroeste de Oslo, en el centro de Noruega. Había gente en las aceras: esquiadores que habían bajado de las pistas con el teleférico, clientes de los balnearios que habían salido para ir a los bares y restaurantes del centro, familias con niños y cochecitos... Servaz se preguntó si Hirtmann habría podido pasearse por esas calles sin llamar la atención. Su rostro había aparecido en las portadas de los periódicos y las revistas de la región, e incluso en los de alcance estatal... y no era un rostro de los que se olvidan fácilmente. ¿Habría cambiado de apariencia? ¿Era posible que hubiera recurrido a la cirugía estética? Él no sabía gran cosa sobre el tema, pero había oído decir que hoy en día se hacían milagros, aunque las consecuencias que de vez en cuando se evidenciaban en las facciones de alguna guapa actriz desfigurada de la noche a la mañana le hacían dudar de la realidad de semejantes milagros.

Mientras aparcaban delante del ayuntamiento y bajaban del coche (oyó el susurro de la cascada que dibujaba una línea vertical de color plata en el flanco boscoso de la montaña) notó que un escalofrío leve le recorría la espalda: era muy propio de Hirtmann volver al mismo sitio y mezclarse de incógnito entre el gentío. En cuanto pensó en eso, barrió con la mirada la plaza, el parque, las terrazas de los cafés, el quiosco de música y las caras... como si una especie de corriente eléctrica lo conectara a la multitud anónima. Por encima de los tejados, envuelta en su atavío de abetos, la montaña contemplaba su llegada con la misma indiferencia con la que había acogido los asesinatos del invierno de 2008-2009.

—¿Qué hacemos aquí? —preguntó Servaz de pronto.

—¿Cómo?

—Si estamos aquí los dos es porque él lo ha querido. ¿Por qué? ¿Por qué ha querido que nos conociéramos?

Ella le dirigió una mirada interrogadora antes de entrar en el ayuntamiento.

El alcalde había cambiado desde los sucesos ocurridos cinco años atrás. Era un joven alto y corpulento, con una barba poblada que le comía el rostro y unas bolsas enormes bajo los ojos claros, algo acuosos, que manifestaban falta de sueño, hábitos poco saludables o una herencia genética nada favorecedora. La barba era de un color difícil de definir, entre marrón y pelirrojo con hebras blancas en el centro.

—Servaz... Me suena ese nombre —dijo con voz estentórea.

Apretó con su inmensa mano la del policía, fría y sudorosa, y después ofreció su mejor sonrisa a Kirsten. Servaz le miró las manazas: no llevaba alianza. El corpulento edil volvió a examinarlo.

—Mi secretaria me ha dicho que buscan a un niño —prosiguió, mientras se volvía para conducirlos hasta un despacho de un tamaño impresionante, lleno de luz y bien ventilado gracias a dos grandes puertas vidrieras que daban a un balcón con vistas a las cimas más altas de la cordillera.

Ser alcalde en Saint-Martin tenía sus ventajas.

Se sentó de nuevo tras el escritorio y Servaz dejó encima la foto del niño antes de tomar asiento.

—Cabe la posibilidad de que haya estado escolarizado aquí —apuntó.

—¿Qué lo lleva a pensar eso?

—Lo siento. Se trata de una investigación en curso.

El alcalde encogió los hombros y empezó a teclear al ordenador.

—Si aún lo está, debería aparecer en la Base de Alumnos. Acérquense.

Los agentes se levantaron y rodearon el escritorio para situarse detrás de él. El alcalde sacó del cajón una especie de llave de plástico con una pequeña pantalla digital en el medio y les dio una breve explicación sobre la base de datos en cuestión.

—Está protegida, por supuesto.

En la pantalla del ordenador vieron aparecer las palabras «identificación», «nombre de usuario» y «contraseña».

—Tengo que introducir mi nombre de usuario. Después, la contraseña, que se compone de un código personal de cuatro dígitos y del número de seis que aparece en esta clave de seguridad. Además, la dirección de conexión es diferente para cada sector académico.

Servaz reconoció enseguida una página de inicio. En la parte superior de la pantalla había una franja con tres colores: naranja, azul y verde. Debajo aparecía escrito «Escuela» (naranja), «Alumnos» (azul) y «Organización actual» (verde).

—En el módulo de los ayuntamientos sólo se gestionan las inscripciones —explicó el edil.

Servaz vio que seleccionaba «Seguimiento de inscripciones y admisiones».

—¿Cómo se llama?

—Sólo tenemos el nombre de pila.

El alcalde hizo girar el asiento y se volvió hacia ellos, perplejo.

—¿En serio? —dijo, posando alternativamente su mirada acuosa en uno y en otro—. ¿El nombre de pila y ya está? Hasta ahora, siempre he introducido el nombre y el apellido. Además, fíjense: hay un asterisco. El campo «Apellido» es obligatorio.

A Roxane no le faltaba razón. Justo a la primera tentativa, la pista desembocaba en un callejón sin salida.

—Se llama Gustav —dijo Servaz—. Seguro que debe de tener en algún sitio algunos archivos en los que consten las clases de los años precedentes. Tampoco hay tantas escuelas en Saint-Martin.

El alcalde se quedó pensativo.

—¿Tienen una orden judicial? —preguntó de repente.

Servaz la sacó del bolsillo.

—En principio no tendría que haber problema para encontrarlo —admitió el edil—. Además, «Gustave» no es un nombre corriente hoy en día.

Servaz era consciente de que había muy pocas posibilidades de que Hirtmann lo hubiera inscrito con su verdadero nombre. Pero ¿por qué no, a fin de cuentas? ¿Quién iba a relacionar a un niño con un asesino suizo? ¿Quién podía imaginar que hubiera matriculado a un hijo en una escuela de Saint-Martin? ¿Acaso existía un escondite más insospechado que aquél?

Echó un vistazo a la plaza. Las cumbres debían de haberse tapado, porque se había cubierto de un velo de sombra y un extraño matiz verde grisáceo se posaba sobre las cosas; era como si estuviera mirándolas a través de un filtro. Un pequeño retazo de luz resistía en el techo del quiosco.

—Veré qué puedo hacer. La cosa quizá me lleve unas cuantas horas, ¿eh?

—Nos quedaremos aquí.

Allí abajo había un individuo. Debido a aquella luz atenuada, Servaz no lo distinguía bien. Era alto. Llevaba un abrigo de invierno oscuro, negro tal vez. Levantaba la cara en dirección a las ventanas del ayuntamiento. Servaz incluso tuvo la sensación de que el hombre lo miraba.

—*Try «Gustav Servaz»* —dijo de pronto la voz de Kirsten a su espalda.

Se volvió con rapidez, sobresaltado. El alcalde observó de nuevo a la noruega, con expresión de sorpresa, antes de desplazar la vista hacia Martin.

—¿Que pruebe con «Gustave Servaz»? —tradujo.

—*Yes. «Gustav» without «e».*

—¿Cómo se escribe «Servaz»? *How do you write this?*

Ella se lo deletreó.

—¿No es ése su apellido? —le consultó el alcalde, sin duda desconcertado.

Servaz también lo estaba. Sentía un zumbido en los oídos. Le dieron ganas de decirle que parase, pero acabó asintiendo con la cabeza.

—Haga lo que le dice.

El corazón empezó a latirle más deprisa. Le costaba mucho respirar. Miró por la ventana. Ahora tenía la certeza de que aquel hombre lo observaba. Permanecía inmóvil y erguido en medio de uno de los senderos del parque, encarado hacia las ventanas del ayuntamiento, y los adultos y los niños pasaban por su lado igual que la corriente de un arroyo rodea una piedra voluminosa.

—Vamos a ver —dijo el alcalde.

El silencio no duró más de unos segundos.

—Servaz, Gustave: con una «e» —anunció con aire triunfal.

15

Escuela

A Servaz lo recorrió un escalofrío helado. Tuvo la impresión de que la misma sombra que había oscurecido el paisaje acababa de extender su velo sobre su pensamiento. Miró fuera. Y donde un segundo antes estaba el hombre, ahora no había nadie, aparte del flujo normal de transeúntes.

¿Quién demonios era ese niño?

—Estuvo inscrito en la escuela Jules-Verne hasta el año pasado —informó el alcalde, como si hubiera oído la pregunta—. Pero ya no estudia aquí.

—¿Y no saben en qué centro se encuentra ahora? —preguntó Kirsten.

—Lo único que sé —respondió el alcalde en inglés— es que no está inscrito en ninguno de esta zona, porque, si no, aparecería en la base.

Se volvió hacia Servaz. Y éste vio cómo el edil entornaba los ojos. Seguramente había reparado en su palidez y su semblante descompuesto, y debía de preguntarse qué estaba pasando.

—Enséñenos dónde está la escuela Jules-Verne —pidió Kirsten, señalando el mapa que había colgado en la pared.

Al ver la inmovilidad y el estado de parálisis que se habían apoderado de Servaz, Kirsten había asumido la iniciativa. Éste se preguntó cómo podía habérsele ocurrido semejante idea. Estaba claro que conocía mejor al suizo y su forma de pensar de lo que estaba dispuesta a admitir.

—De acuerdo. Se lo enseñaré —dijo el alcalde.

· · ·

Recorrieron una avenida larga y blanca flanqueada por dos hileras de viejos plátanos desplumados por el invierno precoz. Sus grandes copas nudosas coronadas de nieve evocaban, igual que en los dibujos animados de Disney de su infancia, personajes vivos, con ramas en lugar de brazos, de carácter antropomorfo. La máquina quitanieves había pasado por allí y había despejado el camino que conducía a la verja de la escuela. Dejaron atrás un muñeco de nieve pequeño, hecho, sin duda, por niños de muy corta edad, porque estaba inclinado y la cabeza tenía una forma curiosa. Parecía un gnomo poco agraciado y malvado.

Más allá de la verja había un patio como los de antes, que hizo pensar a Servaz en la novela *El gran Meaulnes* y en su propia infancia en el suroeste del país. ¿Cuántos niños habían pasado por ese lugar, cuántas personalidades se habían formado y definido allí, de repente proyectadas fuera del nido familiar para descubrir que el mundo existe... y que está lleno de aristas? ¿Cuántos habían salido listos para afrontar la vida, vencer el infortunio, o, por el contrario, como futuras presas de la adversidad, continuamente desestabilizados por los avatares de la existencia, incapaces de superarlos? ¿De qué dependía aquello? ¿Era allí donde se definía todo, como aseguraban algunos? ¿Cuántos pequeños habían vivido allí sus primeras amistades, conocido la crueldad de sus congéneres o ejercido la suya propia? Servaz, por su parte, no guardaba casi ningún recuerdo de aquella época.

El patio estaba desierto y los niños en clase. El frío producía pequeñas nubes volátiles delante de sus bocas mientras lo atravesaban, con el pelo alborotado por el mismo viento que sacudía la nieve de los árboles. Una mujer apareció bajo el cobertizo, arrebujándose en el abrigo. Servaz calculó que tendría unos cincuenta años. Llevaba el pelo teñido de rubio y mostraba una expresión honesta pero severa.

—El alcalde me ha avisado de que iban a venir. Son de la policía, ¿verdad?

—De la Policía Judicial de Toulouse —confirmó Servaz mientras se le acercaba y sacaba su tarjeta de identificación—. Ella es Kirsten Nigaard, de la policía noruega.

La directora frunció el ceño antes de tenderle la mano.

—¿Puedo verla?

Servaz le alcanzó la tarjeta.

—No lo entiendo —dijo, examinándola—. Es lo que me ha comentado el director. Tiene el mismo apellido que Gustave. ¿Es su hijo?

—Una coincidencia —contestó Servaz.

Pero se dio cuenta de que ella no se lo creía.

—Mmm. ¿Qué quieren de ese niño?

—Ha desaparecido. Es posible que esté en peligro.

—Vaya. ¿No puede ser un poco más concreto?

—No.

—¿Qué quieren saber? —inquirió con expresión contrariada.

—¿Podríamos entrar? Aquí fuera hace frío.

Una hora después, disponían de un poco más de información sobre Gustav. La directora de la escuela les había hecho un retrato bastante preciso de él. Era un niño muy inteligente que a veces presentaba cambios de humor extraños. Un chiquillo melancólico también y bastante solitario, que tenía pocos amigos con los que jugar en el patio de recreo y que, por consiguiente, había sido durante un tiempo cabeza de turco de los demás. Rousseau podía irse a paseo con sus teorías, pensó Servaz, porque los niños no necesitan a nadie para ser crueles, malvados e hipócritas: es algo que llevan dentro, como el resto de la humanidad. Lo que ocurre es lo contrario: cuando se está en contacto con los otros, a veces uno aprende a ser mejor y, con un poco de suerte, sigue así toda la vida. O no. Servaz había aprendido el significado de la integridad a los diez años, o así lo creía él, leyendo las historias de Bob Morane y las aventuras de los héroes ejemplares de Jules Verne.

Eran los abuelos de Gustav los que constaban como responsables del niño. Al igual que el alcalde, la directora encontró la información en la Base de Alumnos. Les explicó que los servicios del ayuntamiento habían validado la inscripción sin que se hubiera incluido a los padres, de forma que un día en que ella había consultado el expediente, había aparecido un mensaje de alerta, porque se trataba de un campo que siempre había que rellenar.

Abrió la ficha delante de ellos y pudieron comprobar que tan sólo se había completado la casilla de los nombres: no había dirección.

—El señor y la señora Mahler —leyó Servaz.

Tuvo la impresión de que la sangre se le helaba en las venas, de que hasta su oído ascendía el rugido de una catarata. Cuando intercambió una mirada con Kirsten, supuso que en sus ojos había el mismo estupor que él percibía en los de ella. En el apartado de «Información de contacto», se habían marcado las casillas «Abuelo» y «Abuela».

Eso era todo.

—¿Usted habló con sus abuelos? —preguntó Servaz con una voz tan ronca que sonó como un serrucho.

Carraspeó.

—Sólo con él —respondió la directora con cara de extrañeza, al percatarse de su turbación—. Estaba preocupada. Tal como les he dicho, Gustave había sufrido intimidaciones por parte de sus compañeros a la hora del recreo y por más que los separara, al día siguiente volvía a ocurrir lo mismo. Él no se quejaba, ni lloraba. —Le dirigió una mirada llena de dolor—. También era un niño enclenque, enfermizo, de una estatura inferior a la media. Parecía que tenía un año menos que los demás. A menudo faltaba a clase. Una gripe, un resfriado, una gastroenteritis: siempre había algún motivo. Y el abuelo siempre tenía una explicación. Además, ese niño parecía triste. Nunca sonreía. Se me partía el corazón cuando lo observaba a la hora del recreo. ¿Se imaginan, un niño que nunca sonríe? En cualquier caso, se notaba que algo no iba bien. Y yo necesitaba saber qué era. Por eso hablé con el abuelo...

—¿Qué impresión le dio?

—¿A qué se refiere?

—¿Qué clase de hombre era?

La mujer vaciló un instante, y Servaz vio con claridad cómo un pensamiento afloraba en su mirada.

—Un hombre mayor, desde luego... El niño siempre se arrojaba a sus brazos. Se veía que había mucho afecto y complicidad entre ellos, pero... —De nuevo, la vieron dudar—. No sé... había algo más en él, en la manera que tenía de mirar... No cabe duda de que quería mucho a ese niño, pero cada vez que quise indagar un poco... no sé cómo explicarlo... Cambiaba de actitud... Más de una vez me pregunté a qué se habría dedicado antes de jubilarse.

—¿A qué se refiere?

—Bueno, no me pareció el tipo de persona a quien conviene buscar las cosquillas, ¿comprende? Aunque no debía faltarle mucho para cumplir los ochenta... No sé por qué... pensé que si alguna vez alguien entraba a robar a su casa, serían los ladrones los que saldrían mal parados...

Servaz captó la perplejidad en su semblante. Entonces se dio cuenta de que estaba empapado en sudor bajo la chaqueta y el abrigo. ¿Serían las consecuencias del coma?

—¿Y le dio alguna explicación con respecto a Gustav?

—Sí. Me dijo que su hijo se ausentaba a menudo, y durante mucho tiempo, a causa del trabajo. Y que eso perturbaba al chiquillo, que lo reclamaba siempre. Pero también me contó que el padre volvería pronto y que tenía muchas vacaciones, lo cual le permitía pasar más tiempo con el niño.

—¿Le dijo a qué se dedicaba el padre de Gustav? —preguntó, con cierta precipitación, como si las palabras se empujaran unas a otras.

—Sí, ahora iba a decírselo. Trabajaba en una plataforma petrolífera. En el mar del Norte, creo.

Servaz y Kirsten intercambiaron otra mirada, algo que no pasó desapercibido para la directora.

—¿Qué ocurre? —preguntó.

—Eso corrobora ciertas informaciones de que disponemos.

—Y, naturalmente, no pueden decirme nada más —replicó con irritación.

—Exacto.

La directora se ruborizó.

—¿Y no tendrá la dirección de los abuelos en alguna otra parte?

—No.

—Y a la abuela, ¿la vio alguna vez?

—No. Nunca. Sólo a él.

Asintió con la cabeza.

—Tendrá que ir a Toulouse, a la sede de la Policía Judicial, para que puedan esbozar un retrato robot y para responder a más preguntas. Pregunte por la capitana Roxane Varin, de la Brigada de Menores.

—¿Cuándo?

—Lo antes posible. Tómese un día libre. ¿Y la madre? ¿Le habló de la madre?

—Desde luego.

—¿Y qué le dijo?

—Nada —contestó la directora, con expresión sombría—. Fue uno de esos momentos que les he comentado, en los que entendía que no había que ir más allá.

—¿Y no insistió? —preguntó Servaz, asombrado.

El tono del comandante hizo que la directora se irguiera en el asiento.

—Eh, no... —admitió, ruborizándose—. ¿Le ha pasado algo a Gustave? ¿Han encontrado su...?

—No, no. La prensa habría hablado del caso. Ha desaparecido, nada más... Gracias por su colaboración.

Se levantaron y le estrecharon la mano.

—Comandante, querría preguntarle algo más —pidió.

Él se volvió, ya en el umbral de la puerta.

—¿Qué relación tiene usted con ese niño?

La miró con desconcierto. Invadido por una intuición repentina y espantosa.

Regresaron al coche volviendo por la avenida de plátanos que parecían personajes de dibujos animados. Por alguna razón, alguien había decapitado al muñeco de nieve —o tal vez había sido el viento el que había derribado la voluminosa cabeza, que ahora yacía en el suelo—, pero más curioso era todavía que eso le recordara a Servaz las imágenes de propaganda del Estado Islámico, que habían infectado el imaginario occidental con la complicidad pasiva o activa de los medios de comunicación. En otros tiempos no tan remotos, aquel tipo de imágenes jamás se habrían producido y aún menos habrían llegado al público. ¿Era una bendición o una maldición que todo el mundo tuviera acceso a ellas?

—Entonces vivió aquí... —constató Kirsten, una vez que Servaz le hubo traducido la conversación que había tenido lugar en el despacho de la directora—. Servaz, Mahler... —repasó con voz tensa—. Preparó la puesta en escena... Sabía que un día encontrarían su rastro aquí. ¿Cómo es posible?

Servaz encendió el motor sin realizar ningún comentario y arrancó prudentemente en marcha atrás por la calzada húmeda, salpicada de placas de hielo. Iba a cambiar de marcha cuando se volvió hacia ella.

—¿Cómo...? —dijo—. ¿Cómo se te ha ocurrido la idea de combinar su nombre y mi apellido?

16

Regreso

Conducía en silencio a lo largo de la autopista A-61 —la «Pirenaica»— sin dejar de pensar en la respuesta de Kirsten. «Una intuición.» Era como un veneno lento —ricino o amatoxinas— que se extendía y terminaba por contaminar todos sus pensamientos. ¿Una intuición parecida a la que acababa de tener él cuando la directora de la escuela le había preguntado por su vínculo con Gustav?

Marsac... Claire Diemar, la profesora de civilización antigua que encontraron ahogada en la bañera, con una lámpara encendida en la boca. Las decenas de muñecas que flotaban en la piscina del jardín. Y Marianne, que lo había llamado pidiendo socorro porque era su hijo, Hugo, a quien habían encontrado acurrucado delante de la casa de la muerta. Sin duda, Servaz había perdido la cabeza durante el curso de aquella investigación. Había vuelto a tomar contacto con un pasado que ya lo había destrozado una vez y se había acostado con la madre del principal sospechoso. Había tirado por la borda todos sus principios. Y lo había pagado caro... Vaya que sí. Había tardado meses en recuperarse. Aunque tampoco tenía claro que se hubiera recuperado del todo...

«¿Y si... y si Marianne se hubiera quedado embarazada antes de que la secuestrara el suizo?» La idea lo inundó de terror, le produjo náuseas. Abrió la boca como si le faltara el aire. No, no podía ser. No era posible que hubiera ocurrido eso. Era impensable. No podía permitirse considerar esa posibilidad. Ya se lo había dicho el psiquiatra: estaba demasiado débil, era demasiado vulnerable.

Dejó vagar la mirada sobre los camiones a los que adelantaba. Había algo que no ofrecía margen de duda: Hirtmann había ido diseminando los indicios para ellos, como piedrecillas en el camino. Había pasado temporadas allí, eso era lo que le había dicho el abuelo a la directora: iba con regularidad a ver a su hijo cuando estaba de vacaciones... y los trabajadores de las plataformas tienen muchas vacaciones. Era, pues, probable que hubiera cambiado de aspecto para pasar inadvertido en Saint-Martin. A menos que hubiera recurrido al ingenio para no ser reconocido. ¿Y Marianne, dónde estaba?, se preguntó. ¿Seguiría aún viva? Así lo había creído cuando averiguó que el corazón de la caja isotérmica no era el suyo... pero en la actualidad empezaba a albergar dudas. ¿Por qué el suizo la habría mantenido con vida tanto tiempo? No era así como solía actuar. Además, aquello resultaba muy complicado desde un punto de vista material. Por otra parte, si estaba muerta, ¿no se lo habría hecho saber, de una forma u otra? Seguro que no habría mantenido en silencio un acontecimiento tan fundamental para su «amigo» policía.

Agarraba con los dedos tensos el volante, con la impresión de que le iba a estallar la cabeza.

—¡Eh, cuidado! —exclamó Kirsten a su lado—. ¡No corras tanto!

Miró el velocímetro. ¡Por Dios! ¡Iba a ciento ochenta kilómetros por hora! Levantó el pie del acelerador y el rugido del motor disminuyó.

—¿Seguro que estás bien? —preguntó ella.

Martin asintió sin decir nada, con un nudo en la garganta. La miró de reojo. Lo observaba tranquilamente, con frialdad. Aunque tenía la falda subida un poco por encima de las rodillas, el abrigo oscuro la envolvía como un corsé, abotonado hasta arriba. El cabello rubio le caía a ambos lados de una raya, bien dibujada, en la que se intuían unas raíces oscuras, y las uñas nacaradas se veían impecables. Se preguntó qué ocultaba bajo aquella frialdad. ¿Sería común en Noruega hacer muestra de aquel temperamento rigorista y espartano? ¿O ella era así, un rasgo suyo que arrancaba en su infancia, fruto de su educación?

Parecía dar poca importancia al calor humano y al contacto. Había dicho que tenía cinco días por delante. ¿Qué esperaban conseguir los de la policía noruega en tan poco tiempo? Debía de tratarse de una cuestión de presupuesto, igual que allí. Mejor: no se sentía con fuerzas para soportar aquella presencia jansenista durante mucho tiempo más, pese a que él tampoco estaba, ni de lejos, muy dicharachero ni animado. Se sentía observado y analizado constantemente, y eso no le gustaba. Le recordaba a una maestra de primaria o a una jefa que debe hacerse respetar en un entorno masculino. ¿Sería así por naturaleza o estaba adaptando su comportamiento a la situación? En todo caso, cuanto antes volviera a Noruega, mejor.

—Es una pena —dijo de repente ella.

—¿Cómo? ¿Qué es una pena?

—Si ese niño es su hijo... es una pena.

Servaz meditó sobre ello. Sí, era una pena... aunque quizá había una posibilidad todavía peor.

17

Huellas

Anochecía ya cuando los excursionistas llegaron al refugio. Eran casi las seis de la tarde y estaban a un grado bajo cero. Hacía varias horas que el sol se había ocultado detrás de las montañas... y hacía muchas más que habían empezado a seguir la pista blanca que se adentraba en el bosque. Avanzaban uno detrás de otro, rodeados de silencio, entre los árboles, en el ocaso del día: cinco figuras envueltas en anoraks de plumón, capuchas y gorros, bufandas y guantes voluminosos, que se deslizaban sobre los esquís. Trazando su camino. Solitarios en medio de aquel desierto blanco. Había sido un día largo, muy largo, y hacía rato que ya no hablaban. Estaban demasiado cansados. Se limitaban a respirar cada vez más deprisa, dibujando con el aliento figuras de vaho blanco frente a sus bocas.

La visión del refugio les infundió fuerzas. Su forma oscura posada en el claro nevado les dio un último empujón para seguir.

Tablones, pizarra, piedra, rodeado de abetos: era como si una postal de Canadá se aproximara a ellos —aunque eran ellos los que avanzaban— en la oscuridad naciente. Gilbert Beltran pensó en *Colmillo blanco* y en *La llamada de la selva*, lecturas de infancia llenas de aventuras, tierras vírgenes y libertad. A los diez años, había creído que la vida era eso: aventura y libertad. Luego había descubierto que los márgenes de maniobra son escasos, que, en cuanto uno se ha embarcado en una dirección, es casi imposible virar, y que, en general, todo resulta mucho menos estimulante de lo que parecía al principio. Había cumplido los cincuenta y acababa de dejar a su novia, que tenía veintiséis (o, más bien, había sido ella la que lo había dejado a él). Una joven derrochadora como pocas que, con las pensiones alimenticias que pagaba a sus tres exmujeres, había estado casi a punto de arruinarlo, y que antes de largarse le había hecho saber que no era más que un imbécil. En realidad, había sido más grosera todavía. Estaba al borde de la extenuación y los músculos le ardían, como también los pulmones, hambrientos de oxígeno. Se limitaba a respirar, y respirar de nuevo.

Estaba siguiendo una terapia en el balneario de Saint-Martin-de-Comminges, al igual que todos los integrantes de la excursión, para tratar una depresión acompañada de trastornos de sueño, y todavía no disfrutaba de una buena forma física, ni mucho menos. Recordó que, en los libros y tebeos de su infancia, los héroes —animales o humanos— eran siempre valientes, rectos y honestos. En la actualidad, sólo veía series de televisión o películas cuyos héroes eran apáticos, mentirosos, manipuladores y cínicos. En la Bolsa de valores de la ficción, la rectitud, la valentía física y la elegancia moral se cotizaban muy a la baja.

La voz de mujer que sonó a su espalda lo sacó de su ensimismamamiento.

—Estoy muerta.

Se volvió. Era la rubia. Guapa, sana, sin remilgos. De unos treinta y cinco años. Se le ocurrió que le habría gustado oírle decir eso en la cama. ¿Y por qué no? Al fin y al cabo, estaba libre. Esa noche intentaría un acercamiento. A condición de que tuvieran suficiente intimidad allí dentro, desde luego.

Advirtió que el refugio era más grande de lo que parecía. Por un lado, el techo descendía casi hasta el suelo, donde se habían acumulado ochenta centímetros de nieve desde el otoño. Por el otro, rozaba una alta pared rocosa coronada de abetos. La sombra se colaba entre ellos, creando un efecto de tinta mezclada con agua que parecía bajar del macizo montañoso. Estaba oscureciendo muy deprisa y la masa sombría del refugio que se recortaba entre todo aquel fondo gris azulado no le parecía más atractiva que los bosques.

De repente, se sintió igual que el niño que leía a Jack London en la cama. Pero ¿a qué venía tanta autocompasión? ¿De dónde salían esas bobadas de lecturas infantiles?

Su guía, un joven rubio que tenía más o menos la edad de su exnovia, abrió la puerta del refugio y accionó un interruptor. Al instante, un charco amarillo franqueó la puerta y se proyectó sobre la nieve en la que había impresas sus huellas. Las suyas... y también otras, de raquetas y pies, recientes y más profundas, que rodeaban el refugio y se entrecruzaban y superponían. Alguien había pasado por allí antes que ellos. Seguramente para poner en marcha el generador. O para comprobar si aún había electricidad, a pesar del grueso colchón de nieve que cubría las placas solares. O tal vez para llevar a cabo alguna reparación antes del inicio de la temporada de invierno, cuando no había guardas en el refugio, a diferencia del verano, aunque los excursionistas sí podían encontrar allí colchones y mantas, platos y cazuelas, leña para la estufa y una radio de emergencia.

En todo caso, las huellas eran muy recientes...

Miró a su alrededor y detuvo la vista en el otro tipo, el raro, el que tenía una mirada algo demente y marcas de quemaduras en torno a la boca y en la mejilla izquierda, bajo la capucha que todavía llevaba puesta. En el balneario había oído decir que las quemaduras se las había hecho al electrocutarse con una catenaria. Beltran había escuchado también que, antes de ir a parar allí, había pasado semanas en una unidad para quemados graves y después en un centro de rehabilitación especializado en el tratamiento de cicatrices de quemaduras. En circunstancias normales, habría sentido compasión por alguien que tenía una parte de la cara desfigurada, pero había algo en aquel individuo que le helaba a uno la sangre casi tanto como la noche invernal. Quizá fuera aquella mirada medio de loco que se posaba en unos y en otros con ese algo que Beltran percibía como pura maldad. O esa manera de fijar la vista a la menor ocasión en el trasero y los pechos de las dos chicas del grupo, la rubia y la morena. O también la forma que tenía de lamer los cigarrillos enrollados con una actitud un tanto obscena, mirando a la gente directamente a los ojos.

Beltran se percató de que el tipo lo observaba bajo la capucha y lo recorrió un escalofrío. Él fue el primero en entrar. Lo agobiaba estar en medio del bosque ahora que empezaba a caer la noche; era el pequeño Gilbert que leía a Jack London bien tapado con un edredón. «Estás en plena regresión, pobre... igual que un viejo.»

. . .

Emmanuelle Vengud sonrió al joven guía y sacó un paquete de cigarrillos del anorak. De pronto le pareció que lo mejor que podía hacer era fumarse uno en ese aire tan puro. Era un acto deliciosamente transgresor. Hacía una hora por lo menos que tenía ganas. Todo ese oxígeno con que se había llenado los pulmones durante las horas de esfuerzo la había embriagado, al igual que la altura. Experimentaba un estado de embriaguez general. De repente, un grito lúgubre, agudo y herrumbroso, como la mordedura de una sierra, desgarró la creciente oscuridad.

—¿Qué ha sido eso?

Matthieu, el joven guía, miró hacia el bosque y se encogió de hombros.

—Ni idea. No sé nada de pájaros.

—¿Seguro que ha sido un pájaro?

—¿Qué iba a ser si no?

Alargó la mano, enfundada en un guante, hacia el paquete de cigarrillos.

—¿Puedo?

—¿Un joven sano y deportista como tú fuma?

Quizá se había puesto a tutearle de una manera demasiado evidente. Bueno, qué más daba.

—No es mi único vicio —contestó él, mirándola.

Ella le devolvió la mirada. ¿Acaso era una insinuación? ¿O sólo un juego inocente? Si se hubiera tratado de su marido, no habría tenido la menor duda. En el Scrabble mental de este último, la palabra «inocencia» no valía ni un punto... al contrario que «adulterio», «engaño», «revolcón», «coño», «pornografía» y sobre todo «traición». Palabra de ocho letras, para colocarla con el «ón» de «revolcón» si éste estaba ya en el tablero. Ésa sí podía granjearle un montón de puntos. «Traición.» La palabra valía el doble, en realidad. Cuando tu mejor amiga se acuesta con tu marido, ¿a quién puedes recurrir? ¿Al animal de compañía? ¿A la cuñada? Aspiró el humo y lo condujo hacia las profundidades de los pulmones.

—¿A su marido no le gustan las excursiones con esquís?

Se estremeció... Lo tenía detrás y le había hecho la pregunta muy cerca del oído.

—No, no mucho.

—¿Y a usted le ha gustado?

Volvió a estremecerse, pero de una manera distinta esta vez. A causa de la voz... No era la de antes, la del joven guía. Aquélla ceceaba y silbaba como... Se sobresaltó. Era el tipo de la cara quemada. El que tenía una mirada rara y cicatrices alrededor de la boca y en la mejilla izquierda. En ese momento se dio cuenta de que se habían quedado solos. De que el guía la había plantado allí y había entrado de nuevo en el refugio. El ambiente era frío y húmedo, pero de golpe notó calor en el cuello, las mejillas y la entrepierna. Un calor que no tenía nada de agradable. Una subida de adrenalina que le causó un poco de vértigo. Notó que el corazón le bombeaba la sangre con violentas sacudidas bajo el anorak y también que un aliento cálido le acariciaba el pabellón de la oreja. Evitó volver la vista para no caer en la tentación de mirarle las cicatrices.

—¿Por qué no ha venido tu marido?

Estaba sorprendida, por el tuteo y al mismo tiempo por la indiscreción evidente de la pregunta.

—Le gusta disfrutar de ciertas comodidades —respondió, encogiéndose de hombros—. No le va eso de dormir en un saco en medio de una sala común entre ronquidos. Además, repito, no es muy aficionado a las excursiones con esquís. Prefiere el descenso en pista.

«Y las peleas», pensó.

—¿Y qué hace mientras tanto?

Se puso rígida. Había ido demasiado lejos. «Se acuesta con mi mejor amiga», pensó. Quizá eso le callaría la boca. Además, se había fijado en la manera como el quemado le miraba los pechos y el trasero durante la excursión. Aunque lamentaba lo que le había ocurrido —fuera lo que fuese—, no dejaba de encontrarlo extraño y, para ser sincera, perverso. Se volvió y lo miró, sobre todo para dejar de sentir su roce en la espalda. El tejido cicatricial saltaba a la vista y le costó sostenerle la mirada.

—¿Por qué lo preguntas?

—Por nada... ¿Sabes que en este refugio pasó algo hace diez años? Algo horrible...

Emmanuelle se estremeció. Había pronunciado aquello con una voz rarísima: más baja, más grave. Una voz de goce... Sí, eso era. «Te estás imaginando cosas, bonita.» Una brisa ligera acarició los abetos, que también se estremecieron y dejaron caer montones de nieve igual que una vaca inquieta deja caer boñigas. Cada vez estaba más oscuro. De repente, le dieron ganas de entrar.

—¿Y qué es eso tan horrible? —preguntó.

—Violaron a una mujer. Dos excursionistas, delante de su marido... Durante toda la noche, hasta que los dos tipos no pudieron más de cansancio.

El miedo le atenazó el vientre.

—Eso es horrible... —comentó—. ¿Y detuvieron a los agresores?

—Sí, al cabo de unos días. Los dos tenían un historial delictivo interminable. ¿Y sabes otra cosa? Se beneficiaron de una reducción de pena por buena conducta.

—¿Y la mujer murió?

—No. Salió con vida.

—¿Sabes qué fue de ella?

Negó con la cabeza en medio del telón de fondo gris que viraba a negro.

—Dicen que su marido se suicidó, aunque seguro que sólo es un rumor estúpido. A la gente de por aquí le encantan los rumores... Gracias por el cigarrillo —añadió con su voz suave y sibilante—. Y por lo demás.

—¿Lo demás?

—Nosotros dos, aquí, tranquilos... hablando con total libertad... Me caes bien.

Había vuelto a acercársele. Ella levantó la mirada hacia él y no le gustó lo que vio.

Era como si la noche que circulaba entre los troncos se hubiera colado de golpe en sus pupilas. Éstas habían devorado todo el iris y se habían transformado en una mirada negra y mate, como un pozo sin fondo. De una concupiscencia tan pura y ávida que le hizo dar un paso atrás.

—Eh, eh, tranquilo —se oyó decir a sí misma.

—¿Tranquilo por qué, Emmanuelle?

La manera de pronunciar su nombre le causó la misma repulsión.

—Llevas un buen rato calentándome.

—¿Cómo?

Ahora había algo más violento y salvaje en la voz del quemado. Se le aceleró el pulso.

—¡¡Estás chalado o qué?!

Vio cómo la bestialidad daba paso a la ira en su mirada. Después volvió a esbozar aquella sonrisilla burlona. Entreabrió los labios, las cicatrices que los rodeaban se tensaron, y ella aguardó las palabras que iban a ensuciarla, a dejarla al nivel del suelo, pero no llegaron a salir de su boca. Se contentó con dar media vuelta para dirigirse a la entrada del refugio, después de encogerse de hombros.

Con el pulso acelerado, y percibiendo el latido del corazón hasta la garganta, Emmanuelle desvió la mirada hacia el bosque y después, hacia arriba, hacia el negro perfil de la montaña. Un ave volvió a ulular en el fondo de la espesura y el frío le recorrió la columna vertebral, desde la nuca hasta los riñones, y luego hasta el coxis, como un impulso eléctrico. Se apresuró a ir a reunirse con los demás.

Beltran observó a la mujer rubia, que se descalzaba en la entrada. Hacía más de cinco minutos que el quemado y ella estaban fuera, y ella había reaparecido tan de roja como los cuadros del mantel de la mesa en la que apoyaba el codo. Allí fuera había pasado algo, y no parecía que ella lo hubiera encontrado divertido, ni tan siquiera agradable.

—¿Todo bien? —le preguntó.

Ella le respondió asintiendo con la cabeza, pero su expresión decía lo contrario.

Emmanuelle Vengud extendió el saco de dormir en silencio, a un lado. No había suficiente sitio en las literas, y, por la noche, le costaba soportar los olores y los ronquidos. Además, no tenía ganas de dormir cerca del tipo de la cara quemada. Durante seis días a la semana era contable. Trabajaba en su casa, tranquila. Aquélla era la primera terapia que seguía y la primera excursión que hacía en grupo. Creía que todo el mundo estaría cansado al llegar al refugio... demasiado cansado para hablar, en realidad... pero no paraban de charlar, sobre todo aquellos tres tipos.

—¿Y dices que la violaron delante de su marido? —preguntó el que tenía cincuenta y tantos años y se llamaba Beltran.

—Ajá, después de atarla aquí.

El quemado señaló la viga central, que soportaba el techo del refugio, y les volvió a llenar los vasos.

—Al poste de tortura, vamos —dijo el joven guía con expresión de asco, apurando su vaso como si fuera agua.

Emmanuelle se acercó a la estufa y sintió cómo el agradable calor que emanaba de ella le relajaba los músculos cargados de ácido láctico.

—¿Y cuándo ocurrió eso? —quiso saber Beltran.

—Hace diez años.

El quemado les dirigió una sonrisa sádica. No se había quitado la capucha, seguramente para ocultar un cuero cabelludo medio pelado o heridas más profundas, dedujo Beltran.

—Un diez de diciembre, exactamente.

—Hoy estamos a diez de diciembre —señaló con voz temblorosa la mujer morena de pelo corto y cara bronceada, que se llamaba Corinne.

—Es broma —dijo él, guiñándole un ojo.

A nadie pareció hacerle gracia y se produjo un silencio.

—¿Cómo sabes esa historia?

—Todo el mundo la conoce.

—Yo no —dijo la mujer morena—, y eso que soy de la zona.

—Me refiero en el mundillo de los guías y los montañeros. Tú eres dentista.

—Tal vez la tuve como paciente... ¿Cómo se llamaba?

—No lo sé.

—¿Podríamos hablar de otra cosa? —intervino de repente Emmanuelle.

Su voz transmitía una mezcla de irritación y algo más profundo: miedo. De repente, un estruendo sonó por encima de ellos, en el tejado. Emmanuelle y los demás levantaron la vista, sobresaltados. Todos salvo el quemado.

—¿Qué ha sido eso? —dijo ella.

—¿El qué?

—No me digáis que no lo habéis oído.

—¿Oído el qué?

—El golpe en el tejado.

—Será una placa de nieve —respondió el guía.

—Una placa de nieve no hace ese ruido.

—Entonces una rama que se ha roto con el peso de la nieve —aventuró la morena, lanzando una mirada desdeñosa a la rubia—. ¿Qué más da?

Se quedaron en silencio un momento. Fuera el viento silbaba entre los tablones del refugio; las llamas silbaban en la estufa. Emmanuelle imaginó el techo cubierto de un colchón grueso de nieve por encima de ellos, las ramas de los abetos por encima del techo, las cumbres silenciosas y heladas por encima de los abetos y las estrellas mudas por encima de las cumbres. Y ellos, minúsculos, insignificantes, agazapados en el fondo de ese valle... igual que los primeros hombres de las cavernas.

—No sólo la violaron —prosiguió el quemado a la sombra de la capucha, con su curiosa voz ceceante y sibilante—. También los torturaron, a ella y a su marido. Durante toda la noche. Los dieron por muertos... Y al día siguiente los encontró un guía. Un amigo mío.

Emmanuelle advirtió que los ojos de la morena brillaban con curiosidad. Y también el deseo ardiente que le despertaba el joven guía.

—Es horrible —dijo.

Sin embargo, su voz escondía un mensaje entre líneas para el joven guía: «Es horrible lo mucho que me excita estar hablando de esto aquí contigo, saber que vamos a dormir uno cerca del otro...»

Tendría unos cuarenta y cinco años, melena corta y alborotada, casi como un hombre, la piel morena y los ojos de color avellana, un poco achinados. No paraba de rozar con el codo el brazo del guía y, según observó, hacía lo mismo con el pie por debajo de la mesa. Emmanuelle notó que se ponía colorada. ¡No pensarían hacerlo allí, esa noche, delante de todo el mundo!

—Lo peor —añadió el guía— es que...

—¡Ya está bien, joder!

Vio que los cuatro se volvían hacia ella. El joven guía sonreía con aire burlón.

—Lo siento —se disculpó.

—Me parece que estamos todos cansados —intervino Beltran—. ¿Y si nos fuéramos a dormir?

La morena lo miró con enfado. Aún no había coqueteado bastante con el guía.

—Buena idea —dijo el hombre de la cara quemada con su voz fría y aguda.

—Voy a fumarme el último antes de acostarme —anunció el joven guía, levantándose—. ¿Te vienes conmigo? —preguntó directamente a la morena.

Ésta asintió con la cabeza, sonriendo, y lo siguió. Tenía quince años más que él por lo menos. Menuda puta, pensó Emmanuelle. El guía abrió la puerta y, por espacio de un segundo, todos oyeron el sonido del viento en las ramas de los abetos. Después cerró tras de sí.

—Esa historia da un poco de canguelo —reconoció la morena una vez fuera.

Él sonrió y sacó un cigarrillo del paquete. Ella alargó una mano para cogérselo, pero él lo apartó antes de ponerse a lamer el filtro de forma deliberada. Ella sonrió a su vez, con los ojos pendientes de los bonitos labios del joven guía, rojos como una fruta en medio de la barba rubia. A continuación, él le posó el cigarrillo en los labios y le acercó la llama vacilante del mechero, sin apartar ni un segundo la mirada.

—Te llamas Matthieu, ¿no? —preguntó.

—Ajá.

—No me gusta dormir sola, Matthieu.

Estaban muy cerca, aunque, a causa de los cigarrillos, no tanto como ella hubiera deseado. Estaba divorciada, libre, y no desaprovechaba la oportunidad de disfrutar de esa libertad cada vez que se presentaba la ocasión.

—No estás sola ni mucho menos —respondió él—. Tienes a tres hombres a tu alrededor...

—Quiero decir sola en el saco de dormir...

Apartaron los cigarrillos casi de forma simultánea y se acercaron. Ella notó su aliento a vino en la cara.

—Quieres hacerlo mientras los demás están sobando al lado —dedujo él—. Es eso lo que te excita.

No era una pregunta.

—Espero que haya al menos uno que no duerma —contestó ella.

—¿Y si lo hiciéramos aquí mismo, ahora?

—Hace demasiado frío.

Fijó la vista en los ojos del guía, en su mirada desenfocada e inexpresiva. Él ocupaba casi todo el campo visual de la mujer morena y, sin embargo, vio que algo se movía en la espesura, detrás de él, en el ángulo que formaban el cuello y el hombro: una sombra en movimiento... Se sobresaltó y sacó de repente a su cerebro del ritual de apareamiento.

—¿Qué ha sido eso?

—¿El qué? —preguntó el guía mientras ella salía del estrecho espacio que mediaba entre él y la pared.

—He visto algo.

El guía se volvió con desgana y observó el bosque oscuro.

—Ahí no hay nada.

—¡He visto algo! ¡Estoy segura! —repitió, y el pánico hacía que le vibrara la voz—. Allí, entre los árboles.

—Te digo que no hay nada. Habrás visto una rama que se movía con el viento, eso es todo.

—No, era otra cosa —insistió.

—Entonces sería un animal... Mierda, ¿a qué estás jugando?

—Vamos dentro —dijo ella, y lanzó la colilla a la nieve.

—Hay alguien fuera —anunció.

Todos la miraron y, a su espalda, el joven guía puso los ojos en blanco.

—He visto a alguien —insistió—. Había alguien.

—Sombras —aseguró el joven guía, que pasó por delante de ella para ponerse del lado de los otros—. Sombras en el bosque, árboles sacudidos por el viento. No hay nadie. A ver, ¿quién se quedaría fuera, en el bosque, con semejante frío? ¿Y para hacer qué? ¿Robarnos los iPhones y los esquís?

—He visto a alguien, estoy segura —repitió, molesta, y ya sin ninguna gana de coquetear con ese gilipollas.

—Vayamos a mirar —propuso Beltran—. ¿Hay linternas?

El guía suspiró y fue hasta su mochila; sacó dos.

—Vamos —dijo.

Los dos hombres se dirigieron a la puerta.

—Yo tenía razón —anunció el joven guía—. No hay nadie.

Los haces de las linternas ejecutaban entre los árboles una danza espasmódica, estroboscópica, que revelaba las profundidades inquietantes del bosque. Allí, la noche parecía no tener fondo. La noche, como la nieve, lo nivela todo, lo absorbe, lo oculta.

—Ahí se ven unas huellas. Parecen recientes.

El joven guía se acercó de mala gana. En efecto, había unas huellas de pasos, profundas, en el linde del bosque. A varios metros del refugio, en el lugar donde había más nieve acumulada, donde la morena había creído ver algo. La nieve relucía bajo los haces de las linternas.

—¿Y qué? Alguien ha pasado por aquí. Esas huellas podrían ser de ayer. Con este frío, nada se mueve y es posible que no sean tan recientes.

Beltran observó al guía en silencio. Aquello no le gustaba, pero el joven probablemente tenía razón. Además, ¿qué importaba? A lo mejor había una casa cerca de allí, una granja, por ejemplo. Eso de encontrar huellas en el bosque no era tan alarmante. De no haber sido por lo que les había contado el chalado ese, no estarían todos imaginando cosas raras.

—Bueno, ¿nos vamos? —preguntó el joven guía.

—Sí, volvamos.

—No hemos visto nada, ¿vale? Ninguna huella. No hay necesidad de asustar a los demás.

18

Conmociones

Kirsten regresó a su habitación de hotel poco antes de medianoche. En la ducha, bajo el chorro de agua caliente, se enjabonó bien, insistiendo en las partes íntimas. Martin la había dejado en el centro antes de volver a su casa, porque ella le había explicado que necesitaba tomar el aire.

Volvió a pensar en el estudiante que había conocido en ese bar de la plaza Saint-Georges. Mientras permanecía sentada a una mesa redonda en un rincón, tomando un kamikaze —vodka, triple seco, *sweet & sour*—, la había estado mirando largo rato, sentado entre los demás. Más que mirarla, la había deseado, ambicionado, devorado con los ojos, con una especie de fervorosa avidez juvenil. Ella había acabado por devolverle la mirada. Él le había sonreído. Ella no había correspondido a su sonrisa, pero tampoco había apartado la vista. Entonces él se había separado de su grupo de amigos para acercarse a ella avanzando entre las mesas. No parecía intimidado por su fachada fría y austera, que, por lo general, tenía un efecto disuasorio en los hombres.

Había pronunciado algunas palabras en francés, con una sonrisa que él debió considerar irresistible y que, de hecho, lo era bastante.

—No hablo francés —le había respondido ella.

Él había pasado enseguida a un inglés de nivel más bien escolar, impregnado del acento del suroeste.

—¿Espera a alguien?

—No.

—Entonces estaba esperándome a mí.

Kirsten se había esforzado por sonreír frente a aquella tentativa de acercamiento más bien penosa.

—*Who knows?* —había respondido incluso, sin desalentarlo.

Enseguida había visto cómo se le iluminaban los ojos.

Tenía un aspecto inocente, una cara que apenas había salido de la infancia, pero el destello sombrío que se había producido entonces en sus pupilas revelaba algo bien distinto.

—¿Puedo sentarme? —preguntó, y señaló la silla vacía.

Una hora después, se sabía toda su vida. Y empezaba a parecerle aburrido. Estaba preparándose para cursar un *master of science* —si no había entendido mal su rudimentario inglés— en el ISAE, el Instituto Superior de Aeronáutica y del Espacio de Toulouse. Quería trabajar en las lanzaderas de satélites o algo por el estilo. Era incansable hablando de su futura profesión. Al principio, ella había fingido interés, pero después había desistido. Entonces había sacado su iPhone 6 y había empezado a leer los mensajes mientras él hablaba.

—Vaya, ¿la aburro?

—Un poco.

Se había puesto pálido. En sus ojos Kirsten había advertido que el chico había estado a punto de mostrarse desagradable, que no era tan bonachón como parecía. Entonces ella le había rozado el tobillo con la punta del zapato, bajo la mesa, y se había inclinado hacia él. El chico la había imitado. Y cuando tuvieron las caras a escasos centímetros el uno del otro, le había clavado la mirada en los ojos.

—Me apetece otra cosa.

Al instante se había percatado del efecto fisiológico en la dilatación de las pupilas, intuido la aceleración del ritmo cardíaco y el aumento de la presión arterial. Cuando le había desplazado la punta del zapato por la pierna, por encima de los vaqueros, casi había visualizado el aflujo sanguíneo hacia la zona genital, al tiempo que el rostro juvenil se teñía de rubor.

—Podemos ir a otro sitio si quiere —había propuesto él.

Una manera elegante de preguntar: «¿En tu casa o en la mía?»

—No —había rehusado ella—. Aquí está bien.

Con la barbilla y la mirada, le había señalado la puerta de los baños, situados al fondo. Luego se había levantado. Había esperado en el minúsculo espacio que había entre los lavabos de hombres y de mujeres, con los riñones apoyados en el lavamanos de cerámica blanca, y él se había abalanzado sobre ella en cuanto hubo franqueado la puerta. Las manos se le habían colado, demasiado febriles y directas, entre los muslos, bajo el vestido. Se habían acabado los buenos modales. Ella había quedado reducida a la condición de objeto de placer y él estaba decidido a encontrar el suyo a través de ella. Había dejado que la recorriera con las manos, sin impedimentos, y había notado cómo se le lubricaba la vagina. Después de ayudarlo a ponerse el preservativo, la había poseído de pie, en uno de los cubículos, por encima de la taza del váter, mientras ella apoyaba las palmas de las manos en la pared de madera. La había penetrado sin miramientos y se había apresurado a satisfacerse. Ella apenas había sido consciente del gemido que ascendía desde el fondo de su garganta, de sus sacudidas y de que arañaba la madera, hasta el punto de que se le había clavado una astilla en el índice de la mano izquierda, bajo la uña. Había llegado al orgasmo muy deprisa. Él también. Después de besarlo y darle las gracias, había desaparecido en la noche lluviosa.

Al salir de la ducha, cogió el teléfono que había enchufado en el cargador y se sentó de nuevo en la taza del inodoro.

—Hola, Kasper —dijo cuando le respondieron.

—¿Qué, en qué punto estás? —preguntó el policía de Bergen.

Servaz estaba fumando un cigarrillo al lado del portal de su casa, en la plaza Victor-Hugo, después de haber dejado a Kirsten en el centro. Si levantaba la cabeza, podía ver su propio balcón y la luz de la sala de estar, y, de vez en cuando, una silueta que pasaba por detrás del cristal: Margot. Lo esperaba. Estaba preparando la cena. Más allá de los tejados, la noche se veía despejada y, a su espalda, sentía esa presencia que siempre había encontrado algo inquietante: la del mercado Victor-Hugo, cerrado hasta el día siguiente, y la de las cuatro plantas de aparcamientos desiertos por encima. Ésa era la vista que tenía desde su casa: hileras de coches estacionados que parecían animales dormidos.

Fumaba mientras pensaba en Gustav.

Volvía a evocar el eco de la frase de la directora de la escuela: «¿Qué relación tiene usted con ese niño?» Y esa duda espantosa, la horrible aprensión que lo había asaltado en el coche y que, desde entonces, había continuado socavándolo en secreto. «¿Y si Marianne se hubiera quedado embarazada antes de que la secuestrara el suizo?» No, imposible. No obstante, no podía evitar sacar cada dos por tres la foto para observar el rostro del niño. Prefería no llevar la cuenta de las veces que había hecho ese gesto a lo largo del día, porque entonces habría comprendido que estaba a punto de sucumbir a una especie de locura. ¿Qué buscaba en esas facciones? ¿Un parecido o, por el contrario, la ausencia de dicho parecido, la prueba de que Hirtmann era efectivamente el padre?

En ese preciso instante, con la foto en la mano y, a pesar de la débil luz que iluminaba la plaza, mientras miraba al niño, que a su vez lo miraba a él, el teléfono empezó a vibrar en el bolsillo del pantalón. Consultó la pantalla: un número desconocido, no lo tenía grabado en la agenda.

—¿Diga?

—¿Qué, cómo va ese corazón?

Con un sobresalto, escrutó a su alrededor la plaza desierta y las aceras vacías. Nadie a la vista... con o sin teléfono.

—¿Cómo dice?

—Menuda noche, ¿eh? Encima del vagón...

Conocía aquella voz. No era la primera vez que la oía.

—¿Quién es?

Pasó una moto y el petardeo del tubo de escape se superpuso a la voz del teléfono; no estaba seguro de haber oído bien:

—...a punto de achicharrarnos los dos...

—¿Jensen?

—Por tu culpa, ahora me parezco a Freddy Krueger, joder. Ahora sí que tengo una cara que da miedo, vaya que sí.

Servaz contuvo la respiración y aguzó el oído.

—¿Jensen? ¿Dónde estás? Me dijeron que estabas siguiendo un tratamiento, que...

—Eso es. La última etapa de mi rehabilitación. En Saint-Martin-de-Comminges, ¿te suena? Ayer te vi allí, amigo mío. Entrando y saliendo del ayuntamiento...

La figura del parque, con un abrigo negro y encarada hacia las ventanas, el rostro que esquivaban los transeúntes... Sin embargo, aquel hombre le había parecido alto, y Jensen era más bien bajo.

—¿Qué quieres?

Un segundo de silencio.

—Quiero que hablemos.

Servaz resistió la tentación de colgar. Que se fuera al infierno. Debía mantenerse alejado de ese tipo. A toda costa. Aunque lo habían exculpado, por legítima defensa, estaba seguro de que los de Inspección General seguían husmeando a su alrededor, esperando que diera un paso en falso. Se adentró en la sombra de la galería que rodeaba el mercado, como si quisiera ocultarse a posibles miradas.

—¿De qué?

—Ya lo sabes.

Cerró los ojos y apretó la mandíbula. Era un farol. Jensen quería tenderle una trampa, denunciarlo por acoso.

—Lo siento, pero tengo que ocuparme de otras cosas.

—De tu hija, ya lo sé...

En ese instante notó que su plexo solar irradiaba un calor familiar: la cólera.

—¿Qué has dicho?

—¿Cuánto se tarda en llegar a Saint-Martin? Te esperaré delante del balneario, a las doce de la noche. Hasta ahora, *amigo*.

De nuevo, un breve silencio.

—Y saluda a tu hija de mi parte.

Miró el móvil con ganas de estrellarlo contra la pared de cemento del mercado. Jensen había colgado.

Realizó el trayecto a una velocidad excesiva. La autopista estaba desierta, salvo por algún que otro camión, cuyas luces traseras se aproximaban demasiado rápido. Él los adelantaba sin salir del carril de la izquierda, circulando treinta kilómetros por encima de lo permitido, espoleado por la rabia.

Pensó que debería hacer un informe. Pero ¿qué iba a poner? ¿Que no había tenido más opción porque Jensen había mencionado a su hija? Ningún miembro de Inspección General consideraría semejante argumento. No tendría que haber ido, aducirían ellos. Tendría que haber avisado a sus superiores y de ninguna manera haber actuado solo. Cómo no, pero... ¿qué iba a pasar ahora? ¿Qué quería Jensen de él?

En cuanto salió de la autopista, se encontró rodeado de un campo negro y lúgubre, esa zona donde el vínculo entre los individuos se distiende, donde la luna es a menudo el único alumbrado visible. Después lo engulló la noche de las montañas. Remontó de nuevo el mismo valle amplio, como si pasara entre unos grandes templos en ruinas, aplastado por aquella doble presencia: la de la noche y la de las montañas.

Las calles de Saint-Martin estaban desiertas cuando llegó. No había ni un alma y no se veía luz casi en ninguna ventana. El barrio del centro dormía con el sueño pesado, cargado de secretos y de ensoñaciones de las pequeñas ciudades de provincias. Siguió por la avenida de Étigny, bordeando las terrazas de los bares a oscuras y las persianas bajadas de los comercios, en dirección al balneario. En ese sueño provinciano había algo que recordaba a un preludio de la muerte. Sin embargo, ésta ya no le daba miedo, porque la había mirado de frente.

Aparcó en la entrada de la vasta explanada. No se veía a nadie. A la izquierda, los árboles y los arbustos negros del jardín público, donde alguien podía ocultarse con facilidad; a la derecha, la columnata de vaga inspiración grecorromana del balneario, con la montaña como telón de fondo, y en el extremo, el pabellón nuevo, un paralelepípedo de cristal, que relucía reflejando la luna.

De pronto, le dieron ganas de huir. No quería estar allí. No quería hablar con Jensen sin testigos. Aquello era muy mala idea.

«Saluda a tu hija de mi parte.»

Bajó del coche.

Cerró la puerta haciendo el menor ruido posible. Todo estaba en silencio. Esperaba ver aparecer a Jensen detrás de una columna. Si aquello hubiera sido una película, así habría ocurrido. Él habría avanzado, con su silueta inquietante realzada por el contraluz certero proyectado por un técnico de iluminación. En lugar de eso, se puso a examinar los arbustos y las sombras del jardín que tenía enfrente. El viento había amainado y las ramas desnudas de los árboles estaban tan inertes como los miembros de un esqueleto.

Empezó a cruzar la explanada, se volvió para observar la larga perspectiva que tenía tras de sí y que, en pleno día, constituía el bullicioso corazón de la ciudad, pero que, a esas horas, parecía un decorado abandonado por un equipo de rodaje en un plató de cine.

—¡Jensen!

Gritar su nombre le recordó otra ocasión en que lo había llamado de forma idéntica, en una noche de tormenta, y el miedo se apoderó de él. Igual que aquella vez, había dejado el arma en la guantera. Estuvo tentado de volver al coche, pero siguió avanzando hacia los edificios y la columnata de la derecha. La luna era el único testigo de sus actos. A menos que... Se estremeció al pensar que Jensen tal vez estaba muy cerca. De repente, tuvo una visión: la lluvia que caía a cántaros sobre el techo del vagón, los relámpagos en el cielo y Jensen, que se daba la vuelta, la llama que brotaba del cañón de su pistola y el proyectil que le traspasaba el corazón. En ese momento apenas había sentido nada... un simple puñetazo en el pecho... ¿Le dispararía de nuevo? «¿Qué, cómo va ese corazón?» No tenía ningún motivo para hacerlo. Lo habían exculpado de las tres violaciones. La vez anterior, se había sentido atrapado, acorralado. Pero, entonces, ¿por qué quería verlo Jensen? ¿Y por qué no estaba allí?

—¿Jensen?

La galería de detrás de la columnata también estaba desierta. Volvió a salir a la vasta explanada y, entre dos columnas, escrutó de nuevo las sombras del jardín. De pronto, detuvo la mirada en una de ellas, situada a unos treinta metros. No era un arbusto. Era una silueta. Negra. Inmóvil. En el límite del jardín. Entornó los ojos. La silueta se hizo más precisa entre los árboles: era una forma humana.

—¡Jensen!

Se disponía a cruzar la explanada hacia ella, cuando la figura se movió. No para acercase a él... sino para alejarse, por el contrario, hacia el interior del jardín. Pero ¡¿qué demonios...?! ¿Adónde diablos iba?, se preguntó, sobresaltado.

—¡Eh!

Echó a correr. La figura caminaba muy deprisa ahora, entre los setos del jardín, y se volvía de vez en cuando para calcular la distancia que los separaba. Servaz se adentró a su vez por los senderos.

Al ver que éste ganaba terreno, la figura echó a correr también. Aceleró. De súbito, vio que se desviaba a la derecha para dirigirse hacia la parte de atrás de un gran edificio de vidrio. Ascendió por el camino de grava que a continuación se transformaba en sendero para excursionistas y penetró en el bosque. Corrió tras la figura, aunque notó el inicio de una punzada, afilada como un clavo, en el costado y aminoró el paso después de rodear el edificio de cristal, al descubrir el muro de abetos negros que se alzaba ante él.

La montaña cubierta de bosque se erguía frente al edificio y, bajo el cielo despejado, la luz de la luna recortaba el perfil de su masa inmensa.

Sólo había sombras y oscuridad. Recobró el aliento, con las manos en las rodillas, consciente del lamentable estado físico en el que se encontraba. Valoró la situación. Si se adentraba en el bosque, no vería nada. No llevaba arma ni linterna. Podía ocurrir cualquier cosa. ¿Qué quería Jensen? ¿A qué estaba jugando? De repente, pensó que sí tenía un buen motivo para dispararle otra vez, que él en su lugar habría sentido odio, y es que Jensen debía de considerarlo responsable de lo que le había ocurrido: de haberle desfigurado la cara para siempre. Su vida había cambiado de forma irreversible y era él, Servaz, quien había provocado ese cambio. Seguramente estaba allí escondido, esperándolo. Pero ¿para qué? ¿Pretendía hacerle pagar por lo sucedido? Y en tal caso, ¿de qué forma? ¿Estaba tan desesperado como para cometer un acto irreparable?

Servaz notó que se le erizaba el vello de los antebrazos. Aun así, siguió adelante. Tomó el sendero que se hundía en las sombras profundas del bosque. Estaba oscuro como boca de lobo. Recorrió apenas unos cuantos metros antes de detenerse. Nadie. No veía nada. De pronto fue consciente de que su respiración acelerada no se debía tan sólo a que había corrido. De que era la única persona viva allí, sin contar a otra que no le quería bien.

—¿Jensen?

Esta vez no le gustó nada cómo sonó su voz. Había tratado de disimular la inquietud, pero estaba seguro de que su voz lo había traicionado, de que, oculto muy cerca de él, Jensen debía de estar regocijándose con el terror que suscitaba.

Permaneció casi veinte minutos en el mismo sitio, sin moverse, atento a cada movimiento de las sombras cuando el viento se levantaba entre el follaje. Cuando estuvo convencido de que allí no había nadie más, de que Jensen se había ido hacía rato, salió del bosque y volvió a cruzar el jardín en dirección al balneario, frustrado pero aliviado, y regresó al coche. Entonces vio la nota que había encima del cristal, debajo del limpiaparabrisas:

¿Has pasado miedo?

Kasper Strand esperó hasta medianoche. Vivía en un piso de tres habitaciones con balcón, en la parte alta de Bergen, no muy lejos del funicular, con vistas a la ciudad y el puerto. Ése era el principal atractivo de aquel apartamento carísimo. Incluso cuando llovía —algo que, en Bergen, ocurría un día sí y otro no—, no se cansaba de ver cómo se iluminaba la ciudad de las siete colinas y los siete fiordos al anochecer. Y eso que, en Bergen, la noche caía pronto en invierno.

Sabía que estaba pisoteando todos los principios que hasta ese momento habían guiado su vida profesional... y que nunca más podría volver a mirarse en el espejo después de aquello, pero necesitaba la pasta. Era muy consciente de que la información que se disponía a canjear valía su peso en oro para determinadas personas. Lo que Kirsten Nigaard acababa de confiarle era francamente increíble. Ahora habría que ver cuánto dinero iba a reportarle.

Contempló el desorden que tenía en medio del comedor: uno de esos dichosos muebles para montar uno mismo con que se habían hecho ricos los vendedores de mobiliario suecos. Tras dos horas de esfuerzo, se había dado cuenta de que había montado los rieles de los cajones al revés. No era culpa suya: aquellas instrucciones las dibujaban personas que, sin lugar a dudas, jamás compraban muebles que tuvieran que montar ellos mismos. Paneles de aglomerado, tornillos, destornilladores, clavijas: todos aquellos elementos estaban desperdigados por la estancia, como si se hubiera producido una explosión. Mientras apartaba el destornillador hacia un rincón, pensó que, desde que había enviudado, su vida se parecía a eso: un artículo que requería montaje, pero cuyas instrucciones eran incomprensibles. No estaba hecho para vivir solo. Ni mucho menos para criar a una muchacha de catorce años en plena crisis existencial. No eran muchas las cosas que hacía a derechas desde que había muerto su mujer.

Consultó el reloj. Marit debería haber vuelto hacía una hora. Pero, como siempre, llegaba tarde. Ni siquiera iba a pedir disculpas. Lo había probado todo. Las broncas, las amenazas de no dejarla salir, la pedagogía, la conciliación. Nada había dado resultado. Su hija era impermeable a todo argumento. Sin embargo, se disponía a hacer aquella llamada por ella, para conservar aquel piso que a ella le encantaba, pero que se encontraba muy por encima de sus posibilidades (cuando aún vivía su esposa pagaban los plazos gracias al sueldo de ésta, que era muy superior al suyo). Bueno, y también para liquidar algunas deudas de juego...

Caminó hacia el balcón completamente acristalado, donde había instalado un sillón y una mesita para dejar el vaso de whisky. A través de la fina llovizna, Bergen relucía en todo su esplendor, con las luces mojadas y desdobladas en las aguas negras del puerto, y las elegantes casas de madera, que compensaban la fealdad de las estructuras metálicas de ese lado.

Una vez sentado, sacó del bolsillo el número de teléfono que había encontrado en internet y había anotado en un trozo de papel. ¿Por qué no lo había guardado en su lista de contactos? ¿Acaso aquello cambiaría algo si un día tenía que rendir cuentas?

Se concentró en el dinero —lo necesitaba, con urgencia, no podía acobardarse ahora— y marcó el número con un pellizco en el estómago.

19

Bang

En el refugio, la despertaron los jadeos y los suspiros.

Le dolía la cabeza y, pese a que reinaba la oscuridad total, tenía la sensación de que todo daba vueltas a su alrededor a una velocidad de vértigo. De nuevo, jadeos y suspiros, en la oscuridad. Debían de ser la morena y el imbécil del guía. Había visto lo que se traían entre manos antes de que salieran a fumar. Aunque, bien pensado, los jadeos provenían de una sola persona: un hombre. La otra permanecía en silencio. Y sonaban muy cerca, a apenas unos centímetros de ella.

De repente, tuvo miedo. Ganas de gritar. Pero ¿por quién la iban a tomar si despertaba a todo el refugio por nada? Además, los jadeos habían parado sin más. Ya no oía nada, aparte del zumbido de la sangre en sus oídos.

¿Lo habría soñado?

Más tarde, Emmanuelle creyó distinguir otro sonido. Pese al cansancio —y a causa del miedo— no lograba conciliar el sueño. Aunque estaba oscuro, tenía la certeza de que alguien se movía por ahí, por la zona de la cocina. Alguien que se desplazaba casi sin hacer ruido, furtivamente, como un ladrón...

¿Para no despertarlos o por otro motivo? Notó que se le aceleraba el pulso. Había algo en la manera de moverse de aquella sombra que la paralizaba, la clavaba al colchón. Como si pudiera percibir las ondas negativas que emanaban de ella. Algo cauteloso, encubierto: «hostil...». Tragó saliva y se dio cuenta de que se le formaba un nudo en la garganta. Se acordó del ruido que habían oído la noche anterior, de lo convencida que estaba la morena de haber visto a alguien fuera. Se hundió un poco más en el colchón, diciéndose que, cuando despertara, su reacción le parecería ridícula, irracional, infantil... fruto de los fantasmas de la noche. Sin embargo, aquello no la tranquilizó. Al contrario. Habría querido desaparecer o despertar a los demás... pero era incapaz de emitir el menor sonido. Porque en ese momento distinguía a la perfección la sombra en medio de la oscuridad... y la sombra iba hacia ella...

La mano le tapó la boca al mismo tiempo que algo puntiagudo se le hundía en el cuello.

—Chist.

Notó el olor metálico, acre, de la mano que la amordazaba. Lo asoció, curiosamente, al olor de un tubo de cobre: ella misma había reparado las viejas tuberías de su casa y conocía ese olor. Después comprendió que lo que percibía era el olor de la sangre, que la tenía en la nariz: como solía sucederle cuando la embargaba una emoción violenta, le sangraba.

La voz en su oído... todavía más ceceante, más sibilante que antes.

—Si gritas, si intentas resistirte, te mato. Y después mato a todos los demás.

Como si quisiera convencerla, la punta se le hundió un poco más en el cuello, hasta que notó la mordedura del filo. Tuvo la impresión de que le habían puesto una losa enorme encima del pecho, que le impedía respirar. Oyó cómo, en la oscuridad, se abría el saco de dormir.

—Vas a salir de ahí sin hacer ruido y vas a levantarte...

Lo intentó, quiso obedecer... pero le temblaban tanto las piernas que tropezó y se golpeó la rodilla en el banco de madera. Emitió un leve quejido, un gemido. Al instante, él la agarró al vuelo y le estrujó el delgado brazo por encima del pijama.

—¡Deja de hacer tonterías! —gruñó en voz baja—. ¡Si no, la vas a palmar!

Ahora distinguía bastante bien en la penumbra su silueta encapuchada. No debía de haberse desvestido siquiera, a la espera de que los otros se durmieran. En las literas se oían ronquidos. Notaba el suelo del refugio helado bajo los pies descalzos. La tenía cogida por el brazo.

—Vamos.

Sabía adónde iban: fuera. Allí podría violarla sin temor a que lo molestaran. Y después, ¿la mataría? Era el momento de hacer algo. Él debió de notar su resistencia, porque el arma volvió a hundírsele en el lado izquierdo del cuello.

—Al menor movimiento, al menor grito, te degüello.

Por un instante pensó que era como esas gacelas o esas crías de elefante a las que las fieras logran aislar del resto del grupo. Nunca había que salir del círculo. El frío del exterior le traspasó el pijama de invierno. Los dedos de los pies se le encogieron con el contacto de la nieve, al tiempo que sus temblores se tornaban más violentos. Nunca se había sentido tan sola.

—¿Por qué haces esto? —preguntó.

Fue consciente de su tono lastimero, lloroso. Necesitaba hablar, tenía que detenerlo y, quizá, si conseguía hacerlo entrar en razón...

—¿Por qué? ¿Por qué?

—¡Cierra el pico!

Ahora que estaban fuera y que el viento cargado de nieve aullaba a su alrededor, ya no se molestaba en bajar la voz.

—¡No lo hagas! ¡Te lo ruego! ¡Te lo suplico! ¡No me hagas daño!

—¡Cállate de una vez!

—Te daré dinero, no diré nada... Estoy dispuesta a...

Ya no sabía ni lo que decía. De su boca salía un torrente de palabras incoherente y desordenado.

—¡Cállate, hostia!

Recibió un puñetazo en la barriga que la dejó sin aliento y cayó de rodillas en la nieve, con los pulmones vacíos. La bilis le subió hasta la garganta y volvió a bajar. Le ardía el abdomen. De repente, notó que le tiraban de los pies y cayó de espaldas. Se golpeó la parte posterior de la cabeza en la pared de piedra del refugio y sintió un dolor intenso. Acabó tendida boca arriba, y sus nalgas trazaron un surco en la nieve. El hombre se abalanzó de inmediato sobre ella. Notó que, con ansia, trataba de bajarle el pantalón del pijama y que la nieve se le colaba entre las nalgas. Vio cómo sus ojos de fiera salvaje relucían en la sombra de la capucha, percibió su aliento pestilente y le dio una arcada. Con una mano, su agresor le apoyaba la punta fría del cuchillo en la garganta, bloqueándole casi la respiración, mientras con la otra empezó a desabrocharse la ropa.

Detrás de él, los bosques eran negros y se agitaban con el viento.

Cuando notó la mano del hombre entre los muslos, se debatió y gritó «¡No, no, no, no!», pero la punta del arma se le hundió un poco más en el cuello y la dejó sin habla y sin respiración a la vez. Se quedó con la boca abierta... y el tipo iba a inclinarse para besarla, pero algo ocurrió a su espalda. Al principio no habría sabido decir qué era. Sólo supo que se trataba de algo más espantoso aún que aquel tipo de la cara quemada. Percibió una sombra negra que se alejaba de las otras y se precipitaba sobre ellos, atravesando el espacio que los separaba del bosque; su tamaño aumentaba a una velocidad aterradora. Su agresor no se dio cuenta de nada, no comprendió lo que ocurría, no tuvo tiempo de pensar y mucho menos de besarla. La sombra que había surgido del bosque se lanzó sobre él y se echó sobre su espalda, como si quisiera violarlo a su vez. Entonces vio una mano enfundada en un guante negro que se prolongaba en un arma cuyo cañón quedó pegado a la sien derecha de su agresor.

Aunque era la primera vez que veía una en la vida real, no tuvo la más mínima duda de lo que era. El cine y la televisión nos han habituado a un mundo que la mayoría de nosotros desconoce: el de la violencia, las armas de fuego y la sangre derramada.

—¿Qué...? Pero ¿qué...?

El individuo de la cara quemada apenas tuvo tiempo de pronunciar palabra antes de sentir el peso del otro cuerpo en la espalda.

Un instante después, el universo entero se tambaleó: una llama brotó entre el cañón del arma y la capucha y —¡bang!— una sola detonación, enorme, ensordecedora, hizo vacilar la noche. Emmanuelle notó la presión en los tímpanos, que empezaron a pitarle. El cuello de su agresor, roto seguramente, se dobló hacia un lado, como el de una gallina muerta, y una nube oscura de partículas —sangre, hueso, cerebro— salió despedida en dirección contraria a la capucha, como un géiser negro, antes de que el cuerpo entero la liberara de su peso al inclinarse y caer en la nieve, con la rigidez de la muerte. Esta vez sí creyó que había chillado, aunque a posteriori ya no estaría tan segura de si el grito había salido, o no, de su garganta. Los tímpanos le zumbaban como si tuviera un enjambre en cada oreja. Con unos pitidos muy agudos. La sombra se había levantado ya, con el arma humeante en el extremo del brazo.

Por espacio de un segundo, creyó que iba a matarla también a ella, pero, en lugar de eso, desapareció tal como había llegado.

Y entonces, y esta vez estaba convencida, se puso a chillar.

La enorme detonación y sus alaridos histéricos despertaron a todo el refugio. Unos tras otros, los excursionistas salieron de las literas, cogieron los anoraks y se precipitaron afuera. Primero la llamaron y, como no respondía, dieron la vuelta al refugio.

—¡Joder! —exclamó el joven guía, que fue el primero en descubrirla, en pijama, junto al cadáver, antes de dar un paso atrás.

La nieve se bebía la sangre, de manera que el charco que se había formado bajo el cráneo del violador no se había extendido mucho. Por el contrario, el cerebro y la sangre caliente habían excavado una pequeña cavidad, un embudo casi vertical, en la nieve fresca.

Emmanuelle temblaba con violencia a causa de la conmoción y el frío, y con la boca muy abierta, sollozaba y gimoteaba a la vez. Era como si se ahogara e intentara respirar al mismo tiempo. El guía se arrodilló a su lado y le rodeó los hombros.

—Ya ha pasado —dijo—. Ya ha pasado.

Pero ¿qué era lo que había pasado? Él no tenía ni la menor idea de lo que había ocurrido, joder. Saltaba a la vista que alguien le había hecho saltar la tapa de los sesos a ese tipo. Atrajo a Emmanuelle hacia sí y la abrazó para confortarla y darle calor.

—¿Has sido tú? —preguntó en voz baja—. ¿Has sido tú la que ha hecho... esto? ¿La que ha disparado?

Ella sacudió con fuerza la cabeza a modo de negativa, sin dejar de gemir y sollozar junto a su pecho, incapaz de articular una palabra. Los demás habían formado un corro en torno a ellos. Iban posando la mirada alternativamente en el cadáver y en Emmanuelle, y también en el bosque, con ojos de animales atemorizados.

—No debemos tocar nada —dijo de improviso Beltran—. Y hay que llamar a la policía.

Sacó el móvil y miró la pantalla.

—Mierda, no hay cobertura. No entra la llamada.

—Utiliza la radio de emergencia del refugio —le indicó el joven guía, que permanecía todavía de rodillas, levantando la cabeza hacia él—. ¿Puedes ponerte de pie? —preguntó a continuación a Emmanuelle.

La ayudó a incorporarse y la sostuvo, porque le temblaban las piernas. Rodeando con cuidado el cadáver y la esquina de la cabaña, la condujo al interior, donde ya se habían refugiado los otros dos.

—¿Qué ha pasado? —preguntó la morena, que adoptó el tono más suave de que fue capaz.

—Tenías... razón. Había... alguien.

A Emmanuelle le castañeteaban los dientes con violencia.

—Sí. Está ahí fuera —corroboró, con un estremecimiento, el joven guía—. Y, además, va armado.

20

Gold Dot

Las primeras luces del día teñían de rosa el cielo entre los picos de las montañas y las nubes, cuando los técnicos de la Policía Científica de la gendarmería nacional aparecieron por fin, junto con los agentes del Departamento de Investigación. El capitán Saint-Germès se sintió más bien aliviado al ver aparecer los faros entre los árboles: había realizado las primeras comprobaciones y aislado el perímetro con su equipo atenazado por el miedo. El miedo a cagarla. Pues la brigada de la gendarmería de Saint-Martin-de-Comminges no es que asumiera precisamente a diario misiones de esas características.

La brisa matinal, fría y cortante, les pinchaba las mejillas y esparcía el aroma de los abetos. El cielo se despejó con rapidez y la claridad rescató de la sombra cada detalle de las montañas. Observó el convoy que se aproximaba traqueteando sobre la nieve. Cinco vehículos, entre los cuales se hallaba un furgón de techo alto que identificó como el laboratorio móvil del equipo de investigación de Pau. Saint-Germès nunca había visto un despliegue semejante. Como todos los de la zona, había oído hablar de los sucesos del invierno de 2008-2009 —habían pasado a formar parte de la leyenda local, y a los veteranos les gustaba sacarlos a colación, sobre todo cuando se acercaba el invierno—, pero por aquel entonces todavía no ocupaba su cargo actual. Fue su antecesor, el capitán Maillard, quien había llevado todo el caso junto con el equipo de Pau y la Policía Judicial de Toulouse. A Maillard lo habían trasladado, como a muchos de los gendarmes de la época. Así pues, aquélla era la primera muerte violenta a la que se enfrentaba el servicio desde entonces. La verdad es que no tenía nada claro lo que había ocurrido aquella noche. Todo era sumamente confuso. Un caos total. Los interrogatorios sólo habían servido para incrementar la confusión. Lo que de ellos se desprendía carecía por completo de sentido: un excursionista había sacado a la fuerza del refugio a una de las chicas del grupo para violarla sobre la nieve a las tres de la madrugada y una sombra que había surgido de la oscuridad le había disparado en la sien antes de desaparecer. Aquello no tenía ni pies ni cabeza.

Los vehículos aparcaron delante de la cabaña, y Saint-Germès vio bajar a varios miembros del equipo de investigación. El que iba en cabeza era un tipo con gafas, de mandíbula cuadrada, que llevaba, como los otros, un jersey grueso bajo el chaleco táctico plagado de bolsillos. Después de escrutar la cara de Saint-Germès con sus ojos azul claro a través de los cristales de las gafas, apretó la mano del capitán a conciencia, como si fuera a aplastársela.

—¿Dónde es?

—Vamos a ver, ella dice que la víctima, amenazándola con un cuchillo, la arrastró afuera para violarla y que un tipo salió del bosque y le disparó una bala en la cabeza. ¿Es eso?

—Exacto.

—Nunca había oído algo tan absurdo —concluyó el individuo de los ojos azules, que se llamaba Morel.

—Sin embargo, hemos hallado el cuchillo —objetó Saint-Germès, que detestaba ya al recién llegado, con sus aires de superioridad.

—¿Y qué? Ella misma pudo haberlo puesto ahí. Hemos de comprobar si esa chica tiene antecedentes psiquiátricos, si forma parte de algún club de tiro, si ha tenido problemas a la hora de relacionarse con los hombres, y si ella y la víctima se conocían antes de la excursión. Toda esta historia no se sostiene en pie.

De lo que se desprendía: «Ha hecho mal el interrogatorio de los testigos.»

Saint-Germès se encogió de hombros: aquello había dejado ya de ser su problema. Observó el torbellino que se había formado a su alrededor. Había cables eléctricos por todas partes y habían colocado unas lámparas que iluminaban el escenario del crimen y el refugio *a giorno*, como si fuera un maldito monumento histórico. El resplandor, que rebotaba contra el muro de abetos cubiertos de nieve, realzaba cada piedra, cada losa de pizarra del techo, cada huella, cada rama, cada silueta. Con su mono blanco, los técnicos se mimetizaban casi con la nieve, como si se hubieran puesto trajes de camuflaje. Iban y venían a su alrededor, removían la nieve con palas, recogían huellas, residuos del disparo, muestras biológicas, tomaban medidas, hablaban entre sí... La impresión de caos era engañosa, porque cada cual sabía lo que debía hacer. Era un oficio bien curioso el suyo, pensó el capitán. Esa mañana se habían levantado y desayunado a toda prisa conocedores de que los esperaba un cadáver, una prueba más de la violencia infinita de la humanidad. Agachado delante de la cabeza de la víctima, el forense levantó la vista hacia ellos y se bajó la mascarilla azul hasta la barbilla, con una pequeña linterna xenón en la mano.

—La bala ha penetrado en la cavidad craneal y ha vuelto a salir, y eso puso fin a las funciones vitales. El tipo no ha tenido tiempo de sentir nada. Es como si hubieran apretado un interruptor. *On/Off.* Por lo visto, éste no estaba siendo un buen año para él —añadió, y señaló con el dedo las marcas de las quemaduras que tenía alrededor de la boca y en la mejilla, apenas cicatrizadas—. Teniendo en cuenta la temperatura más o menos constante de la noche, yo diría que el hecho ocurrió entre las tres y las cinco de la madrugada.

Lo cual confirmaba las declaraciones de los testimonios.

—Aquí hay unas huellas de pasos que no corresponden ni a los zapatos de la víctima ni al número de pie de la mujer —informó un técnico, un poco más lejos—. Alguien salió del bosque, se acercó a ellos y se marchó por el mismo camino. —Señalaba las huellas con el dedo—. Vino corriendo, porque la punta está mucho más hundida que el talón. A continuación, se quedó plantado ahí sin moverse: las huellas son uniformes. Se volvió hacia él —prosiguió, apuntando hacia el cadáver— y se marchó por ahí, por donde había llegado. Sin correr esta vez.

Saint-Germès miró de reojo a Morel, que no rechistó.

—¿Dónde están los de la Brigada Canina? —preguntó éste.

—Ya llegan —respondió alguien.

—¡Eh! ¡Venid a ver esto! —dijo otra persona a varios metros de distancia.

Se volvieron hacia un técnico que manipulaba una cámara térmica. «Termografía infrarroja», pensó Saint-Germès. Vio que el técnico dejaba la cámara a un lado y, tras sacar una pinza del mono, se agachaba al tiempo que les indicaba que se acercaran. Luego se incorporó. En la punta de la pinza, que sostenía con la mano cubierta por un guante azul, había un casquillo. El casquillo, puesto que se había disparado un único proyectil.

—¿Qué es? —preguntó al instante Morel.

El técnico se apartó la máscara azul, tal como había hecho antes el forense. Fruncía el ceño con expresión de perplejidad.

—Munición expansiva —respondió.

Saint-Germès dio un respingo. La venta de munición expansiva estaba prohibida en Francia, salvo para los cazadores, los tiradores deportivos... y los policías...

—Es una nueve por diecinueve milímetros —precisó el técnico, haciendo girar el casquillo despacio ante sus ojos, con creciente preocupación—. Capitán... —dijo, de repente, con voz alterada.

—¿Qué ocurre? —preguntó Morel.

—Ocurre que es una Speer Gold Dot, joder...

—¿Está seguro?

El técnico asintió despacio con la cabeza. Saint-Germès y Morel intercambiaron una mirada. Vaya, vaya, a ese tal Morel se le habían bajado los humos. «Se huele el marrón...», pensó Saint-Germès. Aquello no pintaba bien. Nada bien. En Francia prácticamente sólo existían dos tipos de personas que pudieran disparar una Speer Gold Dot: los policías y los gendarmes.

—¿Y dice que la víctima la llevó afuera amenazándola con un cuchillo mientras los otros dormían?

—Sí.

—¿Que le dio un puñetazo y la tendió encima de la nieve con la intención de... violarla?

—Sí.

—¿Que se echó encima de usted y le bajó el pantalón del pijama?

—Sí.

—¿Y que fue en ese momento cuando alguien salió del bosque con un arma y le disparó?

—Eso es.

—¿Poniéndole el cañón de la pistola en la sien? ¿Así?

Realizó el gesto.

—Sí.

—Era muy raro —dijo Beltran—. Parecía... no sé... perverso. Tenía una mirada francamente extraña. Que asustaba incluso. Sí...

—Se veía que ese tipo estaba chalado —dijo la morena—. Deberíamos haber desconfiado más de él. Cuando pienso en lo que Emmanuelle tuvo que... —Sollozó—. ¡Dios mío! Les dije que había alguien fuera y no quisieron creerme.

—Se apuntó a la excursión como los demás —explicó el joven guía—. Todos siguen una terapia en el balneario de Saint-Martin. Cada cual acude por un motivo diferente. Sí que tuve mis dudas. Como había sufrido una electrocución grave y había estado en rehabilitación, no sabía si estaría en buena forma física, pero insistió en hacer la excursión. Y, como comprenderán, con una persona así, con todo lo que había pasado, no tuve valor para decirle que no.

—¿Y bien? —inquirió Saint-Germès, una vez concluida la segunda ronda de interrogatorios.

Morel lo miró con la cabeza gacha.

—Todo encaja —reconoció de mala gana.

—¿Con respecto a lo que yo le había dicho, se refiere?

No hubo respuesta. Saint-Germès titubeó antes de formular la siguiente pregunta.

—¿Usted cree... cree que lo hizo un... policía?

Tampoco obtuvo respuesta.

21

Belvedere

A pesar del frío —al menos, no llovía—, Kirsten estaba desayunando en una terraza de la plaza del Capitole. Estaba tomando un desayuno francés, café con leche, cruasán y zumo de naranja, cuando vio llegar a Servaz por la explanada. Enseguida comprendió que había ocurrido algo.

Y que había dormido poco.

Tenía la cara larga propia de los días en los que uno se levanta con el pie izquierdo, pese a que lo había visto sonreír en raras ocasiones desde que lo había conocido en el despacho del director de la Policía Judicial.

Estaba claro que algo lo inquietaba.

Cuando tomó asiento delante de ella, se dio cuenta de que se trataba de algo más grave: parecía desorientado. Parecía un niño que había perdido a sus padres en medio de una multitud.

—¿Qué pasa? —preguntó en inglés.

Como tenía aspecto de necesitar una taza de café con urgencia, Kirsten pidió otras dos al camarero. Martin la miró y ella tuvo la impresión de que lo hacía sin verla, de que en ese instante habría dado lo mismo que fuera transparente. Luego, con voz neutra, le contó no sólo lo que había sucedido la noche anterior, sino también lo que había ocurrido antes de que ella llegara a Toulouse.

—¿Por qué no me pediste que te acompañara anoche? —le preguntó cuando hubo terminado.

—Porque eso no tiene nada que ver con tu llegada a Toulouse.

—¿Se lo has contado a Stehlin?

—Aún no.

—Ya. Pero ¿vas a hacerlo?

—Sí.

El camarero les sirvió los cafés y, cuando Martin se acercó la taza a los labios, la noruega advirtió que le temblaba la mano, hasta tal punto que derramó unas cuantas gotas encima de la mesa y en el pantalón.

—¿Así que estuviste en coma durante todo ese tiempo? ¿Por eso te encontré un poco... raro al principio?

—Es posible.

—Joder, qué putada de historia...

—En eso tienes razón —concedió él, que sonrió a pesar de todo.

—Martin...

—¿Qué?

—Tienes que confiar en mí, y sobre todo quiero que me consideres una colega y no sólo una policía llegada de las tierras del norte que no habla ni una palabra de francés. ¿Me entiendes?

Entonces sonrió sinceramente mientras ella lo observaba con severidad, porque sabía que bajo esa capa de severidad se ocultaba un principio de afecto.

—¡Joder, Martin! ¡Fuiste hasta allí en plena noche sin avisar a nadie! ¿En qué demonios estabas pensando?

Stehlin parecía a punto de estallar, literalmente. Bajo la piel de la sien izquierda había surgido una vena gruesa y sinuosa, y tenía la cara del mismo color de las sandías.

—No tuve alternativa —se disculpó Servaz—. Me amenazó con ir a por Margot.

Eso no era exactamente lo que había dicho Jensen, pero bueno...

—¡Sí la tenías! —rugió el director de la Policía Judicial, soltando algunos perdigones de saliva—. Deberías habernos avisado. ¡Mierda! ¡Habríamos enviado a alguien en tu lugar!

—Quería saber qué quería decirme.

—¿Ah, sí? Perdona que te diga, pero me parece que ese tipo te tomó el pelo y que no conseguiste nada. Corrígeme si me equivoco.

Servaz optó por callar.

—El problema es que si los de arriba se enteran, va a caerte una buena, y de paso a mí también —prosiguió el director.

«Acabáramos», pensó.

—¿Y por qué tendrían que enterarse? ¿Quién va a decírselo? ¿Jensen? ¿Él les va a explicar que se divirtió haciéndome correr durante la noche y que me habló de mi hija por teléfono?

Stehlin echó un vistazo a Kirsten, con cautela, como si su presencia allí le impidiera decir ciertas cosas.

—No nos queda más remedio, Martin. Debes hacer un informe y habrá que interrogar a Florian Jensen. ¿Y qué crees tú que va a decir?

—No tengo ni la menor idea.

—Este asunto no me gusta nada.

—A mí tampoco.

—¿Crees que se marcó un farol con lo de tu hija?

—No lo sé. Ese tipo me la tiene jurada. Cree que el hecho de que se electrocutara y se le quedara la cara desfigurada es culpa mía.

—¿Quieres que le ponga vigilancia a tu hija?

Servaz vaciló. Entonces se acordó de Hirtmann.

—Sí —acabó diciendo—. Y no sólo por Jensen. Si Hirtmann está por la zona... No querría que Margot acabara como Marianne Bokhanowsky. Sólo el tiempo que tarde en convencerla para que se vuelva a Quebec. Allí estará más segura.

En Viena, Bernhard Zehetmayer contemplaba por una ventana cómo la lluvia azotaba los jardines del museo Belvedere. Éstos descendían en una pendiente suave hacia la Rennweg, entre setos recortados, estanques y esculturas. En la gran terraza, las misteriosas esfinges lucían, como cada día, una sonrisa diferente cada una, insensibles al martilleo de las gotas. Ésa era la Viena que él amaba, la Viena eterna que apenas había cambiado desde Canaletto. Indiferente a las modas, a la decadencia, a la degeneración de las costumbres y a la fealdad que, en su opinión, gobernaban el mundo moderno. No obstante, el director de orquesta tenía la impresión de que últimamente habían surgido algunos motivos de esperanza: en toda Europa se preparaba una marejada que no iba a tardar en restablecer los antiguos valores, un movimiento incontenible que no dejaba de cobrar empuje de año en año. Allí mismo, en Austria, un candidato conservador había estado a punto de alzarse con la victoria la semana precedente. Aunque no le inspiraba mayor simpatía que el cretino ecologista que había salido vencedor al final de un proceso electoral interminable de trescientos cincuenta días de campaña, sabía que pronto iba a llegar la hora de las fuerzas conservadoras en casi toda Europa... y él aguardaba ese día con impaciencia.

Zehetmayer se volvió.

Una multitud de anoraks se apelotonaba goteando sobre el suelo del museo. Acudían en su mayoría a admirar las obras menores de Klimt. Semejante devoción por un vulgar decorador de interiores. Qué pandilla de imbéciles... Otro Gustav, pero de la talla de un gnomo al lado del otro... Comparado con el *Beso* de Klimt, él prefería de lejos *La muerte y la muchacha* de Schiele. Schiele, al menos, no espolvoreaba sus cuadros con confeti dorado, purpurina y artificios apenas dignos del cartel de un cabaret. Él tenía un trazo crudo, sin florituras, brutal, extraordinario. Las últimas obras de Schiele habían sido dibujos de su mujer, Édith, embarazada de seis meses y agonizante, en su lecho de muerte, ejecutados antes de que también él sucumbiera a la gripe española tres días después. Había que tener agallas, Dios santo... El hecho de que Klimt se hubiera convertido en el artista más emblemático de Viena demostraba lo bajo que había caído la ciudad.

Advirtió la figura achaparrada de Wieser, que se acercaba entre el gentío.

Empezaba a estar cansado de todo ese teatro, esos encuentros en lugares públicos. Habrían podido hablar igualmente en un café, ¿no? ¡¿Quién iba a interesarse en su conversación, por el amor de Dios?! No obstante, las noticias que acababa de recibir disipaban su mal humor.

—Hola —lo saludó Wieser al llegar a su lado—. ¿Hay novedades?

El millonario tampoco parecía encantado de estar allí. Zehetmayer reprimió un arrebato de mal genio. ¿Qué se creía? ¿Que él tenía tiempo que perder? ¿Que hacía aquello por diversión? ¿O para preguntarle sobre esa furcia con la que iba a casarse en cuartas nupcias...? Y todo para dejarse desplumar una vez más... Aunque, al fin y al cabo, era su dinero...

—Han encontrado el rastro de Gustav —anunció.

Wieser se estremeció.

—¿El niño?

Zehetmayer se encogió de hombros con irritación. «No, Gustav Klimt, idiota.»

—Estuvo viviendo en el suroeste de Francia, en una pequeña ciudad de montaña. Incluso estuvo yendo a la escuela allí, hasta el verano pasado.

—¿Cómo sabemos que es él?

—No hay la menor duda. La directora reconoció su foto y estaba matriculado con el apellido de ese policía que parece tener obsesionado a Hirtmann.

—¿Cómo? No lo entiendo.

«No me extraña», pensó el Emperador.

—Lo importante es que nos estamos acercando —dijo Zehetmayer, esforzándose por mantener la calma—. En realidad, nunca habíamos estado tan cerca. Ésta es una oportunidad única. Es probable que Hirtmann vaya a visitar al niño en cuanto pueda. Si damos con el crío, sabremos dónde aparecerá, tarde o temprano, el suizo. Esta vez no hay que escatimar en medios. Ese niño es un regalo del cielo.

22

Retrato robot

—¿Le vio la cara?

Emmanuelle Vengud frunció el ceño. Morel advirtió que buscaba en los recovecos de la memoria.

—Llevaba una capucha igual que... que el otro —respondió al cabo de un momento—. Y estaba oscuro. No distinguí gran cosa, pero lo vi, sí, bajo la sombra de la capucha... Estaba muy cerca, ¿entiende? Y...

—¿Qué edad calcula que tenía?

Volvió a dudar un momento.

—Unos cuarenta o cincuenta años, diría... No era muy joven, en todo caso.

—¿Rubio, moreno?

—Llevaba una...

—... capucha, sí, ya sé —dijo con un tono comprensivo, en el que despuntaba de todos modos cierta impaciencia—. ¿Sabe algo de armas?

—No. Nada.

Soltó un suspiro antes de escribir algo en el teclado.

—Un momento —dijo la mujer.

Morel alzó la vista.

—Me pareció ver algo...

El tono de voz lo alertó enseguida. Hizo girar el asiento y asintió sutilmente, para no distraerla.

—En relación con el arma, me refiero.

—Sí.

—Creo que llevaba una funda... La vi cuando se levantó y se inclinó hacia... la víctima.

—¿Una... una funda?

Morel se sintió como si le hubieran pegado un puñetazo. Respiró hondo e hizo crujir los dedos.

—Sí. Aquí, en la cadera —precisó, indicando el lugar.

Entonces Morel palideció.

—¿Está segura?

Se percató de que el tono de su voz la había puesto en alerta también a ella.

—¿Por qué? ¿Es importante?

—Sí, bastante —respondió.

—Estoy segura. Llevaba una funda en la cintura, aquí.

«¡Virgen santa!»

—Un momento, por favor.

Descolgó el teléfono.

—Coronel, aquí el capitán Morel —dijo tras varios segundos de espera—. Tengo que hablar con usted, pero no por teléfono. Lo antes posible.

Luego volvió a centrarse en la mujer.

—Vamos a tratar de esbozar un retrato robot. Con capucha —precisó—. No se preocupe, no se ponga ninguna presión. Es sólo para rescatar algunos recuerdos enterrados, ¿de acuerdo? Nunca se sabe. Quizá vio más de lo que cree.

Stehlin estaba muy pálido cuando colgó. Acababa de llamar a la gendarmería de Saint-Martin para pedirles que pusieran a Jensen en detención preventiva. Habían decidido, de común acuerdo con Servaz, que éste elaboraría un informe, donde mencionaría la llamada de Jensen y su amenaza indirecta con respecto a Margot, pero que negaría haber estado en Saint-Martin aunque éste lo afirmara. Al fin y al cabo, no había testigos. El único peligro provenía del móvil de Martin, que debía de haberse conectado a unas cuantas antenas durante el trayecto, pero Stehlin consideraba que ningún abogado obtendría una orden judicial sólo con el testimonio de su cliente como base.

Aquello suponía correr un riesgo. Un riesgo leve. Y si las cosas se torcían, Stehlin se cubriría argumentando que no estaba al corriente. Servaz había aceptado el trato.

—¿Qué ocurre? —preguntó este último, al ver la cara del director.

En ese momento, Stehlin lo miraba como si tuviera delante a un desconocido. Un enigma. Servaz tuvo la sensación de que le estaban inyectando un líquido frío en la médula espinal. El director de la Policía Judicial reflexionaba a toda prisa, no cabía duda, pero él ignoraba por qué.

—¿Qué han dicho?

Stehlin pareció salir de su estupor. Miró primero a Servaz, luego a Kirsten, y de nuevo a Servaz.

—Jensen ha muerto. Alguien le disparó. Anoche. Una bala en la cabeza, a bocajarro. Creen que ha sido un policía.

MARTIN

23

La madre naturaleza, esa perra sangrienta

Más adelante, nadie sería capaz de explicarse cómo se había podido filtrar la noticia tan deprisa. No se sabía si la filtración venía de la gendarmería, de la fiscalía o de la policía. El caso era que, antes de que el día concluyera, el rumor se había propagado por todos los departamentos, y se había enriquecido con diversas variantes que tenían, sin embargo, un sustrato común: un policía había liquidado a ese desgraciado de Jensen cuando se disponía a cometer otra violación.

Igual que en los cómics de Marvel o los DC Comics, donde unos justicieros enmascarados surgen in extremis de la noche para socorrer a los ciudadanos de bien de Gotham o de Nueva York.

Algunas versiones afirmaban que la violación se había consumado, y otras, no. Que Jensen había recibido una bala en la cabeza, o bien en el corazón, o incluso —en una de las variantes más atrevidas— que el justiciero había hecho estallarle primero los testículos. Todo el mundo estaba de acuerdo en afirmar que —aparte tal vez de su anciana madre— nadie en el mundo lloraría la muerte de ese canalla y que ésta volvería, sin duda, el aire más respirable y los caminos más seguros para muchas mujeres de la región. Aun así, entre las filas de las fuerzas del orden crecía la inquietud, ya que el justiciero (nadie o casi nadie empleaba la palabra «asesino») era uno de los suyos, y los de Inspección General de la policía se lo iban a pasar en grande.

Además, en todas las conversaciones aparecía otro nombre.

Servaz.

Ningún policía de Toulouse ignoraba lo que había ocurrido en el techo de aquel vagón de tren, ni el coma en el que había entrado el jefe de equipo a causa del disparo de Jensen. Fue sólo cuestión de horas que empezaran a circular las hipótesis más descabelladas. Con todo, en las filas de la Policía Judicial no había nadie que estuviera más preocupado y perturbado que Stehlin, el comisario de división. No paraba de repasar la conversación que había mantenido con Martin cuando éste había salido del coma, en la que le había expresado su convencimiento de que había sido Florian Jensen quien había matado a la mujer de Montauban, basándose en esa historia ridícula del gato blanco al que le faltaba una oreja.

Además, no se le había escapado que Martin había cambiado a raíz del coma. Todo el mundo se había dado cuenta... aunque evitaran hablar de ello. Por lo menos delante de él, porque estaba convencido de que, a sus espaldas, pocos se abstenían de hacer comentarios. El que quiera guardar un secreto, más vale que no se lo confíe a un policía. Durante el coma había ocurrido algo, algo que hacía que el hombre que había salido del hospital de Ranguiel no fuera el mismo que había entrado. ¿Era posible que ese hombre se hubiera convertido en un asesino? A Stehlin le costaba creerlo... pero siempre persistía en él un resquicio de duda, y la duda es un veneno mucho más temible que todas las certezas, incluso las negativas.

Stehlin era consciente de que el Martin de antes jamás habría cometido un acto como ése. Pero ¿y el de ahora?

Había leído en alguna parte que, armados con un escáner y un ordenador, unos científicos habían logrado descodificar las ondas cerebrales que emitían varios individuos y reconstruir las imágenes de la película que visionaban; que otros científicos habían desarrollado una interfaz cerebro-ordenador que permitía reconstruir de la misma forma las palabras que leía un sujeto. «La siguiente fase consistirá en descodificar las palabras que imaginen las personas», había declarado uno de dichos investigadores. Faltaba poco para poder leerle el pensamiento a la gente... Una auténtica pesadilla: una vida sin secretos, sin posibilidad de mentir ni disimular. Sin la mentira o, cuando menos, algunas concesiones con la verdad, la vida pronto se volvería insoportable. Sin embargo, supondría un avance extraordinario para la policía. Con el inconveniente, claro, de que pronto podrían sustituir a los investigadores por máquinas y técnicos. Aun así, ese día a Stehlin le habría gustado disponer de esa tecnología.

Se sentía cansado y preocupado cuando salió de la comisaría al final de la jornada. Tenía que ir al tribunal regional para una de esas innumerables reuniones gracias a las cuales la administración francesa mantenía la ilusión de que se producían avances. Mientras salía del aparcamiento y tomaba la avenida de l'Embouchure antes de atravesar el canal del Midi en dirección a los bulevares, sintió aflorar de nuevo el veneno de la duda. ¿Qué había de verdad y qué de mentira en lo que le había contado Servaz? Si de algo no cabía duda era de que éste se había desplazado a Saint-Martin-de-Comminges esa noche. Se había acercado a Jensen. Y esa misma noche, unas horas después, este último había sido abatido con un arma policial.

En las filas de la Policía Judicial no había nadie que estuviera más preocupado y perturbado que Stehlin, el comisario de división... exceptuando tal vez a Vincent Espérandieu y Samira Cheung. Como todo el mundo, habían oído los rumores. Jensen liquidado y Martin, que había ido a reunirse con él, solo, esa misma noche. Compartían despacho y, desde que aquellas historias habían llegado hasta sus oídos, evitaban cuidadosamente pronunciar ninguna palabra que guardara relación con los rumores. Pese a ello, era algo que invadía de continuo sus pensamientos.

Al final, fue Samira la que se decidió a sacar el tema.

—¿Crees que pudo ser él?

Espérandieu se quitó los auriculares, en los que M83 desplegaba sus mezclas sonoras.

—¿Cómo?

—¿Crees que pudo ser él?

—Estás de broma, ¿no? —contestó con expresión airada.

—¿Te parece que bromeo?

Espérandieu se dio la vuelta en la silla.

—¡Joder, Samira! ¡Estamos hablando de Martin!

—Lo sé perfectamente —contestó ella, con irritación—. La cuestión es: ¿de qué Martin en concreto? ¿Del de antes del coma o del de después?

Vincent despachó el argumento con un gesto y se colocó de nuevo frente a la pantalla.

—Déjalo. No tengo ganas de oírlo.

—No me digas que no te has dado cuenta...

Espérandieu se volvió otra vez, con un suspiro.

—¿Cuenta de qué?

—De que ha cambiado...

—...

—No nos hace ni caso...

—Hay que darle tiempo. Justo acaba de reincorporarse.

—Y esa tía, ¿qué hace aquí?

—¿La noruega? Lo oíste igual que yo.

—De todas maneras, es como si sólo existiera ella. No me digas que tampoco te has fijado.

—¿Estás celosa?

—Joder, mira que llegas a ser gilipollas a veces —contestó ella, malhumorada—. ¿No te parece raro que le tenga más confianza a una extranjera que a nosotros?

—No lo sé...

Samira negó con la cabeza.

—Estoy acojonada, superacojonada. Aunque no haya sido él, le van a cargar el muerto, joder. Se ve venir.

—A no ser que encontremos al culpable —dijo Vincent.

—¿Ah, sí? ¿Y cómo vamos a hacerlo? ¿Y si descubrimos que ha sido él?

Al día siguiente, Olga Lumbroso, la sustituta del fiscal del tribunal regional de Saint-Gaudens, tenía el semblante agotado. No hacía esfuerzos para disimular el cansancio. Un caso como aquél era el sueño de cualquier juez de instrucción... pero precisamente la magistrada que cumplía dichas funciones en el tribunal regional de Saint-Gaudens no lo era. Lumbroso, una juez joven que solía ocuparse de casos de índole familiar, acababa de escuchar la declaración del gendarme que tenía sentado enfrente y de leer su informe, con la íntima convicción de que aquello la superaba. Había asumido las funciones debido a la ausencia de un verdadero juez de instrucción. A raíz de la reapertura del tribunal en 2014, un periódico regional de gran tirada había anunciado triunfalmente en primera plana «El retorno de la justicia a Comminges», sin embargo, a partir de entonces, aquel modesto tribunal había tenido que apañárselas con lo que tenía.

Once funcionarios en total. El volumen de trabajo no paraba de aumentar; los expedientes se acumulaban y entre unos y otros se los repartían como podían. Y ahora les caía encima ese suceso de enorme magnitud.

—¿Un policía, dice?

—O alguien que quiere hacerse pasar por policía —matizó Morel—. Aunque esta hipótesis es poco probable, porque ¿quién puede acceder a ese tipo de munición y lleva una funda en la cadera, aparte de los funcionarios de la policía?

—O de la gendarmería —señaló ella.

—Exacto.

Morel se abstrajo un poço. La mujer se volvió a concentrar en el informe. El jefe del Departamento de Investigación advirtió que tenía la marca, más clara, de una alianza en el dedo anular izquierdo, pero que el anillo en sí había desaparecido. Él ignoraba que la sobrecarga de trabajo y la dedicación de la magistrada habían acabado socavando su matrimonio. Y que las estadísticas de divorcios en el tribunal regional de Saint-Gaudens eran bastante estables: en torno a ciento sesenta por año, con un misterioso descenso en 2002.

—¿De modo que salió del bosque a las tres de la madrugada a varios grados bajo cero para disparar a ese individuo, Jensen, antes de esfumarse sin más?

Aquella parte del informe le había producido la misma sensación que cuando le leía un cuento de Perrault a su hijo.

—Lo sé, lo sé... Yo también pensé lo mismo. Dicho así, parece descabellado, pero es lo que ocurrió.

—Una especie de justiciero nocturno, vamos. Como en una de esas películas de tres al cuarto. Que interviene en plena violación... De lo más normal —comentó con un escepticismo evidente—. ¿Y no llevaba capa o mallas de colores, por lo menos?

Morel optó por no responder. Se acordó de la actitud que él mismo había mostrado cuando el capitán Saint-Germès le había expuesto los hechos. Además, el humor no era su fuerte.

La magistrada cerró la carpeta y posó encima y con firmeza las manos salpicadas de manchas, como si fuera a abrirse de nuevo en contra de su voluntad.

—Esto es competencia del Tribunal de Apelaciones —dictaminó—. Aquí no disponemos de los medios técnicos ni humanos para llevar un caso como éste. Voy a llamar a Cathy d'Humières, a Toulouse. En mi opinión recurrirán a la IGPN y a la IGGN.

La Inspección General de la Policía Nacional y la de la Gendarmería. La policía de la policía. Morel asintió, con cautela. Aquel caso olía a azufre, a cloaca y a problemas. A unas complicaciones monumentales. Y la sustituta que tenía enfrente era muy consciente de ello.

—¿Cuántas personas están al corriente del detalle de la funda del arma?

—Demasiadas —respondió él—. Había un montón de gente en el escenario del crimen. Procuramos limitar los daños, pero es imposible saber quién se enteró y quién no.

Morel vio cómo se le ensombrecía la expresión.

—Entonces, tarde o temprano, el asunto se filtrará a la prensa. —Cogió el teléfono—. Hay que darse prisa. Al menos para demostrar que no nos ha pillado desprevenidos y que hemos reaccionado enseguida...

Dejó la mano en suspenso un momento.

—Aunque, de todas maneras, no hay que hacerse ilusiones. El huracán se acerca y va a ser devastador. Un policía que se dedica a hacer de justiciero por la noche, menudo cachondeo... La prensa se va a divertir de lo lindo.

En Toulouse, Cathy d'Humières estaba comiendo en el Sales Gosses un huevo perfecto y pierna de cordero asada cuando le empezó a sonar el móvil dentro del bolso. ¿Qué era lo que decía el horóscopo? «Vas a tener que tomar una decisión urgente. Asegúrate de que tienes todas las cartas en la mano.»

La presidenta del tribunal regional de Toulouse creía a pies juntillas en los astros y, en la medida de lo posible, hacía la carta astral de todas las personas con las que trataba en el trabajo, desde los magistrados hasta los policías. Había empezado desde abajo y había ido ascendiendo en el escalafón, de sustituta, a primera sustituta y a fiscal adjunta, y había empezado en la fiscalía de Saint-Martin-de-Comminges, donde el caso del caballo decapitado y el de la casa de colonias le habían reportado una fama pasajera. Pero Saint-Martin era demasiado pequeño y quedaba demasiado alejado de los focos de la actualidad para su ambición devoradora, de modo que en cuestión de unos años se había encumbrado hasta la cúpula de la fiscalía de Toulouse, donde ejercía una labor más acorde con el alcance de sus aspiraciones.

Desde el punto de vista físico, era casi un cliché: semblante severo, perfil aguileño, mirada aguda, labios finos y barbilla prominente. La mayoría de quienes no la conocían la encontraban intimidante, y los que la conocían la admiraban o la temían, a menudo ambas cosas a la vez. Existía una tercera categoría: la de las personas a las cuales había humillado —por lo general, unos incompetentes e ingratos—; éstos la detestaban.

Cathy d'Humières sacó el teléfono y escuchó a la sustituta de Saint-Gaudens sin pronunciar ni una palabra hasta que hubo terminado.

—Muy bien, envíame el expediente —se limitó a decir.

En su frente había aparecido una arruga más.

—¿Su postre preferido? —le propuso el camarero.

Se trataba de una mezcla de *banofee pie* y de hojaldre con helado de caramelo.

—No, hoy no. Un café doble. No, triple. Gracias. Y si tiene una aspirina...

—¿Le duele la cabeza?

Sonrió ante la perspicacia del joven.

—Todavía no, pero no tardará en dolerme.

En *The Lucifer Principle*, Howard Bloom, un antiguo publicista convertido en especialista de los comportamientos de masas, presentó una hipótesis según la cual la madre naturaleza sería una perra sangrienta; la violencia y el mal formarían parte integrante de su plan, y, en un mundo que no para de evolucionar hacia formas superiores de complejidad, el odio, la agresión y la guerra serían motores, y no frenos, para dicha evolución. En tal caso, pensó

Cathy d'Humières, que tenía siempre el libro de Bloom a mano en su biblioteca, la evolución debía de estar experimentando en los últimos tiempos un potente acelerón. En Toulouse, por ejemplo, la violencia había alcanzado un máximo inquietante con tres mil quinientos procedimientos en el curso del año anterior, entre los cuales destacaban las agresiones con arma blanca en el centro de la ciudad debidas en gran medida a que, al caer la noche, el alcohol y las drogas circulaban por las calles con la misma generosidad que EPO en las venas de Lance Armstrong. Y precisamente entonces, el número de magistrados había bajado de veintitrés a dieciocho en el tribunal regional. Había que tener en cuenta que el Ministerio de Justicia siempre había relegado a Toulouse al rango de jurisdicción provincial y que la fiscalía padecía una falta terrible de medios mientras que la demografía galopaba y la delincuencia aumentaba sin cesar. Como consecuencia de ello, el tribunal regional debía afrontar toda clase de desafíos insuperables, como por ejemplo el número insuficiente de audiencias para atender la inflación de los casos penales. Por falta de medios, la capacidad de los tres tribunales correccionales no bastaba para absorber su número creciente. A ello se sumaba el aumento de los casos civiles, que daban mucho más dinero a los abogados. Consecuencia: durante los últimos años, se había incrementado el porcentaje de sobreseimientos archivados, que en el caso de los robos con intimidación alcanzaba el 95 %, y el 93 % en el resto de delitos.

Todo ello suponía un rompecabezas permanente para una presidenta de tribunal.

Cuando en medio de una tempestad, con un viento de sesenta nudos, uno está achicando una embarcación en la que entra agua por todas partes, lo último que necesita es recibir una ola gigante por estribor. Sin embargo, eso era justo lo que acababa de pasar, concluyó Cathy d'Humières tras leer el informe.

Metzger, el fiscal del Estado, estaba sentado delante de ella. Como siempre, iba de punta en blanco, con un nudo de corbata impecable y un corte de pelo reciente. Había tenido tiempo de leer el informe antes de reunirse con la presidenta, y en sus ojos se distinguía cierta avidez. Aquel cabrón estaba frotándose las manos. A Metzger, como a muchos de los fiscales del Estado, le encantaba el *show* mediático, leer su nombre en los periódicos y sobre todo salir por televisión. Se trataba de una notoriedad de pacotilla, que aun así atraía a todas las polillas que estaban ansiosas por quemarse las alas con la luz de los medios de comunicación.

—No me diga que se alegra, Henri —le dijo.

Él se irguió en el asiento, como si acabaran de insultarlo.

—¿Cómo? ¡Por supuesto que no! ¡Sólo nos faltaba esto!

Resultó igual de creíble que un niño al que su madre acaba de sorprender con pegotes de Nutella alrededor de la boca antes de la cena.

—¿Quién le parece la persona más indicada para hacerse cargo de la instrucción? —preguntó ella con prudencia.

—Desgranges.

Asintió con la cabeza. Sí, Desgranges... ¿Quién, si no? Era una elección lógica. Entornó los ojos mientras observaba a Metzger: él y Desgranges se detestaban. Con el cabello blanco un poco demasiado largo, las chaquetas de vivos colores y un temperamento ardiente, Desgranges era la antítesis física y psicológica del fiscal. Se consideraba un defensor de la independencia de la justicia y veía a todo fiscal del Estado como un enemigo potencial. Metzger, por su parte, obsesionado con su carrera y su círculo de contactos, era la encarnación absoluta de todo cuanto aborrecía Desgranges. D'Humières no sabría decir cuántas veces habían irrumpido ambos en su despacho para quejarse del otro. Comprendía cuál era el propósito de Metzger: el caso era un regalo envenenado. De todas formas, Desgranges le parecía la persona más apropiada. Dirigiría la instrucción con rigor, aparecería ante los medios de comunicación como lo que era, un juez recto e independiente a ultranza, la encarnación de la justicia, una imagen que necesitaban dar en un momento como aquél. Además, Desgranges era sin duda el más competente de los jueces de instrucción con que contaba.

—Desgranges —aprobó—. Supongo que apelará a la IGPN de Burdeos.

La Inspección General de la Policía Nacional contaba con seis delegaciones: París, Lyon, Marsella, Lille, Burdeos, Rennes y Metz.

—No veo qué otra cosa podría hacer —convino Metzger con aspereza—. Y a la IGGN.

Seguramente Metzger se imaginaba ya las arenas movedizas que iba a tener que sortear su mejor enemigo en medio de aquel pantano judicial... de esos que dejan una marca duradera en el currículum.

—Vas a tener que reescribir el informe —dijo Stehlin, que acababa de volver de otra reunión en la fiscalía y había estado conversando con el fiscal del Estado.

Servaz guardó silencio.

—Tarde o temprano se fijarán en ti... y en los desplazamientos que hiciste esa noche. ¿Te imaginas las consecuencias que podría tener que descubrieran que fuiste a Saint-Martin y que omitiste hablar de ello?

—Ya lo sé.

—Es una suerte que todavía no haya enviado ese informe...

Servaz sintió cómo crecía su enfado. Había percibido de inmediato la desconfianza de Stehlin a su regreso del tribunal. Como si allí se hubieran dicho cosas que hubieran modificado su punto de vista. ¿No podría haberle concedido, en primer lugar, crédito a su subordinado, con quien llevaba años trabajando? Servaz se preguntó qué ocurriría si las cosas se ponían realmente feas. ¿Acaso Stehlin daría la cara por él o trataría de cubrirse, anteponiendo su carrera? Stehlin era una persona recta, no como Vilmer, su antecesor, y Servaz se llevaba bien con él, pero es en los momentos difíciles cuando se conoce la madera de la que están hechos los amigos, y también los jefes.

—Martin...

—¿Sí?

—La otra noche, en Saint-Martin, ¿lo viste o no?

—¿A Jensen? No. —Titubeó—. Bueno, vi una silueta... Te lo repito: corrí detrás de alguien que podría haber sido Jensen u otra persona. Lo único que vi fue esa figura, que me observaba desde el jardín público. Cuando me dirigí hacia ella, se fue. Y cuando eché a correr para perseguirla, desapareció en el bosque que hay detrás del balneario. Eran más de las doce de la noche. Volví a mi coche y encontré una nota en el parabrisas.

—¿Una nota? No me hablaste de eso el otro día.

—Ya. Ponía: «¿Has pasado miedo?»

—Señor.

Parecía como si Stehlin hubiera visto el fantasma de su mujer, muerta hacía dos años.

—A Jensen lo liquidaron con un arma de la policía —dijo—. Cuando busquen el móvil, la persona que destacará entre todas serás tú.

Servaz se puso tenso. Se acordó de lo primero que había hecho después de enterarse de que a Jensen lo habían matado con una pistola de la policía: comprobar que la suya estaba en su sitio.

—¿Cómo? ¿Qué móvil?

—¡Por el amor de Dios, Martin! ¡Ese tipo te disparó una bala en el corazón y estuviste a punto de palmarla! Tú mismo me dijiste al salir del coma que estabas convencido de que era el asesino de la mujer de Montauban. Y luego lo exculparon y además amenazó a tu hija.

—Sólo hizo una alusión a...

—Y tú te fuiste directo a Saint-Martin —lo interrumpió Stehlin—. ¡En plena noche, joder! ¡Y viste a Jensen unas horas antes de que lo liquidaran, maldita sea!

El director no tenía por costumbre hablar así. Debía de estar muy enfadado... o sentirse acorralado.

—Estamos de mierda hasta el cuello —añadió con tono sombrío.

Ya está, Stehlin había soltado lo que realmente le preocupaba. Había captado un trasfondo de miedo en la voz de su jefe. No era la primera vez que Servaz lo encontraba demasiado prudente, demasiado timorato... y sospechaba que para él era de suma importancia no verse envuelto en un escándalo. De pronto, tuvo el firme convencimiento de que Stehlin no dudaría en darle la espalda para salvar su pellejo. Lo miró. Su superior tenía la tez ceniciente; había vuelto a encerrarse en su concha.

—Asumiré las responsabilidades —declaró con firmeza.

—Quiero otro informe en el que quede todo claro —intervino Stehlin, alzando la vista hacia él, como si acabara de despertarse—. Debes contar exactamente lo que pasó.

—¿Debo recordarte que no fui yo quien tuvo la idea de no incluir en el informe mi visita a Saint-Martin? —replicó Servaz al tiempo que se levantaba, apartando la silla con demasiada fuerza.

Stehlin no contestó. Se había vuelto a quedar absorto. Debía de estar pensando en cómo iba a cubrirse las espaldas, previendo las consecuencias que aquel asunto tendría para su carrera, que hasta entonces había conseguido mantener en una bonita corriente ascendente.

En cómo cortar la rama podrida antes de que contaminara el árbol.

En cómo erigir un cortafuegos entre Servaz y él.

—¿Y qué? —preguntó Kirsten en la terraza del Cactus.

—Pues nada —respondió Servaz, tomando asiento—. Van a abrir una investigación interna.

—Vaya.

La última investigación interna de la que guardaba recuerdo en Noruega había sido la que se había abierto después de la matanza de Utøya —esa pequeña isla en la que Anders Breivik había matado a sesenta y nueve personas, adolescentes en su mayoría— para saber por qué la policía noruega había llegado tan tarde. Tras ser avisada de que se había producido un tiroteo en la isla, había tardado una hora y media en llegar, con lo que los jóvenes presentes habían quedado a merced de la furia asesina de Breivik. La policía tuvo que explicar por qué había llegado por carretera y por barco en lugar de en helicóptero y por qué el barco había sufrido una avería. (¡Era demasiado pequeño para el número de personas y el material que habían subido a bordo y había empezado a hacer agua!)

—¿Qué te ha dicho?

—Que tengo que rehacer el informe y explicar que me reuní con un tipo que fue asesinado con un arma de policía en plena noche apenas tres horas después, un tipo que me había mandado al hospital unas semanas antes, que amenazó a mi hija y a quien yo consideraba sospechoso de un asesinato sin resolver... En resumidas cuentas...

Había pronunciado aquellas palabras con fatalismo. Kirsten se abstuvo de comentar que los once mil agentes de la policía noruega no habían desenfundado el arma más que en cuarenta y dos ocasiones en el curso del año previo y que en total sólo habían disparado dos balas. ¡Sin causar ni una herida! La última vez que la policía noruega había abatido a un hombre había sido trece años atrás...

—Voy a volver a Noruega —dijo—. Ya no tengo nada que hacer aquí. Estamos en un callejón sin salida.

Servaz la observó, al tiempo que tocaba instintivamente con los dedos la foto que tenía en el bolsillo, la de Gustav.

—¿Cuándo te vas?

—Mañana. Tengo billete para volar a Oslo a las siete de la mañana, con escala de una hora en Paris-Charles-de-Gaulle.

Asintió con la cabeza, sin decir nada. Ella se puso en pie.

—Voy a hacer un poco de turismo hasta entonces. ¿Cenamos juntos esta noche?

Él aceptó. Luego la miró mientras se alejaba. Sus bonitas piernas quedaban al descubierto por debajo del abrigo oscuro y sobrio, cuyo corte impecable le realzaba no obstante las caderas. Servaz pensó que, vista de espaldas, seguro que muchos hombres querían saber cómo era su rostro. En cuanto se hubo alejado, sacó el teléfono.

—La imaginación oscila entre lo normal y lo patológico. Los sueños, las fantasías y las alucinaciones entran en ese dominio... —explicó el doctor Xavier, sentado en su sillón.

—No hablo de alucinaciones, sino de amnesia —respondió Servaz—. La amnesia es lo contrario de la imaginación, ¿no?

Oyó cómo Xavier rebullía un poco detrás de él. Del lugar donde se encontraba el psiquiatra emanaba un tenue olor a jabón de Marsella.

—¿A qué te refieres exactamente?

Había tardado un segundo en formular la pregunta. Servaz tuvo la impresión de que el psiquiatra elegía las palabras igual que un pintor elegiría los matices entre una gama de colores.

—Supongamos... supongamos que yo hubiera venido una noche a Saint-Martin... y que creyera haber hecho una cosa cuando en realidad hice otra, mucho más grave, que hubiera olvidado...

Se produjo un breve silencio a su espalda.

—¿No puedes ser más preciso?

—No.

—Vale. Existen diversas formas de amnesia. Las que podrían corresponder a lo que describes, como mínimo teniendo en cuenta la poca información de que dispongo, son: la amnesia parcial, un trastorno de la memoria en un lapso de tiempo determinado, por lo general subsiguiente a un traumatismo craneal o a una confusión mental... ¿Sufriste un traumatismo craneal esa... mmm... noche especial?

—No. Al menos que yo sepa.

—Claro. En segundo lugar está la amnesia parcial que afecta a uno o varios hechos muy concretos. Lo mismo ocurre con la amnesia selectiva. Esta clase de amnesia se observa en pacientes que presentan una... mmm... neurosis o trastornos psiquiátricos. —Xavier hizo una pausa, y luego añadió—: Y luego está la amnesia de fijación, que es la imposibilidad de retener un recuerdo... Eso que crees haber hecho y olvidado...

—No, no. No creo haberlo hecho. Es una cuestión puramente teórica.

—Vale, de acuerdo. Y esa «hipótesis puramente teórica», ¿guarda relación con el hecho de que hace dos noches alguien abatiera cerca de aquí a un tipo con un arma de policía?

Eran las cinco de la tarde. Cuando salió del consultorio del doctor Xavier, la noche empezaba a instalarse ya en las calles de Saint-Martin y en el aire se mezclaban los aromas de los abetos de la montaña circundante, los fuegos de leña y el gas de los tubos de escape. En el aire frío revoloteaban algunos copos de nieve. Los balcones de madera tallada, las fachadas que imitaban las de las casas de montaña y las callejuelas oscuras pavimentadas de adoquines conferían a esa parte de la ciudad un ambiente entre infantil y siniestro de cuento de hadas. Había aparcado el coche cerca del río contiguo al paseo y, al aproximarse, notó que el frescor y la humedad ascendían de las aguas rápidas que había más abajo, en la oscuridad.

Una vez sentado frente al volante, se quedó quieto un segundo. ¿Qué era aquello? Había un olor dentro del habitáculo... como el rastro a loción para después del afeitado. Se volvió hacia el asiento trasero, pero no había nadie, como era de esperar. Se inclinó hacia la guantera... y el arma seguía allí, en su funda. ¿Acaso el olor provenía de afuera? ¿Habría entrado al abrir la puerta?

Encendió el motor y, tras rodear la plaza que había delante del ayuntamiento, avanzó por las calles adyacentes para tomar la avenida de Étigny y proseguir hacia la salida de la población. Estaba dando la vuelta a la segunda rotonda e iba a desviarse delante del letrero que indicaba la dirección de la llanura y de la autopista, cuando sintió un picor en la parte posterior de la cabeza. Pasó de largo. También dejó atrás el desvío siguiente, que conducía a los campings y el pequeño polígono industrial. Tomó el tercero. A los pocos metros, la carretera empezó a ascender. Después de trazar dos curvas muy cerradas, divisó los tejados de Saint-Martin, más abajo.

El picor se incrementó. Hacía años que no pasaba por allí. Estaba anocheciendo. En el valle, posadas sobre la sábana blanca de la nieve, las lucecillas de Saint-Martin parecían un collar de diamantes en el escaparate de una joyería, rodeadas por el terciopelo negro de las montañas. Se le ocurrió que aquel tipo de paisaje debía de resultarle familiar a Kirsten y, de repente, lamentó que no estuviera allí. Después, las luces desaparecieron y se encontró circulando por el bosque, bajo las copas de los árboles.

Atravesó una aldea compuesta por cuatro casas. Después, al cabo de un kilómetro, otra más, con los tejados blancos y los postigos cerrados... reflejo de la manía que tenían en ese país de encerrarse, de parapetarse en cuanto se hacía de noche, como si fuera los bandidos aguardaran el crepúsculo para abalanzarse sobre el mundo indefenso. En el cruce siguiente, torció a la izquierda y la carretera descendió con una ligera pendiente. Los prados nevados tenían un suave brillo azulado en la penumbra del anochecer, y sobre las hondonadas comenzaban a flotar ya los bancos de bruma. Al final de la pendiente, entró en un pueblecito algo más grande, pero igual de aletargado que los anteriores. Aparte del bar, donde advirtió a algunos parroquianos apiñados tras los cristales iluminados, no había un alma en las calles. Lo dejó atrás, para adentrarse de inmediato en el bosque.

Pronto los vislumbró a la izquierda de la carretera, a lo lejos, entre los árboles: los edificios en ruinas de la casa de colonias de las Gamuzas... pero el letrero oxidado que había en la entrada del camino había desaparecido. En el bosque, la oscuridad era cada vez más densa. Servaz sintió que un escalofrío le recorría la columna. Sin embargo, no había ido allí por eso. Pasó el desvío de la casa de colonias. Los faros perforaban un túnel de luz entre los abetos, perfilando como si fueran capas de papel superpuestas las ramas bajas cargadas de nieve que rozaban la carretera, horadando la niebla cada vez más tupida. La otra luz visible era la claridad azulada de los indicadores del salpicadero. Le pareció como si de improviso hubiera desaparecido cualquier noción de espacio y tiempo.

Aunque no la memoria...

Las imágenes le venían a la mente como si le hubieran instalado una pantalla dentro de la cabeza. Al poco, se adentró en un túnel tallado en la roca.

Se preguntó si el cartel seguiría aún allí, justo después. Y allí estaba. Fijado en el pretil del puentecillo que atravesaba el torrente: «CENTRO DE PSIQUIATRÍA PENITENCIARIA CHARLES WARGNIER.»

Era como si, al tomar aquella carretera que ascendía temerariamente, con algunos zigzags entre los abetos, bordeados de montículos altos de nieve, y después, al salir de la masa arbolada, en la parte menos pendiente, con el telón de fondo de las montañas y los edificios en el centro, se hubiera subido a una máquina del tiempo.

El incendio que había provocado Lisa Ferney, la enfermera jefe, había dejado sólo los tocones de las paredes y, tras bajar del vehículo en medio del aire helado de la noche, a la luz de la luna, le recordaron las piedras verticales de Stonehenge.

No quedaba ya gran cosa, pero se adivinaba el tamaño imponente del conjunto, como cuando uno se pasea por los restos del Foro Romano. Era una de esas edificaciones ciclópeas que se podían ver por todo el Pirineo, construidas durante la primera mitad del siglo XX: hoteles, centrales hidroeléctricas, instalaciones termales, estaciones de esquí... Aquellos muros no habían acogido a asiduos de los balnearios ni a turistas. El Instituto Wargnier había alojado durante varios años a ochenta y ocho individuos extremadamente peligrosos, que presentaban problemas de salud mental acompañados de violencia y criminalidad: pacientes demasiado agresivos incluso para una unidad consagrada a enfermos difíciles, detenidos cuyas psicosis eran demasiado graves como para dejarlos en la cárcel, violadores y asesinos declarados dementes por la justicia, que procedían de toda Europa. El Instituto Wargnier había sido un proyecto piloto. Los habían aislado entre aquellas montañas y los habían mantenido al margen del mundo. Habían probado en ellos toda clase de tratamientos más o menos experimentales... Servaz recordaba que Diane Berg, la joven psicóloga, los había comparado con «tigres en la montaña». Y, en medio de la manada, estaba el macho alfa.

El rey León.

El individuo instalado en lo alto de la cadena alimentaria.

Julian Hirtmann...

Servaz no había apagado las luces y, en los dos círculos brillantes que dibujaban los faros sobre la pared más cercana, distinguió unos grafitis. Por encima de las montañas inmensas y amenazadoras, la noche era clara y estrellada, de una frialdad indiferente... y aquellos ídolos de piedra que evocaban bajo la luna un pasado de locura y de muerte le recordaron sus lecturas adolescentes de Lovecraft. De golpe, notó que el corazón se le recubría de una capa de hielo al pensar en Gustav, que vivía cerca de uno de esos monstruos. Y en Jensen, abatido por un arma policial. En los fantasmas del pasado y en las sombras del presente. Su inquietud se acentuó. La maniobra era clara: alguien quería hacerle cargar con el muerto. ¿Con qué propósito?

Un crujido de madera seca brotó de las ruinas cuando se dirigía hacia ellas caminando sobre la nieve fresca. Se paró en seco, con los sentidos en alerta. Sintió cómo, bajo la ropa, se le ponía la piel de gallina al ser consciente de pronto de que era la única persona viva en varios kilómetros a la redonda y de que, después de la caída de la noche, ese lugar desierto debía de atraer a un montón de chalados y gente rara aficionada a las sensaciones fuertes. Aguzó el oído, inmóvil... pero todo estaba en silencio. Debía de haber sido un animal, como los que habían cruzado la carretera delante de los faros, en el valle.

¿Por qué había ido allí? ¿Qué mosca le había picado? ¿Qué sentido tenía? ¿Qué esperaba encontrar? Reinaba una calma absoluta, pero, de repente, procedente del valle, percibió un ruido lejano y amortiguado. Como el zumbido de un insecto. «El ruido de un motor...» Debía de acercarse por la misma carretera por la que había llegado él. Dirigió la mirada hacia abajo, hacia la casa de colonias abandonada, y advirtió con sobresalto un breve destello entre los árboles... Primero una vez, y después otra, unos segundos más tarde.

Un coche se acercaba.

Aguzó la vista hasta el momento en que los faros reaparecieron en el bosque. Durante varios minutos, observó su avance parpadeante entre los árboles por la estrecha carretera; después los faros desaparecieron en el túnel y no volvió a verlos, porque esa parte de la carretera quedaba oculta tras la montaña escarpada.

Esperaba ver surgir las luces de un momento a otro, cien metros más allá, avanzando hacia él. ¿Quién podía circular por esa carretera a semejante hora? ¿Lo habían seguido? No había mirado ni una sola vez por el retrovisor durante todo el trayecto desde Saint-Martin hasta el valle. ¿Por qué tendría que haberlo hecho?

Regresó a toda prisa al coche, abrió la portezuela del lado del conductor, luego la guantera y extrajo el arma de la funda. Cuando la sacó, se dio cuenta de que tenía la palma de la mano sudorosa.

Mientras dejaba la funda de cordura en el asiento, oyó el ruido del motor que renqueaba por la pendiente, al otro lado. El zumbido se intensificó cuando ya no hubo más obstáculo que los abetos. Al cabo de un momento, vio cómo surgían los faros de entre los troncos. Los haces de luz le hirieron los nervios ópticos cuando, después de que el coche tomara la curva, se posaron sobre él con el mismo resplandor que la traca final de unos fuegos artificiales. Hizo que un cartucho pasara al cañón, quitó el seguro y mantuvo el brazo pegado al cuerpo.

El coche circulaba directamente hacia él. Con los baches, la luz de los faros bailaba delante de sus ojos descargando latigazos luminosos. Cegado, formó una visera con la mano que tenía libre.

Oyó el sonido del motor cuando el conductor apretó el acelerador.

Levantó el arma.

El coche avanzaba a toda velocidad en su dirección, pero la redujo de golpe. Servaz pestañeó a causa del sudor que le resbalaba hasta la córnea, y la vista se le nubló como si tuviera los ojos anegados en lágrimas. Ni siquiera estaba seguro de poder alcanzar al vehículo si disparaba: en toda la Policía Judicial no había tirador menos habilidoso que él. Se secó el sudor con un revés de la manga. «Maldito coma», pensó.

Bruscamente, el ruido del motor disminuyó, el conductor redujo de tercera a segunda, y el coche perdió velocidad hasta que se paró haciendo crujir la grava y la nieve. A una decena de metros. Aguardó, oyendo su propia respiración, pesada, trabajosa. Vislumbró la puerta que se abría, más allá del resplandor de los faros.

No distinguía nada aparte de una silueta que se recortaba sobre el fondo de la noche.

—¡Martin! —gritaron—. ¡No dispares! ¡Baja el arma, por favor! Hizo lo que le pedían. El vértigo que le produjo la brusca bajada de adrenalina lo obligó a apoyarse en el capó del coche, con las piernas temblorosas. La figura de Xavier se acercaba a él entre la luz de los faros, y su respiración producía una vaharada volátil.

—¡Uf, Xavier! —susurró—. ¡Menudo susto me has dado!

—¡Perdona! ¡Lo siento!

Xavier parecía sofocado, seguro que a causa del estrés que le había provocado ver el arma apuntándolo.

—¿Qué haces aquí?

Xavier siguió avanzando. Tenía algo en la mano, pero Servaz no alcanzó a ver qué era.

—Vengo a menudo.

La voz de Xavier había sonado extraña, tensa, vacilante.

—¿Cómo?

—Muy a menudo... al final del día... vengo a contemplar las ruinas... Las ruinas de mi gloria pasada, las ruinas de un sueño malogrado, muerto... Este sitio significa muchas cosas para mí...

Xavier seguía acercándose. Servaz bajó la mirada hacia la mano, en el extremo del brazo que pendía a lo largo del cuerpo. La que sujetaba un objeto cilíndrico. No lograba ver qué era. Xavier se encontraba ya a tan sólo tres metros de él.

—Al ver que había alguien, he estado a punto de dar media vuelta. Ya me ocurrió una vez, y no fue un encuentro agradable: un antiguo interno... que seguía obsesionado con este lugar. Imagino que le sucede a más de uno, igual que a mí. Y después... he visto que eras tú...

Xavier levantó una mano, Servaz lo advirtió con nerviosismo. Y miró el objeto que se elevaba con ella. Una linterna.

—¿Por qué no damos una vuelta? —propuso Xavier, que la encendió y luego enfocó las ruinas—. Vamos, tengo que contarte algo.

24

El árbol

En el último piso de la antigua mansión imperial, en Elsslergasse, en el barrio de Hietzing de Viena, había encendida una sola luz. En su despacho, abrigado con una bata de tela de damasco, pijama de seda y zapatillas, Bernhard Zehetmayer escuchaba los *Nocturnos*, de Debussy, antes de ir a acostarse.

En aquel palacete abundaban las corrientes de aire. Por eso el director de orquesta había acondicionado el último piso y lo había transformado en un apartamento de lujo con dos cuartos de baño, y había cerrado el resto. Las fuentes de mármol, una hiedra desparramada por la fachada, las ventanas curvas en voladizo y un jardín con aspecto de parque conferían al conjunto una nobleza algo anticuada.

Estaba completamente solo en su palacio de corrientes de aire: hacía dos horas que Maria se había ido a su casa, después de haberle preparado la cena, el baño y la cama. Tassilo, su chófer, no regresaría hasta el día siguiente por la mañana y Brigitta, la enfermera —cuyas piernas lo llenaban de emoción y nostalgia cada vez que se fijaba en ellas—, no volvería a pasar hasta mañana por la tarde. Sabía que faltaba mucho para que amaneciera, que la noche sería larga, poco pródiga en sueño y cargada de ideas oscuras y cavilaciones sombrías. En el centro de ellas se hallaría —como siempre— el recuerdo de Anna. La niña de sus ojos. Su hija adorada.

Su luz.

Sí, había sido luz durante toda su infancia y su juventud, y ahora pertenecía a las tinieblas. Una hija tan hermosa, con tanto talento... Nacida a una edad tardía para él de una madre que cultivaba una única habilidad: la de saber decir a los hombres lo que querían oír. Las hadas de la belleza, de la inteligencia y del talento se habían inclinado todas sobre su cuna. Tenía por delante un porvenir que iba a ser motivo de orgullo para sus padres y de envidia para sus amigos. A veces se había preguntado de dónde le venía aquella recia trenza de cabello negro, tan diferente del de su madre, y esos ojos marrones que le daban una mirada a la vez tan expresiva e insondable. Él sonreía cuando pensaba en eso, convencido de que, a pesar de las infidelidades de su mujer, aquella niña no podía ser hija de otro: tenía su mismo carácter resuelto, su inflexibilidad y sobre todo un don asombroso para la música, superior al suyo a su misma edad.

Cuando tenía tres años, él mismo había descubierto, al borde del éxtasis, que Anna tenía oído absoluto. Después había demostrado una precocidad increíble como intérprete de piano, con el que componía e improvisaba desde pequeña. A los quince años ingresó en el Mozarteum de Salzburgo. Salzburgo... una ciudad en la que no había vuelto a poner los pies desde hacía décadas. Una ciudad maldita, sobornable, criminal. Había sido sin duda en las calles de Salzburgo donde Hirtmann se había fijado en ella. ¿Cómo la habría abordado? A través de la música probablemente: Zehetmayer había descubierto un día con estupor que el suizo era, como él, admirador de Mahler.

Nadie sabía qué había ocurrido a continuación, aunque el director de orquesta lo había imaginado miles de veces: habían encontrado un diario íntimo en el que Anna hablaba de ese «misterioso desconocido» con el que iba a tener «una cita secreta por tercera vez». Se preguntaba si estaría «enamorándose», si no sería una «locura teniendo en cuenta su diferencia de edad». También se preguntaba por qué no la había «tocado ni besado» todavía. Diecisiete años, tenía diecisiete años... y un porvenir brillante. Unos días después, había desaparecido.

Luego habían encontrado el cadáver, al cabo de un mes que se les había hecho eterno, en el fondo de la espesura, cerca de un sendero frecuentado por excursionistas en las proximidades de la ciudad. Desnudo. Zehetmayer había estado a punto de enloquecer cuando vio el alcance y la naturaleza de las vejaciones a las que había sido sometida. Maldijo a Dios, a Salzburgo, a la humanidad, insultó a policías y periodistas, pegó a uno de ellos por atreverse a preguntarle por su dolor, intentó quitarse la vida. La muerte de Anna produjo un distanciamiento entre su esposa y él que destruyó su matrimonio... pero ¿qué importancia tenía eso en comparación con la pérdida del ser que más amaba de este mundo? Cuando se enteró de la identidad del individuo que le había hecho aquello —como también a decenas de otras víctimas—, tuvo por fin alguien contra quien descargar su ira.

Jamás había creído que pudiera odiarse tanto. Que el odio fuera un sentimiento más puro que el amor, como no ha cesado de darnos a entender la literatura desde los tiempos de Caín y Abel. Sin la música se habría perdido, pensó mientras escuchaba los últimos compases del tercer *Nocturno*. Aun así, ni siquiera ésta había logrado sofocar la locura que se abría como una flor envenenada, esa furia digna del Antiguo Testamento, ese deseo de venganza shakespeariano. Zehetmayer era un ser arrogante, testarudo y rencoroso. Una vez que su mujer falleció a consecuencia de un cáncer, en la soledad de su torre de marfil, su locura había encontrado un terreno en el que prosperar. Hasta su encuentro con Wieser, sin embargo, nunca había imaginado que pudiera traducirla en actos.

Y ahora resultaba que la esperanza acababa de renacer encarnada en los rasgos de un niño. Se levantó, porque las últimas notas se apagaban en los dos altavoces esféricos blancos dispuestos a ambos extremos de la habitación, los únicos elementos futuristas que desentonaban con el resto del mobiliario. Mientras se acercaba a su equipo de música francés de gama alta, notó un dolor violento en el vientre y se detuvo un instante con una mueca.

Esa tarde, había vuelto a encontrar sangre en sus deposiciones. Hasta entonces, no le había dicho nada a la enfermera. No tenía ninguna intención de quedarse atrapado durante semanas en el hospital, como había ocurrido la vez anterior. Después de apagar el aparato y las luces, enfiló el largo pasillo que comunicaba con su habitación, al fondo. En público siempre se mostraba enérgico y resuelto, pero en la intimidad de su palacete arrastraba un poco los pies por el suelo del parquet. Cuando se metió en la cama, retrotraído de improviso a la fragilidad de un simple mortal, se preguntó si ese mismo cáncer que había causado la muerte de Anna-Christina y que lo volvía a buscar a él, Zehetmayer, le concedería el tiempo suficiente para saborear la venganza.

Kirsten Nigaard miraba escaparates en el centro para matar el tiempo cuando volvió a detectar aquella silueta reflejada en el cristal. Era la cuarta o la quinta vez. El tipo de las gafas... Con ese mechón infantil que le caía encima de los ojos. Aunque le daba la espalda y fingía interesarse en otro escaparate, ella se había percatado de que, de vez en cuando, se volvía para dirigirle una mirada fugaz.

¿Le habría puesto Martin un policía para que la protegiera? En tal caso, se lo habría dicho. Además, ese hombre no parecía un policía, sino más bien un pervertido. Sus ojillos no paraban de moverse detrás de los gruesos cristales de las gafas, como los de uno de esos personajillos, los Minions. Sonrió. Sí, era justo a eso a lo que le recordaba: la estaba siguiendo un Minion.

Kirsten reanudó la marcha por la calle adoquinada y bordeada de tiendas.

Al pasar por delante de otro escaparate, echo un vistazo y lo vio reflejado: a menos de diez metros de ella. Él también había seguido andando. En Toulouse ya era de noche, pero las calles del centro estaban abarrotadas de gente. Aun así, la recorrió un escalofrío. Sabía, por experiencia, que la multitud es una protección débil contra una violación o una agresión. Además, tarde o temprano, el gentío se iría y las calles quedarían vacías. ¿La habría elegido al azar o se trataba de otra cosa?

¿Un depredador sexual? ¿Un tímido enfermizo? O bien... Había otra hipótesis, pero no: era imposible.

Salió a la plaza Wilson y se dirigió hacia una de las terrazas. Se sentó a una mesa y llamó al camarero. Durante un minuto estuvo buscando al tipo con la mirada y creyó que se había esfumado. Pero después lo localizó, sentado en uno de los bancos del centro de la plazoleta, cerca de la fuente. Por encima de los setos que rodeaban la zona ajardinada sólo le sobresalía la cabeza. Parecía como si alguien lo hubiera decapitado y hubiera colocado su cabeza encima de un arbusto. La recorrió una oleada glacial. La primera vez que se había percatado de su presencia, había sido mientras comía en la plaza Saint-Georges. Instalado tres mesas más allá, mordía una hamburguesa de queso enorme sin quitarle la vista de encima.

Desvió la mirada un instante cuando el camarero le sirvió la Coca-Cola Zero. Enseguida trató de localizarlo de nuevo. Escrutó el lugar donde lo había visto, pero ya no estaba allí. Paseó la mirada por toda la plaza. Ni rastro. Una sensación tan desagradable como una bocanada de amoníaco le puso en tensión todos los músculos del cuerpo. Maldijo a Servaz, que la había dejado plantada y la había llamado para decirle que no podrían cenar juntos esa noche, pero que al día siguiente iría a despedirse. Notó que se adueñaba de ella una tristeza inusitada. Volvería en taxi y le pediría al conductor que esperara hasta que hubiera entrado en el hotel. No tenía ganas de regresar a pie en una noche así, con aquella sombra pegada a la espalda.

Roxane Varin no podía creerse lo que acababa de leer en la carta con membrete oficial que tenía desplegada encima del escritorio. Contra todo pronóstico, la petición de búsqueda de escolarización que había solicitado al Departamento de Enseñanza había dado como resultado un centro: la escuela de primaria de L'Hospitalet-en-Comminges. El director afirmaba que Gustav estaba escolarizado en su centro. Había un número de teléfono, y Roxane lo marcó.

—Jean-Paul Rossignol —contestó el hombre.

—Roxane Varin, de la Brigada de Menores de Toulouse. Llamo por lo de ese niño, Gustav. ¿Está seguro que está matriculado en su escuela?

—Claro que lo estoy. ¿Qué ocurre con ese niño?

—Mejor que no lo hablemos por teléfono. Ya se lo explicaremos... ¿Quién más ha visto la petición, aparte de usted?

—El profesor de Gustav.

—Escúcheme, sobre todo no hable de esto con nadie más. Y transmita esta consigna a su profesor. Es muy importante.

—¿No podría ser un poco...?

—Más tarde —respondió Roxane, y colgó.

Marcó otro número, pero le saltó el contestador. «Por el amor de Dios, Martin, ¿dónde estás?»

. . .

—Siempre he soñado con visitar Noruega —dijo el tipo que se había sentado a su mesa hacía tres minutos.

Kirsten le correspondió con una sonrisa comedida. Rondaba los cuarenta, llevaba traje y corbata, y estaba casado... según atestiguaba su alianza. Primero se había dirigido a ella desde la mesa de al lado, antes de pedirle permiso para coger su cerveza y sentarse a la suya.

—Los fiordos, los vikingos, el triatlón, todo eso, claro...

Kirsten se tuvo que reprimir para no preguntarle si era cierto que en su país comían ranas y quesos llenos de moho. Si la huelga era efectivamente el deporte nacional. Y si de verdad eran todos unos negados para aprender otros idiomas. Aparte de eso, tenía un físico interesante, particular pero interesante. Quizá podría matar dos pájaros de un tiro: llevarlo a su hotel y disuadir al señor Minion, en caso de que éste siguiera tras ella. Aunque no lo tenía claro... El físico no lo era todo, ni siquiera en un rollo de una noche... Además, era otro francés el que le ocupaba el pensamiento desde hacía unos días.

Estaba muy indecisa acerca de lo que debía hacer cuando el teléfono empezó a vibrar encima de la mesa. No se le escapó la expresión irritada del francés. Vaya, vaya, al rey de los clichés noruegos no le gustaban ni la competencia ni los contratiempos.

—Kirsten —dijo.

—Kirsten, soy Roxane —dijo Roxane Varin con su inglés rudimentario—. ¿Sabes dónde está Martin? ¡He encontrado a Gustav!

—*What?*

La luna —que antes vertía su frío resplandor sobre el esqueleto del edificio— había desaparecido detrás de las nubes y había empezado a nevar otra vez. Los copos que descendían en remolino entre los muros del antiguo Instituto Wargnier se incrementaban minuto a minuto. Revoloteaban en medio de los largos pasillos en batallones desordenados y anárquicos, como si no supieran dónde posarse. Secciones de escalera, marcos de puertas metálicas carbonizados y deformados por el incendio, antiguas salas ahora expuestas al viento y enterradas bajo la nieve... Xavier no había olvidado, por lo visto, ningún detalle de la topografía, porque se orientaba sin dificultad por ese laberinto.

—Creo que lo vi —anunció de repente, mientras avanzaban entre dos altos muros.

—¿Cómo?

—A Hirtmann. Creo que lo vi un día.

Servaz se paró.

—¿Dónde?

—En Viena, hace casi dos años. En 2015. A raíz del vigesimo-tercer Congreso Europeo de Psiquiatría. Asistieron más de mil delegados de la European Psychiatric Association, que cuenta con más de setenta mil miembros.

«Viena...» Servaz tenía la foto en el fondo del bolsillo, esa en la que Gustav aparecía delante de uno de los paisajes más famosos de Austria.

—No sabía que hubiera tantos psiquiatras en Europa —comentó, mientras el rugido del viento cargado de nieve arreciaba entre las ruinas.

Se levantó el cuello del abrigo, para protegerse la nuca de la mordedura glacial del viento.

—La locura campa por todas partes, Martin. Diría incluso que es ella la que gobierna el mundo, ¿no crees? Por más que tratemos de racionalizar y de comprenderlo todo, no hay nada que comprender. El mundo está cada día más loco. Bueno, con más de mil delegados venidos de toda Europa, no era difícil pasar inadvertido.

—¿Por qué no me dijiste nada?

—Porque creí que habían sido imaginaciones mías, que me había montado una película. Pero cuanto más lo pienso, más convencido estoy de que era él. Y lo pienso a menudo...

—Cuéntame.

Xavier dio media vuelta y volvieron sobre sus pasos, sorteando montones de escombros y vigas metálicas caídas. Los copos se posaban como caspa encima de sus hombros.

—Estaba esperando que empezara una de las conferencias cuando un individuo me preguntó si podía sentarse a mi lado. Se presentó diciendo que se llamaba Hasanovic. Era muy simpático y no tardamos en intercambiar algunas bromas en inglés, porque la conferencia era más bien aburrida, y el conferenciante, malo. Entonces me propuso ir a tomar un café al bar.

Xavier esperó hasta que hubieron franqueado un montículo de escombros antes de proseguir.

—Entonces me explicó que ejercía como psiquiatra en Sarajevo. Veinte años después del final de la guerra de Bosnia, aún trataba síndromes postraumáticos muy graves. Según él, más del quince por ciento de la población de Bosnia presentaba ese tipo de trastornos y la proporción se elevaba hasta el cincuenta por ciento en determinadas ciudades asediadas durante la guerra. En Sarajevo, la asociación a la que pertenecía proponía terapias de grupo.

—¿Y tú crees que ese tipo era Hirtmann? ¿Qué aspecto tenía?

—Tenía la misma estatura y edad que él. Pero estaba irreconocible, eso sí. El color de los ojos, la forma de la cara, de la nariz, el implante de cabello... incluso la voz. Y llevaba gafas.

Servaz, que se había detenido, trataba de controlar las emociones que lo agitaban.

—¿Había engordado o adelgazado?

—Diría que tendría más o menos la misma corpulencia. Por la noche, coincidimos en una recepción. Iba acompañado de una mujer muy guapa, con mucha clase, y un vestido que atraía todas las miradas. Seguimos hablando de trabajo y, cuando le confié que había dirigido el Instituto Wargnier, enseguida se mostró muy interesado. Hay que tener en cuenta que, con todo lo que pasó, el instituto se ha convertido en una leyenda dentro de la comunidad psiquiátrica... Me dijo que el asunto lo había tenido fascinado durante mucho tiempo y que había reconocido mi nombre, pero que como no sabía si tendría ganas de hablar de ello, se había abstenido de sacarlo a colación...

«Una leyenda... no sólo entre los psiquiatras», pensó Servaz, pero no dijo nada.

—Me hizo un montón de preguntas. Sobre los tratamientos, los internos, la seguridad, lo que había ocurrido al final... Y luego pasamos a hablar de Hirtmann, por supuesto...

La voz de Xavier se había vuelto más débil. La luz de su linterna bailaba por las paredes. Sus zapatos producían unos crujidos sordos al aplastar la nieve y Servaz advirtió que tenía los bajos del pantalón blancos. Se acercaban a la salida.

—Y, al cabo de un momento, me di cuenta de que sabía muchos detalles sobre el asunto, no sólo sobre lo que había sucedido aquí, sino sobre el propio suizo. No se limitaba a hacer preguntas, sino que expresaba opiniones firmes y demostraba un conocimiento asombroso. Algunos detalles en concreto me llamaron la atención, porque no recordaba que la prensa los hubiera mencionado.

—¿Qué detalles?

—Por ejemplo, sabía qué veía Hirtmann desde la ventana de su celda en el instituto.

—Eso pudo haber salido en la prensa.

—¿Tú crees? ¿Dónde? ¿Y esa información habría llegado hasta un psiquiatra de Bosnia?

—¿Eso es todo?

—No. Me habló con insistencia de ese gran abeto cuya copa veía el suizo desde la ventana, de la simbología de los árboles en general «que establecen una relación entre los tres niveles del Cosmos: el subterráneo, en el que hunden las raíces, la superficie de la tierra y el cielo», del árbol de la vida y del árbol del conocimiento del bien y del mal de la Biblia, del árbol en el que Buda alcanzó la iluminación y también del árbol de muerte de la Cábala. Tenía conocimientos muy específicos sobre todas esas cuestiones relacionadas con la simbología.

—¿Y qué?

—Pues que fue en ese momento cuando caí en la cuenta de que Hirtmann me había hablado un día de todo eso casi en los mismos términos...

Servaz volvió a detenerse. Se estremeció... puede que a causa del frío.

—¿Estás seguro?

—En ese momento estuve seguro, sí. Me quedé de piedra. Y me di cuenta de que mi turbación provocaba un placer malévolo en Hasanovic. Después, ya sabes cómo son estas cosas. Empecé a dudar de lo que había escuchado. Debería haber tomado notas, pero no lo hice. Era una fiesta, por el amor de Dios. Empecé a pensar que quizá la memoria me estaba jugando una mala pasada, que tal vez no había dicho exactamente eso y que era posible que yo estuviera reconstruyendo sus palabras a posteriori. Cuanto más tiempo pasaba, más dudas tenía.

—Deberías habérmelo contado.

—Es posible, sí. Pero ¿de qué habría servido?

Salieron de las ruinas. Para entonces nevaba con mayor intensidad. Los copos caían por millones en la noche, tupidos y mullidos, y la nieve había cubierto de blanco los coches.

—¿Y ahora qué crees? —preguntó Servaz, mientras se dirigía a su vehículo a través de la ventisca.

Xavier se detuvo, lo que lo obligó a volverse.

—Que era él —afirmó el psiquiatra, mirándolo.

—¿No comprobaste si existía un doctor Hasanovic, psiquiatra, en Sarajevo?

—Sí, lo hice. Y existe.

—¿Y qué aspecto tiene?

—No lo sé. No seguí indagando. En ese momento ya me había convencido de que habían sido imaginaciones mías.

—Pero ¿ahora piensas lo contrario?

—Sí.

De repente, el teléfono sonó varias veces en el bolsillo de Servaz: había recuperado la señal. Mientras había estado fuera de cobertura había recibido varias llamadas. Lo sacó. También le habían dejado dos mensajes de voz.

Se le aceleró el pulso.

Eran Kirsten y Roxane.

25

Un encuentro

—¿Qué haces?

Levantó la vista. Margot estaba de pie, apoyada en el marco de la puerta.

—Tengo que irme unos días —respondió, doblando un chándal que metió junto con el resto de la ropa en la maleta—. Por trabajo.

—¿Cómo dices...?

Volvió a mirarla. Su hija estaba colorada de rabia. Echaba chispas por los ojos. Margot siempre había sido así: podía enfurecerse en una fracción de segundo, por un detalle o un motivo imprevisibles... o que jamás habrían provocado, en todo caso, una reacción semejante en él.

—¿Qué pasa? —preguntó, suspirando.

—¿Te vas?

—Sólo unos días.

Margot negó con la cabeza.

—No puedo creérmelo. Desde que estoy aquí... no te veo prácticamente nunca. Desapareces y vuelves en plena noche. Llevas una hora en casa, papá... ¡Y ahora haces la maleta y me anuncias que no volverás hasta dentro de varios días! ¿Me puedes explicar qué hago yo aquí? ¿Qué pinto? ¡Me paso el tiempo sola, joder! ¡Te recuerdo que no hace mucho estabas en coma y que los médicos te dijeron que debías tomarte las cosas con calma!

Notó que la cólera se adueñaba también de él. No soportaba que lo abroncaran. Sin embargo, sabía que ella tenía razón.

—No te preocupes —dijo, mientras procuraba mantener la calma—. Estoy bien. No deberías preocuparte tanto. En realidad, deberías reanudar tu vida, tu vida de mujer joven. Aquí no eres feliz.

Enseguida lamentó haber pronunciado aquella última frase. Preveía que su hija se le echaría encima como un perro sobre un hueso. En cualquier conversación, Margot tenía la capacidad de aislar una frase de su contexto y devolverla como un *boomerang*. Habría sido una fiscal excelente.

—¿Cómo? —contestó, elevando la voz—. ¡No me lo puedo creer, hostia!

Tendría que haberse mordido la lengua en ese momento, lo sabía. En lugar de eso, mientras metía un pantalón de invierno en la maleta, le soltó:

—Deja de hacer de madre protectora, por favor. Estoy bien.

—¡Vete a tomar por saco!

Oyó que se alejaba rápidamente. Cerró la maleta y salió de la habitación.

—¡Margot!

Vio que cogía el chaquetón del respaldo de una silla y el iPod de la mesa del comedor.

—¿Adónde vas?

Estaba de espaldas. Dedujo que estaba encendiendo el aparato, porque, de golpe, de sus cascos brotó un sonido infernal. Un chirrido de guitarras eléctricas que se parecía, amplificado por mil, al ruido de una termita devorando la madera. Margot se quitó un momento los cascos.

—No te preocupes. Cuando vuelvas, ya no estaré aquí.

—Margot...

No lo escuchó. Se había vuelto a poner los auriculares y le rehuía la mirada. Servaz no sabía qué podía decirle en ese momento; Margot estaba a punto de llorar y él nunca había sido muy ducho a la hora de gestionar los sentimientos de los demás, y menos aún la tristeza frecuente de su hija.

—¡Margot! —la llamó más fuerte.

Ella se dirigía ya hacia la puerta. Vio que cogía las llaves. Salió dando un portazo, sin dirigirle siquiera una mirada.

—¡Mierda! —gritó—. ¡Mierda, mierda, mierda!

· · ·

Al cabo de media hora, aún no había vuelto. Con la maleta lista, le había enviado por lo menos media docena de mensajes. Cuando sonó el teléfono, se precipitó sobre él y deslizó el botón verde en la pantalla.

—Estoy abajo —anunció Kirsten.

—Ya voy —dijo, ocultando su decepción.

Tengo que irme. Kirsten está esperándome. Llámame, por favor.

Habría querido decirle que la quería —y que haría un esfuerzo por cambiar—, pero a pesar de que en ese instante rebosaba amor por su hija y se sentía herido, se limitó a apagar el teléfono. Mientras se dirigía a la puerta, se acordó de que Stehlin le había prometido que asignaría protección a Margot, pero aún no había hecho nada.

Al día siguiente, sin falta, le exigiría que pusiera en práctica su ofrecimiento.

—¿Estás segura de que te seguía?

Servaz había formulado la pregunta con la mirada fija en la autopista, que parecía una cinta negra engullida por los faros, y en sus líneas blancas discontinuas, que desfilaban con una intensidad hipnótica. En la oscuridad del habitáculo, la voz de Kirsten emergió a su lado:

—Sí.

—Quizá es un chalado que se divierte siguiendo a las mujeres por la calle...

—Es posible, pero...

La miró de reojo. Ella también tenía la vista fija sobre la autopista y la luz del salpicadero resaltaba su perfil. Hubo un segundo de silencio durante el cual solamente oyó las vibraciones del camión al que adelantaban. A aquella altura no nevaba, pero no iba a tardar en llover: un goterón acababa de estrellarse en el parabrisas, luego otro, y otro...

—Pero tú no crees que sea el caso —dedujo.

—No.

—Es mucha coincidencia que un tipo te siga por las calles de Toulouse en este momento...

—Ya.

Habían salido de la ciudad hacía una hora y circulaban por la A-64 en dirección oeste, hacia el pueblo de L'Hospitalet-en-Comminges. En dirección a la tormenta también, a juzgar por el brío con que el viento azotaba los árboles del terraplén.

—¿Crees que de verdad vamos a encontrar a Gustav allí? —preguntó ella.

—Parece demasiado fácil, ¿no?

—Digamos que no cuadra con la manera de proceder de Hirtmann.

Servaz asintió con la cabeza; no sabía qué responder.

—¿Y qué vamos a hacer cuando lleguemos? —preguntó entonces ella.

—Primero buscar un hotel, y mañana por la mañana volveremos a empezar: ayuntamiento, escuelas... Es posible que esta vez alguien sepa algo. L'Hospitalet tiene doscientos habitantes. Si está allí, lo encontraremos.

Él tampoco estaba muy seguro. Kirsten tenía razón: era demasiado fácil. Algo no encajaba. No podía resultar tan sencillo. A menudo ocurría así, pero... no con el suizo. Con él no, desde luego.

Sentada detrás de los cristales del VH Café, Margot observó cómo salía su padre del edificio y se reunía con la agente noruega en la acera. Los vio dirigirse hacia el parking, hablando animadamente, y se le encogió un poco el corazón. Celos. Enseguida se arrepintió de experimentar esa emoción.

Había actuado de forma impulsiva, para poner a prueba a su padre. Había intentado obligarlo a reaccionar, obligarlo a elegir, por una vez, entre ella y su trabajo. Tenía la esperanza de que renunciara a su viaje por ella. Era una tontería. Bajó la vista hacia el teléfono, que había dejado junto a la copa de vino; en la pantalla todavía se leía el último de sus mensajes:

Tengo que irme. Kirsten está esperándome. Llámame, por favor.

Ahí tenía la respuesta.

—Vamos a parar —dijo de repente, y señaló el cartel lleno de símbolos que anunciaba la presencia de un área de servicio a un kilómetro—. Casi no nos queda gasolina.

—Muy bien. Yo tengo que ir al baño.

Avanzó con prudencia por el carril inundado que llevaba hasta el parking de la gasolinera, levantando olas en la ligera pendiente que trazaba la salida antes de remontar hacia el terraplén. Seguía de cerca una furgoneta azul marino que circulaba a menos de veinte kilómetros por hora; tuvo que contener las ganas de pitarle. Aparcó debajo del tejadillo que cubría los surtidores de gasolina. Las nubes habían empezado a soltar su carga y llovía a cántaros. El viento soplaba con tanta fuerza que hacía estremecerse la carrocería del coche. Delante de la tienda había una decena de vehículos aparcados, barridos por la lluvia. En cuanto paró el motor, Kirsten se quitó el cinturón, abrió la portezuela, se subió el cuello del abrigo y corrió en dirección a las luces. Él también bajó. Incluso a cubierto, lo alcanzaban las gotas que proyectaba el viento. Además de la furgoneta, había otros dos coches repostando. Después de mirar el número de su surtidor, cogió la manguera y mientras apretaba de forma maquinal la palanca, se puso a rememorar lo que le había dicho Xavier en las ruinas, al tiempo que notaba en la muñeca la vibración que provocaba el paso del carburante hacia el depósito del coche.

Era la explicación más sencilla, claro: el suizo había cambiado de aspecto. Se acordó, no obstante, de la imagen del vídeo. En ella, Hirtmann se parecía al hombre que había conocido, y aquella imagen era posterior al encuentro entre Xavier y el psiquiatra de Bosnia. Tal vez Xavier se equivocara. Tal vez ese doctor Hasanovic no fuera Hirtmann. Tal vez a su amigo lo traicionara, en efecto, la memoria. También cabía la posibilidad de que el suizo hubiera recurrido a una barba postiza, lentillas de color y algunas prótesis removibles como las que se utilizan en el cine para la barbilla y la nariz.

Miró la furgoneta azul marino con partes del chasis oxidadas que había aparcada justo al otro lado de los surtidores. La puerta lateral estaba abierta, y el interior, completamente oscuro.

El conductor debía de estar pagando dentro, porque no había nadie. Sin pensar, echó un vistazo hacia las cajas a través de los cristales chorreantes de la tienda: no había nadie.

Servaz se estremeció.

Detestaba las furgonetas. A Marianne la habían secuestrado con un vehículo parecido. Lo habían encontrado en un área de servicio idéntica a aquélla. Una furgoneta azul marino... con manchas de óxido... como aquélla. Se acordaba de que había un rosario con cuentas de madera de olivo y una cruz de plata colgada del retrovisor interior.

Dirigió la vista hacia la cabina.

Había algo suspendido del retrovisor, pero no alcanzaba a ver qué era a causa de la oscuridad y la suciedad del cristal.

Habría apostado algo, no obstante, a que se trataba de un rosario.

Respiró hondo.

Soltó la manguera. Avanzó entre los dos surtidores. Rodeó el vehículo despacio. Miró la matrícula y se quedó petrificado.

Tenía la cantidad suficiente de letras y números borrados como para ser imposible de identificar.

«Kirsten», pensó.

Y echó a correr bajo la lluvia.

Al entrar en los baños de mujeres, Kirsten notó el perfume que flotaba todavía en el ambiente, mezclado con el olor a producto de limpieza industrial. Un perfume masculino. Pero no había nadie. Quizá perteneciera a un empleado o a un hombre que había entrado y salido al darse cuenta de que se había equivocado.

Al parecer, en el techo había una gotera, porque habían puesto un cubo en el pasillo, con una fregona dentro, delante de dos puertas en las que había colgado el letrero de «FUERA DE SERVICIO». Levantó la vista, pero no vio ninguna mancha en el techo. El tragaluz del fondo, en cambio, estaba entreabierto y dejaba pasar el sonido de la lluvia. De las tres lámparas que debían iluminar los lavabos, sólo funcionaba una, y emitía una luz mortecina, intermitente y siniestra que dejaba los rincones a oscuras.

De mala gana, continuó hasta la tercera puerta, la del único baño que funcionaba. La cerró, se bajó las medias y las bragas y se sentó. Pensó en lo que le había dicho Servaz: era demasiado fácil. La foto de Gustav abandonada en la plataforma y, ahora, la escuela. Era demasiado fácil, pensaba él. Y claro que era demasiado fácil.

Se sobresaltó porque creyó oír un ruido. Había sido el quejido de una de las puertas, pero le pareció que no provenía de la de al lado, sino de la primera, por delante de la que había pasado. Aguzó el oído, pero el estruendo de la lluvia le impedía oír.

Kirsten se limpió, se levantó, volvió a vestirse y tiró de la cadena. Dudó un instante antes de abrir, pero no oía nada, aparte del golpeteo de la tormenta. Salió, miró la hilera de espejos y lavabos. Y vio la silueta que se reflejaba en uno de ellos, a su izquierda, además de la suya.

Volvió la cabeza y contuvo la respiración.

Estaba de pie al lado del cubo, con el mocho en la mano... Era el tipo alto con gafas que la había estado siguiendo por las calles de Toulouse. En ese momento, el hombre levantó el mango de la fregona y descargó un golpe contra la última lámpara que brillaba por encima de él.

Tinieblas.

Sin darle tiempo a reaccionar, se había abalanzado sobre ella y la había inmovilizado contra la pared del fondo, cerca del tragaluz que estaba abierto. A varios centímetros de ella, la lluvia azotaba el ventanuco con tal fuerza que incluso le salpicaba la mejilla izquierda, como si alguien estuviera escupiéndole.

—Hola, *Kirsten*.

Tragó saliva. «Kirsten...» Se esforzó por respirar con calma, sin éxito. La sangre le palpitaba en las sienes y le hacía ver chispas delante de los ojos. Distinguió vagamente las facciones de su agresor a través de la luz del parking y le dio un vuelco el corazón: ahora que lo tenía tan cerca lo reconocía. Se había hecho algo en la boca y en los ojos, cambiado el implante y el color del pelo —a menos que se tratara de una peluca—, pero no cabía duda: era él.

—¿Qué quieres? —preguntó, con un nudo en la garganta.

—Chiiiiiist...

De pronto, una mano se introdujo por debajo del abrigo y de su falda. Primero notó que le acariciaba el muslo derecho por encima de la media y prosiguió el ascenso. Era grande y estaba caliente. Kirsten se mordió el labio.

—Hacía tiempo que tenía ganas de hacer esto —le susurró él al oído.

Ella no respondió, pero se le aceleró el pulso y empezaron a temblarle las piernas. Al sentir el contacto de los dedos por encima de las bragas y las medias, apretó las piernas por instinto. Y cerró los ojos.

Servaz se dirigió corriendo hacia la tienda y, con el impulso, empujó a una pareja que tardaba en entrar.

—¡Eh! —gritó el hombre tras él, dispuesto a comenzar una pelea.

Pero Servaz se precipitaba ya hacia los lavabos. El de hombres a la derecha, el de mujeres a la izquierda.

Abrió la puerta. Entró. La llamó.

Dio unos pasos.

Comprobó, alarmado, que estaba a oscuras. Después la vio. Sentada en el suelo, al fondo, cerca de un tragaluz por donde entraba la poca claridad que iluminaba el baño y algo de lluvia. Sollozaba en un estado casi de histeria. Al acercarse a ella, observó las tres puertas abiertas, en las tinieblas, frente a los lavabos, y, después de pasar por delante, se arrodilló, alargó los brazos y, casi enseguida, ella se acurrucó contra él, de forma que ambos quedaron de rodillas sobre las baldosas, abrazados en una posición extraña.

—¿Qué te ha hecho?

Estaba vestida y no se advertía ninguna señal de forcejeo, ni tampoco tenía la ropa mal puesta.

—Me ha... sólo me ha tocado...

—Ya debe de estar lejos —concluyó, una vez que hubieron buscado por todas partes, dentro y fuera, y comprobado que el propietario de la furgoneta la había dejado abandonada allí.

Lo tenía todo previsto.

—¿No puede cerrarse la autopista?

—Hay una salida a tres kilómetros de aquí. Hace rato que debe de haberla abandonado.

Unos minutos antes, mientras revisaban el área de servicio, uno de los clientes de la tienda se había quejado de que no encontraba su coche. Servaz se había planteado la posibilidad de transmitir la matrícula del vehículo a los gendarmes, pero para cuando se hubieran montado los puntos de control, el suizo ya se habría esfumado. Había considerado también si debía llamar al Departamento de Identificación Judicial. Sabía que, si lo hacía, Stehlin y toda la cadena de mando serían informados de inmediato, y que lo retirarían el caso para dárselo a otro que no estuviera «convaleciente». No estaba dispuesto a permitirlo. De todas maneras, no necesitaba ninguna confirmación: estaba convencido de que allí, en esa área de servicio, acababan de cruzarse con el suizo.

—Es increíble. ¿Cómo se las ha arreglado para estar aquí al mismo tiempo que nosotros? —preguntó ella.

Aún tenía los ojos húmedos. Servaz observó los coches que, más allá de los cristales empapados, salían del área de servicio, levantando olas de agua sucia. Estaban sentados en uno de los bancos de plástico naranja de la zona de restaurante, desierta a esas horas.

—Debía de llevar un rato circulando delante de nosotros. Antes de eso, seguramente nos seguía. Supongo que al ver por el retrovisor que he puesto el intermitente, él ha hecho lo mismo. Después, ha sido sólo una cuestión de suerte. Ha aprovechado la ocasión. Hirtmann se ha convertido en un virtuoso del arte de la improvisación.

Dirigió una mirada a la puerta de los baños.

—¿Cómo te sientes? —preguntó.

—Bien.

—¿Seguro? ¿Quieres que volvamos a Toulouse? ¿Quieres que te vea alguien?

—¿Alguien? ¿Quién? ¿Un psicólogo de ésos? Estoy bien, Martin, te lo aseguro.

—Vale. Entonces vámonos —propuso—. Ya no tenemos nada que hacer aquí.

—¿No avisas a los demás?

—¿Para qué? Ahora ya está lejos. Y si cuento lo que ha ocurrido, Stehlin me apartará de la investigación —añadió—. Vamos a buscar un hotel y mañana reanudaremos el viaje.

—En cualquier caso, podemos estar seguros de algo: está aquí, muy cerca —comentó ella—. Y está siguiéndonos...

Sí, pensó. «Como un gato a un ratón.» Miró el mensaje que había recibido unos minutos antes. Había llamado a Margot dos veces después de entrar en el área de servicio. En ambas ocasiones, había saltado el contestador.

El mensaje decía:

Deja de llamar. Estoy bien.

Seguía lloviendo a cántaros tras de los cristales del hotel y, al volver la cabeza hacia la noche negra, Servaz vio su reflejo en la ventana. Por un instante, le sorprendió la expresión de su rostro: la de un hombre acorralado, pero también enfadado. Estaba solo. A la mesa y en el restaurante, pues era el único cliente que había en el establecimiento. Kirsten había subido directamente a su habitación, aduciendo que quería ducharse. Cenó un entrecot con patatas fritas demasiado grasientas. Como no tenía mucha hambre, dejó la mitad en el plato.

—¿No le ha gustado? —preguntó la dueña.

La tranquilizó como pudo y, cuando comprendió que no tenía ganas de conversar con nadie, la mujer se alejó.

De repente, Servaz se acordó de Gustav. ¿Sabría Hirtmann adónde se dirigían y con qué propósito? Entonces lo asaltó el temor de que hiciera desaparecer al niño, una vez más. Igual que el ilusionista que enseña una paloma y la hace desaparecer después. ¿Y si al día siguiente el pequeño no se presentaba en la escuela? Le dieron ganas de llamar a la comisaría más cercana para pedirles que localizaran al niño y lo llevaran a un sitio seguro.

Sin embargo, estaba demasiado agotado para tomar cualquier iniciativa esa noche.

Además, no lograba comprender por qué Hirtmann había actuado de ese modo. ¿Con qué objetivo? Si hubiera estado al corriente de sus planes, más bien le habría convenido actuar de forma discreta y llevarse al niño sin llamar la atención. A menos que hubiera solucionado antes ese asunto.

En cuyo caso, no podían hacer nada más.

Pensar en Gustav le causó desasosiego. Le hizo pensar en otra imagen que no le gustó nada. Por un instante, se imaginó criando a un niño, pero la idea le resultó tan perturbadora que se apresuró a ahuyentarla. Había otra cuestión que lo mortificaba: la muerte de Jensen. La munición de policía que habían utilizado. Su presencia cerca del escenario del crimen la misma noche. Y las sospechas que, inevitablemente, iban a recaer sobre él.

Se sintió muy solo. El profundo silencio que reinaba en el restaurante lo llevó a sospechar que tal vez eran los únicos clientes del hotel. El episodio de la autopista le había provocado migraña y el dolor de cabeza no hacía más que empeorar. Estaba mirando el fondo de la taza de café como si allí pudiera encontrar la solución, cuando sonó el teléfono.

Era Kirsten.

—Tengo miedo —se limitó a decir—. ¿Puedes subir, por favor?

Salió del ascensor y se dirigió hacia la puerta número 13, situada justo enfrente de la suya, la 14. Llamó. No obtuvo respuesta. Esperó unos segundos antes de volver a llamar. Nada. Empezaba a ponerse nervioso e iba a aporrear la puerta de nuevo cuando ésta se abrió. Kirsten Nigaard apareció en batín, con el pelo mojado.

Le aguantó la puerta y, después de cerrarla, retrocedió y apoyó las caderas en el pequeño escritorio en el que había un hervidor y unas bolsitas de Nescafé. No sabía qué hacer. ¿Qué apoyo debía prestarle y de qué forma? No se sentía muy a gusto en esa habitación de hotel. Era una mujer realmente atractiva y, en vista de lo que acababa de vivir, no quería de ninguna manera ponerla en una situación embarazosa.

—Estaré justo al otro lado del pasillo —dijo—. Cierra con doble llave y no dudes en llamarme. Tendré el teléfono cerca.

—Preferiría que durmieras aquí —respondió ella.

Servaz miró a su alrededor y no vio más que un sillón, que le pareció muy incómodo.

—Podemos coger habitaciones comunicadas, si tienen —propuso.

Más adelante, Servaz se preguntaría quién de los dos había dado el primer paso y había roto el hielo. Se acordaría de que veía el fluorescente azul del hotel por encima de su hombro, mientras ella permanecía acurrucada contra él, y que éste se reflejaba en la carrocería de los coches. De que en la entrada del parking había dos abetos negros grandes. De que sabía que los Pirineos no debían de estar muy lejos, justo delante, pero que la noche los ocultaba.

En el momento en que se besaron, vio que tenía los grandes ojos abiertos, como si ambos esperasen a que el otro los cerrara primero, tan cercanos que sus miradas parecían fundirse. Kirsten sondeó la suya, buscando seguramente una verdad enterrada bajo estratos de civilización. Después, le mordió y lamió el lóbulo y el interior de la oreja, una vez, dos veces. Servaz le abrió el batín y le acarició los pechos, más pequeños de lo que había imaginado. Ella le apoyó la mano en la forma dura por encima de la barrera que suponía el pantalón. Paseó los dedos arriba y abajo. De niña, un día había envuelto con un trapo una piedra que había encontrado en el río y la había conservado durante días, fascinada por esa misma sensación de suavidad y dureza a la vez.

Después retrocedió hacia la cama.

GUSTAV

26

Contactos

Había reculado hacia la cama y se había tendido en ella, manteniendo los pies bien apoyados en el suelo, con las rodillas flexionadas. Luego acabó de abrirse el batín.

La única luz que iluminaba la habitación procedía de la lámpara de la mesita de noche, que dejaba los rincones sumidos en una sombra profunda, donde los fantasmas de su vida se agazapaban. La noche los envolvía. Vio el resplandor de la lámpara reflejado en los ojos de Servaz, en los que ya no había ningún rastro de inocencia cuando se acercó a ella. Se quitó la chaqueta y se desabotonó la camisa. Ella oía la lluvia, que golpeaba el cristal. Notó que por la corredera que había dejado entreabierta se colaba una brisa húmeda que estremecía las sábanas y su piel. En el momento en que iba a inclinarse sobre ella, Kirsten levantó la pierna derecha y se lo impidió apoyándole el pie en el pecho.

Él le acarició la pantorrilla, después el tobillo y prolongó el suave contacto hasta el talón y los dedos. Sin apartar la mirada de Servaz, le deslizó el pie descalzo por el torso, entre la camisa abierta. Continuó bajando y, tras franquear la hebilla del cinturón, le acarició el sexo hinchado, por encima de la tela del pantalón.

En cuanto volvió a posarlo en el suelo, él se le echó encima. Kirsten lo besó al tiempo que le desabrochaba el cinturón y bajaba la cremallera.

Presionándole un pezón entre los labios, él le deslizó una mano entre los muslos y descubrió su calor. Se humedeció casi de forma instantánea. Eso lo excitó aún más, pero contuvo las ganas de penetrarla, se lamió los dedos y continuó. Kirsten gimió, se retorció en la cama... como si quisiera ofrecerse más todavía y a la vez rechazarlo. Servaz siguió acariciándola y después profundizó mucho más.

En ese momento, ella se retorcía emitiendo unos gritos prolongados, a veces roncos a veces agudos. El sexo le rezumaba. Continuaron así por toda la cama, perdieron la noción del espacio: ella intentaba escapar a sus caricias mientras que al mismo tiempo las acogía, se frotaba, empujaba los dedos de él hacia adentro y luego se apartaba, hasta que lo atrajo hacia ella para que la penetrara. Pegó el pubis al suyo y, muy pronto, empezó a dictarle el ritmo, un ritmo rápido, frenético, mientras le clavaba las uñas largas en los hombros y los costados. Volvió a lamerle y a mordisquearle la oreja, y él notó que su erección se incrementaba. Después, lo mordió de verdad. Primero en la oreja, en el lóbulo —provocándole una punzada de dolor—, y después en el hombro. Kirsten había abierto los ojos justo antes. Con una mirada sombría, salvaje, lo escrutaba, desafiante, con curiosidad. Él la inmovilizó sobre el colchón y se hundió en ella todo lo que pudo. Ella siguió imprimiendo un ritmo furioso a su vaivén, aceleró incluso, con una mano apoyada en la nalga, buscando el placer; un ritmo casi demasiado rápido para él, que le arrebataba parte de sus sensaciones, pero ella ya no parecía dispuesta a parar hasta el orgasmo... que la levantó y la arqueó en la cama, y le arrancó un quejido largo y agudo, con los ojos cerrados y la boca tensa.

Cambiaron de postura y ella se tumbó encima de él, con los pechos sobre el torso de él. Servaz sintió su calor y su humedad, al igual que el contacto del pubis, que frotaba contra el suyo, cuando la volvió a penetrar. Era de una ligereza sorprendente. Flexible y ligera. Le acarició los pechos cuando se irguió para cabalgar encima de él, con las rodillas apoyadas en las sábanas. Tenía un tatuaje que le iba de la ingle a la cadera, era una frase, en noruego probablemente... y también había unos números.

Kirsten Nigaard escondía su verdadero carácter bajo una coraza de severidad. El tópico habitual del fuego bajo el hielo. No obstante, Servaz consideraba que a él no lo había engañado en ningún momento. Desde el principio, había percibido su naturaleza ardiente. Aunque había algo que no cambiaba, en todo caso: en la cama también le gustaba tener el control.

. . .

Kirsten se despertó a las seis de la mañana y se quedó mirando a Servaz, que dormía. Curiosamente, después de los sucesos de la noche anterior, se sentía descansada. Se puso un culote de algodón que llevaba estampado el nombre de un grupo de música noruego, una camiseta y un chándal para hacer *footing* y, una vez fuera, empezó a correr por el pequeño parque que rodeaba el hotel. Le dio la vuelta en cinco minutos. Luego repitió el circuito media docena de veces, por el sendero de grava cubierto de nieve, sin alejarse en ningún momento.

El aire glacial le quemaba los pulmones, pero se sentía bien. Se detuvo cerca de un banco y de la estatua de un fauno para realizar los estiramientos, con la mirada fija en los Pirineos, cuyas cumbres empezaban a iluminarse con el amanecer. Echaba de menos el boxeo. Era su válvula de escape, lo que le garantizaba el equilibrio. Lanzando puñetazos contra un saco o a un sparring descargaba las frustraciones del trabajo. En cuanto regresara a Oslo, volvería al gimnasio. Durante unos segundos el recuerdo de unos lavabos de señoras oscuros con un cubo y una fregona en medio del pasillo le cruzó la mente, pero lo descartó y se concentró en lo que tenían por delante.

Servaz se despertó a las seis y media y descubrió que la cama estaba vacía. Las sábanas conservaban la huella y el olor de Kirsten. Aguzó el oído, pero la habitación, así como el cuarto de baño, estaba en silencio. Dedujo que no había querido despertarlo y que había bajado a desayunar. Servaz se levantó, se vistió y volvió a su habitación.

Bajo la ducha, rememoró la noche anterior. Después de hacer el amor, habían charlado, a ratos en el balcón, donde habían compartido un cigarrillo, a ratos en la cama, y al final él le había hablado de la que podía ser la madre de Gustav. Entonces ella le había hecho muchas preguntas sobre lo que había ocurrido en Marsac, sobre Marianne, sobre su pasado. Él se había confiado a ella como pocas veces lo había hecho desde los terribles sucesos de Marsac, y ella lo había escuchado, observándolo con tranquilidad e indulgencia. Martin le agradeció que no mostrara lástima y, por su parte, evitó cualquier actitud autocompasiva. Al fin y al cabo, ella también debía de tener sus propios problemas. ¿Y quién no? Después se acordó de la pregunta que le había hecho. Era inteligente. Había dado en el clavo casi de inmediato. La pregunta en torno a la cual giraba desde hacía días sin atreverse a formularla: «Entonces, ¿podría ser tu hijo?»

Después de cambiarse de ropa, bajó en el ascensor hasta la planta baja. Al entrar en la sala donde servían el desayuno, la buscó con la mirada, pero no la vio. No podía haber ido muy lejos. Sintió la punzada agridulce de una leve decepción, que ahuyentó para dirigirse al bufet y a los dispensadores de café y té.

Una vez sentado, sacó el teléfono y llamó a Margot.

Saltó el contestador.

Abrió la puerta de su cuarto con la tarjeta electrónica y se sorprendió al encontrar la cama vacía.

—¿Martin?

Nadie contestó. Había vuelto a su habitación, supuso, con una ligera punzada en el estómago. Prefirió no pensar en eso y se desvistió rápidamente para meterse a la ducha. Empezaba a tener un hambre voraz.

Al entrar en el cuarto de baño, descubrió que ni siquiera se había duchado allí: las toallas estaban dobladas en su sitio, y la bañera, intacta y seca. El dolor se hizo notar de nuevo, un poco más fuerte esta vez. Se habían acostado juntos, muy bien. Habían pasado un rato agradable, pero la cosa no iría más allá. No iban a conocerse más: ése era el mensaje que le había dejado.

Observó su rostro en el gran espejo que había encima del lavabo.

—Bueno —dijo en voz alta—, era de esperar, ¿no?

Al entrar en la sala en la que servían el desayuno, lo vio sentado solo a una mesa y se dirigió hacia allí.

—Hola —saludó, al tiempo que cogía una taza—. ¿Has dormido bien?

—Sí. ¿Y tú? ¿Dónde estabas?

—Corriendo —respondió, antes de ir hacia la cafetera.

Servaz la miró mientras se alejaba. Su diálogo había sido breve y desprovisto de calidez. No hacía falta que ella se lo dijera más claro: lo que había sucedido la noche anterior no debía ponerse sobre el tapete. Sintió una frustración intensa. Tenía la intención de decirle lo bien que le había sentado hablar con ella, que hacía tiempo que no estaba tan a gusto con nadie. Esa clase de cosas que se dicen a veces... Sin insistir. Ahora se sentía como un idiota. «Bueno —pensó—. Volvemos al trabajo. A guardar las distancias.»

Kirsten devoró unas tostadas con mermelada, salchichas y huevos revueltos, se bebió un café largo y dos vasos grandes de zumo de naranja llenos a rebosar, de acuerdo con la costumbre de Noruega, donde el desayuno era la comida más copiosa del día. Servaz, mientras tanto, se conformó con un expreso, medio cruasán y un vaso de agua.

—No comes mucho —señaló ella.

Esperaba que le contestara con uno de esos dichosos clichés sobre la corpulencia de leñadores de los noruegos, como el cretino que la había abordado en la plaza Wilson, pero se limitó a sonreír.

—Uno piensa peor con la barriga llena —acabó diciendo.

Ella no sabía que cuando hablaban de comida delante de él, algunas veces todavía pensaba en aquella cena sublime, regada con vinos de primera, pero envenenada, que le había servido un día un juez.

L'Hospitalet era un pueblo encaramado en una colina en medio de un imponente decorado de montaña, a escasa distancia de la frontera con España. Tuvieron que ascender por una serie de curvas en zigzag por la ladera de un valle profundo cubierto de un denso bosque, superar un collado a casi mil ochocientos metros de altura, pasar por unos abetales negros y ventosos, donde, espantadas por el ruido del coche, las cornejas atravesaron la bruma con unos graznidos que parecían profecías lúgubres. La carretera, estrecha y sinuosa, tan pronto estaba bordeada de parapetos de piedra como rozaba el vacío, sin ninguna barrera que pudiera contener un vehículo que hubiera perdido de improviso el control.

Franquearon la montaña y, cuando llegaron al otro lado, descubrieron el campanario de una iglesia y los tejados del pueblo, apiñados unos contra otros un poco más abajo, en un decorado blanco y luminoso, como un rebaño de ovejas que buscara un poco de calor en la proximidad de sus congéneres.

El pueblo les pareció, de entrada, monacal, triste y hostil para los forasteros. Las callejuelas, estrechas y escarpadas —con las casas dispuestas a lo largo de la pendiente—, no debían de recibir el sol más de unas cuantas horas al día. No obstante, llegaron a una plaza como tantas otras, con un monumento a los caídos en el centro, pero aun así resultaba agradable con una parcela de plátanos sin hojas y, sobre todo, un mirador que ofrecía un panorama extraordinario. Con el cielo despejado, libre ya de nubes, la vista se extendía hasta lo lejos y abarcaba la confluencia de los tres valles, donde se distinguían las calles y los tejados de Saint-Martin-de-Comminges. El ayuntamiento, gris y sencillo, disponía con todo de aquella vista magnífica.

Bajaron con el sonido de portazos entre corrientes de aire heladas. Ni uno ni otro habían hablado durante el trayecto. Cada cual se había parapetado en su silencio y encerrado en el recuerdo de la noche, pero, desde que habían dejado atrás el cartel de la entrada del pueblo, Servaz sólo pensaba en una cosa: Gustav.

Miró a su alrededor, como si el niño fuera a aparecer en cualquier momento. No había ni un alma. En la plaza, vieron también el atrio de una iglesia románica, como las que abundaban en los pueblos del lado de España. El policía observó un instante el pórtico ornamentado con un tímpano de motivos arcaicos: el Creador rodeado del sol, la luna y los símbolos de los evangelistas. Al lado de la iglesia había una panadería y una barbería; ésta hizo que Servaz se cuestionara de dónde saldría la clientela en un pueblo como aquél.

Después de subir los dos tramos de escalones del ayuntamiento, bajo una bandera francesa que había perdido el color, trató de abrir la puerta de cristal, pero estaba cerrada. Llamó y no obtuvo respuesta. Alguien había quitado mal que bien la nieve de los escalones, así que pisó con precaución mientras bajaba, para no resbalar.

No obstante, en la esquina de la plaza, en la boca de una callejuela estrecha y curvada, un cartel indicaba: «ESCUELA PRIMARIA PASTEUR.»

Servaz miró a Kirsten, que asintió con la cabeza, y se pusieron en marcha; bajaron con prudencia por la pendiente abrupta y resbaladiza. En la primera planta advirtió una cortina que se corría, pero no vio a nadie detrás, como si el pueblo estuviera habitado por fantasmas.

Tras la curva, descubrieron el patio de la escuela. Situado un poco más abajo, disfrutaba, como el mirador de la plaza, de una vista maravillosa sobre el valle. Otro lugar que evocaba la infancia, con el patio, el tejadillo y la campanilla oxidada cerca de la entrada. Servaz notó que se le encogía el corazón.

Era la hora del recreo, y los niños corrían, se empujaban y gritaban contentos alrededor del único plátano del patio. Las raíces del viejo árbol habían levantado el asfalto y, también allí, alguien había quitado la nieve y la había acumulado en los rincones. Cerca de la pared vio a un hombre que vigilaba a los niños. Llevaba una bata gris y gafas. Había algo extrañamente anacrónico en aquella estampa, como si hubieran retrocedido cien años en el tiempo.

Servaz se detuvo de repente, con la impresión de haber recibido un puñetazo en plena cara.

Kirsten, que había seguido bajando, se detuvo también y se volvió a mirarlo. Lo vio inmóvil, con una nube de vaho delante de la boca abierta. Descifró su gesto y dio media vuelta para dirigir la vista hacia donde miraba él, hacia el patio de recreo. Buscando lo que él había visto.

Entonces lo comprendió.

Estaba allí.

«Gustav.»

El niño rubio. Entre los otros chiquillos. El pequeño de la foto. El que tal vez fuera su hijo.

27

Una aparición

—Martin.

—...

—¡Martin!

Le hablaban en voz baja, suave, imperiosa. Había abierto los ojos.

—¿Papá?

—Levántate —había dicho su padre—. Ven conmigo.

—¿Qué hora es?

Su padre tan sólo sonrió, de pie junto a su cama. Se había incorporado, medio dormido y alelado, con su pijama azul, y había posado los pies descalzos en las baldosas frías.

—Sígueme.

Lo había seguido por la casa en silencio: el pasillo, la escalera, la sala de estar inundada de luz, la del amanecer, cuyos rayos entraban a raudales por las ventanas sin cortinas de la fachada este. Había echado un vistazo al reloj de pared. ¡Las cinco de la madrugada! Tenía un sueño terrible. Lo único que quería era volver a la cama y dormir. No tardaría ni tres segundos en conciliar el sueño. Aun así, había seguido a su padre hasta afuera porque jamás se habría atrevido a desobedecerle. En aquella época, no se desobedecía. Además, también lo hacía porque lo quería. Más que a nadie en el mundo. Aparte de a su madre, quizá.

Fuera, el sol coronaba la colina, a quinientos metros de allí. Era verano. Todo estaba completamente inmóvil, incluso los trigales maduros. Tampoco se percibía ni el más mínimo estremecimiento en las hojas dentadas de los robles. Parpadeó al mirar los rayos de sol que inundaban el campo a su alrededor. Los cantos de los pájaros presidían la quietud de la mañana.

—¿Qué pasa? —había preguntado.

—Esto —había respondido su padre, abarcando el paisaje con un gesto amplio.

No lo había entendido.

—¿Papá?

—¿Qué, muchacho?

—¿Dónde tengo que mirar?

—A todas partes, hijo —había contestado, con una sonrisa.

Después le había alborotado el pelo.

—Sólo quería que vieras esto una vez en tu vida: la salida del sol, el amanecer, la mañana...

Había captado la emoción que impregnaba la voz de su padre.

—Mi vida acaba de empezar, papá.

Su padre lo había mirado sonriendo y le había apoyado una mano en el hombro.

—Tengo un hijo muy inteligente —había dicho—. De todas formas, a veces hay que olvidar la inteligencia y dejar hablar a los sentidos, al corazón.

Por aquel entonces era demasiado pequeño para comprenderlo, pero ahora sí lo entendía. Después había ocurrido algo: en la falda de la colina había aparecido una cierva. Con paso lento, silencioso, precavido, como una aparición. Una aparición magnífica, frágil, noble. Había salido del bosque al descampado, había estirado el cuello con prudencia. El pequeño Martin nunca había visto nada tan hermoso. Era como si la naturaleza en pleno contuviera el aliento. Como si fuera a ocurrir algo que haría añicos aquella magia. Servaz se acordaba de que el corazón le latía como un tambor.

Y, de hecho, había ocurrido algo. Un chasquido seco. En un primer momento no comprendió qué era, aunque sí vio que la cierva se quedó paralizada y luego cayó abatida.

—Papá, ¿qué pasa?

—Volvamos —había dicho su padre con un asomo de cólera en la voz.

—¿Papá? ¿Qué ha sido ese ruido?

—Nada. Ven.

Aquél fue el primer disparo que oyó, pero no el último.

—Está muerta, ¿verdad? La han matado.

—¿Estás llorando, hijo? Vamos, ven. No llores. Ven. Ya ha pasado. Ya ha pasado.

Tenía ganas de correr hacia la cierva, pero su padre lo había cogido del brazo. Entonces, en la falda de la colina, vio a unos hombres que salían del bosque, con las escopetas colgadas del hombro, y lo inundó un sentimiento de rabia.

—¡Papá, ¿tienen derecho a hacer eso?! —gritó—. ¡¿Tienen derecho?!

—Sí. Tienen derecho. Ven, Martin. Volvamos.

Volvió a la realidad, plantado en medio de la calle. Kirsten tenía la mirada posada en él. «Y Hirtmann —se preguntó—, ¿qué le enseña él a su hijo? ¿O al mío?»

Kirsten contuvo la respiración, con la sensación de que el tiempo había quedado en suspenso. Los segundos discurrían con una lentitud fuera de lo normal. Los gritos de los niños traspasaban el aire frío como trozos de cristal, en el patio de aquella escuela que parecía el único sitio vivo en aquel pueblo muerto. Nada se movía a su alrededor... con excepción de aquel patio pequeño y de un coche que circulaba lejos, en el valle, como una hormiga en la carretera rectilínea, cuyo ruido llegaba apagado casi hasta allí.

El propio Servaz se había transformado en una estatua de sal. Kirsten subió la cuesta hasta él.

—Está allí —le dijo.

Él guardó silencio. Seguía con la mirada los movimientos de Gustav en el patio y ella intuyó todas las emociones que debía de sentir. Permanecía callado e inmóvil, excepto por los ojos, que no se despegaban del niño, y la bufanda de lana, que bailaba con el viento. Dejó transcurrir un instante y observó ella también al pequeño. Era más bajo y menudo que los demás. Tenía las mejillas coloradas como manzanas, a causa del frío. Iba bien abrigado con un plumón azul y una bufanda roja. En ese momento, se lo veía muy alegre. Aparte de su estatura, no daba para nada la impresión de ser el niño enfermizo que les habían descrito. Siguió examinándolo un instante mientras le daba tiempo a Martin para que reaccionara. No obstante, Kirsten era demasiado impaciente para prolongar mucho la espera.

Él miró a su alrededor.

—¿Vamos? —insistió ella—. Podríamos hablar con el hombre que hay allí abajo.

—No.

Fue un «no» categórico. Volvió a mirar a su alrededor.

—¿Qué pasa?

—No podemos quedarnos aquí. Van a descubrirnos.

—¿Quiénes?

—Las personas que están al cuidado de Gustav, quién si no.

—Pero si no hay nadie.

—Por ahora.

—Entonces, ¿qué hacemos?

Señaló la calle por la que habían llegado.

—Es un callejón sin salida, el único acceso a la escuela. Quienes vienen a buscar a Gustav tienen que pasar a la fuerza por aquí, tanto si viven en el pueblo y vienen a pie, como si aparcan el coche en la plaza.

Volvió sobre sus pasos y remontó la pendiente por los adoquines resbaladizos.

—Los esperaremos. Pero si nos quedamos en el coche —añadió, y señaló la ventana donde se había movido una cortina—, en menos de una hora todo el pueblo estará al corriente de nuestra presencia.

Fueron a parar a la plaza. Servaz señaló hacia el ayuntamiento, cuya fachada ocupaba un lugar central por el lado este.

—Sería un buen punto de observación.

—Está cerrado.

Servaz miró el reloj.

—Ya no.

El alcalde era un hombrecillo achaparrado de ojos juntos y mandíbula ancha, con un bigotito fino y oscuro que parecía el cordón de un zapato debajo de una nariz chata por la que afloraban algunos pelos. Se notaba que era devoto de la ley y el orden, porque había acogido con entusiasmo su petición.

—Allí. ¿Qué les parece? —les preguntó, indicando las ventanas de una sala del segundo piso.

A juzgar por la larga mesa de madera encerada y la cantidad de sillas que había, era allí donde se celebraban los plenos municipales. La sala olía a cera para muebles. En la pared del fondo había un aparador grande, y tras su vitrina lucían las encuadernaciones de los registros municipales, con un aspecto tan venerable como el propio mueble. Los tiradores eran de cristal tallado y la madera oscura estaba adornada con arabescos de hojas y motivos incrustados. Servaz pensó que aquel pueblo debía de estar lleno de muebles como ése, pesados, anticuados, surgidos de las manos callosas de ebanistas ya muertos, pero que estuvieron orgullosos de su trabajo, tan distinto del mobiliario para montar uno mismo que se estilaba en las grandes ciudades. Las ventanas, provistas de unas cortinas de cretona polvorienta, daban a la plaza, y desde ellas se veía perfectamente la entrada del callejón que conducía a la escuela.

—Es perfecto. Gracias.

—No hay de qué. En estos tiempos tan agitados, cada cual debe cumplir con su deber de ciudadano. Debemos ayudarnos, para protegernos los unos a los otros. Ustedes hacen lo que pueden, pero hoy en día la seguridad general depende de todos y cada uno de nosotros. «Estamos en guerra...»

Servaz asintió prudentemente. Kirsten, que no había comprendido ni una palabra, lo miró con el ceño fruncido y Martin se encogió de hombros cuando el edil dio media vuelta para salir. Después pegó la nariz a la ventana, lo que dibujó un círculo de vaho en el cristal, y consultó el reloj.

—Sólo nos queda esperar.

Hacia mediodía, los padres de los alumnos fueron apareciendo en la plaza para adentrarse en el callejón en dirección a la escuela. La noruega y el policía de Toulouse oyeron el sonido herrumbroso, cargado de ecos infantiles, de la campana, y redoblaron la vigilancia. Los padres volvieron a aparecer al cabo de unos minutos, con su parlanchina progenie de la mano. Por lo visto, allí los alumnos no se quedaban a comer. Lo más probable era que aquella pequeña escuela no tuviera comedor.

Servaz tragó saliva, con el estómago corroído por la angustia. Gustav iba a aparecer por fuerza, cogido de la mano de alguien.

Sin embargo, el flujo de padres y niños quedó interrumpido sin que Gustav hubiera hecho acto de presencia. Allí había algo raro.

Servaz acercó de nuevo la cara al cristal, y tuvo que resistir la tentación de abrir la ventana. Consultó el reloj. Las doce y cinco. La plaza estaba vacía. No había rastro de Gustav. Mierda. ¿Significaba eso que vivía en una de las casas del callejón? De ser así, con la cooperación del alcalde, no les costaría dar con una manera de esconderse...

Se disponía a alejarse de la ventana cuando un Volvo gris metalizado entró en la plaza demasiado deprisa y frenó haciendo chirriar los neumáticos. Kirsten y Servaz se volvieron de manera simultánea hacia el cristal, a tiempo para ver a un hombre de unos treinta y cinco o cuarenta años, elegante, con un abrigo de invierno de buen corte y una perilla recortada con pulcritud, que salió a toda prisa del coche y se puso a correr hacia el callejón mientras consultaba el reloj.

Intercambiaron una mirada. Servaz notó que se le aceleraba el pulso. Esperaron sin decir nada. Después del bullicio de los niños, el silencio de la plaza parecía aún más ensordecedor. Luego sonaron unos pasos y, transportadas por el eco hasta ellos, oyeron dos voces: una adulta y otra de niño. Como un momento antes, Servaz no se atrevió a abrir la ventana para oír mejor. El hombre de la perilla salió del callejón al cabo de unos segundos.

Llevaba a Gustav cogido de la mano.

—*Dammit!* —exclamó la noruega.

El hombre de la perilla pasó por debajo de la ventana y guió a Gustav hacia el coche.

—Has corrido demasiado —le oyó decir Servaz a través del cristal—. Ya sabes que, con tu enfermedad, no debes cansarte.

—¿Cuándo va a venir papá? —preguntó el niño, que, de repente, parecía muy pálido y fatigado.

—¡Chist! Aquí no —dijo el hombre con expresión contrariada, y miró en derredor.

De cerca, se veía un poco mayor de lo que cabía interpretar por su porte y sus andares. Debía de faltarle poco para cumplir los cincuenta, si no los tenía ya. Parecía un ejecutivo de banca o un comercial, el jefe de una empresa del sector de la informática, un asesor de empresas o un profesor de universidad: olía a dinero ganado sin apenas ensuciarse las manos. El niño estaba ojeroso y tenía la tez macilenta, cerosa, a pesar del color que le había ocasionado el frío en las mejillas. Servaz se acordó de las palabras de la directora: «También era un niño enclenque, enfermizo, de una estatura inferior a la media. Parecía que tenía un año menos que los demás. A menudo faltaba a clase. Una gripe, un resfriado, una gastroenteritis...» Se volvió hacia Kirsten y ambos se precipitaron en dirección a la puerta, bajaron los dos tramos de escalera cubiertos con una alfombra raída, sujeta con unas barras de cobre, y cruzaron el vestíbulo, cuyo suelo estaba encerado y resbalaba. Abrieron la puerta del ayuntamiento en el preciso momento en que el Volvo gris abandonaba la plaza, y entraron unos cuantos copos de nieve.

Corrieron hasta el coche.

Con la esperanza de que no hubiera otra salida del pueblo.

Servaz subió demasiado deprisa por la calle que los había conducido a la plaza y aminoró el paso al divisar el Volvo un poco más lejos. Se dio cuenta de que tenía calor. Con la mano que tenía libre, se aflojó la bufanda y se bajó la cremallera del abrigo. Aflojó aún más la marcha para no seguir reduciendo la distancia entre el Volvo y ellos. Ignoraba si el hombre que conducía sospechaba algo, pero suponía que el suizo le habría dado instrucciones por si se daba el caso.

¿Quién sería?

Lo que sí estaba claro era que no se trataba de Hirtmann. La cirugía tiene sus límites. Se podían poner pómulos, arquear las cejas, modificar una nariz, implantar cabello o cambiar el color de ojos, pero, a su juicio, no podía reducirse la estatura en quince centímetros.

A Servaz lo poseía un sentimiento de exaltación, pero también estaba desorientado; lo perturbaba la impresión de que los arrastraban en contra de su voluntad hacia encrucijadas y alternativas impuestas por otros, como ratones en un laberinto, mientras que alguien, en algún sitio, disponía de una visión mucho más amplia y global. Por otro lado, estaba la investigación sobre la muerte de Jensen. La coincidencia de ambos sucesos, la muerte del violador y la presencia del suizo en la zona, lo desconcertaba. No le daba tanto la sensación de estar siguiendo a alguien, sino de que era a él a quien seguían, observaban, espiaban... e incluso guiaban... ¿directamente hacia una trampa?

El representante de la Inspección General de la Policía Nacional se llamaba Rimbaud, como el poeta. Sin embargo, Roland Rimbaud no había leído nada de su tocayo. Sus lecturas no iban más allá de las páginas de *L'Équipe* (con cierta predilección por las dedicadas al fútbol y el rugby), que le dejaban marcas de tinta en los dedos, y de sus correos electrónicos. Ignoraba que el poeta que se apellidaba como él había escrito *Una temporada en el infierno*. De haberlo sabido, sin duda habría encontrado apropiado ese título para describir lo que se disponía a hacer vivir a uno de sus colegas.

Sentado en el despacho del juez Desgranges, Rimbaud sintió el olor a sangre. Ese caso olía a gran golpe. El comisario de división —al que algunos de sus colegas, igual de aficionados a la poesía que él, habían puesto el apodo de «Rambo»— era un lobo hambriento, un detector infatigable de policías corruptos, o al menos así le gustaba verse a él. Desde que dirigía la sección regional de la Inspección General, Rimbaud había hecho caer a algunos cabecillas de la Seguridad Pública y de Estupefacientes y había desmantelado una brigada anticriminal cuyos miembros habían sido juzgados por «robo en banda organizada, extorsión, adquisición y tenencia ilícita de estupefacientes». El hecho de que su investigación se hubiera basado en la declaración dudosa de un traficante y que las acusaciones se hubieran demostrado infundadas más adelante, de que hubiera recurrido a métodos que, en otros ámbitos, habrían sido calificados de acoso, no parecía perturbar mucho a sus superiores. «Para pescar truchas hay que mojarse», como se dice... Para Rimbaud, la policía no era una única institución, sino una nebulosa de capillas, de campos acotados, de rivalidades, de egos andantes... en resumidas cuentas, una jungla poblada de fieras, monos, serpientes y parásitos. También sabía que no hay que limar los colmillos de los perros guardianes, que basta sólo con hacerles notar, de vez en cuando, la longitud de la correa.

—¿Qué sabemos? —preguntó Desgranges, ciñéndose a los hechos.

De los dos, el que parecía un poeta era más bien el magistrado, con el cabello largo, una corbata de punto retorcida y una chaqueta de cuadros que parecía haber pasado por la tintorería mil veces.

—Que todo indica que a Jensen lo mataron con un arma de policía cuando intentaba violar a una joven en un refugio de montaña; que durante un tiempo fue considerado sospechoso de las violaciones de las tres mujeres que hacían *footing* y del asesinato de una de ellas, aunque después fue exculpado; que se electrocutó con una catenaria con posterioridad a un interrogatorio policial que acabó en persecución...

Calló un momento. Hasta entonces, avanzaba por un terreno sólido: el de los hechos. Ahora se disponía a aventurarse por otro más resbaladizo, pantanoso incluso.

—Que en el curso de esa persecución, disparó al comandante Martin Servaz, de la Policía Judicial de Toulouse, el cual recibió una bala en el corazón y pasó varios días en coma; que ese mismo comandante sospechaba que Jensen era el autor del asesinato de Monique Duquerroy, de sesenta y nueve años, cometido en su domicilio de Montauban en el mes de junio. Hay que tener en cuenta que el policía, Servaz...

—Sé quién es Servaz —lo interrumpió Desgranges—. Continúe.

—Mmm... Que el abogado de Jensen quiso llevar a la policía a los tribunales. Él afirma que Servaz... eh... amenazó a su cliente con un arma y lo obligó a subir al techo del vagón de tren pese a que llovía y sabía perfectamente que Jensen corría el riesgo de electrocutarse...

—¿Y él no? —contestó Desgranges—. Si no me equivoco, Servaz también subió al techo. Y Jensen le disparó a él, ¿no? Jensen también iba armado, por lo que parece...

Rimbaud vio que en la frente del juez, surcada ya de arrugas, aparecían tres pliegues profundos.

—En realidad, el abogado de Jensen dice que el comandante Servaz intentó matar a su cliente electrocutándolo —soltó Rimbaud.

El magistrado se aclaró la garganta.

—Y usted no va dar crédito a tales afirmaciones, ¿verdad, comisario? Ya sé que concede más peso a la palabra de un traficante que a la de los policías, pero de todas formas...

Rimbaud se preguntó si el juez había dicho realmente lo que acababa de oír. En todo caso, puso cara de indignación. Desgranges seguía observándolo en silencio. El policía sacó entonces una hoja de una carpeta de cartón y la deslizó por encima del escritorio del juez.

—¿Qué es? —preguntó éste.

—La gendarmería mandó realizar un retrato robot del hombre que abatió a Jensen, gracias al testimonio de Emmanuelle Vengud, la joven a la que estuvo a punto de violar.

Desgranges le dedicó un gruñido que Rimbaud no supo cómo interpretar. Luego cogió el dibujo. Una cara de facciones regulares, a la sombra de una capucha. Apenas se distinguía algo más que la boca, la nariz y los ojos. Con aquello poco podrían hacer.

—Le deseo suerte —comentó, y se lo devolvió.

—¿No cree que se le parece?

—¿Cómo? ¿A quién?

—A Servaz.

Desgranges suspiró y se ruborizó.

—Ya veo —dijo en voz baja—. Escuche, comisario, me han hablado de sus métodos... Quiero que sepa que yo no los apruebo. En lo relativo a esa brigada anticriminal que desmanteló, parece que mis colegas poco a poco están volviendo a revisar algunos aspectos del expediente: el testimonio sobre el que basó sus acusaciones está en entredicho, por expresarlo de una forma delicada. Seamos claros: yo no tengo intención de encontrarme en la misma situación... Por otra parte, algunos policías de otros servicios han dirigido una carta al director del Departamento de Seguridad Pública para denunciar lo que consideran acoso por su parte. Siga mi consejo y modérese esta vez.

Desgranges no había elevado la voz, pero, incluso velada, se percibía la amenaza en sus palabras.

—No se confunda, sin embargo —continuó el magistrado—. Nadie podrá decir que yo cubro actuaciones erróneas, si se dan, ni que obstaculizo que salga a la luz la verdad. Prosiga sus investigaciones, pero ciñéndose a los límites que acabo de marcar. Si me trae algo concreto, real y tangible sobre alguien, sea Servaz u otra persona, se hará justicia, se lo garantizo.

—Necesitaría una orden judicial para hacer un análisis balístico —prosiguió Rimbaud, sin amedrentarse.

—¿Un análisis balístico? ¿Sabe cuántos policías y gendarmes hay en este departamento? ¿Quiere analizar todas sus armas?

—Sólo la del comandante Servaz.

—Comisario, ya le he dicho que...

—¡Estuvo en Saint-Martin-de-Comminges esa noche! —lo interrumpió Rimbaud—. La noche en que mataron a Jensen sólo a unos kilómetros de la ciudad. ¡Lo pone en el informe que Servaz redactó! Acabo de enterarme.

El policía de la IGPN sacó unas hojas de la carpeta y se las tendió al juez.

—¡Aquí pone que Jensen lo llamó en plena noche! Le dijo a Servaz que lo había visto en Saint-Martin. Hizo alusión a la noche en que se electrocutó en el tren y le reprochó que le hubiera destrozado la vida. Después le dijo que quería hablar con él y, como Servaz se negó, hizo alusión a su hija.

—¿A la hija de quién?

—De Servaz.

—¿Qué tipo de alusión? —preguntó Desgranges, de repente interesado.

Rimbaud consultó su copia del informe.

—Poca cosa. Servaz contestó que tenía otras cosas de las que ocuparse y Jensen dijo: «De tu hija, ya lo sé.» Por lo visto, eso fue suficiente para hacer reaccionar a Servaz, porque se fue volando a Saint-Martin en plena noche. De ser verdad, su teléfono debió de registrar la señal de la antena que hay en la entrada de la ciudad. Después es cuando la cosa se pone más interesante...

El policía lanzó una mirada al juez, que lo observaba con frialdad. No parecía desconcertado en lo más mínimo. Rimbaud preveía, no obstante, que sus aires de superioridad se esfumarían enseguida.

—Servaz afirma que había alguien escondido en los jardines del balneario de Saint-Martin y que, cuando quiso acercarse, esa persona huyó. La siguió corriendo, pero desapareció en el bosque de detrás del balneario. Servaz no se atrevió a aventurarse más lejos, según su informe. Y, fíjese, entonces volvió a su coche y encontró una nota en el parabrisas.

—¿Qué ponía?

—«¿Has pasado miedo?» Eso es lo que él afirma.

—¿Aún tiene la nota?

—En el informe no se dice.

El magistrado seguía observándolo con escepticismo.

—O sea que tuvo contacto con Jensen la noche que asesinaron a éste, ¿no?

—Con el arma de un policía —insistió Rimbaud.

—O con el arma que robaron a un policía. ¿Ha averiguado si alguien ha denunciado la pérdida de su arma?

—Estamos en ello.

—No lo entiendo. A Jensen lo mataron a las tres de la madrugada en plena montaña, y Servaz afirma que se desplazó a Saint-Martin hacia las doce de la noche. ¿Qué cree usted qué pasó mientras tanto?

—Es posible que Servaz mienta. Las señales captadas por su teléfono nos lo dirán. Cabe otra hipótesis. Como no es idiota, sabe que el teléfono lo traicionará y que alguien podría haberlo visto en Saint-Martin. Entonces vuelve a Toulouse, deja el teléfono y regresa a Saint-Martin...

—¿Saben qué estuvo haciendo Jensen hacia medianoche?

—Estamos comprobándolo.

Era mentira. Rimbaud ya lo sabía. Según todos los testigos, Jensen no podía estar en Saint-Martin hacia las doce, porque en ese momento se encontraba en el refugio con los demás. A menos que hubiera aprovechado cuando dormían para salir. Aunque cabía considerar otra posibilidad: que Servaz no hubiera visto a Jensen ni a ninguna otra persona en la ciudad y se lo hubiera inventado todo. Que se hubiera enterado, de una forma u otra, de dónde se encontraba su víctima. Hubiera realizado el trayecto de ida y vuelta para que el teléfono registrara las antenas en ambos sentidos. Después hubiera vuelto hasta allí sin el teléfono... Era una coartada un tanto retorcida, pero precisamente por eso podía funcionar, porque tratándose de un policía, había que ser idiota para ir de entrada con el teléfono al lugar donde se piensa cometer un crimen.

Volvió a mirar el retrato robot. No se veía gran cosa, era verdad, pero podría tratarse de Servaz.

O no...

«El arma.»

El arma hablaría. En el supuesto de que Servaz no denunciara que la había perdido. Se acordó también de las huellas en la nieve.

—No lo sé —dijo Desgranges, que juntó las manos bajo la barbilla y resiguió con los pulgares el labio inferior—, tengo la molesta impresión de que sólo está siguiendo una pista.

—¡Hombre, es que todo lo acusa a él! —protestó Rimbaud, y miró hacia el techo—. ¡Estuvo allí la noche el asesinato! ¡Y tiene un móvil!

—¡No me hable como si fuera idiota! —lo reprendió el juez—. ¿Qué móvil? ¿Hacerse justicia a sí mismo? ¿Liquidar a alguien que ha mencionado a su hija y que ha cometido violaciones en el pasado? ¿Vengarse porque le disparó? Conozco a Servaz, usted no. Y no es el tipo de persona que haría algo así.

—He interrogado a varios de sus colegas. Todos dicen que ha cambiado desde que estuvo en coma.

—De acuerdo, accedo a su petición. Pero no quiero que, de ninguna manera, el caso se convierta en pasto para la prensa. Las filtraciones se producen muy deprisa. Pida un análisis balístico para toda la Policía Judicial, así no será tan evidente.

El comisario de la IGPN asintió con la cabeza, con una gran sonrisa en el rostro.

—También quiero interrogar a Servaz, así como a sus superiores y a los miembros de su equipo de investigación —añadió.

—Un interrogatorio en calidad de testigos —puntualizó el juez.

Se puso en pie, dando por terminada la reunión. Luego se dieron un frío apretón de manos.

—Comisario —llamó Desgranges a Rimbaud, cuando éste tenía ya la mano en la puerta.

—¿Sí?

—Recuerdo que, cuando desmanteló a aquella brigada, el asunto salió en las portadas de los periódicos. Esta vez no quiero que ocurra nada por el estilo, ¿entendido? No quiero nada de esto en la prensa, ¿lo comprende? Al menos por ahora.

28

El chalet

La carretera serpenteaba por el flanco helado y tornasolado de la montaña, formando un surco profundo en todo aquel blanco inmaculado. Habían dejado los bosques atrás y circulaban por la pendiente lisa, desnuda, cubierta sólo de nieve. Servaz estaba tenso. Si seguían así, como una nota de color en ese desierto blanco, iban a delatar su presencia.

En aquella pequeña carretera no había nadie más, aparte de ellos y el Volvo. Vieron que éste giraba hacia un pueblo situado en el flanco de la montaña, compuesto tan sólo por un hotel, un aserradero abandonado en la entrada, una treintena de casas y algunas tiendas. Después de superar la curva cerrada de la salida del pueblo, Servaz redujo la velocidad bruscamente delante del hotel: el coche se había detenido a menos de trescientos metros, después de otra curva, más amplia, frente a un gran chalet de estilo alpino desde el que se dominaba todo el valle. La carretera se acababa allí.

Servaz aparcó al pie de la terraza desierta del hotel, asentada sobre un muro de contención de piedra que seguía el trazado de la curva. Observaron a las dos personas que bajaban del coche, cuyos alientos se hicieron visibles, livianos como una pluma, delante de sus bocas. El chalet era grande, lujoso, recubierto de madera, provisto de varias terrazas y balcones, como los que se veían a menudo en Megève, Gstaad o Courchevel. Parecía tener capacidad para dar cobijo a numerosas personas, pero por la puerta del garaje, que estaba abierta, Servaz sólo vio un coche.

¿Una pareja? ¿Seguro que allí vivía Gustav? ¿Con ese hombre? ¿Y con quién más?

Servaz los vio entrar. Abrió la portezuela del coche.

—¿No te apetece un café? —dijo.

Un momento después, Kirsten y él se sentaban en la terraza del hotel, como un par de turistas en sesión de reconocimiento; él delante de un café doble, y ella, de una Coca-Cola Zero (había tirado los cubitos del vaso como si estuvieran en uno de esos países donde el agua no es potable o se corre riesgo de contraer alguna enfermedad si se consume del grifo). Aunque hacía un frío que pelaba, el sol que resplandecía sobre la nieve los calentaba un poco. Escondido detrás de las gafas oscuras, Servaz examinaba cuidadosamente la casa, pendiente del menor movimiento.

De repente, dirigió una señal a Kirsten, que se volvió. En uno de los balcones había aparecido una mujer alta y rubia, con un jersey de color crudo y un pantalón marrón. Pese a que la distancia les impedía precisar su edad, Servaz calculaba que tendría unos cuarenta y tantos años. Era delgada, esbelta incluso, y llevaba el pelo recogido en una cola.

Cuando el hotelero volvió a salir, pese a que no había otros clientes en la terraza, Servaz le dirigió un ademán para que se les acercara.

—¿Sabe si se alquila ese chalet tan grande de allí?

—No. No lo alquilan. Es de un profesor de la Universidad de Toulouse.

—¿Y viven sólo dos personas? —preguntó Servaz haciéndose el sorprendido.

—Tres —precisó el hotelero, sonriendo—. Tienen un hijo. Adoptado. Sí, los hay con dinero...

Servaz dudó si hacer más preguntas. De momento no quería llamar la atención.

—¿Y usted tiene habitaciones disponibles?

—Por supuesto.

—*What?* —preguntó Kirsten una vez que el hombre se hubo alejado.

Servaz le tradujo la conversación.

• • •

Al cabo de una hora, el hombre de la perilla volvió a salir del chalet en compañía de Gustav para llevarlo a la escuela. Por lo visto, el profesor no trabajaba en Toulouse ese día. Llevaban una hora sentados en la terraza. Y les tocaba moverse, si no querían despertar sospechas.

—Vamos a reservar una habitación. Primero iremos a dar una vuelta y volveremos esta noche —dijo en inglés.

—¿Una habitación o dos? —preguntó ella.

La miró. Estaba claro que Kirsten no tenía intención de dar una continuación a lo que había pasado la otra noche. Estaba guapa bajo aquella luz, con su jersey de cuello alto, que le marcaba el pecho, y las gafas de sol, que le ocultaban el rostro. De repente, sintió una leve punzada en el estómago. No sabía qué había ocurrido exactamente entre ellos y menos aún lo que iba a pasar a partir de ahora. Le costaba interpretar lo que pensaba. ¿Lo de la noche anterior habría sido una consecuencia de la subida de adrenalina y del miedo? ¿Habría sido todo un mero fruto de la necesidad que experimentaba de tener a alguien en su cama en ese momento? Acababa de dejar muy clara su intención de no ir más allá.

Por el momento, decidió dejar en suspenso la cuestión.

—¿Todas las armas de la Policía Judicial? —repitió Stehlin con incredulidad.

—Eso es.

—¿Y el juez Desgranges lo ha autorizado?

—Sí.

El director de la Policía Judicial se llevó la taza de café a los labios para disponer de un tiempo para pensar.

—¿Quién se va a encargar del análisis balístico? —preguntó.

—¿Tiene algún inconveniente al respecto? —contestó Rimbaud.

—No, pero sí algunas preguntas. ¿Cómo van a hacerlo? ¿Van a poner todas las armas al mismo tiempo en un camión blindado? ¿Van a enviarlas a Burdeos? ¿Van a transportarlas por la autopista? ¿En serio?

Rimbaud se removió en el asiento y se inclinó hacia el escritorio imponente de su interlocutor.

—No vamos a desarmar a todos sus hombres al mismo tiempo, y las armas no van a salir de esta comisaría. El análisis se llevará a cabo aquí mismo, en su laboratorio... bajo nuestra supervisión.

—¿Por qué la Policía Judicial? ¿Por qué no la gendarmería o el cuerpo de Seguridad Pública? ¿Qué le lleva a pensar que el culpable se encuentra aquí? Yo no creo que ninguno de mis hombres pueda estar implicado en esto —afirmó Stehlin, pese a que en su pensamiento Servaz hizo una aparición fulgurante.

—En el ajedrez, los alfiles son los que están más cerca de los reyes —contestó Rimbaud, sibilino.

Habían pasado la tarde paseando por L'Hospitalet y Saint-Martin, barajando diferentes hipótesis, tomando tantos cafés que Servaz empezaba a sentir náuseas. En cuanto empezó a anochecer, regresaron al hotel y, con el pretexto de que estaban cansados, se encerraron en la habitación. Había dos camas, una grande y una más pequeña, cosa que ambos interpretaron como una señal. Servaz no había querido llamar la atención pidiendo dos habitaciones. Estaba dispuesto a dormir en el sillón si había uno, pero aquello zanjó la cuestión.

El problema estaba en que no habían previsto encontrarse en una misma habitación de hotel después de la noche anterior y que el hecho de verse forzados a ello por los acontecimientos hacía que la situación fuera aún más embarazosa. Notaba que Kirsten se sentía igual de incómoda que él. Cada movimiento que hacía en ese espacio reducido parecía casi tan controlado como el de un astronauta a bordo de la Estación Espacial Internacional. Aparte, sólo había una ventana, una circunstancia que los obligaba a rozarse y a estar tan cerca que él casi percibía el calor que irradiaba el cuerpo de ella, al igual que el perfume que emanaba de su cuello y sus muñecas.

Durante el paseo, Servaz había obtenido la confirmación del número de la matrícula y más información sobre la pareja: Roland y Aurore Labarthe, cuarenta y ocho y cuarenta y dos años. Oficialmente sin hijos. Según Espérandieu, él enseñaba psicología intercultural y psicopatología en la Universidad Jean-Jaurès de Toulouse y ella no tenía una profesión conocida. Iban a tener que investigar la adopción, ficticia o real, de Gustav. ¿En qué condiciones se había producido? ¿Dónde estaban los papeles? ¿Qué sabían el alcalde y las autoridades escolares de su situación? ¿Era posible, en el año 2016, tener en casa a un niño que no fuera hijo de uno? Probablemente sí. Durante cierto tiempo por lo menos. El caos planetario y las complejidades de la administración abandonaban a amplios segmentos de la sociedad a la arbitrariedad y la ausencia de controles.

Fuera, la noche se abatía con rapidez sobre la montaña de hielo. Las tinieblas se instalaban tanto en las hondonadas como en las cumbres y allí, en el espacioso chalet, se habían encendido varias luces. Sin embargo, Labarthe y Gustav aún no habían vuelto. De vez en cuando, percibían la silueta altiva y esbelta de la dueña de la casa, que pasaba de una habitación a otra, a veces con un teléfono pegado a la oreja o escribiendo mensajes en el aparato. Servaz pensó que debería pedir una orden al juez para realizar escuchas. Después, de repente, vieron pasar el Volvo bajo la ventana, circulando despacio sobre las rodadas blancas de la calzada nevada; no lo habían oído llegar. Las luces traseras, semejantes a dos ojos rojos e incandescentes, se alejaron hacia el chalet y la rubia apareció en el umbral, muy sonriente, iluminada por los faros. Recibió a Gustav cogiéndolo en brazos y, después de llevarlo al interior, dio un beso a su marido. Servaz tuvo la impresión de que su lenguaje corporal tenía algo artificial y forzado. Le tendió a Kirsten los prismáticos, que había cogido de la guantera.

A través de éstos, Aurore Labarthe se definía con mayor claridad. Era una mujer dominante. Guapa pero de una belleza mundana, gélida, con la nariz un poco larga, los labios delgados, cuello de cisne y la piel de una palidez extrema. Calculó que debía de medir un metro setenta y cinco por lo menos, o incluso más. De silueta atlética pero enjuta. Se había puesto una especie de toga larga de color crudo que le llegaba hasta los tobillos y que le daba un aspecto de vestal romana. Servaz advirtió que iba descalza, incluso cuando salió al escalón de la puerta de madera, en el que aún había restos de nieve. En sus facciones, su mirada y su actitud veía algo que le producía un profundo desasosiego. Se le ocurrió pensar que, en lugar de Aurore, podría haberse llamado «Sombra» o «Noche».

—*Look* —dijo de pronto Kirsten, a su lado.

Tenía el portátil encima de las rodillas y consultaba internet desde hacía un rato. Encaró la pantalla hacia él. Servaz vio una página web de venta de libros en línea. En todas las cubiertas aparecía el nombre de Roland Labarthe. Leyó los títulos. *Sade, la liberación a través del encierro, Haz lo que quieras: de Thélème de Rabelais a Alistair Crowley, Elogio del mal y de la libertad, El jardín de las delicias: de Sacher-Masoch al BDSM*. Entonces, detuvo la mirada en el quinto título.

Julian Hirtmann o el complejo de Prometeo.

Se estremeció al recordar una frase: «Los demonios son malvados y poderosos.» ¿Dónde la había leído? Ahí estaba la conexión... Dejando al margen el carácter rimbombante de los títulos, lógico viniendo de un profesor de universidad, éstos establecían un vínculo directo entre los dos hombres. El suizo había sido objeto de estudio para Labarthe. ¿Aquella curiosidad intelectual había llegado hasta el extremo de la fascinación? ¿Hasta la complicidad? Todo indicaba que tenía la prueba delante de sus ojos. Servaz no ignoraba que Hirtmann poseía cierto número de fans en internet, ese invento maravilloso que había transformado la faz del mundo... que permitía que el Dáesh corrompiera cerebros frágiles con sus ideas mortíferas, que unos chavales acosaran a otros hasta incitarlos al suicidio, que los pedófilos tuvieran acceso a fotos de niños desnudos, que millones de individuos descargaran su odio contra otros al amparo del anonimato...

Tenía que conseguir ese libro. El complejo de Prometeo... Servaz conservaba recuerdos vagos de las clases de filosofía a las que había asistido en aquellos tiempos remotos en que quería ser escritor y estudiaba literatura moderna. El complejo de Prometeo figuraba en una obra de Gaston Bachelard, *Psicoanálisis del fuego*. A pesar de todo el tiempo que había pasado, creía recordar que, según Bachelard, para conquistar el fuego, es decir el conocimiento y la sexualidad, el pequeño Prometeo debía vulnerar la autoridad paternal que le prohibía tocarlo; el complejo de Prometeo describía la tendencia que tienen los hijos a querer rivalizar en inteligencia y conocimientos con sus padres, a querer saber tanto o más que ellos. Era algo por el estilo... ¿Acaso habría descubierto Labarthe algún detalle del pasado del suizo? ¿Habría sido éste el que se habría puesto en contacto con el profesor universitario después de leer el libro que lo había consagrado?

Miró por la ventana.

Había anochecido por completo. Sólo la nieve azulada emergía de las tinieblas como una sábana que cubre los muebles de una habitación a oscuras. Las ventanas del chalet eran un derroche de luz. De pronto, Servaz vio que Gustav se acercaba a una de ellas y pegaba la cara al cristal para mirar fuera. Gracias al objetivo de los prismáticos, vio que el niño estaba en pijama. Parecía absorto en su propio mundo. Por un breve instante, reparó sin querer en la carita fatigada y triste... y sintió como si se le abriera un abismo en el estómago. Desvió la mirada. ¿Existía la más ínfima probabilidad de que estuviera observando a su hijo? Aquella perspectiva le causaba pavor. ¿Qué ocurriría si se confirmaba que lo era? Él no quería tener un hijo no deseado. Se negaba a asumir esa responsabilidad. Su hijo... que vivía con ese intelectual obsesionado por la transgresión y su mujer, fría como un témpano. No, era absurdo.

—Tenemos que conseguir su ADN —dijo, y se volvió hacia Kirsten.

Ella asintió, sin preguntar el ADN de quién. Sabía qué estaba pensando.

—En la escuela deben de tener objetos suyos —apuntó.

—No, es demasiado arriesgado —declinó él—. ¿Y si hablan con los Labarthe? No, no podemos correr ese riesgo.

—¿Qué vamos a hacer entonces?

—No lo sé. Pero tenemos que conseguirlo de alguna manera.

—Quieres saber si eres su padre, ¿verdad?

Servaz no respondió. El teléfono de Kirsten sonó en su bolsillo. Los primeros acordes de *Sweet Child of Mine*, de Guns N' Roses. La noruega deslizó el icono del botón verde de su Samsung hacia la derecha.

—¿Kasper?

—Quería saber si hay noticias —dijo el policía de Bergen—. ¿Alguna novedad?

Eran las 18.12 horas cuando, en la sede de la Policía Judicial de Toulouse, Samira Cheung entregó su Sig Sauer a Rimbaud. Ese día llevaba una camiseta con el emblema de los Misfits, un grupo de horror punk que se había disuelto hacía tiempo, y dos nuevos piercings: dos aros de acero negro pequeños, uno en la aleta izquierda de la nariz y el otro en el labio inferior.

—¿Son imaginaciones mías o aquí huele a rata muerta? —dijo Cheung.

—Debe de haber subido de las cloacas —comentó Espérandieu, y sacó su arma del cajón.

—Están hechos unos poetas, ¿eh? —contestó Rimbaud.

—Ah, es verdad, que, con semejante apellido, usted debe de entender de poesía, comisario.

—Cheung, no se pase. Es sólo una verificación rutinaria. Yo no tengo nada contra usted. Es una buena policía.

—¿Y qué sabe usted del oficio de policía? A ver, tenga cuidado con eso, comisario —añadió cuando él se alejaba ya con las armas—. No son juguetes, podría hacerse daño.

—¿Dónde está Servaz? —preguntó Rimbaud, haciendo como si no la hubiera oído.

—No lo sé. ¿Tú lo sabes, Vincent?

—No tengo ni idea.

—Cuando lo vean, díganle que también necesito su arma.

Samira soltó una sonora carcajada.

—Martin no acertaría a darle ni a la estrella negra aunque la tuviera delante. Sus resultados en las prácticas de tiro son de risa. Sería capaz de dispararse una bala en el pie.

Más tarde, Rimbaud lamentó haber dicho aquello, pero, como le ocurría a menudo, en ese momento no pudo reprimirse:

—Posiblemente es eso lo que ha hecho —contestó antes de salir.

A las 18.19 horas, Servaz colgó el teléfono.

—Tengo que ir al coche —dijo—. Ahora vuelvo.

—¿Qué pasa?

—Nada. Necesito fumar. Y tengo un paquete de tabaco en el coche.

Lo había invadido un nerviosismo repentino. Samira acababa de llamar, iban a examinar todas las armas. Él no tenía ningún motivo para inquietarse, porque en ningún momento se había separado de la suya.

Al salir del hotel, recibió la bofetada del viento glacial que se había levantado. Las ráfagas hacían restallar las banderas —presentes, sin duda, para pregonar las aspiraciones internacionales del establecimiento a pesar de la decrepitud de las instalaciones— y le traspasaban el jersey, demasiado fino. Debería haberse puesto el abrigo. Una racha violenta lo empujó hacia la entrada del hotel, pero siguió caminando sobre la nieve en dirección a los escalones que conducían a la carretera desde el borde de la terraza. Levantó la vista y los vio. Labarthe y Gustav. Habían salido y caminaban en medio del viento, reían. Se dirigían al hotel o, lo que era lo mismo, hacia él.

«Mierda.»

No podía desandar sus pasos. No quería que Labarthe le viera la cara de cerca, porque eso complicaría toda vigilancia posterior. Bajó con precaución los escalones nevados y abrió la portezuela del lado del acompañante y luego la guantera. El paquete seguía allí. Levantó la cabeza y alargó el cuello para ver por encima del muro de piedra. Labarthe y Gustav subían a la terraza por otro tramo de escaleras. Enseguida se volvió a agachar fingiendo buscar algo en el coche. Cuando se incorporó, habían desaparecido en el interior del establecimiento.

Las ráfagas gélidas lo traspasaban. Levantó la cabeza, temblando. El corazón le dio un vuelco peligroso cuando vio a Aurore Labarthe en el balcón, observando el hotel. ¡Mierda! ¿Se habría percatado de su pantomima? Al igual que su marido, debía de estar prevenida. No podía quedarse más tiempo allí... Iba a tener que pasar cerca de ellos, porque la recepción del hotel, situada al lado del bar, era minúscula y el ascensor, del tamaño de una caja de cerillas, se encontraba justo al lado.

Lanzó una mirada furtiva a la silueta que se perfilaba allá arriba. ¿Estaría mirándolo? ¿O tal vez vigilaba el hotel? Volvió a subir la escalera, cruzó la terraza con paso indeciso... Labarthe y Gustav le daban la espalda; Labarthe hablaba con el hotelero, que le tendía algo.

—Gracias, esto va a sacarnos del apuro —decía—. ¿Cuánto le debo?

Estaba rebuscando en la cartera. Servaz entró en el vestíbulo. Gustav debió de oír sus pasos en la nieve, porque se volvió. Y se quedó mirándolo con sus ojos claros de niño. Servaz tuvo la impresión de que le vaciaban las entrañas. Empezó a darle vueltas la cabeza. El chiquillo seguía sin apartar la vista de él.

«Eres mi hijo, ¿verdad?»

El niño no respondió.

«Eres mi hijo, lo sé.»

Negó con la cabeza. Espantó al fantasma. Pasó delante de ellos. Y Labarthe giró la cabeza cuando estuvo a su altura.

—Buenas noches.

—Buenas noches —contestó Servaz.

El hotelero lo miraba, Labarthe lo miraba, el niño lo miraba. Apretó el botón del ascensor, resistiendo la tentación de volverse.

—Perdone —dijo Labarthe a su espalda.

¿Le hablaba a él o al hotelero?

—Perdone.

Esa vez no cabía duda: la voz había sonado detrás de él. Se volvió por fin. Labarthe lo miraba.

«¿Le gustó la tortura, Servaz, le gustó el dolor?»

—¿Sí?

—Me parece que se ha dejado las luces del coche encendidas —repitió el profesor de universidad.

—¡Vaya!

Le dio las gracias y regresó al vehículo. Aurore Labarthe había entrado en el chalet. Y Servaz subió de nuevo a la habitación.

—¿Qué ha pasado? —preguntó Kirsten.

—Nada. Me he cruzado con Labarthe. Y con Gustav. Abajo, en el vestíbulo.

Zehetmayer estaba sentado en uno de esos cafés vieneses que no parecen haber cambiado nada desde que Stefan Zweig los describió en *El mundo de ayer*, poco antes de quitarse la vida. Aquellos cafés que constituían, a ojos del director de orquesta, uno de los escasos vestigios de la Viena de antaño, la que amaba el teatro, la literatura y las bellas artes; unos cafés que, en su opinión, antes animaban conversaciones de mucho más nivel que las de hoy en día.

¿Qué quedaba en realidad de todo aquello? ¿Qué quedaba de los judíos que habían hecho famosa a aquella ciudad? Los Mahler, Schoenberg, Strauss, Hofmannsthal, Schnitzler, Beer-Hofmann, Reinhardt, Altenberg, Zweig... e incluso Freud, ese fisgón de intimidades.

Sentado en un sofá al fondo de la antigua galería del café Landtmann (por nada del mundo se habría sentado fuera, en la galería nueva y acristalada, entre todos los turistas), el director de orquesta cenaba un filete mientras leía el *Krone* y dirigía de vez en cuando una mirada a través de las pesadas cortinas hacia la plaza del ayuntamiento, que iba cubriéndose de una capa blanca. Un poco antes, había captado su reflejo en un espejo; tenía el aspecto de lo que era: un viejo de piel macilenta, plagada de manchas, con una mirada llena de maldad, pero con una prestancia indiscutible bajo su abrigo de cuello de nutria. Las primeras notas de la *Danza húngara n.º 1* de Brahms resonaron en el bolsillo derecho de su gabán. Todos sus contactos importantes tenían asignada una música específica. Aquélla correspondía a uno de extrema importancia.

—¿Diga? —se limitó a contestar.

—Han encontrado al niño —anunció la voz en el otro lado de la línea.

—¿Dónde?

—En un pueblecito de los Pirineos.

—¿Y a él?

—Aún no, pero tarde o temprano se dejará ver.

—«El que camina sobre la nieve no puede ocultar su rastro» —sentenció Zehetmayer, citando un proverbio chino—. Buen trabajo.

Por toda respuesta, oyó el tono de la línea: la buena educación había quedado también relegada al pasado. Quizá había llegado el momento de llamar al otro número, el que había conseguido cuando enseñaba música a los presos. Los ayudaba a «evadirse» gracias a Mahler. A fin de cuentas, eso mismo hacía él: evadirse a través de la música de ese mundo moderno que aborrecía.

29

Implacable

Esa noche, en el pequeño hotel de montaña, Servaz soñó que iba en el metro de París y que veía a Gustav entre la multitud. Con el pulso acelerado, se levantaba y se abría paso entre la gente por el vagón para ir al encuentro del niño, mientras el convoy entraba en una estación llamada Saint-Martin. No recordaba ninguna estación con ese nombre. Existían Saint-Michel, Saint-Sulpice, Saint-Ambroise, Saint-Germain-des-Prés, Saint-Philippe-du-Roule... pero no Saint-Martin. Excepto en su sueño. Los pasajeros a los que obligaba a apartarse le lanzaban miradas hostiles y reprobadoras. Después de mucho esfuerzo, estaba a punto de alcanzarlo cuando el vagón se detenía; las puertas se abrían y la gente bajaba. Servaz se precipitaba hacia el andén. Gustav se dirigía ya hacia las escaleras mecánicas. Seguía empujando a la multitud, pero ésta formaba una masa cada vez más compacta que le impedía el paso y lo alejaba del niño.

—¡Gustav! —gritaba.

El chiquillo se volvía y lo miraba. Tuvo la impresión de que el corazón iba a estallarle de alegría. Pero resultó que, con un miedo patente en los ojos, el niño empezaba a abrirse camino entre el gentío a su vez... ¡para huir de él! Un pequeño de cinco años. Solo en el metro. Servaz subía entonces las escaleras mecánicas a toda prisa, empujando los cuerpos que obstruían su avance, con la energía de la desesperación. Y cuando llegaba a la encrucijada de pasillos de más arriba se detenía. No había nadie. Los pasillos estaban vacíos de repente.

Estaba solo.

Miraba los interminables corredores que se abrían a su alrededor y no veía ni un alma. Parecía como si el mismo silencio tuviera una frecuencia particular. Daba media vuelta. La escalera mecánica por la que había subido seguía desfilando innecesariamente, igual de solitaria que el andén de abajo. Llamaba a Gustav, pero sólo le respondía el eco. Estaba perdido. Solo. De repente le parecía que aquellos pasillos no tenían salida, ni esperanza. Que se había quedado encerrado allí, en esos subterráneos, para toda la eternidad. Quería gritar y, en lugar de eso, se despertó. Kirsten dormía. Oía su respiración.

No habían corrido las cortinas y una ligera fosforescencia dibujaba un rectángulo de claridad en la ventana, en medio de la penumbra azulada e irreal de la habitación. Apartó la sábana y el edredón de plumas y se acercó a mirar, pegado al cristal. Vio el chalet a oscuras. El perfil del edificio se recortaba en el fondo de la noche; tenía algo de hostil e inquietante. El paisaje nevado de alrededor le hizo pensar en los fosos de los castillos, destinados a proteger a sus ocupantes del invasor.

Después el cristal se empañó y regresó a la cama.

—Yo me quedo aquí —dijo Kirsten al día siguiente, durante el desayuno—. Voy a ver si puedo hacer una excursión con raquetas y vigilar de paso el chalet, para no estar encerrada todo el día.

—De acuerdo.

Servaz tenía intención de volver a Toulouse, entregar el arma y después hacerse con un ejemplar de los libros de Labarthe en la biblioteca o en alguna librería. Estaría de regreso antes del anochecer. Aunque era sábado, también había previsto llamar a Roxane Varin para pedirle que, a partir del lunes, investigara el asunto de la adopción de Gustav. Cogió el teléfono y llamó a casa de Espérandieu. Éste estaba escuchando *We are on Fire*, de Airplane Man, cuando recibió su llamada.

—Roland y Aurore Labarthe, mira si tienen antecedentes...

Los textos de Labarthe demostraban cierto interés por un tipo de prácticas sexuales que a veces conducían a sus adeptos a infringir la ley.

—¡A ver, a ver! ¿Quiénes son esos dos personajes? Hoy es sábado, ¿lo sabías?

—Un profesor de universidad y su mujer. El lunes a primera hora —añadió—. Dale un beso a Charlène de mi parte...

—¿Un profesor de universidad? ¿En serio? ¿Y qué han hecho?

—Eso es lo que quiero saber.

—¿Tiene esto algo que ver con el niño?

—Lo hemos encontrado. Son los que se ocupan de él.

Espérandieu guardó silencio un momento.

—¿Y me lo anuncias así?

—Lo sabemos sólo desde ayer.

Servaz captó el enfado de su ayudante.

—Martin, desde que estás con esa esquimal, parece que te has olvidado de los amigos. Al final voy a ponerme celoso... Ten cuidado, porque aquí hay uno que te tiene ganas... Me da la impresión de que estás en su punto de mira. Y espera tu arma.

—Ya lo sé. He quedado con él.

No le apetecía hablar más en ese momento. Colgó, encendió el motor y empezó a circular despacio por la carretera helada. Tardó dos horas en llegar a Toulouse, a la comisaría. Era sábado por la mañana y el edificio estaba medio vacío, pero Rimbaud había insistido de todas formas en hablar con él sin demora. Ya que no podía recibirlo en su territorio, el comisario lo esperaba en un despacho pequeño situado en un extremo de la oficina, cuyo uso había solicitado para la ocasión. A Servaz le pareció que tenía aspecto de exboxeador, con aquella nariz aplastada y la mandíbula de bulldog. Un boxeador que habría recibido más golpes de los que había propinado. Servaz era consciente, con todo, de que entonces le tocaba a él hacer las veces de *punching ball*.

—Su móvil, comandante, por favor —pidió de entrada Rimbaud.

—¿Cómo dice?

—Su móvil, póngalo en silencio.

Servaz le tendió el aparato.

—Hágalo usted mismo. Yo no sé cómo se hace.

Rimbaud lo observó como si se preguntara si estaba burlándose de él. Aun así, silenció el teléfono y luego se lo devolvió.

—Tengo la intención de hacerle unas preguntas en relación con el asesinato de Florian Jensen —anunció—. Tal como debe suponer, se trata de un asunto de suma importancia. El hecho de que fuera asesinado con un arma de servicio lo convierte en un caso muy delicado.

—¿En calidad de qué? ¿De sospechoso?

Rimbaud evitó responder. Servaz se preguntó qué actitud iba a adoptar: la confrontación o la colaboración. Estaban sentados frente a frente, con el escritorio de por medio. Eso apuntaba a que iba a ser la confrontación.

—Me gustaría que me hablara en particular de lo que ocurrió en ese vagón y, sobre todo, de la noche en que se desplazó a Saint-Martin...

—Lo explico todo en mi informe.

—Ya lo he leído. Me dijeron que estuvo varios días en coma, ¿cómo se encuentra?

Una pregunta abierta, pensó Servaz. Según el manual, «las preguntas abiertas animan al interrogado a hablar y a dar la mayor cantidad de información posible». A continuación, se pasaba a las preguntas cerradas: la técnica del embudo. El problema era que los delincuentes conocían aquellas técnicas de interrogatorio casi tan bien como los policías. Y el problema de los policías de la IGPN era que interrogaban a otros policías y, por consiguiente, tenían que ser más avispados, más astutos y más retorcidos.

Ése era, en todo caso, un problema de Rimbaud.

—¿Que cómo me encuentro? ¿De veras quiere saberlo?

—Sí.

—Déjelo, Rimbaud. Si necesito un psicólogo, me buscaré uno.

—Mmm. ¿Necesita un psicólogo, comandante?

—Ah, ¿ésa es su estrategia? ¿Repetir lo que ha dicho el otro?

—Y usted, ¿qué estrategia tiene?

—¡Por el amor de Dios! ¿Vamos a jugar mucho rato a esto?

—Yo no estoy jugando, comandante.

—Dejémoslo...

—Vale, de acuerdo. ¿Qué hacía usted en el techo de ese vagón? ¿Por qué subió allí en plena tormenta? Podría haberse achicharrado.

—Perseguía a un sospechoso que se había dado a la fuga tras habernos amenazado con un arma.

—En ese momento ya hacía rato que había cesado la amenaza, ¿no?

—¿Qué quiere decir? ¿Que debería haberlo dejado escapar?

—¿Y llevaba su arma en la mano cuando subió a ese vagón? ¿Apuntaba con ella a Jensen?

—¿Eh? ¿Qué? ¡Yo no iba armado! La había dejado... eh... en la guantera.

—¿Dice que perseguía a un sospechoso armado y «colocado» que ya lo había apuntado con una y que no cogió la suya?

Una pregunta cerrada, aunque un poco larga y retórica, le pareció a Servaz.

—Digamos que sí —admitió.

—¿Digamos que sí?

—¿Va a empezar a repetir de nuevo todo lo que diga?

—De acuerdo. O sea que Jensen le dispara y en el mismo segundo recibe una descarga tremenda que lo transforma en un árbol de Navidad.

—Veo que le gustan las metáforas, Rimbaud. Debe de ser por su apellido.

—Déjese de bobadas, Servaz. Fue mala suerte, ¿no? Podría haberse quemado un segundo antes y así se habría ahorrado todos esos días y esas noches de coma.

—También podría haberme hecho saltar la tapa de los sesos.

—¿Cree que ha cambiado desde que estuvo en coma?

Servaz tragó saliva. Rimbaud quizá era más astuto de lo que parecía.

—Todo el mundo cambia, comisario, con o sin coma.

—¿Tuvo visiones? ¿Vio cosas? ¿A sus padres muertos, o algo por el estilo?

«Cabrón», pensó.

—No.

—Entonces, ¿todo le va como siempre?

—¿Y a usted, Rimbaud?

El comisario de la IGPN se limitó a asentir con la cabeza sin reaccionar. Estaba acostumbrado a los «clientes» sagaces y no se iba a dejar vencer así como así. «Yo tampoco», pensó Servaz.

—Cuando Jensen lo llamó la otra noche, ¿recuerda qué fue lo primero que le dijo?

Servaz hizo memoria.

—«¿Qué, cómo va ese corazón?»

—Vale. ¿Y después?

—Habló de esa noche... en el tren... Dijo «menuda noche», o algo así...

—Vale. Continúe.

—Dijo que por mi culpa se parecía a no sé quién, un nombre que no me sonaba de nada... También dijo que ahora tenía una cara que daba miedo...

—Vale.

—Que me había visto en Saint-Martin ese mismo día.

—¿Ah, sí? ¿Y qué hacía allí?

—Me ocupaba de un caso. Fui al ayuntamiento. Por el asunto de un niño desaparecido...

—Un niño desaparecido. ¿Eso está dentro del ámbito de la Brigada Criminal?

—Da igual. No tenía nada que ver con Jensen.

—Bueno, admitamos que no. ¿Cómo reaccionó usted?

—Le pregunté qué quería.

—¿Y qué le contestó?

—Que quería hablar conmigo.

Rimbaud lo miró con una expresión de extrañeza.

—Le pregunté de qué —añadió Servaz sin esperar, pese a que sabía que no debería haberle facilitado la labor al comisario.

—¿Y qué contestó?

—Que yo sabía de qué.

—¿Y es verdad?

—No.

—Vale. ¿Qué le dijo usted entonces?

—Que tenía otras cosas de las que ocuparme.

—Y, entonces, le habló de su hija —soltó Rimbaud.

Era ahí adonde quería ir a parar desde el principio.

—Sí.

—¿Con qué palabras?

—Sólo dijo: «De tu hija, ya lo sé.»

—¿Y fue en ese momento cuando decidió desplazarse hasta allí?

—No.

—¿Cómo reaccionó cuando sacó a colación a su hija?

—Le pedí que repitiera lo que había dicho.

—¿Estaba enfadado?

—Sí.

—¿Y qué contestó?

—Que me esperaría delante del balneario de Saint-Martin a las doce de la noche.

—¿Volvió a mencionar a su hija?

—Sí.

—Vale. ¿Qué dijo?

—«Saluda a tu hija de mi parte.»

—Ajá. Y eso lo cabreó más todavía...

—Sí.

Los ojos de Rimbaud se habían reducido a dos rendijas. Servaz permanecía impasible, pero se sentía insultado por sus insinuaciones. Incluso la mera existencia de Rimbaud le parecía una ofensa personal.

—Hemos comprobado a qué horas se conectó su móvil a la señal de las antenas que hay entre Toulouse y Saint-Martin. Ha bastado un pequeño cálculo para establecer que esa noche circulaba a una velocidad muy superior a la permitida. ¿Qué se proponía al dirigirse con tanta rapidez a Saint-Martin?

—Nada.

—¿Nada?

—Nada en especial. Sólo quería verlo cara a cara y decirle que no se acercara a mi hija.

—Entonces, ¿tenía intención de amenazarlo?

Servaz intuía adónde quería llevarlo Rimbaud, de la misma forma que los peces intuyen adónde los conduce la nasa... cuando ya es demasiado tarde para ellos.

—Yo no emplearía esa palabra.

—¿Y qué palabra emplearía?

—«Advertir.» Quería advertirle.

—¿De qué?

—De que si se acercaba a mi hija, iba a tener problemas.

Rimbaud esbozó una sonrisa, como si saboreara la expresión, antes de anotar algo en su cuaderno y después en el teclado del ordenador.

—¿Qué clase de problemas?

—¿Para qué hacer tantas conjeturas si, de todas formas, no lo vi?

—¿En qué tipo de problemas pensaba, comandante?

—No se esfuerce, Rimbaud. Me refería a problemas legales.

El comisario asintió con la cabeza, sin convicción.

—Hábleme de Saint-Martin. ¿Qué ocurrió allí?

—Ya lo he contado todo.

—¿Qué tiempo hacía esa noche? ¿Nevaba?

—No.

—¿El cielo estaba despejado? ¿Había luna?

—Sí.

—Entonces se veía como si fuera de día.

—No, no como si fuera de día, pero era una noche clara, sí.

—Vale. Dígame, si hacía una noche tan clara, ¿cómo se explica que no pudiera reconocer a Jensen, con esa cara quemada a lo Freddy Krueger?

—Ése es el nombre.

—¿Cómo?

—Cuando dijo que por mi culpa se parecía a alguien, ése fue el nombre que mencionó.

Rimbaud negó con la cabeza con aire irritado y Servaz reprimió una sonrisa.

—Muy bien, de acuerdo. De todas formas, con esa cara y a la luz de la luna, no lo reconoció.

—Estaba debajo de los árboles del jardín, a treinta metros por lo menos. Suponiendo que fuera él.

—¿Lo duda?

—¿Cómo podría haber estado allí y en el refugio al mismo tiempo?

—«Cómo», efectivamente. ¿O sea que usted cree que no era él?

—Parece algo evidente, ¿no?

—¿Y tiene idea de quién podría ser?

—No —mintió.

—Debe reconocer que es una historia bastante rara, Servaz.

Éste optó por callar.

—Y, entonces, ¿a quién pertenecía la voz que le habló por teléfono?

Servaz dudó antes de contestar.

—En el momento, deduje que era Jensen, pero pensándolo bien, en retrospectiva, me di cuenta de que podría haber sido otra persona. Al fin y al cabo, todo lo que dijo apareció en un momento u otro en los periódicos.

—Ah. Pues a mí lo que me cuesta entender es quién tendría interés en hacer algo así.

Servaz notaba la rabia que crecía en su interior. Tenía ganas de estallar, pero sabía que, si lo hacía, Rimbaud lo utilizaría en su contra para demostrar que tenía un temperamento colérico y que perdía los estribos con facilidad. Aquel policía de policías ejecutaba los pases en torno a él como el torero que aguarda el mejor momento para clavar el estoque.

—¿Dónde estaba esa noche hacia las tres de la madrugada?

—En la cama.

—¿En Toulouse?

—Sí.

—¿Su hija lo oyó entrar?

Rimbaud sabía más de lo que dejaba entrever, estaba claro.

—No. Dormía.

—¿O sea que volvió de Saint-Martin y se acostó?

—Eso es.

—¿Qué número de pie calza, Servaz?

—¿Cómo?

—Su número de pie...

—Un cuarenta y dos. ¿Por qué?

—Mmm. Muy bien. No tengo más preguntas por ahora. Se le devolverá el arma dentro de unos días. Lo mantendremos al corriente.

El comisario se levantó.

—Servaz...

Rimbaud había hablado tan bajo que por poco no lo oyó. Se volvió.

—No me creo una palabra. Y voy a demostrar que ha mentido.

Se quedó mirando al policía de la IGPN y a punto estuvo de decir algo, pero al final prefirió no hacerlo, se encogió de hombros y se marchó.

30

Pájaros

—Esos Labarthe están hechos unos buenos pájaros.

Estaba sentado en la terraza del Café des Thermes, en el bulevar Lazare-Carnot, en compañía de Lhoumeau, el policía de la Brigada contra la Explotación Sexual. Después de emitir su sentencia lapidaria, éste se acercó la cerveza a los labios. A fuerza de salir tras la puesta de sol a «husmear» por las calles y vigilar los bares nocturnos de la zona de Matabiau-Bayard-Embouchure, había acabado adquiriendo una tez cenicienta y unas bolsas *king size* bajo los ojos. Por otra parte, las mejillas hundidas y la nariz ganchuda —en la que Servaz distinguía toda una red de venillas originadas sin duda por la afición a las bebidas fuertes— le conferían el aspecto de un ave nocturna. Su mirada febril permanecía siempre al acecho.

—Los han pillado varias veces negociando con putas.

—¿A los dos?

—A los dos. Es la mujer la que elegía.

Servaz sabía que en Toulouse había unas ciento treinta mujeres que ejercían la prostitución, en su mayoría búlgaras, rumanas, albanesas y nigerianas. Casi todas trabajaban para redes y pasaban de una ciudad a otra, incluso de un país a otro. Ésa era la ruta de «la Europa de la prostitución», como decía Lhoumeau, que en ese momento aspiró una calada del cigarrillo para calentarse.

—También hubo una chica que presentó una denuncia. Por lo visto fue a parar en contra de su voluntad a una fiesta sadomaso, donde, al parecer, fue sometida a malos tratos. Pero más tarde retiró la denuncia. Y justo después de eso, la pareja se fue a vivir al campo.

—Sí, lo sé —confió Servaz con tono siniestro.

—¿Por qué preguntas por ellos?

—Aparecen en un caso...

El policía con cabeza de pájaro encogió los hombros huesudos.

—De acuerdo, no puedes decirme nada más, lo entiendo. En todo caso, ten presente que esos Labarthe son unos chalados de mucho cuidado... Un día u otro pasará algo gordo en una de esas jodidas fiestas que organizan. Siempre he creído que acabarán teniendo que intervenir los de la criminal.

—¿Por qué?

Servaz había dejado el libro de Labarthe encima de la mesa, entre ambos. El cielo estaba gris y encapotado en Toulouse. Con la luz de diciembre, la cara de pájaro de Lhoumeau tenía casi la apariencia de una máscara.

—Las fiestas que organizaban eran violentas; mucho, a veces. Los Labarthe tenían bastantes contactos en el mundillo del sexo de Toulouse. Y tanto ellos como sus ricos invitados eran aficionados a las experiencias fuertes, a las sensaciones nuevas.

«Sensaciones nuevas.» Dicho así, casi parecía algo recomendable. Servaz se acordó de las fiestas del mismo estilo de las que Julian Hirtmann había sido anfitrión en su mansión del lago Lemán, por la época en que era fiscal de Ginebra. Otra coincidencia.

—¿Cómo sabes todo eso?

El ave rapaz volvió a encogerse de hombros, pero esta vez rehuyó la mirada de Servaz.

—Lo sé, es todo. Forma parte de mi trabajo saber esas cosas.

—¿Y qué clase de violencia se ejercía?

—Lo de siempre, aunque a veces la cosa se descontrolaba e iban demasiado lejos. Unas cuantas chicas quisieron denunciar, pero al final no lo hicieron.

—¿Por qué?

—Por dinero, en primer lugar. Los invitados de Labarthe eran muy ricos. Pagaban para poder entrar. Además, había personas influyentes entre ellos, magistrados, políticos... y policías incluso...

Siempre los mismos rumores, pensó Servaz. Aquella ciudad adoraba los rumores. Entornó los ojos para escrutar mejor a Lhoumeau.

—¿No podrías ser un poco más preciso?

—No.

A Servaz empezaba a exasperarle la actitud de Lhoumeau. Sospechaba que lo hacía para darse importancia y que en el fondo no sabía tanto como aseguraba. Reparó en una pareja de jóvenes que se besaban a cinco metros de la terraza, él recostado en un coche y ella apoyada sobre él.

Después volvió a centrar la atención en Lhoumeau y lo comprendió: había participado en esas fiestas. No sería el primer ni el último policía que había frecuentado las timbas clandestinas, los círculos de juego y las orgías de la alta sociedad.

—La peor era la mujer —declaró de improviso.

—¿Ah, sí?

—Dominante, pero no sólo eso. En cuanto detectaba un punto débil en una chica, se abalanzaba sobre ella. Excitaba a los hombres que estaban a su alrededor, como un vaquero con su aguijada. Con palabras y gestos, las presionaba... e incitaba a los tipos a soltarse, a desinhibirse. A veces se concentraban más de una decena alrededor de una sola chica. Era un auténtico zoo... Y cuanto más aterrorizada estaba la chica, más se excitaba ella. Ponía los pelos de punta, la verdad...

—¿Estuviste presente?

Lhoumeau carraspeó. Parecía a punto de vomitar.

—Una vez, sí. Sólo una... No me preguntes qué coño hacía allí.

Vio que Lhoumeau tragaba saliva y que lo miraba de una manera extraña.

—A esa tipa no hay ni que acercarse, créeme.

—¿Y él?

—Un intelectual, de esos creídos. Arrogante, engreído, pero servil con sus invitados más influyentes. Un imbécil que se cree un gerifalte cuando en realidad es un segundón. Es ella la que lleva los pantalones.

Una pareja encantadora, concluyó Servaz y aplastó el cigarrillo. En el bulevar, los jóvenes se habían separado. De repente, la chica dio una bofetada al muchacho antes de alejarse de él.

Se acordó de Margot. Aquella joven tenía unos años menos que ella, pero se le parecía mucho. Y, por lo visto, tenía el mismo carácter fuerte. Antes de regresar, estaba decidido a pasar a ver a su hija. Entonces se preguntó cómo iba a reaccionar cuando le anunciara que no iba a quedarse. Mal, sin duda alguna. No era de carácter conciliador. De repente, no se sintió con ánimos para afrontar otra crisis.

Regresó al final del día, cuando el sol había desaparecido ya hacía un buen rato por detrás de las cimas. El cielo se veía arrebolado por encima de las montañas y la nieve había adquirido un tono rosado, mientras que las aguas del río junto al que circulaba parecían una cinta de cobre. Después abandonó el valle para ascender hacia las cumbres, y los copos de nieve acudieron a su encuentro, en remolinos esponjosos. Al parecer, la máquina quitanieves no había pasado, lo cual lo obligó a conducir con suma prudencia hasta el hotel. En un par de ocasiones se llevó un buen susto al quedar con las ruedas traseras al borde de una pendiente bastante abrupta, y, cuando aparcó, sintió que las piernas le temblaban un poco.

Como cada noche, todo se cubría con un velo de sombra y se volvía vaporoso, mientras abajo el valle se hundía suavemente en la bruma. Las lucecillas de los pueblos se encendían e irradiaban claridad a través de una niebla semejante a una gasa azul a la que hubieran prendido fuego; por encima del hotel, los bosques se oscurecían. Con la Navidad a la vuelta de la esquina, el dueño había colgado bajo el alero una guirnalda roja y amarilla, cuyo parpadeo parecía lo único dotado de vida en aquellas tinieblas cada vez más densas.

Encontró a Kirsten en el bar charlando con el dueño del hotel. Tenía más color en la cara y el pelo se le había aclarado aún más a causa del sol y el reflejo de éste en la nieve. Estaba sentada delante de una taza de chocolate. Estaba muy guapa, pensó. E iban a tener que pasar también esa noche juntos.

—¿Qué tal? —preguntó.

—Calma absoluta. La mujer ha llevado a Gustav a la escuela esta mañana y lo ha ido a buscar a mediodía. Por la tarde ha venido la mujer de la limpieza. Gustav ha hecho un muñeco de nieve y ha paseado en trineo. A él no lo he visto desde esta mañana. Debe de estar en Toulouse...

»Todo demasiado normal, la verdad —añadió, después de un titubeo.

—¿Qué quieres decir? —le preguntó Servaz.

—Tal vez nos hayan descubierto.

—¿Tan deprisa?

—Están prevenidos. Además, es posible que Labarthe hablara con el dueño del hotel ayer.

Él se encogió de hombros.

—Que en el hotel haya una pareja de turistas tampoco debe de ser algo tan extraordinario. Son imaginaciones tuyas. Lo normal es que se comporten con normalidad —concluyó Servaz con una sonrisa.

31

Abandona todo orgullo, tú que penetras aquí

Dejó a un lado el libro de Labarthe, decepcionado. Era una ficción basada en hechos reales, un falso diario, una obra mala sin ningún interés.

Todo lo que se narraba en ella había ocurrido de verdad. Sin embargo, Labarthe había añadido sus reflexiones personales, adoptando el punto de vista del asesino. El resultado era una novela rimbombante y pretenciosa, que se las daba de literatura.

Se acordó de lo que su padre le repetía siempre cuando escribía sus primeros textos: «Renuncia a las palabras cultas y sofisticadas cuando con las sencillas baste.» Más adelante había descubierto que esa frase no era suya, sino de Truman Capote. Lo que tenía ante sí era un producto verboso, autocomplaciente y petulante.

¿Era posible que Hirtmann se hubiera dejado seducir por semejante lectura? El orgullo provoca ceguera. El retrato que Labarthe hacía de él en aquel falso diario era casi hagiográfico; se notaba la fascinación que ejercían los actos del suizo sobre el estudioso. Tal vez había soñado con hacer lo mismo sin atreverse a dar el paso. En todo caso, no eran los escrúpulos morales lo que contenían a Labarthe, sino más bien el temor a ir a la cárcel. Todo el mundo sabía lo que les ocurría a las personas como él en la trena, y a Servaz le daba la sensación de que Labarthe no era muy valiente. Entonces, ¿por qué había aceptado acoger a Gustav? ¿Por qué correr un riesgo como aquél? ¿Acaso el suizo los había presionado de alguna manera?

Servaz había descubierto ya dos conexiones: las fiestas sadomaso y el libro. ¿Habría otras? Kirsten dormía. Contempló un instante su perfil. Como sucede con muchos adultos, dormida tenía aspecto de niña, como si cada noche regresáramos a nuestros orígenes.

Cogió los prismáticos y se acercó a la ventana. Se quedó de piedra. En el chalet, Aurore Labarthe se había acercado a una de las ventanas del primer piso, la única donde aún había luz. Llevaba un traje de cuero negro superceñido —parecía una motera— y miraba hacia el hotel. Una cremallera que le bajaba hasta la entrepierna recorría por el centro la parte de arriba del traje. Servaz vio cómo llevaba los dedos hasta ella y la abría lentamente. Sintió que la garganta se le secaba. Y retrocedió para que no lo descubriera.

Cuando se bajó la cremallera hasta la altura del ombligo, Aurore Labarthe hizo deslizar el suave cuero a lo largo de la clavícula izquierda y dejó al descubierto el contorno de su hombro desnudo. Después se puso de espaldas. Servaz distinguió el triángulo del omóplato bajo la piel y la forma de las cervicales bajo la nuca, despejada por el moño. El cuero siguió bajando, liberó el otro hombro y la parte superior del brazo. Era como una mariposa emergiendo de la crisálida. Cuando todo el busto se hubo despojado de la envoltura de cuero, Servaz tragó saliva.

Aurore estaba desnuda de cintura para arriba. No obstante, el cuero proseguía el descenso por el efecto de la gravedad, y Servaz vio aparecer en el borde de la ventana, justo a la altura del alféizar, dos formas redondeadas idénticas, perfectas. Un fluido cálido le alcanzó el bajo vientre. Quiso humedecerse la lengua y el paladar, pero ya no le quedaba saliva. Fue entonces cuando ella se dio la vuelta otra vez. Tenía el pubis rasurado. Se colocó una mano entre los muslos y clavó la vista en el hotel.

«Un ritual —se dijo Servaz—. Alguien está mirándola.»

¿El dueño?

El exhibicionismo era sin lugar a dudas uno de los placeres a los que se entregaba Aurore Labarthe en sus ratos libres. ¿Estaría al corriente su marido? Probablemente sí. Había sintonía entre ellos respecto a eso.

Hizo zoom sobre el sexo, donde los dedos de uñas largas y pintadas ya se movían entre los labios secretos. Después guió los prismáticos hacia la cabeza de la mujer, echada hacia atrás, y a pesar de que la imagen no era del todo nítida, Servaz se quedó conmocionado con la expresión de dureza que había en su rostro, con el destello salvaje que le ardía detrás de los párpados entornados. Era una cara de ave de presa, de bruja. Se acordó de Lhoumeau y su excitación se disipó de golpe. Toda aquella gente se sentía atraída por el corazón negro de la humanidad. Sintió una ligera náusea, lo asaltó el deseo repentino de encontrarse lejos de allí. ¿Hasta dónde serían capaces de llegar?

Ya había visto suficiente.

Se alejó de la ventana. Miró a Kirsten, que seguía durmiendo con el mismo sueño inocente. Como un refugio frente a sus pesadillas diurnas. Le pareció extraño, pero agradeció poder contemplarla así.

Se había apostado en la esquina del mercado Victor-Hugo, en un rincón oscuro donde su sombra se confundía entre las demás, de pie, detrás de una hilera de contenedores. Desde allí veía perfectamente el balcón, las cristaleras de la sala de estar y de la cocina, que estaban iluminadas, pero también los alrededores del edificio.

De vez en cuando, por la calle pasaba un coche, una pareja o alguien que iba solo paseando a un perro, entonces se hundía aún más en las sombras. Hacía rato que se había percatado de la presencia del tipo del coche, a una decena de metros. Como tenía el capó orientado hacia el portal de la escalera, no podía verlo, estaba de espaldas a él, pero también cabía la posibilidad de que mirase por el retrovisor. Por eso evitaba moverse.

Al parecer, a pesar de la muerte de Jensen, no habían interrumpido la vigilancia.

Los cascos vertían en sus oídos el primer movimiento de la Sinfonía n.º 7: *Langsam, allegro risoluto, ma non troppo*.

Pensó en Martin, que debía de estar en el hotel, y sonrió. ¿Se estaría follando a la noruega? Hirtmann habría apostado algo a que no. Mientras tanto, él observaba el balcón y las ventanas por detrás de las cuales pasaba, de vez en cuando, la silueta de Margot. Aún no había decidido cómo iba a actuar. Hacer lo mismo que con Marianne le parecía penosamente repetitivo. Además, la vigilancia lo complicaba todo.

El caso era que necesitaba a Martin. Iba a tener que presionarlo, de una manera u otra. Por Gustav.

«Bueno, vamos allá», se dijo.

Salió de su escondite y se puso a caminar por la acera con el paso presuroso de quien llega tarde, con una botella de champán en la mano. Pasó cerca del coche. Notó que el policía volvía la cabeza y lo miraba.

Había una fiesta en el último piso del edificio, es decir, dos plantas por encima del apartamento de Servaz. Desde la acera se oía la música, seguramente porque habrían abierto las ventanas. Hirtmann se detuvo delante de la puerta. Fingió que apretaba el botón del interfono y hablaba. En realidad, había memorizado hacía tiempo el código de la entrada, el día que una anciana lo había marcado delante de él cuando, vestido con un traje y una corbata impecables, hablaba por teléfono diciendo lo más alto posible: «Sí, soy yo. Dime el código, por favor, que el interfono no funciona.»

Marcó los números y la puerta emitió un zumbido. La empujó. No vio a ningún policía en el vestíbulo.

Julian Hirtmann se dirigió al ascensor y lo llamó apretando el botón, pero subió por la escalera que se enroscaba en torno al hueco enrejado por donde pasaba el aparato. Había un policía en el segundo piso, sentado en una silla en la esquina del rellano, cerca de la puerta. El hombre levantó la vista del periódico y Hirtmann puso cara de sorpresa: no era muy habitual encontrarse a alguien leyendo el periódico en el rellano de una escalera.

—Buenas noches —saludó—. Eh... ¿dónde es la fiesta?

El policía señaló hacia arriba con un dedo, sin decir nada y con aire cansado. ¿Cuántas veces habría repetido el mismo gesto esa noche? Aun así, no perdió de vista su cometido allí y detuvo la mirada en él para observarlo.

—Gracias —dijo Hirtmann, y reanudó el ascenso.

En lugar de pararse delante del piso donde se celebraba la fiesta, subió hasta una puertecilla de menos de metro y medio de altura que daba a un desván. Julian Hirtmann se sentó en el último escalón, descorchó el champán y se puso a beber directamente de la botella. Era un champán excelente, un *brut blanc de blancs* Armand de Brignac.

· · ·

Al cabo de dos horas, le dolían las nalgas y las rodillas protestaron cuando se levantó. Después de sacudirse el polvo del trasero, volvió a bajar con paso vacilante, apoyándose en la barandilla, hasta la planta de Servaz.

—¿Aún essstá aquíii? —dijo con voz de borracho al agente, que entonces se tomaba una taza de café—. Perrro ¿qué coñññño hae aquíii? ¿Vive aquíii?

El policía lo miró con cara de fastidio. Hirtmann se acercó a él, con la cabeza oscilante y paso incierto.

—¿Por qué se queda en la escalera? ¿Lo ha echado la mujer o quéee?

Soltó una risita idiota y se acercó un dedo a la nariz.

—¿Ssse va a passsar la noche aquíii, en serio? ¡Es increíiible!

—Señor, haga el favor de marcharse —dijo el policía, irritado.

Hirtmann frunció el ceño y se tambaleó aún más.

—¡Eh!, ¡eh! A mí no me hable así, ¿eh?

En la mano del policía apareció un carnet con los colores de la bandera.

—Tenga la amabilidad de seguir su camino, le he dicho.

—Ah, bueno. ¿Y quién vive aquí, joder?

—¡Lárguese!

Fingiendo que tropezaba, Hirtmann envió por los aires la taza de café que el policía tenía en la mano. En la camisa azul claro y la chaqueta gris del uniforme se formó una mancha marrón.

—¡Hostia! —gritó el hombre, y lo empujó con violencia—. ¡Te he dicho que te largues, gilipollas!

Hirtmann cayó hacia atrás, de culo. En ese momento se abrió la puerta del piso y Margot Servaz apareció, en bata y pijama, descalza y con el pelo alborotado. A pesar de las ojeras y el aspecto de cansancio, tenía un rostro fresco y luminoso como una mañana de primavera. El suizo le encontró cierto parecido con su padre, en la protuberancia de la nariz, por ejemplo.

—¿Qué pasa? —preguntó, con una mano en el picaporte de la puerta, mirándolo primero a él y después al policía.

Con un nerviosismo exacerbado, éste desplazaba alternativamente la vista de Hirtmann a la hija de Servaz.

—¡Vuelva dentro! ¡Vuelva dentro! ¡Y cierre con llave!

Entonces, el policía empezó a hablar a través del Bluetooth mientras apuntaba a Hirtmann con el arma.

—¡Espabila! ¡Tengo un problema aquí!

Todavía sentado en el suelo, Hirtmann vio aparecer al otro agente al cabo de unos segundos. El del coche. Sólo eran dos.

—¡Coge a este borracho y llévatelo fuera, joder!

El domingo por la mañana, Servaz y Kirsten se dieron cuenta de que había movimiento y se hacían preparativos en el chalet: esquís y tablas de snowboard en el techo del Volvo, ropa en el maletero, cesta de pícnic en el asiento trasero e idas y venidas entre la casa y el vehículo. Los Labarthe y Gustav se subieron al coche y Labarthe maniobró para dar media vuelta antes de pasar por delante del hotel.

Se iban a pasar el día fuera. Servaz y Kirsten intercambiaron una mirada.

—Muy mala idea —comentó ella.

Hacia mediodía, se formó una niebla densa y el chalet quedó reducido a una masa borrosa en la bruma gris. Servaz y Kirsten habían salido a pasear con raquetas por encima de la aldea, cerca del collado del Couret. El dueño del hotel les había asegurado que la capa de nieve era estable.

Servaz se detuvo en el linde del bosque, jadeante, y contempló los tejados apenas visibles que había más abajo. Luego miró a Kirsten.

—Con un tiempo así, seguramente volverán —comentó ella para disuadirlo, pues había descifrado su mirada.

—Coge el coche —dijo él—. Baja al valle y avísame si los ves pasar.

Servaz accionó el teléfono y le enseñó la pantalla.

—No hay problema. Tengo cobertura.

A continuación, Servaz se hundió en la bruma y bajó la pendiente a grandes zancadas.

Vio la masa negra del chalet, que iba perfilándose lentamente entre la niebla, todavía más imponente de lo que había previsto. ¿Cuántas habitaciones tendría? Lo rodeó por el lado contrario al hotel. Al observarlo de cerca, Servaz comprendió que se trataba de una antigua casa de montaña reformada: se reconocía la base de piedra que, en un principio, debía de haber albergado a los habitantes y los animales, y la estructura de madera de encima, donde almacenaban el heno y el grano.

Todo había sido transformado y rediseñado —probablemente por un arquitecto—, y le habían añadido grandes superficies de cristal para dejar entrar la luz, de acuerdo con las tendencias de las revistas de decoración y gracias a la inversión de una gran suma de dinero. Era el equivalente arquitectónico de la cirugía estética: todas las fachadas rehabilitadas acababan pareciéndose.

En determinadas localidades de los Alpes, una vivienda así habría valido millones de euros. No obstante, de cerca se apreciaba que la madera ennegrecida del revestimiento necesitaba una cura de rejuvenecimiento y los marcos de las puertas y ventanas lamidos por la niebla presentaban un estado lamentable. Incluso con un sueldo de profesor de universidad, la compra y el mantenimiento de un edificio como aquél debían de exigir un presupuesto faraónico. ¿Acaso los Labarthe tenían delirios de grandeza? ¿O tal vez contaban con unos recursos secretos? ¿Tendrían dificultades económicas? Servaz decidió que llamaría a sus colegas del Departamento Financiero al día siguiente.

Llegó al terraplén en el que descansaba la casa. El suelo estaba formado por unos cantos rodados gruesos y engastados en cemento. Después se subía un escalón y se accedía a una tarima de madera sin pulir que rodeaba todo el chalet. En los rincones había nieve; a un metro de él, una puerta de servicio de madera. Ningún sistema de alarma ni sensor a la vista. Había que reconocer que el solo hecho de llegar hasta allí constituía de por sí una hazaña.

Servaz miró a su alrededor. No había nadie. Tal como había hecho delante de la casa de Jensen, sacó las ganzúas del bolsillo del abrigo. A ese paso, iba a poder reconvertirse. Examinó la cerradura. A diferencia de la puerta, la habían cambiado hacía poco. Mejor, porque las cerraduras oxidadas daban más trabajo.

Al cabo de siete minutos y treinta y cinco segundos, estaba dentro. En un cuarto de la colada pequeño, equipado con una lavadora y una secadora, donde reinaba una temperatura acogedora y un olor agradable a detergente. Pasó por delante de unas estanterías metálicas y, tras recorrer el pasillo, fue a parar a una gran sala de estar catedralicia. Una chimenea piramidal presidía la estancia, suspendida por encima de un hogar abierto. En los días claros, los ventanales debían de abarcar unas vistas magníficas. Sofás de piel color cáscara de huevo, piedra, madera clara, fotos en blanco y negro, un entramado de vigas digno de una iglesia, focos: en cuestión de decoración, los Labarthe parecían ajustarse a los gustos de la mayoría.

Fuera, las volutas de niebla navegaban a través de la terraza como si se tratara del puente de un barco fantasma.

Dio varios pasos con prudencia. El silencio que reinaba allí tenía algo de irreal. Buscó el pequeño ojo rojo de un detector de movimiento. Pero no vio nada. Empezó a registrar la estancia evitando las ventanas del lado este, visibles desde el hotel, incluso con aquel tiempo.

Dieciséis minutos después, tuvo que rendirse a la evidencia: no había nada en el salón ni en la cocina.

Examinó y probó los tres mandos: el del gran televisor de pantalla plana de cuarenta y ocho pulgadas, el del decodificador de debajo y el del modernísimo equipo de música.

Nada digno de mención tampoco allí.

El despacho de Labarthe resultó casi igual de decepcionante. Una habitación con ventanas en dos paredes, encajada como un rincón entre las dos alas del chalet. Las lecturas de Labarthe eran de prever, teniendo en cuenta sus aficiones: Bataille, Sade, Guyotat... y también Deleuze, Foucault, Althusser... Los libros de Labarthe figuraban en lugares destacados. Encima del escritorio había un Mac, una lámpara de arquitecto y un abrecartas con mango de piel. Un montón de facturas y de notas indescifrables, para las clases o bien para un futuro libro, quién sabe.

Del despacho salía un pasillo corto en cuyo extremo descubrió un cuarto de baño con sauna y una habitación transformada en gimnasio, con una máquina de remo, un banco para musculación, un saco de boxeo y un soporte para pesas.

Dio media vuelta. Y subió por la gran escalera. El primer piso estaba distribuido en tres habitaciones, un cuarto de baño y un aseo.

Las dos primeras estaban desocupadas; la tercera era la de Gustav... En la puerta había escrito su nombre en letras grandes y azules. Al empujarla, notó que le subía la temperatura corporal y que una mezcla de nerviosismo y excitación se adueñaba de él, allí, en el centro neurálgico de la casa silenciosa.

Estaba decorada tal como se esperaba que estuviera el cuarto de un niño.

Pósteres en las paredes, libros ilustrados en una estantería, un edredón estampado con montones de Spiderman que se balanceaban en todo tipo de posturas acrobáticas, juguetes y peluches... entre los que había uno de un metro de largo que representaba un alce o un caribú. Servaz se acercó y miró la etiqueta:

Made in Norway.

«No te quedes aquí.»

Consultó el reloj. El tiempo pasaba rápido. Se acercó a la cama y la examinó, y también revisó la ropa del niño que había guardada en la cómoda. Acabó por encontrar lo que buscaba: un pelo rubio. Se le aceleró el pulso. Sacó una bolsa transparente de la chaqueta y guardó dentro el fino cabello. Habría querido registrar a fondo el cuarto, pero, como no sabía si le quedaba mucho tiempo, renunció a ello. Volvió a la escalera que conducía al piso de arriba. Le temblaban las piernas. Subió los escalones hasta un pequeño rellano. Tras una puerta abierta, vio la suite de matrimonio. Entró, pisando la moqueta tupida de rizo de color arena. Fuera, en el paisaje blanco y brumoso enmarcado en la puerta acristalada, Servaz se fijó en un gran abeto con las ramas cubiertas de nieve. Pensó en la vista que Hirtmann tenía desde su celda.

En aquel dormitorio casi todo era blanco: el revestimiento del techo inclinado, la cama, la moqueta. Se acordó de la túnica de color crudo que llevaba Aurore Labarthe la primera vez que la vio.

La cama estaba deshecha. Ropa tirada encima, y también en una silla. Se acercó y olisqueó las sábanas por ambos lados: ella dormía a la derecha. Su perfume, intenso, embriagador, impregnaba la ropa de cama. Abrió los cajones de las mesitas. Revistas, tapones para los oídos, un antifaz para dormir, un tubo de paracetamol y unas gafas de lectura.

Nada más.

Los vestidores contiguos —uno para ella y uno para él— tenían el tamaño de un apartamento para estudiantes. Vaqueros, vestidos, varios trajes de cuero blanco o negro para la señora, americanas, camisas, jerséis y trajes para el señor.

«Mierda.»

Cuando estuvo convencido de que tampoco iba a encontrar nada allí, volvió a la planta baja. Entró en la cocina. Al lado de un frigorífico enorme había una puerta. Había reparado en ella antes. La empujó. Una escalera de caracol, hecha de cemento... Encendió la luz e inició el descenso.

El pulso se le aceleró mientras se adentraba en las entrañas de la casa. Quizá había dado con algo por fin...

La escalera conducía a una puerta metálica. Hizo girar el pomo y su ritmo cardíaco se aceleró aún más.

La puerta opuso una ligera resistencia y luego cedió con un chirrido. Nueva decepción: daba al espacioso garaje que se veía desde el hotel. El segundo vehículo era un pequeño SUV. Tras una breve inspección, salió y subió a la planta baja, presa de una frustración y una impaciencia terribles.

Miró fuera. El día declinaba. Se puso a pensar. De repente, tuvo una idea.

Claro. ¿Por qué no se le había ocurrido antes?

Subió de nuevo al último piso. El pequeño rellano a la entrada de la suite de matrimonio. Levantó la cabeza: allí estaba... la trampilla del desván.

Fue a buscar una silla al cuarto de al lado, se subió a ella, alargó el brazo y cogió la manilla. Fuera del alcance de Gustav, pensó. La trampilla se abrió con un chirrido, como la boca de las tinieblas. Tras desplegar la escalera metálica, devolvió la silla a su sitio.

Subió los peldaños, que vibraron bajo sus pies. Había un interruptor cerca del hueco. Lo accionó. La luz de un fluorescente parpadeó un poco más allá; siguió subiendo y asomó la cabeza por la abertura.

Lo había encontrado.

La guarida secreta de los Labarthe, su «jardín de las delicias». No cabía duda. En la pared de enfrente, en letras góticas, había enmarcada una inscripción:

ABANDONA TODO ORGULLO,
TÚ QUE PENETRAS AQUÍ.
ENTRA EN LA CRIPTA TIRÁNICA.
NO TENGAS PIEDAD DE NOSOTROS.
BUSCA SAPIENCIA Y PLACER.
VUELVE EXQUISITA CADA HORA.
SUFRE Y GRITA.
GOZA.

Aquel escrito le produjo cierta consternación.

La inmensidad de los entresijos, los recovecos y las sinuosidades del espíritu humano daba vértigo. Aquella jerga, que en otras circunstancias podía provocar risa, adquiría allí un cariz siniestro.

Atravesó la abertura y pisó el suelo recubierto de un material plastificado, lavable sin duda. A primera vista, la estancia parecía una sala de baile privada. Sofás, una pista, una barra, un equipo de sonido, aislamiento para insonorizar el desván como en los estudios de grabación. Allí reinaba un calor sofocante y el olor dulzón del polvo recalentado.

También le llamaron la atención las espalderas que había en la pared del fondo; eran iguales que las de los gimnasios, aunque supuso que aquéllas no servían para fortalecer los abdominales. Reparó en una polea y dos ganchos que había en el techo inclinado. Dos ganchos más en la pared. Una cámara sobre un trípode y más material de grabación en un extremo. Un poco más allá se erguía un armario grande y antiguo de madera de roble, con los espejos biselados, justo antes de un marco sin puerta que daba a otra habitación.

Avanzó hasta allí: azulejos traslúcidos, vestuarios y una ducha. Regresó a la primera estancia. Abrió el armario. Se sintió como un mirón cuando vio relucir en la sombra los reflejos lúgubres de los látigos simples, los de múltiples correas, las mordazas, pulseras de cuero, cadenas relucientes y mosquetones... alineados inteligentemente como si fueran herramientas de bricolaje. Allí dentro, los Labarthe tenían material como para equipar a un batallón. Se acordó otra vez de lo que le había dicho Lhoumeau a propósito de Aurore Labarthe y lo recorrió un escalofrío. ¿Hasta dónde llegaban los juegos que tenían lugar en aquel desván?

Consultó el reloj.

Llevaba casi una hora allí y aún no había encontrado el menor rastro de Hirtmann.

«Tienes que salir de aquí», pensó.

Se dirigía hacia la trampilla cuando lo oyó.

El sonido del motor.

Servaz se tensó. Se dirigían hacia el chalet... No, ya estaban allí. Acababan de parar el coche. «¡Mierda!» Oyó el ruido de las portezuelas, unas voces que sonaban fuera, amortiguadas por la nieve. Miró el teléfono. ¿Por qué no lo había avisado Kirsten? «¡No hay cobertura!» El desván debía de estar equipado con un inhibidor de frecuencias.

Se detuvo en el borde de la trampilla. Abajo, acababa de abrirse la puerta de la entrada y oyó tres voces... entre ellas, una clara y alegre, la de Gustav.

«Haz como si fueras una rata.»

Con las manos sudorosas, tiró con la mayor suavidad posible de la escalera metálica y después de la trampilla. Justo antes de cerrarla, alargó una mano y apretó el interruptor.

Se esforzó por respirar con regularidad, a oscuras, aunque no lo logró del todo.

32

La cautiva de ojos claros

Hacía un rato que había anochecido. Kirsten observaba el chalet iluminado desde el hotel. De vez en cuando, veía pasar a alguien detrás de las ventanas.

«¿Qué demonios estás haciendo, Martin?»

Había intentado llamarle diez veces por lo menos desde que el Volvo había pasado por delante de ella, después de trazar las últimas curvas. Le había enviado el mismo número de mensajes. Pero no había obtenido respuesta. Cada vez que llamaba le saltaba el buzón de voz.

Hacía ya una hora que había vuelto a su habitación, y él seguía sin aparecer.

Había ocurrido algo. ¿Se habría escondido en alguna parte o lo habrían sorprendido? Conforme pasaba el tiempo, la respuesta a esa pregunta adquiría una importancia vital. ¿Debería pedir refuerzos? Martin se había saltado todas las reglas al entrar allí. Después de las sospechas que pesaban sobre él en relación con la muerte de Jensen, aquello representaría sin duda el final de su carrera. Pero ¿qué más daba? Bajo ningún concepto podía dejar a Martin a merced de aquellos dos individuos.

Notó rigidez en la nuca y un principio de migraña, seguro que ocasionados por el estrés. Se masajeó el cuello y se tomó un gramo de paracetamol en el cuarto de baño, antes de volver a la ventana.

Mientras Gustav estuviera despierto, no pasarían a la acción. Esperarían a que estuviera dormido. A no ser que ya hubieran... Ahuyentó aquel pensamiento. ¿Les habría hablado Hirtmann de

Martin? Tenía que hacer algo. Pero ¿qué? Volvió a escribir un mensaje en el teléfono.

¿Dónde estás? ¡Responde!

Miró con desesperación la pantalla inerte. «*Shit!*» Tenía ganas de salir corriendo a buscarlo, pero la inquietud y la tensión le agarrotaban los músculos. ¿Por qué había tenido que entrar en ese chalet? Allí, detrás de las ventanas, Gustav se columpiaba en los brazos de Labarthe y luego se alejaba corriendo y riendo. Una escena familiar conmovedora, llena de paz y felicidad.

Estaba acostado de lado, en la más absoluta oscuridad, con la oreja pegada al linóleo. De vez en cuando la despegaba, porque la vibración de la calefacción o de algún aparato se propagaba de forma repentina a través de las paredes y sofocaba entonces los demás ruidos.

En las tinieblas, una delgada raya de luz marcaba el contorno de la trampilla, como un rectángulo cortado con un soplete.

La voz aguda de Gustav le llegaba desde la planta baja, pero las de los mayores le costaba más distinguirlas. Dentro de nada, acostarían a Gustav. ¿Cuánto faltaría para que todos cayeran en un sueño profundo? Y, una vez que estuvieran dormidos, debía tener en cuenta que la trampilla se encontraba al lado de la habitación de matrimonio. Se acordó del chirrido que había emitido la escalera metálica al desplegarla: imposible recurrir a ella. Sólo le quedaba una opción: saltar y huir.

No iba a esperar allí toda la noche. ¿Y si alguien subía al desván?

Se dio cuenta de que tenía las axilas húmedas. El calor subía y aquella estancia era un horno. También tenía sed, una sed que lo estaba mortificando, que hacía que tuviera la lengua pastosa e hinchada como el cartón piedra. Además, se le habían agarrotado el codo y el hombro por permanecer tanto rato en la misma posición.

Miró el teléfono. Ninguno de los mensajes que había escrito se había enviado.

Tras secarse con la manga el sudor que le perlaba la frente, aguzó el oído. Acababan de encender un televisor en la planta baja.

Estaban viendo dibujos animados. Alcanzaba a identificar los sonidos procedentes del salón gracias al leve eco que producían. De repente, oyó unos pasos pesados en el piso de abajo. Alguien había subido. A continuación, percibió el sonido de la ducha del cuarto de baño de la suite de matrimonio.

Cinco minutos después, la persona que había entrado en el baño salió al pasillo. Y se detuvo justo debajo de la trampilla.

A Servaz se le formó un nudo en la garganta. Habría apostado algo a que se trataba de Aurore Labarthe. ¿Acaso subía cada noche a contemplar su jardín secreto, su pequeño paraíso infernal? ¿O tal vez había oído el ruido que él había hecho?

De repente, tuvo que rodar por el suelo: alguien acababa de tirar de la manilla del otro lado de la trampilla para abrirla.

Kirsten consultó el reloj. Habían transcurrido ya dos horas desde que había vuelto al hotel... Y, maldita sea, no podía esperar más. La niebla se había disipado, dejando sólo algunos jirones en las hondonadas, pero la nieve volvía a caer con intensidad. El paisaje parecía una de esas tarjetas de Navidad virtuales y animadas que se envían por internet. Todo estaba sumergido en una oscuridad amarillenta.

En el chalet, una luz titilaba en la sala de estar: el televisor. Empezaba a notar un hormigueo palpable en las piernas. No paraba de imaginar toda clase de desenlaces posibles, algunos de ellos bastante siniestros. Un estudio americano había demostrado que la incertidumbre causa más estragos en la mente y en la salud que las certezas negativas.

Ella habría podido confirmarlo, desde luego. La cuestión era saber si el suizo había hablado de Martin a los Labarthe, si éstos sabían lo importante que era para él. No era muy probable. Lo más seguro era que Hirtmann sólo les hubiera proporcionado la información imprescindible.

La luz ascendió por el agujero como el resplandor de la lava que surge, por la noche, del cráter de un volcán. Servaz contuvo el aliento. La trampilla estaba abierta del todo. Sin embargo, la persona que se encontraba debajo no había tirado todavía de la escalera. De pronto lo asaltó el temor de que quizá su respiración y los desbocados latidos de su corazón fueran audibles desde abajo. Era Aurore Labarthe, sin duda: su perfume embriagador y venenoso llegaba hasta él.

En el rellano, nadie se movía, nadie hacía ruido. ¿Estaría mirando hacia el hueco del desván? Seguramente. ¿Percibía su presencia? ¿Intuía que había alguien agazapado allí, en la oscuridad?

Fue entonces cuando oyó el timbre de la puerta.

Fueran cuales fuesen sus intenciones, renunció a ellas, porque la trampilla volvió a cerrarse. Con la mejilla pegada al suelo plastificado, Servaz recobró el aliento.

Volvió a llamar al timbre otra vez. La puerta se abrió por fin, y Aurore Labarthe apareció en el umbral. Era aún más alta de lo que había imaginado... debía de medir casi un metro ochenta. Y eso que iba descalza. Se había puesto un batín viejo que parecía cálido y cómodo, y el cabello, todavía mojado, del color del heno empapado, le caía como una cortina enmarcando su semblante severo. Se plantó delante de Kirsten. Tenía un tipo alargado, un cuerpo compuesto de huesos y músculos. Y unos ojos azul claro desprovistos de calidez.

—Hi —saludó Kirsten en inglés, esbozando una amplia sonrisa.

Aguzó el oído. Otra voz. Conocida... No lograba entender lo que decía. Tardó unos segundos en comprender por qué. «Inglés. Kirsten.» ¡Maldita sea! ¿Qué pretendía? Se dio cuenta de que tenía unas ganas incontenibles de orinar desde hacía rato. Se levantó y se dirigió a tientas hasta la ducha, donde alivió la vejiga sin preocuparse de saber si meaba o no dentro del plato. Después se subió la bragueta y regresó a su sitio.

Todo el mundo estaba abajo. Tenía que arriesgarse. Entreabrió la trampilla unos centímetros y las voces le llegaron con mayor claridad.

• • •

—¿Habla inglés? —preguntó Kirsten delante de la puerta.

Aurore le respondió con un simple gesto de la cabeza, sin aflojar la presión de la mandíbula ni apartar la vista de ella.

—Eh... Me alojo en el hotel. Soy... arquitecta en Oslo, Noruega... y, desde esta mañana, no dejo de mirar vuestro chalet.

La rubia la escuchaba sin chistar, totalmente indiferente a sus explicaciones.

—Me parece fascinante. He sacado fotos de la fachada durante su ausencia. Querría su autorización escrita para publicarlas en una revista noruega, como ejemplo de la arquitectura de montaña francesa... Y también, si me lo permite, me gustaría echar un vistazo al interior...

Era lo único que se le había ocurrido. Lo bastante improbable para ser creíble. Contaba con la ventaja de tener aspecto de extranjera y de no parecer un miembro de la policía francesa, ya que ni un solo agente galo de los que había escuchado hablar en inglés lo hacía tan bien como ella. No obstante, la dueña de la casa no había pronunciado palabra y mantenía una expresión indescifrable. Cuando clavó la mirada en los ojos de Kirsten, ésta sintió que se le erizaba el vello de la nuca. Aquella mujer tenía algo que te dejaba helado. Por un instante, se planteó si debía revelarle su verdadera identidad.

—Sé que es tarde y seguro que estoy molestándola. Disculpe. Volveré mañana.

De improviso, Aurore Labarthe cambió de semblante.

—No, no. Entre —la invitó con una amplia sonrisa.

Servaz oía las voces en la planta baja, pero era incapaz de distinguir qué decían. En todo caso, la conversación había adoptado un carácter anodino, sin agresiones ni amenazas. Aun así, no se quedó tranquilo. Nadie sabía de lo que eran capaces los Labarthe en presencia de una mujer sola y tan atractiva como Kirsten. Había entrado en su guarida, se había metido en la boca del lobo. Ahora que había visto todos los artilugios del desván, sospechaba que más de una persona había subido allí en contra de su voluntad.

Estaba agotado por la tensión. La situación se estaba descontrolando. ¿Kirsten sería consciente de ello? Tenía que hacer algo. No podía quedarse de brazos cruzados.

Prestó atención. Abajo proseguía la conversación y el televisor escupía los dibujos animados. Los chillidos de los personajes se aderezaban con un concierto de «¡bing!», «¡ruuun!», «¡paf!», «¡crac!» y «¡piiin!». Eso significaba que Gustav aún no se había acostado. Mientras estuviera por allí, no le harían nada a Kirsten. Empujó la trampilla, se colgó de las manos y, tras una oscilación, se soltó. En el momento en que separó los dedos del marco, notó que la camisa se le rasgaba por la espalda.

La caída produjo un sonido un poco fuerte, no obstante la gruesa moqueta lo amortiguó. Servaz se preguntó si alguien se habría percatado, ya que, además del jaleo de los dibujos animados, había un postigo que golpeaba en alguna parte. Escuchó un momento, percibió la risa —siniestra— de Aurore Labarthe. Sacó el teléfono. Lo puso en silencio. Buscó a Kirsten en los contactos. Y escribió en inglés:

Get out!

—Me parece todo muy interesante —aseguró Aurore Labarthe mientras volvía a llenar la copa de Kirsten con ese vino blanco dulzón que era, según le había dicho, un producto típico de la región—. A mí también me apasiona la arquitectura —añadió, con una sonrisa y un guiño—. Santiago Calatrava, Frank Gehry, Renzo Piano, Jean Nouvel... ¿Sabe lo que decía Churchill? «Son los hombres los que construyen las paredes, pero después son las paredes las que construyen a los hombres.»

Hablaba un inglés perfecto. A Kirsten la invadió el pánico. Ella no era una gran entendida en arquitectura, de hecho. Sacando la nariz de la copa, dirigió a Aurore Labarthe una sonrisa indulgente, que pretendió ser la del profesional que ha oído mil veces el mismo comentario por parte de un aficionado enterado y entusiasta. A ella sólo le vino un nombre a la cabeza.

—Sí, en Noruega tenemos algunos arquitectos destacables —declaró, sonriendo—, como Kjetil Thorsen Trædal.

El arquitecto que, junto con otro, había construido la Ópera de Oslo y era conocido por todos los noruegos. Aurore asintió con la cabeza con prudencia, los ojos entornados y sin apartar la vista de ella. A Kirsten no le gustó esa mirada. Se dio cuenta de que estaban las dos sentadas cara a cara en la zona del sofá, mientras que Roland Labarthe se mantenía de pie, un poco apartado. Desde su posición, podía observar a Kirsten a sus anchas, sin ser visto. Ésta dejó la copa en la mesa. Había bebido suficiente. El teléfono vibró en su bolsillo. Un mensaje.

—¿Y si fuéramos a acostar a Gustav? —dijo Aurore Labarthe a su marido.

Kirsten se percató de la mirada que intercambió el matrimonio, una comunicación muda más cargada de significado de lo que parecía, que la puso en guardia. ¿Dónde estaba Martin? Su ausencia la tenía cada vez más preocupada. De nuevo, se planteó si debía revelar su identidad. Trató desesperadamente de captar un sonido, una señal. Deseaba con todas sus fuerzas que Martin la hubiera oído y aprovechara que estaba acaparando la atención de los Labarthe para encontrar la manera de escapar. Pero ¿y si estaba encadenado en algún sitio? Se sentía a punto de entrar en pánico.

Labarthe apagó el televisor.

—¿Vamos, Gustave? —dijo.

«Gustav...» Kirsten tragó saliva. El chiquillo rubio se levantó.

—Tenéis un hijo muy guapo —dijo—. Y muy obediente.

—Sí —convino Aurore Labarthe—. Gustav es un niño muy bueno, ¿verdad, tesoro?

Le acarició el cabello rubio. Aquel pequeño podría haber sido su hijo. La pareja se alejó hacia la escalera, con Gustav en el medio.

—Enseguida volvemos —le dijo Aurore volviéndose, antes de desaparecer.

Kirsten percibió entonces el silencio que reinaba en la casa. Sacó el teléfono. Tenía cobertura. Cuatro barras. Vio el mensaje. ¡Martin! Su texto en inglés era muy explícito:

Get out!

Apenas tuvo tiempo de meterse en una de las habitaciones del primer piso antes de que llegaran. Los vio andar por el pasillo, a través de la rendija de la puerta entreabierta, en compañía de Gustav, que iba en pijama, y dirigirse al cuarto del pequeño. Ella era mucho más alta que él.

—La quiero —dijo la mujer rubia.

—Aurore, delante del niño no.

—Me gusta —insistió ella, haciendo caso omiso de la advertencia—. Me gusta mucho.

—¿Qué tienes pensado? —preguntó Labarthe, con una voz cálida y una dicción refinada que oía por primera vez, en el momento en que pasaban por delante de la habitación en la que Servaz se había escondido—. Es demasiado bonito para ser verdad, ¿no crees?

—Quiero que me la subas al desván —declaró la mujer por toda respuesta—. Será perfecta.

—¿No es un poco arriesgado? Te recuerdo que se aloja en el hotel de al lado.

Se alejaron hacia la habitación de Gustav.

—Con lo que le he echado en el vino, mañana no se acordará de nada —contestó la mujer.

—¿La has drogado? —preguntó él, incrédulo.

Servaz tuvo la repentina sensación de que su estómago se sumergía en una bañera llena de cubitos de hielo. Se acercó a la rendija para seguir escuchando, pero la tensión le producía un zumbido en los oídos.

—¿De qué habláis? —les preguntó Gustav.

—De nada, cielo. Métete en la cama.

—Me duele la barriga.

—Ahora te doy algo.

—¿Un sedante? —sugirió tranquilamente el hombre.

—Sí, voy a buscar un vaso de agua.

Oyó que la mujer salía de la habitación y Servaz dio un paso atrás. Ella entró en el cuarto de baño del otro lado del pasillo y abrió el grifo. Volvió a pasar por delante de la habitación, con un vaso en la mano. Al ver su perfil duro, su mirada exenta de calidez, tuvo la impresión de que su centro de gravedad había caído muy abajo. Las intenciones de los Labarthe estaban muy claras.

Y Kirsten se había tragado ya aquella maldita droga.

—¿Puedo utilizar el baño?

Justo en ese momento, la voz de la noruega sonó en la planta baja.

—Ya voy yo —dijo el hombre—. Comprueba que Gustav esté dormido.

Servaz resistió el impulso de abalanzarse sobre Labarthe cuando lo vio avanzar por el pasillo. Durante un breve instante contaría con la ventaja de la sorpresa, pero luego estaba la mujer... y se olía que aquellos dos tenían recursos para dar y tomar en casos de emergencia. Se acordó de la máquina de remo, del banco de gimnasia, de las pesas y del saco de boxeo. Él tendría las de perder. Por lo menos si iba a enfrentarse él solo a los dos, con el arma en la comisaría y Kirsten fuera de juego. Iba a tener que ser más astuto.

—¿Puedo utilizar el baño? —repitió en dirección al primer piso.

Oyó unos pasos fuertes en la escalera. Labarthe apareció. Primero las piernas y después su rostro de rasgos finos, con una sonrisilla ambigua.

—Es por allí —dijo, señalando una puerta—. Por favor.

Una vez dentro, Kirsten abrió el grifo y se lavó la cara con agua fría. No entendía qué le pasaba. Estaba grogui, como si estuviera incubando una enfermedad, con la frente empapada en sudor. Se bajó el pantalón y las bragas y se sentó en la taza del váter. Mientras orinaba, tuvo la sensación de que el corazón cambiaba constantemente de ritmo, se aceleraba y se ralentizaba.

¿Qué diablos le ocurría? Se secó, se levantó con esfuerzo, respiró hondo y volvió a salir.

Los Labarthe estaban sentados en un rincón del salón. Sus caras y sus miradas se volvieron hacia ella en una bonita sincronía, como si los moviera un mismo titiritero. Le dieron ganas de reír al pensarlo.

«No te rías. Deberías desconfiar de ellos —le dijo una vocecilla en su cabeza—. Yo de ti, me largaría ahora mismo.»

Estaba segura de que, en su estado —en el supuesto de que empezara a correr hacia la puerta—, la alcanzarían en un segundo. Además, sólo habían hablado de tomar una copa y de enseñarle las fotos de las fases de construcción del chalet... o más bien de la reforma, puesto que se trataba de una antigua casa de campo.

Le dio tiempo a pensar en todo eso mientras cruzaba el espacioso salón en dirección a ellos. De repente se preguntó cuánto rato había tardado en hacerlo. Estaba perdiendo la noción del tiempo y del espacio, joder... y encima tenía la sensación de que el suelo se movía formando olas. Aurore Labarthe le indicó un sitio a su lado, en el sofá, y Kirsten se dejó caer.

La rubia sonreía, sin perder ni un instante de vista a la noruega, igual que su marido.

«Si os creéis que he perdido el control, estáis muy equivocados...»

—¿Otra copa? —propuso Aurore.

—No, gracias.

—Yo sí me voy a servir otra —dijo el hombre.

—Tenga —dijo Aurore Labarthe, poniéndole el iPad encima de las rodillas—. Éstas son las fotos de la reforma del chalet.

—¡Uau!

Bajó la mirada hacia la pantalla y trató de concentrarse en las fotos de la presentación, pero le costaba seguirlas... y los colores le parecieron extrañamente saturados, como los de un televisor mal calibrado: los rojos, los verdes y los amarillos chillones se superponían.

—Los colores se ven raros, ¿no? —comentó con una voz que percibió pastosa.

Oyó la risa seca e irónica de Roland Labarthe, que llegó distorsionada por un curioso eco a sus oídos. ¿Qué le hacía tanta gracia? Tenía ganas de dejarse ir, de tumbarse en el sofá. Se sentía débil, sin fuerzas.

De repente, se acordó del mensaje de Martin:

Get out!

«Reacciona, joder.»

—No me encuentro muy bien —dijo.

Su voz producía una especie de eco. Aurore Labarthe le acarició la mejilla con el índice. Después se inclinó hacia ella, apoyándole el pecho en el brazo.

—Mire —dijo, pasando las fotos con un dedo.

Tenía las uñas pintadas de negro y muy largas.

—Es... —empezó a decir Kirsten.

¿Qué había dicho? ¡Había mezclado noruego e inglés! Sus anfitriones la observaban con aire divertido. La recorrió un escalofrío. En sus miradas, que eran idénticas, había algo más que diversión: astucia, falsedad, avidez... Dijeron algo y se pusieron a reír... pero su cerebro debía de haberse desconectado un instante, porque no logró recordar qué les hacía tanta gracia.

Se dio cuenta de que estaba de pie... y que ellos la conducían hacia la escalera; cada uno la agarraba por un brazo. «¿En qué momento me he levantado?» No conseguía acordarse.

—¿Adónde vamos? —preguntó.

—Tiene que descansar —dijo Aurore Labarthe en voz baja—. Aquí estará tranquila.

—Sss... sí —tartamudeó Kirsten—. Quiero que me dejen tranquila, quiero estar tranquila...

De repente, Aurore se volvió hacia ella, la cogió por la barbilla y la besó. La lengua de la mujer se abrió paso en su boca. Y Kirsten no opuso resistencia. En su cerebro había algo —una barrera, un seguro— que le impedía reaccionar.

—Te gusta —dijo el hombre detrás de ella.

—Sí. Mucho. Vamos.

Servaz observó a Gustav. El niño dormía con los puños cerrados a la suave luz azulada de la lamparita. Con aquella iluminación, los Spiderman acróbatas del edredón parecían de color lila. Una vez más, se preguntó quién era ese niño... y, sobre todo, quién era su padre.

Tenía el cabello rubio en el bolsillo, dentro de una bolsa de plástico.

Había oído cómo, en la planta baja, la voz de Kirsten se transformaba, mudaba de timbre y su dicción se volvía pastosa. La había oído mezclar noruego e inglés y quejarse de que no se encontraba bien. Había oído también las risas de los Labarthe y sus voces melifluas, y la rabia le ardía en el estómago.

Sin embargo, era consciente de que si se lanzaba al abordaje, corrían el riesgo de acabar encadenados los dos allí arriba, en la guarida. Tenía que ser más listo que ellos.

De repente, percibió ruido en la escalera y se escondió detrás de la puerta abierta. Un golpe sordo. «Kirsten.»

—Ayúdame —pidió el hombre—. No se tiene en pie.

Se aventuró a mirar. Los vio pasar hacia el piso de arriba, con Kirsten entre ellos dos. La noruega, medio inconsciente, se dejaba más o menos arrastrar.

Servaz oyó el ruido de la trampilla y, a continuación, de la escalerilla al desplegarse.

—Eres guapa, ¿sabes? —dijo Aurore.

—¿De verdad? —preguntó la noruega, como si apreciara el cumplido.

—Vas a tener que ayudarnos un poco —dijo Labarthe con mayor frialdad.

—Claro —respondió Kirsten—, pero ni siquiera me siento las piernas.

—No pasa nada —dijo Aurore Labarthe con tono meloso.

—Ve a ver si Gustav está dormido —le ordenó el hombre.

Por un instante, sintió pánico. Los pasos de Aurore Labarthe bajaban por la escalera y resonaban en el pasillo. Se ocultó detrás de la puerta... que se abrió de par en par. Y se pegó a la pared.

A continuación, la puerta volvió a su posición inicial y los pasos se alejaron. Gustav emitió un leve gruñido en sueños y cambió de postura. Luego se introdujo el pulgar en la boca.

Servaz tenía la impresión de que iba a estallarle la cabeza. Desde que se había quedado encerrado en aquel desván sofocante, se moría de calor. Tenía, ante todo, una necesidad imperiosa de salir de allí, de respirar un poco de aire fresco.

Caminó con paso decidido hacia la gran escalera. Arriba, varias personas subían por la escalerilla, que crujía y gemía bajo su peso. Descendió a la planta baja con cautela y se dirigió hacia la puerta.

El aire helado de la noche lo abofeteó en la cara. Lo despertó.

Respiró con avidez, con las manos en las rodillas, como si hubiera corrido cien metros. Después bajó los escalones, cogió la nieve a puñados y se frotó con ella el rostro.

Acto seguido, accionó el teléfono.

Había que pedir refuerzos.

Sin embargo, se quedó inmóvil. ¿Cuánto tiempo tardarían en llegar? Y, mientras tanto, ¿qué ocurriría allí arriba? ¿Y si los gendarmes se negaban a entrar en el chalet? No sería la primera vez que ocurría algo así. Además, después de eso, sus posibilidades saltarían por los aires. Ya no habría ninguna posibilidad de que Hirtmann se expusiera.

Reflexionó un momento.

Luego subió los escalones, respiró hondo y apretó el timbre.

33

Un golpe de suerte

La puerta no se abrió hasta que llamó al timbre por quinta vez... y durante un buen rato.

—¡Dios santo! —exclamó Labarthe—. Pero ¿qué...?

Servaz había sacado su carnet de policía y se lo había acercado al profesor universitario a la cara. Aunque lo retiró enseguida, antes de que el hombre tuviera tiempo de preguntarse por qué llamaba a su puerta un policía y no un gendarme.

—Hemos recibido una denuncia del hotel —dijo—. ¿Están celebrando una fiesta? Hay gente que se ha quejado del ruido. ¿Han visto la hora que es?

Labarthe lo miraba fijamente, paralizado por la perplejidad. Era evidente que trataba de comprender lo que estaba pasando. A su espalda, la casa estaba a oscuras y en silencio.

—¿Cómo? ¿Ruido? ¿Qué ruido?

Con un ademán, el profesor lo invitó a observar el interior.

—¡Ya ve que no puede venir de aquí!

Parecía tener prisa por poner fin a la conversación.

—Íbamos a acostarnos —añadió, justo antes de que le cambiara la expresión—. Nos hemos visto antes, ¿no? Usted estaba ayer en el hotel... es el señor que se dejó las luces del coche encendidas...

—¿Le importa que eche un vistazo? —insistió Servaz, sin responder.

Le importaba. No cabía duda. Se le veía en la cara. Sin embargo, el profesor esbozó una sonrisa.

—No creo que pueda hacer eso —dijo—. Buenas noches.

No obstante, antes de que pudiera retroceder y cerrar la puerta, Servaz la había empujado y se había colado dentro.

—¡Eh! ¿Adónde va, joder? ¡No puede hacer eso! ¡Venga! ¡Nuestro hijo duerme en el piso de arriba!

«Porque lo habéis drogado, hijo de puta», pensó Servaz mientras entraba en el salón catedralicio. Habían apagado todas las luces de la planta baja y la única claridad, la que proporcionaba la nieve desde el otro lado de los cristales, apenas perfilaba las formas oscuras del mobiliario. Estaban ya listos, obviamente, para celebrar su fiestecita ultraprivada. Reprimió la tentación de darse la vuelta y estrellarle el pie contra las partes íntimas al profesor universitario, para que se le pasaran las ganas de fiestas.

—¡No puede entrar aquí sólo porque los vecinos se hayan quejado, comprobar que no pasa nada y formar este escándalo! ¡Lárguese!

Labarthe parecía más inquieto que furioso. Servaz oyó un ruido procedente de arriba, tal vez estuvieran recogiendo la escalerilla.

—¿Qué ha sido eso? —preguntó.

Vio que Labarthe se ponía tenso.

—¿El qué?

—He oído un ruido.

Hizo ademán de encaminarse hacia la escalera, pero el profesor le bloqueó el paso.

—¡Deténgase! ¡No puede estar aquí!

—¿Por qué se ha puesto usted tan nervioso? ¿Qué esconden ahí arriba?

—¿Cómo? Pero ¿de qué coño habla? Ya le he dicho que mi hijo duerme arriba.

—¿Su hijo?

—¡Sí! ¡Mi hijo!

—¿Qué hay ahí arriba?

—¿Qué? ¡Nada, hombre! ¿Qué le pasa? No puede llegar y...

—¿Qué esconden?

—¡¿Está chalado o qué?! ¿Quién es usted? ¡Maldita sea! No es un gendarme... y ayer estaba en el hotel... ¿Qué quiere?

Ése fue el momento que eligió su teléfono para empezar a sonarle en el bolsillo. Servaz sabía qué ocurría: estaba recibiendo de golpe todos los mensajes que Kirsten le había enviado mientras estaba en el desván, todas las llamadas que había hecho en vano. Mensajes y llamadas que habían elegido ese momento para manifestarse.

—Pero ¿qué...? Está sonándole el teléfono —dijo el hombre con un tono cada vez más suspicaz.

No debía dejar que Labarthe volviera a ganar terreno...

—Bueno. Voy a ver —anunció Servaz, y lo rodeó para dirigirse a la escalera.

—¡Espere! ¡Espere!

—¿Qué?

—Necesita una orden judicial. ¡No tiene derecho a entrar aquí!

—¿Una orden? Usted ha visto demasiadas películas, amigo.

—No, no. Una orden de registro... Algo por el estilo... se diga como se diga, da lo mismo... Sabe muy bien a qué me refiero... No puede entrar en casa de la gente así como así. No sé quién es usted, pero voy a llamar a los gendarmes —advirtió, y sacó el móvil.

—Muy bien —dijo Servaz, sin moverse—. Llame, venga.

Labarthe lo accionó y, al cabo de un segundo, lo apagó.

—A ver, ¿qué quiere?

—¿Por qué no llama a los gendarmes?

—Porque...

—¿Qué le pasa? Ahí arriba hay algo extraño, algo turbio, por decirlo de alguna manera, y pienso averiguar qué es. Así me quedaré tranquilo. Será sólo cuestión de bajar a Saint-Martin, de sacar a un juez de la cama y de volver aquí con una orden.

Servaz se dirigió hacia la salida. Notaba la mirada de Labarthe clavada en la espalda mientras se alejaba hacia el coche que Kirsten había aparcado delante del hotel, en la noche fría.

Labarthe estaba bañado en sudor cuando asomó la cabeza por el hueco de la trampilla. La noruega ya estaba atada por los puños a la polea, con los brazos levantados. Aurore le pasaba un paño húmedo por la cara, el cabello y el cuello para despertarla. Realizaba todos los gestos con una gran ternura, hasta el momento en que le propinó una bofetada que resonó como un latigazo y le dejó una marca en la mejilla izquierda.

—¡Esto no pinta nada bien! —exclamó su marido, entrando en el desván—. ¡No puede quedarse aquí! ¡Hay que llevarla al hotel!

La rubia se volvió.

—¿Quién era?

Labarthe miró con cautela a Kirsten, que cabeceaba parpadeando, totalmente ida.

—¡Un policía!

Vio que su esposa se ponía tensa.

—¿Cómo? ¿Y qué quería?

—¡Asegura que alguien del hotel se ha quejado a causa del ruido! ¡Gilipolleces!

Labarthe hacía aspavientos.

—Ayer lo vi en el hotel. ¿Qué coño hacía allí? Me ha dicho que iba a volver... ¡Esto pinta mal!

—Qué historia más rara —comentó Aurore Labarthe, sin alterarse apenas.

Su marido, en cambio, parecía mucho más preocupado.

—¡Hay que sacarla de aquí! ¡Deprisa! ¡Tenemos que llevarla al hotel ahora mismo! Diremos que ha bebido demasiado.

La mujer echó un vistazo a Kirsten y tendió el teléfono de la noruega hacia su marido. En la pantalla aparecía un mensaje:

Get out!

—¡Es lo que no paro de decirte! Hay que...

—Cierra el pico —lo interrumpió ella—. Cuéntamelo todo desde el principio. Respira. Cálmate y explícamelo.

Pegado a la ventana de la habitación, Servaz escrutaba el chalet. Si al cabo de tres minutos no había ocurrido nada, volvería. Había fingido alejarse con el coche, pero lo había dejado aparcado tras la primera curva y había regresado a pie al hotel.

Consultó el reloj. Dos minutos todavía. En ese momento, le habría gustado tener su arma.

Se quedó helado.

Una figura. Acababa de aparecer delante de la puerta. Era Labarthe. Miraba en dirección al hotel. Después Servaz vio que hacía una señal a alguien que estaba en el interior del chalet. Entonces salió Aurore Labarthe, sosteniendo a Kirsten. La ayudaron a bajar los escalones y después empezaron a andar, uno a cada lado de la noruega, sosteniéndola como si estuviera borracha. Ésa era precisamente la impresión que daba.

Servaz respiró hondo. Habían transcurrido catorce minutos desde que él había salido del chalet. No habían tenido tiempo de hacerle gran cosa.

34

Alimentos

Humedeció con una toalla mojada la cara empapada en sudor de Kirsten. Después se levantó, fue a buscar otro vaso de agua al cuarto de baño e intentó hacerla beber... pero, al segundo trago, le dieron arcadas y apartó el vaso.

El dueño del hotel la había llevado a la habitación.

Los Labarthe lo habían avisado de que la noruega que se alojaba en su hotel, interesada en la arquitectura y a quien habían invitado a tomar una copa, estaba completamente borracha. Debía de ser una costumbre de su país eso de beber más de la cuenta, le habían comentado.

Servaz ignoraba qué les había contestado el hotelero. En cualquier caso, mientras regresaban al chalet, se habían vuelto varias veces para mirar las ventanas del establecimiento. Él se había apartado en todas las ocasiones.

Los había desenmascarado. A partir de entonces, los Labarthe iban a estar más alerta que nunca.

Ya debían de haber informado a Hirtmann del incidente.

¿Cómo se las ingeniarían para contactar con él? Seguramente, por medio de una dirección de correo electrónico accesible tan sólo a través de la red oscura, un chat por Telegram o ChatSecure. Todas, comunicaciones codificadas y redireccionadas: Vincent le había hecho una demostración de las numerosas posibilidades que ofrecía internet a los amantes de la confidencialidad.

—*Fuck*, me encuentro de mierda —dijo de repente Kirsten.

Servaz se volvió. Estaba acostada en la cama, pálida, con el pelo pegado a la frente y las sienes a causa del sudor, y la nuca y los hombros apoyados en tres almohadas.

—Estoy horrible, ¿verdad?

—Espantosa —confirmó él.

—La hemos cagado —dijo ella, o algo por el estilo. A Servaz le costó traducir lo que añadió—: Esa zorra sádica nos la ha metido hasta el fondo. Me dan ganas de matarla.

«Y a mí», pensó él.

—Este café está asqueroso —se quejó—. Creo que voy a vomitar.

Se levantó y fue corriendo al cuarto de baño. La oyó vomitar en tres arcadas, respiró hondo entre dos de ellas y luego tiró de la cadena.

Zehetmayer estaba desayunando en el hotel Sheraton de Praga. Rodeado de turistas chinos. Era algo que detestaba. Había dormido en la habitación 429, después de haber pasado la noche anterior paseando por Malá Strana y el casco antiguo. Había hecho una parada en el cementerio judío, por supuesto, y como en otras ocasiones, de pie en medio del caos de piedras erguidas, envuelto en el silencio y la luz fúnebres del crepúsculo, entre las antiguas fachadas que conservaban la memoria de siglos, el tiempo había quedado en suspenso y se había emocionado tanto que incluso se le saltaron las lágrimas.

Por un instante, sintió vergüenza al notarlas rodar por las mejillas, pero no había hecho nada para enjugarlas y había dejado que le humedecieran el cuello de la camisa, saboreando el gusto salado en los labios. No tenía por qué avergonzarse: en el curso de su dilatada existencia, había visto llorar a hombres muy valientes y a cobardes no derramar una lágrima. La luz, el silencio, el pensamiento consagrado a todas aquellas almas y a sus historias lo habían impregnado y purificado. Había pensado en Kafka, en el Golem... y en su hija, a la que un monstruo había profanado y asesinado. Y es que en el odio había pureza, igual que en el amor.

El hombre al que esperaba esa mañana se llamaba Jiri. Era checo.

Zehetmayer lo vio avanzar entre las mesas. Jiri tenía un rostro de fauno barbudo que no se olvidaba fácilmente —algo que podía tener sus inconvenientes en un oficio como el suyo—, las mejillas surcadas por unas arrugas profundas como marcas de cúter, el torso fuerte y una mirada incandescente. No parecía un asesino sino un poeta, un personaje del mundo del teatro. Podría haber sido actor de Chéjov o cantante lírico. Por lo que Zehetmayer sabía, Jiri era un artista a su manera.

Perfecto. Zehetmayer no creía en esas bobadas románticas sobre asesinos y ladrones, en toda esa mitología para burgueses deseosos de conocer los bajos fondos.

Jiri se sentó frente a él y llamó al camarero.

—Un café —dijo—. Solo.

Después se levantó, fue hasta el bufet y volvió con un plato lleno de salchichas, huevos revueltos, beicon, pastas y fruta.

—Me encanta desayunar en los hoteles —comentó Jiri a modo de explicación.

Empezó a devorar la comida.

—Me han dicho que es un gran profesional —declaró Zehetmayer como preámbulo.

—¿Quién se lo ha dicho?

—Nuestro amigo común.

—No es amigo mío —puntualizó Jiri—. Es un cliente. ¿A usted le gusta su trabajo, señor Zehetmayer?

—Es más que un trabajo, es...

—¿Le gusta su trabajo? —repitió Jiri.

—Sí, me apasiona —respondió Zehetmayer, con cierta irritación.

—Es importante amar lo que uno hace. Amar... no hay nada más importante en la vida.

Zehetmayer puso cara de extrañeza. En aquella mañana praguense, se encontraba sentado delante de un asesino que le hablaba del amor.

Apenas pasaban unos minutos de las nueve de la mañana del lunes cuando Roland Labarthe se conectó a Telegram con el iPhone. Aquel servicio de mensajería se había vuelto famoso últimamente, porque la prensa lo señalaba como el medio de comunicación preferido de los terroristas. A pesar de la publicidad gratuita que había atraído los focos efímeros de la actualidad sobre él, con sus diez mil millones de mensajes al día, Telegram distaba mucho de ser un servicio secreto. No obstante, una de sus opciones permitía mandar mensajes codificados que se autodestruían una vez transcurrido el lapso de tiempo que hubiera elegido el usuario.

Era esa opción de «chat secreto» la que Labarthe había activado aquel lunes por la mañana. El receptor respondía al nombre de «Mary Shelley». Con todo, Labarthe sabía que no se trataba de una mujer. El único punto en común que tenían Julian Hirtmann y la autora de *Frankenstein* era Cologny, una comuna suiza perteneciente al cantón de Ginebra donde habían vivido ambos. El primer mensaje del suizo llegó enseguida.

He recibido una alerta.
¿Qué pasa?

Ayer noche ocurrió algo raro

¿Tiene que ver con Gustav?

No

¿Dónde?

En el chalet

Explícate. Con detalles.
Sé concreto. Conciso.
Limítate a los hechos

Labarthe narró, de la manera más sucinta posible, el episodio de la noche anterior: la visita de la noruega, que se presentó como arquitecta, y después del policía al que había visto un día antes en el hotel, y la manera cómo éste había pretendido husmear por todas partes.

Omitió, no obstante, que habían intentado subir a la chica al desván. Y sobre todo que habían drogado a Gustav. La primera vez que lo hicieron fue iniciativa de Aurore. Labarthe se había mostrado en contra. No quería ni imaginarse las consecuencias que podría tener aquello si el suizo llegaba a enterarse; sólo de pensarlo, se le helaba la sangre. Sin embargo, como de costumbre, Aurore había hecho lo que le había dado la gana.

323

No hay que preocuparse.
Todo eso es normal

> ¿Normal? ¿Y si empiezan
> a interesarse por Gustav?

Eso es lo que hacen

> ¿Cómo?

Están ahí por Gustav. Y por mí

> ¿Cómo lo sabe?

Lo sé

Labarthe lo maldijo para sus adentros. Había momentos en que su maestro lo ponía de los nervios.

> ¿Qué debemos hacer?

Mantener la guardia.
Vigilarlos también.
Haced como si no pasara nada

> ¿Hasta cuándo?

No harán nada mientras yo
no dé señales de vida

> ¿Y piensa hacerlo?

Ya lo veréis

> Ya sabe que puede
> tener confianza
> absoluta en nosotros

La respuesta se hizo esperar.

¿Creéis, si no, que os
habría confiado a Gustav?
Seguid así. Sin cambiar nada

> Muy bien

Roland Labarthe quiso añadir algo, pero vio que su interlocutor se había desconectado. Al cabo de unos segundos, su conversación se autodestruiría y no quedaría ningún rastro de ella.

A menos que Telegram almacenara los mensajes codificados en sus servidores sin que los usuarios lo supieran, algo de lo que lo había acusado la organización no gubernamental Electronic Frontier Foundation.

El suizo apagó el teléfono y alzó la mirada. A varios metros de él, Margot Servaz se desplazaba por los pasillos del gran mercado cubierto Victor-Hugo, repleto de ruidos y olores. Se detenía delante de los puestos de fruta, pescado y queso, todos ellos extremadamente apetecibles. Examinaba, sopesaba, evaluaba, compraba y después reanudaba la marcha. A tres metros de distancia, un policía que se confundía entre la gente la seguía sin perderla un segundo de vista.

Craso error, pensó Julian Hirtmann mientras se tomaba un café con el codo apoyado en la barra. Habría sido mejor que se interesara por lo que pasaba alrededor de la chica. Dejó la taza y se puso en movimiento. Margot se había parado delante de la charcutería Garcia. Hirtmann pasó por detrás de ella, rodeó el mostrador que se prolongaba en tres lados y se acercó al lugar donde el dueño estaba cortando un jamón ibérico pata negra carísimo.

Carísimo pero sublime.

El suizo pidió doscientos gramos de la categoría más cara mientras miraba a Margot, que guardaba algo en el cesto de la compra. Era realmente guapa, como le gustaban a él. Tan fresca debajo de su abrigo de invierno como el pescado expuesto sobre el hielo; tan tierna como el jamón del puesto de Garcia. Tenía las mejillas enrojecidas y brillantes por el calor y el frío, y le recordaban a las espléndidas manzanas de la frutería.

«Martin, tu hija me gusta —pensó—. Aunque imagino que no verías con buenos ojos tener un yerno como yo, ¿verdad? Bueno, ¿me autorizarías por lo menos a llevarla al baile?»

Mientras observaba el chalet por la ventana, Servaz oyó vomitar a Kirsten en el cuarto de baño. Se preguntó que le habrían dado los Labarthe. Le había preguntado, pero ella sólo conservaba un recuerdo muy vago de la velada.

Le sonó el teléfono. Miró la pantalla y se maldijo para sus adentros. ¡Margot! Con los últimos acontecimientos, se había olvidado de ella. Hizo deslizar el icono verde, temiendo recibir otra reprimenda.

—Papá —dijo su hija con voz contrita—. ¿Puedo hablar contigo?

A su espalda oyó como Kirsten sacaba las tripas por la boca y luego le decía algo que no entendió.

—Claro. Te llamo dentro de cinco minutos, ¿de acuerdo? Cinco minutos.

Colgó. Kirsten estaba hablándole, pero todos sus pensamientos giraban en torno a Margot.

—¿Martin? —lo llamó por fin desde el cuarto de baño.

—Margot acaba de llamar —respondió sin volverse, oyendo que abría la puerta.

—¿Va todo bien?

—No lo sé. Voy abajo a llamarla. Me sentará bien tomar un poco... de aire fresco.

—Martin...

Se dirigía a la puerta de la habitación, cuando reparó en la mirada interrogativa que le dirigía su compañera desde el umbral del cuarto de baño.

—¿Qué? —preguntó.

—El medicamento, ¿te importaría traérmelo?

—¿Qué medicamento? —preguntó él, confuso.

—Te decía que hay una farmacia a la entrada del pueblo, a unos trescientos metros de aquí. ¿Podrías pasar a comprarme algo para aliviar las náuseas? —repitió con paciencia.

—Sí, claro.

—Gracias.

En ese momento, Servaz fue consciente de que Kirsten debía de haberle repetido varias veces lo mismo. Su cerebro, sin embargo, lo había bloqueado. De pronto, lo asaltó una duda terrible: ¿provocaría el coma ese tipo de cosas? ¿O se trataba simplemente de un despiste? ¿Habría una zona de su cerebro que había quedado dañada y que había dejado de funcionar? Intentó recordar si le había ocurrido algo parecido desde que había salido del coma.

Se dirigió, turbado, hacia el ascensor, encendió el teléfono y entró. Tenía varios mensajes. Todos de Margot. Lo había llamado varias veces la noche anterior, y el último mensaje se lo había mandado unos minutos antes de llamarlo. Lo abrió:

Papá, no hablaba en serio. Ya sé que tú tampoco, pero, por favor, dime que estás bien. Estoy preocupada.

Al salir al vestíbulo, se le acercó el dueño del hotel.

—¿Qué tal está su colega? —preguntó—. Anoche acabó con una borrachera considerable.

Servaz se quedó petrificado.

—¿Mi qué...?

—Son de la policía, ¿verdad?

—...

—¿Vigilan el chalet?

Servaz no contestó y se limitó a observar al hombre.

—No les dije nada —lo tranquilizó éste—. Cuando trajeron a su... colega, anoche, no les hablé de usted. Cerré el pico e hice como que me tragaba sus cuentos. No sé qué tienen contra ellos, pero, si quiere que le sea sincero, nunca me han parecido trigo limpio. Yo creo que van bien encaminados.

Qué manía tenía la gente de hoy en día de dar su opinión sobre todo, incluso cuando no se la pedían. Servaz lo miró mientras se alejaba.

35

Bilis

Nos pasamos la vida comparando. Comparamos casas, televisores, coches; comparamos hoteles, puestas de sol, ciudades, países. Comparamos tal película con su *remake*, las distintas interpretaciones de un mismo papel. Comparamos nuestra vida de antes con la de ahora, los amigos tal como eran tiempo atrás con aquello en lo que se han convertido. Y la policía, por su parte, compara huellas dactilares, muestras de ADN, testimonios, versiones sucesivas de los detenidos y también —cuando tiene ocasión— armas y municiones.

Es lo que se llama «disparos de comparación». En Toulouse, era la Unidad de Balística del laboratorio de la Policía Científica, situada en el tercer piso de la comisaría, la que se encargaba de ello. El centro de análisis y los puestos de tiro estaban en el sótano. La primera fase consistía en examinar el arma. La presencia o ausencia de polvo podía indicar, por ejemplo, el tiempo transcurrido desde el último disparo, en particular si había más polvo cerca del cañón que de la culata, lo cual hacía suponer que el arma no se había utilizado desde hacía bastante. Curiosamente, no era el caso de la Sig que el ingeniero tenía delante. Sin embargo, su propietario, el comandante Servaz, afirmaba que no había utilizado el arma desde hacía meses. La última vez que había disparado con ella, según su declaración, había sido en el puesto de tiro... con los resultados desastrosos que todos conocían. Qué raro, pensó el tolosano con una mueca de extrañeza. Servaz le caía bien. Aun así, el arma tenía toda la pinta de haber sido utilizada en una fecha mucho más reciente.

Lo anotó en un pequeño cuaderno que luego guardó, junto con la etiqueta, al lado de los otros. Cuando hubiera terminado, procedería a efectuar los disparos de comparación.

«Llama a Margot.»

Dejó sonar el teléfono mientras bajaba los escalones de la terraza y recorría luego la calle nevada en dirección a las tiendas, situadas a unos centenares de metros.

—Papá —contestó ella por fin—. Dime que estás bien. Estaba preocupada.

Tenía la voz ahogada... parecía a punto de llorar. Servaz sintió que se le encogía el corazón.

—Estoy bien —aseguró, caminando con paso incierto sobre la nieve que se acumulaba en el borde de la carretera—. Hemos tenido una noche... un poco agitada. No había visto tus mensajes. Acabo de leerlos, perdona, lo siento.

—Da igual. Estaba muy enfadada. No creía todo lo que escribí.

—No importa —dijo.

Acababa de leer los mensajes y, en realidad, sí importaba. Estaban llenos de tristeza y reproches. Por primera vez en la vida, su hija se preguntaba abiertamente si contaba para él y reconocía tener la impresión de ser la última de las prioridades de su padre. Y quién sabe, se dijo Servaz, si no había un asomo de verdad en todo aquello. Si no se había convertido, sin darse cuenta, en un mal padre...

—¿Ah, no? ¿Cómo que no importa? —contestó ella enseguida.

«Joder —maldijo en su fuero interno—. Va a empezar otra vez, no es posible.» Habría querido decirle, de entrada, sin esperar, que la quería, que iba a encontrar tiempo para ella, que debía darle una oportunidad. En lugar de eso, escuchó el sermón de Margot mientras recorría los trescientos metros restantes, a lo largo de los cuales estuvo a punto de caerse encima de los montículos de nieve. Se limitó a responder una o dos veces con monosílabos, pero no logró contener la oleada de recriminaciones filiales. Como su hija seguía azotándole inexorablemente la oreja, se quedó plantado delante de la farmacia cinco largos minutos antes de decidirse a entrar. Tapando el teléfono con una mano, pidió Primperan.

—¿Hubo una fiesta anoche en el pueblo? —le preguntó el farmacéutico, sonriendo.

Servaz enarcó las cejas, sin entender a qué se refería.

—Es la segunda persona que me pide lo mismo en cuestión de cinco minutos.

Salió de la farmacia sin que el monólogo se hubiera agotado ni perdido intensidad. Entonces vio la terraza de un bar y se sentó a pesar del frío. Al aparato, Margot seguía soltando todo lo que tenía guardado dentro.

—Buenos días —saludó el camarero.

—Un café, por favor.

—¿Con quién hablas? —preguntó de repente su hija, que interrumpió el monólogo.

—Con un camarero —respondió Servaz, un tanto irritado.

—Muy bien. Voy a colgar. Por favor, no vuelvas a decirme que me comporto como una madre. Eres tú el que se comporta como un niño. Pones las cosas difíciles, papá.

—Lo siento —soltó sin querer.

—No lo sientas. Cambia. Besos.

Miró el teléfono con incredulidad. ¡Había colgado! Después de quince minutos de sermón en los que no le había dejado margen para decir ni mu, y mucho menos para justificarse ni defenderse.

Kirsten aún sufría contracciones en el estómago, aunque no tan fuertes. Las náuseas habían remitido, o, cuando menos, conseguía mantenerlas a raya. ¿Qué diablos hacía Martin? Habían pasado veinte minutos desde que se había marchado. Le había entrado migraña, sentía la boca tan pastosa que parecía que la tenía llena de arena y notaba un dolor punzante entre los omóplatos, sin duda provocado por la violencia con que había estado devolviendo esa noche. Debía de oler a sudor y, muy probablemente, tener mal aliento.

Se cepilló los dientes, puso una toalla en el suelo, se desnudó y entró en la ducha. Abrió el grifo y se metió bajo el chorro.

Al cabo de cuatro minutos volvió a salir, con una toalla anudada en el pecho. Pensando en el olor que debía de reinar en la habitación, se dirigió a la ventana y la abrió de par en par.

Sintió el aire frío como un bálsamo, el sol como una caricia, con el viento levantando nubecillas de nieve. Oyó ladrar a un perro. Unas campanas a lo lejos. Una voz que llamaba a otra. «Es agradable estar viva», se dijo.

Se fijó en que había un vehículo abajo, a la izquierda, que circulaba en dirección al hotel. Enseguida dirigió su atención al chalet. El Volvo había desaparecido. «Mierda...» Kirsten fue a buscar los prismáticos, que estaban tirados encima de la cama deshecha de Martin, y volvió para observar con ellos desde la ventana.

Efectivamente, el Volvo se acercaba al hotel, pero desde la ventana era incapaz de distinguir quién viajaba en el interior. Miró hacia el chalet a través de los prismáticos y las ventanas aparecieron en primer plano en su campo de visión. Una de ellas estaba abierta y el viento levantaba las cortinas haciéndolas bailar hacia afuera.

Durante unos cuantos segundos, Kirsten contempló, hipnotizada, aquella danza silenciosa, aquel revoloteo blanco y luminoso.

Hasta que, de repente, Aurore Labarthe apareció y rompió el hechizo. Kirsten vio cómo se inclinaba hacia afuera para recoger las cortinas, las colocaba en su lugar y luego cerraba la ventana.

Aunque la escena había durado menos de diez segundos, le había permitido obtener la información que buscaba. Sólo quedaban dos opciones posibles en lo que a los ocupantes del coche se refería:

1.ª El gilipollas de Labarthe.

2.ª El gilipollas + Gustav.

Aurore Labarthe cerró la ventana después de echar un vistazo al Volvo, que regresaba de la farmacia escupiendo por el tubo de escape un denso humo negro cargado de partículas que se dispersaban en el aire frío. Pero ¿qué coño hacía? La farmacia estaba apenas a un kilómetro del chalet. ¡No debería circular tan deprisa! ¡Qué cobarde era su marido...! La exasperaba, aunque, por una vez, debía reconocer que tenía razón: habían metido la pata. Y lo que más rabia le daba aún era que había sido culpa suya. Había calculado mal los efectos secundarios que podía tener el sedante en Gustav. Sin embargo, era perfectamente consciente de la enfermedad del niño, de su fragilidad hepática. Hirtmann los había advertido al respecto.

«Atresia biliar.» Así se llamaba esa afección de origen desconocido que presentaba aproximadamente uno de cada diez o veinte mil niños, y se caracterizaba por una obstrucción de las vías biliares que impedía la evacuación de la bilis del hígado... y que, sin el tratamiento adecuado, podía acarrear la muerte del pequeño por cirrosis biliar secundaria.

Aurore sabía que si el suizo llegaba a enterarse de que lo habían drogado en dos ocasiones para estar tranquilos durante sus veladas especiales, estaban perdidos. Actuaría sin piedad. Hirtmann sentía más apego por ese niño que por su propia vida. ¿Quién era en realidad el pequeño? Se había formulado tantas veces esa pregunta... ¿De verdad era su hijo? En ese caso, ¿dónde estaba la madre? Ni Roland ni ella la habían visto nunca.

Recorrió el pasillo y entró en la habitación de Gustav. Arrugó la nariz cuando notó el olor a vómito. Cogió el edredón y las sábanas sucias por una punta, los retiró y los dejó caer al suelo.

Oyó un ruido en el cuarto de baño contiguo.

Rodeó la cama y entró. Gustav estaba de rodillas delante del váter, con el pijama azul. Vomitaba, con la cabeza inclinada sobre la taza.

El pobre jadeaba con la respiración sibilante. El pelo rubio, sudado y pegado en mechones, le dejaba a la vista el cráneo rosado. Al oírla, levantó la cabeza y le dirigió una mirada triste y dolorosa. Por Dios, ese niño nunca se quejaba, excepto para reclamar a su padre, se dijo. La vergüenza le oprimió el pecho.

Se acercó y le apoyó una mano en la frente. Estaba ardiendo.

Oyó la puerta de la entrada.

Después, los pasos de Roland en la escalera.

Ayudó a Gustav a desvestirse, comprobó la temperatura del agua con el dorso de una mano y lo empujó con suavidad hacia la ducha.

—Te va a sentar bien, cielo.

Gustav asintió en silencio y avanzó.

—¡Quema! —exclamó, con un sobresalto.

—Te va a sentar bien —repitió ella, y ajustó la temperatura.

Labarthe entró en la habitación. Vio el montón de sábanas manchadas en el suelo y se acercó al cuarto de baño.

—¡El policía estaba en la farmacia! —dijo sin preámbulos.

Ella se volvió y le lanzó una mirada tan afilada como la hoja de una cuchilla. Sin dejar de enjabonar la espalda de Gustav, señaló con la mano que tenía libre la bolsa que llevaba Labarthe.

—Dame eso.

—¿Has oído lo que te he dicho? —insistió él, tendiéndole el Primperan.

—Gustav, mírame —dijo Aurore con dulzura y sin hacer caso a su marido.

Abrió la botella de plástico y la acercó a los labios del niño.

—Está malo —se quejó éste con una mueca.

—Ya lo sé, cariño, pero va a curarte.

—¡Cuidado! —exclamó Labarthe, observándola—. ¡Le estás dando demasiado! Aurore apartó la botella de los labios del niño y fulminó con la mirada a su marido.

—He ensuciado la cama —dijo el pequeño con tono de culpabilidad.

Ella le dio un beso en la frente y le acarició el cabello rubio y húmedo.

—No pasa nada. Cambiaremos las sábanas enseguida.

Se volvió hacia Roland.

—¿Puedes ayudarme, por favor? ¿Y arreglar la habitación?

El tono era mordaz. Él asintió con la cabeza, apretando los dientes, y salió. Aurore secó a Gustav, le dio unas friegas y le puso un pijama limpio.

—¿Estás mejor?

—Un poco, sí.

—¿Dónde te duele exactamente?

Apoyó una mano en el abdomen y ella se lo palpó: estaba duro e hinchado.

—Eres un niño muy valiente, ¿sabes?

Vio que esbozaba una débil sonrisa. Era verdad que era valiente, pensó. Debía de haberlo heredado de su padre. Afrontaba la enfermedad como un soldadito valeroso. Pero ¿acaso había conocido otra cosa durante su corta existencia? Lo observó un momento, agachada delante de él, sonriéndole. Después se levantó.

—Vamos —dijo—. Vas a acostarte otra vez, ¿de acuerdo? Hoy no hay escuela.

Cuando salieron del cuarto de baño, la cama estaba hecha, pero la ventana seguía abierta de par en par. Como había ocurrido con la otra, parecía como si las cortinas quisieran salir volando hacia afuera.

—Métete en la cama —indicó Aurore, y se apresuró a cerrar la ventana—. Ahora vuelvo. ¿De verdad te encuentras un poco mejor?

Gustav asintió de nuevo, muy serio, desde el fondo de la cama.

—Estupendo. Cuando tengas hambre, dímelo.

A continuación, Aurore salió y se dirigió hacia la escalera.

—El tipo de anoche... —volvió a sacar el asunto a colación Labarthe, en cuanto ella entró en la cocina.

—Sí. Ya te he oído. Hace mucho viento. ¿Por qué has dejado abierta la ventana del cuarto del niño?

—Porque apestaba.

—¿Qué quieres? ¿Que además de vomitar coja una pulmonía?

—Al salir, me he esperado para ver adónde iba —continuó él, como si no la hubiera oído—. El policía... No me ha visto. Tenía el teléfono pegado a la oreja y parecía muy contrariado. Quería ver si volvía al hotel.

—¿Y qué?

Colocó una cápsula en la cafetera y la puso en marcha.

—Se ha sentado en una terraza a tomarse un café. Lo he dejado allí y he vuelto, como... como era más urgente venir aquí...

Había adoptado casi un tono de excusa, que lamentó de inmediato: mostrar debilidad delante de Aurore era como animarla a que le clavara una dentellada en la pierna.

—Sí, casi me ha dado la impresión de que estaban fabricando el dichoso jarabe —le espetó ella—. Ese niño va a traernos muchos problemas. No para de vomitar. Espero que tu expedición a la farmacia sirva de algo.

Apretó un botón y la cafetera empezó a escupir el jugo oscuro, entre gemidos y eructos. Labarthe, que había captado el tono de reproche de su esposa, se preguntó por qué le echaba las culpas a él. Era cierto que había sido él quien se había ofrecido en primer lugar al maestro para acoger al niño cuando la directora de la anterior escuela había empezado a hacerle demasiadas preguntas al «abuelo», pero Aurore había aceptado la idea con entusiasmo. No habían podido tener hijos. Él veía claramente cómo Aurore cuidaba de Gustav, pasaba tiempo con él y apreciaba su compañía. En todo caso, había sido ella a quien se le había ocurrido drogarlo. Sin embargo, él había tratado de disuadirla.

Aun así, sabía que era inútil discutir con Aurore, sobre todo en los momentos de tensión, de modo que optó por callar.

—Quizá deberíamos avisarlo —dijo, no obstante.

Le pareció que el silencio que se produjo entonces estaba cargado de malos augurios. La respuesta de su mujer restalló como un latigazo:

—¿Avisarlo? ¿Estás loco o eres idiota?

Kirsten lo vio regresar al hotel. Apagó el cigarrillo, cerró la ventana y se quitó el abrigo que se había puesto sobre los hombros. Después fue al cuarto de baño, a echarse una mirada en el espejo.

Era imposible no fijarse en las ojeras oscuras y en la tez cadavérica. Se acercó una mano a la boca para comprobar si le olía el aliento.

Martin entró en la habitación; jadeaba. Le tendió la bolsa de la farmacia. Ella sacó el Primperan y empezó a bebérselo directamente de la botella, como si fuera agua.

—Por cierto, he visto salir y entrar a alguien del chalet.

—¿A quién?

—Labarthe. Llevaba una bolsa en la mano. Parecida a ésta...

Martin frunció el ceño.

—Una bolsa de la farmacia... ¿Estás segura?

—Segura no. Estaba demasiado lejos, pero se parecía. En todo caso, se veía que tenía prisa.

Servaz se acercó a la ventana y miró el chalet. Se dio cuenta de que estaba preocupado... preocupado por Gustav.

El teléfono vibró encima del escritorio. No el teléfono que usaba a diario, sino el otro. Labarthe se estremeció. Mierda, ¿se habría enterado el suizo de alguna manera de lo que estaba ocurriendo? Con Hirtmann, uno acababa volviéndose paranoico. Miró la pantalla.

¿Estás ahí?

Labarthe escribió la respuesta con el dedo corazón.

Sí

Bien. Porque hay un cambio

¿Cuál?

Quiero ver a Gustav. Esta noche.
Donde siempre

Dios santo... Labarthe suspiró. De repente, le pareció como si tuviera un bulto enorme atascado en la garganta que le impedía respirar.

¿Qué pasa?

Nada. Quiero ver a Gustav.
Eso es todo. Esta noche

A Labarthe se le heló la sangre en las venas. Le dieron ganas de pedir ayuda a Aurore, pero los segundos se sucedían, implacables. Tenía que responder. Si no, el suizo iba a empezar a sospechar algo. De hecho, el mensaje siguiente así lo corroboró:

¿Hay algún problema?

«¡Hostia puta! ¡Responde! ¡Dile algo!»

Gustav está enfermo.
Tiene la gripe

¿Tiene fiebre?

Sí. Un poco

¿Desde cuándo?

Anoche

¿Lo ha visto el médico?

Sí

A Labarthe se le desbocó el corazón. Tenía la mirada fija en la pantalla luminosa, a la espera del próximo mensaje.

¿El mismo de siempre?

Labarthe vaciló. ¿Es que sospechaba algo el suizo? ¿Trataba de tenderle una trampa?

                                No. Otro. Era domingo

¿Qué le estáis dando?

                  Es Aurore la que se encarga.
                             ¿Quiere que vaya
                                 a buscarla?

No. No hace falta. Me pasaré
esta noche

                      ¿Cómo? Pero ¡si están
                esos policías en el hotel,
              los que vigilan el chalet!

Eso es problema mío

                 Maestro, no creo que sea
                       una buena idea

Eso lo decido yo.
Esta noche.
A las ocho

Hirtmann se había desconectado.

¡Joder! Labarthe tragó saliva. Tenía la sensación de que miles de hormigas le subían por el cuello. Necesitaba aire... Fue hasta la ventana y la abrió. Respiró contemplando el paisaje blanco y reluciente.

El suizo iba a estar allí esa noche.

¿Por qué le había dicho que el crío tenía la gripe, maldita sea? ¿Por qué no una gastroenteritis? Mierda, qué tonto era...

¿Y si Gustav le decía a su padre que no lo había visto ningún médico? Durante todo el tiempo que había pasado escribiendo el libro, se había puesto en la piel de Hirtmann, se había tomado por él. Cuando caminaba por las calles de Toulouse, cuando miraba a las mujeres, lo hacía con la mirada del suizo. Se sentía fuerte, poderoso, cruel y despiadado. ¡Era un impostor! Todo palabrería. ¿Tenía miedo? ¡Sí, y mucho! El suizo no era un personaje de ficción, sino una maldita persona de carne y hueso... que había entrado en su vida.

Recordó su primer encuentro: él firmaba libros en una librería de Toulouse. O por lo menos debería haberlos firmado, porque llevaba media hora allí y no había visto a nadie. Después, por fin, se había presentado un lector para pedirle una dedicatoria. Cuando Labarthe le preguntó su nombre, éste respondió: «Julian.» El profesor se echó a reír, pero el hombre permaneció impasible delante de él, al otro lado de la mesa... escrutándolo a través de los cristales de las gafas, de tal manera que sintió un ligero escalofrío recorriéndole la espalda.

Labarthe se dirigía a su coche, en el segundo sótano del parking Jean-Jaurès, cuando el hombre surgió de un rincón oscuro e hizo que se sobresaltara.

—¡Joder, me ha asustado!

—Has cometido un error en la página ciento cincuenta y tres —le había dicho Hirtmann—. No fue así como ocurrieron las cosas.

Sin saber por qué, tal vez a causa del tono, de la calma altanera del intruso, de las palabras que empleaba, Labarthe tuvo la certeza de que no se trataba de un imitador, de que tenía al auténtico Julian Hirtmann delante de él...

—¿Es usted? —balbució.

—No tengas miedo. Es un buen libro. En caso contrario, tu miedo sería justificado.

Labarthe había intentado reír, pero la risa se le atascó en la garganta.

—Eh... eh... No sé qué decir... Es un... gran honor...

Alzó la vista hacia la cabeza que se erguía arriba, a la sombra del techo: Labarthe medía menos de metro setenta. Hirtmann sacó un teléfono del bolsillo y se lo tendió.

—Toma. Nos volveremos a ver pronto. Sobre todo, no hables con nadie de esto.

Pero Labarthe sí había hablado de ello con alguien. Con Aurore. No tenía secretos para ella.

—Quiero conocerlo —había dicho la mujer en el acto.

Salió del despacho y la buscó en vano en la planta baja. Oyó voces en el primer piso... Subió y recorrió el pasillo a la carrera. Aurore y Gustav estaban en el cuarto de baño del pequeño.

—Está empeorando —lo informó ella, mientras le humedecía la frente al niño con una toalla mojada—. Le ha subido la fiebre.

«¡No puede ser!»

—Acabo de hablar con Hirtmann.

—¿Lo has llamado? —preguntó, incrédula.

—¡No! ¡Me ha llamado él! No sé qué le ha dado. ¡Quiere ver al niño!

—¿Cómo?

—¡Va a venir esta noche!

—¿Qué le has dicho?

—Que Gustav está enfermo, que tiene... la gripe.

—¿La gripe? Pero ¿por qué la gripe?

—¡No lo sé! ¡Ha... sido lo único que se me ha ocurrido en ese momento! Me ha preguntado si a Gustav lo había visto un médico.

Aurore miró con cautela al pequeño, antes de dirigir la vista hacia su marido.

—¿Y tú qué le has dicho?

—Que sí.

Vio que Aurore se ponía pálida. La mujer observó a Gustav... y éste le devolvió la mirada. Una mirada triste, de hastío y extenuación, al borde de las lágrimas, pero también rebosante de afecto y confianza, y, por primera vez, aquella mujer de corazón seco sintió una emoción verdaderamente humana y la dentellada de la culpabilidad en las entrañas. Después de acariciarle la mejilla, un gesto que obedeció a un impulso, lo apretó contra sí, notando en la cara el contacto del cabello empapado del niño. Casi tenía ganas de llorar.

—No te preocupes, cielo. Te pondrás bien. Te pondrás bien.

Se volvió hacia Labarthe.

—Hay que llevarlo a Urgencias —declaró.

—Ahora mismo, joder.

—Están saliendo —anunció Kirsten.

Servaz se colocó a su lado, detrás de la ventana.

—Fíjate cómo han abrigado a Gustav. Y no tiene buen aspecto, incluso visto desde aquí.

Le pasó los prismáticos.

—Hoy no ha ido a la escuela —comentó él.

Volvió a embargarlo la preocupación. Miró el reloj. Pronto serían las tres. Hacía más de tres horas que Labarthe había vuelto de la farmacia, suponiendo que en realidad hubiera ido allí. El estado de Gustav había empeorado, no cabía duda. Servaz habría dado cualquier cosa por saber qué le ocurría el niño. La angustia lo corroía, literalmente.

Vio que sentaban a Gustav detrás; la esposa de Labarthe le puso una manta en el regazo y le acarició el pelo. El hombre se instaló al volante... no sin desviar antes la mirada hacia el hotel.

—¿Qué hacemos? —preguntó Kirsten.

Servaz reflexionó un instante.

—Dejémoslo correr. Ya están en alerta. Y en estas carreteras, nos descubrirían enseguida. Además, tú no estás en forma. Esperaremos a que vuelvan.

—¿Estás seguro?

—Sí.

En verdad, estaba ansioso por salir corriendo detrás del coche. Comprendió que no podría soportar mucho aquella incertidumbre. ¿Adónde lo llevaban? En ese instante, le tenían sin cuidado los Labarthe e incluso Julian Hirtmann. Sólo podía pensar en Gustav. «¿Por qué estoy tan preocupado? —se preguntó—. Si ese niño no es mi hijo, ¿por qué me siento tan implicado?»

Sentada en el asiento trasero, Aurore seguía abrazando a Gustav. Se había vestido a toda prisa, con el primer pantalón y el primer jersey que había encontrado. En el coche hacía un frío húmedo y penetrante. Había envuelto al niño con la manta, pero no paraba de temblar.

—¿Nos quieres matar de frío o qué? —espetó.

Labarthe puso la calefacción a tope sin contestar, atento a la carretera sinuosa.

Una vez superado el tramo de curvas, salieron a otra vía más ancha, limpia de nieve. Torció a la derecha. En dirección a Saint-Martin.

Aceleró.

—Tengo ganas de vomitar —dijo el niño.

• • •

El doctor Franck Vassard disfrutaba de un momento de descanso en la sala destinada a ese propósito, cuando acudió a buscarlo una enfermera.

—Acaba de llegar un niño que no para de vomitar.

Se incorporó en el sofá desgastado, se sentó y la miró mientras se estiraba, con los brazos cruzados. Era un residente joven, que estaba de guardia en Urgencias. Irradiaba energía, y no sólo la energía de la juventud, sino también la de la persona a quien aún no han derrotado los años de lucha incesante contra dos enemigos invencibles: la enfermedad y la muerte. A los cuales a menudo había que sumar otros dos: la ignorancia y la desconfianza de los pacientes. Se frotó la barba de *hipster* observando a la enfermera.

—¿Qué edad tiene?

—Cinco años. Presenta algunos síntomas ligeros de ictericia. Podría ser una insuficiencia hepática.

Ictericia: una coloración amarilla de la piel y de la conjuntiva del ojo provocada por un aumento de la concentración de bilirrubina en la sangre.

—¿Está con sus padres?

—Sí.

—¿Fiebre?

—Treinta y ocho y medio.

—Ya voy.

Se levantó y se dirigió a la máquina de café. Lástima, la cabezada había sido más breve de lo que esperaba. El hospital de Saint-Martin era pequeño y el servicio de Urgencias raras veces debía asumir el caos más o menos controlado propio de los centros de las grandes ciudades.

Al cabo de dos minutos, Vassard salía del pequeño cuarto y enfilaba el ajetreado pasillo lleno de carritos y enfermeras. El niño estaba sentado en una camilla. La pareja lo observó mientras se acercaba. Sin saber por qué, les vio algo extraño y descompensado (la mujer medía casi diez centímetros más que el hombre) que lo hizo sentir incómodo.

—¿Son sus padres?

—No, unos amigos —respondió el hombre con perilla—. El padre no tardará en llegar.

—Muy bien. ¿Qué te pasa? —preguntó, acercándose al pequeño, rubio y de mirada febril.

—Le vamos a administrar carbón activado y un antiemético —dijo—. No soy muy partidario de los lavados gástricos. De todas maneras, ya casi no se utilizan salvo en cuadros de ingestión de sustancias de elevada toxicidad, que no es el caso del sedante que le hicieron tomar. —En ese punto, imprimió de manera inconsciente a sus palabras un tono claramente reprobador—. Luego lo dejaremos en observación hasta mañana por la mañana. Lo que más me preocupa son los síntomas: la ictericia, el hígado hinchado y los dolores abdominales. La atresia biliar no se puede tomar a la ligera. ¿Sigue un tratamiento?

Se cruzó con la mirada astuta de la mujer, en estado de alerta absoluta.

—Lo sometieron a la operación de Kasai —respondió—. Lo lleva el doctor Barrot.

El joven residente asintió con la cabeza. Conocía a Barrot. Un médico competente. La operación de Kasai era una intervención quirúrgica que consistía en restablecer el drenaje de la bilis del hígado hacia el intestino sustituyendo el conducto deteriorado por la enfermedad por un sistema nuevo que aprovechaba el intestino delgado. La intervención daba buenos resultados en un caso de cada tres. Aun así, incluso cuando culminaba con éxito, no interrumpía el lento progreso de la cirrosis. «La atresia biliar es una auténtica jugarreta», pensó el residente, mirando al niño.

—Parece como si la intervención no hubiera dado resultado —comentó, con el ceño fruncido—. Quizá habría que plantearse la posibilidad de un trasplante... ¿Saben si está previsto? ¿Qué opina el doctor Barrot?

Lo miraban como si les hablara en chino. Una pareja muy curiosa... se dijo.

—Y la próxima vez, déjense de sedantes —insistió, al ver que no respondían—. Aunque esté muy revoltoso.

Los miró de arriba abajo, primero a uno y después al otro, con la intención de impresionarlos. La mujer asintió con la cabeza. Era más alta que él. El pantalón de cuero y el jersey ajustados que llevaba realzaban su espléndida figura. Al observarla, no supo si era superior la atracción física que sentía hacia ella o la repulsión que le inspiraba. Nunca había experimentado una sensación tan ambivalente delante de una mujer.

Observaba la entrada del hospital y la vasta explanada desde el porche de un edificio, situado a cien metros. Había anochecido ya. Las farolas, con algún que otro copo de nieve cruzando su aureola, proyectaban unas grandes manchas amarillas sobre la fachada de ladrillo del voluminoso edificio. Aspiró con nerviosismo el humo del cigarrillo, al acecho detrás de los cristales de las gafas.

Todo estaba tan tranquilo, tan oscuro, tan quieto... ¿Adónde iban los habitantes de Saint-Martin-de-Comminges después de hacerse de noche? Arrojó el cigarrillo a la nieve de la acera.

Miró a su alrededor.

Dio unos pasos.

Atravesó la explanada desierta con tranquilidad, a pesar de la impaciencia que lo consumía. Franqueó las puertas y se encaminó hacia la recepción.

—Esta tarde ha ingresado en Urgencias un niño de cinco años —dijo cuando la enfermera del otro lado del mostrador se dignó prestarle un poco de atención—. Gustave Servaz. Soy su padre.

La mujer consultó la pantalla del ordenador.

—Muy bien —dijo, y señaló una puerta de cristal situada a la izquierda—. Cruce esa puerta, siga por el pasillo hasta el final y luego gire a la derecha. Está escrito, ya lo verá. Pregunte allí. El horario de visitas se termina dentro de un cuarto de hora.

Su mirada se demoró un poco más de la cuenta en la enfermera.

Durante una fracción de segundo, imaginó que se inclinaba por encima del mostrador, la agarraba por el pelo, sacaba el cúter que llevaba en el bolsillo y le rebanaba la garganta.

—Gracias —dijo Julian Hirtmann.

Se alejó y siguió las indicaciones. Al final del segundo pasillo, otro mostrador. Volvió a preguntar.

—Sígame, por favor —le indicó una enfermera de rostro cansado y cabello sin brillo.

Los vio en el extremo del pasillo... los Labarthe. Roland acudió a su encuentro con precipitación; Aurore se quedó en un segundo plano, observándolo con cautela. Abrazó a ese cretino profesor de universidad como daría una bendición un papa. Sin dejar de clavar la mirada en la de su mujer. Por un instante, recordó el momento en que la poseyó en el desván, atada y colgada de las muñecas por las anillas del techo, desnuda y entregada a su merced, mientras Labarthe aguardaba con paciencia abajo, en el salón, a que hubieran terminado.

—¿Dónde está?

Labarthe señaló una puerta.

—Ahora duerme. Le han administrado un calmante y un antiemético.

Evitó mencionar el carbón activado, aunque sabía que, tarde o temprano, el maestro se enteraría de lo ocurrido.

—¿Qué ha pasado? —preguntó éste, como si se hiciera eco de sus pensamientos—. ¿No me habías dicho que tenía la gripe?

Labarthe le había escrito para decirle que las cosas se habían complicado y que tenían que ir al hospital.

—Su estado ha empeorado de golpe —intervino Aurore, acercándose a él—. Como estaba muy agitado, le he dado un sedante ligero.

—¿Que le has dado qué...?

La voz de Hirtmann estaba llena de espinas.

—El médico ha dicho que eso no ha tenido nada que ver —mintió—. Y Gustave está bien.

Le dieron ganas de cogerla por el cuello, aplastarla contra la pared y apretar hasta que se le pusiera la cara morada.

—Ya hablaremos de eso luego —dijo, con una peligrosa calma en la voz—. Volved a casa. Yo me quedo aquí.

—Nosotros también podemos quedarnos, si quiere —se ofreció Labarthe.

Miró fijamente al hombrecillo de la perilla y luego a la rubia alta. Los imaginó muertos, rígidos, fríos.

—Volved a casa. Y dejad este sobre en el hotel.

Labarthe le echó un vistazo rápido. Iba a nombre de «Martin Servaz». Conocía ese nombre, por supuesto. La noche anterior había dudado incluso cuando vio al individuo que llamó a su puerta.

Le había dado la impresión de que aquella cara tenía algo familiar. ¿Qué demonios ocurría? Se moría de curiosidad.

Hirtmann los observó mientras se alejaban. Después entró en la habitación. Gustav dormía, con expresión relajada. Permaneció un rato quieto, al pie de la cama, contemplando al niño... Luego se sentó en la única silla que había.

Servaz estaba plantado delante de la ventana.

Escuchaba y observaba. Con desesperación. Miraba el chalet, desierto y apagado en la noche vacía, con un hormigueo en el vientre.

¿Dónde estaban? ¿Qué le ocurría a Gustav? Hacía ya varias horas que se habían ido. No soportaba más aquella espera. Empezaba a arrepentirse de no haberlos seguido. Kirsten, además, le había comentado en un par de ocasiones que quizá habían tomado la decisión equivocada. Ella también se mostraba impaciente.

Entonces, minada por los nervios y las náuseas de la noche, había sucumbido al cansancio y roncaba ligeramente encima de la cama.

De pronto, percibió el sonido de un motor que se acercaba. Pegó la nariz al cristal y lo vio: ¡el Volvo de los Labarthe! Se dio cuenta de que aflojaba la marcha y se detenía delante del hotel. Sólo veía el techo, incapaz de distinguir quién iba en el interior.

Labarthe bajó, subió a la terraza y entró. Volvió a salir al cabo de un momento y el coche se alejó hacia el chalet.

Servaz notó cómo se le alteraba la respiración cuando se abrieron las portezuelas del vehículo. Labarthe y su mujer se bajaron, solos. Gustav no iba con ellos... ¿Qué había pasado con el niño? ¿Dónde lo habían dejado?

En ese momento sonó el teléfono. No su móvil, sino el aparato grande, negro y antediluviano del hotel, el que había encima de la mesa que servía de escritorio. Descolgó antes de que despertara a Kirsten.

—Han dejado un sobre para usted en recepción —le informó el hotelero.

Labarthe... ¿Qué ocurría? De nuevo volvió a sentir que estaban dirigiéndolo con unos hilos invisibles, como a una marioneta. Una vez más, se le habían adelantado.

—Ahora bajo.

Irrumpió en el vestíbulo en menos de un minuto. Allí lo esperaba un sobre marrón, con el nombre del destinatario escrito a mano:

MARTIN SERVAZ

—Lo ha dejado el chalado ese —dijo el dueño del hotel.

La mano le tembló un poco cuando lo rasgó para sacar una hoja de papel plegada en cuatro.

Sintió que el vestíbulo del hotel empezaba a dar vueltas, que el universo entero iniciaba una rotación... Planetas, estrellas, espacio, vacío... toda la creación basculó en una sola fracción de segundo, en que el universo salió de su eje y se abolieron todas las referencias. En la nota ponía:

Gustav está en el hospital de Saint-Martin. Te espero. Ven solo. No habrá Kindertotenlieder *si aunamos fuerzas.*

J.

36

H

Había dejado a Kirsten durmiendo en el hotel. La sangre le palpitaba en las sienes, como si estuvieran inyectándole adrenalina. Conducía deprisa. Cuando dejó atrás las curvas, el coche derrapó y mordió el terraplén nevado, rozando peligrosamente la pendiente antes de volver a la calzada esmaltada de hielo.

Lo tenía obsesionado una frase: «*No habrá* Kindertotenlieder *si aunamos fuerzas.*»

«Canciones a los niños muertos.» Gustav Mahler. «J.» Sólo una persona podía haber escrito la nota. Y le daba a entender que Gustav estaba en peligro de muerte. Que su salvación dependía de ellos. Se le ocurrió que podía tratarse de una trampa, pero descartó la idea. ¿Con qué objetivo? Hirtmann le había estado tomando fotos durante meses, a lo largo de los cuales había podido tenderle todas las trampas que hubiera querido. Además, un hospital no era el lugar más indicado para eso.

Cuando llegó a Saint-Martin, redujo la velocidad. Al ver el cartel con la «H», se desvió en la rotonda. Y al cabo de seis minutos, aparcaba en un lugar reservado al personal y se adentraba en el vestíbulo del centro.

—El horario de visitas ha finalizado —le dijo la persona que había sentada tras la recepción, sin apartar la vista del móvil.

Se inclinó por encima del mostrador y puso el carnet de policía entre la nariz de la recepcionista y la pantalla. La mujer levantó entonces la vista y lo fulminó con la mirada.

—Tampoco hay por qué ser desagradable —protestó—. ¿Qué quiere?

—Esta tarde ha ingresado un niño en Urgencias.

La mujer entornó los ojos, observándolo con desconfianza, antes de ponerse a consultar el fichero.

—Gustave Servaz —confirmó.

Notó que se le abría un abismo en el estómago al oír ese nombre asociado a su apellido por segunda vez. ¿Sería posible? Ahora que sus temores y sus esperanzas tomaban cuerpo, se preguntó qué deseaba: que Gustav fuera su hijo o lo contrario. Había, sin embargo, otra esperanza, más difusa y peligrosa, que se despertaba al mismo tiempo. Una esperanza extinta desde hacía años pero que había aguardado, en secreto, ese momento para reavivarse: Marianne. ¿Iba a saber por fin lo que le había sucedido? Su mente intentaba en vano ahuyentar aquella pregunta, relegarla a un recoveco oscuro, alejado de la luz.

La mujer le señaló la puerta de cristal de la izquierda.

—Siga el pasillo —le indicó—, y después el otro pasillo de la derecha.

—Gracias.

Se había vuelto a concentrar en el teléfono. Todavía turbado por la combinación de aquel nombre y su apellido, Servaz empujó la puerta oscilante.

Enfiló el pasillo.

Sus pasos resonaban en el suelo vitrificado. Silencio total. Otra puerta. Otro pasillo. Al fondo, el letrero luminoso: «URGENCIAS.»

En el pequeño despacho abarrotado, con las paredes cubiertas de horarios con columnas llenas de etiquetas de colores, había una sola persona.

Una vez más, enseñó el carnet.

—Gustav —dijo, sin valor para añadir su apellido—. El niño que ha llegado esta tarde.

La mujer lo miró sin comprender nada. Parecía muy cansada. Después asintió con la cabeza, se levantó, salió de su exiguo despacho y le mostró una puerta.

—La tercera a la derecha.

En algún lugar sonó un pitido, que la indujo a alejarse en dirección contraria.

Servaz siguió andando, con las piernas tan flojas como las de un muñeco de nieve a medio derretir. Con un sentimiento de irrealidad persistente. La puerta que le habían indicado estaba a tan sólo cuatro metros. Pasó dos carritos vacíos pegados contra la pared y un aparato con ruedecillas lleno de botones. Sofocó la voz interior que le susurraba que diera media vuelta y huyera.

El corazón le latía incluso en los oídos y sentía una oleada de pánico en la cabeza.

Tres metros.

Dos...

Sonidos de los aparatos de ventilación, la puerta abierta de par en par... Alguien en el cuarto, sentado en una silla, de espaldas a él... Y una voz de hombre que decía:

—Entra, Martin. Estaba esperándote. Bienvenido... Hacía tanto tiempo... Has tardado mucho... Nuestros caminos se han cruzado mil veces, y no me has visto ninguna de las mil... Pero por fin estás aquí... ¡Entra, no seas tímido! Acércate... Ven a ver a tu hijo...

MARTIN Y JULIAN

37

Los hijos nos vuelven vulnerables

—Entra, Martin.

La misma voz de actor, de tribuno. Profunda, cálida. El mismo tono educado. Casi lo había olvidado.

—Entra.

Avanzó. La cama de hospital a la izquierda, Gustav dormido (un golpe sordo en el pecho), con aspecto despreocupado y tranquilo, pero con las mejillas enrojecidas, el calor del ambiente, la ventana al fondo, con la luz de las farolas que se colaba formando rayos horizontales entre las láminas de la persiana.

Ésa era la única luz que entraba en la habitación.

Apenas distinguía la figura sentada que le daba la espalda.

—No vas a detenerme, ¿verdad? Por lo menos antes de que hayamos hablado.

No dijo nada. Dio un paso más. Hirtmann estaba a su izquierda. Servaz contempló su perfil. Llevaba gafas, un mechón le caía encima de la frente y la nariz había cambiado de forma. No lo habría reconocido si se hubiera cruzado con él por la calle.

Sin embargo, cuando el suizo volvió la cabeza y levantó la barbilla para mirarlo, detrás de las gafas correctoras, Servaz reconoció la sonrisa y los labios un tanto femeninos.

—Buenos días, Martin. Me alegro de verte.

Sin responder, se preguntó si el suizo podía oír los golpes que el corazón le daba en el pecho.

—He mandado a los Labarthe a casa. Son buenos soldados, correctos, pero mira que llegan a ser tontos... Él es un auténtico imbécil. Su libro no vale nada, ¿lo sabías? ¿Lo has leído? Ella es mucho más peligrosa. ¿Sabías que tuvieron el valor de drogar a Gustav? —Su voz se había convertido de repente en un chorro de agua helada—. Creen que sólo va a caerles una bronca, pero tú sabes que las cosas no van a ser así...

Servaz siguió guardando silencio.

—Aún no sé cómo voy a solucionarlo. Ya veremos. Prefiero la espontaneidad.

Servaz aguzó el oído, tratando de captar otros sonidos aparte de la voz de Hirtmann. Pero no percibió ninguno. Todo estaba en calma.

—¿Te acuerdas de la primera conversación que mantuvimos? —dijo de pronto el suizo.

¿Cómo no iba a acordarse? En realidad, no había transcurrido ni un solo día durante los últimos ocho años en que no hubiera pensado en ese momento, de una manera u otra. A veces lo evocaba durante unos segundos, otras veces durante más tiempo.

—¿Te acuerdas de la primera palabra que pronunciaste?

Servaz se acordaba, pero dejó que fuera Hirtmann quien la dijera.

—Mahler.

El suizo sonreía mientras levantaba el rostro hacia él; se le había iluminado el rostro.

—Dijiste «Mahler». Entonces, enseguida comprendí que estaba ocurriendo algo especial. ¿Te acuerdas de la música?

Claro que se acordaba, cómo no.

—La Cuarta, el primer movimiento —respondió Servaz con la voz ronca, como si llevara días sin hablar.

Hirtmann asintió con la cabeza, satisfecho.

—«*Bedächtig... Nicht eilen... Recht gemächlich...*»

Levantó las manos y las movió por la habitación, como si percibiera la música.

—«Deliberada, sin prisa, con mucha calma» —tradujo Servaz.

—Debo reconocer que ese día me causaste una fuerte impresión. Sí. Y eso que yo no soy nada impresionable.

—¿Estamos aquí para hablar de los viejos tiempos?

El suizo soltó una risita bonachona que sonó casi como una tos. Después se volvió hacia la cama.

—No hables tan alto, que vas a despertarlo.

Servaz tuvo la impresión de que el estómago se le caía a los pies.

—¿Quién es este niño? —preguntó.

Durante un momento, ambos guardaron silencio.

—¿No lo adivinas?

El comisario tragó saliva.

—¿Te dije que una vez, en mi antiguo trabajo, encontré el cadáver de un niño? —prosiguió el suizo—. Por aquel entonces yo era joven, y hacía tres semanas que acababa de empezar en el tribunal de Ginebra. La policía me llamó en plena noche. El hombre que me avisó estaba conmocionado. Me presenté en la dirección que me dieron. Un sitio deprimente. Una casa horrenda donde vivían unos okupas. Cuando entré, enseguida noté el olor: apestaba a vómito, orina de gato, comida, mierda, tabaco, mugre, pero también a papel de aluminio quemado. Vi cucarachas en el pasillo y en la cocina; estaba infestado. Entré en el comedor. Estaban todos colocados, tirados en los sofás, la madre tendida sobre las rodillas de dos tipos, con la cabeza colgando, uno de los tíos insultaba a la policía, en la mesa de centro aún había torniquetes y jeringuillas. Se habían inyectado toda la porquería que tenían a mano. La niña estaba en su habitación, en el extremo del pasillo, acostada en la cama. Calculé que tendría unos cuatro o cinco años. En realidad, tal como supe más tarde, tenía siete, pero a causa de los años de malos tratos y malnutrición, era más bajita y menuda de lo normal.

Dirigió una mirada hacia la cama.

—El forense, un tipo que estaba a punto de jubilarse y que las había visto de todos los colores, estaba muy pálido. La examinaba con mucha dulzura, quizá para compensar la furia con que la habían golpeado. Los servicios de emergencia estaban todavía allí, delante de la casa. Uno de los técnicos había vomitado en la hierba. Habían hecho todo lo posible para reanimar a la pequeña, masajes cardíacos, desfibrilador... Uno de ellos quería entrar y darles una paliza a los padres. Los policías tuvieron que contenerlo. El cuarto de la niña estaba lleno de basura, igual que el resto de la casa: botellas, latas, comida llena de moho, manchas por todas partes, incluso encima de la cama...

Hirtmann calló, absorto en sus pensamientos.

—Acabamos por detener al autor de la paliza mortal. No había sido ninguna de aquellas tres escorias, sino el padre, que se había presentado, igual de colocado, y que al encontrar a la madre dormida con los otros dos, se había vengado con la niña. Yo maté a la madre dos meses después. Primero la torturé. No la violé. Me daba demasiado asco.

—¿Por qué me cuentas todo eso?

—Tú tienes una hija, Martin —continuó el suizo, como si no lo hubiera oído—. Y sabes desde hace mucho que...

Servaz sintió que se le agarrotaba el cuerpo.

«No menciones a mi hija, cabrón...»

—¿Qué sé? —preguntó con suma frialdad.

—Que cuando tienes un hijo, ya no se razona como antes. Cuando tienes un hijo, el mundo se vuelve peligroso otra vez, ¿verdad? Tener un hijo es volver a tomar conciencia de que somos frágiles, los hijos nos vuelven vulnerables. Pero tú eso ya lo sabes, claro. Míralo, Martin. ¿Qué ocurrirá si yo desaparezco? ¿Si yo muero? ¿Si me meten en la cárcel? ¿Qué será de él? ¿Quién se ocupará de él? ¿A qué hogar, equilibrado o disfuncional, irá a parar?

—¿Es tu hijo? —preguntó Servaz, con un nudo en la garganta.

Hirtmann apartó la mirada de Gustav para escrutar a Servaz a través de las gafas, con los párpados entornados.

—Sí, es mi hijo. Yo lo he criado, lo he visto crecer. No te imaginas lo formidable que es este niño. —Hizo una pausa—. Gustav es hijo mío y también es hijo tuyo. Yo lo he criado como si fuera mío... porque lo es... pero es tu ADN el que está inscrito en sus células.

Martin ya no lo escuchaba. Los oídos le zumbaban como si sufriera de acúfenos. Y sentía la garganta como si estuviera tapizada en papel de lija.

—¿Lo puedes demostrar? —dijo de pronto.

Hirtmann sacó una bolsa transparente. Dentro había un mechón. Rubio. Idéntico al que Servaz tenía en el bolsillo.

—Imaginaba que me harías esa pregunta. Toma, haz la prueba, anda. De todas formas, yo ya la hice. Quería saber si era tuyo o mío... —Hirtmann hizo una pausa—. Gustav, tu hijo, te necesita.

—Entonces, ¿por eso...?

—¿Por eso qué?

—¿Por eso lo localizamos tan fácilmente...? Hiciste todo lo posible para que lo encontrara, en realidad.

—Eres listo, Martin. Muy listo.

—No tanto como tú, ¿cierto?

—Yo también soy bastante listo, es verdad. Me conoces lo suficiente como para saber que no suelo cometer tantos errores. Eso debería haberte dado alguna pista.

—Y me la dio, pero, aunque pensé que tú tirabas de los hilos, que estabas detrás de todo esto, me dije que tenías tus motivos... y que el titiritero acabaría por dejarse ver... Tenía razón, ¿no?

—Exacto. Bueno, aquí estamos.

—El problema es que todas las salidas de este hospital están controladas por la policía. No podrás escapar.

—No lo creo. ¿Vas a detenerme? ¿Aquí? ¿En la habitación de tu hijo enfermo? Lo encuentro de bastante mal gusto, si quieres que te diga la verdad.

Servaz miró a Gustav, tendido en la cama, con el pelo rubio todavía pegado a la frente debido al sudor, los labios entreabiertos y el torso estrecho, que se elevaba con suavidad debajo del pijama de felpa. Las pestañas rubias nacían de los párpados cerrados como los pelos de un pincel.

Hirtmann desplegó su metro ochenta y ocho de estatura. Servaz advirtió que había engordado unos kilos. Llevaba un jersey de jacquard pasado de moda y un pantalón de pana contrahecho, pero de él seguía emanando algo magnético, temible.

—Estás cansado, Martin. Te propongo que...

—¿Qué tiene? —lo interrumpió Servaz, cambiando de tono.

—Atresia biliar.

Servaz nunca había oído hablar de esa enfermedad.

—¿Es grave?

—Mortal si no se hace nada.

—Explícate —exigió con firmeza.

—Eso va a llevarme un rato.

—Me da igual. Tengo todo el tiempo del mundo.

Notó que el suizo lo miraba.

—La atresia biliar es una enfermedad que afecta en torno a un niño de cada veinte mil. Es una putada, un trastorno que se inicia incluso antes de que nazca el niño, en el vientre de la madre. Resumiendo, los canales que permiten la evacuación de la bilis desde el hígado se estrechan y se bloquean. La retención de la bilis en el hígado provoca daños irreparables que, si no se hace nada, resultan mortales. Seguro que has oído hablar, como todo el mundo, de la cirrosis que sufren los alcohólicos. Pues bien, es eso lo que ocurre: la presencia de bilis en el hígado provoca una fibrosis y después una cirrosis biliar secundaria. Y es eso lo que causa la muerte del niño, una cirrosis de hígado clásica.

Hirtmann calló un instante y dedicó una mirada a Gustav antes de continuar.

—Hasta el momento, se desconoce el origen de la atresia biliar. Los niños que tienen esta enfermedad sufren problemas de salud constantes. Tienen una estatura inferior a la media y a menudo padecen infecciones. Tienen dolores abdominales, el estómago hinchado, ictericia, trastornos de sueño y sangrados gastrointestinales. Como te he dicho, una putada. —En su voz no había ninguna emoción especial, sólo la enunciación brutal de los hechos—. El primer tratamiento consiste en restablecer el flujo de la bilis. Esta operación se denomina «procedimiento de Kasai», que es el nombre del cirujano que lo ideó. Se trata de retirar el conducto necrosado y sustituirlo por un tubo de drenaje nuevo que se extrae del intestino delgado. La cirugía es como la fontanería. A Gustav le practicaron esa operación. En un caso de cada tres, da buenos resultados. En el suyo, parece que no ha funcionado. —De nuevo, hizo una pausa—. A partir de ahí, se desarrolla una insuficiencia hepática y si los síntomas se agravan, el niño corre peligro de muerte.

Servaz tenía la impresión de que el silencio que reinaba en el hospital producía una especie de vibración... o tal vez eran sus oídos.

—¿Existe otro tratamiento?

Hirtmann clavó la mirada en sus ojos.

—Sí. Un trasplante de hígado.

Servaz aguardó la siguiente explicación, con el corazón en un puño.

—La atresia biliar es la primera causa de trasplante hepático en niños. El obstáculo principal para el trasplante es, como puedes suponer, Martin, la falta de donantes muertos en esa franja de edad.

Una mujer con bata de enfermera pasó por delante de la puerta de la habitación. A Servaz le pareció que el ruido que producían en el suelo del pasillo las suelas de goma era el eco de los golpes sordos que notaba en el pecho.

—Y, en el caso de Gustav —continuó el suizo—, eso supondría un montón de gestiones, salir de la clandestinidad y, sin duda, aceptar que un día acabará en una familia de acogida, es decir, con unos desconocidos, joder. Con gente sobre la que no tendré ningún control y que no habré elegido yo.

Servaz se guardó de comentar que la elección de los Labarthe no le parecía precisamente la mejor.

—Existe, sin embargo, otra opción, la única válida en realidad para Gustav: el trasplante de un donante vivo compatible. Se retira en torno a un sesenta o setenta por ciento del hígado de un donante sano... Eso no supone un problema, porque el hígado se regenera... Y se trasplanta en el niño. Pero no puede ser cualquier donante. Tiene que ser un pariente cercano, un hermano, una madre, un padre...

Era eso... Servaz reprimió las ganas de agarrar al suizo por el cuello. Marianne, pensó de repente. Había dicho «una madre, un padre...». ¿Por qué no Marianne?

—¿Y por qué no la madre? ¿Por qué no Marianne? —preguntó con voz ronca—. ¿Por qué no puede donar ella el hígado?

Hirtmann lo observó con aire grave, como si estuviera buscando la respuesta adecuada.

—Digamos que su hígado no está disponible.

Servaz respiró hondo.

—Está muerta, ¿es eso?

Al ver la mirada impregnada de compasión fingida del suizo, a Servaz lo asaltaron de nuevo las ganas de agarrarlo por el cuello.

—¿Y si me niego a hacerlo? —dijo—. ¿Qué pasará?

—Pues, en ese caso, tu hijo morirá, Martin.

—¿Por qué? —preguntó de pronto.

—¿Cómo dices?

—¿Por qué no lo mataste? ¿Por qué lo criaste como si fuera tu hijo?

Seguían de pie, uno al lado de otro, junto a la cama. Contemplaban al niño dormido, cuyos labios articulaban palabras silenciosas.

—Yo no mato niños —contestó el suizo con frialdad—. Y el destino puso a este pequeño en mis manos. ¿No te he dicho que, cuando descubrí que Marianne estaba embarazada, me puse furioso? Le hice pasar hambre durante semanas para que abortara. No quería matar al niño. Quería que muriera de forma natural, pero el diablillo resistió. Lo malo fue que, por todas las drogas que le hacía tomar, el estado de Marianne era lamentable. Tuve que quitárselas, alimentarla, inyectarle vitaminas...

—¿En Polonia? —preguntó Servaz.

Hirtmann lo miró.

—Marianne nunca puso los pies en Polonia. Eso sólo fue un truco para torturarte un poco. Mezclé su ADN con los otros, eso es todo.

—¿Cómo murió?

—Cuando nació el niño, hice la prueba de paternidad y descubrí que no era hijo mío —continuó, sin responder, el suizo—. Deduje que debía de ser tuyo, vine a Toulouse y, sin que te enterases, tomé una muestra de tu ADN. No fue difícil, como tampoco lo fue tomar prestada tu arma. En ambos casos, sólo tuve que entrar en tu coche.

Servaz contuvo la respiración, tratando de pensar.

—Porque, efectivamente, fue tu arma la que mató a Jensen —confirmó Hirtmann—. Y fui yo quien apretó el gatillo. Te la cogí la noche que me perseguiste por los jardines del balneario. La sustituí por otra, idéntica, y la devolví a su sitio al cabo de unos días.

Servaz se acordó del olor que había notado en el vehículo al salir del consultorio del psiquiatra, de su arma, que estaba en manos de Rimbaud, de los disparos de comparación que pronto iban a realizar. Miró al niño, dormido en la cama.

—De paso, comprobé también la compatibilidad entre vuestros grupos sanguíneos —añadió el suizo.

El policía escuchaba sus palabras sin poder desprenderse de la sensación de que aquello no era real. Le parecía que estaba soñando y que pronto iba a despertarse.

—Suponiendo... suponiendo que aceptara, ¿cómo puedo estar seguro de que no vas a liquidarme después de la operación?

La tenue luz que emanaba del fluorescente que había colgado encima de la cama se reflejaba en las gafas del suizo, como un destello en la superficie de un estanque por la noche.

—Eso no puedo asegurártelo —respondió—, pero después del trasplante, Gustav te deberá la vida. Una vida por otra. Digamos que será mi forma de pagar mis deudas. No estás obligado a creerme, por supuesto. Y puede que cambie de idea y que os liquide a los dos. Eso me facilitaría mucho la vida...

—Con una condición —dijo al cabo de un momento.

—No creo que estés en posición de exigir, Martin.

—Eso de confiarlo a los tarados de los Labarthe... ¡A quién se le ocurre! —exclamó de pronto con rabia.

Hirtmann se estremeció, pero no hizo ningún comentario.

—¿Y qué propones tú? —preguntó con expresión de sorpresa.

—Después de todo, es mi hijo.

—¿Y entonces?

—Me corresponde a mí criarlo.

Hirtmann lo observó, atónito.

—¿Cómo has dicho?

—Lo que has oído. Tú no vas a poder hacerte cargo de él. ¿Dónde se hará la operación?

El suizo se tomó un momento para pensar.

—En el extranjero. Aquí es demasiado arriesgado, tanto para él como para mí...

—¿En el extranjero? ¿Dónde? —preguntó Servaz, sorprendido a su vez.

—Ya lo verás...

—¿Y cómo piensas sacarlo del país?

—Entonces, ¿lo harás? —preguntó el suizo, sin responder.

Servaz no perdía a Gustav de vista ni un instante. Lo atormentaba una inquietud, esa misma inquietud que le recordaba a cuando Margot tenía la edad del pequeño y temía por ella.

—No tengo alternativa, ¿no?

38

Como lobo rodeado de corderos

—¿Tú crees que este niño nos lo envió alguien? ¿Crees en Dios, Martin? Me parece que ya te lo pregunté una vez. Sería un Dios francamente retorcido si existiera, ¿no?

Habían salido a respirar el aire de la noche y miraban caer la nieve. Hirtmann dio una calada al cigarrillo.

—¿Has oído hablar de Marción, Martin? Marción era un cristiano que vivió hace mil ochocientos años en Roma. Al observar lo que había a su alrededor, al observar ese universo cargado de sufrimiento, masacre, enfermedades, guerras y violencia, Marción, el hereje, llegó a la conclusión de que el Dios que había creado todo aquello no podía ser bueno, que el mal era un componente de su creación. Los guionistas de la cristiandad hicieron que la historia diera un giro bastante lamentable para responder a la cuestión del mal: inventaron a Lucifer. Sin embargo, la versión de Marción era bastante mejor: Dios es el responsable del mal, igual que de todo lo demás, y es el responsable también de la enfermedad de Gustav. El mal no sólo forma parte de la creación, sino que es uno de sus instrumentos. Gracias a la violencia y al conflicto, la creación evoluciona hacia formas cada vez más perfectas. Fíjate en Roma. Según Plutarco, Julio César tomó más de ochocientas ciudades, sometió a trescientas naciones, hizo un millón de prisioneros y mató a otro millón de enemigos. Roma era una sociedad viciosa, con una tendencia marcada hacia la crueldad. No obstante, su ascenso facilitó la evolución del mundo, su imperio unificó naciones, permitió la circulación de ideas e inventó nuevas formas de sociedad.

—Tus divagaciones me cansan —señaló Servaz, sacando su propio paquete de tabaco.

—Soñamos con la paz, pero es un engaño —prosiguió el suizo, haciendo caso omiso de la interrupción—. La rivalidad, la competitividad y la guerra reinan en todos los ámbitos. William James, el padre de la psicología americana, sugirió que la vida civilizada hace posible que muchas personas pasen de la cuna a la tumba sin experimentar ni por un segundo el miedo auténtico. Esas personas no comprenden, pues, la naturaleza de la violencia, el odio y el mal de los que están rodeados. Es maravilloso ser un lobo rodeado de corderos, ¿no te parece?

—¿Qué hiciste con Marianne? ¿Cómo murió?

El suizo le lanzó una mirada breve, contrariado esta vez, como si considerase de mala educación que lo hubiera interrumpido dos veces.

—¿Te conté que, cuando tenía la edad de Gustav, golpeé a mi tío con un martillo? Estaba sentado en el comedor con mi madre. Había pasado con no sé qué pretexto mientras mi padre no estaba en casa y los dos estaban charlando. Todavía hoy soy incapaz de explicar por qué lo hice. De hecho, me había olvidado del asunto hasta que mi madre me habló de ello, al cabo del tiempo, en su lecho de muerte. No sé... seguramente fue sólo porque el martillo estaba allí. Lo cogí, me acerqué a él por detrás y ¡pam! Le di un buen golpe en la cabeza. Según mi madre, le salió sangre.

Servaz hizo brotar la llama del mechero para encender el pitillo.

—Una de las últimas cosas que me dijo mi madre, unos momentos antes de que el cáncer acabara con ella, fue: «Siempre fuiste malo.» Yo tenía dieciséis años. Le respondí sonriendo: «Malo como el cáncer, mamá.»

De repente, sin que nada hubiera hecho prever su gesto, el suizo arrancó el cigarrillo de los labios de Servaz y lo arrojó sobre la fina capa de nieve de la acera. Acto seguido, lo aplastó con el talón.

—Pero ¿qué...?

—¿No sabes que los donantes no deben fumar? Es un poco tarde, pero, a partir de hoy, se acabó el tabaco —decretó Hirtmann, antes de dar media vuelta para dirigirse a la puerta—. ¿Tomas medicamentos para el corazón?

Servaz estuvo a punto de contestar, pero pensó en Gustav. ¿De verdad estaba pasando? ¿De verdad estaba hablando con el suizo de los medicamentos que tomaba?

—No son exactamente para el corazón —respondió—. No es como si me hubieran hecho un *bypass* o un trasplante. No necesito anticoagulantes ni medicación para el rechazo. Ya no tomo analgésicos ni el antiinflamatorio. No creo que hayan tenido demasiado tiempo para dañarme el hígado, si es eso lo que te preocupa. ¿Dónde está Marianne? ¿Qué hiciste con ella? —gruñó detrás del suizo mientras le daba alcance.

Las puertas se cerraron detrás de ellos. La entrada de servicio. Servaz miró a su alrededor. No había nadie.

—¿Dónde está? —insistió, cogiendo a Hirtmann por el cuello y proyectándolo contra la pared.

El suizo no opuso resistencia.

—Marianne... —repitió Servaz, con las facciones deformadas por la rabia.

—¿Quieres salvar a tu hijo o no? Suéltame. Lo sabrás a su debido tiempo, no te preocupes.

Siguió apretando. Tenía ganas de golpearlo, de darle una paliza, de hacerle daño.

—Tu hijo morirá si no hacemos nada. No podemos esperar más. Ah, y otra cosa: por si acaso se te ocurriera que a Gustav pueden operarlo aquí... Piensa en Margot. Hace dos noches la vi en pijama. Derramé un café en la chaqueta de su guardaespaldas y ella salió a ver qué ocurría. ¡Es muy guapa!

Entonces sí le golpeó. La nariz del suizo reventó. Hirtmann empezó a rugir como una fiera cuando Servaz lo soltó. Se inclinó hacia delante, sacó un pañuelo y se lo presionó contra la nariz para detener la hemorragia.

—Podría matarte por esto —gruñó—. Sabes muy bien —continuó de todas formas— que es imposible proteger a tu hija de alguien como yo... A propósito de Margot, ¿no la notas cansada últimamente? ¿Has visto qué ojeras tiene?

—¡Eres un desgraciado!

Estaba listo para darle otro puñetazo. El corazón le latía peligrosamente en el pecho. Fue entonces cuando vio el letrero de la pared, cerca de la puerta corredera:

TODA AGRESIÓN FÍSICA Y/O VERBAL CONTRA
EL PERSONAL HOSPITALARIO DE SERVICIO SERÁ OBJETO
DE ACCIONES JUDICIALES
ARTS. 222-7 Y 433-3 DEL CÓDIGO PENAL

Al fin y al cabo, se dijo, Hirtmann no formaba parte del personal del centro. Cogió las esposas en un visto y no visto.

—Pero ¿qué haces? —preguntó el suizo con la mirada centelleante.

Sin responder, Servaz cerró una de las manillas en torno a una muñeca del suizo y lo obligó a girar.

—Para. Esto es una estupidez.

Después de repetir la operación con la otra esposa, lo cogió por un brazo y lo llevó hacia la salida.

—Pero ¿qué coño haces? —le recriminó Hirtmann, furioso—. ¡Piensa en Gustav! En el tiempo que estamos perdiendo.

La voz del suizo, monótona y fría, le produjo la sensación de estar caminando sobre una capa de hielo demasiado delgada, a punto de quebrarse.

La enfermera los vio pasar desde su exiguo despacho e hizo ademán de salir. Sin volverse, Servaz alargó el carnet de la policía hacia ella y se alejó con el prisionero.

—Pareces alterado, Martin —dijo el suizo con voz malévola y burlona—. Te comportas como un gato que se ha pillado la cola en la puerta. Quítame esto. A tu hija no la toqué, ni la tocaré. Si haces lo que tienes que hacer... A fin de cuentas, todo... absolutamente todo... depende de ti.

—Cierra el pico.

Empujó la puerta oscilante que daba al vestíbulo y empuñó de igual manera el carnet en dirección a la mujer de la recepción... que se quedó mirando la cara ensangrentada de Hirtmann, las muñecas esposadas y la identificación con ojos desorbitados... Luego, Servaz se encaminó hacia la salida sujetando al suizo.

El aire frío los azotó al salir, pero Servaz ni siquiera se percató de ello. Después de bajar la escalera, se dirigió hacia el lugar donde tenía aparcado el coche.

—Piénsalo un poco —lo instó el suizo, que caminaba a su lado—. Van a acusarte de asesinato. Y la única persona que puede exculparte soy yo.

—Justo por eso. En este momento prefiero saber que estás en la cárcel y no fuera —le contestó, abriendo la portezuela del lado del acompañante.

—¿Y Gustav?

—De eso me ocupo yo.

—¿Ah, sí? ¿Y cómo vas a hacer para donarle tu hígado desde la trena?

El suizo lo miraba fijamente, reclinado sobre el coche, con las muñecas esposadas encima del vientre. Servaz titubeó.

—De acuerdo, pero yo pongo las condiciones —repitió.

—¿Y cuáles son?

—Tú en la cárcel y yo fuera. Seguiré tus instrucciones. Iré a esa clínica. Donaré mi hígado. Salvaremos a Gustav, pero tú dormirás en la cárcel mientras tanto.

El suizo emitió un sonido entre una carcajada y un rugido.

—¿Crees que puedes imponer tus condiciones? No tienes alternativa, Martin. No tienes ninguna baza. Si quieres salvar a tu hijo. Y a tu hija... Aunque yo esté en la cárcel, piensa en lo que podrían hacerle los Labarthe... O, si no, otras personas como ellos, a las que conozco... Veo que te has puesto muy pálido de repente, Martin...

El desapacible aire que soplaba en la explanada se llevaba las palabras del suizo al mismo tiempo que su aliento condensado. Los ojos de Hirtmann eran meras rendijas, pero Servaz distinguía un brillo metálico entre sus párpados. No abrigaba la menor duda de que éste ejecutaría su amenaza.

Le golpeó en el hígado, con todas sus fuerzas, y al suizo se le doblaron las rodillas, al tiempo que aullaba de dolor y rabia.

—Ésta me la pagarás —afirmó furioso—. Tarde o temprano, me la pagarás. Pero no ahora.

Servaz le quitó las esposas.

· · ·

Eran las cuatro de la madrugada cuando regresó al hotel. Enseguida vio que la luz brillaba en la ventana de su habitación. Kirsten estaba despierta.

Cuando entró, la vio sentada en la silla que había delante del pequeño escritorio, de espaldas a él, con el ordenador encendido.

—¿Dónde estabas? —preguntó sin darse la vuelta.

Servaz no respondió de inmediato. Kirsten se volvió y lo observó.

—¿Qué ha pasado? Es como si te hubieras echado diez años encima.

39

Margot

—¿Y no se te ha ocurrido avisarme?

Estaba furiosa. Parecía que había dormido poco y las ojeras le daban un aspecto más frágil que de costumbre.

—¿Habéis pasado cinco horas en ese dichoso hospital con ese niño y no has tenido ni un minuto para llamarme?

—Estabas durmiendo...

—*Fuck off!*

Se contuvo y no dijo nada.

—¿Y dónde está ahora?

—No lo sé...

—¿Cómo?

—No lo sé.

—¿Lo... lo has dejado escapar? ¿Sin más?

—¿No has escuchado lo que te he dicho? Gustav podría ser mi hijo y está en peligro de muerte...

—¿Y?

—Hirtmann lo tiene todo previsto. La clínica en el extranjero, el cirujano...

—¡Martin! *Shit!* ¡A ese niño pueden operarlo perfectamente aquí si tú eres el donante! No hay necesidad de...

—No —la cortó.

Se quedó mirándolo.

—¿Por qué?

—Tengo mis motivos.

—*Bloody hell!* —maldijo ella.

—Ha amenazado con llevarse a Margot.

—No tienes más que pedir que le refuercen la vigilancia.

—Sabes tan bien como yo que es imposible proteger al cien por cien a alguien —contestó, recordando lo que le había dicho Hirtmann con respecto a Margot—. Ni siquiera con el mejor dispositivo del mundo. Y mucho menos con dos o tres policías que no tienen ninguna formación especializada. No voy a correr ese riesgo. Además, ¿quién sabe cuánto tiempo llevaría regularizar la situación de Gustav aquí? Está muy enfermo... No hay tiempo que perder. Hay que operarlo ahora, no dentro de seis meses...

Había hablado con tono firme y decidido. Kirsten asintió con la cabeza, con expresión seria.

—Entonces, vas a dejar que siga suelto por ahí, ¿no? ¿Vas a obedecerle?

—Por ahora... No tengo otra opción.

—Siempre hay otras opciones —replicó ella, con aire contrariado—. ¿Cuándo piensas volver a verlo?

—Será él quien me contacte.

De nuevo, Kirsten asintió con la cabeza, aunque acompañó el gesto de una mirada grave.

—Tengo que irme —anunció, y cogió algunas cosas.

—¿Adónde? —preguntó ella, exasperada y atónita al mismo tiempo.

—A ver a mi hija.

Puso la calefacción del coche al máximo y encendió la radio. Un autoproclamado experto —de esos que habían sido incapaces de prever la elección de Donald Trump como presidente— explicaba por qué el magnate había ganado la presidencia de Estados Unidos y por qué en su país podía ocurrir lo mismo... es decir, exactamente lo contrario de lo que venían afirmando desde hacía meses él y sus colegas.

Aún era de noche cuando entró en Toulouse, aparcó el coche en una de las plantas del parking Victor-Hugo, bajó a la calle, la cruzó y entró en su edificio, al tiempo que dirigía un saludo con la mano al policía que había sentado en un vehículo. Saludó también al que estaba plantado delante de la puerta y se preguntó cuánto tiempo llevaría allí. Eran las 6.12 horas de la mañana.

—¿Un café? —le ofreció.

El policía aceptó y se puso en pie. Servaz abrió la puerta con cuidado de no despertar a Margot, pero enseguida oyó que había alguien en la cocina.

—¿Margot?

La cara de su hija apareció en el umbral de la puerta.

—¿Papá? ¿Qué haces aquí?

—Buenos días, señorita —la saludó, desde atrás, el policía.

—Buenos días —respondió ella—. ¿Quieren café?

—¿Y tú? ¿Ya te has levantado? —preguntó su padre, reparando en su cara de cansancio y en las ojeras azuladas.

Ella lo miró sin responder y se volvió para regresar a la cocina. Incluso tenía los hombros más caídos que de costumbre bajo la bata gastada. Recordó las palabras del suizo: «¿No la notas cansada últimamente?»

Servaz no había dormido en toda la noche y, como siempre en esos casos, se sentía un poco atontado, con una sensación constante de irrealidad, mientras avanzaba hasta la cocina y cogía la taza que le tendía Margot. Tenía la impresión de hallarse entre el sueño y la vigilia. De estar compartiendo un momento cotidiano de los madrugadores, aquellos trabajadores pobres —la mayoría extranjeros— que salen de sus casas antes del amanecer para limpiar nuestras oficinas y nuestros sillones antes de que instalemos en ellos nuestras amables posaderas.

—Me vuelvo a la cama —anunció Margot, sofocando un bostezo.

Le dio un beso y se alejó por el comedor. La siguió con la mirada. No parecía muy en forma. Advirtió también que la inactividad había tenido sus efectos: había engordado varios kilos desde que estaba allí y se le había redondeado la cara. ¿Acaso Hirtmann sabía más de lo que daba a entender? Su pensamiento viajó desde el suizo hasta Gustav. Estaría en observación hasta el final del día. Después, volvería a su casa. Es decir, a casa de los Labarthe... Sólo con pensarlo, sentía un pellizco en el estómago.

Tenía hambre. Buscó una pizza en el congelador, pero no había ninguna. Los platos precocinados también habían desaparecido.

Una vez más, notó que se adueñaba de él la irritación. En la nevera no quedaba ninguna hamburguesa, aunque sí había fruta y verdura en cantidades industriales. Ecológicas, por supuesto.

De repente, sintió ganas de orinar.

Al salir del baño se dirigió a la habitación de su hija. La puerta estaba entreabierta. La empujó sin hacer ruido. Se había dormido ya. Incluso entonces, parecía agotada.

—Tu hijo —dijo Vincent Espérandieu, con incredulidad.

Bajó la vista hacia el fondo de la taza de café, como si hubiera un mensaje grabado en ella.

—Es una historia increíble, Martin. Es tu hijo...

—Quizá lo sea —lo rectificó Servaz, empujando ante sí dos bolsas, una que contenía un mechón rubio y la otra con un solo cabello—. También podría ser un farol. Necesito el resultado lo antes posible. De los dos...

Espérandieu observó las dos bolsas antes de cogerlas.

—¿Por qué dos? No lo entiendo.

—Ya te lo explicaré.

Ese día hacía demasiado frío en la terraza, de modo que se habían refugiado en el interior, cerca de la ventana. Al otro lado del cristal, se veían pocos transeúntes en la plaza del Capitole.

—¿No te parece que podrías haberme hablado antes de esto?

Servaz guardó silencio y miró a su ayudante. Con el mechón en la frente, la tez sonrosada y el rostro de adolescente, pese a tener casi cuarenta años; era como si el tiempo no transcurriera para él. A Servaz le parecía que estaba igual que el día que había entrado por primera vez en su despacho, diez años atrás.

Vincent era un auténtico friki de la informática y un joven bastante amanerado. Al principio, había sido blanco de bastantes burlas e insultos homófobos, hasta que Servaz puso fin a esos comportamientos. Después se habían hecho grandes amigos. Servaz era en realidad el único amigo que tenía en la policía... y fuera de ella. Era incluso el padrino de su hijo.

—Perdona —dijo.

—Es verdad, ¿no? ¿Cuánto tiempo hace que nos conocemos, Martin?

—¿Cómo?

—Maldita sea, si ya no me cuentas nada... Ni a Samira ni a mí.

—No sé muy bien a qué te refieres.

—Has cambiado, Martin, desde que estuviste en coma.

Servaz se puso tenso.

—No, en absoluto —respondió de manera categórica—. La prueba está en que eres la primera persona a quien hablo de esto.

—Y has hecho bien. Joder, no sé qué decirte... Viste a Hirtmann... estuviste con él en la misma habitación. Y lo dejaste escapar... ¡Hostia puta, Martin! ¡Es una locura!

—¿Qué querías que hiciera? ¿Crees acaso que he renunciado a detenerlo? Ese niño podría morir... Y es posible que sea mi hijo...

—¿No hay manera de tratarlo aquí?

—¿Vas a ayudarme o no?

—¿Qué quieres que haga?

—Ese tipo de la IGPN, ¿por dónde anda?

—¿Rimbaud? Está convencido de que fuiste tú el que se cargó a Jensen.

—Eso es ridículo.

Espérandieu le dirigió una mirada inquisitiva.

—Claro que es ridículo, pero ese gilipollas no tiene ninguna otra pista. O sea que se aferra a ella. De todas maneras, una vez que hayan realizado los disparos de comparación, no habrá nada más que te acuse.

Servaz evitó la mirada de su ayudante. De repente, otras preguntas cruzaron su mente: ¿Tendría razón Vincent? ¿Tanto había cambiado desde el coma? ¿Hasta el punto de que ni siquiera sus amigos lo reconocían?

—Lo que hay que preguntarse —prosiguió Vincent— es quién tenía interés en liquidar a ese canalla.

—Aparte de mí, quieres decir.

—Joder, Martin, no me refería a eso...

Servaz asintió con la cabeza, pero Vincent Espérandieu no estaba dispuesto a dejar la cosa ahí.

—¿Desde cuándo malinterpretas lo que dicen tus amigos? Mierda. ¿Quieres que te diga algo? Desde que saliste del coma, no sé con quién hablo, si contigo o con otra persona.

«Yo también me lo pregunto.»

—¿Podrías echar un ojo a Rimbaud? —pidió.

—Va a ser difícil. Desconfía de Samira y de mí.

—¿Quién se ocupa de los disparos de comparación?

—Torossian.

—A él lo conocemos. Podrías sondearlo, para saber en qué punto está.

—De acuerdo —aceptó Vincent—. Veré qué puedo hacer.

Luego agitó las dos bolsas.

—¿Qué vas a hacer si es tu hijo?

—No lo sé.

—¿Y Margot? ¿Qué tal está?

Servaz se puso en guardia al instante.

—¿Por qué me lo preguntas?

—Porque la vi hace un par de días en el centro y, francamente, tenía mala cara.

Servaz vaciló mientras miraba a su ayudante.

—¿Tú también lo has notado?

Bajó la vista un momento.

—Me siento culpable —confesó—. Lo dejó todo para estar a mi lado y yo, por mi parte, no hago más que dejarla sola... Y, además, me pregunto si... no sé... tengo la impresión de que hay algo raro... Está muy cansada, nerviosa, pero no me dice nada... En este momento tenemos una relación un poco difícil. No sé qué hacer.

—Es muy sencillo.

Servaz miró sorprendido a Espérandieu.

—Pregúntaselo. Directamente. Olvídate de las indirectas. No debes interrogarla. Es tu hija.

Servaz respondió con un gesto afirmativo de la cabeza. Vincent tenía razón.

—Y esa policía noruega, ¿hay algo entre vosotros?

—¿Y a ti qué te importa?

Espérandieu suspiró, con un destello de irritación en los ojos.

—Nada, no me importa nada. Lo que pasa es que antes no me habrías contestado de esa forma. En serio, esto ya me está tocando las pelotas.

Su ayudante se levantó.

—He de irme. Tengo trabajo. Ya te diré algo de lo del ADN.

· · ·

Kirsten vio que los Labarthe regresaban con el niño hacia las tres de la tarde. Los observó un momento con los prismáticos, pero enseguida se hartó. ¿Para qué? Tiró los prismáticos a la cama e iba a tenderse cuando el teléfono vibró. Miró la pantalla.

Kasper. Quería que lo pusiera al corriente de las novedades.

No respondió. En ese momento, no tenía ganas de hablar con él. Pese a que el interés que manifestaba por la investigación era de agradecer, empezaba a parecerle un poco sospechoso que la llamara constantemente: al fin y al cabo, no le había dado la sensación de que se implicara tanto en el trabajo cuando estuvo en Bergen. ¿Por qué se interesaba de esa forma de repente? No le había dicho que habían encontrado al suizo, porque sin duda habría informado de ello a sus superiores. Servaz, por su parte, tampoco había puesto al corriente a los suyos. ¿Por qué? ¿Porque no quería que lo retiraran del caso para confiárselo a otro, o por otro motivo? Ella misma no había reportado gran cosa a Oslo. Y es que había algo que quería evitar: que el Kripos metiera las narices en lo que estaba sucediendo allí.

Miró al techo, pensando en los Labarthe. En lo que le habían hecho. Y sobre todo en lo que no habían tenido tiempo de hacerle... Sólo de pensarlo, la asaltaba un impulso asesino. Aquello no tendría que haber ocurrido. Algo había salido mal. Ella no era de las que dejaba pasar las cosas. Se acordó de cuando empezó a patrullar como policía de uniforme por las calles de Oslo. Había intervenido en Rosenkrantz' Gate por una pelea en un bar y había detenido a un tipo en estado de embriaguez y a su acompañante. Como era de prever, el tipo en cuestión la había tomado con ella y le había escupido a la cara las palabras que ciertos hombres emplean de forma automática en cuanto una mujer se enfrenta a ellos. Con todo, el hombre volvía a estar en la calle al día siguiente, no sin antes haberse burlado de los policías que estaban de servicio en la comisaría.

Seguramente no había comprendido por qué, a la noche siguiente, cuando regresaba tambaleándose a su casa, borracho otra vez, una sombra había surgido de la nada y se había abalanzado sobre él. El borracho acabó con varias costillas rotas, la mandíbula desencajada, un hombro dislocado y tres dedos de la mano derecha torcidos. Aún debía de estar preguntándose qué había pasado.

Empezaba a sentirse atrapada, de modo que se puso las botas, el anorak y el gorro y salió a dar una vuelta. Mientras hundía los pies en una capa de nieve de veinte centímetros, pensó en Martin, en la noche que habían pasado juntos. Para ella había sido algo más que un polvo. En ese momento, había sentido nacer algo entre ambos. ¿Lo habría sentido él también?

—¿Qué hacemos? —preguntó Aurore Labarthe.

—¿Qué quieres decir con «qué hacemos»?

Miró con exasperación a su marido. Eran las nueve de la noche y acababa de acostar a Gustav. Había anochecido hacía rato y el chalet estaba en silencio.

—¿No le has visto la mirada en el hospital? —dijo—. Va a volver. Y esta vez, va a castigarnos.

Vio que el rostro de Roland palidecía y se desencajaba.

—¿Cómo que va a castigarnos?

—¿Vas a seguir repitiendo lo que diga como un loro? —le soltó.

No vio la mirada asesina que él le lanzó, porque se había vuelto hacia la ventana.

—Tenemos que largarnos de aquí —dijo.

—¿Qué?

—Antes de que venga a encargarse de nosotros.

—¿Por qué...? ¿Por qué... haría... eso?

Le temblaba un poco la voz. ¡Qué gallina!

—¿Tú por qué crees? Lo suyo es castigar. Tú, que eres su biógrafo, deberías saberlo. —Soltó una risita—. La hemos cagado.

—Tú la has cagado —se atrevió a corregirla él—. Fuiste tú quien tuvo la idea de drogar al niño. Y tu segundo error ha sido decírselo.

—¿Qué crees, que el gilipollas del interno no se lo habría dicho? Cierra el pico y deja de cagarte encima.

—Aurore, no me hables así.

—Que te calles. Sólo tenemos una opción: coger todo lo que podamos y largarnos de aquí.

—¿Y el niño?

—En cuanto nos hayamos ido, llamas a Hirtmann y le dices que venga a buscarlo, que las llaves del chalet están en el tubo de escape de mi coche y que Gustav duerme en su cama.

—¿Y adónde vamos a ir, joder?

—Lejos. Cambiaremos de aires. Y de nombre, si hace falta. Hay mucha gente que lo hace, que desaparece de la noche a la mañana. Tenemos bastante dinero ahorrado.

—¿Y mi trabajo en la universidad?

—¿Qué coño importa? —contestó ella.

—Te recuerdo que gracias a él pudimos comprar esta casa y...

Se oyó el sonido de un motor. Y callaron. Por primera vez, vio cómo el miedo transformaba el rostro de Aurore cuando se volvió de nuevo hacia la ventana. Él también miró hacia el exterior y se quedó petrificado. Un coche circulaba muy despacio por la nieve. Había dejado atrás el hotel y se dirigía hacia el chalet, con los faros potentes como dos soles.

—Es él... —dijo ella cuando el coche se detuvo frente a la casa, sobre la nieve acumulada, y se apagaron las luces.

—¿Qué vamos a hacer?

—Lo mismo que hicimos con la noruega —decidió ella—. Luego lo mataremos. Pero primero nos divertiremos un poco...

Cuando Aurore se volvió hacia él, Labarthe se quedó helado: los ojos de su mujer brillaban con crueldad.

Kirsten lo vio bajar del coche y subir los escalones nevados.

«Julian.»

Movió los prismáticos y vio a Aurore Labarthe en una de las ventanas del primer piso. Analizó la expresión de la rubia. Su semblante traslucía preocupación, pero también algo más: astucia, perfidia, un plan... Kirsten notó cómo sus sentidos se ponían en alerta. Estaban tramando algo.

Estaba claro que Aurore Labarthe era consciente del peligro que corrían ella y su marido. ¿Hirtmann, por su parte, se daba cuenta del que lo acechaba a él? Kirsten tenía la sensación de que una nube de tinta negra le enturbiaba el pensamiento. Como si un pulpo se la hubiera escupido en la cara en medio del océano. ¿Qué podía hacer? Había salido sin el arma. ¿Dónde estaba Martin? Probablemente en la carretera. Marcó su número y le saltó el contestador.

«*Shit.*»

Estaba en el porche, envuelto en un abrigo oscuro salpicado de copos nieve, con el mechón que le caía sobre la frente bailando al compás del viento por encima de las gafas. Aurore Labarthe se había puesto el batín de seda negro con ribetes rojos que tanto le gustaba al suizo, pero éste no le prestó ni la más mínima atención. Ni tampoco a su cuerpo, que, por lo general, atraía siempre su mirada. Los ojos de Hirtmann se clavaron en los suyos.

—Buenas noches, Aurore —dijo, con un tono tan gélido como la noche.

Ella notó que un escalofrío le recorría, una a una, las vértebras bajo la seda, como la caricia de un dedo helado, desde las cervicales hasta el sacro. Reparó en su nariz hinchada, abultada, y en los algodones que asomaban por debajo. ¿Qué le habría pasado?

—Buenas noches, Julian. Entra.

Al apartarse, Aurore se preguntó en qué momento iba a abalanzarse sobre ella, pero él siguió avanzando sin más hacia el gran salón catedralicio. Pensó en Roland, que estaba preparando los cócteles en la cocina. Al muy cobarde debían de temblarle las manos. Más le valía no equivocarse con la dosis.

Cuando Julian pasó al lado de ella, experimentó pese a todo aquella mezcla embriagadora de excitación y temor que siempre sentía en su presencia. Él entró en el salón como un animal... olisqueando, husmeando, olfateando, evaluando la situación. Seguro de su fuerza, pero al acecho. Listo para actuar y reaccionar. Aurore se ajustó el cinturón del batín antes de acercarse a él. Roland salió de la cocina, sosteniendo una bandeja con tres vasos grandes de cóctel... y ella enseguida se percató de que había bebido para infundirse valor.

—Maestro —dijo con respeto—. Tenga la amabilidad de sentarse.

—Déjate de bobadas, Roland, por favor —contestó el suizo, y se quitó el abrigo húmedo y lo arrojó al sofá.

Detrás de los gruesos cristales de las gafas, que reflejaban las llamas de la chimenea con forma piramidal, sus ojos brillaron con una condescendencia pura y glacial. Labarthe acató con un movimiento de la cabeza, sin atreverse a mirarlo. Luego dejó el cóctel cremoso y blanco delante de él.

—¿Un White Russian, como siempre?

Hirtmann asintió. Sin apartar la mirada de Labarthe. Éste sirvió el cóctel de champán de Aurore y su Old Fashioned en la mesa del sofá. Esa otra afición de Roland, preparar cócteles, les había sido útil en más de una ocasión, cuando se trataba de «ayudar» a sus invitados a que se relajaran y participaran en el juego.

—¿Nunca os he dicho que tengo raíces rusas? —comentó el suizo, levantando la copa.

Al notar que Roland no perdía de vista el cóctel ni un instante, Aurore tuvo que reprimir las ganas de gritarle que fuera más discreto. No obstante, el suizo llamó su atención cuando detuvo la copa a escasos centímetros de los labios.

—Rusas y aristocráticas. Mi abuelo materno fue ministro del gobierno de Kérenski antes de la Revolución de Octubre. Mi familia residía en San Petersburgo, en la calle Bolchaia Morskaia, a dos pasos de la casa de los Nabokov.

Finalmente, dio un trago al brebaje, que parecía nata montada, y luego otro.

—Delicioso, Roland. Está perfecto.

Dejó la copa en la mesa. Roland dirigió una mirada furtiva a Aurore. Había puesto casi tres gramos de GHB en el cóctel. Una dosis capaz de tumbar a un caballo. Al cabo de unos minutos, la sustancia se abriría paso hasta el cerebro del suizo, cambiaría su estado de ánimo, lo llevaría a la euforia, disiparía la angustia y la paranoia, y alteraría sus capacidades motrices. Entonces dejaría de ser el temible Julian Hirtmann para convertirse en una presa más fácil, aunque, en el caso de Julian Hirtmann, más fácil no significaba exento de peligro.

Aurore se sentó delante del suizo, separando de forma ostensible las rodillas. Esa vez, Hirtmann detuvo la mirada entre los muslos de la mujer y, por un instante, sus ojos despidieron un destello de pura lujuria, pero también de furor.

—Lo que hicisteis no tiene perdón —dijo de pronto, con un tono tan afilado como un cuchillo, mientras volvía a dejar la copa en la mesa.

Aurore se puso tensa. Labarthe notó que el estómago se le caía a los pies. Más que las palabras, fue el tono lo que los dejó helados. Ella pensó en el arma cargada que había escondido detrás del suizo, en un cajón abierto del aparador, y se preguntó si le daría tiempo a alcanzarla.

—No debisteis hacerlo... Francamente... Es muy... decepcionante. —Su voz era melosa, zalamera, como una caricia. O como el algodón que aplican los médicos antes de poner una inyección.

—Julian... —empezó a decir Aurore.

—Cierra el pico, zorra.

Se rebeló por dentro. Nunca le había hablado de esa manera. Nadie le había hablado de esa manera. Y nadie tenía derecho a hacerlo. Ni siquiera él. Aun así, optó por callar.

—De verdad, es algo que no puedo... perdonaros, y que, como podréis comprender, merece un castigo.

Aurore estuvo a punto de decir algo, pero intuyó que sería inútil. Lo único que podía salvarlos en ese instante era la droga. Siempre y cuando le hiciera efecto a tiempo... El suizo posaba alternativamente la mirada en ella y en Roland, por el momento sin manifestar ninguna señal de alteración de los sentidos.

—Vais a... —se interrumpió.

A continuación se llevó una mano a la cara. Se frotó los párpados. Cuando los abrió, los ojos le habían cambiado. Sus pupilas dilatadas formaban dos agujeros negros. Se le había nublado la mirada, se le había vuelto errática.

—Este cóctel está absolutamente... delicioso... —dijo.

Se apoyó en el respaldo y, recostando la nuca en los cojines, posó la vista en el techo y sonrió.

—Tanto en el caso de las personas como de las ratas, el control estimula la inteligencia, ¿lo sabíais? La ausencia de control puede bloquear, según dicen, las capacidades mentales. Pero perder alguna que otra vez el control tiene su lado bueno, ¿no?

Soltó una risita ahogada, se enderezó, volvió a coger la copa y tomó un buen trago. De repente, se echó a reír.

—¡Hostia, no sé qué tiene este cóctel, pero nunca me había sentido tan bien! —En su voz ya no había ningún resquicio de amenaza—. «Ahora sé cuándo vendrá la última mañana: cuando la luz ya no ahuyente... la noche y el amor... cuando... cuando haya un dormir eterno... y sólo un inacabable sueño... Celestial fatiga no me abandona nunca...»

Volvió a dejar la copa y se estiró en el sofá, de costado, con las rodillas dobladas.

—Joder... creo que voy a dormirme...

Aurore lo observaba. Cerraba los ojos. Los abría. Los cerraba de nuevo. La mujer guardó silencio un segundo. Después miró a su marido y le indicó con la barbilla que se dirigiera a la cocina. Labarthe iba a levantarse cuando el suizo abrió los ojos y lo miró fijamente. El profesor universitario sintió que se le helaba la sangre. No obstante, volvió a cerrarlos y dejó reposar la cabeza en el cojín. A Labarthe le temblaban las piernas cuando siguió a Aurore hasta la cocina.

—Pero ¿qué has hecho? —le soltó en cuanto entraron—. ¿Has visto cómo está? ¿Cómo nos las vamos a apañar para subirlo?

Roland abrió mucho los ojos.

—¿Y qué? ¡Está a nuestra merced! Sólo tenemos que acabar con él. Aquí. Ahora mismo.

Ella negó con la cabeza.

—Te he dicho que quería divertirme con él.

Labarthe no daba crédito a lo que oía. ¿Es que su mujer estaba loca? Vio contrariedad y frustración en los ojos de su mujer.

—¡Joder, ese tipo es peligroso incluso drogado! ¡Hay que acabar con esto, Aurore! ¡Ahora mismo! Por si no te has dado cuenta, esta vez se trata de cometer un asesinato.

Ella le clavó una mirada furiosa.

—No eres más que un puto cobarde, ¿lo sabías? Todas esas fantasías de pacotilla son sólo una pose. ¿Por qué tienes que estropearlo todo siempre? ¿Por qué tienes que hacerlo todo mal?

—¿Qué es lo que ha hecho mal? —preguntó alguien desde la puerta, por detrás de Labarthe.

Éste vio cómo Aurore perdía el color de la cara y se quedaba de piedra mientras miraba hacia la entrada de la cocina por encima de su hombro. Se volvió y se estremeció. Julian Hirtmann, con toda su estatura, y una sonrisa en el rostro, estaba en el umbral. Labarthe notó cómo el corazón le martilleaba el pecho. ¿Habría oído el suizo el comienzo de la conversación?

—Se me ha ocurrido que quizá podríamos divertirnos un poco antes de que me lleve a Gustav —dijo con voz vacilante—. ¿Qué os parece? Como despedida, digamos... ¿Subimos?

Cabeceaba. Parpadeaba como si le costara mantener abiertos los ojos, que se movían en las órbitas, incapaces de fijar la mirada. Aurore lo observó con desconfianza, antes de esbozar una amplia sonrisa. Ese idiota iba a caer solo en la trampa. ¡El gran Julian Hirtmann estaba a su merced! Un escalofrío de excitación, semejante a una descarga eléctrica, le recorrió el cuerpo.

—Por supuesto...

Labarthe la miró a su vez, como queriendo decir: «¿Lo ves?» El gigante suizo salió de la cocina y se encaminó con paso inseguro hacia la escalera.

—¿Estás convencida de que no finge? —murmuró Roland a espaldas del suizo.

Aurore señaló la copa de cóctel. Estaba vacía.

—¿Cuánto le has puesto?

—Casi tres gramos.

—Demasiado. Incluso para él —dictaminó.

Como si quisiera darle la razón, Hirtmann tropezó en el primer escalón, soltó una risita, subió otro y volvió a tambalearse.

—¡Hostia, cómo estoy!

Los Labarthe intercambiaron una mirada. Roland se acercó al suizo y le rodeó la cintura con un brazo. Hirtmann, por su parte, apoyó el suyo en los hombros del profesor universitario y lo estrechó afectuosamente. Labarthe se veía minúsculo al lado del suizo. Éste habría podido partirle el cuello con un solo movimiento. Consciente de ello, el profesor sintió que se le erizaba el vello de todo el cuerpo.

—Mi amigo... —dijo el suizo—, mi fiel y leal amigo.

—Para siempre —respondió Labarthe, atenazado a su pesar por una emoción extraña y potente, distinta del miedo.

—Para siempre —repitió Hirtmann, con la convicción solemne de los borrachos.

Con Aurore tras ellos, subieron los escalones. En el último piso, delante de la puerta abierta de la suite de matrimonio, el suizo alargó un brazo. Con su estatura, alcanzaba directamente la trampilla del desván. La abrió y tiró de la escalera metálica, que se desplegó con un quejido. El viento rugía bajo las tejas, aquella guarida era como la boca de entrada a las tinieblas. El suizo se agarró a la escalera y subió los primeros peldaños como un niño con prisa por ir a jugar. Aurore le contempló el culo, que ensanchaba la parte inferior del abrigo.

De pronto, interrumpió el ascenso y se inclinó hacia ellos, con aire preocupado.

—¿Estáis seguros de que Gustav duerme?

Ella lanzó una mirada inquisitiva a su marido.

—Voy a comprobarlo —se ofreció éste—. Empezad sin mí.

Le dieron ganas de decirle que no fuera. No le gustaba la idea de quedarse sola allí arriba con el suizo... pero, como Hirtmann los observaba, aceptó a regañadientes.

Labarthe bajó a la primera planta. Aurore oyó sus pasos en el pasillo, que se acercaban al cuarto del niño. Hirtmann encendió el interruptor y desapareció en el desván, haciendo chirriar la escalera. Ella puso un pie en el primer peldaño.

¿Por qué tenía la impresión de estar subiendo al cadalso?

Mientras proseguía su ascenso, se dijo que, a fin de cuentas, aquello no era tan buena idea. Tal vez Roland tuviera razón: deberían haber acabado con él abajo. Cuando asomó la cabeza por la trampilla, la recorrió un escalofrío: él estaba de pie a su lado, dominándola con toda su estatura, y la observaba con sus ojillos brillantes.

Percibió su propio reflejo en los cristales de las gafas. Durante una fracción de segundo, estuvo tentada de dar media vuelta y huir. Entonces vio aquel mensaje ridículo:

ABANDONA TODO ORGULLO,
TÚ QUE PENETRAS AQUÍ.
ENTRA EN LA CRIPTA TIRÁNICA.
NO TENGAS PIEDAD DE NOSOTROS.

Otra de las ideas de Roland. ¡Menudo imbécil! Roland siempre había sido un hombre cerebral, dado a las fantasías, no un hombre de acción. Ni siquiera en sus veladas violentas y mundanas tomaba la iniciativa. Siempre se mantenía en un segundo plano, dejando que los demás pasaran delante.

Se puso de pie, se estiró y se enderezó. Hirtmann la miraba con avidez. El viento aullaba en el tejado. Fuera debía de hacer un frío polar, pero allí reinaba tal calor que el suizo se sintió mareado y ella enseguida notó la humedad en la espalda.

—Quítate eso —dijo él.

Ella obedeció... y el batín cayó a sus pies con un roce sedoso casi imperceptible. Él la contempló, demorando en ella una mirada de puro deseo esa vez, sin saltarse ninguna parte de su cuerpo.

—Aquí soy yo la que manda. No lo olvides —le advirtió.

Él asintió, cabeceando aún, con evidente pesadez en los párpados. Cuando ella le apoyó la palma de la mano en el pecho, cerca del corazón, y lo empujó con dulzura y firmeza hacia atrás, él retrocedió dócilmente. Aurore cogió una muñequera de cuero que había sujeta a un cable, tiró de la polea y se la colocó en el brazo izquierdo. Él dejó que lo manipulara, sonriente, mientras devoraba su cuerpo con los ojos.

—Acerca la cara —le pidió—. Dame un beso.

Ella dudó un instante, pero se acercó a él; sus pechos casi lo rozaban. Él se inclinó hacia ella y, cogiéndola por la nuca con la mano que tenía libre, la besó en la boca. Ella le correspondió al beso, que sabía a vodka y licor de café. Tenía la impresión de que el corazón se le iba a salir del pecho. De repente, con brusquedad, la gran mano del suizo le soltó la nuca y le rodeó la garganta.

—¿Qué le habéis echado al cóctel?

Aurore abrió la boca, con el cuello atenazado, buscando el aire que la presión de la mano del suizo impedía que entrara. La sangre le inundó la cabeza. Vio unos puntos negros delante de los ojos, como un enjambre de moscas.

—¡Suéltame!...

—Responde.

—Nada... te lo... juro...

Le dio un puñetazo en el pecho —con una fuerza sorprendente teniendo en cuenta el poco espacio de que disponía para propulsar el puño—, pero él no aflojó la presión. Quería gritar, pero sólo alcanzó a emitir un sonido ahogado, entre un silbido y un estertor. La mano del suizo le presionaba las carótidas y cada vez recibía menos oxígeno en el cerebro. No iba a tardar en desmayarse. El dolor en la zona de la laringe era insoportable. Intentó respirar, pero tenía la garganta obstruida. El corazón le latía con la contundencia de un tambor.

De repente, Hirtmann la soltó.

Aurore quiso retroceder, pero, sin darle tiempo a comprender qué estaba pasando, él le asestó un puñetazo que le reventó la nariz y manchó el linóleo con una nube de sangre casi negra. La mujer se derrumbó, con el conocimiento apagado como una vela después de soplarla.

Hirtmann cogió una de las velas y se acercó a ella. Se la pasó por delante de los ojos, a unos centímetros de distancia, y le iluminó las córneas, de un ojo y del otro, como haría un oftalmólogo con la linterna.

—Brillan más que los míos —constató.

Ella se debatió frágil, desnuda, expuesta, tiritando a pesar del calor que hacía en el desván, con las muñecas atadas de manera que los brazos formaban una uve por encima de la cabeza, una mordaza de bola y los ojos desorbitados y llorosos. La nariz rota le daba punzadas y tenía sabor a sangre en la boca.

Los pasos de Roland resonaron en la oscilante escalera de acero, y Hirtmann se acercó a la trampilla.

—Sube —le dijo con voz animada.

Entonces, los gemidos de Aurore empezaron a sonar a su espalda, a pesar de la mordaza. Roland se paró. Abrió mucho los ojos a causa del terror. Iba a volver a bajar para huir cuando Hirtmann lo agarró por el cuello, lo levantó sin esfuerzo y lo obligó a pasar por la trampilla. Le dio un empujón y el profesor universitario cayó rodando al suelo.

—¡Se lo suplico, maestro, no me haga daño!

Labarthe señaló a Aurore con el dedo.

—¡Ha sido ella! ¡Ha sido esa zorra! ¡Yo... yo no quería!

Los ojos se le anegaron de lágrimas. Hirtmann se volvió hacia Aurore. En su mirada captó un furor y un odio asesinos. Un poco más y casi estuvo a punto de admirarla.

—Levántate —le dijo a Labarthe.

El profesor obedeció, con las piernas y el labio inferior temblando violentamente. No iba a tardar en ponerse a lloriquear. Las rachas de viento hacían que un postigo diera golpes en alguna parte. Por un instante, Hirtmann temió que el ruido despertara a Gustav. Aguzó el oído, pero por la trampilla no subía ningún otro sonido.

Con una mano posada en el hombro de Labarthe, lo condujo hasta el centro de la habitación. Resignado y tembloroso, el profesor se dejaba llevar como un cordero con destino al matadero. Hirtmann lo ató sin que opusiera ninguna resistencia. Un cordero que se había creído un lobo... A aquellas alturas, sollozaba sin pudor, en la misma posición que su mujer, con los brazos en uve, pero con la diferencia de que él estaba vestido.

Hirtmann retiró la mordaza de la boca de Aurore. Ella le escupió un salivazo impresionante, que él se secó con indolencia. Observó sonriendo el reguero de sangre que le había caído en el dorso de la mano. Después ella se volvió hacia su marido:

—¡Eres un mierda, Roland! —espetó, lanzando chispas por los ojos—. ¡Un marica!

—Bueno, bueno —dijo Hirtmann, con una voz que no tenía nada de vacilante ni pastoso—. Ya arreglaréis vuestras diferencias en otro momento. O puede que no... En fin...

—Que te den —contestó ella.

—A la que van a darle es más bien a ti, querida... y después la vas a palmar —afirmó él tranquilamente.

—Que te jodan, Hirtmann.

Con la velocidad de una serpiente de cascabel, el cuchillo pequeño y puntiagudo que apareció en el puño del suizo trazó dos laceraciones profundas y verticales en las mejillas de Aurore. La sangre le resbaló por la barbilla y el cuello antes de gotearle sobre los pechos.

La mujer empezó a soltar alaridos.

Para entonces estaba empapada. Transpiraba por cada poro del cuerpo, como si fuera un tronco que exudaba savia. Jadeaba, con la barbilla y el pecho embadurnados de sangre, el pelo rubio pegado al rostro a causa del sudor y el abdomen vibrante como el diafragma de un altavoz.

—No deberías plantarme cara, ¿ves? —le dijo él de nuevo tranquilamente—. Vuestra maldita droga empieza a hacerme efecto. La cabeza me da vueltas. Es hora de que me largue de aquí. Menos mal que me he metido un kilo de manteca de cerdo y unas cuantas anfetaminas antes de venir, ¿eh, querida? La manteca es muy eficaz para reducir la velocidad de absorción de la droga en el estómago. Y las anfetaminas contrarrestan el efecto del GHB, o del Rohypnol. Me habéis hecho tomar una de esas dos porquerías, ¿verdad? Igual que a la noruega, la otra noche. Pasa cada cosa en vuestro chalet...

Echó un vistazo a Labarthe.

—Ahora vuelvo.

Los tres minutos que tardó, Aurore los dedicó de forma casi exclusiva a insultar a su marido. Cuando Hirtmann reapareció, vieron, estremecidos, que llevaba un bidón de gasolina en la mano. Lo dejó delante de Aurore, encendió otra vela, caminó hasta una cortina de terciopelo granate y acercó la llama al tejido.

La tela prendió enseguida. Las llamas la devoraron crepitando mientras ascendían en pocos segundos hasta el techo. Hirtmann se volvió hacia la pareja, con la silueta recortada sobre el creciente resplandor del fuego. Abrió el bidón y lo vació encima de la mujer, lo que provocó que se sacudiera.

—¡Joder, no! ¡Esto no! —gritó—. ¡Esto no...!

El suizo dejó el bidón abierto a sus pies sin dar muestras de haberla oído, antes de centrarse en Roland.

—Tú quizá tengas una oportunidad de salir de ésta, ¿quién sabe?

El profesor universitario le lanzó una mirada en la que despuntaban a un tiempo la esperanza, la duda y el terror absoluto. Iba a abrir la boca para suplicar cuando el cuchillo pequeño que empuñaba el suizo describió un arco casi horizontal y acabó deteniéndose en su carótida. El suizo lo mantuvo clavado en el cuello de Labarthe unos segundos mientras lo miraba directamente a los ojos, después lo sacó y volvió a hundirlo, esta vez a la altura de la arteria subclavia. Fue como si hubieran abierto dos orificios en un tonel: del cuello y del tronco del profesor empezaron a manar dos fuentes de color rubí. Percibió el estupor y la debilidad en la mirada de Labarthe, la incredulidad que embarga a algunos hombres a las puertas de la muerte... Después, la vida lo abandonó con gran rapidez.

—Aunque no creo —añadió.

Hirtmann arrojó al suelo el arma ensangrentada y se dirigió hacia la trampilla.

40

Dos menos

Las altas llamas se elevaban hacia el cielo e iluminaban la noche mientras devoraban lo que quedaba del chalet. Las pavesas que subían se cruzaban con los copos de nieve que bajaban, como filas de hormigas luminosas. El resplandor del incendio rebotaba en el linde del bosque, un poco más arriba. Kirsten estaba apoyada en un coche de policía, envuelta en una manta isotérmica. Sostenía una taza llena de café que humeaba en medio del aire frío. A una decena de metros, las mangueras de los bomberos producían grandes columnas de vapor, que ascendían silbando cuando el agua entraba en contacto con las llamas y lo que quedaba del armazón de la casa. Cuando el fuego se apagaba en un lado, se reavivaba en el otro.

Kirsten contemplaba el espectáculo, con el reflejo danzante del fuego en las pupilas. Sabía que iba a tener que explicarse, que Martin le pediría cuentas. Había oído los alaridos en medio del incendio. Los gritos inhumanos que lanzaba Aurore mientras las llamas la devoraban, los ojos se le salían de las órbitas y la carne se le fundía como la cera. Había bloqueado la respiración, sintiendo la presión de los gritos en los tímpanos, y luego éstos habían parado de golpe. Poco rato después, una parte del chalet se había venido abajo, y las sirenas de los bomberos habían sofocado cualquier otro sonido.

—¿Qué ha pasado? —preguntó alguien a su lado.

Volvió la cabeza y lo vio.

—Los ha dejado abrasarse en el interior —dijo—. Ha debido de atarlos en alguna parte. ¿Dónde te habías metido?

—¿Y a ti qué te ha pasado? —quiso saber Martin, al ver la cara tiznada de la noruega.

—He intentado entrar. El incendio ya había comenzado...

—¿Para... salvarlos?

Lo miró con sorpresa.

—Sí, ¿y? No será porque...

—¿Y a Hirtmann, lo has visto?

—Sí —contestó con una mueca—. Se ha ido con Gustav. Justo cuando ha empezado el incendio y ya salía humo por el tejado.

Servaz la observaba fijamente.

—Sin arma, no he podido hacer nada. Para detenerlo, me refiero... Ha pasado delante de mí sin decir nada, con el niño de la mano. Lo ha subido al asiento trasero y se han ido.

Kirsten negó con la cabeza, con lágrimas en los ojos.

—Los ha matado, Martin. ¡Y yo lo he dejado escapar!

Servaz siguió callado.

—No se queden aquí —advirtió una voz—. Aléjense. El edificio va a derrumbarse.

Regresaron al hotel. La terraza estaba llena de curiosos venidos del pueblo. De no ser por el frío húmedo que penetraba la ropa, cualquiera habría dicho que era la noche de San Juan.

Pasó un brazo alrededor de los hombros de Kirsten y ésta se apoyó en él mientras caminaban.

—No te preocupes —dijo—. Pronto se habrá acabado.

El teléfono le vibró en el bolsillo. Lo sacó y leyó el mensaje que acababa de recibir. Un lugar, una hora... Y dos palabras: *Ven solo.*

Levantó la vista hacia Kirsten.

—Es él —le explicó—. Quiere que vaya solo.

—¿Adónde?

—Te lo diré más tarde.

A la noruega le cambió el semblante. Por un instante, Servaz captó la cólera ardiente en sus ojos y el rostro se le transformó, hasta el punto de que le costó reconocerla. Después adoptó una de sus expresiones habituales y asintió con la cabeza de mala gana.

41

Confianza

—¿Confías en mí, hijo?

Gustav miraba a su padre. Asintió con la cabeza, con convicción. El suizo abarcó con la mirada los cien metros de vacío que se abrían al pie de la gran presa circular, las copas de los abetos congeladas allí abajo, las rocas cubiertas de nieve, el lecho del río, enterrado al fondo, bajo una blancura sepulcral iluminada por la luna.

Cogió a Gustav por las axilas y lo levantó, sosteniéndolo de espaldas.

—¿Estás listo?

—Tengo miedo —dijo de repente el niño, con voz temblorosa.

Iba muy abrigado con un anorak de plumón y con la capucha puesta. La bufanda que le rodeaba el cuello le confería un aspecto de muñeca rusa.

—¡Tengo miedo! —repitió Gustav—. ¡No quiero hacerlo, por favor, papá!

—El secreto de la vida está en superar los miedos, Gustav. Quienes sólo escuchan a sus miedos no llegan muy lejos. ¿Estás listo?

—¡No!

Hizo pasar a Gustav por encima de la barandilla de la presa, que estaba envuelta en hielo, y lo sostuvo por encima del vacío vertiginoso. El viento soplaba en sus oídos.

El niño soltó un alarido.

Su grito se propagó por las montañas blancas que los rodeaban y la onda sonora prosiguió su expansión por el valle; recogida por el eco, rebotó como una pelota. Sin embargo, no había nadie en varios kilómetros a la redonda para oírlo. Sólo la indiferencia plurimilenaria de las montañas. Un viento fuerte dispersaba las nubes y, entre sus jirones, las estrellas dirigían hacia ellos su mirada inmemorial. La luna parecía navegar a gran velocidad entre las nubes, como un navío entre los escollos, cuando en realidad eran ellas las que se desplazaban por delante.

Hirtmann divisó el par de faros que avanzaba lentamente por las curvas de la carretera y sonrió. A diferencia del suyo, el coche de Martin no estaba adaptado para circular por vías por las que no hubieran pasado las máquinas quitanieves. Aparte de los vehículos especializados, se suponía que nadie debía subir allí en pleno invierno. Normalmente la barrera de abajo estaba bajada, pero el suizo había hecho saltar el candado y la había levantado.

Volvió a hacer pasar a Gustav por encima de la barandilla y lo dejó en el suelo. El pequeño se abrazó a él y lo apretó con los brazos.

—Nunca lo vuelvas a hacer, papá, por favor.

—De acuerdo, hijo.

—¡Quiero volver a casa!

—Ya no vamos a tardar mucho.

Abajo, los faros se acercaban por el último tramo de carretera helada, y desembocaron en el reducido parking, donde en verano había un pequeño restaurante con terraza.

—Ven —dijo el suizo.

Miró a Martin, que bajaba del coche vestido con una ropa poco adecuada para el frío siberiano que hacía a aquella altura. Servaz los vio. Había dejado la portezuela abierta. Subió al coche y, por un instante, Hirtmann creyó que iba a coger la pistola. En lugar de eso, encaró el vehículo hacia ellos, de tal forma que los faros los capturaron en sus haces y los cegaron, e incendiaron toda la presa con un torrente de luz blanca.

Deslumbrado, Gustav hizo visera colocándose una mano delante de la cara. Hirtmann se limitó a parpadear. Martin estaba bajando la escalera que conducía a la presa. Avanzaba hacia ellos. Sólo distinguían su silueta recortada por las luces de los faros y la sombra negra y alargada que lo precedía, mientras que él debía de verlos perfectamente.

—¿Por qué aquí? —preguntó, acercándose—. Esta carretera es un verdadero peligro en invierno. Y la bajada será aún peor. ¡Creía que mi hígado era importante!

—Confío en ti, Martin. Además, llevo unas cadenas en el maletero. Te las dejaré para bajar. Acércate.

Servaz se aproximó a ellos. No miraba al suizo, sino al niño. Gustav lo observaba a su vez por debajo de la capucha, con la cara levantada hacia él. Pegado al suizo, sus grandes ojos no lo perdían de vista y la pantalla que formaba con la mano le proyectaba una sombra en forma de lobo encima del rostro. El viento helado penetraba la ropa de Servaz.

—Buenas noches, Gustav —lo saludó.

—Hola —respondió éste.

—¿Sabes quién es? —preguntó Julian Hirtmann.

El niño negó con la cabeza.

—Te lo diré muy pronto. Es alguien muy importante para ti.

Servaz tuvo la impresión de que el puño de uno de esos curanderos impostores filipinos se le hundía en el vientre y le retorcía las entrañas. A aquella altura, el viento aullaba y se llevaba las palabras del suizo. Éste introdujo una mano en el bolsillo del abrigo y sacó una hoja impresa y un pasaporte.

—Hay un coche de alquiler reservado a tu nombre en el aeropuerto de Toulouse-Blagnac para mañana por la mañana. Te desplazarás con él a Hallstatt, Austria. Son quince horas de trayecto, más o menos. Una vez estés allí, alguien se reunirá contigo en la Marktplatz, delante de la fuente. Será pasado mañana a mediodía. No te preocupes, lo reconocerás.

—¿Hallstatt? El pueblo de la postal...

Vio que Hirtmann sonreía.

—*La carta robada*, de Poe, otra vez —dedujo Servaz—. A nadie se le ocurrirá ir a buscarlo allí.

—En todo caso ya no, después de que la policía pusiera patas arriba el pueblo y sus alrededores —corroboró Hirtmann.

—¿La clínica está allí? —preguntó Servaz.

—Limítate a seguir las instrucciones. Ni que decir tiene que, si te tentara la idea de pedirle a esa policía noruega que te siga... Por cierto, a estas alturas ya debe de faltar poco para que identifiquen tu pistola como el arma del crimen de Jensen, o sea que no te conviene acercarte a la sede de la Policía Judicial.

Servaz pensó de repente que la doble prueba de ADN que le había pedido a Vincent era inútil: Hirtmann no lo habría elegido como donante si no estuviera completamente seguro de que él era el padre. Sin duda, Gustav era su hijo. La constatación le causó una sensación de vértigo. Posó en el niño una mirada un poco perdida.

—¿Él va a donarme el hígado, papá? —preguntó Gustav, como si le leyera el pensamiento.

—Sí, hijo.

—Entonces, ¿me voy a curar gracias a él?

—Sí. Ya ves, tal como te he dicho, es alguien muy importante. Debes confiar en él igual que confías en mí, Gustav. Eso también es importante.

Kirsten miró el coche de Martin mientras se acercaba al hotel y estacionaba al pie de la terraza. Debajo de la pendiente nevada, las luces del valle evocaban el centelleo de un río de magma. Un momento después, entró en la habitación, con los ojos brillantes, y ella dedujo que acababa de ocurrir algo.

—Es mi hijo —dijo.

La miró, aturdido y emocionado a la vez. Ella guardó silencio.

—Me voy mañana —añadió.

—¿Mañana? ¿Adónde?

—No puedo decírtelo.

Vio que se encerraba en sí misma, con expresión de tristeza. La cogió por los hombros.

—Kirsten, no es una cuestión de desconfianza.

—Pues se parece bastante.

Había adoptado una actitud terca y su mirada se había enfriado varios grados.

—Kirsten, no quiero correr ningún riesgo, eso es todo. ¿Y si hay alguien vigilándonos...?

—¿Aparte de los Labarthe, quieres decir? ¿Qué te crees? ¿Que tiene un ejército a su disposición? Lo sobrevaloras, Martin. Y, de todas formas, te necesita. Bueno... necesita tu hígado.

Tenía razón. Mientras no se hubiera llevado a cabo el trasplante, Hirtmann no intentaría hacerle nada. ¿Y después?, se planteó. ¿Qué pasaría después? Quizá querría eliminar al otro padre, ya que podría suponerle una molestia.

—Hallstatt —dijo.

—¿El pueblo de la postal? —preguntó ella, asombrada.

Servaz se lo confirmó con un gesto.

—Joder, qué astuto. ¿Dónde has quedado?

—En la plaza del mercado, pasado mañana a mediodía.

—Yo podría salir esta misma noche e instalarme allí —propuso.

De repente, lo asaltó la inquietud. ¿Y si el dueño del hotel estaba en el ajo? ¡Maldita sea! Estaba volviéndose paranoico.

—¿Cómo piensas ir? —preguntó ella.

—Con un coche de alquiler. Tengo que recogerlo en el aeropuerto.

—Volvamos a Toulouse. Los Labarthe están muertos y Gustav ha desaparecido. Ya no tenemos nada que hacer aquí y tú has de estar allí mañana por la mañana. Puedes dejarme en el hotel y después me las arreglaré para escabullirme discretamente, con unas horas de antelación...

Servaz asintió. Al ver la mezcla de dulzura y complicidad con que ella lo miraba, advirtió que tenía ganas, o la necesidad, de acercarse a él y que a él también le apetecía. Permanecieron un instante sin hablar y después, con los brazos pegados al cuerpo, se rozaron las manos. Se rozaron y se tocaron, entrelazándolas y acariciándose.

Ella se acercó y juntaron las bocas. Ella le rozó el cuello mientras él la desnudaba y la conducía a la cama. Esta vez fue distinta de la anterior, más tierna, menos violenta. No obstante, ella volvió a morderle, a arañarlo... como para dejarle de nuevo su marca. Se adaptó a su ritmo y lo dejó culminar.

—Hay algo que no te he dicho —confesó ella, cuando hubieron terminado, y, tendida a su lado bajo el edredón, le acarició la barba naciente, con las piernas entrelazadas con las suyas.

Él volvió la cabeza para mirarla.

—Tengo una hermana —dijo—, más joven que yo... Es artista.

Servaz siguió callado, previendo que iba a confiarle algo importante, algo que hacía mucho tiempo que llevaba dentro.

—Se parece a Kirsten Dunst, la Kirsten Dunst de la trilogía de *Spiderman*, no la de «Fargo»... aunque, por dentro, se parece más al personaje de *Melancholia*.

Servaz se abstuvo de comentar que no había visto ninguna de aquellas películas o series.

—Es radiante por fuera, ya conoces ese tópico de la persona que entra en una habitación y concentra todas las miradas, pero oscura por dentro. A mi hermana siempre le han atraído las sombras, la oscuridad, no sé por qué. A menudo sufre fases depresivas, a pesar de que posee unas grandes dotes y que los hombres se rinden a sus pies. Sin embargo, nunca tiene bastante. Siempre quiere más: más amor, más sexo, más drogas, más atención, más peligro... Pinta, hace fotos, y como tiene algo de talento y muchos contactos, logró exponer en Oslo, Nueva York y Berlín. Incluso le dedicaron artículos en *ARTnews*, *Frieze*, *Wallpaper*... Pero a ella eso la tiene sin cuidado. Para ella el arte es sólo una manera de ganarse el pan. Cuando murió nuestro padre, no acudió ni al hospital ni al funeral. Dijo que tenía miedo de deprimirse demasiado. En lugar de eso, hizo una serie de pinturas, al estilo de Bacon con influencias de David Lynch. En esos cuadros, nuestro padre aparecía con un aspecto monstruoso, engreído, grotesco, arrogante. Ella dijo que era así como lo veía. Nuestra madre nunca lo superó.

Se encogió de hombros bajo la sábana.

—No me malinterpretes, quiero a mi hermana. La adoro, aunque me haya pasado la juventud arreglando las consecuencias de sus errores, escondiéndoselas a nuestros padres, limpiando todos sus desastres y haciéndole de coartada para sus encuentros clandestinos con ciertos individuos, a cada cual más estrambótico. Luego, un día, el año pasado tuve la impresión de que había cambiado.

Se incorporó apoyándose en un codo y su mirada, que hasta entonces había permanecido posada en la ventana, volvió a centrarse en él.

—Le pregunté y acabó confesándome que había conocido a alguien... Un tipo mayor que ella, inteligente, encantador, divertido... Nunca la había oído hablar de alguien de esa forma. Pero no quería presentármelo, y entonces intuí que había gato encerrado. Que debía de tener algo raro que hacía que temiera que yo lo conociera... Pensé que sólo sería un loco más, otro de esos tarados que la atraían tanto. Luego, un día, en marzo, desapareció. Fiuuu, sin más... No la hemos vuelto a ver...

Servaz sondeó su mirada.

—¿Hirtmann?

Ella asintió con la cabeza.

—¿Quién, si no? Hubo otras mujeres que desaparecieron en la región de Oslo después de mi hermana, y la descripción que ella me hizo de su amigo corresponde con su perfil.

—Por eso te has implicado tanto. No sólo porque escribió tu nombre en un trozo de papel... Es un asunto personal. Debería haberlo sospechado. Pero ¿por qué Hirtmann te eligió a ti? ¿Por qué traerte hasta aquí? ¿Por qué puso tu nombre en el bolsillo de la víctima? ¿Qué tiene eso que ver con Gustav?

Ella guardó silencio y hundió la mirada —una mirada triste, desesperada— en la de Servaz. Éste consultó el reloj y la apartó con suavidad antes de sentarse en el borde de la cama.

—Martin —dijo ella—. Espera, espera. ¿Sabes lo que le contestó Barack Obama a una de sus novias cuando ella le dijo «te quiero»?

Martin se volvió para mirarla.

—¿Qué?

—«Gracias.» Eso fue lo que le respondió. Por favor, no me digas «gracias».

Una vez concluido el ensayo de los poemas sinfónicos de Smetana, Zehetmayer volvió a su camerino. Como siempre, había exigido disponer de bombones, whisky japonés y rosas. Sus caprichos estaban ante todo destinados a mantener su leyenda. Era lo bastante vanidoso como para pensar que ésta sobreviviría a su muerte, pero ello no mitigaba en nada el horror que se cernía sobre él, la perspectiva de su aniquilación, de la noche eterna. Últimamente, no podía pensar en ello sin sentir un escalofrío. En dos ocasiones ya, el cangrejo había abierto las pinzas... pero aquella vez, no iba a soltarlo.

Durante mucho tiempo había logrado, como ese desdichado de Iván Ilich, ocultar la idea de la muerte detrás de las cortinas, de los oropeles, ahogándose en la hiperactividad y la gloria. Aquella última era una luz bastante eficaz para disipar la noche, aunque sólo hasta cierto punto. Y él había llegado ya a ese punto. Incluso cuando la sala repleta estallaba en aplausos, él veía tan sólo un espacio desierto, en silencio, vacío, esqueletos sentados en las butacas. Cien mil millones: ése era el número de muertos que se habían sucedido desde el comienzo de la humanidad. Una cifra catorce veces superior al número de personas que estaban vivas. Y, entre ellos, Mozart, Bach, Beethoven, Einstein, Miguel Ángel, Cervantes. Eso ayudaba a mantener la perspectiva. ¿Quién era él entre todos ellos? Nadie. Un esqueleto como tantos otros, que pronto caería en el olvido.

Él no creía en Dios... era demasiado orgulloso para eso. Su pensamiento de anciano rebosaba de una lucidez terrible, esa lucidez tan pura que raya en la locura. En torno al Musikverein se prolongaba aún la noche vienesa —esa noche de invierno ventosa, con nieve, que, desde hacía varios años, le inspiraba el temor de no llegar a ver la siguiente primavera— cuando llamaron a la puerta de su camerino. Pensó en la estatua del Comendador llamando a la de Don Juan, en las llamas del infierno, e incluso se preguntó si el hombre que se encontraba al otro lado, en la oscuridad del pasillo —ese que había dado tan a menudo la muerte—, no pensaba a veces en la suya. «¿Quién no piensa en eso?», se dijo. Pese a su estatura, Jiri entró en el camerino con la liviandad de una sombra. Y con él parecieron entrar todas las otras sombras del teatro... ¿A cuántos muertos habría conocido? ¿Cuántos músicos ilustres de su tiempo y de la época actual habían caído en el olvido? Se acordó de las primeras conversaciones que había mantenido con Jiri, en la cárcel. Anodinas. No imaginaba ni remotamente que un día volvería a ponerse en contacto con él por un motivo mucho más siniestro. En todo caso, desde el principio, había presentido que Jiri nunca cambiaría, que una vez fuera reanudaría sus «actividades». Formaban parte de su naturaleza, igual que los músicos jamás abandonan la música.

—Buenos días, Jiri —lo saludó—. Gracias por venir.

Sin tomarse la molestia de responder, el asesino se dirigió a la caja de bombones que había abierta cerca del espejo.

—¿Puedo?

Zehetmayer asintió con la cabeza.

—Hay novedades —anunció con impaciencia—. Están al llegar. Vienen aquí, a Austria.

Jiri masticaba un bombón mientras escuchaba distraídamente al director de orquesta, como si no le interesara el tema. Apenas hubo engullido el primero, cogió otro.

—¿Adónde? —preguntó.

—A Hallstatt. Por lo visto, el niño, Gustav, está enfermo. En principio, van a operarlo allí.

—¿Por qué? —inquirió el checo.

—Imagino que Hirtmann conoce a alguien, de hace tiempo. Pasó muchas veces por Austria antes de que lo detuvieran.

—¿Y qué quiere que haga yo?

—Vamos a ir allí.

—¿Y después?

—Después ya veremos.

El anciano guardó silencio un momento. A continuación, hundió la mirada en la de Jiri.

—Voy a dejarle elegir: o lo mata a él, o mata a su hijo. Lo uno o lo otro, me da igual.

—¿Cómo?

El silencio se instaló de nuevo. Un temblor leve agitaba el labio inferior del viejo.

—Si no puede matarlo a él, mate al niño. Así tendrá dos opciones.

Jiri pareció reflexionar un instante.

—Está loco —afirmó.

—Tiene que haber alguna manera... —insistió el viejo.

Jiri negó con la cabeza.

—Siempre hay alguna manera: quiero más.

En la cara del director de orquesta apareció una amplia sonrisa.

—Me lo temía. Un millón de euros.

—¿De dónde los saca?

—He ido ahorrando un poco durante toda la vida. Además, no tengo hijos. Y ésta me parece una manera útil de gastar esos ahorros.

—¿Qué edad dice que tiene el niño?

—Cinco años.

—¿Está seguro de que quiere hacer eso?

—Un millón; cien mil euros a cuenta —ofreció el anciano—. El resto, para cuando el trabajo esté terminado.

De repente, la atención de los dos hombres se desplazó a la puerta, que acababa de abrirse. En la oscuridad vieron surgir, como una máscara de teatro, el rostro de una mujer fatigada y hastiada, con unos ojos brillantes como guijarros. Entrevieron un carrito de la limpieza detrás de ella.

—Ay, perdón. Pensaba que no había nadie.

Cuando cerró la puerta, permanecieron callados un momento.

—¿Por qué? —preguntó Jiri—. ¿Por qué quiere cargar contra ese niño también? Me gustaría entenderlo.

—Él me quitó a mi hija —explicó Zehetmayer, dejando entrever un profundo poso de emoción en la voz—. Y yo le quitaré a su hijo. Es una simple cuestión de aritmética. Él quiere más a ese niño que a sí mismo.

—¿Tanto lo odia?

—Por encima de todo. El odio es un sentimiento muy puro, ¿lo sabía?

Jiri se encogió de hombros. Sin duda, ese director de orquesta estaba loco. Pero, bueno, mientras pagara...

—No —contestó—. Yo nunca me dejo dominar por las emociones. Un millón de euros, de acuerdo. Pero doscientos cincuenta mil a cuenta.

42

Alpes

Al día siguiente, el ingeniero Bernard Torossian dejó a desgana su domicilio de Balma, en las afueras de Toulouse, por el este, y a su familia —una niña de cinco años muy vivaracha, un niño de doce un poco más calmado, un greyhound anoréxico bautizado con el nombre de *Winston*— para trasladarse a la comisaría de la policía. Después de dejar el coche en el parking, cogió la línea A del metro, descubierta en parte, hasta la estación Jean-Jaurès. Allí cambió a la B, en dirección Borderouge.

Salió a la calle en la parada del Canal-du-Midi y recorrió los últimos metros hasta la comisaría como si tuviera plomo en los zapatos. Nunca había acudido al trabajo con tanto desánimo como esa mañana.

Torossian mostró el pase delante de los torniquetes, entró en el ascensor y apretó el botón del tercer piso, donde se encontraba el equipo de Balística del laboratorio de la Policía Científica. Una vez en su despacho, colocó la cazadora en un colgador, se sentó al ordenador e hizo un esfuerzo por meditar con calma. En las últimas horas había pasado un calvario a causa de los nervios y no había conseguido dormirse hasta las cuatro de la madrugada. Su mujer le había preguntado qué le ocurría, pero él no había querido explicárselo. Tenía una especie de nudo en la garganta, que se la obstruía desde que se había despertado.

El día anterior, había terminado con los disparos de comparación. El resultado era irrefutable y afectaba a alguien a quien apreciaba mucho, no sólo porque se había convertido casi en un mito en la Policía Judicial desde los casos de Saint-Martin y Marsac, sino también porque le tenía aprecio como persona, como habitante de este condenado planeta... y eso no era muy habitual en él.

Sin embargo, a la física y la balística les tienen sin cuidado los sentimientos humanos. Son frías, objetivas, veraces, contundentes. Eso era lo que más le gustaba hasta ese día de su trabajo: no tenía que debatirse en la jungla de los sentimientos humanos, de las intuiciones, las hipótesis, las mentiras y las medias verdades, como sus colegas. Hasta ese día. Ese día, odiaba los hechos. Pero los hechos habían hablado: el arma de Servaz había matado a Jensen. No cabía la menor duda. La ciencia no miente.

Negó con la cabeza, mirando la lluvia que lamía tristemente los cristales. Servaz había utilizado su arma para abatir a sangre fría a un hombre: no, eso era absurdo en realidad. Descolgó el teléfono y marcó el número del «policía de policías».

Dejó el coche en el parking de la comisaría poco después de haber acompañado a Kirsten al hotel. Faltaba poco para que amaneciera. Quería pedir a Espérandieu que cuidara de Margot durante su ausencia —a ella le caía bien y le tenía confianza— y que supervisara a los equipos de vigilancia. Los recursos de la Policía Judicial no daban para un gran dispositivo y sabía que, en cuanto se fuera, no tardarían en reducirlo.

Recordó las palabras de Hirtmann mientras se dirigía al edificio. ¿Acaso estaría metiéndose en la boca del lobo? Si el análisis balístico lo acusaba, Vincent lo habría llamado para avisarlo, se dijo.

Cruzó a toda prisa el vestíbulo, donde la gente hacía cola para poner denuncias, franqueó los torniquetes de la izquierda y subió en el ascensor hasta la planta de la Brigada Criminal. Al salir en el segundo piso, se cruzó con Mangin, un tipo de Identidad Judicial por el que no sentía una especial simpatía. Solían saludarse de la forma más escueta que permitían las normas de cortesía. Esa vez, sin embargo, Mangin demoró la mirada en él y después se alejó sin decir palabra.

La de Servaz fue una mirada de asombro, de perplejidad.

Enseguida experimentó un nerviosismo nuevo. Los tímidos «buenos días» con que correspondieron otros a sus saludos empezaron a producirle un hormigueo en las piernas. Resistió el impulso de dar media vuelta y marcharse. «Lárgate —le decía una vocecilla interior—. Lárgate ahora mismo.» Sacó el teléfono. Ningún mensaje de Rimbaud. Ni de Vincent. Ni de Samira. Apretó el paso y los encontró en su despacho.

—¿Qué pasa aquí? —preguntó desde la puerta.

Vincent se inclinaba por encima del hombro de Samira, que estaba sentada delante de su pantalla. Sus dos ayudantes interrumpieron la animada conversación que mantenían. Se volvieron hacia él, con los ojos desorbitados.

Intercambiaron una mirada.

Y Servaz lo comprendió todo.

Se le formó un nudo en la garganta.

—Iba a llamarte... —dijo Vincent, algo vacilante—. Iba a llamarte... El arma...

Servaz seguía en el pasillo, en el umbral del despacho, con la impresión de que empezaban a zumbarle los oídos. Vincent lo miraba como si hubiera visto un fantasma.

Detectó un movimiento a la izquierda...

Volvió la cabeza. Hacia el pasillo. Y se quedó petrificado. Rimbaud avanzaba hacia él a grandes zancadas.

Hostil...

—Es tu arma... —repitió Espérandieu, abrumado, desde el interior del despacho—. Martin, joder, tú...

No escuchó lo que dijo a continuación.

Soltó el marco y empezó a alejarse de la puerta. Giró hacia los ascensores. Se puso en marcha.

Primero despacio, después más deprisa.

—¡Eh! ¡Servaz! —gritó a su espalda Rimbaud.

Las puertas estaban abiertas. Entró en la cabina. Pasó su identificación.

—¡Servaz! ¿Adónde va? ¡Vuelva!

Rimbaud corría ya, gritando algo que Martin no llegó a oír. De los despachos asomaban cabezas.

El ascensor no se ponía en marcha.

«Venga, venga...» Sólo faltaban unos cuantos metros para que Rimbaud lo alcanzara. De repente, las puertas se cerraron. Y antes de que éstas borraran el rostro de boxeador del policía de policías, Servaz percibió en su gesto un sentimiento de frustración, pero también de satisfacción al comprobar que estaba en lo cierto.

Dentro del ascensor, espiró el aire que había contenido. Procuró pensar con frialdad, pero la calma se le escapaba como el aire de un neumático pinchado. Estaba atrapado, mientras que, arriba, Rimbaud debía de estar haciendo llamadas, dando la alerta, para concentrar a las tropas. Se le aceleró el pulso.

Iban a detenerlo. Bastaría con una llamada para que bloquearan la salida.

Desde los atentados del 13 de noviembre de 2015, no sólo había guardias en la entrada, sino que los que estaban apostados en recepción controlaban la apertura de las puertas por medio de un botón.

Estaba atrapado en una ratonera.

Pero después se le ocurrió algo. Aún disponía de una ventaja: el edificio era grande y la comunicación entre los servicios distaba de ser óptima.

El ascensor se abrió en la planta baja, delante de los torniquetes, pero él se quedó parado en el fondo de la cabina. Pasó de nuevo la tarjeta y apretó otro botón. El aparato se volvió a poner en movimiento con una vibración ligera.

Los sótanos.

Las celdas de detención preventiva.

Era mejor no pensar en los segundos que iban pasando...

Ya debían de haber llamado a recepción. ¿Cuánto tardarían en comprender adónde iba?

Las puertas se abrieron. Salió a un espacio frío, clínico, desprovisto de ventanas, iluminado exclusivamente con luz artificial.

Giró a la derecha.

Unas celdas con paredes de cristal, unas alumbradas y otras no. Unos tipos acostados a ras del suelo, detrás de los cristales, como los perritos en una tienda de animales. Miradas indiferentes, hastiadas, furiosas o sólo intrigadas.

Un poco más allá, el gran cilindro con los guardias de uniforme claro.

Los saludó, esperando verlos salir de su jaula para interceptarlo, pero le devolvieron el saludo con aire distraído.

Aquella mañana, el ambiente parecía estar bastante calmado allí abajo. No se oían gritos ni escándalo. De todas formas, estaban metiendo a alguien en una celda... Un hombre estaba pasando por el arco de seguridad, acompañado de tres policías de la Brigada Anticriminal...

El corazón empezó a latirle más deprisa. Quizá era la ocasión propicia. Pasó el arco y siguió adelante...

Torció a la derecha.

... Hasta la puerta que daba al parking. «Abierta... ¡Hostia!»

El Ford Mondeo aguardaba el regreso de la patrulla en la penumbra del aparcamiento, cerca de la salida. «Nadie dentro...» Tragó saliva, lo rodeó, se inclinó del lado del conductor.

¡Por Dios! ¡Las llaves estaban en el salpicadero!...

Tenía medio segundo para tomar una decisión. Todavía no era un criminal a la fuga... todavía. Si cogía aquel coche, ya no habría vuelta atrás. Miró a su espalda: los de la Brigada Anticriminal vigilaban al individuo que iba a ingresar en la celda, sin preocuparse de él ni del furgón. Oyó sonar un teléfono en alguna parte.

«¡Decídete!»

Servaz abrió la puerta, se sentó al volante y encendió el motor. Dio marcha atrás. Vio que alguien giraba la cabeza. Luego la cara de estupefacción del agente cuando desembragó.

Al tomar una curva hizo chirriar los neumáticos sobre el revestimiento del parking y siguió avanzando entre las hileras de coches, en dirección a la rampa.

Treinta segundos...

Ése era el tiempo que consideraba necesario para llegar a la barrera de arriba, la que se abría automáticamente ante los vehículos que venían del interior y, por lo general, con prisas...

Iba rápido, muy rápido. Cuando llegó a la rampa, a punto estuvo de perder el control, golpeó una moto con el frontal derecho, y derrapó de forma más o menos controlada, primero hacia la izquierda y después a la derecha. La voluminosa moto volcó sobre la de al lado y ésta sobre la siguiente, provocando un efecto dominó con todas las motocicletas del parking, acompañado del estruendo de chapas aplastadas y de manillares torcidos que se propagó por todo el subterráneo.

Él no lo alcanzó a oír, porque subía ya a toda velocidad por la rampa, para salir justo delante de los surtidores de gasolina, en una trayectoria renqueante que interrumpió apretando el freno con brusquedad antes de girar a la derecha y proseguir hacia la salida y la barrera que daba al bulevar.

¡Estaba huyendo igual que un bandido de su lugar de trabajo! ¡Toda la comisaría debía de estar oyendo cómo derrapaban los neumáticos!

Con las manos sudadas y los dedos en tensión en torno al volante, se esforzó por ahuyentar aquel pensamiento, convencido de que la barrera no iba a levantarse, de que iba a aparecer alguien y de que algo iba a salir mal, de que acabaría sus días en...

«¡Concéntrate, mierda!»

La barrera...

¡Estaba levantándose! No podía creérselo. Con el resurgir de la esperanza, la adrenalina le propinó un último impulso. Salió al bulevar, se saltó el semáforo adelantando a un Mini que circulaba por la derecha y que frenó en seco con un chirrido de ruedas y un furioso bocinazo del claxon. Giró a la izquierda rozando la acera que bordeaba el canal y se alejó a toda velocidad hacia el puente de Minimes.

Veinte segundos.

Ése fue el tiempo aproximado que tardó en recorrer los trescientos metros que lo separaban del puente.

Atravesó el canal quince segundos después.

Y se encontraba ya en la avenida Honoré-Serres.

Pasó otros cincuenta segundos interminables en una retención, sin que hubiera sonado aún ninguna sirena. El corazón le latía como un tambor. Hubo incluso un instante en que estuvo tentado de dar media vuelta y regresar a comisaría. «Vale, chicos, he cometido una estupidez, lo siento.» Sabía, con todo, que ya no había vuelta atrás, que él mismo había subido al patíbulo.

Faltaba poco: doscientos metros más allá, torció a la izquierda en la calle Godolin —entonces sí le pareció oír sirenas a lo lejos—, después a la derecha, al cabo de ciento cincuenta metros, en la calle de la Balance, y en cuestión de unos segundos se perdió en el laberinto del barrio de los Chalets... antes de abandonar el vehículo y alejarse corriendo.

Ardía en deseos de fumarse un cigarrillo y de ver a su hija, pero sabía que aquello también era imposible en ese momento. Una puerta —invisible en ese caso— acababa de cerrarse. Pensó en Hirtmann, que le había prohibido fumar. Tenía unas ganas terribles de fumar. Sacó el paquete sin detenerse, recorriendo las calles en una soledad absoluta.

En la oficina de coches de alquiler, una cabina de cristal situada en pleno parking, frente al sector de llegadas del aeropuerto de Toulouse-Blagnac, hizo cola detrás de un grupo de asiáticos. Era incapaz de distinguir a los japoneses de los chinos o de los coreanos. Cuando le llegó el turno, enseñó el pasaporte a nombre de Émile Cazzaniga, rellenó los papeles y recogió el vehículo. Después de guardar en el maletero la pequeña maleta con la ropa que había comprado en las galerías Lafayette del centro, encendió el motor.

Quince minutos después, circulaba en dirección al Mediterráneo. El pequeño Peugeot 308 GTI estaba recién estrenado, tenía el depósito lleno y el sol brillaba. Durante unos minutos, experimentó un sentimiento de libertad embriagador, y reparó en que circulaba muy por encima del límite de velocidad permitido. Luego se acordó de repente de las recomendaciones de los médicos: evitar los desplazamientos largos en coche. Tenía quince horas de trayecto. ¿Y si la palmaba antes de llegar? ¿Y si le daba un ataque al corazón yendo a ciento treinta kilómetros por hora por la autopista? Prefería no pensarlo. Sí pensó, en cambio, en Gustav y en Hirtmann, allí en la presa, en su hija, que parecía exhausta, y en Rimbaud cuando le había soltado: «No me creo una palabra. Y voy a demostrar que ha mentido.» También pensó en la hermana de Kirsten, la artista que amaba las tinieblas y que había ido a parar a ellas. Después se acordó de Kirsten, del momento en que le había dicho: «Por favor, no me digas "gracias".»

¿De verdad era eso lo que había querido decirle? Y él, ¿qué sentía exactamente? No estaba enamorado, desde luego, pero debía reconocer que, desde hacía un tiempo, la noruega ocupaba un espacio importante en sus pensamientos. ¿Qué iba a pasar entonces?

Él era un fugitivo y ella tendría que volver a Noruega. ¿Sus caminos iban a bifurcarse de manera definitiva?

Unas horas más tarde, después de dejar atrás Nîmes y Orange, ascendía por el valle del Ródano, donde soplaba el mistral con violencia, antes de dejar la A-7 para coger la A-9 a la altura de Valence-Sur. Se detuvo para comerse un bocadillo de atún con mayonesa y tomarse un café doble en un área de servicio cerca de Bourgoin-Jallieu, y luego reemprendió el viaje hacia los Alpes, pasando primero por Annecy y después por Ginebra, adonde llegó al anochecer.

A continuación, bordeó la orilla nororiental del lago Lemán y después la abandonó, tras superar Morges. Siguió rumbo al norte, en dirección al lago de Neuchâtel, y luego se desvió hacia la blancura inmaculada de los Alpes berneses. Los macizos alpinos se recortaban en la noche despejada como si fueran unos merengues enormes colocados sobre un paño negro. Dejó atrás Zúrich y salió de Suiza franqueando la frontera con Austria, a la altura de Lustenau, en torno a las nueve de la noche. Luego cruzó la frontera alemana en Lindau, rodeando el lago de Constanza, antes de proseguir a toda velocidad hasta llegar a los alrededores de Múnich hacia las diez.

Eran más de las once cuando volvió a entrar en territorio austríaco cerca de Salzburgo. Avanzó entre los imponentes picos del Salzkammergut, que apenas se atisbaban a pesar de su blancura, agazapados en la profunda noche alpina, velando como gigantes por las poblaciones locales desde el Paleolítico. Era más de medianoche cuando por fin entró en Hallstatt, aquella postal emblemática de Austria asentada al borde de un lago, sumido en ese momento en la neblina y las tinieblas. Las callejuelas adoquinadas, las fachadas de los chalets tiroleses, las fuentes y los miradores: todo recordaba a un decorado de cine... a lo *Heidi* o *Sonrisas y lágrimas*.

Buscó el hotel que le había indicado el suizo —la pensión Göschlberger— y, veinte minutos después, se dejaba caer como un tronco en una cama alta y cubierta de edredones, que parecía salida de un cuento infantil.

· · ·

—Utilizó la Visa ayer por la mañana, en una oficina de alquiler de coches en Blagnac —anunció un policía llamado Quintard—. Después, al cabo de unas horas, en una gasolinera cerca de Bourgoin-Jallieu, y la última vez en el peaje de Annemasse-Saint-Julien, antes de la frontera con Suiza.

—¡Por el amor de Dios! —exclamó Rimbaud.

—El coche, un Peugeot 308, estaba alquilado a nombre de Émile Cazzaniga...

—Fantástico, ahora puede estar en cualquier sitio de Europa —se lamentó el investigador de la IGPN.

—O incluso haber vuelto a Francia —apuntó otro miembro del cuerpo—. Es lo bastante astuto como para hacer algo así.

Stehlin escuchaba la conversación sin intervenir, con expresión sombría. Aquello era una pesadilla.

—¿Alguien tiene alguna idea de adónde ha podido ir? —preguntó Rimbaud, paseando una mirada acerada sobre los agentes que se concentraban alrededor de la mesa.

Samira y Espérandieu no chistaron, pero, cuando Rimbaud desvió su atención a otros agentes, intercambiaron una mirada.

—Para circular por las autopistas suizas se necesita una pegatina —señaló éste—. Quizá lo haya parado la policía suiza si no la llevaba, ¿quién sabe? ¿Alguien puede contactarlos?

En torno a la mesa se había instalado un ambiente de final de reinado: la agonía de un servicio al que ningún magistrado volvería a confiar una investigación importante. Espérandieu pensó que en las administraciones de Washington debía de estar ocurriendo algo parecido, ahora que los funcionarios de Trump empezaban a asumir sus funciones. Quizá podría pedir el traslado... Pero Martin, ¿qué iba a ser de él? ¿De verdad había matado a Jensen? Todavía le costaba creerlo. Buscó con la mirada el apoyo de Samira, y entonces la joven franco-china-marroquí le posó una mano en la rodilla con discreción y por tan sólo un instante. Sentía una tristeza infinita. ¿Qué había pasado desde aquel disparo sobre el techo del vagón? Él había visto a más de un policía destrozado, pero Martin era su mejor amigo... por lo menos antes del coma.

—Y la policía noruega, ¿alguien sabe dónde está? —preguntó Rimbaud, mirando al director de la Policía Judicial.

Stehlin negó con la cabeza con la lentitud de un condenado a muerte a quien han preguntado su última voluntad.

—Fantástico —repitió el policía de policías—. Vamos a solicitar a la Interpol que difunda una notificación roja para localizar a Servaz.

Una notificación roja, nada menos, pensó Espérandieu. La prensa las llamaba erróneamente «órdenes de captura internacionales». Pero, en realidad, no eran órdenes de captura, ya que los policías de un país no podían proceder a la detención de un individuo basándose sólo en la decisión de la justicia de otro país; eran mensajes de alerta destinados a localizar a la persona en cuestión y solicitar su detención por parte de las autoridades locales.

—Quiero una descripción detallada, una fotografía, sus huellas dactilares y todo lo demás.

Se volvió hacia Vincent y Samira.

—¿Podéis encargaros de eso? —les pidió con un tono malintencionado.

Se produjo un silencio. Luego, con altivez, Samira levantó el dedo corazón —ornamentado con un anillo con forma de calavera—, apartó la silla y se marchó.

—Lo mismo digo —respondió Espérandieu, levantándose a su vez.

Martin dedicó la mañana a pasear por las estrechas calles de la tarjeta postal y por la orilla del lago, cubierto con una gorra barata que había comprado en una de las tiendas de recuerdos y pagado con los últimos euros que le quedaban, unas gafas de sol y una bufanda gruesa de lana enrollada al cuello. Se sentó en varias terrazas y tomó tanto café que al final acabó por apartar, asqueado, el último que pidió.

No había peligro de que llamara la atención: en aquel pueblecito encajonado entre el lago y las montañas había cien veces más turistas que habitantes. Oía hablar toda clase de idiomas, entre los que no destacaba el alemán.

Pese a todo, no dejó de apreciar el entorno: los tejados blancos pegados unos a otros, las fachadas alegres, risueñas casi, los embarcaderos de madera y, en frente, la presencia hostil, aplastante, de la pared cubierta de hielo blanco estriado con rayas horizontales, semejantes a un plumeado realizado por una mano temblorosa, que se hundía en las gélidas aguas un tanto brumosas del Hallstättersee como si se tratara de una lápida.

Cinco minutos antes de las doce, se dirigió hacia la Marktplatz, situada cerca de la iglesia luterana. También allí había una multitud de turistas que ametrallaban con sus cámaras de fotos y sus teléfonos cualquier cosa que guardara un parecido con una piedra antigua o algo típico de Austria.

Aguardó varios minutos sin apenas moverse, fingiendo observar la fuente y los alrededores. Se preguntó dónde estaría Kirsten. La había buscado varias veces con la mirada, esperando verla aparecer, disfrazada de turista como él, pero no había dado señales de vida y empezaba a preocuparse. Después se dijo que era normal, que era muy probable que a él lo estuviera vigilando otra persona, ya que Kirsten no querría correr riesgos.

—Mahler estuvo aquí, ¿lo sabía? —dijo de repente un turista a su lado, sin dejar de hacer fotos.

Servaz lo miró. El hombre llevaba un curioso gorro amarillo con pompón. Era rubio, tenía la cara bronceada y un aspecto saludable, y parecía estar en forma. Un poco más bajo que él, pero más fuerte.

—¿Tiene la maleta preparada? —le preguntó, mientras colocaba la tapa del objetivo de la cámara.

Servaz asintió.

—Bueno, entonces vayamos a buscarla.

Unos minutos después, salían del pueblo en un Range Rover antiguo, que escupía humo negro por el tubo de escape; circulaban por una carretera secundaria que bordeaba la orilla oeste del lago.

Samira Cheung miró a Vincent. Ese día se había pintado tanto los ojos que parecía una vampiresa salida de la casa encantada de una historia de miedo.

—¿Tú piensas lo mismo que yo?

—¿A qué te refieres?

—A lo que ha dicho Quintard en la reunión, el trayecto de Martin, el paso por la frontera suiza. Suiza no queda lejos de...

—Austria, ya lo sé —confirmó Espérandieu—. Hallstatt...

—¿De verdad crees que puede estar allí?

—Parece absurdo, ¿no?

—De todas formas, queda de camino —destacó ella.

Él posó la vista en los dos anillos con forma de calavera que su compañera llevaba en la mano derecha y en los brazaletes de cuero tachonados de cruces, de clavos y de cráneos en miniatura.

—Sí —concedió él—, es la misma ruta... También es la ruta que llega a Ginebra, la ciudad de Hirtmann. Y la noruega, ¿crees que está con él?

Samira no respondió. Ya estaba concentrada tecleando al ordenador.

—Mira.

Vincent se acercó y vio una página de inicio cualquiera. Luego leyó «Polizei Hallstatt, Seelände 30». Había una dirección de correo electrónico que terminaba por «polizei.gv.at» e incluso una página web. Samira clicó y ambos sonrieron, a pesar de la gravedad de la situación: dos top models a lo Barbie y Ken en uniforme de policía al lado de un coche patrulla, tan creíbles como Steven Seagal en el papel de presidente de Estados Unidos.

—¿Hablas alemán? —preguntó ella.

Vincent negó con la cabeza.

—Yo tampoco.

—Pero hablo inglés —dijo él, descolgando el teléfono—. Los austríacos también hablan *british*, ¿no?

Soltó la cortina. Desde la ventana del hotel Grüner Baum, había visto a Martin hablando con el tipo del gorro amarillo que tomaba fotos. Ahora se iban juntos. Salió precipitadamente de su habitación, en el primer piso, y, después de bajar como un rayo por la escalera, salió a la calle, a tiempo para verlos torcer por una callejuela. En lugar de seguirlos, se alejó en sentido contrario.

Espérandieu colgó. Curiosamente, el policía austríaco —un individuo llamado Reger o algo así— se había mostrado muy colaborador. Parecía encantado de cooperar con la policía francesa, pese a que su petición había sido acogida de entrada con un silencio. Espérandieu pensó que su llamada debía de servirle para salir de la rutina. ¿Cuántos asesinatos se cometerían al año en Hallstatt? ¿Un turista chino abatido por un alpinista chinófobo? ¿Un marido celoso que ataba un tiesto al tobillo de su esposa antes de mandarla al fondo del lago? Aunque tenía un marcado acento austríaco, Reger hablaba un inglés fluido e impecable.

Espérandieu dirigió una señal a Samira, que tecleó la dirección de correo electrónico que habían encontrado en la página web austríaca y adjuntó la foto de Martin al texto en inglés.

Martin y su guía del gorro amarillo volvieron a Hallstatt alrededor de las dos de la tarde. Después de salir del túnel que pasaba bajo la montaña, dejaron el coche en el parking P1 y regresaron a pie al centro del pueblo por la orilla del lago. Hacía frío. Empezaba a nevar y la luz parecía igual de plomiza que la de un anochecer.

—¿Por qué hemos dado esa vuelta? —preguntó Servaz, arrastrando la maleta.

—Para asegurarme de que no nos sigue nadie...

—¿Y ahora qué hacemos?

—Usted vuelva a su hotel y no se mueva de allí. Espere a que vayamos a buscarlo. No llame a nadie, ¿entendido? Nada de alcohol ni de tabaco. Y evite también el café. Beba agua, descanse, duerma.

Ni Servaz ni el hombre rubio del gorro amarillo vieron el Lada Niva verde con matrícula de Praga que estacionó en el mismo parking unos minutos después. Zehetmayer fue el primero en bajarse. Llevaba su habitual abrigo con cuello de nutria y un sombrero de fieltro abollado sobre la cabeza calva, que contrastaban con el lamentable aspecto del todoterreno. Jiri, vestido con un simple anorak, vaqueros y botas forradas, habría podido pasar por un turista. Dejaron el coche y se fueron directos al centro del pueblo.

Se sentaron en un café y se dedicaron a contemplar el desfile de turistas; el uno tan diferente del otro, como un zorro y un lobo.

· · ·

Cuando ya llevaba tres horas encerrado en la habitación, Servaz empezó a sentir cierto malestar. No dejaba de pensar en Margot. En su aspecto fatigado, abrumado. Había huido como un ladrón y ella debía de estar angustiada. Le costaba contener la impaciencia. Tenía que hablar con ella.

¿Habrían recibido la autorización de un juez para pincharle el teléfono? ¿En tan poco tiempo? Era posible, teniendo en cuenta las circunstancias, aunque no seguro. La policía y la justicia francesas no funcionaban como en las series de televisión. Además, con frecuencia se cometían errores. No había más que ver el caso de los terroristas a los que buscaban todos los cuerpos de Europa y que se habían paseado durante días o semanas entre un país y otro, cruzando fronteras y subiendo a trenes, antes de que por fin los interceptaran.

Debía correr el riesgo. Sacó el pequeño teléfono de prepago que había comprado en el centro de Toulouse antes de huir al aeropuerto y marcó el número.

—¿Diga?

—Soy yo.

—¿Papá? ¿Dónde estás?

La voz rebosaba de preocupación.

—No puedo decírtelo —respondió.

Margot permaneció en silencio un momento.

—¿Cómo dices?

La voz de su hija destilaba cólera, otra vez. Aquello nunca iba a acabarse... Por la ventana, divisó un barco blanco que se acercaba por las aguas grises, a través de la bruma; llevaba a los turistas que habían subido en la estación de tren, situada en la otra orilla del lago.

—Escucha. Van a hacerte preguntas sobre mí. La policía... Van a hablarte de mí como si fuera un... criminal...

—¿La policía? Pero si tú eres policía. No lo entiendo.

—Es una historia complicada. He tenido que irme...

—¿Irte? ¿Adónde? ¿No podrías ser un poco más...?

—Déjame hablar —la interrumpió—. Me han tendido una trampa. Me acusan de algo que no he hecho. Y he tenido que huir. Pero... volveré...

Otra pausa.

—Me das miedo, papá —dijo de repente.

—Ya lo sé. Lo siento, cariño.

—¿Estás bien?

—Sí, no te preocupes.

—Pues claro que me preocupo —contestó—. ¿Cómo quieres que...?

—Hay algo más que quería decirte...

Ella calló y él dudó antes de continuar.

—Tienes un hermano pequeño. Se llama Gustav. Tiene cinco años.

De nuevo el silencio.

—¿Un... hermano pequeño? ¿Gustav?

Sólo con oírle la voz, podía imaginarse su expresión de incredulidad.

—¿Quién es la madre? —preguntó sin demora.

Servaz se quedó petrificado.

—Es una historia larga.

Se bebió de un trago un vaso de agua que se había servido de la botella del minibar.

—Tengo todo el tiempo del mundo —contestó ella, de nuevo con frialdad.

—Es una mujer a la que conocí hace mucho, y a la que después raptaron.

—¿La raptaron? ¿Marianne? ¿Es Marianne?

—Sí.

—Dios mío... Ha vuelto, ¿verdad?

—¿Quién?

—Ya sabes quién...

—Sí.

—Ay, papá, joder, no puede ser. Dime que no es verdad. ¡Otra vez va a empezar esa dichosa pesadilla!

—Margot, yo...

—Y ese... niño... ¿dónde está?

Se acordó del consejo que le había dado Espérandieu: «Pregúntaselo. Directamente. Olvídate de las indirectas. No debes interrogarla. Es tu hija.»

—Da igual dónde esté —respondió él—. Lo que está hecho, hecho está. Ahora me toca a mí hacerte una pregunta: ¿qué te pasa, Margot? Y esta vez tienes que responderme. Quiero la verdad.

413

En esa ocasión, el silencio se prolongó aún más.

—Bueno, pues que parece que no sólo tienes un segundo hijo, sino que también vas a ser abuelo.

—¿Cómo?

—Pronto estaré de tres meses —añadió.

Pensó en todos aquellos pequeños cambios físicos y psicológicos, en sus náuseas matutinas, en su susceptibilidad, en sus cambios de humor, en la nevera llena de comida saludable, en los kilos de más...

Había que estar ciego para no darse cuenta de nada.

Incluso Hirtmann, observando a Margot sólo desde el parking de enfrente, lo había comprendido.

—El padre... —dijo—. ¿Lo conozco?

—Sí —respondió—. Es Élias.

En un primer momento, no supo de quién hablaba. Después le vino a la mente. Se acordó del joven alto y callado, con un mechón que le tapaba media cara y aires desgarbados de muchacho que había crecido demasiado deprisa. Era él quien había ayudado a Margot a indagar sobre lo ocurrido en Marsac, cuando ambos iban a la misma clase durante los cursos preuniversitarios, en ese mismo instituto en el que Servaz había estudiado, y donde trabajaba una profesora que había muerto asesinada. Élias también había acompañado a Margot cuando había ido a buscar a su padre a ese pueblo de España en el que se había refugiado y donde pasaba los días y las noches bebiendo tras la desaparición de Marianne. Servaz recordaba que hablaba poco, pero siempre lo hacía con acierto.

—No sabía que seguíais viéndoos —dijo.

—No, nos habíamos distanciado. Se presentó en Montreal el año pasado, supuestamente para hacer turismo... Hacía tres años que no nos veíamos, pero manteníamos el contacto, muy de vez en cuando. Se volvió a ir a París al cabo de cuatro semanas y luego empezamos a escribirnos. Y, después, Élias regresó, para quedarse esa vez.

Margot siempre había tenido la capacidad de resumir las situaciones más complicadas en unas pocas frases.

—¿Y os vais a...?

—No, papá, no. No tenemos ninguna intención.

—Pero... ¿vivís juntos? —preguntó.

—¿Eso importa? Papá, da igual lo que esté pasando, tienes que volver. No puedes huir como un criminal.

—No puedo volver —aseguró Servaz—. Ahora mismo no. Escucha, yo...

Oyó un ruido, de una puerta quizá, y luego el sonido de otra voz.

—¿Margot? ¿Cariño? ¡Soy yo!

Alexandra, su exmujer...

—No le cuentes nada de esto a tu madre —se apresuró a advertirle.

Luego colgó.

Una escena de felicidad se impuso, de repente, en su memoria: aquella misma joven ahora embarazada que trepaba, gorjeando y balbuciendo en un lenguaje que sólo ella conocía, a la cama conyugal. Aquella cama a la que subía casi siempre cuando su madre dormía. Su Kilimanjaro personal, que escalaba y conquistaba, para ganarse un puesto donde acomodar su cuerpecito... entre ellos. Su olor a bebé. Su cabello fino. No recordaba nada más agradable que la sensación que le procuraba hundir la nariz en la barriga hinchada y perfumada de su hija. Esa barriga de bebé que sólo se bajaba con la respiración. Ese olor de niño de pecho mezclado con la acidez de la leche del biberón y la colonia. El perfume del despertar. Su hija... que otra vez iba a tener la barriga hinchada.

Esperaba que fuera una buena madre, que saliera adelante. Y que su relación de pareja no se hiciera añicos como la de sus padres. Que fuera más feliz como madre de lo que había sido como hija. Que el niño creciera en un hogar unido. Trató de pensar, pero todo le daba vueltas. No veía más que dos planetas enormes y otros dos más pequeños, que gravitaban a su alrededor. O tal vez se trataba de un planeta y un sol. Un sol negro... Tenía la impresión de que otra Margot había ocupado el lugar de su hija.

Una Margot a la que no conocía.

Se acercó a la ventana y vio el fantasma de su cara yuxtapuesto a la imagen del barco blanco entre las aguas grises.

«Hija —pensó, con un nudo en la garganta—, sé que vas a ser una madre excelente y que tu hijo será feliz. No sé cuánto tiempo voy a estar ausente, pero... confío en que pienses en mí de vez en cuando y que comprendas...»

El teléfono de Kirsten sonó cuando había reanudado la vigilancia delante de una pasta y un café.

—Hola, Kasper —dijo.

En el otro extremo de la línea hubo un momento de silencio, durante el cual le pareció oír caer la incesante lluvia de Bergen.

—¿Dónde estás? —preguntó él.

—Delante de una pasta y un café.

—¿Todavía en el hotel?

—¿Por qué quieres saberlo? —preguntó ella de improviso.

—¿Cómo?

—¿Por qué quieres saber dónde estoy?

—No entiendo a qué viene esta pregunta.

—¿Por qué tienes tanto interés en saber dónde estamos y qué hacemos?

Un silencio.

—¿A qué vienen esas bobadas? —soltó el policía noruego—. Quiero saber cómo va la investigación, eso es todo...

—Kasper, ayer llamé a Oslo. Por lo visto, no están al corriente de nada. Nadie les ha explicado que habíamos localizado el rastro del niño. Y, sin embargo, yo te lo había dicho. ¿Por qué no has informado a nadie? ¿Por qué no has hablado de ello con tus superiores?

En el otro lado de la línea sólo se oyó el ruido de la lluvia.

—No lo sé... —dijo al fin—. Quería darte tiempo para que lo hicieras tú misma, supongo... Tú tampoco has hablado del asunto con nadie, me parece.

«En eso no te falta razón», reconoció para sí.

—Tú no eres la única con conciencia profesional. Yo tengo tantas ganas como tú de que encuentren a ese cabrón. La diferencia es que a mí nadie me ha pagado el viaje a Francia...

«En eso tampoco te falta razón.»

—De acuerdo. Perdona. Es que estoy un poco nerviosa en este momento.

—¿Por qué? —Silencio—. No me digas... ¿no me digas que ha vuelto a aparecer?

—Tengo que irme —dijo ella.

—¿Qué vas a hacer?

—No lo sé.

—Cuídate.

—De acuerdo.

Interrumpió la comunicación y miró en dirección al puerto. No había ido a trabajar. Se había tomado el día libre para acabar de montar el mueble. Cómo llovía...

Después pensó en el dinero que tenía en la cuenta bancaria, el que le habían ingresado a cambio de la información. El que le había permitido liquidar ya una parte de sus deudas. No todas las que habría deseado, pero eso ya era algo. Consultó la hora y después marcó otro número. Aquel que no tenía nada que ver con la policía.

43

Preparativos

—¿Te encuentras bien, Gustav?

Hirtmann miró al niño tendido en la cama de hospital. Se acercó a la ventana. Veía los tejados blancos de Hallstatt más allá del pequeño parking cubierto de nieve, y después las aguas grises del lago. La clínica estaba construida en la parte alta del pueblo.

—Sí, papá —confirmó Gustav a su espalda.

Divisó un barco que se acercaba desde la otra orilla, donde se encontraba la estación ferroviaria.

—Mejor —dijo, volviéndose—. La operación será esta noche, ya sabes.

El niño rubio permaneció en silencio esa vez.

—No debes tener miedo, Gustav. Todo va a salir bien.

—Venga —indicó el hombre del gorro amarillo—, coja la maleta.

—¿Adónde vamos? —preguntó.

Estaba harto de misterios. Se había pasado toda la tarde y la noche del día anterior dando vueltas como una fiera en su cuarto antes de sumirse en un sueño lleno de pesadillas.

—A la clínica —respondió el rubio.

—¿A qué se dedica usted? —preguntó Servaz.

—¿Cómo? Soy enfermero —contestó el hombre, sorprendido—. Qué pregunta. En la clínica... Me encargaron que lo recibiera.

—Y el paseo de ayer para comprobar que no nos seguían, ¿también formaba parte del recibimiento?

El hombre le dedicó una sonrisa desconcertante mientras él cerraba la puerta y se encaminaban hacia el minúsculo ascensor.

—Yo sigo las instrucciones que me han dado, nada más —explicó.

—¿Y no le parecen extrañas ciertas cosas? —preguntó Servaz, embutiéndose en la cabina, donde apenas cabían dos adultos.

—El doctor Dreissinger me dijo que usted era una persona conocida en Francia y que no quería... publicidad, *paparazzis* y eso...

Para gran alivio de Servaz, las puertas se abrieron casi enseguida y salió del ascensor para ir a devolver la llave. Pensando en lo que acababa de decirle el rubio, se le ocurrió algo.

—¿Por qué iba a necesitar discreción? —preguntó—. ¿Qué es lo que hacen normalmente en su clínica?

El del gorro amarillo lo miró con expresión atónita.

—Hombre, pues *liftings*, cirugía de la nariz y de los párpados, plastias mamarias, implantes... e incluso faloplastias y ninfoplastias... Ese tipo de cosas.

Entonces fue Servaz quien se quedó estupefacto.

—¿Quiere decir que vamos a una clínica de cirugía plástica?

Recorrieron tan sólo unos trescientos metros por las calles adoquinadas, en dirección a la parte alta del pueblo, antes de detenerse en el pequeño parking de la clínica, que dominaba las casas y el lago. El del gorro amarillo se bajó primero del Volkswagen y abrió el maletero. Luego le tendió la maleta a Servaz, que la cogió con un pellizco en el estómago. Había leído en internet que el trasplante de hígado era una intervención seria, delicada, tanto para el donante como para el receptor —una operación que podía durar hasta quince horas—, y de repente le había entrado miedo. Para tranquilizarse, se dijo que Hirtmann quería demasiado a su hijo como para confiárselo a unas manos inexpertas.

Su hijo... Aún no lograba hacerse a la idea. Estaba allí para donar una parte de su hígado a su propio hijo. Dicho así, parecía cosa de ciencia ficción.

—¿Qué es la faloplastia? —preguntó de pronto, mientras subían la escalera de la entrada.

—Cirugía del pene.

—¿Y la ninfoplastia?

—De los labios internos. Se reducen cuando son demasiado grandes.

—Qué agradable.

Lothar Dreissinger habría podido participar en un anuncio para pregonar las virtudes de la cirugía estética, de los del tipo «antes y después». Él encarnaba el antes: era uno de los hombres más feos que Servaz había visto en la vida. Su cara parecía el producto de un batiburrillo de genes excepcionalmente mal combinados. Nariz y orejas demasiado grandes y abultadas, ojos demasiado pequeños, mandíbula demasiado estrecha, labios de sapo, cabeza calva y puntiaguda como un huevo de Pascua... A ello había que añadir unas córneas amarillas e inyectadas en sangre y la piel picada, como si hubiera padecido la viruela de niño.

Servaz se preguntó si su aspecto incitaba a los clientes a precipitarse hacia la sala de operaciones o si, por el contrario, en su rostro veían los límites de la cirugía que tanto elogiaba él. Si no había podido reparar aquellas injusticias flagrantes de la naturaleza, ¿para qué ponerse en sus manos?

Llevaba una bata de médico encima de la camisa blanca. Sus manos, con la manicura hecha, eran, en cambio, muy hermosas. Servaz lo advirtió cuando las juntó debajo de la barbilla.

—¿Ha tenido un buen viaje? —preguntó en inglés.

—¿Acaso importa?

Los ojos amarillentos del director de la clínica tenían, además, una intensidad desagradable.

—En realidad no —contestó—. Lo que importa es que usted se encuentre en buen estado de salud.

—Tiene una clínica muy bonita —comentó Servaz—. Se dedica a la cirugía estética, ¿verdad?

—En efecto.

—Entonces, respóndame, ¿está usted capacitado para realizar este tipo de operación?

—Antes de decantarme por esta actividad más... lucrativa... era mi especialidad. Infórmese y verá que era muy bueno. Mi buena reputación se extendía más allá de las fronteras de Austria.

—¿Sabe quién soy? —preguntó Servaz.

—El padre del niño.

—Aparte de eso...

—No, y me da igual.

—¿Qué le ha dicho él?

—¿A propósito de qué?

—De la operación...

—Que Gustav necesitaba un trasplante, lo antes posible.

—¿Y qué más?

—Que usted recibió un disparo en el corazón hace unos meses y que estuvo en coma varios días.

—¿Y eso no le preocupa?

—¿Por qué debería preocuparme? Le dieron en el corazón, no en el hígado.

—¿No es un poco... arriesgado?

—Por supuesto que lo es. Toda operación comporta un riesgo.

Dreissinger agitó sus bellas manos de pianista.

—Y se trata de una operación muy delicada —agregó—, una triple operación en realidad: la primera consiste en retirarle los dos tercios del hígado, la siguiente, en extraer el hígado necrosado de Gustav, y la tercera, en trasplantarle el tejido sano y volver a coserlo todo. Siempre hay un riesgo.

Servaz notó una punzada en el estómago.

—Pero el hecho de que yo fuera sometido a una operación cardíaca hace dos meses, ¿no supone un aumento considerable de ese riesgo?

—Para el niño no. El donante podría ser también una persona muerta, que suele ser lo más frecuente.

—¿Y para mí?

—Para usted, sin duda alguna —confirmó, casi en tono de broma.

Servaz notó que se le secaba la garganta. «Le da completamente igual que yo muera o no... Y a Hirtmann, ¿también le da igual?»

—Está acogiendo a un asesino —declaró de repente—. Y no a uno cualquiera.

Al cirujano se le ensombreció la expresión.

—¿Lo sabía?

Dreissinger se lo confirmó asintiendo con la cabeza.

—¿Por qué?

El hombrecillo pareció dudar.

—Digamos que tengo una deuda con él...

Servaz enarcó una ceja.

—¿Qué tipo de deuda puede llevarle a asumir semejante riesgo?

—Es difícil de explicar...

—Inténtelo de todas formas.

—¿Por qué iba a hacerlo? ¿Acaso es policía?

—En efecto.

Dreissinger le clavó una mirada de asombro.

—No se preocupe, no estoy aquí en calidad de policía, sino para donar mi hígado, como ya sabe. ¿Y bien?

—Mató a mi hija.

La respuesta brotó de sus labios sin la menor vacilación. Servaz observó al hombrecillo sin comprender nada. Un velo de tristeza le cubrió el feo rostro de manera furtiva, pero el instante de debilidad se disipó enseguida: Dreissinger volvía a mirarlo con entereza.

—No lo entiendo.

—La asesinó... a petición mía... pero sin hacerle nada más, por supuesto. De eso hace dieciocho años.

Servaz lo observaba con una incredulidad creciente.

—¿Que le pidió a Hirtmann que matara a su hija? ¿Por qué?

—Verá, señor Servaz, no hay más que mirar mi cara para comprender que la naturaleza no es tan perfecta como algunos aseguran. Mi hija era igual de fea que su padre y eso la... deprimía mucho... No obstante, como si con eso no bastara, padecía una enfermedad incurable, una enfermedad rara, una enfermedad terrible que le provocaba un sufrimiento atroz. Por el momento, no existe ningún tratamiento y el único desenlace es la muerte antes de los cuarenta años en el mejor de los casos, precedida de padecimientos cada vez más insoportables. Un día, hablé de ello con Julian y me propuso una solución. Yo mismo me la había planteado más de una vez, pero en este país sólo se tolera la eutanasia pasiva y tenía demasiado miedo de ir a la cárcel. Tal como le he dicho, nunca le podré pagar la deuda que contraje con él.

—Pero también corre el riesgo de ir a la cárcel por esto...

El cirujano lo observó, entornando tanto los ojos que parecían dos rendijas.

—¿Por qué? ¿Piensa denunciarme?

Servaz guardó silencio, con la sensación de haber engullido un trago de gel refrigerante: en la mesa de operaciones, su vida iba a estar en las manos de ese tipo, y, tal como había precisado, daba igual que el donante estuviera vivo o muerto.

—¿Quiere saber más detalles sobre lo que va a ocurrir? —preguntó, con voz suave, Lothar Dreissinger.

Servaz asintió prudentemente con la cabeza, aunque no estaba muy seguro de querer saberlo.

—Primero vamos a efectuar la extracción de su hígado. A continuación, realizaremos la hepatectomía...

—¿La qué?

—La exéresis, la extirpación del hígado enfermo de Gustav. Eso consiste en seccionar los vasos sanguíneos, es decir, la arteria hepática y la vena porta, así como las vías biliares. Dada su insuficiencia hepática, deberemos estar muy alerta porque podría haber problemas de coagulación. Y al final, trasplantaremos su hígado. En primer lugar, habrá que conectar los vasos sanguíneos para volver a irrigar el órgano. Después, empalmaremos los conductos que transportan la bilis. Y, para terminar, antes de cerrar, colocaremos los drenajes para evacuar la sangre, la linfa o la bilis que pudieran haberse acumulado alrededor. Todo eso se llevará a cabo con anestesia general, desde luego. Una operación como ésta puede durar hasta quince horas.

No estaba seguro de haber captado todos los términos médicos en inglés que había empleado Dreissinger, pero lo que escuchaba no era lo que quería saber. ¿Dónde estaba el suizo? ¿Y Gustav? No había visto ni al uno ni al otro al llegar. Lo habían conducido directamente allí. Lo único que había visto a su paso fueron unas puertas con los indicativos de «Anestesia», «Sala de operaciones 1», «Sala de operaciones 2», «Radiografías» y «Farmacia».

Todo era blanco, aséptico, y estaba impecablemente limpio.

—A lo largo de la mañana le realizaremos una serie de exámenes —añadió el hombrecillo—. Después, descansará hasta la operación y no comerá nada más en todo el día. Nada de fumar tampoco, por supuesto.

—¿Cuándo va a ser la operación?

—Esta noche.

—¿Por qué esta noche? ¿Por qué no mañana, en pleno día?

—Porque mi ritmo biológico está en su momento álgido entonces —respondió Dreissinger, sonriendo—. Hay personas que son más productivas por la mañana y otras por la noche. Yo soy de las segundas.

Servaz no dijo nada. Se sentía un poco aturdido, con una sensación de irrealidad cada vez más pronunciada. Y ese tipo le causaba escalofríos.

—Ahora lo acompañarán a su habitación. Nos veremos en la sala de operaciones. Deme su teléfono, por favor.

—¿Cómo?

—Que me dé su teléfono.

Lothar Dreissinger aguardó a que los pasos se hubieran alejado por el pasillo para salir de su despacho y empujar la puerta de al lado. Ésta daba a un cuarto minúsculo, lleno de estanterías cargadas de archivadores y cajas etiquetadas. Al fondo había una ventana. La alta figura permanecía enmarcada sobre el perfil de las montañas, de espaldas a él.

—¿Estás seguro de que se encuentra en condiciones de soportar la operación? —preguntó el cirujano, cerrando la puerta tras de sí.

—Lo que quieres es su hígado, tengo entendido —respondió el suizo sin volverse—. Y conseguirlo todavía es más fácil con un donante muerto, ¿no?

No vio cómo Dreissinger asentía con un movimiento lento de la cabeza, pese a que la respuesta no acababa de ser de su agrado.

—Suponiendo que ese tipo sobreviva, ¿qué ocurrirá si me denuncia, una vez que vuelva a su casa? ¿Lo has pensado? ¡No me habías dicho que era policía!

Su amigo se encogió de hombros.

—Eso es problema tuyo. En la mesa de operaciones vas a tener su vida en tus manos. Te corresponde a ti decidir qué solución te parece mejor: la vida o la muerte...

Dreissinger contestó con un gruñido.

—Si muere, tendré que declarar su defunción y me pedirán explicaciones, como «¿qué hacía ese tipo aquí?» Me interrogarán.

Tarde o temprano, la verdad saldrá a la luz. No puedo permitirme eso...

—En ese caso, déjalo vivir.

—Además, yo nunca he matado a nadie —añadió el austríaco con la voz apagada—. Yo soy médico, joder... No soy... como tú...

—Pues bien que mataste a tu hija.

—¡Yo no la maté!

—Sí lo hiciste. Yo sólo fui tu instrumento, pero fuiste tú quien tomó la decisión. Fuiste tú quien la mató.

El cirujano no respondió. Hirtmann se había vuelto. Y, como siempre, el director de la clínica sintió una corriente fría en la columna vertebral cuando la mirada eléctrica del suizo se posó en él. La descarga de una Taser apenas le habría producido un efecto mayor. Le tendió el teléfono del policía y Hirtmann lo cogió.

—Por otra parte, mi querido Lothar, supongo que te imaginas que si le ocurriera algo a Gustav tu vida no valdría gran cosa.

Lothar Dreissinger tuvo la impresión de que un nido de serpientes acababa de despertar dentro de su estómago. Aun así, le plantó cara.

—Ya es una operación bastante delicada de por sí, Julian. No creo que este tipo de amenaza me sirva de ayuda.

Hirtmann soltó una carcajada sarcástica.

—¿Tienes miedo, amigo mío?

—Pues claro que lo tengo. Te estaré agradecido eternamente por lo que le hiciste a Jasmine, pero el día en que mueras, dormiré más tranquilo.

Una risa tan estruendosa como un rugido se propagó por el exiguo espacio del cuarto.

Esa mañana, el policía llamado Reger salió de la pensión Göschlberger con una sonrisa en los labios. Su colega francés se iba a llevar una alegría. Era el quinto hotel en el que miraba y ya había dado en el clavo. De todas maneras, no creía que la cosa fuera tan urgente como para impedirle hacer una parada en el Maislinger y saborear un capuchino con un dulce. Mientras mordía la porción de pastel relleno de nata, pensó que de un tiempo a esta parte se había engordado unos cuantos kilos y que iba a tener que empezar a hacer deporte si quería estar en condiciones de seguir persiguiendo a los ladrones. Pero ¿qué ladrones?, se preguntó acto seguido. En Hallstatt se cometía algún que otro robo a domicilio y había carteristas, sobre todo en verano, por el aflujo de turistas, y también, aunque más raramente, peleas, pero en veinte años de carrera no había tenido que correr ni una sola vez detrás de nadie.

Después de aquel placentero paréntesis, se puso en marcha hacia la clínica Dreissinger. El dueño del hotel no sólo había reconocido al hombre de la foto, sino también a la persona con la que se había ido esa mañana: Strauch. Un tipo del pueblo que trabajaba de enfermero en la clínica. Reger lo conocía de toda la vida. Subió la empinada callejuela de nuevo con una sonrisa en los labios: la mañana estaba resultando mucho más estimulante que en los días normales.

Al entrar en la habitación, Servaz miró la cama que había al lado de la suya: la suya se encontraba cerca de la puerta y la otra, cerca de la ventana. «Una cama de niño...» Estaba claro que alguien la ocupaba, porque la sábana y la manta estaban retiradas y conservaban las marcas de un cuerpo, pero, por el momento, no había nadie.

Lanzó una breve ojeada a las ramas que se agitaban suavemente al otro lado de la ventana, arañando el cielo gris, a las hileras de coches del parking y después —en cuanto la persona que lo había acompañado se hubo marchado— se encorvó y sacó el pequeño teléfono de prepago del calcetín. Se había imaginado que le quitarían el teléfono; el suizo no podía depositar en él más que una confianza limitada... y temporal. Paseó la mirada por la habitación, y al ver una segunda puerta, la empujó: un cuarto de baño minúsculo con una taza de váter. Levantó la tapa de la cisterna y la dejó caer, antes de volver a la habitación.

Había una hilera de luces encima de la cama.

Se acercó a la cabecera y alargó un brazo. Pasó la mano por encima y detrás de la estructura de plástico, que sostenía un montón de tomas eléctricas, y encontró un espacio hueco junto a la pared. Después de comprobar que el aparato estaba en silencio y que tenía cobertura, lo dejó allí y dio un paso atrás para cerciorarse de que no se veía. Luego empezó a desvestirse, tal como le habían pedido y se puso la ropa que le habían dejado preparada encima de la cama.

Reger saludó sonriendo a la mujer de la recepción. Se llamaba Marieke. La conocía bien porque ambos jugaban en el mismo club de bridge. Marieke estaba divorciada y criaba sola a sus dos hijos.

—¿Qué tal están los chavales, Marieke? —preguntó—. ¿Matthias aún quiere ser policía?

El mayor tenía doce años y soñaba con vestir un día el uniforme del cuerpo... o seguramente cualquier uniforme, con tal de que tuviera botas, un cinturón, un arma y la autoridad que se le supone.

—Está con gripe en la cama —respondió ella.

—Vaya.

Marieke era una rubia bonita y un poco entrada en carnes, con la que Reger había mantenido una breve relación después de su divorcio. Deslizó por encima del mostrador la foto que le había enviado la policía francesa.

—Dime, ¿tenéis algún paciente que se le parezca?

—Sí, ¿por qué? —preguntó, un poco incómoda, Marieke.

—¿Cuándo ha ingresado?

—Esta mañana.

Eso confirmaba el testimonio del hotelero, constató Reger, cada vez más entusiasmado.

—¿Y tienes el número de su habitación?

La mujer consultó el ordenador y se lo dio.

—¿Con qué nombre ha ingresado?

—Dupont.

Su entusiasmo aumentó todavía más. Un nombre francés.

—Avisa al doctor Dreissinger, por favor —pidió, sacando el teléfono móvil, que se puso a sonar sin darle tiempo a hacer nada más—. ¿Diga? —respondió, contrariado.

Escuchó unos segundos.

—¿Un accidente...? ¿Dónde...? ¿En Hallstättersee Landesstrasse...? ¿Dónde concretamente...? ¿Es grave...? Ahora mismo voy.

Colgó el teléfono y miró a Marieke con impotencia.

—Dile al doctor que volveré a pasar. Ahora tengo que irme.

—¿Es grave? —preguntó ella.

—Bastante. Hay un camión y dos coches implicados, y un muerto.

—¿Son de aquí?

—No lo sé, Marieke.

En las lentes de los prismáticos aparecían con nitidez las ventanas de la clínica. Eran anchas y altas y ocupaban todo ese lado de la fachada de las habitaciones, de tal forma que, donde las persianas no estaban bajadas, se distinguía también el interior de los cuartos, iluminados con fluorescentes pese a que era de día. Aquellos en los que no había luz debían de encontrarse vacíos, dedujo.

Jiri contó una media docena de habitaciones ocupadas, por lo menos de ese lado. El Lada estaba aparcado a unos cincuenta metros de la clínica, junto al muro de piedra que sobresalía ligeramente. Sentado frente al volante, paseaba los prismáticos de una habitación a otra. De repente, los detuvo. El policía francés. En una ventana de la planta baja. Había estado a punto de pasarla de largo, porque había visto la primera cama vacía y el policía se encontraba en segundo plano, en otro lecho.

Examinó la primera. «Una cama de niño...» El interés de Jiri aumentó de forma exponencial.

Miró los coches del parking, con nieve en el techo, y después se volvió, preguntándose dónde estaría Kirsten. Había intentado comunicarse con ella tres veces con el teléfono de prepago, pero no respondía. ¿Y Gustav? ¿Y Hirtmann? Todos se habían esfumado de repente. No podía quedarse quieto. Ardía en deseos de ver a Gustav. Debía reconocer que lo reconcomía la preocupación. Sospechaba que lo vería directamente en la mesa de operaciones, de camino ya hacia otros territorios no muy alejados de los que había conocido durante el coma. Aquella imagen lo asustaba mucho más que su propia presencia en el mismo lugar y que su propia anestesia: él había regresado de una esfera mucho más lejana.

Con todo, quería tener la certeza de que iba a despertar. Para saber que la operación había culminado con éxito. Comprobar que su hijo estaba vivo.

Su hijo.

Una vez más, ahuyentó esa idea. Era demasiado extraño pensar en Gustav en esos términos. Ese niño que se había introducido en su vida sin que nadie le hubiera consultado. De manera muy injusta, a veces pensaba en él como en un cáncer, que crece en silencio dentro de uno hasta que llega el día en que no puede seguir ignorándose su presencia. ¿Qué iba a pasar después? ¿Si la operación iba bien, si Gustav y él salían con vida? ¿Hirtmann los dejaría marcharse juntos? Seguro que no. Tendría que quitarle al pequeño por la fuerza si lo quería tener con él. Pero ¿era eso lo que quería? De todas maneras, después de la operación se sentiría demasiado débil para tomar cualquier iniciativa. ¿Dónde estaba el suizo? ¿Por qué no se dejaba ver?

Después pensó que debía de estar en algún lugar de la clínica con Gustav, viendo cómo lo sometían a los mismos exámenes que a él.

Llamaron a la puerta. Ésta se abrió y entró el enfermero rubio. Esta vez no llevaba el gorro amarillo.

—Venga —dijo.

Francamente, aquélla parecía su palabra preferida.

—Vamos a empezar con un electrocardiograma y una ecocardiografía torácica —le explicó, ya en el pasillo—, para detectar cualquier posible afección cardíaca. A continuación, como me han dicho que es usted fumador, le haremos una radiografía de tórax y seguiremos con una ecografía abdominal para examinar la vesícula y medir el tamaño del hígado. Para acabar, se reunirá con el anestesista. En total, van a ser unas cuantas horas. ¿Lo aguantará bien? —preguntó el enfermero, mirándolo.

—¿Cuántos pacientes hay aquí en este momento? —quiso saber Servaz.

Iba siguiendo al enfermero y se sentía tremendamente ridículo: desnudo bajo la bata de hospital abierta por detrás, con un gorro de papel y una especie de bolsas de plástico en los pies.

—Unos diez.

—¿Y eso es suficiente para mantener un centro como éste? —preguntó, extrañado.

—Con lo que se les factura, puede estar seguro de que sí —respondió el enfermero rubio, sonriéndole.

. . .

Le entregaron el paquete al volver al hotel. El dueño lo había sacado de debajo del mostrador mientras le decía: «Han traído esto para usted.» Subió a la habitación, lo desenvolvió, abrió la caja y luego desplegó la tela que había dentro. El arma venía rodeada de una película plástica grasienta. Una pistola semiautomática Springfield XD. Un arma croata, ligera y fiable. Y tres cargadores de quince cartuchos de nueve milímetros.

Lo volvieron a llevar a su habitación hacia las cuatro de la tarde. Abrió la maleta de inmediato. La habían registrado. Sus cosas no estaban tal como las había dejado. No se habían tomado siquiera la molestia de disimular. Aprovechando su ausencia, debían de haber hecho lo mismo con su ropa. Se acercó al armazón de plástico situado encima de la cama y pasó la mano por detrás. El teléfono seguía allí.

Fue a mirar por la ventana. Por encima de las montañas, llegaba una gran masa de nubes. Ya habían dejado caer sobre el paisaje un velo sombrío y descolorido, y del lago se elevaban unas fumarolas, como si un incendio gigantesco ardiera bajo la superficie.

Iba a nevar. Se notaba en el aire.

Se volvió cuando oyó que abrían la puerta.

Servaz miró la camilla que colocaban junto a la cama de niño. Después vio que el enfermero invitaba a Gustav a pasar de la una a la otra. El enfermero sonrió al pequeño una vez que se hubo trasladado. Después lo tapó con la sábana y la manta, le chocó la mano y salió. En su lugar apareció enseguida otra figura que surgió del pasillo.

—Hola, Martin —dijo Hirtmann.

Sintió que se le erizaba el cabello. El gigante suizo llevaba una barba de cuatro días, tenía los párpados enrojecidos y una expresión sombría, ausente y preocupada. «Poseído.» Ésa fue la palabra que le vino a la mente a Servaz. Poseído por un pensamiento secreto. De repente se notó sofocado; lo atribuyó a la temperatura que reinaba en el cuarto, aunque sabía que, en realidad, era otra cosa.

Había reconocido en el suizo la misma inquietud que él mismo experimentaba. ¿O había algo más? ¿Otros motivos? De pronto, se puso en guardia. Hirtmann pasó por su lado y miró hacia la calle, por la ventana. Fuera la luz declinaba.

—¿Qué ocurre? —preguntó.

El suizo no le respondió. Lo rodeó por el otro lado y, cuando estuvo junto a Gustav, le acarició el cabello rubio. Por un instante, Servaz sintió la dentellada de los celos, al ver la confianza con que el niño le sonreía. Después, Hirtmann levantó la vista hacia él y entonces sintió como si un dedo helado le recorriera la columna: Julian Hirtmann tenía miedo de algo, o de alguien. Aquélla era la primera vez que Servaz percibía el temor en aquellos ojos y ese espectáculo lo sobrecogió de una forma como nunca le había ocurrido con otras miradas. En ese instante comprendió que no se debía sólo a la incertidumbre por el desenlace de la operación. Advirtió que el suizo se acercaba a la ventana para volver a mirar, antes de bajar la persiana.

Algo pasaba... allí fuera.

Kirsten se encontraba cerca de la iglesia católica, con los prismáticos encarados hacia el Lada. El espía estaba siendo espiado, por así decirlo. Aunque veía el coche por detrás, distinguía perfectamente al tipo que había sentado delante y que miraba a su vez hacia la clínica con unos prismáticos.

Desplazó los suyos hacia la nuca del ocupante de al lado. Tenía la Springfield XD colocada entre la cintura y los riñones, bajo el abrigo. Después centró la atención en la clínica: la ventana de Martin. Se quedó de piedra. Julian Hirtmann acababa de aparecer enmarcado en la ventana, mirando hacia fuera. Vio a Martin de pie detrás de él y a Gustav en la cama. Notó que se le aceleraba el pulso. La luz de la habitación formaba una mancha amarilla en la nieve del aparcamiento, que se volvía azulada con la proximidad de la noche.

Después Hirtmann bajó la persiana y la habitación desapareció de su vista.

Apartó los prismáticos. Un poco más allá, el tipo del coche había hecho lo mismo. No cabía duda de que había estado observando la misma ventana.

Kirsten se planteó qué le convenía más hacer.

Eran las cuatro y media. Al cabo de poco, ya no se vería casi nada.

Reger miró cómo se alejaban las últimas ambulancias por la Hallstättersee Landesstrasse en medio del torbellino incendiario de sus luces. ¡Menudo caos! Una pesadilla de chapa aplastada y cuerpos mutilados, de vidas destrozadas, de destellos cegadores, de mensajes que crepitaban como bengalas en las radios y de chirridos estridentes... emitidos por las sierras de desencarcelamiento. Ahora que por fin el silencio había regresado y que sólo quedaban como recuerdo de aquel infierno unas cuantas manchas de aceite y de sangre en el asfalto y algunas marcas de neumático, notó los primeros síntomas de una migraña que se anunciaba terrible.

Por suerte, ni el conductor del Ford, fallecido en el acto, ni los otros tres pasajeros heridos de gravedad eran conocidos suyos. Iba a tener que hacer un informe. Aún le temblaban las piernas. El conductor del camión iba demasiado deprisa y había perdido el control del vehículo, que había patinado sobre el hielo hacia el carril de la izquierda, donde había chocado frontalmente con un Ford que llegaba en dirección contraria. El BMW que iba detrás —y que, según había observado, conducía un pastor— se había empotrado a continuación contra el Ford. Era un milagro que sólo hubiera habido un muerto...

De pronto, se acordó de lo que había estado haciendo esa mañana, antes del accidente. Había interrumpido la investigación en la clínica para ir allí. Menudo día, Dios mío... Siempre pasaba lo mismo. Días y días sin nada que sirviera siquiera de distracción y, de repente, todo llegaba de golpe, como una granizada.

Se volvió a acordar de la clínica y lo asaltó una duda espantosa. ¿Y si el tipo había aprovechado para escapar? ¿Cómo iba a quedar ante sus colegas franceses? En cierto modo, era la reputación de la policía austríaca lo que estaba en juego, se dijo. Se puso en marcha hacia allí sin pasar siquiera por la comisaría. Sacó el teléfono y llamó a Andreas, un antiguo miembro de la Bundespolizei de la Baja Austria, con décadas de experiencia a su espalda, para exponerle la situación.

—¿Y quién es ese tipo? —preguntó, perplejo, Andreas—. ¿De qué lo acusan?

Reger tuvo que admitir que el policía francés no había sido muy explícito sobre ese punto. Sí lo había sido, en cambio, sobre la necesidad de no dejar sin vigilancia al paciente.

—Ven a la clínica —le pidió—. Organizaremos turnos de vigilancia delante de su puerta para asegurarnos de que no salga de la habitación o, si sale, para que lo sigas de cerca. En ningún caso debe abandonar el centro —añadió—. ¿Está claro? Haré que te releve Nena dentro de unas horas.

—¿Y no puede escapar por la ventana?

—Lo he comprobado. Las ventanas de la planta baja están todas cerradas con llave.

—Muy bien, pero ¿y ese policía francés no te dijo qué quería? —insistió Andreas.

En ocasiones, Reger encontraba exasperante a su compañero... sobre todo cuando le hacía preguntas que él mismo habría debido formularse.

—Me dijo que me lo explicaría todo cuando estuviera aquí, que es un caso complicado.

—Aaah. Un caso complicado... De acuerdo. Pero ¿lo podemos detener o no?

Reger lanzó un suspiro y apretó el botón rojo del móvil.

—Está allí —dijo Espérandieu, al tiempo que colgaba.

Eran las cinco de la tarde. Samira hizo girar el asiento hacia él.

—Ha dormido en un hotel —la puso al corriente—. Después, ha hecho la maleta y se ha ido con otro hombre.

Samira mantuvo un silencio expectante.

—Pero el dueño del hotel ha reconocido a ese hombre, porque es del pueblo. Se llama Strauch y trabaja de enfermero en una clínica...

—Una clínica —repitió ella, reflexionando.

Vincent asintió con la cabeza.

—Ese tal Reger acaba de interrogar a una persona de la clínica. Martin ha ingresado allí esta mañana.

—¿Qué hacemos?

—Nosotros nada —respondió—. Yo, por mi parte, pido un día libre y me voy a ver a Martin... Le he pedido que lo sometan a vigilancia hasta que yo llegue.

Samira frunció el ceño.

—¿Qué piensas hacer?

—Convencerlo para que vuelva y se entregue. Y hablar con él.

—Después de lo que pasó ayer —dijo Samira, en alusión al incidente que se había propagado por toda la sede de la policía de Toulouse, donde casi no se hablaba de otra cosa—, ¿crees que es culpable de la muerte de Jensen?

—Por supuesto que no.

—¿Y si se niega a escucharte?

Vio que dudaba.

—Hago que la policía austríaca lo detenga —respondió él, de mala gana.

—Van a pedirte una solicitud oficial...

—Les diré que se la haremos llegar, pero que, mientras tanto, Martin no puede permanecer en ningún momento sin vigilancia.

—¿Y qué pasará cuando se den cuenta de que no les llega nada?

—Ya veremos. Entonces yo ya estaré allí. Y, además, deben de haber recibido la notificación roja de la Interpol, aunque me extrañaría que la consultaran a diario.

Estaba escribiendo algo al teclado.

—¡Mierda! —exclamó.

—¿Qué pasa?

—No hay vuelos Toulouse-Viena con escala en Bruselas hasta dentro de tres días, y lo mismo ocurre con los de Toulouse-Salzburgo y Toulouse-Múnich.

—Podrías pasar por París.

—Con el tiempo que me llevaría llegar a París, hacer la escala y después el trayecto de Viena a Hallstatt en coche de alquiler, me saldría más a cuenta ir en mi coche.

—No llegarás hasta mañana —señaló ella.

—Exacto. Razón de más para marcharme ahora mismo.

Se levantó y cogió la cazadora.

—Mantenme al corriente —le pidió Samira.

• • •

Marieke miró alternativamente a Reger y a su colega, el policía larguirucho de cara sonrojada. Acababan de preguntarle dónde se encontraba el francés.

—En la sala de operaciones —respondió—. Están operándolo.

—¿No puede interrumpirse la operación?

—¿Estás de broma? Le han puesto anestesia general. Tardará varias horas en despertarse.

Roger frunció el ceño. Vaya lío que estaba formándose... Aquello no lo había previsto. ¿Qué debía hacer? Después pensó que en realidad no cambiaba demasiado las cosas. El policía francés tardaría varias horas en recuperar el conocimiento y, así, por lo menos, no había peligro de que se diera a la fuga.

—Tú quédate delante de la puerta de la sala de operaciones —ordenó Reger a Andreas—. Después, acompañas a ese... eh... Servaz... a la sala de reanimación y, luego, a su cuarto...

Reger había regresado a la comisaría, un inmueble que se correspondía a la perfección con la imagen que Espérandieu se había formado de él: de no ser por la rampa de acceso para minusválidos, cualquiera diría que era un chalet alpino. No faltaban ni las macetas en las ventanas. Reger saludó alegremente al empleado municipal que limpiaba la nieve de delante de la rampa.

En cuanto hubo entrado, llamó al policía francés. Oyó un ruido ligero de fondo cuando éste respondió.

—Estoy de camino —dijo Vincent—. ¿Lo han puesto bajo vigilancia?

—Está en la sala de operaciones, anestesiado —contestó Reger—. De todas formas, he puesto a un hombre para que monte guardia. ¿Qué es exactamente lo que ha hecho? Me ha dicho que es un criminal reclamado por la justicia. Pero eso es un poco vago...

—Es sospechoso de haber disparado contra otro hombre —contestó Espérandieu—, contra un violador reincidente.

—Ah. ¿Y han emitido una orden de arresto internacional? —quiso saber el policía austríaco.

—Las órdenes de arresto internacionales no existen —lo corrigió su interlocutor. Se produjo un segundo de silencio—. Aunque sí hay una notificación roja de la Interpol.

—En ese caso, voy a pedir la ayuda de la Bundespolizei de Salzburgo para detenerlo —decidió el austríaco.

—No, no haga nada hasta que haya llegado yo —intervino el francés—. Ese hombre no representa ningún peligro para nadie. Deje que yo me ocupe de él.

Reger puso cara de extrañeza al teléfono. Cada vez entendía menos todo aquello.

—Como quiera —concedió al final.

Sin embargo, estaba decidido a ponerse en contacto con sus superiores en cuanto hubiera colgado.

Marieke se había equivocado. Servaz no estaba anestesiado. Todavía no. Sí estaba, con todo, tendido en la mesa de operaciones, respirando en una mascarilla de oxígeno, con una aguja intravenosa en el brazo, listo para recibir la inyección, ansioso, inseguro, desconcertado. A su alrededor, el equipo médico se afanaba y los monitores le controlaban la presión arterial, la presión venosa central y la temperatura.

Si volvía la cabeza, podía ver a Gustav, dormido ya en la mesa de operaciones contigua, con el cuerpo mantenido a la temperatura idónea por medio de una manta y un colchón de calentamiento por aire forzado. Distinguía todos los artilugios de brujería moderna dispuestos alrededor del niño: monitores idénticos a los suyos, bolsas de transfusión, tubos transparentes y vías sujetas con esparadrapos, jeringas dosificadoras y cojines de protección. En uno de aquellos tubos, la sangre de Gustav luchaba por escaparse.

Tragó saliva.

Las drogas empezaban a hacerle efecto y el intenso estrés que había sentido durante los primeros minutos dejaba paso a una sensación anormal de bienestar... anormal, teniendo en cuenta el entorno rigurosamente hostil en el que se encontraba. Un último fogonazo de lucidez le dijo que aquella sensación era engañosa, falsa, y que no debía fiarse de ella, pero poco a poco la clarividencia también se esfumó.

Servaz volvió a mirar la mano del pequeño, en el punto donde distinguía la sangre que trataba de escapar hacia el tubo. Siempre ocurre lo mismo: «La sangre lucha por salir.» Roja sobre la piel blanca, roja en el tubo transparente. Roja. Roja. Roja como la de un caballo decapitado, roja como el agua del baño de una astronauta que se ha cortado las venas, roja como su propio corazón perforado por una bala y que, sin embargo, aún late.

Roja...

Roja...

De repente se sentía bien. Perfecto. Es el final, como dice Espérandieu. No, no lo dice, lo canta. «*This is the end, my friend.*» Bueno, adelante. Es el final... Gustav, el hijo de Kirsten. No, no es de ella. Gustav, el hijo de... ¿de quién era?

Se le estaban cruzando los cables.

Su cerebro hacía un falso contacto.

«Roja...»

Como el telón que cae al final.

—¿Dónde están? —preguntó Rimbaud.

En Toulouse, Stehlin miraba al comisario de la IGPN. Estaba pálido, muy pálido. El director de la Policía Judicial repasaba sin duda la película de una carrera hasta entonces impecable, siempre en ascenso. No obstante, la mancha que estaba extendiéndose sobre su currículum borraría todos aquellos años de servicio buenos y leales. Pronto sería sólo eso lo que verían, ya no se acordarían de nada más. Tantos años de esfuerzo, ambición, compromiso, barridos en un solo día, como un ciclón que devasta en pocas horas un paraíso de tierras costeras.

—No lo sé —admitió.

—¿No sabe dónde se encuentra Servaz? ¿No tiene ni la menor idea de adónde ha podido ir?

Silencio.

—No.

—¿Y esa policía noruega, Kirsten...?

—...Nigaard. Tampoco.

—Uno de sus hombres es un asesino y se ha dado a la fuga, y esa policía noruega que debía colaborar con él ha desaparecido también. ¿No le preocupa? —El tono era mordaz.

El director de la Policía Judicial tenía el rostro del color de la leche cuajada.

—Lo siento, hacemos todo cuanto está en nuestras manos para localizarlos...

Rimbaud soltó un bufido.

—Todo cuanto está en sus manos —ironizó—. Uno de sus policías abatió a un hombre a sangre fría. Usted alberga a un asesino entre sus filas. Este departamento es una auténtica calamidad, una vergüenza, un ejemplo incluso de todo aquello que no funciona en la policía... y puesto que es usted quien lo dirige, toda la responsabilidad recae sobre sus hombros —sentenció Rimbaud con frialdad—. Va a tocarle rendir cuentas, no le quepa duda. Mientras tanto, haga todo lo posible por encontrarlo —añadió, levantándose—. Procure al menos hacer eso correctamente.

En cuanto se hubo ido el inspector, Stehlin descolgó el teléfono y llamó a Espérandieu. Él era quien mejor conocía a Martin. Le respondió la voz de Samira:

—Jefe...

—¿Samira? ¿Dónde está Vincent?

La agente tardó un poco en responder.

—Se ha tomado el día libre.

—¿Cómo?

—Que se ha tomado el día libre para...

—¿El día libre? ¿Justo ahora? ¡Localízamelo! Dile que quiero hablar con él. ¡Ahora mismo!

Jiri apagó la radio, que, sintonizada en un canal de música clásica, emitía desde hacía horas sinfonías, conciertos y cantatas en bucle.

—Vuelva a ponerlo —ordenó Zehetmayer a su lado.

—No. Mientras yo esté en este coche, no —contestó Jiri—. La música clásica es un coñazo.

Con satisfacción se fijó en que el viejo casi se asfixiaba de indignación a su lado: empezaba a estar cansado de ese director de orquesta. Jiri tenía los prismáticos en el regazo. Ya no había nada que ver: las tinieblas de la noche se habían instalado en torno a la clínica y, aunque la persiana volvía a estar subida, no había nadie en la habitación. Todo indicaba que la operación había empezado; habían llevado al poli y al chaval a quirófano. Esperaría a que regresaran para atacar, cuando estuvieran inconscientes, incapaces de reaccionar... Ni siquiera el policía podría, en su estado, ofrecerle resistencia.

¿Dónde debía de estar Hirtmann?, se preguntó. En el quirófano seguramente. Con los demás... Siguiendo la operación... Según su informador, ese chiquillo era la niña de sus ojos.

La situación parecía perfecta, pero, sentado en la penumbra del Lada, Jiri no se sentía seguro del todo. No le gustaba eso de no ver al suizo, porque le creaba la desagradable sensación de que no lo tenía todo controlado. No le gustaba tener que estar vigilando constantemente lo que ocurría a su espalda. Lo más inquietante era que, durante todo el día, había tenido la impresión de que el suizo sabía que estaban allí, de que jugaba a esconderse y a aparecer, de que, en lugar de ser el gato, ellos eran los ratones.

Trató de tranquilizarse y miró alrededor del coche. Tenían todas las cartas en la mano y, además, contaban con una baza especial. Cerró los ojos un instante y se imaginó degollando al suizo con un corte limpio que hacía brotarle la sangre de las carótidas. Le iba a demostrar quién de los dos era el mejor.

El director de orquesta tosió a su lado. Eso era siempre indicación de que iba a decir algo. Jiri prestó atención, medio distraído.

—Puedo transferir el resto del dinero a «K» —comentó Zehetmayer, al tiempo que cogía el teléfono—. Ya ha cumplido con su parte.

En Bergen, Kasper Strand pasó por delante de las fachadas iluminadas del complejo de restaurantes y de bares de Zachariasbryggen, situado en medio del puerto, después de haber bajado a pie la colina donde vivía —la del funicular— por Øvre y Nedre Korskirkeallmenningen. Se desvió un centenar de metros antes del mercado de pescado y atravesó la gran explanada de adoquines relucientes en dirección al pequeño pub que había al otro lado de la avenida Torget. El último que quedaba abierto. En Bergen, los restaurantes y los bares cerraban temprano.

Caía una lluvia fina, microscópica casi, que no se había movido de la ciudad y de las colinas desde hacía días. Igual de tenaz que el sentimiento de culpabilidad que no lo abandonaba ni un minuto desde que había decidido vender la información que le entregaba Kirsten Nigaard.

Por mucho que se dijera que no había tenido otra opción, no lograba disipar la impresión cada vez más opresiva de ser un mierda. De haber vendido su alma. Y por varias decenas de miles de coronas, además. Entró en el pub frecuentado en exclusiva por bergeneses de pura cepa. La barra estaba a la izquierda de la entrada, y había unas mesitas apelotonadas a la derecha, y una sala minúscula al fondo. Una clientela macilenta y febril. Las mujeres tenían todas aspecto de cansancio e iban demasiado maquilladas. La proporción era de una por cada tres hombres, más o menos.

—Hola —dijo Kasper.

—Hola —saludó el periodista.

Un joven de apenas treinta años, pelirrojo, con un aire a comadreja o zorro. Unos ojos azules muy claros y un poco saltones, que no se despegaban de su interlocutor, al igual que la sonrisa, que nunca desaparecía de sus labios. Kasper se preguntó si seguiría manteniéndola el día de su muerte.

—¿Estás seguro de que Hirtmann ha vuelto a aparecer? —preguntó sin preámbulos.

—Sí —mintió.

De todas maneras, al recordar la voz de Kirsten y sus silencios, tuvo el convencimiento de que no era una mentira.

—Joder, con esto voy a hacer un artículo increíble —se regocijó el periodista—. ¿Y dices que él ha criado a ese niño, Gustav, como a su propio hijo?

—Eso es.

—¿Y dónde están ahora?

—Pues... en Francia —respondió—. En la zona suroeste...

—El niño, Hirtmann y tu colega, que les sigue la pista, ¿no?

El joven tomaba notas.

—Eso es.

—Madre mía, el asesino en serie que salva a un niño de la muerte y al que persigue una policía de nuestro país. No podemos esperar más. Saldrá mañana.

—¿Mañana?

—Mañana. Toda una sección dedicada al asunto.

Kasper tragó saliva.

—¿Y mi dinero?

El joven miró a su alrededor antes de darle un sobre que sacó del abrigo.

—Está todo. Veinticinco mil coronas.

Kasper miró al joven mocoso que no se tomaba ni siquiera la molestia de disimular el desprecio que le inspiraba el policía de Bergen. Por un instante, éste estuvo tentado de rechazar el sobre, de exculpar su conducta. «Mentira», pensó. Trataba de engañarse a sí mismo. Hacía mucho que había renunciado a cualquier dignidad.

Observó el sobre. El precio de la traición. Por haber renunciado a la deontología, al honor. Por haber vendido información a la prensa noruega. Por haber transmitido de manera sistemática a un periodista todo lo que Kirsten Nigaard le contaba por teléfono. Se lo metió en un bolsillo de la chaqueta húmeda, se levantó y volvió a salir a la lluvia.

En Toulouse, Stehlin no conseguía conciliar el sueño. No tan sólo porque había vivido el día más horroroso de su vida profesional, sino también porque —por si con aquello no era suficiente— aún había ocurrido algo más, poco antes de que regresara a su casa, en Balma, abatido y atontado.

Cuando bajó a la cocina para tomar un vaso de agua, hacia las cinco de la madrugada, volvió a rememorar la llamada que había recibido poco antes de las siete de la tarde.

—La policía noruega al teléfono —le había anunciado su secretaria, con aquella voz que le recordaba a la de su madre—. Yo me voy. Buenas noches.

Una voz que le decía, sin especificarlo: «Es tarde. Todavía estoy aquí, sacrificando mi vida familiar para estar a su disposición. Espero que se dé cuenta.»

Después de agradecérselo y de desearle también buenas noches, se había puesto al aparato. En realidad, no era el Kripos, sino un servicio que —por lo que había comprendido— era el homólogo de la IGPN francesa. En el otro extremo de la línea hablaba, pues, con voz áspera, una especie de Rimbaud noruego.

—Kirsten Nigaard, ¿le dice algo ese nombre? —preguntó.

—Por supuesto.

—Estamos tratando de ponernos en contacto con ella desde ayer. ¿Sabe dónde está?

Stehlin había lanzado un suspiro.

—No.

—No puedo creérmelo... Necesitamos que regrese a Noruega lo antes posible.

—¿Puedo saber por qué?

El hombre dudó un momento antes de responder.

—Se la acusa de haber... agredido a una pasajera en un tren...

—¿Cómo?

—A una tal Helga Gunnerud, en el trayecto nocturno de Oslo a Bergen.

—¿Agredido, dice? —había preguntado el director, con creciente perplejidad.

—Por lo visto le dio una paliza. A la víctima tuvieron que llevarla al hospital. Tardó un tiempo en decidir si la denunciaba porque su agresora le había dicho que pertenecía a la policía y temía las consecuencias. Esta tal Helga explicó que había subido al tren en la estación de Finse y que habían empezado a hablar tranquilamente, pero que en un momento dado la policía se puso agresiva. Entonces Helga se mostró algo impertinente, reconoce que se le sube la sangre a la cabeza con facilidad, y comenzaron a insultarse. Luego Kirsten Nigaard se abalanzó sobre ella y la golpeó, repetidas veces...

Stehlin no daba crédito a lo que oía. La guapa noruega, tan fría y distante, la misma que había estado en su despacho, había golpeado a otra mujer hasta dejarla sin conocimiento... Era absurdo.

—¿Está seguro de que no se lo ha inventado? —preguntó por teléfono.

—Como comprenderá, hemos llevado a cabo una investigación —replicó el noruego, con un asomo de irritación en la voz—. Y me temo que hay demasiados elementos que señalan a Kirsten Nigaard. Yo soy el primero en lamentarlo, créame. Qué historia... Seguro que pronto saldrá en los periódicos, porque esa tal Helga parece demasiado indiscreta para permanecer callada. Otra mancha para la reputación de nuestra policía... Así que ¿no sabe dónde está Nigaard en este momento? —había insistido finalmente el noruego.

Stehlin había tenido que reconocer, desolado, que no sabía nada, que había desaparecido sin más... y también que allí mismo, en Toulouse, tenían otros problemas por resolver.

—Cualquiera diría que el mundo se ha vuelto loco —comentó curiosamente el noruego, como colofón.

Sí, corroboró para sí mismo Stehlin mientras se bebía el vaso de agua, apoyado en la encimera de la cocina. Martin huido de la justicia, sospechoso de asesinato, y aquella policía noruega, que, según parecía, sufría de alguna psicopatología... Sí, cualquiera diría que el mundo se había vuelto loco.

Espérandieu cruzó la frontera austríaca dos horas antes de lo que había previsto. Había conducido deprisa, sin preocuparse de los radares ni de las patrullas. Después de atravesar como un bólido Suiza y Alemania, recorría sin aminorar la marcha el Salzkammergut en dirección a Hallstatt. Había empezado a nevar otra vez, pero, por el momento, las carreteras seguían siendo transitables. Los faros de su coche horadaban la oscuridad, no tan solitarios como habría imaginado, porque aquélla era la hora en que los habitantes del Salzkammergut se desplazaban a su lugar de trabajo y en que los camiones iniciaban las rutas de reparto. Estaba cada vez más nervioso. No sabía con qué iba a encontrarse allí. Iba a tener que convencer a Martin de que volviera, de que se entregara. Era la única opción razonable. Habían llegado al límite del camino. No estaba seguro de que Martin fuera a escucharlo. Tenía, además, otra sospecha: la sensación de llegar demasiado tarde. Pero ¿demasiado tarde para qué?

44

El cebo

Todo fue un desastre desde el principio. Caían unos copos gruesos, esponjosos y livianos cuando Jiri se puso en marcha. Salió del Lada y se escabulló en el amanecer inquieto. Un ejército de nubes cargadas de nieve vagaba por encima de la clínica.

Eran las 8.10 horas de la mañana, y el cielo se resistía a despejarse. Los enfermeros habían subido al policía y al niño a la habitación, ahora de nuevo iluminada. Jiri lo sabía porque había visto cómo trasladaban al policía con una camilla hasta la cama antes de que bajaran la persiana.

Franqueó el muro de piedra, bajó con cautela la corta pendiente helada que había entre la carretera y el aparcamiento, y luego se coló entre los coches y se encaminó hacia la entrada. Un viento glacial agitaba las ramas de los árboles.

Subió a buen paso los escalones y entró en la clínica. Conocía bien la distribución del edificio porque ya había estado dentro dos veces, la primera con un ramo de flores en la mano y la segunda sin nada: como en la mayoría de los hospitales, los «civiles» eran transparentes a los ojos del personal, siempre y cuando no penetraran en las zonas no autorizadas, como las salas de operaciones.

Rodeó la recepción y empujó la puerta de doble batiente con la actitud de quien sabe adónde va, y después giró a la derecha. Introdujo una mano en el bolsillo en el que llevaba el arma. De pequeño calibre y poco bulto. Suficiente, en todo caso. Torció a la izquierda: el pasillo...

Jiri se paró en seco.

Allí había alguien, al final del pasillo. Sentado en una silla. Delante de la puerta. Una mujer, con uniforme de policía...

«Mierda.»

Aquello no lo tenía previsto. Jiri dio media vuelta antes de que la mujer se fijara en él. Se apoyó en la pared, fuera de su vista, y se puso a pensar. Era un buen jugador de ajedrez. Mientras examinaba las ventanas de la clínica con los prismáticos, había barajado diversas posibilidades, estrategias y posibles reacciones por parte del adversario.

Se alejó en dirección contraria y llegó a la puerta que daba acceso a la escalera de servicio, subió los dos tramos y salió al primer piso. A esas horas, había bastante trajín de enfermeras por las habitaciones y los pasillos, y había carritos por todas partes. Tenía que darse prisa.

Siguió por el pasillo a toda velocidad y dejó atrás varias puertas, unas abiertas y otras cerradas, que fue contando.

«Ésa...»

Una puerta cerrada. Aguzó el oído y no oyó nada. La abrió y entró. Reconoció a la mujer con la cara envuelta en vendas en la que había reparado con los prismáticos.

No había nadie más en la habitación. Las enfermeras de la planta aún no habían llegado hasta allí.

La mujer, a la que tan sólo se le veían los ojos, la nariz y la boca, lo miró con actitud de sorpresa bajo los vendajes. Jiri caminó con aire decidido hacia ella, cogió una almohada que tenía debajo de la cabeza y se la puso encima de la cara. Después apretó. La mujer gimió bajo la almohada y las piernas se le agitaron en la manta, como las agujas de un sismógrafo.

Esperó, con los brazos estirados. Los gemidos y las sacudidas fueron disminuyendo hasta cesar del todo. Aflojó la presión.

No había tiempo que perder.

Encajó el respaldo de una silla bajo el picaporte de la puerta, regresó a la cama, retiró la sábana y la manta y cogió el cuerpo de la mujer en brazos. Era ligera como una pluma dentro de su bata de hospital. Jiri la dejó bajo la ventana, antes de abrirla. El viento, cargado de nieve, se coló en la habitación. El frío del exterior y el calor de la habitación se mezclaron como las aguas del mar y de un río en un estuario.

Cogió los cordones de la cortina y los enrolló alrededor del cuello de la mujer, dando varias pasadas.

Retrocedió para coger la sábana de la cama y, de nuevo en la ventana, anudó una punta en torno al picaporte y la otra alrededor del cuello de la mujer. Cuando hubo terminado, levantó el cadáver, que quedó suspendido por la ventana abierta, en medio del alba gris cargada de copos.

A continuación, se quitó el abrigo.

Debajo llevaba un uniforme de la policía austríaca que había comprado en el internet profundo. Cogió la silla que había encajado en la puerta, la llevó hasta el centro de la habitación, en el punto donde estaba el detector de incendios del techo, y se subió a ella.

Después sacó el encendedor.

Hirtmann se quedó quieto en el extremo del pasillo. Una mujer había relevado al tipo alto delante de la puerta de Martin. A juzgar por el uniforme, también era un agente de la policía de Hallstatt. Tenía que encontrar una manera de deshacerse de ellos. Si no, la trampa no iba a funcionar. Esos malditos policías iban a espantar la caza. Después de la operación, había dejado a Gustav en un lugar seguro, lo había encerrado detrás de una puerta de acero cuya llave sólo tenía él, en una habitación medicalizada que la clínica solía reservar para sus pacientes más destacados. Zehetmayer y su acólito debían de creer que estaba en el otro cuarto, donde él había subido y bajado varias veces las persianas. El de Martin. Allí era donde los esperaba. Pero si encontraban a un policía delante de la puerta, se irían. A menos que... No, probablemente no anularían sus planes por la presencia de un simple agente municipal.

Acababa de llegar a esa deducción cuando se activó la alarma de incendios. Mierda, ¿qué era eso? «Gustav», pensó. Se alejó de inmediato dando grandes zancadas.

Jiri se dirigía hacia la habitación del niño y del policía francés. La puerta estaba abierta. La mujer apostada en el pasillo lo miró y reparó en su uniforme.

—¿Quién es usted? —preguntó.

—Alguien ha accionado la alarma —explicó—. Una mujer se ha ahorcado en la ventana de su habitación. Me han dicho que ha sido aquí.

Vio que la policía ponía cara de extrañeza. De repente, por la puerta abierta resonó un grito. Una enfermera salió, alarmada.

—¡Hay alguien... colgado de la ventana! —exclamó.

Se fue corriendo por el pasillo. La policía la vio alejarse antes de posar en él una mirada recelosa.

—¿Quién es usted? —repitió—. No lo conozco... ¿Y qué uniforme es éste?

Jiri descargó la culata del arma contra su cráneo.

Los sonidos: penetran en su conciencia brumosa. Estridentes, desgarran la niebla dentro de su cabeza. Los párpados le tiemblan sin llegar a abrirse. Nota la luz a través de ellos... y el olor a asepsia de la habitación cuando inspira.

Parpadea varias veces, consciente del dolor que le provoca la luminosidad de la nieve en los nervios ópticos. Y de ese sonido estridente, horripilante, que resuena sin tregua por encima del ritmo regular del monitor. Había creído que estaba en su casa y que era el despertador lo que sonaba, pero no, no es eso. Es algo más fuerte, mucho más agresivo.

Abre los ojos.

Mira el techo blanco, las paredes blancas. En la pared oscila algo, una especie de sombra que se balancea, como el péndulo de un reloj, sobre las rayas blancas y grises que proyecta la persiana.

De repente, cae en la cuenta de dónde está. Y por qué.

Con la mano derecha, aparta despacio, con cuidado, la manta y luego la bata de hospital. Se ve obligado a levantar un poco las nalgas para subirse bien la bata. Ve las vendas en torno al abdomen... Nota un leve tirón. Le han abierto el vientre, le han quitado la mitad del hígado, lo han vuelto a cerrar y lo han cosido.

Está vivo...

Aún persiste ese sonido estridente. Oye que la gente corretea por el pasillo, puertas que se cierran, voces...

Vuelve la cabeza. «Hay algo ahí...», detrás de la persiana, al otro lado de la ventana... una forma que bloquea la luz gris del despuntar del día y que se balancea con suavidad, como el péndulo de un reloj. «Un cadáver... Hay un cadáver colgado detrás de la ventana.»

Presa del pánico, examina la otra cama... la de Gustav. El niño está allí. Percibe el bulto inmóvil de su cuerpo bajo la sábana y la manta con las que está tapado hasta arriba. Le dan ganas de despertarlo, para preguntarle cómo se encuentra, pero sabe que el pequeño ha permanecido más tiempo que él en la mesa de operaciones. Hay que darle tiempo.

Y esa gran sombra de ahí... Ese cuerpo... ¿De quién será?

La oscilación va volviéndose más lenta.

¿No serán las ramas de un árbol que se mueven bajo el peso de la nieve? ¿O una jugarreta que están haciéndole las drogas aún presentes en su organismo?

No, no: se trata de un cuerpo...

Se palpa la herida por encima de la venda y presiona un poco sobre ella. Después aparta la sábana y la manta y empieza a moverse. No debería hacerlo; sabe que no es buena idea. Desplaza los pies hacia el borde de la cama, se endereza despacio y se sienta, dejando que las piernas cuelguen. Nota el frío que sube del suelo al apoyar los pies en él. Se queda un segundo cabizbajo, con los ojos cerrados. ¿Está todo bien encajado ahí dentro? ¿No va a desgarrarse nada? Justo acaba de despertar, maldita sea... Tiene miedo de moverse demasiado deprisa, de romper algo en su interior, pero debe cerciorarse... averiguar qué es esa sombra que hay delante de la ventana.

Inspira. Abre los ojos y levanta la cabeza.

Se quita la pinza que tiene en la yema del índice y otro timbre empieza a sonar.

Se apoya con cuidado en la mesita de noche, se pone en pie. Muy despacio.

Aunque no le parecen muy dignas de confianza, las piernas lo sostienen. Sabe que, si cae, sufrirá lesiones irreparables. Aun así, se pone en marcha. Va hacia la ventana. Despacio. Le da la impresión de que esa sombra voluminosa, casi inmóvil ya, invade toda la habitación y se mete dentro de él y ocupa todo el espacio disponible que hay en su mente todavía brumosa.

Le trae a la memoria otra sombra parecida, semejante a una mariposa negra y maléfica, colgada de lo alto de un teleférico.

Una punzada en el abdomen le recuerda que está de pie cuando debería estar acostado, y empieza a sentir vértigo. También nota un amago de náuseas. Aun así, avanza. Un metro tras otro. Quiere subir esa dichosa persiana... ver el cuerpo que hay detrás.

Cuando por fin está llegando, oye que se abre la puerta.

—Pero ¿qué hace levantado? —exclama una voz femenina a su espalda—. ¡Venga aquí! ¡No tiene que moverse! ¡Vamos a evacuarlo! ¡Hay que evacuar a todo el mundo!

Tira de la cuerda y las láminas de la persiana ascienden lentamente.

La forma se perfila.

Se pregunta si es que no estará soñando, todavía inconsciente en la mesa de operaciones. Porque lo que ve son dos pies colgando a un metro del suelo y unas piernas, un cuerpo que flota por arte de magia en el aire. Una mujer. Levitando... Después aparece la cabeza... una cabeza de momia, envuelta en vendajes... y entonces ve la sábana que le rodea el cuello y que cuelga del piso de arriba.

La enfermera empieza a chillar detrás de él. Oye que sus pasos se alejan por el pasillo... Y esa maldita alarma, todavía es más insoportable desde que ha abierto la puerta.

Se vuelve. Acaba de entrar un hombre.

Lleva un uniforme de policía austríaco, pero tiene cara de fauno barbudo y una mirada penetrante. No le gusta esa mirada. El hombre inspecciona la habitación. Está claro que busca a otra persona.

Al ver que detiene la vista en la cama de Gustav, su desconfianza crece. Avanza hacia el intruso. Demasiado deprisa. La cabeza le da vueltas, las piernas no lo sostienen. A duras penas evita caerse, apoyándose en la pared. Tiene calor, después frío, luego calor... Abre la boca y respira. Ve cómo el hombre se dirige hacia la cama de Gustav. Estira un brazo para interponerse, pero el intruso lo empuja y esa vez cae, de espaldas. Siente un fogonazo de dolor que le traspasa el vientre y hace una mueca.

Levanta la vista hacia el hombre, que después de desenfundar el arma, desplaza un segundo la mirada hacia la puerta antes de apartar la sábana y la manta.

Se dispone a gritar, pero al ver la cara del hombre, lo comprende todo.

No necesita examinar la cama de Gustav, donde está posada con incredulidad la mirada del fauno barbudo. Después, la dirige hacia él. El hombre deja el arma en la cama, luego lo agarra por el cuello de la bata de hospital y lo levanta. Un dolor atroz le desgarra las entrañas. El hombre acerca la cara a la suya y lo sacude. Tiene la sensación de que un tigre está escarbándole el vientre con las garras.

—¡¿Dónde están?! —vocifera el hombre—. ¡¿Dónde está el niño?! ¡¿Dónde está Hirtmann?! ¡¿Dónde están?!

La puerta se abre...

45

Vivo o muerto

Vio que la puerta se abría detrás del hombre. «¡Kirsten!» Vio cómo la noruega se llevaba una mano a la zona de los riñones, sacaba un arma y apuntaba hacia ellos.

—¡Suéltalo! —gritó.

Había adoptado la posición clásica de todos los policías: piernas bien apoyadas y arma empuñada con ambas manos. Enseguida se dio cuenta de que era mucho mejor tiradora que él.

—*Fuck!* ¡Te he dicho que lo sueltes!

El hombre obedeció, y Servaz cayó de culo, con la sensación de que el abdomen iba a estallarle de dolor. Iba a palmarla de una hemorragia interna allí mismo, en el suelo de la clínica. Parpadeó varias veces para evitar que el sudor que le corría por la frente y traspasaba la barrera de las cejas le cayera en los ojos, antes de secárselo con la manga. Sintió que un nuevo Chernóbil iba a tener lugar en sus tripas.

—Soy de la policía —dijo el hombre—. Hay una mujer colgada en la ventana.

—Date la vuelta —ordenó Kirsten—, con las manos en la nuca.

—Te digo que...

—Cierra el pico. Y manos arriba.

Durante un momento de desorientación, Servaz creyó que se dirigía a él y a punto estuvo de seguirla antes de comprender que la orden iba dirigida al intruso. El barbudo la obedeció, con calma, y Kirsten se acercó a él. El arma que había dejado encima de la cama estaba tan sólo a unos centímetros de él, pero tenía las manos en la nuca.

—¿Estás bien, Martin?

Servaz asintió, aunque en el fondo tenía ganas de gritar: «¡No, no estoy bien! ¡Me duele! ¡Voy a morir!» Apretó los dientes con tanta fuerza que incluso se le resintieron las encías. De repente, se oyeron unos pasos que se dirigían a la habitación... Y una voz familiar sonó en el dintel:

—Gustav... —dijo Hirtmann.

Fue entonces cuando se inició. La situación que degenera de improviso, el encadenamiento imprevisible de los acontecimientos, la rueda que da vueltas sin parar, el tiempo que se acelera y se embala. La huida hacia delante. El caos. La entropía. Stop. La imagen que queda fija. Que se rebobina. Vio a Hirtmann, inmóvil en el umbral de la puerta, contenido en seco en su impulso. Con el rabillo del ojo, captó el error de Kirsten, la fracción de segundo en que se distrajo, el instante funesto durante el cual el cañón de su arma se desvió ligeramente de su objetivo. Para un hombre como el fauno barbudo, una fracción de segundo era tiempo de sobras. Una fracción de segundo era el tiempo que mediaba entre la vida y la muerte.

No lo aprovechó para precipitarse hacia el arma de la cama, tal como habría hecho una persona menos experimentada, no. No era tan estúpido. De manera instintiva, supo que no le daría tiempo y que lo que debía hacer era apoderarse de la otra pistola... la que lo amenazaba.

Aprovechando la confusión que había causado la aparición del suizo, se abalanzó sobre Kirsten y, torciéndole la muñeca con violencia, logró quitarle la Springfield XD. Apuntó el cañón hacia la puerta, utilizando a la policía como escudo, pero no llegó a apretar el gatillo: allí ya no había nadie.

Hirtmann se había esfumado.

De todas formas, hizo girar sobre sí a la noruega, sin dejar de torcerle el brazo, y le murmuró al oído, apoyándole el cañón del arma en la sien, cerca de las mechas rubias de raíces morenas:

—Y ahora, vamos a salir de aquí.

• • •

Servaz los vio abandonar la habitación. Trató de levantarse, pero las piernas apenas lo condujeron hasta la cama, donde se derrumbó. Le ardía el vientre y estaba empapado en sudor. El corazón le latía desbocado. Se levantó la bata y miró la venda que le rodeaba el abdomen. Una flor roja se abría encima del tejido.

—¿Adónde vamos? —preguntó ella.

—Hay una salida de emergencia justo ahí —dijo Jiri, señalando la puerta metálica del extremo del pasillo—. Vamos a salir por ella.

—¿Y después?

No respondió y siguió empujándola hacia adelante, volviendo con frecuencia la cabeza hacia el lugar donde se habían reunido varias enfermeras y médicos. El grupo se mantenía a cierta distancia y los miraba como si fueran los zombis de «The Walking Dead». La policía que había hecho guardia en la puerta de la habitación de Martin estaba entre ellos. El golpe que le había propinado Jiri le había ocasionado un gran hematoma en la sien.

Sin embargo, éste no veía ni rastro de Hirtmann...

—Yo soy de los vuestros —dijo de repente Kirsten, con una voz tan baja que le costó oírla.

—¿Cómo?

—Soy yo la que le ha ido pasando toda la información a tu jefe —anunció, más fuerte—. Lo habéis encontrado gracias a mí, joder. Suéltame.

Con todo, él siguió empujándola hacia la puerta mientras lanzaba miradas continuas hacia atrás.

¿Dónde se había metido el suizo, joder?

—¿Tú eres la informante? —dijo, sorprendido.

—Es lo que estoy diciéndote, maldita sea. Que estoy en vuestro bando. Pregúntaselo a Zehetmayer. ¡Suéltame!

—¿Dónde está el otro? —quiso saber él, apretando la barra transversal de la puerta antes de empujar el batiente metálico con ella delante.

Enseguida el viento silbó en torno a ellos y los rodeó de copos de nieve. El frío les arañó las mejillas.

—¿Quién?

453

—Hirtmann, ¿dónde está?

—¡No lo sé!

La empujó hasta el pie de la escalera, donde Kirsten estuvo a punto de resbalar en una placa de hielo y arrastrar a Jiri en su caída.

—¡Ten cuidado! —le dijo, ayudándola a recobrar el equilibrio.

La torsión de la muñeca se acentuó mientras hundían los zapatos en la nieve.

—¡Ay! ¡Me haces daño! ¡Mierda!

—¡Tira!

La empujó hacia la derecha y la obligó a bordear el muro de detrás de la clínica... en dirección a la carretera en la que estaba aparcado el Lada. A su alrededor se extendía el bosque blanco, donde los abetos montaban guardia. Los copos de nieve formaban torbellinos en medio de la niebla como un enjambre de abejorros ahuyentados por el humo.

—¡Que tires!

—¿Adónde vamos?

—¡Cierra el pico!

Aún no oía las sirenas, pero era cuestión de minutos. La policía de la clínica debía de haber dado la voz de alarma. Su cerebro buscaba desesperadamente una salida, una última baza que utilizar, algo con que poner la situación a su favor. Al diablo Zehetmayer, al diablo el dinero, al diablo Hirtmann y el niño: no quería volver a la cárcel. Sus pensamientos se agitaban como el ganado dentro de un establo en llamas, se debatían en el interior de su mente mientras seguían caminando sobre la nieve. Absorto en ese tumulto interior, tardó demasiado en ver la figura que surgió de detrás de un árbol, frente a ellos, los apuntó y disparó. Kirsten lanzó un grito ahogado cuando la llama brotó del cañón, pero la bala era mucho más rápida que la nieve y atravesó al instante el hombro derecho de la noruega a la altura del deltoides, salió sin hallar resistencia y penetró en el de Jiri. La fuerza del impacto y el dolor lo hicieron soltar el arma, que cayó a la nieve, y también a su rehén. Ella se apartó de él, chillando. Justo delante, Hirtmann lo estaba apuntando. Jiri puso las manos en alto, en señal de rendición.

—¡Joder, Julian! —bramó Kirsten Nigaard, tocándose el hombro—. ¡Me has dado!

—Te aseguro que sólo apuntaba al hombro, bonita —respondió el suizo y se acercó para recoger el arma—. De todas maneras, has tenido suerte, porque no estaba seguro de acertar el tiro.

46

Hombre muerto

—Vamos —dijo Hirtmann, y le entregó su arma a Kirsten, que tardó en levantarse, con una mueca de dolor.

Con la punta de la pistola le indicó a Jiri que empezara a caminar por el bosque, bajo los abetos. Jiri lo miró de arriba abajo, antes de obedecer. Ahora tenía una buena oportunidad para observar a su enemigo. Lo primero que pensó fue que era un enemigo interesante... y temible.

Aún ignoraba cómo iba a darle la vuelta a la situación para ponerla a su favor, cuando todo le parecía tan desfavorable, tan irreversible, pero sabía por experiencia que habría un instante —uno solo— en que se le presentaría la ocasión.

A su alrededor, los abetos blancos recordaban los bosques de Siberia o de Canadá. El silencio era absoluto. Jiri apenas se extrañó de que todavía no sonaran las sirenas. En el curso de su trayectoria había podido constatar un sinfín de veces la lentitud de la policía a la hora de reaccionar. Era una ley universal. Quizá la patrulla se encontraba en la otra punta del pueblo cuando recibió la llamada. Lástima. Por una vez, le habría gustado que la pasma acudiera más deprisa. Con las manos en alto, subió la leve pendiente, hundiéndose hasta los tobillos en la nieve, seguido por el suizo y su cómplice.

—A la derecha —dijo Hirtmann, delante de un gran abeto.

Alguien había pasado por allí, tal como indicaban las huellas: un rastro que iba y venía, y otro que...

Jiri lo comprendió todo antes de verlo: estaba atado a un tronco, temblando, casi tan blanco como la nieve... y completamente desnudo, con la ropa amontonada delante de él. A menos de cincuenta metros de la clínica...

Zehetmayer.

El director de orquesta tiritaba, se sacudía, y los dientes le castañeteaban hasta tal punto que Jiri alcanzaba a oír el ruido que producían desde donde se encontraba. El Emperador había perdido su soberbia. Con el cuerpo desplomado, se mantenía de pie gracias a la cuerda que le rodeaba el tronco; el pecho desnudo se elevaba al respirar y las piernas estaban azuladas como el hielo. Tenía miedo. Mucho miedo. El miedo era, sin lugar a dudas, lo que lo dominaba por dentro cuando dirigió la mirada hacia ellos. «La más antigua de las emociones humanas», pensó Jiri. ¿Qué se había hecho del director de orquesta vanidoso y arrogante?

—Kirsten —dijo con sorpresa Zehetmayer, al verla—. Kirsten... ¿qué... qué es lo...?

Le costaba muchísimo hablar.

—¿Que qué hago aquí? —lo ayudó ella.

En lugar de responder, se limitó a mirar a Hirtmann.

—¿No lo entiendes? —dijo por fin.

Vio la cara de incredulidad y estupefacción del director de orquesta.

—Os he traído aquí, a ti y a tu mercenario. Era una trampa. Todas tus ansias de venganza, tu página de internet, tu dinero... Si me puse en contacto con vosotros fue con un solo objetivo: haceros venir hasta aquí.

Hirtmann dirigió un guiño al anciano desnudo. Jiri miró al suizo y lo entendió: la idea había sido suya. Desde el principio, había sido él quien había tirado de los hilos. El respeto que le inspiraba su enemigo se acrecentó. Había encontrado un adversario de su talla.

—Desnúdate —le ordenó el suizo.

—¿Cómo?

—No intentes ganar tiempo. Me has entendido perfectamente.

El asesino checo los miró, primero a uno y luego al otro. Aquellos dos sabían lo que se hacían. Quizá no dispondría de ninguna ocasión, a fin de cuentas. Quizá había llegado su hora, sin más. Mientras se quitaba el anorak, lanzó una mirada a la noruega. Había recuperado el arma, pero la empuñaba con la mano izquierda.

En el hombro derecho, una mancha oscura le teñía la ropa, y tenía la cara contraída por el dolor. No aguantaría mucho, pero para entonces él ya estaría muerto. Lástima... Contra uno sólo tal vez podría haber intentado algo. O tal vez no. Con un adversario como aquél, seguramente no.

—Ahora los zapatos —indicó el suizo—. Date prisa.

Obedeció. En cuanto los pies se le hundieron en la capa fría de nieve, notó cómo la humedad los envolvía y penetraba por los calcetines. Se quitó el jersey, la camisa, la camiseta... Tenía el torso desnudo, cubierto por el frío como una segunda piel. El frío glacial del amanecer, pero también el de las madrugadas tras una derrota en el campo de batalla sembrado de cadáveres, el frío de la muerte que se apodera de uno... Se quedó inmóvil, con la cara y el torso rodeados de una nube de vapor.

—Lo demás también. Pantalón, calzoncillos, calcetines. Todo...

—Que te den, Hirtmann.

La detonación desgarró el silencio del bosque, duplicada por el eco, y el cuerpo de Jiri salió proyectado dos metros más allá.

—Se lo suplico —balbució Zehetmayer—. Se lo ruego... no... no me mate... por favor...

Hirtmann lo observó, examinó la cara arrugada y marcada por la mordedura del frío, los labios morados, los ojos enrojecidos, las lágrimas que rodaban por las mejillas hundidas y se helaban antes de caer, las rodillas dobladas, el pene encogido, y vio cómo las cuerdas le apretaban el pecho.

—Yo maté a tu hija, deberías odiarme —dijo.

—No... no... no le odio... no... yo... yo...

—¿Quieres saber qué le hice antes de matarla?

—Se lo suplico... no me mate...

El anciano se repetía. Kirsten vio que una mancha amarilla y humeante formaba un hueco en la nieve, entre sus pies desnudos. Vio los cabellos ralos y blancos que le revoloteaban por encima de las orejas violáceas, como las alas de un pájaro herido que no puede alzar el vuelo. Apuntó el arma hacia el director de orquesta y disparó. Una sacudida, y el cuerpo se proyectó hacia adelante, retenido por la cuerda, con la barbilla encima del pecho.

—Pero ¿qué haces? —dijo Hirtmann, volviéndose hacia ella.

Vio el cañón negro y humeante. Encarado hacia él.

—Ya lo ves, me deshago de los testigos.

Él también asía su arma, pero tenía el brazo bajado.

—¿A qué estás jugando? —preguntó tranquilamente, como si hablara del tiempo que hacía.

Ella aguzó el oído. Una sirena se oyó por fin... a lo lejos.

—Creía que te gustaban nuestros jueguecitos...

—Digamos que me he cansado. La policía llegará de un momento a otro, Julian, y no tengo ganas de pasar el resto de mi vida en la cárcel. Ni por ti ni por nadie. Gracias a él —añadió, señalando con la cabeza al director de orquesta muerto—, soy rica. Y pronto me condecorarán con una medalla por haberte apartado de la circulación.

—¿No vas a echarme de menos? —preguntó con ironía.

—Hemos pasado ratos buenos, pero no tengo intención de dejarte con vida.

Kirsten vigilaba el arma que aún colgaba en el extremo del brazo de Hirtmann. Lo tenía encañonado, pero sabía que hasta que no le hubiera disparado dos balas, seguiría siendo peligroso, imprevisible, potencialmente mortal.

—Pero al viejo lo has matado con tu pistola —señaló, y señaló con la barbilla el cadáver atado al árbol.

—Ya encontraré una explicación. Además, Martin atestiguará que yo acudí a socorrerlo, que el fulano ese se me llevó como rehén. Hay un montón de testigos...

—¿Martin? Qué confianzas...

—Lo siento, Julian, pero el tiempo apremia. Ya no hay tiempo para seguir charlando.

—¿Te acuerdas de tu hermana? —preguntó él, de pronto.

Kirsten se quedó quieta y en sus ojos apareció un destello.

—Tú detestabas a tu hermana, la odiabas... Pocas veces he visto un odio semejante entre dos hermanas. Es verdad que tu hermana acaparaba todo lo bueno: el talento, el éxito, los hombres... y era la preferida de tus padres. Tu hermana te trataba como a un animal de compañía, tú eras la segundona, la condenada a vivir siempre a su sombra. Yo la maté por ti, Kirsten. Fue un regalo. Te devolví el orgullo. Te demostré quién eras. Gracias a mí, has ido mucho más lejos de lo que jamás te hubieras atrevido. Yo te enseñé todo lo que sabía...

—Es cierto que fuiste un buen profesor, pero te olvidas de un detalle: te recuerdo que al principio fue a mí, y no a mi hermana, a quien querías violar y matar en aquella fábrica abandonada...

La miró directamente a los ojos y posó la vista en aquel otro ojo negro situado en la punta del cañón, antes de volver a centrarla en ella.

—Sí, y me convenciste para que no lo hiciera —concedió—. Ni siquiera tenías miedo, y eso que yo había elegido un sitio siniestro... No había ni un alma, nadie que pudiera oírte gritar. Cualquier otra persona se habría sentido aterrorizada, pero tú no. Fue muy frustrante ver que esperabas la muerte como una liberación. Incluso cuando te dije que ibas a sufrir, no reaccionaste lo más mínimo, por Dios. Yo no estaba allí para ser el instrumento de un suicida, joder. Tú me alentabas, me desafiabas. Cuanto más te pegaba, más me anulabas. Debo reconocer que nunca había visto nada igual. Y luego me propusiste ese trato: tu vida a cambio de la de tu hermana. Era algo tan inaudito, tan... retorcido... ¿Quieres saber cómo la maté? Nunca me lo has preguntado. ¿Quieres saber si gritó mucho?

—Espero que sí —contestó Kirsten con frialdad—. Espero que esa cabrona lo pasara muy mal.

—Bueno, no te preocupes por eso. Entonces, ¿ya está? ¿Lo nuestro se acaba aquí? Supongo que no había otra forma de separarnos. El crimen nos unió y el crimen va a separarnos.

—Qué romántico te has puesto de repente, Julian.

—No eras tan sarcástica cuando me suplicabas que te dejara acompañarme, querida. Parecías una niña a quien han prometido un regalo extraordinario. Si hubieras visto cómo te brillaban los ojos... Aunque es verdad que era más fácil secuestrar a esas mujeres utilizándote a ti como cebo. Una policía, una mujer como ellas. Contigo se sentían seguras. Te habrían seguido a cualquier lugar.

—Craso error —concluyó, oyendo las sirenas a lo lejos.

—Qué ironía, ¿no? La persona encargada de investigar esas desapariciones era la misma que las provocaba. Pero en Oslo hace un poco de frío en otoño y en invierno para esa clase de pasatiempo.

—Dime, ¿no estarás tratando de ganar tiempo, por casualidad? No tendrás intención de suplicarme como ese otro, ¿verdad?

Hirtmann estalló en carcajadas en medio del silencio del bosque. Las sirenas cada vez sonaban más cerca.

—Si creyera que pudiera servir de algo, quizá lo haría. Y pensar que fui yo quien te dejó el arma en el hotel. Qué ironía también, ¿no?

Agarrado a la cama, trataba de avanzar hacia la puerta, con la cara y el cuerpo empapados de sudor, cuando un rostro conocido asomó de repente por ella. Servaz se paró en seco, preguntándose si su cerebro estaba gastándole una broma. Después esbozó una sonrisa.

Seguida de una mueca de dolor.

—Hola, Vincent.

—¡Maldita sea! —exclamó Espérandieu al verlo—. ¿Adónde tienes intención de ir en ese estado?

Se colocó al lado de su jefe y lo rodeó con un brazo para sostenerlo y devolverlo a la cama.

—No deberías levant...

—Vamos a ir por allí —lo interrumpió Servaz, señalando la puerta de emergencia, situada a menos de cinco metros.

—¿Cómo? —preguntó Espérandieu, estupefacto.

—Haz lo que te digo, por favor. Ayúdame.

Vincent miró la habitación y la cama... y después la puerta. Negó con la cabeza.

—No sé si...

—Silencio —lo interrumpió de nuevo Servaz—. Y gracias por haber venido.

—No hay de qué. Da gusto que te reciban así. Llego en el momento oportuno, por lo que parece. He venido directamente, pero creo que la caballería no tardará.

—Vamos —dijo Servaz, con las piernas temblorosas.

—Martin, no estás en condiciones, joder. ¡Acaban de quitarte la mitad del hígado y tienes drenajes por todas partes! Es una locura.

Servaz dio un paso hacia la puerta y tropezó. Espérandieu lo recogió en el aire y lo sujetó con firmeza.

—¡Ayúdame! —le gritó su jefe.

Avanzaron hacia la puerta metálica, cogidos del brazo, como dos soldados tullidos de regreso de la guerra, metro tras metro. Espérandieu apoyó la mano que tenía libre en la barra de la puerta.

—¿Puedo saber adónde vamos?

Servaz sacudió la cabeza y apretó los dientes, con las facciones contraídas. El dolor era constante ahora. Y las piernas apenas lo sostenían.

—Kirsten está ahí fuera... Con otro tipo... Va armado... Has dejado la pistola en Toulouse...

Espérandieu esbozó una sonrisa curiosa, antes de introducir la mano bajo el anorak.

—Pues no. ¿Crees que voy a necesitarla?

—Espero que no... Pero mantente alerta, porque... ese tipo es peligroso.

Vincent rodeó a Martin con el brazo izquierdo para sostenerlo; así podía empuñar el arma con la mano derecha.

—¿Qué otro tipo? —preguntó—. ¿Hirtmann?

—No... otro...

—¿No sería mejor que esperásemos a los refuerzos?

—No hay tiempo...

Su ayudante renunció por el momento a intentar comprender la situación. Martin se la expondría llegado el momento. En todo caso, confiaba en que pudiera hacerlo, porque la verdad era que el padrino de su hijo tenía muy mal aspecto. Además, la perspectiva de encontrarse ahí fuera ante un individuo armado y peligroso del que no sabía nada no le parecía nada apetecible tampoco. Bajaron con precaución los escalones helados y se pusieron en marcha por la nieve, siguiendo las huellas recientes.

Servaz se había calzado y se había cubierto los hombros con una manta, pero el viento helado se le colaba por debajo y le congelaba las piernas desnudas; era curioso, pero el dolor, que le ardía, y el frío, no menos ardiente, se compensaban. De pronto, se detuvo, se encorvó y vomitó en la nieve.

—¡Joder, Martin! —exclamó Vincent.

Se enderezó, con la frente empapada de sudor. Se sentía exánime y dudaba si aguantaría hasta el final. Vincent tenía razón: era una locura. «Pero los hombres son capaces de realizar hazañas imposibles, ¿no? —se dijo—. En televisión, nos lo demuestran todos los días. ¿Por qué no iba a poder yo?»

—Estoy hecho un Cristo, ¿no te parece? Con la manta y la bata... —comentó, tratando de esbozar una sonrisa que más bien fue un rictus.

—Te falta la barba —contestó su ayudante.

Quiso reír, pero empezó a toser y notó que las náuseas volvían. De repente, en el bosque sonaron dos disparos, no muy lejos de allí. La onda sonora hizo caer la nieve de varios abetos. El aire vibró un segundo más y después todo volvió a quedar en silencio. El ruido provenía de un lugar cercano.

—Pásame la pistola.

—¿Cómo?

Martin casi se la arrancó de las manos y se puso en marcha, cojeando, por la senda de pasos.

—¡Te recuerdo que yo soy mejor tirador que tú! —le dijo Vincent, siguiéndolo.

Un poco más allá, detrás de los abetos, resonó una carcajada. Servaz reconoció la risa de Hirtmann y aceleró el paso. La cabeza le daba vueltas y el vientre le ardía.

Pasado el gran abeto, los descubrió a los cuatro: los dos tipos muertos, uno atado a un árbol, desnudo, el otro —el que lo había atacado en la habitación— tendido sobre la nieve, y Kirsten apuntando con un arma al suizo.

—¡Joder! —exclamó Espérandieu detrás de él.

A su espalda, al pie de la pendiente, del otro lado de la clínica, las sirenas ululaban, muy cercanas ya.

—Martin —dijo Kirsten al verlo, con cierta contrariedad, o así le pareció por un instante—. Deberías estar en la cama...

—Martin —dijo a su vez Hirtmann—. Dile que no me dispare.

Vio el arma en el extremo del brazo del suizo.

—Él mató a mi hermana —lo acusó Kirsten con una voz que estaba cargada de odio—. Merece morir...

—Kirsten... —empezó Servaz.

—La torturó, la violó y la mató...

El labio inferior le temblaba, al igual que el cañón de la pistola.

—No quiero que acabe sus días en un hospital psiquiátrico, ¿entiendes? Recibiendo cuidados, respondiendo a las preguntas de los periodistas y los psicólogos... No quiero que siga burlándose de nosotros... no quiero...

—Kirsten, suelta el arma —dijo, apuntándole con la suya.

—Va a dispararme —le advirtió el suizo—. Impídeselo, Martin. Dispárale tú primero.

Miró a Kirsten, luego a Hirtmann y de nuevo a Kirsten.

—Se llama Kirsten Margareta Nigaard —se apresuró a explicar el suizo—. Tiene un tatuaje que le va de la ingle a la cadera y es mi amante y mi cómplice. ¿Te has acostado con ella, Martin? Entonces sabes que...

De repente, vio que la noruega dejaba de apuntar al suizo para encarar el arma hacia él. Gatillo, flexión del índice, presión... La mano le temblaba —de frío, de agotamiento, de estupefacción, de dolor, de rabia—, le temblaba demasiado para acertar... demasiado para ganar el duelo...

Los detalles aparecieron ante Servaz en una instantánea estrepitosa de varias décimas de segundo: las ramas de los abetos cargadas de nieve sacudidas de repente por una ráfaga de viento, el cuerpo desnudo atado al árbol, con la barbilla en el pecho, el otro tendido con los brazos en cruz, boca arriba, el viento frío, que le mordía los tobillos, y el cañón del arma de Kirsten, que giraba, giraba...

Disparó.

Notó el impacto en el hombro y el dolor en el vientre, oyó el «plaf» de un montón de nieve que se desprendió por la onda sonora o tal vez por el viento. Vio la mirada incrédula de Kirsten posada en él. Vio cómo el brazo caía y la mano soltaba la Springfield. La boca abierta en forma de o. Después las rodillas de la noruega se doblaron, dio una sacudida como si se estremeciera y cayó de bruces, con el hermoso rostro contra la nieve.

—Bien hecho, Martin —lo felicitó el suizo.

Oyó gritos detrás de él... o más bien vociferaciones. Guturales. En alemán.

Supuso que aquello significaba que debía arrojar el arma. Sería de idiotas recibir una bala ahora, ¿no? Miró los tres cadáveres caídos en la nieve y detuvo la vista en el de Kirsten. Notó la dentellada de la traición. Una vez más.

Se sintió estúpido, ingenuo, crédulo, devastado, extenuado, enfermo.

Una vez más, la vida le arrebataba lo que le había dado. Una vez más, sangre derramada, ira, remordimientos. Rabia y pena. Una vez más, la noche había ganado, las sombras habían regresado —más fuertes que nunca— y el día había huido, asustado, lejos de allí, a un territorio donde la gente normal vivía una existencia normal. Después todo desapareció. Ya no sentía nada. Sólo una fatiga inmensa.

—Podrías no haber disparado —añadió el suizo.

—¿Cómo?

Detrás de él, los gritos en alemán se habían vuelto más apremiantes, más imperiosos. Muy cercanos. Órdenes, sin duda. «Suelta el arma.» Iban a disparar si no lo hacía.

—Sólo le quedaba una bala en la pistola y ya había disparado. Tenía el cargador vacío, Martin. La has matado por nada —dijo Hirtmann, enseñándole el que acababa de sacar del bolsillo.

Tenía ganas de estirarse en la nieve, contemplar los copos que descendían del cielo, directamente encima de él, y dormirse.

Obedeció, soltó el arma.

Y se desmayó.

Epílogo

La nieve cayó durante todo ese día y los siguientes sobre Hallstatt y sus alrededores. A Hirtmann lo interrogaron en la pequeña comisaría que parecía salida directamente de *Sonrisas y lágrimas*. Reger y sus hombres comenzaron el interrogatorio en alemán y Espérandieu les pidió que, si podían, hablaran de vez en cuando en inglés. Después llegó un individuo de Viena o de Salzburgo y asumió el mando.

Puesto que el suizo había abatido a un hombre en territorio austríaco, correspondía a la justicia de dicho país decidir qué iban a hacer con él. Previendo que habría que esperar varios días, resolvieron vaciar las celdas de la pequeña comisaría y transformarla en una especie de Río Bravo mientras tanto.

Servaz no estuvo presente en los interrogatorios. Lo habían trasladado al hospital de Bad Ischl, como a todos los pacientes de la clínica. El centro estaba cerrado por el momento y su director, en paradero desconocido. Una vez en el hospital, ingresó primero en Cuidados Intensivos y después en Observación. Su salida intempestiva había tenido consecuencias negativas, menos graves de lo que cabía esperar —y de lo que él mismo temía—, pero aun así hubo que abrirlo otra vez para cerciorarse. La policía austríaca fue a verlo y estuvo interrogándolo un buen rato sobre lo que había sucedido en el bosque. Las declaraciones de Espérandieu, Servaz, Reger —e incluso de Hirtmann— coincidían casi al cien por cien, excepto por las divergencias habituales. No obstante, a los investigadores les costó mucho comprender la cadena de acontecimientos que había culminado con el tiroteo cruzado de cuatro personas y con la presencia de un director de orquesta célebre muerto y atado desnudo a un árbol.

En la cama del hospital, Servaz recibió varias llamadas: de Margot tres veces al día, de Samira, del juez Desgranges, de Cathy d'Humières e incluso de Charlène Espérandieu y de Alexandra, su exmujer. Vincent, por su parte, se marchó al cabo de dos días, durante los cuales pasó a visitarlo mañana, tarde y noche.

—No me quieren dejar salir —le dijo Servaz, sonriendo vagamente desde la cama, cuando Vincent le anunció que regresaba a Francia—. ¿En qué punto están con Hirtmann?

—Siguen interrogándolo. Hay que tener en cuenta que ha matado a un hombre en territorio austríaco, así que no nos lo van a devolver enseguida.

—Ya.

—Cuídate mucho, Martin. Y vuelve pronto con nosotros.

Pensó que el cumplimiento de aquel último deseo no dependía sólo de él, pero optó por callar. Fuera, en alguna parte, sonaban unas campanas. El paisaje estaba completamente blanco. Sólo faltaban unos villancicos. Estaba seguro de que, llegado el momento, en el hospital sonaría por lo menos el *Stille Nacht*, pero tenía la esperanza de no encontrarse allí para entonces.

El teléfono sonó poco después de que Vincent se hubiera marchado.

—¿Cómo se encuentra? —preguntó una voz conocida.

—¿Qué quiere, Rimbaud?

—Tengo una buena noticia y otra mala. ¿Por cuál empiezo?

—¿No tiene una excusa menos manida?

—Empezaré por la buena —se lanzó su interlocutor—. Hemos recibido un USB. Por lo visto, lo enviaron el mismo día de su operación, desde Austria. ¿Quiere saber qué hay en él?

Servaz sonrió. Rimbaud no podía evitar torturar a la gente de una manera u otra.

—Suéltelo ya —dijo.

—Una película —respondió el policía de policías—. Una película filmada con una GoPro que su autor llevaba sujeta al pecho... La noche en que mataron a Jensen... Aparece todo: el intento de violación... el autor de la película, que se precipita sobre Jensen... que le dispara a bocajarro en la sien... que se adentra de nuevo en

el bosque. A continuación, encara la GoPro hacia él y se graba...
Y entonces nos dirige un saludo, el muy gilipollas...

—¿Hirtmann?

—Sí, señor.

Servaz dejó caer la cabeza hacia atrás, sobre la almohada, y respiró hondo mientras contemplaba el techo.

—Ese vídeo lo exculpa del asesinato de Jensen, Servaz —prosiguió Rimbaud al aparato—, aunque la razón por la que Hirtmann nos lo envió me tiene intrigado.

—Pero...

—Pero eso no lo exonera de su comportamiento indigno como miembro de la Policía Nacional, de su huida de comisaría, de cruzar a Austria con una identidad falsa, del asesinato de Kirsten Nigaard, agente de la policía noruega, con una pistola que no era su arma de servicio...

—Fue en legítima defensa —afirmó.

—Es posible.

—Ah, vaya, parece que de repente ya no se precipita tanto en sacar conclusiones.

—Voy a solicitar su expulsión del cuerpo —dijo Rimbaud—. La policía francesa no puede permitirse tener a personas como usted en sus filas. Y su amigo Espérandieu también será sancionado.

Acto seguido, colgó.

Estuvo nevando toda la noche y también al día siguiente. Desde su cama, Servaz miraba caer los copos. Aún no podía levantarse ni caminar. Los médicos no paraban de repetirle que era un milagro que estuviera vivo, que después de la operación del corazón no debería haberse sometido tan pronto a otra. En cuanto al hecho de que hubiera salido para abatir de un disparo a alguien menos de una hora después de despertar de la anestesia, aquello probablemente pasaría a considerarse una gesta excepcional en los anales de la medicina austríaca. Ahora tenía dos enormes cicatrices que hacían de él un auténtico monstruo de Frankenstein: una en el pecho y otra que empezaba en el esternón, bajaba seis centímetros en vertical y después giraba bruscamente hacia el costado. Martin pedía con frecuencia noticias de Gustav, que se encontraba en una unidad contigua a la suya: Gustav estaba bien, pero quería ver a su padre... es decir, a Hirtmann.

La mañana del quinto día, por fin, pudo levantarse y caminar. Las grapas le tiraban un poco debajo de las vendas. La primera visita se la hizo, por supuesto, a su hijo. El niño tenía mala cara y más ojeras que nunca, pero el médico que estaba de servicio lo tranquilizó: evolucionaba bien y Gustav toleraba el tratamiento inmunosupresor que estaban administrándole para reducir el riesgo de rechazo del trasplante. Aquello no disipó del todo la ansiedad de Servaz: aún había muchas cosas que podían salir mal.

Gustav dormía cuando Martin entró en su habitación. Tenía el pulgar en la boca y sus largas pestañas rubias se agitaban con un ligero temblor. El comandante dedujo que algunos sueños debían de surcar su conciencia, al igual que aquellas nubes cambiantes que atravesaban el cielo sobre el hospital... y se preguntó si serían sueños agradables. Observó durante un rato la carita relajada del pequeño, la sábana y la manta, que le llegaban hasta la barbilla, y cómo se levantaba su estrecha caja torácica. En ese momento, Gustav parecía estar en paz. Entonces Martin salió de una manera tan sigilosa como había entrado.

Llegó la Navidad, y tanto Servaz como Gustav la pasaron en el hospital, entre los gritos de alegría de las enfermeras, las guirnaldas de luces y los abetos sintéticos. Empezó un mes de enero glacial —tanto en Austria como en Francia, según aseguraban en internet— mientras Donald Trump tomaba su asiento en el Despacho Oval. Y en febrero, por fin pudo volver a casa. Enseguida fue sometido a un consejo disciplinario, que dictó una expulsión temporal de tres meses, sin sueldo, y degradación al rango de capitán. Luchó durante meses para obtener la custodia de Gustav, al que le habían asignado una familia de acogida. Francia tenía un nuevo presidente cuando la consiguió y se encontró con que el recién llegado se le rebelaba. Fueron días difíciles, el niño lloraba, reclamaba a su verdadero padre y tenía rabietas, y Servaz se sentía desorientado, desbordado e incompetente. Por suerte, Charlène, Vincent y sus dos hijos acudieron a socorrerlo. Charlène iba casi todos los días mientras él se reincorporaba a la policía. Poco a poco, Gustav pareció adaptarse a la nueva situación e incluso parecía que se encontraba a gusto. Aquello proporcionó a Servaz una sensación de felicidad como no vivía desde hacía tiempo.

En Austria, a Julian Hirtmann lo trasladaron a la prisión de Leoben, una cárcel acristalada y ultramoderna conocida como «la cárcel cinco estrellas». Francia reclamaba su extradición, pero el suizo debía ser juzgado primero allí. Faltaba poco para la siguiente Navidad cuando, una noche, Julian se quejó de náuseas y dolor de estómago. Fueron a buscar al médico, que no encontró nada que justificara dichas molestias, más allá tal vez de una ligera inflamación abdominal y, en su opinión, el estrés. Le dio dos pastillas y le recetó algo más. Poco después de que se hubiera marchado, Hirtmann pidió otro vaso de agua al joven vigilante que estaba de guardia.

—¿Cómo están sus hijos, Jürgen? —preguntó, mientras cogía el vaso, cerciorándose de que nadie más podía oírlo—. ¿Cómo están Daniel y Saskia?

El suizo vio cómo el joven guardia palidecía.

—¿Y su mujer, Sandra, sigue dando clases en primaria?

Detrás de los cristales tintados nevaba. El viento acompañaba con su melopea lejana la voz bien modulada del suizo. En algún lugar sonó una carcajada, a la que siguió el silencio.

—¿Cómo sabe el nombre de mis hijos? —preguntó Jürgen, alarmado.

—Lo sé todo de los que trabajan aquí —contestó el suizo—, y conozco a mucha gente fuera. Perdone, sólo quería ser amable.

—No creo que fuera ésa su intención —replicó el joven vigilante, procurando imprimir a su voz un temple del que carecía.

—En efecto. Tiene razón. Quería pedirle un pequeño favor...

—Olvídelo, Hirtmann. No pienso hacerle ningún favor.

—Como le digo, tengo muchos amigos ahí fuera —susurró el suizo—, y no querría que les ocurriera nada malo a Daniel ni a Saskia...

—¿Qué ha dicho?

—Es un favor pequeño... Se trata sólo de que me consiga una felicitación de Navidad... y de que la envíe después a la dirección que le indicaré. No es nada malo, como puede ver.

—¿Qué ha dicho antes? —gruñó, furioso, el joven—. ¿Me lo puede repetir?

Miraba con cólera al suizo... pero la cólera se transformó en inquietud y después en una oleada de puro terror, cuando vio cómo el semblante de Hirtmann cambiaba, se metamorfoseaba literalmente ante sus ojos, y cuando percibió la sombra negra que albergaban sus pupilas y el destello malévolo de su mirada. Advirtió cómo el horrible cambio confirió a esa mirada, bajo la luz fría y aséptica de los fluorescentes, una intensidad insostenible... y convirtió aquella cara en la de alguien que ya no tenía nada de humano, una cara que sólo podía engendrar la locura. La voz que brotó a continuación en forma de murmullo grave de aquella boca casi femenina pronunció unas palabras que no olvidaría jamás:

—Digo que si no quieres encontrar a tu bonita Saskia muerta en la nieve, con la faldita levantada por un monstruo de mi estilo, será mejor que me escuches...

La resiliencia es una cualidad misteriosa. Designa la facultad que tiene un cuerpo, una mente, un organismo o un sistema de recobrar un estado de equilibrio después de una alteración grave, de seguir funcionando, viviendo y avanzando, y de sobreponerse a sucesos traumáticos.

Martin Servaz tardó un tiempo en recuperar su estado de equilibrio... pero se repuso. A ello contribuyó el acontecimiento que tuvo lugar poco después de los que acaban de narrarse. El día de Navidad del 2017, llamaron a la puerta de la casa de los Espérandieu. Aquella mañana, al pie del abeto, en el salón, había mucha gente y muchos más regalos todavía, pero el que más recibió fue sin duda Gustav.

Su padre biológico lo observaba mientras los abría uno por uno, radiante de alegría, animado por Margot, que tenía a su bebé en brazos, por Vincent, Charlène y sus dos hijos. Rasgaba los papeles de colores con los dedos menudos, abría las cajas con gestos rápidos e impacientes, sacaba los juguetes lanzando exclamaciones de sorpresa un poco exageradas. Y cada sonrisa que iluminaba su carita era una sonrisa que penetraba el corazón de Servaz. Sin embargo, un instante después, a Martin lo invadieron ideas más sombrías y, de repente, sintió sobre los hombros una responsabilidad aplastante, una responsabilidad demasiado grande, en realidad, para un hombre como él.

Aquella mañana de Navidad, también pensó en Kirsten. Desde hacía un año, pensaba en ella cada día, de hecho. Una vez más, se había dejado engañar. Estaba enfadado consigo mismo por haber bajado la guardia y haber permitido que la mentira entrara de nuevo en su vida disfrazada de falsas apariencias; estaba enfadado por haber alimentado esperanzas absurdas, esperanzas que por fuerza debían acabar en decepción. Al mismo tiempo, se preguntaba si en algún momento Kirsten Nigaard habría sido sincera. En realidad, había acudido a él para conducirlo hacia su amante y su dueño. Lo había arrastrado hasta una trampa, igual que había hecho con ese director de orquesta y su esbirro. Procuraba no pensar en los momentos de intimidad que habían compartido, borrarlos de la memoria. Pero ¿debía negar lo que había sentido sólo porque la otra persona no hubiera experimentado lo mismo?

—Martin, Martin —lo llamó Charlène alegremente.

Servaz levantó la vista. Vio a Gustav parado delante de él, tendiéndole un camión de *Transformers*. Servaz sonrió. Cogió el juguete. Acababa de sonar el timbre de la puerta. Vincent salió de la estancia.

Oyó que hablaba con alguien en la entrada y distinguió que decía: «Un momento.»

Estaba toqueteando el juguete por todos lados, bajo la mirada atenta y, según le pareció, un tanto escéptica de Gustav, cuando Vincent lo llamó desde el umbral.

—¿Puedes venir, Martin?

—Ahora vuelvo —prometió a su hijo.

Se levantó y se dirigió al vestíbulo.

Vio al hombre en la entrada. Un empleado que llevaba el uniforme marrón de UPS. Por lo visto, la empresa había decidido hacer trabajar a su personal el 25 de diciembre.

Luego vio el rostro de su ayudante y notó que se le aceleraba el pulso.

—Viene de Austria —dijo Espérandieu—. A tu nombre. Alguien sabe que estás aquí...

Miró el sobre. Lo cogió. Lo abrió.

Una felicitación de Navidad: acebo, guirnaldas y bolas brillantes. Una tarjeta barata. La abrió.

Feliz Navidad, Martin. Julian.

Dentro había una foto... La reconoció al instante. El vestido caqui con el cinturón trenzado que llevaba una de las últimas veces que se habían visto, el cabello rubio rizado y el mechón que le caía sobre el lado izquierdo de la cara, el toque discreto de carmín en los labios. No parecía haber cambiado después de todos aquellos años, a pesar de que el periódico que leía indicaba claramente que la foto había sido tomada hacía apenas tres meses. Sonreía.

—Será cabrón —rugió Espérandieu a su lado—. El muy cerdo. ¡El día de Navidad! Tira eso. ¡Es un montaje, hostia!

Servaz miraba a su ayudante sin verlo. Con la certeza de que se equivocaba, de que no era un montaje y de que las pruebas lo demostrarían. Lo que tenía delante era la imagen de Marianne.

Leyendo un periódico del 26 de septiembre de 2017.

De repente, comprendió la frase del suizo: «Digamos que su hígado no está disponible.» Claro, las drogas, el alcohol... ¿cómo iba a estarlo?

Marianne seguía viva...

El corazón se le desplomaba en el pecho... en una caída sin fin.

Bergen, Noruega, diciembre de 2015;
San Luis Potosí, México, junio de 2016.

Agradecimientos

Escribir un libro es una aventura primero en solitario, y después colectiva. Como siempre, quiero expresar mi agradecimiento hacia dos personas que me han acompañado con una generosidad de espíritu constante desde el primer momento: mis editores Édith Leblond y Bernard Fixot. Durante todo el proceso de escritura, han sido mi brújula y mi compás.

En segundo lugar, debo dar las gracias a las mujeres que han evitado el naufragio de este navío y lo han conducido a buen puerto. Por orden de aparición: Caroline Ripoll (por alejarlo de los escollos hacia los que se dirigía), Amandine Le Goff, Virginie Plantard y Christelle Guillaumot.

Y junto a ellas, a todo el equipo de la editorial XO: Valérie Taillefer, Jean-Paul Campos, Bruno Barbette, Catherine de Larouzière, Isabelle de Charon, Stéphanie Le Foll, Renaud Leblond (imposible mencionarlos a todos). Trabajar con vosotros es un privilegio, el café es bueno y desde allí arriba se disfruta de una panorámica amplia. No hay nada mejor para ver las cosas con perspectiva.

Debo dar igualmente las gracias a Marie-Christine Conchon, François Laurent y Carine Fannius, por su entusiasmo inquebrantable, así como a todos los colaboradores de Pocket/Univers Poche.

Como de costumbre, no podría haber escrito este libro sin la impagable ayuda de mis contactos en el seno de la Policía Judicial de Toulouse... ellos saben quiénes son. Si hay errores, no deben atribuirse a ellos. Hay que achacarlos todos al autor, ese soñador y creador de historias que debe ejecutar mil y un malabarismos con las balas.

Un agradecimiento especial para el personal de Air France, que me proporcionó una gran cantidad de información en el curso de un vuelo París-México. Seguramente les sorprenderá no encontrarla aquí, pero las circunstancias y el proceso narrativo me hicieron tomar otro rumbo. Es sólo un aplazamiento, amigos míos.

A mi mujer, Joëlle, por todos estos años de complicidad que me han hecho la vida más fácil.

A Jo, quien nos abandonó demasiado pronto, por su generosidad y su carácter; se te echa de menos.

Y, finalmente, gracias a Laura, que, con el corazón y la razón, rescató este libro y a su autor de las sombras.

Ah, se me olvidaba: también querría dar las gracias a otra persona. Se llama Martin Servaz.